TACK!

Genom att välja en klimatsmart pocket från Månpocket bidrar du till vårt arbete för att göra produktionen av pocketböcker miljövänligare.

Vår vision är att ge ut böcker där man tagit hänsyn till miljön i varje steg av produktionen – och vi strävar efter att bli ännu bättre.

- Vi har valt miljöbättre material när vi trycker våra böcker och trycker alla våra böcker på FSC-märkt papper. FSC står för Forest Stewardship Council och verkar för ett ansvarsfullt skogsbruk.

- Vi trycker våra böcker i Sverige för att undvika långa transporter.

- Vi klimatkompenserar för de utsläpp som inte går att undvika i bokproduktionen genom Climate Friendly.

- Genom klimatsmart pocket väljer du ett miljöbättre alternativ och stöder samtidigt Världsnaturfonden WWFs klimatarbete.

Vill du veta mer? Besök **www.manpocket.se/klimatsmartpocket**

FSC

Märket för ansvarsfullt skogsbruk
FSC-SWE-0061
®1996 Forest Stewarship Council A. C

klimatsmart
pocket

Lars Kepler

PAGANINIKONTRAKTET

Kriminalroman

Denna Månpocket är utgiven enligt överenskommelse med
Albert Bonniers Förlag, Stockholm

Omslag: Hummingbirds
Omslagsbild: Love Lannér

Tryckt hos ScandBook AB, Falun 2011

ISBN 978-91-7001-883-1

DET ÄR STILTJE när den stora fritidsbåten hittas drivande i den ljusa natten på Jungfrufjärden i Stockholms södra skärgård. Vattnet har en sömnig, blågrå färg och rör sig mjukt som dimma.

Den gamle mannen som ror ut i sin eka ropar ett par gånger trots att han anar att han inte kommer att få något svar. Han har iakttagit motorbåten från land i nästan en timme, hur den baklänges följt den långsamma strömmen utåt.

Mannen styr ekan så att sidan stöter mot sportbåten. Han lägger upp årorna, förtöjer vid badplattformen, klättrar uppför metallstegen och in över relingen. Mitt på akterdäcket står en rosa solstol. Den gamle mannen väntar en stund och lyssnar efter ljud. När han inte hör någonting öppnar han glasdörren och går en halvtrappa ner till salongen. Ett grått sken sprider sig genom de stora fönstren över inredningen av lackad teak och soffornas djupblå tyg. Han fortsätter nedför den branta trappan med boaseringar av blänkande trä, förbi det mörka pentryt, badrummet och in i den stora kojen. Ett svagt ljus sipprar in från de små fönstren intill taket och belyser en dubbelsäng formad som en pil. Nära huvudändan sitter en ung kvinna i jeansjacka lutad mot väggen i en slapp, hopsjunken ställning med låren brett isär och ena handen vilande på en rosa kudde. Hon ser den gamle mannen rakt i ögonen med ett undrande, ängsligt drag över ansiktet.

Det tar ett tag för mannen att förstå att kvinnan är död.

I hennes långa, svarta hår sitter en klämma i form av en vit duva, en fredsduva.

När den gamle mannen går fram och rör vid hennes kind vickar huvudet framåt och en tunn strimma vatten rinner ut mellan läpparna och nedför hakan.

Ordet musik betyder egentligen musernas konst och härstammar från den grekiska myten om de nio muserna. Alla nio var döttrar till den mäktiga guden Zeus och titanen Mnemosyne, minnets gudinna. Musikens egen musa, Euterpe, brukar avbildas med en dubbelflöjt mot läpparna och hennes namn betyder Glädjeskänkare.

Den begåvning som kallas för musikalitet har egentligen ingen allmänt accepterad definition. Det finns människor som saknar förmågan att höra toners skiftande ljudfrekvenser och det finns människor som föds med ett enormt musikminne och den sorts absoluta gehör som innebär att de kan ange en exakt ton utan hjälp av någon som helst referens.

Genom tiderna har ett antal exceptionella musikaliska genier framträtt varav ett fåtal blivit mycket berömda, såsom Wolfgang Amadeus Mozart som turnerade runt i hoven i Europa från sex års ålder och Ludwig van Beethoven som skrev många av sina stora verk sedan han blivit totalt döv.

Den legendariske Nicolò Paganini föddes 1782 i den italienska staden Genua. Han var självlärd violinist och tonsättare. Ända till i dag är det bara ytterst få violinister som förmått spela Paganinis snabba och komplicerade verk. Fram till sin död förföljdes Paganini av rykten om att han för att få sin enastående skicklighet hade slutit ett kontrakt med djävulen.

1

En föraning

PENELOPE FERNANDEZ ryser till över ryggen. Hjärtat slår plötsligt snabbare och hon ser sig hastigt över axeln. Kanske får hon i denna stund en föraning om vad som kommer att hända henne senare samma dag.

Trots värmen i studion har Penelope en sval känsla i ansiktet. Den dröjer sig kvar från sminklogen. Den kalla svampen med puderkräm trycktes mot hennes hy och klämman med freds-duvan togs bort från hennes hår när moussen kramades in för att samla lockarna som serpentiner.

Penelope Fernandez är ordförande i Svenska freds- och skil-jedomsföreningen. Nu visas hon ljudlöst in i nyhetsstudion och sätter sig i strålkastarljuset mitt emot Pontus Salman som är verkställande direktör för krigsmaterieltillverkaren Silencia Defence AB.

Nyhetsankaret Stefanie von Sydow byter ämne, blickar in i kameran och börjar berätta om alla uppsägningar som följt på den brittiska försvarskoncernen BAE Systems Limiteds köp av Aktiebolaget Bofors och vänder sig sedan mot Penelope:

– Penelope Fernandez, du har i flera debatter uttalat dig mycket kritiskt om hanteringen av svensk vapenexport. Nyligen gjorde du en jämförelse med den franska Angolagate-skandalen. Högt uppsatta politiker och affärsmän åtalades för mutbrott och vapensmuggling och är nu dömda till långa fängelsestraff ... men någonting sådant har vi väl inte sett i Sverige?

– Det kan man tolka på två sätt, svarar Penelope Fernandez.

Antingen så fungerar våra politiker annorlunda eller så fungerar vårt rättssystem annorlunda.

– Du vet mycket väl, säger Pontus Salman. Att vi har en lång tradition av ...

– Enligt svensk lag, avbryter Penelope. Enligt svensk lag är all tillverkning och export av krigsmateriel förbjuden.

– Du har förstås fel, säger Salman.

– Paragraf 3 och 6 i lagen om krigsmateriel, preciserar Penelope.

– Men Silencia Defence har fått ett positivt förhandsbesked, ler han.

– Ja, för annars skulle det röra sig om vapenbrott i stor skala och ...

– Men nu har vi faktiskt tillstånd, avbryter han.

– Glöm inte vad krigsmaterielet är till ...

– Vänta lite, Penelope, bromsar nyhetsankaret Stefanie von Sydow och nickar åt Pontus Salman som har höjt handen för att signalera att han inte är färdig.

– Alla affärer granskas på förhand, förklarar han. Antingen direkt av regeringen eller av Inspektionen för strategiska produkter, om du känner till dem.

– Frankrike har en motsvarighet, invänder Penelope. Och ändå kunde krigsmateriel för åtta miljarder kronor hamna i Angola trots FN:s vapenembargo, trots ett fullständigt bindande förbud ...

– Nu talar vi om Sverige.

– Jag förstår att människor inte vill förlora sina jobb, men jag skulle ändå vilja höra hur du motiverar exporten av enorma mängder ammunition till Kenya? Det är ett land som ...

– Du har absolut ingenting att anmärka på, avbryter han. Ingenting, inte en enda detalj, eller har du det?

– Jag kan tyvärr inte ...

– Har du någonting konkret att anmärka på? avbryter Stefanie von Sydow.

– Nej, svarar Penelope Fernandez och slår ner blicken. Men jag ...

– Då tycker jag att en ursäkt vore på sin plats, säger Pontus Salman.

Penelope ser honom i ögonen, känner ilskan och frustrationen sjuda upp, men hon tvingar sig själv att tiga. Pontus Salman ler beklagande och börjar sedan berätta om fabriken i Trollhättan. Tvåhundra arbetstillfällen skapades när Silencia Defence fick tillstånd att starta tillverkningen. Han förklarar vad det positiva förhandsbeskedet innebar och hur långt produktionen har kommit. Långsamt breder han ut sig om detta så att tiden inte ska räcka till åt hans motdebattör.

Penelope lyssnar och tvingar bort den farliga stoltheten ur sitt hjärta. Hon tänker istället på hur hon och Björn alldeles snart kommer att gå ombord på hans båt. De ska bädda den pilformade sängen i fören, fylla kylskåpet och den lilla frysboxen. Hon ser för sig glittret i de frostiga snapsglasen när de äter inlagd sill, senapssill och matjessill, färskpotatis, kokt ägg och knäckebröd. De ska duka på akterdäcket, ankra vid en liten ö i skärgården och sitta och äta i kvällssolen i flera timmar.

*

Penelope Fernandez lämnar Sveriges Television och börjar gå i riktning mot Valhallavägen. Hon hade suttit och väntat i nästan två timmar på att vara med i ett uppföljande samtal i en annan morgonsoffa när producenten förklarade att de hade blivit tvungna att stryka henne för att få plats med fem snabba tips till en sommarplatt mage.

Långt borta på Gärdet ser hon Cirkus Maximums färggranna cirkustält. En djurskötare spolar av två elefanter med en vattenslang. Den ena lyfter snabeln rakt upp i luften och fångar den hårda vattenstrålen i munnen.

Penelope är bara tjugofyra år, hon har lockigt, svart hår en bit ned över skulderbladen. Kring halsen blänker en kort silverlänk med ett litet krucifix från hennes konfirmation. Hennes hy har en len gyllengul färg. Som jungfruolja eller honung, skrev en pojke en gång när de skulle beskriva varandra i ett skolarbete på högstadiet. Ögonen är stora och allvarliga. Mer än en gång har hon fått höra att hon är slående lik filmstjärnan Sophia Loren.

Penelope tar upp sin telefon och ringer Björn för att säga att hon är på väg, att hon ska ta tunnelbanan från Karlaplan.

– Penny? Har det hänt något? frågar han med en jagad röst.

– Nej, vad då?

– Allt är klart, jag pratade in det på din svarare, det är bara du som fattas.

– Vi behöver väl inte stressa?

När Penelope står i den långa, branta rulltrappan ner till tunnelbanans plattform börjar hennes hjärta slå snabbare av ett dovt obehag och hon sluter sina ögon. Trappan sjunker djupare ner, smalnar av och luften blir svalare och svalare.

Penelope Fernandez kommer från La Libertad som är ett av de största departementen i El Salvador. Penelopes mor Claudia Fernandez fängslades under inbördeskriget och Penelope föddes i en cell där femton internerade kvinnor gjorde sitt bästa för att hjälpa till. Claudia var läkare och hade varit aktiv i folkupplysningskampanjer. Det som gjorde att hon hamnade i regimens ökända fängelse var att hon försökte sprida kravet på rätten att bilda fackföreningar till ursprungsbefolkningen.

Först när Penelope kommer ner till tunnelbanans plattform öppnar hon ögonen. Känslan av instängdhet har försvunnit. Hon tänker återigen på Björn som väntar vid motorbåtsklubben på Långholmen. Hon älskar att bada naken från hans båt, dyka rakt ner i vattnet och inte se någonting annat än hav och himmel.

Tunnelbanetåget rusar skakande fram, solljuset slår in genom fönstren när vagnarna lämnar tunneln och kommer ut på Gamla stans station.

Penelope Fernandez hatar krig och våld och vapenmakt. Det är en brinnande aversion som har fått henne att ta en politisk magisterexamen i Uppsala och läsa freds- och konfliktforskning. Hon har jobbat för den franska hjälpgruppen Action Contre la Faim i Darfur tillsammans med Jane Oduya. Hon skrev en mycket uppmärksammad artikel i Dagens Nyheter om flyktinglägrets kvinnor och deras försök att återskapa vardagen efter varje övergrepp. För två år sedan efterträdde hon Frida Blom som ordförande för Svenska freds- och skiljedomsföreningen.

Penelope går av vid Hornstull och kommer upp i solskenet, känner sig plötsligt oförklarligt orolig för någonting och springer nedför Pålsundsbacken till Söder Mälarstrand, går snabbt över bron till Långholmen och följer vägen till vänster mot småbåtshamnen. Damm från gruset hänger som ett dis i den stillastående luften.

Björns båt ligger i skuggan rakt under Västerbron, vattnets rörelser skapar ett nät av ljus som vaggande speglas i de gråmålade stålbalkarna högt ovanför.

Hon ser honom på akterdäcket med en cowboyhatt på huvudet. Han står stilla, med armarna om sig själv och uppdragna axlar.

Penelope stoppar två fingrar i munnen och busvisslar. Björn rycker till, ansiktet blir alldeles naket, som om han blivit fruktansvärt rädd. Han blickar bort mot vägen och får se henne. Hans ögon är fortfarande ängsliga när han går fram till landgången.

– Vad är det? frågar hon och fortsätter nedför trappan mot båtplatserna.

– Ingenting, svarar Björn, rättar till hatten på huvudet och försöker le.

De kramar varandra och hon känner att hans händer är

iskalla och att hans skjorta är våt över ryggen.

– Du är helt svettig, säger hon.

Björn glider undan med blicken.

– Jag har stressat för att komma iväg.

– Tog du min väska?

Han nickar och gör en gest mot kajutan. Båten gungar lätt under hennes fötter, hon känner doften av solvarm plast och lackat trä.

– Hallå? säger hon ljust. Var är du någonstans?

Hans halmfärgade hår sticker ut i alla riktningar i små hoptovade dreads. De klarblå ögonen är barnsliga, leende.

– Jag är här, svarar han och slår ner blicken.

– Vad tänker du på hela tiden?

– På att vi ska få vara tillsammans, svarar han och lägger sina armar runt hennes midja. På att ha sex mitt i naturen.

Han nuddar hennes hår med läpparna.

– Är det vad du går och hoppas på? viskar hon.

– Ja, svarar han.

Hon skrattar åt hans uppriktighet.

– De flesta ... åtminstone kvinnor, tycker nog att det är en aning överskattat, säger hon. Att ligga på marken bland myror och stenar och ...

– Det är som att bada naken, framhärdar han.

– Du får försöka övertyga mig, säger hon fräckt.

– Det kommer jag att göra.

– Hur? skrattar hon precis när telefonen ringer i hennes tygväska.

Det ser ut som om Björn stelnar till av signalen. Färgen försvinner från hans kinder. Hon tittar på telefonens display, ser att samtalet kommer från hennes yngre syster.

– Det är Viola, förklarar hon snabbt för Björn innan hon svarar:

– Hola, syrran.

En bil tutar och systern skriker något bredvid luren.

– Jävla dåre, muttrar hon.

– Vad är det som händer?

– Det är slut, säger systern. Jag har dumpat Sergej.

– Igen, lägger Penelope till.

– Ja, svarar Viola lågt.

– Förlåt, säger Penelope. Jag förstår att du är ledsen.

– Det är inte så farligt, men ... Mamma sa att ni skulle ut med båten och jag tänkte ... jag skulle gärna hänga på om jag får.

Det blir alldeles tyst.

– Hänga på, upprepar Penelope och hör bristen på entusiasm i sin egen röst. Jag och Björn behöver lite tid tillsammans, men ...

2

PENELOPE STÅR på styrplatsen med en luftig blå sarong om höfterna och en vit bikiniöverdel med ett peacetecken över höger bröst. Sommarljuset flödar över henne genom vindrutan. Försiktigt rundar hon Kungshamns fyr och manövrerar sedan den stora motorbåten in i det smala sundet.

Hennes lillasyster Viola reser sig från den rosa solstolen på akterdäck. Den senaste timmen har hon suttit med Björns cowboyhatt på huvudet och enorma spegelglasögon och rökt en joint med sömniga rörelser.

Viola gör fem slappa försök att plocka upp tändsticksasken från durken med tårna innan hon ger upp. Penelope kan inte låta bli att le. Viola kommer in genom glasdörren till salongen och frågar om hon ska ta över.

– Annars går jag ner och fixar en margarita, säger hon och fortsätter nedför trappan.

På fördäck ligger Björn på ett badlakan med pocketutgåvan av Ovidius *Metamorfoser* som huvudkudde.

Penelope ser att räcket vid hans fötter är rostigt i fästet. Björn fick båten av sin far när han fyllde tjugo, men har inte haft råd att underhålla den. Den stora fritidsbåten är den enda present han någonsin fått av sin pappa, förutom en resa. När pappan fyllde femtio år bjöd han ner Björn och Penelope till ett av sina finaste stjärnhotell, Kamaya Resort på Kenyas östkust. Penelope stod bara ut på hotellet i två dagar innan hon reste till flyktinglägret i Kubbum i Darfur i södra Sudan, där den franska hjälpgruppen Action Contre la Faim befann sig.

Penelope sänker marschfarten från åtta till fem knop när de närmar sig Skurusundsbron. Ingenting hörs av den täta trafiken högt däruppe. De glider precis in i det skuggiga vattnet när hon ser en svart gummibåt intill fundamentet av betong. Båten är av samma slag som militärens kustjägare använder. En RIB med ett skrov av glasfiber och mycket kraftiga motorer.

Penelope har nästan passerat under bron när hon upptäcker att det sitter någon i båten. En man hukar i dunklet med ryggen vänd mot henne. Hon vet inte varför hennes puls stegras vid den plötsliga åsynen av honom. Det är någonting med hans nacke och de svarta kläderna. Hon känner sig iakttagen trots att han sitter bortvänd.

När hon kommer ut i solskenet igen ryser hon över hela kroppen och huden på armarna förblir knottrig en lång stund.

Hon ökar farten till femton knop när hon har passerat Duvnäs. De båda inombordsmotorerna mullrar, vattnet skummar bakom dem och båten skjuter fart över den släta vattenytan.

Penelopes telefon ringer. Hon ser att det är hennes mammas nummer. Kanske såg hon debatten på teve. Penelope tänker hastigt att mamman ringer för att säga att hon var fin och duktig, men vet att det bara är en fantasi.

– Hej mamma, svarar Penelope.

– Aj, viskar mamman.

– Vad händer?

– Ryggen … jag måste iväg till naprapaten, säger Claudia och det låter som om hon fyller ett glas med kranvatten. Men jag ville bara höra om Viola har pratat med dig.

– Hon är med på båten, svarar Penelope och hör mamman dricka.

– Hon är med, vad skönt … jag tänkte att det skulle vara bra för henne.

– Det är säkert bra för henne, säger Penelope dämpat.

– Vad ska ni äta?

– I kväll blir det inlagd sill, potatis, ägg . . .

– Hon tycker inte om sill.

– Mamma, Viola ringde mig för . . .

– Jag vet att du inte hade räknat med att hon skulle följa med, avbryter Claudia. Det är ju därför jag frågar.

– Jag har gjort lite köttbullar, säger Penelope tålmodigt.

– Så att det räcker åt alla? frågar mamman.

– Räcker? Det beror på . . .

Hon tystnar och stirrar ut mot det glänsande vattnet.

– Jag kan avstå mina, säger Penelope samlat.

– Om det inte räcker, säger mamman. Det är bara det jag menar.

– Jag förstår det, säger hon lågt.

– Ska det vara synd om dig nu? frågar mamman med återhållen irritation.

– Det är bara att . . . Viola är faktiskt vuxen och . . .

– Nu blir jag besviken på dig.

– Förlåt.

– Du brukar äta mina köttbullar på jul och midsommar och . . .

– Jag behöver inte göra det, säger Penelope snabbt.

– Bra, säger mamman tvärt. Då säger vi det.

– Jag menar bara att . . .

– Du kommer inte hit på midsommar, avbryter mamman med upprörd röst.

– Men mamma, varför måste du . . .

Det klickar till när mamman lägger på. Penelope tystnar omedelbart och känner frustrationen darra inombords, tittar på telefonen och stänger sedan av den.

Båten färdas långsamt över den gröna speglingen från grönskande sluttningar. Trappan från pentryt knarrar och efter en liten stund vinglar Viola upp med margaritaglaset i handen.

– Var det mamma?

– Ja.

– Är hon rädd för att jag inte får någon mat? frågar Viola leende.

– Det finns mat, svarar Penelope.

– Mamma tror inte att jag kan ta hand om mig själv.

– Hon är bara orolig, svarar Penelope.

– Hon oroar sig aldrig för dig, säger Viola.

– Jag klarar mig.

Viola smakar på drinken och blickar ut genom vindrutan.

– Jag såg debatten på teve, säger hon.

– I morse? När jag mötte Pontus Salman?

– Nej, det var ... förra veckan, säger hon. Du pratade med en arrogant man som ... han hade ett fint namn och ...

– Palmcrona, säger Penelope.

– Precis, Palmcrona ...

– Jag blev arg, fick röda kinder och tårar i ögonen, ville recitera Bob Dylans *Masters of War* eller bara springa ut och slå igen dörren.

Viola tittar till när Penelope sträcker på sig och öppnar takfönstret.

– Jag trodde inte att du rakade dig under armarna, säger hon lättsamt.

– Nej, fast jag har varit så mycket i media att ...

– Fåfängan slog till, skojar Viola.

– Jag ville inte bli avfärdad som rättshaverist bara för lite hår under armarna.

– Hur går det med bikinilinjen?

– Sådär ...

Penelope lyfter på sarongen och Viola gapskrattar.

– Björn gillar det, ler Penelope.

– Han kan ju knappast säga någonting med sina dreads.

– Men du rakar dig överallt som man ska, säger Penelope med skärpa i rösten. För dina gifta gubbar och idioter med stora muskler och ...

– Jag vet att jag har dåligt omdöme, avbryter Viola.

– Det har du ju inte annars.

– Fast jag har aldrig gjort någonting ordentligt.

– Du borde bara hyfsa till dina betyg och ...

Viola rycker på axlarna:

– Jag skrev faktiskt högskoleprovet.

De plöjer mjukt fram över det genomskinliga vattnet, måsar följer på hög höjd efter båten.

– Hur gick det? frågar Penelope till slut.

– Jag tyckte att det var lätt, säger Viola och slickar salt från glasets kant.

– Så det gick bra, ler Penelope.

Viola nickar och ställer ifrån sig glaset.

– Hur bra? frågar Penelope och stöter till henne i sidan.

– Maxpoäng, säger Viola med nedslagen blick.

Penelope skriker till av glädje och kramar sin syster hårt.

– Fattar du vad det här betyder? ropar Penelope uppjagat. Du kan utbilda dig till vad du vill, gå på vilket universitet som helst, det är bara att välja mellan handelshögskolan, läkarlinjen, journalisthögskolan.

Systern skrattar med röda kinder och Penelope kramar henne igen så att hon tappar hatten. Hon stryker Viola över huvudet, ordnar hennes hår som hon alltid gjorde när de var små, tar hårklämman med fredsduvan från sitt eget hår och fäster den i systerns, tittar på henne och ler nöjt.

3

En båt lämnas drivande på Jungfrufjärden

SOM EN KNIV klyver fören den släta ytan med ett klistrigt rinnande ljud. Det går mycket fort. Stora svallvågor slår upp på land. De girar brant över brytande vågor, studsar smattrande, vatten sprutar kring dem. Penelope styr ut på fjärden med dånande motorer. Fören lyfter och vitt, skummande vatten delar sig efter aktern.

– Du är inte klok, Madicken, ropar Viola och drar loss klämman från sitt hår, precis som hon alltid gjorde som barn, just när frisyren var färdig.

Björn vaknar när de stannar till vid Gåsö. De handlar glass och tar en kopp kaffe. Viola vill spela minigolf på den lilla golfbanan och det är redan sen eftermiddag när de fortsätter.

Babord breder hela fjärden ut sig, som ett hisnande stort stengolv.

Tanken är att de ska lägga till vid Kastskär, en lång, obebyggd ö med smal midja. På södersidan finns en grönskande vik där de ska ankra båten, bada, grilla och övernatta.

– Jag går ner och lägger mig en stund, säger Viola gäspande.

– Gör det, ler Penelope.

Viola går nedför trappan och Penelope tittar framåt. Hon sänker hastigheten och håller ögonen på det elektroniska lodet som varnar för grynnor när de glider in mot Kastskär. Det blir hastigt grundare, från fyrtio meter till fem.

Björn kommer in i styrkajutan och kysser Penelope i nacken.

– Ska jag börja med maten? frågar han.

– Viola behöver nog sova en timme.

– Nu låter du som din mamma, säger han mjukt. Har hon hunnit ringa ännu?

– Ja.

– För att kolla om Viola fick följa med, eller?

– Ja.

– Har ni bråkat?

Hon skakar på huvudet.

– Vad är det? frågar han. Är du ledsen?

– Nej, det är bara att mamma ...

– Vad då?

Penelope torkar leende tårar från kinderna.

– Jag får inte komma på midsommar, säger hon.

Björn kramar henne.

– Du borde bara strunta i henne.

– Det gör jag, svarar hon.

Långsamt, långsamt manövrerar Penelope in båten i det innersta av viken. Motorerna mullrar mjukt. Båten är så nära land nu att hon kan känna lukten av varm växtlighet från ön.

De ankrar, släpper efter och går in mot klipporna. Björn hoppar iland med tampen på den branta sluttningen och förtöjer kring en trädstam.

Marken är täckt av mossa. Han blir stående och ser på Penelope. Några fåglar rör sig i trädkronorna när ankarspelet skramlar.

Penelope drar på sig ett par joggingbyxor och de vita sportskorna, hoppar i land och tar emot hans hand. Han lägger armarna om henne.

– Ska vi gå och kolla på ön?

– Var det inte någonting du skulle övertyga mig om? frågar hon dröjande.

– Fördelarna med allemansrätten, säger han.

Hon nickar leende och han stryker undan hennes hår och

låter fingret löpa över hennes markerade kind och tjocka, svarta ögonbryn.

– Hur kan du vara så vacker?

Han kysser henne lätt på munnen och börjar sedan gå mot den låga skogen.

Mitt på ön finns en liten glänta med högt ängsgräs i täta tuvor. Fjärilar och små humlor rör sig över blommorna. Det är hett i solen, vattnet glittrar mellan träden mot nordsidan. De står stilla, tvekar, ser leende på varandra och blir sedan allvarliga.

– Tänk om det kommer någon, säger hon.

– Det är bara vi på den här ön.

– Är du säker på det?

– Hur många öar finns det i Stockholms skärgård? Trettiotusen? Säkert fler, säger han.

Penelope tar av sig bikiniöverdelen, petar av sig skorna och drar ner bikinitrosorna ihop med sportbyxorna och står plötsligt helt naken i gräset. Hennes första känsla av genans byter nästan omedelbart plats med ren glädje. Hon tänker att det faktiskt är något väldigt upphetsande med havsluften mot huden, värmen som fortfarande strålar upp från marken.

Björn tittar på henne, mumlar att han inte är sexistisk, men att han måste få titta lite till. Hon är lång, hennes armar är muskulösa och ändå mjukt fylliga. Den smala midjan och de kraftiga låren får henne att se ut som en lekfull, antik gudinna.

Björn känner att hans händer darrar när han får av sig T-shirten och de blommiga, knälånga badshortsen. Han är yngre än hon, hans kropp är pojkaktig, nästan hårlös, redan bränd av solen över axlarna.

– Nu vill jag titta på dig, säger hon.

Han rodnar om kinderna och går fram till henne med ett stort leende.

– Får jag inte det?

Han skakar på huvudet, gömmer ansiktet mot hennes hals och hår.

De börjar kyssas, helt stilla, står bara tätt ihop och kysser varandra. Penelope känner hans varma tunga i sin mun och genomfars av en sprittande lyckokänsla. Hon tvingar bort det stora leendet från munnen för att kunna fortsätta kyssas. De andas snabbare. Hon känner hur Björn får erektion, hur hans hjärta slår hårdare. De lägger sig i gräset, ivriga, hittar en plats mellan tuvorna. Han söker sig ner med munnen till hennes bröst, de bruna bröstvårtorna, kysser magen och för isär hennes lår. När han ser på henne tänker han att det är som om deras kroppar lyser av sig själva i kvällssolen. Allt är plötsligt extremt intimt och ömtåligt. Hon är redan våt och svullen när han börjar slicka henne, alldeles mjukt och långsamt, hon måste putta undan hans huvud efter en liten stund. Hon håller ihop låren, ler och rodnar under ögonen. Hon viskar till honom att komma, drar honom till sig, styr honom rätt med handen och låter honom glida in i henne. Han andas tungt i hennes öra och hon blickar rakt upp i den rosa himlen.

Efteråt står hon naken i det varma gräset, sträcker på sig, går några steg och blickar in mot träden.

– Vad är det? frågar Björn med tjock röst.

Hon tittar på honom, han sitter naken på marken och ler mot henne.

– Du har bränt dig på axlarna.

– Varje sommar.

Han känner försiktigt över den röda huden på skuldrorna.

– Vi går tillbaka – jag är hungrig, säger hon.

– Jag måste bara simma lite.

Hon drar på sig trosorna och byxorna igen, tar på sig skorna och står med bikiniöverdelen i handen. Hon låter blicken gå över hans hårlösa bröstkorg, armarnas muskler, tatueringen på axeln, hans slarviga solbränna och ljusa, lekande blick.

– Nästa gång får du ligga underst, ler hon.

– Nästa gång, upprepar han muntert. Du är redan fast, jag visste det.

Hon skrattar och viftar avfärdande mot honom. Han lägger sig leende på rygg och blickar upp mot himlen. Hon hör honom vissla för sig själv när hon går genom skogen mot den lilla, branta stranden där båten är ankrad.

Hon stannar till och tar på sig bikiniöverdelen innan hon fortsätter ner till båten.

När Penelope går ombord undrar hon om Viola fortfarande sover i akterpiken. Hon tänker att hon ska sätta på en kastrull med färskpotatis och några dillkronor och sedan gå och tvätta sig och byta om. Märkligt nog är akterdäcket alldeles fuktigt som efter en regnskur. Viola måste ha svabbat det av någon anledning. Båten känns annorlunda. Penelope kan inte säga vad det är, men hennes hud är med ens knottrig av obehag. Det blir nästan helt tyst när fåglarna plötsligt slutar sjunga. Bara ett svagt kluckande från vattnet mot skrovet och ett dämpat knarrande från tampen kring trädet hörs. Penelope blir plötsligt medveten om sina egna rörelser. Hon går nedför trappan till aktern, ser att dörren står öppen till gästkojen. Lampan är tänd, men Viola är inte där. Penelope märker att hennes hand darrar när hon knackar på dörren till den lilla toaletten. Hon öppnar, tittar in och återvänder sedan upp på däck. Längre bort i viken ser hon hur Björn är på väg ner i vattnet. Hon vinkar mot honom, men han ser henne inte.

Penelope öppnar glasdörrarna till salongen, går förbi de blå sofforna, teakbordet och styrplatsen.

– Viola? ropar hon svagt.

Hon går ned till pentryt, tar fram en kastrull, men ställer ifrån sig den på plattan när hjärtat börjar slå hårdare i bröstet. Hon tittar in i det stora badrummet och fortsätter sedan fram mot förpiken där hon och Björn brukar sova. Hon öppnar dörren, blickar runt i den dunkla kojen och tror först att hon ser sig själv i spegeln.

Viola sitter helt stilla på sängkanten, med handen vilande på den rosa kudden från Myrorna.

– Vad gör du härinne?

Penelope hör sig själv fråga systern vad hon gör i sovrummet, trots att hon redan förstått att ingenting stämmer. Viola är grumligt vit och blöt i ansiktet, håret är vått och stripigt.

Penelope går fram, tar systerns ansikte i sina händer, kvider svagt och skriker sedan, alldeles nära hennes ansikte:

– Viola? Vad är det? Viola?

Men hon förstår redan vad som hänt, vad som är fel, det kommer ingen andedräkt från systern, huden utstrålar ingen värme, det finns ingenting kvar av henne, livsljuset är utblåst. Det trånga rummet mörknar, sluter sig kring Penelope. Med främmande röst jämrar hon sig och snubblar bakåt, river ner kläder, stöter axeln hårt mot dörrposten, vänder sig runt och springer uppför trappan.

När hon kommer upp och ut på akterdäcket drar hon efter andan som om hon varit nära att kvävas. Hon hostar och blickar runt med en iskall skräck i kroppen. Hundra meter bort på stranden ser hon en främmande man i svarta kläder. På något sätt förstår Penelope hur det hör ihop. Hon vet att han är samme man som befann sig i skuggan under bron i den militära gummibåten, han som vände ryggen mot henne när hon passerade. Hon förstår att det är den svartklädde mannen som har dödat Viola och att han ännu inte är färdig.

Mannen står på stranden och vinkar till Björn som simmar tjugo meter från land, han ropar något och höjer hela armen. Björn hör honom och stannar till, trampar vatten och börjar söka med blicken mot land.

Sekunderna står nästan stilla. Penelope rusar till styrplatsen, rotar runt i redskapslådan, hittar en morakniv och springer till akterdäcket.

Hon ser Björns långsamma simtag, vattenringarna kring honom. Han tittar på mannen och ser undrande ut. Mannen vinkar honom till sig, vill att han ska komma. Björn ler osäkert och börjar simma in mot land.

– Björn, skriker Penelope allt vad hon kan. Simma utåt!

Mannen på stranden vänder sig mot henne och börjar springa mot båten. Penelope skär av tampen, halkar omkull på det blöta trädäcket, kommer upp, snubblar in till styrplatsen och startar motorn. Utan att se sig om hissar hon ankaret och lägger samtidigt i backen.

Björn måste ha hört henne, för han har vänt sig bort från land och börjat simma mot båten istället. Penelope styr mot honom och ser samtidigt hur den svartklädde mannen har bytt riktning och springer uppför sluttningen mot öns andra sida. Utan att egentligen tänka förstår hon att mannen har dragit upp sin svarta gummibåt i den nordliga viken.

Hon vet att det inte finns någon som helst möjlighet att köra ifrån den.

Mullrande vänder hon den stora båten och kör i riktning mot Björn. Hon skriker åt honom, närmar sig, saktar in och sträcker fram en båtshake mot honom. Det är kallt i vattnet. Han ser rädd och utmattad ut. Hans huvud försvinner under ytan hela tiden. Hon gör honom illa med båtshakens spets, det börjar blöda från hans panna.

– Du måste hålla, ropar hon.

Den svarta gummibåten börjar redan runda ön. Hon hör tydligt motorljudet. Björn grimaserar av smärta. Efter flera försök lyckas han äntligen kroka armen kring båtshaken. Hon drar in honom så fort hon kan mot badplattformen. Han får tag i kanten. Hon tappar båtshaken och ser den driva bort i vattnet.

– Viola är död, skriker hon och hör förtvivlan och panik blanda sig i rösten.

Så fort Björn klamrat sig fast vid stegen springer hon till styrplatsen och ger full gas.

Björn klättrar över relingen och hon hör honom skrika åt henne att köra rakt över mot Ornäs huvud.

Ljudet från de vrålande motorerna på den snabba gummibåten närmar sig bakom dem.

Hon svänger runt i en snäv båge, det dånar hårt under skrovet.

– Han dödade Viola, kvider Penelope.

– Akta skären, varnar Björn med hackande tänder.

Gummibåten har nått runt Stora Kastskär och fått upp farten på det öppna, släta vattnet.

Det rinner blod över Björns ansikte.

De närmar sig hastigt den stora ön. Björn vänder sig runt, ser gummibåten kanske trehundra meter ut.

– In mot bryggan!

Hon svänger runt, slår i backen och stänger av motorn när fören stöter mot bryggan med ett knakande ljud. Hela båten skrapar sidan mot en blöt trästege. Svallvågorna vänder frasande mot klipporna och rullar tillbaka. Båten tippar åt sidan, trappstegen bryts sönder i flisor. Vatten slår över relingen. De lämnar båten och tar sig över på bryggan. Bakom sig hör de hur skrovet knastrande gungar mot bryggan i svallvågorna. De rusar mot land medan den snabba gummibåten rytande närmar sig. Penelope halkar, tar stöd med handen och klättrar flämtande uppför den branta stranden mot skogsbrynet. Gummibåtens motorer tystnar därnere och Penelope vet att deras försprång är obetydligt. Tillsammans med Björn rusar hon mellan träden, djupare in i skogen samtidigt som hennes tankar flyger i panik och blicken letar efter en plats där de kan gömma sig.

PARAGRAF 21 i polislagen beskriver hur en polis får bereda sig tillträde till ett hus, rum eller annat ställe, om det finns skäl att anta att någon där har avlidit, är medvetslös eller annars oförmögen att tillkalla hjälp.

Skälet till att polisassistent John Bengtsson denna lördag i juni får i uppdrag att undersöka den översta lägenheten på Grevgatan 2 är att generaldirektören för Inspektionen för strategiska produkter, Carl Palmcrona, oförklarligt har uteblivit från sitt jobb och missat ett avtalat möte med utrikesministern.

Det är långt ifrån första gången som John Bengtsson tar sig in i bostäder för att leta efter döda eller skadade. För det mesta har det rört sig om anhöriga som misstänker självmord. Tysta, skräckslagna föräldrar som varit tvungna att vänta i trapphuset medan han gått in och genomsökt rummen. Ibland har han hittat unga män med nästan omärklig puls efter en överdos heroin och ibland har han funnit mordplatser, kvinnor som misshandlats till döds i skenet från teven i vardagsrummet.

John Bengtsson bär med sig både brytverktyg och en dyrkpistol när han går in genom den stora porten. Han tar hissen upp till femte våningen och ringer på dörren. Han väntar en liten stund, ställer sedan ner den tunga väskan på trapplanet och granskar låset i skyddsdörren. Plötsligt hör han ett hasande ljud i trapphuset, ett våningsplan under. Det låter som om någon tar sig nedför trappan med tysta, nästan smygande steg.

Polisassistent John Bengtsson lyssnar en stund, sträcker sedan fram handen och trycker ner handtaget: dörren är olåst och glider mjukt upp på sina fyra gångjärn.

– Är det någon hemma? ropar han.

John Bengtsson väntar några sekunder, drar med sig väskan över tröskeln, stänger efter sig, torkar av fötterna på dörrmattan och går sedan in i den stora hallen.

Stillsam musik hörs från ett angränsande rum. Han fortsätter dit, knackar på och går in. Det är ett rymligt sällskapsrum, spartanskt möblerat med tre Carl Malmstenssoffor, ett lågt glasbord och en liten målning av ett fartyg i storm på väggen. Ett isblått sken utgår från en platt, genomskinlig musikanläggning. Från högtalarna hörs melankolisk, nästan undrande violinmusik.

John Bengtsson fortsätter över golvet och fram till dubbeldörrarna, öppnar dem och blickar rakt in i en salong med höga jugendfönster. Sommarljuset utanför bryts genom de små rutorna i de övre glaspartierna.

En man svävar mitt i det vita rummet.

Det ser övernaturligt ut.

John Bengtsson står och stirrar på den döde mannen. Det känns som en evighet innan han upptäcker tvättlinan som är fäst i lampkroken.

Den välklädde mannen är alldeles stilla, som om han fixerats i ett högt hopp, med vristerna sträckta och skospetsarna pekande ner mot golvet.

Han är hängd – men det är något mer, något som inte stämmer, något som är fel.

John Bengtsson får inte gå över tröskeln. Fyndplatsen måste lämnas intakt. Hjärtats slag är snabba, han känner pulsens tunga rytm, sväljer hårt, men kan inte slita blicken från den svävande mannen i det tomma rummet.

Ett namn har börjat höras i John Bengtssons huvud, bara som en viskning: *Joona, jag måste prata med Joona Linna.*

Det finns inga möbler i rummet, bara en hängd man, som med all sannolikhet är Carl Palmcrona, ISP:s generaldirektör.

Linan är fäst mitt i taket från lampkroken i takrosettens centrum.

Han hade ingenting att klättra på, tänker John Bengtsson. Takhöjden är minst tre och en halv meter.

John Bengtsson försöker lugna sig, samla tankarna och registrera allt han ser. Den hängdes ansikte är blekt som fuktigt socker och han tycker sig bara se ett fåtal punktblödningar i de uppspärrade ögonen. Mannen bär en tunn ytterrock över den ljusgrå kavajkostymen och har lågskor på fötterna. En svart väska och en mobiltelefon ligger på parkettgolvet en bit ifrån pölen av urin som bildats rakt under kroppen.

Den hängde mannen darrar plötsligt till.

John Bengtsson drar efter andan.

Det dunsar tungt i taket, hammarslag hörs från vinden, någon går över golvet ovanför, det dunsar igen och Palmcronas kropp darrar. Ljudet från en borrmaskin hörs och tystnar. En man hojtar något. Han behöver mer sladd, sladdvindan, ropar han.

John Bengtsson märker hur pulsen planar ut när han går tillbaka genom salongen. I hallen står ytterdörren öppen. Han stannar till, tänker att han är säker på att han stängde den ordentligt, men förstår att han kan ha fel. Han lämnar lägenheten och innan han rapporterar till sin rotel tar han upp mobiltelefonen och ringer Joona Linna på Rikskriminalpolisen.

5

Riksmordskommissionen

DET ÄR FÖRSTA veckan i juni. I Stockholm har människor vaknat för tidigt på morgonen i flera veckor. Solen går upp klockan halv fyra och det är full dager nästan hela natten. Försommaren har varit ovanligt varm. Hägg och syren slog ut hand i hand. Tunga klasar av blommor sprider sina dofter från Kronobergsparken och ända ner till Rikspolisstyrelsens entré.

Rikskriminalpolisen är Sveriges enda centrala operativa polis med ansvar för att bekämpa den grova brottsligheten på både nationell och internationell nivå.

Chefen för Rikskriminalpolisen, Carlos Eliasson, står vid det låga fönstret på våning åtta med blicken över Kronobergsparkens branta sluttningar. Han håller i en telefon, slår Joona Linnas nummer, hör hur han återigen kopplas till röstbrevlådan, avbryter samtalet, lägger ifrån sig telefonen på skrivbordet och tittar på klockan.

Petter Näslund kommer in i Carlos rum och harklar sig försiktigt, stannar till och lutar sig mot en banderoll där det står "Vi bevakar, punktmarkerar och irriterar".

Från rummet intill hörs ett trött telefonsamtal som cirklar kring europeiska arresteringsorder och Schengens informationssystem.

– Pollock och hans grabbar är snart här, säger Petter.

– Jag kan klockan, svarar Carlos mjukt.

– Mackorna är i alla fall klara, säger Petter.

Carlos tvingar bort ett leende och frågar:

– Har du hört att de håller på att rekrytera?

Petter blir röd om kinderna och slår ner blicken, samlar sig och tittar sedan upp igen.

– Jag skulle ... Kan du komma på någon som skulle passa bättre i Riksmordskommissionen? frågar han.

Riksmordskommissionen består av sex experter som hjälper till med mordutredningar i hela Sverige. Kommissionen arbetar mycket systematiskt utifrån ett metodstöd som går under förkortningen PUG, polisens utredning av grova brott.

Belastningen på Riksmordskommissionens fasta medlemmar är enorm. De är så efterfrågade att de nästan aldrig har tid att samlas på polishuset.

När Petter Näslund har lämnat rummet sätter sig Carlos på sin stol och tittar in i akvariet på sina paradisfiskar. I samma ögonblick som han sträcker sig efter burken med fiskmat ringer telefonen.

– Ja, svarar han.

– De är på väg upp, säger Magnus i receptionen.

– Tack.

Carlos gör ett sista försök att få tag på Joona Linna innan han reser sig från stolen, ger sig själv en blick i spegeln och lämnar rummet. I samma stund som han kommer ut i korridoren plingar det till och hissdörrarna glider isär utan ett ljud. Vid åsynen av Riksmordskommissionen far en blixtsnabb bild förbi i hans huvud. Ett minne från konserten med Rolling Stones som han och ett par kollegor gick på för några år sedan. Gruppen som kom ut på scenen påminde om avslappnade affärsmän. Precis som Riksmordskommissionen bar de alla mörk kostym och slips.

Först går Nathan Pollock med sitt grå hår i en hästsvans, sedan kommer Erik Eriksson i sina glasögon med diamanter, vilket är skälet till att han inom gruppen kallas för Elton, efter honom släntar Niklas Dent bredvid P. G. Bondesson och sist av alla kommer kriminalteknikern Tommy Kofoed, kutryggig och trumpet stirrande i golvet.

Carlos visar in dem till mötesrummet. Den operative chefen Benny Rubin sitter redan vid det runda bordet med en kopp svart kaffe framför sig och väntar på dem. Tommy Kofoed tar ett äpple ur fruktkorgen och börjar äta med ljudliga tuggor. Nathan Pollock tittar leende på honom och skakar på huvudet när han undrande hejdar sig mitt i en tugga.

– Välkomna, börjar Carlos. Det gläder mig att alla hade tid och möjlighet eftersom vi har några viktiga diskussionspunkter på dagordningen.

– Skulle inte Joona Linna vara med? frågar Tommy Kofoed.

– Jo, svarar Carlos dröjande.

– Han gör som han vill, förklarar Pollock dämpat.

– Joona klarade ju upp morden i Tumba härom året, säger Tommy Kofoed. Jag tänker på det hela tiden, att han var tvärsäker ... han visste i vilken ordning morden hade skett.

– Mot all jävla logik, ler Elton.

– Jag kan det mesta om kriminalteknik, fortsätter Tommy Kofoed. Men Joona gick bara in och tittade på blodspåren, jag fattar det inte ...

– Han såg helheten, säger Nathan Pollock. Graden av våld, ansträngningen, stressen och hur trötta stegen verkade i radhuset i jämförelse med i omklädningsrummet.

– Jag kan fortfarande inte tro på det, mumlar Tommy Kofoed.

Carlos harklar sig och sänker blicken till den informella dagordningen.

– Sjöpolisen hörde av sig i morse, berättar han. En fiskargubbe har visst hittat en död kvinna.

– I nätet?

– Nej, han såg en stor sportbåt driva med strömmarna borta vid Dalarö, rodde ut, gick ombord och hittade henne sittande på sängen i förpiken.

– Men det är knappast någonting för kommissionen, ler Petter Näslund.

– Var hon mördad? frågar Nathan Pollock.

– Antagligen självmord, svarar Petter snabbt.

– Ingenting som brådskar, säger Carlos och tar en bit sockerkaka. Men jag ville ändå nämna det.

– Någonting annat? frågar Tommy Kofoed buttert.

– Vi har en förfrågan från polisen i Västra Götaland, säger Carlos. Det ligger en skriftlig dragning på bordet.

– Jag kommer inte att kunna ta det, säger Pollock.

– Ni har fullt upp allihop – jag vet det, säger Carlos och sopar långsamt bort smulor från bordet. Vi borde kanske börja från andra hållet och prata om ... om rekryteringen till Riksmordskommissionen.

Benny Rubin ser sig omkring med vass blick och förklarar sedan att ledningen känner till den stora belastningen och att de därför som en första åtgärd har avsatt medel för att utöka Riksmordskommissionen med en fast tjänst.

– Vi lämnar ordet fritt, säger Carlos.

– Vore det inte bra om Joona var med på den här punkten? frågar Tommy Kofoed, böjer sig fram över bordet och plockar bland de inslagna smörgåsarna.

– Det är inte alls säkert att han kommer, säger Carlos.

– Vi kan fika lite först, säger Erik Eriksson och rättar till sina glittrande glasögon.

Tommy Kofoed viker undan plasten från en laxsmörgås, plockar bort dillkvisten, pressar lite citronsaft och rullar sedan upp servetten med besticken.

Plötsligt öppnas dörren till det stora mötesrummet och Joona Linna kommer in med sitt blonda hår på ända.

– *Syö tilli, pojat*, säger han leende på finska.

– Precis, skrattar Nathan Pollock. Ät upp dillen, pojkar.

Nathan och Joona ser varandra muntert i ögonen. Tommy Kofoed rodnar om kinderna och skakar leende på huvudet.

– *Tilli*, upprepar Nathan Pollock och gapskrattar sedan när Joona går fram och lägger tillbaka dillkvisten på Tommy Kofoeds smörgås.

– Kan vi kanske fortsätta mötet, säger Petter.

Joona skakar hand med Nathan Pollock, går sedan fram till en ledig stol och hänger av sig den mörka kavajen på stolsryggen och sätter sig.

– Jag ber om ursäkt, säger Joona dämpat.

– Du är varmt välkommen, säger Carlos.

– Tack.

– Vi skulle precis ta upp frågan om rekrytering, förklarar Carlos.

Han nyper sig i underläppen och Petter Näslund börjar skruva på sig på stolen.

– Jag tror ... jag tror att jag lämnar ordet till Nathan, fortsätter Carlos.

– Okej, gärna, jag talar inte bara för min egen del nu, börjar Nathan Pollock. Utan ... vi är alla överens, vi hoppas att du vill komma till oss, Joona.

Det blir helt tyst i rummet. Niklas Dent och Erik Eriksson nickar. Petter Näslund sitter som en svart skiva i motljuset.

– Vi vill det mycket gärna, säger Tommy Kofoed.

– Jag uppskattar erbjudandet, svarar Joona och drar fingrarna genom det tjocka håret. Ni är ju väldigt duktiga, det har ni bevisat, och jag respekterar ert arbete ...

De ler mot bordet.

– Men för mig ... jag kan inte jobba utifrån PUG-metoden, förklarar han.

– Vi vet det, det har vi förstått, säger Kofoed snabbt. Det är lite stelt, men det kan vara till hjälp, det har ju visat sig att ...

Han tystnar.

– Vi ville ändå fråga, säger Nathan Pollock.

– Jag tror inte att det passar mig, svarar Joona.

De slår ner blickarna, någon nickar och Joona ber om ursäkt

när hans telefon ringer. Han reser sig från bordet och lämnar rummet. Efter någon minut kommer han tillbaka och tar sin kavaj från stolen.

– Jag är ledsen, säger han. Jag hade gärna varit med på det här mötet, men ...

– Har det hänt något allvarligt? frågar Carlos.

– John Bengtsson på ordningsroteln ringde, säger Joona. Han har precis hittat Carl Palmcrona.

– Hittat? frågar Carlos.

– Hängd, svarar Joona.

Hans symmetriska ansikte blir mycket allvarligt och ögonen glimmar som grått glas.

– Vem är Palmcrona? frågar Nathan Pollock. Jag kan inte placera namnet.

– Generaldirektör för ISP, svarar Tommy Kofoed snabbt. Han är den som bestämmer över svensk vapenexport.

– Är inte alla tjänster på ISP säkerhetsklassade? frågar Carlos.

– Jo, svarar Kofoed.

– Då ska väl någon på säkerhetspolisen titta på det.

– Men nu har jag lovat John Bengtsson att komma, svarar Joona. Det var något som inte stämde därborta.

– Vad? frågar Carlos.

– Det var ... Nej, jag måste nog se det med egna ögon först.

– Låter spännande, säger Tommy Kofoed. Får man följa med?

– Om du vill, svarar Joona.

– Jag hänger också på i så fall, säger Pollock snabbt.

Carlos försöker säga något om det pågående sammanträdet, men förstår att det är lönlöst. De tre lämnar det soldränkta mötesrummet och går ut i svalkan i korridoren.

6

Hur döden kom

TJUGO MINUTER senare parkerar kriminalkommissarie
Joona Linna sin svarta Volvo på Strandvägen. Bakom honom
stannar en silvergrå Lincoln Towncar. Joona lämnar bilen och
väntar in de båda kollegorna från Riksmordskommissionen.
Tillsammans går de runt hörnet och in genom porten till Grev-
gatan 2.

I den knakande gamla hissen till översta våningen frågar
Tommy Kofoed med sin sedvanliga butterhet i rösten vad Joona
har fått veta än så länge.

– ISP hade gjort en anmälan om att Carl Palmcrona saknades,
berättar Joona. Han har ingen familj och ingen av kollegorna
kände honom privat. Men när han inte dök upp på sitt arbete
fick ordningsroteln lov att kolla upp det. John Bengtsson gick
dit, hittade Palmcrona hängd i lägenheten och ringde mig. Han
sa att han misstänkte att det rörde sig om ett brott och ville att
jag skulle komma förbi direkt.

Nathan Pollocks väderbitna ansikte drar ihop sig:

– Vad fick honom att misstänka brott?

Hissen stannar och Joona drar undan grinden. John Bengts-
son står utanför dörren till Palmcronas lägenhet. Han stoppar
en pocketbok i fickan och Joona skakar hand med honom.

– Det här är Tommy Kofoed och Nathan Pollock på Riks-
mordskommissionen, säger Joona.

De hälsar stillsamt på varandra.

– Dörren var alltså olåst när jag kom, berättar John. Jag hörde musik och hittade Palmcrona hängd i ett av de stora rummen. Genom åren har jag plockat ner ganska många karlar, men den här gången, jag menar ... det rör sig knappast om självmord och med tanke på Palmcronas position i samhället så ...

– Det var bra att du ringde, säger Joona.

– Har du undersökt den döde? frågar Tommy Kofoed bistert.

– Jag gick inte ens in i rummet, svarar John.

– Mycket bra, mumlar Kofoed och börjar placera ut stegplattor tillsammans med John Bengtsson.

Efter en liten stund kan Joona och Nathan Pollock gå in i hallen. John Bengtsson väntar intill en blå soffa. Han pekar på dubbeldörrarna som står på glänt mot ett ljust rum. Joona fortsätter fram över stegplattorna och puttar upp de båda dörrarna på vid gavel.

Varmt solljus flödar in genom raden av höga fönster. Carl Palmcrona hänger mitt i det rymliga rummet. Han är klädd i ljus kostym, sommarrock och tunna lågskor. Flugor kryper runt i hans vita ansikte, kring ögon och mungipor, lägger små gula ägg och surrar runt pölen av urin och den smäckra väskan på golvet. Den smala tvättlinan har skurit djupt in i Palmcronas hals, snörfåran är mörkröd och blod har trängt fram och runnit innanför hans skjortbröst.

– Avrättad, konstaterar Tommy Kofoed och drar på sig ett par skyddshandskar.

Varje uns av butterhet är med ens borta från hans röst och ansikte. Med ett leende går han ner på knä och börjar fotografera den hängande kroppen.

– Vi kommer antagligen hitta skador på halskotpelaren, säger Pollock och pekar.

Joona blickar upp mot taket och sedan ned på golvet.

– Det rör sig alltså om en uppvisning, fortsätter Kofoed ivrigt och låter kameran blixtra mot den döde. Jag menar, mördaren försöker ju inte dölja brottet, utan vill tvärtom säga något, få något sagt.

– Ja, det var så jag tänkte, säger John Bengtsson ivrigt. Rummet är tomt, det finns inga stolar eller stegar att klättra på.

– Så vad är det som sägs, fortsätter Tommy Kofoed, sänker kameran och granskar kisande kroppen. Hängning är ju kopplat till förräderi, Judas Iskariot som ...

– Vänta bara lite, avbryter Joona mjukt.

De ser hans otydliga gest mot golvet.

– Vad är det? frågar Pollock.

– Jag tror att det var självmord, säger Joona.

– Typiskt självmord, säger Tommy Kofoed och skrattar lite för högt. Han flaxade och flög upp till ...

– Väskan, fortsätter Joona. Om han ställde väskan på högkant så skulle han nå upp.

– Men inte till taket, invänder Pollock.

– Snaran kan han ha fäst tidigare.

– Ja, fast jag tror att du har fel.

Joona rycker på axlarna och mumlar:

– Ihop med musiken och knoparna så ...

– Ska vi inte bara titta på väskan? frågar Pollock sammanbitet.

– Jag måste säkra lite spår först, säger Kofoed.

De betraktar tysta Tommy Kofoed som med sin krumma, korta kropp kryper fram och rullar ut en svart plastfilm med ett tunt gelatinskikt på golvet. Därefter trycker han försiktigt ut filmen med en gummiroller.

– Kan du ta fram ett par biopack och ett stort emballage? frågar han och pekar bort mot materialväskan.

– Wellpapp? undrar Pollock.

– Ja tack, svarar Kofoed och tar emot biopacken som Pollock slänger åt honom i ett högt kast.

Han säkrar de biologiska spåren på golvet och vinkar sedan in Nathan Pollock i rummet.

– Du kommer att hitta skoavtryck på den bortre kanten av

väskan, säger Joona. Den har vält bakåt och kroppen har gungat diagonalt.

Nathan Pollock säger ingenting, han går bara fram till skinnportföljen och sätter sig på knä. Hans silvriga hästsvans faller ned över kavajaxeln när han sträcker sig fram och ställer väskan på högkant. Tydliga, ljusgrå skoavtryck syns på det svarta skinnet.

– Vad var det jag sa? frågar Joona.

– Fan också, säger Tommy Kofoed imponerat och ler mot Joona med hela sitt trötta ansikte.

– Självmord, mumlar Pollock.

– Rent tekniskt åtminstone, säger Joona.

De står och tittar på den hängande kroppen.

– Vad är det egentligen vi har? frågar Kofoed, fortfarande leende. En person som fattar beslut om utförsel av krigsmateriel har tagit livet av sig.

– Ingenting för oss, suckar Pollock.

Tommy Kofoed rullar av sig handskarna och gör en gest mot den hängande mannen.

– Joona? Vad var det egentligen med knutarna och musiken? frågar han.

– Det där är en dubbel skotstek, säger Joona och pekar mot knuten kring lampkroken. Vilket jag kopplade till Palmcronas långa karriär inom marinen.

– Och musiken?

Joona hejdar sig och ser begrundande på honom.

– Vad tänker du själv om musiken? frågar han.

– Jag vet inte, det är en sonat, för fiol, säger Kofoed. Tidigt artonhundratal eller ...

Han tystnar när det ringer på dörren. De fyra ser på varandra. Joona börjar gå mot hallen och de övriga följer efter honom, men stannar i salongen för att inte synas från trapphuset.

Joona fortsätter genom innerhallen till tamburen, hejdar sig och överväger att använda dörrögat, men avstår. Han känner att det strömmar luft genom nyckelhålet när han sträcker fram handen och trycker ner handtaget. Den tunga dörren glider upp. Avsatsen är mörk. Den tidsinställda belysningen har hunnit slockna och ljuset från de rödbruna rutorna i trapphuset är svagt. Joona hör plötsligt långsamma andetag, någon andas helt nära. En sträv, nästan tung andhämtning från en gömd person. Joonas hand går till pistolen när han försiktigt tittar in bakom den öppna dörren. I ljusstrimman från glipan vid gångjärnen står en lång kvinna med stora händer. Hon är kanske sextiofem år. Hon står alldeles stilla. Ett stort hudfärgat plåster sitter på hennes kind. Det grå håret är klippt i en kort, flickaktig pagefrisyr. Hon ser Joona rakt i ögonen utan tillstymmelse till leende.

– Har ni tagit ner honom? frågar hon.

JOONA HADE trott att han skulle hinna i tid till mötet med Riksmordskommissionen klockan ett.

Han skulle bara äta lunch tillsammans med Disa på Rosendals trädgård på Djurgården. Joona kom för tidigt och blev stående en stund i solljuset och betraktade ångan som låg över den lilla vingården. Så fick han se Disa komma gående med sin tygväska över axeln. Hennes smala ansikte med de intelligenta dragen var översållat av försommarfräknar och hennes hår, som annars alltid låg samlat i två toviga flätor, var för en gångs skull utsläppt över axlarna. Hon hade gjort sig fin och bar en småblommig klänning och ett par somriga sandaler med kilklack.

De kramade varandra försiktigt.

– Hej, sa Joona. Vad fin du är.

– Du med, sa Disa.

De tog mat från buffébordet och satte sig vid ett av borden på uteserveringen. Joona hade lagt märke till att hennes naglar var målade med nagellack. Disa som var chefsarkeolog gick ofta runt med nedklippta, jordiga naglar. Hans blick vandrade bort från hennes händer och ut över fruktträdgården.

Disa började äta och talade med munnen full av mat:

– Drottning Kristina fick en leopard i present av hertigen av Kurland. Hon hade den här ute på Djurgården.

– Det visste jag inte, sa Joona lugnt.

– Jag läste i slottsräkenskaperna att Räntekammaren betalade

40 daler silvermynt i begravningshjälp för en piga som rivits ihjäl av leoparden.

Hon lutade sig bakåt och tog glaset i handen.

– Sluta prata så mycket, Joona Linna, sa hon sedan ironiskt.

– Förlåt, sa Joona. Jag ...

Han tystnade och kände plötsligt all sin energi försvinna ur kroppen.

– Vad då?

– Snälla, fortsätt att berätta om leoparden.

– Du ser ledsen ut ...

– Jag tänker på mamma ... igår var det precis ett år sedan hon gick bort. Jag åkte och la en vit iris på graven.

– Jag saknar Ritva jättemycket, sa Disa.

Hon la ner besticken och satt tyst en stund.

– Sista gången jag träffade henne, vet du vad hon sa? Hon tog min hand, berättade Disa. Och så sa hon att jag skulle förföra dig och se till att bli på smällen.

– Det kan jag tänka mig, skrattade Joona.

Solen blixtrade i glasen och spelade i Disas sällsamma, dunkla ögon.

– Jag svarade att jag inte trodde att det gick och då sa hon att jag skulle gå ifrån dig och aldrig se mig om, aldrig komma tillbaka.

Han nickade men visste inte vad han skulle säga.

– Då skulle du bli helt ensam, fortsatte Disa. En stor, ensam finne.

Han smekte hennes fingrar.

– Det vill jag inte.

– Vadå?

– Bli en stor, ensam finne, sa han mjukt. Jag vill vara med dig.

– Och jag vill bita dig, ganska hårt faktiskt. Kan du förklara det? Det börjar alltid kittla i mina tänder när jag ser dig, log Disa.

Joona sträckte ut handen för att röra vid henne. Han visste att han redan var försenad till mötet med Carlos Eliasson och Riksmordskommissionen, men satt ändå kvar mitt emot Disa, småpratade och tänkte samtidigt att han skulle gå ned till Nordiska museet för att titta på den samiska brudkronan.

*

I väntan på Joona Linna hade Carlos Eliasson berättat för Riksmordskommissionen om den unga kvinna som hittats död på en sportbåt i Stockholms skärgård. I protokollet skrev Benny Rubin att utredningen inte brådskade, att man skulle invänta sjöpolisens egen undersökning.

Joona kom en aning sent och hann knappt påbörja mötet innan John Bengtsson på ordningsroteln ringde. De hade känt varandra i många år, spelat innebandy mot varandra i över ett decennium. John Bengtsson var en sympatisk man, men när han fick diagnosen prostatacancer försvann nästan alla hans vänner. I dag var John Bengtsson helt frisk, men som många människor som känt dödens övermakt torna upp sig, hade han något ömtåligt, dröjande över sig.

Joona stod i korridoren utanför sammanträdesrummet och lyssnade på John Bengtssons långsamma ord. Rösten var fylld av den branta trötthet som uppstår minuterna efter mycket hög stress. Han beskrev hur han alldeles nyss hade hittat generaldirektören för Inspektionen för strategiska produkter hängd i sitt hem.

– Självmord? frågade Joona.

– Nej.

– Mord?

– Kan du inte bara komma hit? frågade John. För jag får inte ihop det jag ser. Kroppen svävar över golvet, Joona.

*

46

Tillsammans med Nathan Pollock och Tommy Kofoed hade
Joona precis konstaterat att det rörde sig om ett självmord
när det ringde på dörren till Palmcronas hem. I mörkret på
trappavsatsen stod en lång kvinna med matkassar i sina stora
händer.

– Har ni tagit ner honom? frågade hon.

– Tagit ner? upprepade Joona.

– Direktör Palmcrona, svarade hon sakligt.

– Vad menar du med att ta ner?

– Jag ber om ursäkt, jag är bara hushållerska, jag trodde ...

Situationen gjorde henne besvärad och hon började gå ned-
för trappan, men stannade tvärt när Joona svarade på hennes
första fråga:

– Han hänger kvar.

– Ja, hade hon sagt och vänt sig mot honom med fullständigt
neutralt ansikte.

– Såg du honom hänga tidigare i dag?

– Nej, svarade hon.

– Vad fick dig att fråga om vi hade tagit ner honom? Har det
hänt någonting? Har du sett något speciellt?

– En snara från lampkroken i lilla salongen, svarade hon.

– Du hade sett snaran?

– Givetvis.

– Men du var inte rädd för att han skulle använda den? frå-
gade Joona.

– Det är ingen mardröm att dö, svarade hon med ett återhål-
let leende.

– Vad sa du?

Men kvinnan hade bara skakat på huvudet.

– Hur tänker du dig att hans död såg ut? frågade Joona då.

– Jag tänker mig att snaran drogs åt om halsen, svarade hon
lågt.

– Och hur hamnade snaran om halsen?

– Jag vet inte ... kanske behövde den hjälp, sa hon undrande.

–Vad menar du med hjälp?

Hennes ögon rullade bakåt och Joona trodde att hon skulle svimma innan hon tog stöd med handen mot väggen och mötte hans blick igen.

–Det finns hjälpsamma människor överallt, sa hon svagt.

8

Nålen

POLISHUSETS SIMHALL är tyst och tom, det är mörkt bakom glasväggen och cafeterian har inga gäster. Den stora blå bassängen ligger nästan stilla. Vattnet är upplyst underifrån och skenet vaggar långsamt över väggar och tak. Joona Linna simmar längd efter längd, håller ett jämnt tempo och kontrollerar andningens rytm.

Han simmar medan olika minnen tumlar genom hans medvetande. Disas ansikte när hon sa att det kittlade i hennes tänder när hon såg på honom.

Joona når bassängens kant, vänder under vattnet och sparkar ifrån. Han är inte medveten om att han börjar simma snabbare när han i tankarna plötsligt befinner sig i Carl Palmcronas lägenhet på Grevgatan. Återigen betraktar han den hängande kroppen, pölen av urin, flugorna i ansiktet. Den döde hade haft sina ytterkläder på sig, rocken och skorna, men ändå tagit sig tid att sätta på musik.

Det hela hade gett Joona en känsla av något både planerat och impulsmässigt, vilket är långt ifrån ovanligt vid självmord.

Han simmar fortare, vänder och ökar takten ytterligare och ser för sig när han gick genom Palmcronas hall och öppnade dörren efter den plötsliga ringsignalen. Hur han fick se den långa kvinnan med stora händer stå gömd bakom dörrbladet, i mörkret på trappavsatsen.

Joona stannar vid bassängens kant och andas häftigt, tar stöd med armarna på plastgallret över skvalprännan. Andhämtningen blir snart lugnare, men tyngden från mjölksyran i axel-musklerna ökar fortfarande. En grupp poliser i träningskläder kommer in i simhallen. De har med sig två räddningsdockor, en barndocka och en överviktsdocka.

Det är ingen mardröm att dö, hade den stora kvinnan sagt med ett leende.

Joona klättrar upp ur bassängen med en underlig stress inombords. Han vet inte vad det är, men fallet med Carl Palmcronas död lämnar honom inte ifred. Av någon anledning fortsätter han att se för sig det tomma, ljusa rummet. Den stillsamma fiolmusiken ihop med flugornas slöa surrande.

Joona vet att det rör sig om ett självmord och försöker säga till sig själv att det inte har någonting med Rikskriminalen att göra. Men han skulle ändå vilja springa till fyndplatsen och titta på den igen, undersöka den, gå igenom varje rum, ta reda på om han missat något.

Under samtalet med hushållerskan hade han tänkt att hon blivit förvirrad, att chocken hade slutit sig kring henne som en tät dimma, gjort henne förvirrad och misstänksam, fått henne att svara konstigt och osammanhängande. Men nu provar Joona att vända på tanken. Kanske var hon inte alls förvirrad, inte alls chockad, utan svarade så konkret hon kunde på hans frågor. I så fall hävdade hushållerskan Edith Schwartz att Carl Palmcrona fick hjälp med snaran, att det fanns hjälpsamma händer, hjälpsamma människor. I så fall berättade hon att hans död inte var en självförvållad händelse, att han inte hade varit ensam om sin död.

Det är något som inte stämmer.

Han vet att han har rätt, men han kan inte ringa in känslan.

Joona går in genom dörren till herrarnas omklädningsrum, låser upp sitt skåp, tar telefonen och ringer chefsobducenten Nils Åhlén.

– Jag är inte färdig, svarar Nålen när han lagt telefonen till örat.

– Det gäller Palmcrona. Vad har du fått för första intryck, även om du . . .

– Jag är inte färdig, avbryter Nålen.

– Även om du inte är färdig, avslutar Joona sin mening.

– Kom förbi på måndag.

– Jag kommer nu, säger Joona.

– Klockan fem ska jag och frugan titta på en soffa.

– Jag är hos dig om tjugofem minuter, säger Joona och avslutar sedan samtalet innan Nålen hinner upprepa att han inte är färdig.

När Joona har duschat och bytt om hör han sorlet från skrattande och pratande barn och förstår att simskolan på polishuset ska börja snart.

Han funderar över vad det innebär rent faktiskt att generaldirektören för Inspektionen för strategiska produkter har hittats hängd. Den person som i slutänden fattar alla avgörande beslut om svensk tillverkning och export av krigsmateriel är död.

Tänk om jag har fel, tänk om han blev mördad ändå, säger sig Joona. Jag måste prata med Pollock innan jag åker till Nålen, för han och Kofoed har kanske hunnit titta på materialet från brottsplatsundersökningen.

Joona går med stora steg genom korridoren, springer nedför en trappa och ringer till sin assistent Anja Larsson för att höra om Nathan Pollock befinner sig på polishuset.

JOONAS TJOCKA hår är fortfarande genomvått när han öppnar dörren till sal 11 där Nathan Pollock håller en föreläsning för en exklusiv grupp män och kvinnor som specialutbildar sig i gisslansituationer och fritagningar.

På väggen bakom Pollock har en anatomisk tavla över en människokropp projicerats via en dator. På ett bord ligger sju olika handeldvapen uppradade, från en liten silvrig Sig Sauer P238 till en mattsvart automatkarbin av märket Heckler & Koch med en 40 millimeters granattillsats.

En av de unga poliserna står framför Pollock, som drar en kniv, håller den dold intill kroppen, skyndar fram, markerar ett snitt på polisens hals och sedan vänder sig till gruppen.

– Nackdelen med ett snitt av det här slaget är att fienden kan skrika, att kroppens rörelser inte kontrolleras och att förblödningen tar viss tid eftersom endast den ena artären öppnas, förklarar Pollock.

Han går fram till den unge polisen igen, lägger armen om hans ansikte så att armvecket sluter sig om munnen.

– Men om jag istället gör så här, så kan jag dämpa skriket, styra huvudet och öppna båda artärerna med ett enda snitt, förklarar han.

Pollock släpper den unge polisen och ser att Joona Linna står i rummet precis innanför dörren. Han måste ha kommit in just nu, när han demonstrerade greppet. Den unge polisen stryker sig över munnen och sätter sig på sin plats igen. Pollock ler stort och vinkar åt Joona, vill att han ska komma fram, men Joona skakar på huvudet.

– Jag behöver växla ett par ord med dig, Nathan, säger han lågt.

Några poliser vrider sig runt och tittar. Pollock går fram till honom och de skakar hand. Joonas kavaj har mörknat av vattnet som runnit ned i nacken.

– Tommy Kofoed säkrade skoavtrycken hemma hos Palm-crona, säger Joona. Jag måste veta om han hittade någonting oväntat.

– Jag trodde inte att det var bråttom, svarar Nathan med dämpad röst. Vi fotograferade förstås alla folieavtryck, men vi har inte hunnit analysera resultaten. Jag har absolut ingen överblick ännu ...

– Men du såg någonting, säger Joona.

– När jag la in bilderna i datorn ... det skulle kunna vara ett mönster, men det är för tidigt att ...

– Säg det bara – jag måste gå.

– Det verkar finnas avtryck från två olika skor i två cirklar kring kroppen, berättar Nathan.

– Följ med till Nålen, säger Joona.

– Nu?

– Jag ska vara där om tjugo minuter.

– Fan, jag kan inte, svarar Nathan och gör en gest in mot rummet. Men jag har telefonen på om du behöver fråga någon-ting.

– Tack, säger Joona och vänder sig mot dörren för att gå.

– Du ... skulle du inte bara vilja hälsa på det här gänget? frågar Nathan.

Alla har redan vänt sig om och Joona vinkar kort till dem.

– Det här är alltså Joona Linna som jag har pratat om, säger Nathan Pollock med höjd röst. Jag försöker övertala honom att komma och gästföreläsa om närstrid.

Det blir tyst, alla tittar på Joona.

–De flesta av er vet nog mer om kampsport än vad jag gör, säger Joona småleende. Det enda jag har lärt mig är ... att när det är på riktigt, då gäller plötsligt helt andra regler, då är det bara kamp och ingen sport.

–Lyssna på det här, säger Pollock med spänd röst.

–I verkligheten klarar man sig bara om man har förmågan att anpassa sig till de nya förutsättningarna och vända dem till sin fördel, fortsätter Joona lugnt. Träna på att utnyttja omständigheterna ... man kan befinna sig i en bil eller på en balkong. Rummet kan vara fyllt av tårgas. Golvet är kanske täckt av krossat glas. Vapen och tillhyggen kan vara inblandade. Man vet inte om man befinner sig i början eller slutet av en händelsekedja. Antagligen måste man spara på krafterna för att jobba vidare, orka en hel natt ... så det är inte tal om några hoppsparkar eller coola roundkicks.

Några av dem skrattar.

–Vid närstrid utan vapen, fortsätter Joona. Så handlar det ofta om att acceptera en hel del smärta för att kunna avsluta snabbt, men ... jag kan inte mycket om det här.

Joona lämnar föreläsningssalen. Två poliser klappar i händerna. Dörren sluts och rummet blir tyst. Nathan Pollock ler för sig själv när han återvänder till bordet.

–Jag hade egentligen tänkt spara på det här till ett senare tillfälle, säger han och börjar klicka på datorn. Den här film-upptagningen är redan en klassiker ... från gisslandramat på Nordeas bankkontor på Hamngatan för nio år sedan. Två rånare. Joona Linna har redan fått ut gisslan, oskadliggjort en av rånarna som var beväpnad med en Uzi. Det var en ganska våldsam eldstrid. Den andra rånaren är gömd, men bara beväpnad med kniv. De har sprejat alla övervakningskameror, men missade den här ... Vi tar det i slowmotion för det rör sig om bara några få sekunder totalt.

Pollock klickar på datorn och filmen kommer i långsam rörelse. En kornig videoupptagning filmad snett ovanifrån en banklokal syns. Räkneverket tickar sakta fram sekunderna i bildens underkant. Möbler är omkullvälta, papper och blanketter ligger på golvet. Joona flyttar sig mjukt i sidled, han har pistolen höjd, armen sträckt. Han rör sig långsamt, som om han befann sig under vatten. Rånaren står gömd bakom den uppställda dörren till valvet med en kniv i handen. Plötsligt rusar han fram, med långa, flytande kliv. Joona riktar pistolen mot honom, siktar rakt på bröstkorgen och trycker av.

– Pistolen klickar, säger Pollock. En skadad patron sitter fast i loppet.

Den korniga videoupptagningen flimrar. Joona flyttar sig bakåt medan mannen med kniven rusar fram. Det hela är spöklikt tyst och svävande. Joona släpper ut magasinet, det singlar ner mot golvet. Han letar efter ett nytt, men inser att han inte kommer att hinna. Istället vänder han den obrukbara pistolen i handen, så att pipan löper i linje med underarmens kraftiga ben.

– Jag fattar inte, säger en kvinna.

– Han förvandlar pistolen till en tonfa, förklarar Pollock.

– Va?

– Det är en sorts batong ... som amerikanska poliser brukar använda, den förlänger räckvidden och förstärker kraften i slaget genom att minska träffytan.

Mannen med kniven är framme vid Joona. Han tar ett långt, dröjande steg. Knivbladet lyser i sin halvcirkelformade bana, på väg mot Joonas bål. Den andra handen är höjd och följer med i kroppsvridningen. Joona tittar överhuvudtaget inte på kniven, utan rör sig istället framåt, tar ett stort kliv och slår i samma rörelse ett rakt slag. Han träffar rånaren på halsen, precis under adamsäpplet, med pistolens mynning.

Kniven faller drömlikt spinnande till golvet och mannen går ner på knä, gapar, håller sig om halsen och rasar sedan framåt.

Den drunknade

JOONA LINNA sitter i bilen på Fleminggatan på väg ut till Karolinska institutet i Solna och tänker på Carl Palmcronas hängande kropp, den spända tvättlinan, väskan på golvet.

I tankarna provar Joona att lägga till två cirklar av skospår på golvet kring den döde mannen.

Det här fallet är inte avslutat.

Joona svänger in på Klarastrandsleden mot Solna. Han kör utmed kanalen där träden redan har bildat sina fröande korgar, de lutar sig ut i vattnet, sänker sina grenar mot den släta, speglande ytan.

För sin inre syn ser han återigen hushållerskan Edith Schwartz, varje detalj, ådrorna på de stora händerna som höll i matkassarna och hur hon svarade att det finns hjälpsamma människor överallt.

Avdelningen för rättsmedicin ligger mitt bland grönskande träd och välskötta gräsytor på Karolinska institutets stora campus. En röd tegelbyggnad på Retzius väg 5, omgiven av stora byggnader på alla håll.

Joona svänger in på den tomma gästparkeringen. Han ser att rättsläkare Nils Åhlén, allmänt kallad Nålen, har kört rakt över kantstenen och parkerat sin vita Jaguar mitt på den välskötta gräsmattan bredvid huvudentrén.

Joona vinkar till kvinnan i receptionen som svarar med att göra tummen upp, han fortsätter genom korridoren, knackar på Nålens dörr och går in. Som vanligt är Nålens kontor helt fritt från överflödiga föremål.

Persiennerna är neddragna, ändå kommer solskenet in genom lamellerna. Ljuset blänker i rummets alla vita ytor men försvinner i de grå fälten av borstat stål.

Nålen bär pilotglasögon med vita bågar och vit polotröja under läkarrocken.

– Jag satte en böteslapp på en felparkerad Jaguar här utanför, säger Joona.

– Bra, kommenterar Nålen.

Joona stannar mitt på golvet och blir allvarlig; ögonen skiftar till silvrigt mörkt.

– Hur dog han egentligen? frågar han.

– Palmcrona?

– Ja.

Telefonen ringer och Nålen puttar fram obduktionsprotokollet mot Joona.

– Du hade inte behövt komma hit för att få svar på det, säger han innan han tar luren.

Joona sätter sig mitt emot honom på stolen med vit skinnsits. Obduktionen av Carl Palmcronas kropp är färdig. Joona bläddrar i protokollet och ögnar igenom några punkter på måfå:

74. Njurarna väger sammanlagt 290 gram. Deras ytor är släta. Vävnaden är gråröd. Konsistensen är fast, elastisk. Teckningen är tydlig.

75. De avledande urinvägarna har ett normalt utseende.

76. Urinblåsan är tom. Slemhinnan blek.

77. Blåshalskörteln är normalstor. Vävnaden är blek.

Nålen petar upp pilotglasögonen på den smala, böjda näsan, avslutar telefonsamtalet och höjer sedan blicken.

– Som du ser, säger han och gäspar. Så finns det ingenting oväntat. Dödsorsaken hamnar under rubriken asfyxi, det vill säga kvävning ... men vid fullständig hängning så rör det sig ju sällan om en kvävning i gängse mening utan om en tilltäppning av artärförsörjningen.

– Hjärnan kvävs för att flödet av syresatt blod stoppas.

Nålen nickar:

– Artärkompression, bilateral avklämning av carotiderna, det går förstås oerhört snabbt, medvetslöshet inom några sekunder ...

– Men han levde före hängningen? frågar Joona.

– Ja.

Nålens smala ansikte är slätrakat och dystert.

– Kan du bedöma fallhöjden? frågar Joona.

– Det finns inga frakturer på halskotpelaren eller skallbasen – så jag gissar att det bara rör sig om någon decimeter.

– Ja ...

Joona tänker på väskan med avtrycken från Palmcronas skor. Han öppnar protokollet igen och bläddrar fram till den yttre besiktningen, granskningen av halsens hud, de uppmätta vinklarna.

– Vad tänker du på? frågar Nålen.

– Om det finns en möjlighet att han blev strypt med samma snara och sedan bara upphängd i taket.

– Nej, svarar Nålen.

– Varför inte det? frågar Joona snabbt.

– Varför inte det? Det fanns bara en fåra och den var perfekt, börjar Nålen förklara. När en person hängs så skär ju repet eller linan in i halsen och det ...

– Men det kan ju en förövare veta, avbryter Joona.

– Fast det är ändå närmast omöjligt att rekonstruera ... du vet, vid en fullständig hängning så ska ju snörfåran runt halsen vara formad som en pilspets, med udden riktad uppåt, precis vid knuten ...

– För att kroppens tyngd klämmer åt öglan.

– Precis ... och av samma anledning ska den djupaste delen av fåran finnas exakt mitt emot spetsen.

– Så han dog av hängningen, konstaterar Joona.

– Utan tvekan.

Den magre, långe obducenten biter sig mjukt i underläppen.

– Men kan han ha tvingats till självmordet? frågar Joona.

– Inte med våld – det finns i alla fall inga tecken på det.

Joona sluter protokollet, trummar försiktigt på det med båda händerna och tänker att hushållerskans antydningar om att andra människor hade varit inblandade i Palmcronas död bara varit förvirrat prat. Ändå kan han inte komma ifrån de två olika skoavtrycken som Tommy Kofoed hade hittat.

– Så du är säker på dödsorsaken? frågar Joona och ser in i Nålens ögon.

– Vad hade du egentligen räknat med?

– Det här, svarar Joona dröjande och lägger fingret på mappen med obduktionsprotokollet. Det här var precis vad jag hade räknat med, men samtidigt är det någonting som håller mig kvar.

Nålen ler smalt:

– Ta med protokollet och läs det som godnattsaga.

– Ja, svarar Joona.

– Men jag tror att du kan släppa Palmcrona ... det blir inte mer spännande än ett självmord.

Nålens leende dör ut och blicken sjunker, men Joonas ögon är fortfarande skarpa, koncentrerade.

– Du har säkert rätt, säger han.

– Ja, svarar Nålen. Och jag kan spekulera lite om du vill ... Carl Palmcrona var antagligen deprimerad, för naglarna var misskötta och smutsiga, tänderna hade inte blivit borstade på några dagar och han var orakad.

– Jag förstår, nickar Joona.

– Du får gärna titta på honom.

– Nej, det behövs inte, svarar han och reser sig tungt.

Nålen lutar sig fram och förklarar med förväntan i rösten,

som om han sett fram emot detta ögonblick:

– I morse fick jag in något betydligt mer spännande. Har du tid några minuter?

Han reser sig från stolen och vinkar åt Joona att komma. Joona följer efter honom i korridoren. En ljusblå fjäril har förirrat sig in och fladdrar framför dem.

– Har killen slutat? frågar Joona.

– Vem?

– Han som var här, med hästsvans och ...

– Frippe? Nej, för fan. Han får inte sluta. Han fick ledigt. Megadeth spelade på Globen igår med Entombed som förband.

De går rakt genom en dunkel sal med ett obduktionsbord av rostfritt stål. Det doftar skarpt av desinfektionsmedel. De fortsätter in i ett svalare rum där kropparna som undersökts på rättsmedicin förvaras i nerkylda lådor.

Nålen öppnar en dörr och tänder taklampan. Lysrören blinkar till och sprider sitt sken över en sal med vitt kakel på väggarna och ett långt plastöverdraget obduktionsbord med dubbla hoar och rännor för avrinning.

På bordet ligger en ung, mycket vacker kvinna.

Hennes hy är solbränd, det svarta, långa håret slingrar sig i tjocka, skimrande lockar över pannan och axlarna. Det ser ut som om hon blickar ut i rummet med ett blandat uttryck av tveksamhet och häpnad.

Det finns ett nästan spjuveraktigt drag i hennes mungipor, som hos någon som ofta ler och skrattar.

Men glansen är försvunnen i de mörka, stora ögonen. Små brungula fläckar har redan börjat framträda.

Joona ställer sig och betraktar kvinnan på bordet. Han tänker att hon inte kan vara mer än nitton, tjugo år gammal. Nyss var hon ett litet barn som sov hos sina föräldrar. Sedan blev hon en halvvuxen skolflicka och nu är hon död.

Ovanför kvinnans bröst, på huden över bröstbenet, syns

60

svagt en böjd linje, som en glad mun målad i grått, kanske trettio centimeter lång.

– Vad är det här för streck? pekar Joona.

– Ingen aning, kanske ett avtryck från ett halsband eller linningen till en tröja, jag ska titta på det senare.

Joona betraktar den livlösa kroppen, tar ett djupt andetag och känner som alltid, inför dödens ovedersägliga faktum, en dysterhet välla in över sina känslor, som en färglös ensamhet.

Livet är så fruktansvärt skört.

Naglarna på hennes fingrar och tår är målade med en nästan rosabeige ton.

– Så vad är det för speciellt med henne? frågar han efter en kort stund.

Nålen ger honom en allvarlig blick och det blänker i hans glasögon när han vänder sig mot kroppen igen.

– Sjöpolisen kom in med henne, berättar han. Hon hittades sittande på slafen nere i förpiken på en stor fritidsbåt som drev runt i skärgården.

– Död?

Nålen möter hans blick och rösten är plötsligt melodisk:

– Hon hade drunknat, Joona.

– Drunknat?

Nålen nickar och ler vibrerande.

– Hon hade drunknat ombord på en båt som flöt, säger han.

– Antagligen har någon hittat henne i vattnet och lyft ombord henne.

– Ja, men i så fall hade jag inte tagit upp din tid, säger Nålen.

– Så vad handlar det om?

– Det finns inga spår av vatten på resten av kroppen – jag har skickat kläderna på analys, men SKL kommer inte heller att hitta någonting.

Nålen tystnar, bläddrar lite i den preliminära yttre besiktningen och sneglar sedan på Joona för att se om han har lyckats väcka hans nyfikenhet. Joona står helt stilla, hans ansikte är med ens förändrat. Nu betraktar han den döda kroppen med ett vaket, registrerande ansiktsuttryck. Plötsligt tar han upp ett par nya latexhandskar ur en kartong och drar på sig dem. Nålen ser mycket nöjd ut när Joona lutar sig fram över flickan, och försiktigt lyfter på hennes armar och granskar dem.

– Du kommer inte att hitta några spår efter våld, säger Nålen nästan ljudlöst. Det är obegripligt.

11

DEN STORA sportbåten är angjord vid sjöpolisens kajplats på Dalarö. Vit och blank ligger den förtöjd mellan två polisbåtar.

De höga stålgrindarna till hamnområdet står öppna. Joona Linna kör långsamt in på grusvägen, förbi en lila skåpbil och en lyftställning med en rostig vinsch. Han parkerar, lämnar bilen och går närmare.

En båt hittas övergiven, drivande i skärgården, tänker Joona. I kojen i fören sitter en flicka som drunknat. Båten flyter, men flickans lungor är fyllda av det bräckta havsvattnet.

Fortfarande på avstånd stannar Joona och betraktar båten. Fören är allvarligt sargad, djupa repor löper längs stäven efter en kraftig kollision, skadad färg och strån av glasfiber.

Han slår numret till Lennart Johansson på sjöpolisen.

– Lance, hörs en pigg röst.

– Är det Lennart Johansson jag talar med? frågar Joona.

– Ja, det är jag.

– Jag heter Joona Linna. Rikskrim.

Det blir tyst i luren. Joona hör något som låter som vågskvalp.

– Sportbåten som ni omhändertog, säger Joona. Jag undrar om den har tagit in vatten.

– Vatten?

– Fören är skadad.

Joona tar några steg närmare båten och hör Lennart Johansson förklara med en ton av uppgivenhet:

– Dear Lord, om jag fick en peng för varje fyllerist som trash-
ade en ...

– Jag behöver titta på båten, avbryter Joona.

– Så här har det gått till i stora drag, säger Lennart Johans-
son. Vi har några ungdomar från ... vad vet jag, Södertälje.
De snor en båt, plockar upp några tjejer, kör omkring, lyssnar
på musik, festar och dricker en massa. Mitt i allting kör de på
någonting, det är en ganska hård smäll och tjejen ramlar och
hamnar i vattnet. Killarna stoppar båten, kör tillbaka, hittar
henne och tar upp henne på däck. När de fattar att hon är död
får de panik, de blir så jävla rädda att de bara sticker.

Lennart tystnar i luren och väntar på en reaktion.

– Ingen dålig teori, säger Joona sakta.

– Eller hur? säger Lennart muntert. Köp den så slipper du
åka till Dalarö.

– För sent, säger Joona och börjar gå i riktning mot sjö-
polisens båt.

Det är en Stridsbåt 90 E som ligger förtöjd akter om sport-
båten. En man i tjugofemårsåldern, med bar, solbränd över-
kropp står på däck med en telefon mot örat.

– Suit yourself, säger han. Det är bara att ringa och boka en
tid för sightseeing.

– Jag är här nu – och jag tror att jag ser dig, om du står ombord
på en av sjöpolisens grundgående ...

– Ser jag ut som en surfare?

Den solbrände mannen höjer leende blicken och kliar sig
på bröstet.

– I stora drag, svarar Joona.

De avbryter samtalet och går varandra till mötes. Lennart
Johansson får på sig en kortärmad uniformsskjorta som han
knäpper medan han går över landgången.

Joona håller upp tummen och lillfingret i en surfgest. Len-
nart ler med vita tänder i det solbrända ansiktet:

– Jag surfar så fort det blir mer än en krusning – det är därför jag kallas för Lance.

– Då förstår jag, skojar Joona torrt.

– Eller hur, skrattar Lennart.

De går fram till båten och stannar på kajen vid landgången.

– En Storebro 36, Royal Cruiser, säger Lennart. Bra skuta, men ganska sliten. Registrerad på Björn Almskog.

– Har ni kontaktat honom?

– Vi har inte hunnit.

De tittar närmare på skadorna på båtens för. De ser ut att vara färska, det finns inga alger bland glasfibervävens trådar.

– Jag har kallat hit en tekniker – han borde vara här snart, säger Joona.

– Hon har fått en ordentlig kyss, säger Lance.

– Vilka har varit ombord sedan båten hittades?

– Ingen, svarar han snabbt.

Joona ler och väntar sedan med en tålmodig blick.

– Jag förstås, säger Lennart dröjande. Och Sonny, min kollega. Och ambulanskillarna som hämtade kroppen. Vår kriminaltekniker, men han använde stegplattor och skyddskläder.

– Är det alla?

– Förutom gubben som hittade båten.

Joona svarar inte, han ser ned i det skimrande vattnet och tänker på flickan som låg på britsen på den rättsmedicinska avdelningen hos Nålen.

– Vet du om teknikern spårsäkrade alla ytskikt? frågar han sedan.

– Han är färdig med golven och har filmat fyndplatsen.

– Jag går ombord.

En smal, sliten landgång är lagd mellan kajen och båten. Joona kliver ombord och blir sedan stående en stund på akterdäck. Han ser sig långsamt omkring, går sakta med blicken över föremålen. Detta är första och enda gången han kommer att se brottsplatsen som ny, som aldrig skådad. Varje detalj han registrerar kan vara avgörande. Skor, en omkullvält solstol, badlakan, en pocketbok som gulnat i solen, en kniv med rött plastskaft, en hink i ett snöre, ölburkar, en påse med grillkol, en balja med en våtdräkt, flaskor med solkräm och lotion.

Han tittar in genom det stora fönstret och anar salongen med styrplatsen och inredningen av lackat trä. I en viss vinkel lyser fingeravtrycken på glasdörren när solljuset passerar, avtryck från händer som puttat upp dörren, tryckt igen den, tagit stöd när båten rullat.

Joona går in i den lilla salongen. Eftermiddagssolen blänker i fernissa och krom. På sofforna med dynor av marinblått tyg ligger en cowboyhatt och ett par solglasögon.

Vattnet kluckar utanför mot skrovet.

Joona låter blicken gå längs det slitna golvet i salongen och nedför den smala trappan mot fören. Det är svart som i en djup brunn därnere. Han ser ingenting innan han tänder sin ficklampa. Ljuset belyser den blanka, branta passagen med ett isigt, begränsat sken. Det röda träet lyser fuktigt som insidan av en kropp. Joona fortsätter nedför de knarrande stegen och tänker på flickan, föreställer sig att hon har varit ensam på båten, dykt från fören, slagit huvudet mot en sten och dragit in vatten i lungorna, men ändå tagit sig ombord igen, fått av sig den blöta bikinin och klätt sig i torra kläder. Kanske har hon sedan känt sig trött och gått ned till sin säng, inte förstått att skadan varit så allvarlig som den var, inte insett att hon i själva verket hade fått en blödning som hastigt ökade trycket mot hennes hjärna.

Men då skulle Nålen ha hittat spår av det bräckta vattnet på hennes kropp.

Det stämmer inte.

Joona fortsätter nedför trappan, går förbi pentryt och bad-rummet och fram mot den stora kojen.

Det finns en kvardröjande känsla av hennes död i båten, trots att kroppen flyttats till patologen i Solna. Förnimmelsen är densamma varje gång. Tysta stirrar föremålen på något sätt tillbaka på honom, mättade av skrik, kamp och tystnad.

Plötsligt knakar båten konstigt och verkar luta sig åt sidan. Joona väntar ett tag, lyssnar, men fortsätter ändå till förpiken.

Sommarljus strålar in genom de små fönstren intill taket på en dubbelsäng med gaveln spetsigt formad efter fören. Det var här hon hittades, sittande. En sportväska står öppen på golvet och ett prickigt nattlinne är uppackat. Innanför dörren ligger ett par jeans och en tunn kofta. En axelväska hänger på en krok.

Båten gungar igen och en glasflaska rullar över däcket ovanför hans huvud.

Joona fotograferar väskan med sin mobiltelefon i olika vinklar. Blixtskenet får det lilla rummet att dra ihop sig, som om väggar, golv och tak kom ett steg närmare ett kort ögonblick.

Försiktigt lyfter han väskan från kroken och bär den med sig upp. Trappan knarrar under hans tyngd. Ett metalliskt klirrande hörs utifrån. När han kommer upp till salongen går en oväntad skugga över glasdörrarna. Joona reagerar och tar ett steg tillbaka, ner i trappans dunkel.

JOONA LINNA står helt stilla, bara två steg ner i den mörka trappan som leder till båtens pentry och främre sovrum. Från denna låga plats ser han glasdörrarnas lägsta parti och en del av akterdäcket. En skugga går över det dammiga glaset och plötsligt syns en hand. Någon kryper långsamt fram. I nästa sekund känner han igen Erixons ansikte. Svettdroppar rinner nedför hans kinder när han lägger ut gelatinfolie över området kring dörren.

Joona går upp i salongen med väskan från sovrummet. Han vänder försiktigt upp och ned på den på det lilla bordet i ädelträ. Sedan petar han upp den röda plånboken med sin penna. Det ligger ett körkort i det repiga plastfacket. Han tittar närmre och ser ett vackert, allvarligt ansikte i blixtskenet från en automat. Hon sitter lite bakåtlutad som om hon blickar upp på betraktaren. Håret är mörkt och lockigt. Han känner igen flickan från obduktionssalen hos patologen, den raka näsan, ögonen, de sydamerikanska dragen.

– Penelope Fernandez, läser han på körkortet och tänker att han har hört namnet förut.

I tankarna återvänder han till patologen och den nakna kroppen på britsen i det kakelklädda rummet, liklukten, de slappa dragen, ett ansikte bortom sömn.

Ute i solljuset flyttar sig Erixons väldiga kroppshydda decimeter för decimeter medan han säkrar fingeravtryck efter relingen, penslar med magnetpulver, lyfter med tejp. Försiktigt torkar han av en blöt yta, droppar på SPR-lösning och fotograferar avtrycken som framträder.

Joona hör honom hela tiden sucka tungt, som om varje rörelse vore plågsamt ansträngande, som om han precis uttömt sina allra sista krafter.

Joona kisar ut mot däck och ser en hink med ett snöre bredvid en gymnastiksko. Det luktar dävet av potatis nerifrån pentryt.

Hans blick återvänder till körkortet och det lilla fotografiet. Han tittar på den unga kvinnans mun, på läpparna som är en aning särade, och han tänker plötsligt att det är något som fattas.

Det känns som om han hade sett något, var på väg att säga det men sedan glömde bort tanken.

Joona rycker till av att telefonen skorrar i hans ficka. Han tar upp den, ser på displayen att det är Nålen och svarar.

– Joona.

– Jag heter Nils Åhlén och är chefspatolog på rättsmedicin i Stockholm.

Joona drar på munnen, de har känt varandra i tjugo år och han skulle känna igen Nålens röst utan någon som helst presentation.

– Har hon slagit i huvudet? frågar Joona.

– Nej, svarar Nålen förvånat.

– Jag tänkte kanske att hon hade dykt på en sten.

– Nej, ingenting sådant – hon drunknade, det var dödsorsaken.

– Du är säker? envisas Joona.

– Jag har konstaterat skumsvamp inne i näsborrarna, slemhinnebristningar i halsen, förmodligen på grund av häftiga kräkreflexer, och det finns bronkialsekret i både trachea och bronkerna. Lungorna har ett för drunkning typiskt utseende, de är vattenfyllda, viktökade, och ... ja.

Det blir tyst mellan dem. Joona hör ett skrapande ljud, det

låter som om någon skjuter fram en metallhurts.

– Du ringde av någon anledning, säger Joona.

– Ja.

– Vill du berätta?

– Hon hade hög halt av tetrahydrocannabinol i urinen.

– Cannabis?

– Ja.

– Men det har hon inte dött av, säger Joona.

– Knappast, svarar Nålen roat. Jag föreställde mig bara att du just nu försökte rekonstruera förloppet på båten … och att det här är en liten detalj i pusslet som du inte kände till.

– Hon heter Penelope Fernandez, säger Joona.

– Angenämt, mumlar Nålen.

– Var det något annat?

– Nej.

Nålen andas i luren.

– Säg det ändå, säger Joona.

– Det är bara att det här inte är ett vanligt dödsfall.

Han tystnar.

– Vad är det du har sett?

– Ingenting, det är bara en känsla …

– Bravo, säger Joona. Nu börjar du låta som jag.

– Jag vet, men … Det är klart att det kan handla om mors subita naturalis, en hastig, men helt naturlig död … Ingenting talar emot det, men om det är en naturlig död, så är det en ganska ovanlig naturlig död.

Samtalet avslutas, men Nålens ord hänger kvar i Joonas huvud, mors subita naturalis. Det är något gåtfullt över Penelope Fernandez död. Hennes kropp hittades inte bara i vattnet av någon och lyftes ombord. Då hade hon legat på däck. Man kan visserligen tänka sig att den som hittade henne ville visa den döda kvinnan omsorg. Men i så fall hade han burit in henne i salongen, lagt henne på soffan.

Det sista alternativet, tänker Joona, är förstås att hon togs omhand av någon som älskade henne, som ville bädda ner henne, lägga henne i hennes eget rum, i hennes egen säng.

Men hon satt ju på sängen. Hon satt upp.

Kanske har Nålen fel, kanske levde hon fortfarande när hon hjälptes ombord, fick hjälp att få komma till sitt rum. Lungorna kan ha varit allvarligt skadade, redan bortom räddning. Hon mådde kanske dåligt, ville lägga sig och bli lämnad ifred.

Men varför har hon inte vatten på kläderna, på resten av kroppen?

Det finns en sötvattendusch ombord, tänker Joona och säger sig att han ska undersöka resten av båten, titta på kojen i aktern, badrummet och pentryt. Det finns mycket kvar att summera innan helheten framträder.

När Erixon reser sig upp och tar ett par steg framåt med sin väldiga kropp gungar hela båten till igen.

Återigen blickar Joona ut genom glasdörrarna inifrån salongen och för andra gången hamnar hans blick på hinken med snöret. Den står bredvid en tvättbalja av zink som någon har slängt en våtdräkt i. Vattenskidorna ligger utmed relingen. Joona låter blicken gå mot hinken igen. Han ser på snöret som är knutet till handtaget. Zinkbaljans rundade kant blänker i solen, lyser som en nymåne.

Plötsligt sköljer det bara över honom: Joona ser händelseförloppet för sig med isande klarhet. Han väntar, låter hjärtat lugna sig något, låter förloppet genomströmma honom ännu en gång och är nu helt säker på att han har rätt.

Kvinnan som identifierats som Penelope Fernandez drunknade i tvättbaljan.

Joona ser för sig det böjda märket på huden över hennes bröstben som han noterade på patologen och som fick honom att tänka på en glad mun.

Hon mördades och placerades på sängen i sin hytt.

Nu börjar tankarna gå fortare, adrenalinet jagar genom

blodomloppet, hon dränktes i det bräckta havsvattnet och placerades på sin säng.

Det här är inget vanligt mord, det här är ingen vanlig mördare.

En undrande röst framträder inom honom, blir hastigt tydligare, mer befallande. Den upprepar tre ord, snabbare och högre: *Lämna båten nu, lämna båten nu.*

Joona ser Erixon genom fönstret, hur han lägger ner en tops i en liten papperspåse, försluter den med tejp och märker den med en kulspetspenna.

– Tittut, ler Erixon.

– Vi går i land, säger Joona samlat.

– Jag gillar inte båtar, de vickar hela tiden, men jag har bara börjat med ...

– Ta en paus, avbryter Joona hårt.

– Vad är det med dig nu då?

– Kom bara och rör inte mobiltelefonen.

De går i land och Joona för med sig Erixon en bit bort från båten innan han stannar. Han känner hur det hettar om kinderna och hur ett lugn sedan börjar sprida sig i kroppen, en tyngd i låren, vaderna.

– Det kan finnas en bomb ombord, säger han stilla.

Erixon sätter sig på kanten till en betongplint. Det rinner svett från hans panna.

– Vad snackar du om?

– Det här är inget vanligt mord, säger Joona. Det finns en risk för ...

– Mord? Ingenting tyder på ...

– Vänta, avbryter Joona. Jag är säker på att Penelope Fernandez blev dränkt i tvättbaljan som stod på däck.

– Dränkt? Vad fan är det du säger?

– Hon drunknade i havsvattnet i baljan och placerades på sängen, fortsätter Joona. Och jag tror att tanken var att båten skulle sjunka.

– Men ...

– För då ... för då skulle hon hittas i sin vattenfyllda hytt med vatten i lungorna.

– Men båten sjönk aldrig, säger Erixon.

– Det var det som gjorde att jag började tänka på att det kanske fanns en sprängladdning på båten, en sprängladdning som av en eller annan anledning inte briserade.

– Den sitter antagligen på bränsletanken eller gasoltuberna i pentryt, säger Erixon långsamt. Vi får se till att utrymma området och ringa efter en bombskyddsgrupp.

KLOCKAN SJU samma kväll träffas fem allvarliga män i sal 13 på Karolinska institutets rättsmedicinska avdelning. Kriminal-kommissarie Joona Linna vill hålla i förundersökningen kring kvinnan som hittades död på en båt i Stockholms skärgård. Trots att det är lördag har han kallat sin närmaste chef Petter Näslund och överåklagare Jens Svanehjälm till en rekonstruktion för att övertyga dem om att det faktiskt rör sig om en mordutredning.

Ett av lysrören i taket blinkar och det lågt tempererade ljuset fladdrar över väggarna av blänkande vitt kakel.

– Måste byta glimtändare, säger Nålen lågt.

– Ja, svarar Frippe.

Petter Näslund muttrar något ohörbart där han står tryckt mot väggen. Hans breda, kraftiga ansikte ser ut att skaka i det blinkande ljuset från lysröret. Bredvid honom väntar över-åklagare Jens Svanehjälm med ett irriterat uttryck i det unga ansiktet. Han ser ut att överväga riskerna med att ställa ned sin skinnportfölj på golvet och luta sig mot väggen med sin prydliga kostym.

En stark doft av desinfektionsmedel ligger i rummet. Kraf-tiga, riktningsbara lampor är fästa i taket över en fristående bänk av rostfritt stål, med dubbla vattenkranar och djup ho. Golvet är täckt av en ljusgrå plastmatta. En zinkbalja som liknar den på båten är redan halvfylld. Joona Linna hämtar gång på gång vatten i en hink vid den väggfasta tappkranen med golvbrunn och tömmer den sedan i baljan.

– Det är faktiskt inte ett brott att någon hittas drunknad på en båt, säger Svanehjälm otåligt.

– Precis, svarar Petter.

– Det kan röra sig om en drunkningsolycka som ännu inte är anmäld, fortsätter Svanehjälm.

– Vattnet i lungorna är samma vatten som båten flöt på, men det finns i princip ingenting av detta vatten i kläderna och på resten av kroppen, säger Nils Åhlén.

– Märkligt, säger Svanehjälm.

– Det finns säkert en rationell förklaring, ler Petter.

Joona tömmer en sista hink med vatten i baljan, ställer ner hinken på golvet, tittar sedan upp och tackar de fyra andra för att de tog sig tid att komma.

– Jag vet att det är helg och att alla vill åka hem, säger han. Men jag tror att jag har fått syn på en sak.

– Det är klart att vi kommer om du säger att det är viktigt, svarar Svanehjälm vänligt och ställer äntligen ned sin portfölj mellan fötterna.

– Förövaren tog sig ombord på fritidsbåten, börjar Joona allvarligt. Han gick nedför trappan till förpiken och såg Penelope Fernandez sova, han återvände upp till akterdäcket, släppte ner hinken med snöret i vattnet och började fylla tvättbaljan som stod på akterdäcket.

– Fem, sex hinkar, säger Petter.

– Och först när baljan var fylld gick han ner till kojen och väckte Penelope. Han förde henne uppför trappan, ut på däcket och där dränkte han henne i baljan.

– Vem skulle göra en sådan här sak? frågar Svanehjälm.

– Jag vet inte ännu, kanske rörde det sig om tortyr, skendränkningar ...

– Hämnd? Svartsjuka?

Joona lägger huvudet på sned och säger med eftertänksamhet i rösten:

– Det här är inte en vanlig mördare, kanske ville förövaren få någon information ur henne, få henne att berätta eller erkänna något innan han slutligen höll kvar henne under ytan tills hon inte längre kunde stå emot driften att andas in.

– Vad säger chefsobducenten? frågar Svanehjälm.

Nålen skakar på huvudet:

– Om hon hade blivit dränkt, förklarar han. Så skulle jag ha hittat spår av våld på kroppen, blåmärken och …

– Kan vi vänta med invändningarna, avbryter Joona. För jag skulle vilja börja med att visa hur jag tror att det såg ut, hur det gick till, hur jag ser förloppet i mitt huvud. Och sedan, när jag är klar, går vi alla tillsammans och tittar på kroppen och ser om det finns belägg för min teori.

– Varför kan du aldrig göra någonting som man ska göra det? frågar Petter.

– Jag måste hem snart, varnar åklagaren.

Joona ser på honom med en isgrå glimt i de ljusa ögonen. Ett leende leker i ögonvrån, ett leende som inte alls förtar allvaret i blicken.

– Penelope Fernandez, börjar han. Hon hade tidigare suttit på däck och rökt cannabis, det var en varm dag och hon hade blivit trött, gått ner till sin säng för att vila och somnat med jeansjackan på sig.

Han gör en gest mot Nålens unge assistent som väntar i dörröppningen.

– Frippe har lovat mig att hjälpa till vid rekonstruktionen.

Frippe tar ett steg fram och ler stort. Hans svartfärgade hår hänger i testar ned över ryggen och de slitna skinnbyxorna är fulla med nitar. Noga knäpper han jeansjackan över den svarta T-shirten med en bild på hårdrocksgruppen Europe.

– Se här, säger Joona mjukt och demonstrerar hur han med ena handen om tyget i jackans båda ärmar kan låsa Frippes armar bakom ryggen och med andra handen ta ett hårt grepp om hans långa hår.

– Jag kontrollerar Frippe helt och hållet nu, och det kommer inte att synas ett enda blåmärke på honom.

Joona lyfter den unge mannens armar bakom hans rygg. Frippe kvider till och böjer sig framåt.

– Ta det lugnt, skrattar han.

– Du är förstås mycket större än offret, men jag tror att jag ändå kommer att kunna trycka ner ditt huvud i baljan.

– Var rädd om honom, säger Nålen.

– Jag ska bara förstöra frisyren.

– Glöm det, säger Frippe leende.

Det blir en tyst, suckande kamp. Nålen ser orolig ut och Svanehjälm verkar besvärad. Petter undslipper sig en svordom. Joona trycker utan större svårighet ner Frippes huvud i baljan, håller honom under vattnet en kort stund, släpper sedan taget och backar undan. Frippe reser sig vinglande och Nålen skyndar fram med en handduk.

– Det hade väl räckt med att berätta det, säger han irriterat.

När Frippe har torkat av sig går de alla under tystnad till det angränsande rummet, där en tung stank av förruttnelse vilar i den svala luften. Den ena väggen är täckt av kylskåpsluckor av rostfritt stål i tre våningsplan. Nålen öppnar lucka 16 och drar ut en låda. På en smal brits ligger den unga kvinnan. Naken och färglös, med bruna ådernät kring halsen. Joona pekar på den tunna, böjda linjen ovanför hennes bröst.

– Ta av dig kläderna, säger han till Frippe.

Frippe knäpper upp jackan och drar av sig den svarta T-shirten. På hans bröstkorg syns ett svagt rosa märke efter baljans kant, en böjd linje, som liknar en glad mun.

– Det var som fan, säger Petter.

Nålen går fram och granskar den döda kvinnans hårbotten. Han tar fram en smal ficklampa och riktar den mot den bleka huden under håret.

– Jag behöver inget mikroskop, någon har hållit henne mycket hårt i huvudet.

Han släcker lampan och stoppar ned den i läkarrocken.

– Med andra ord …, säger Joona.

– Med andra ord så har du förstås rätt, säger Nålen och klappar i händerna.

– Mord, suckar Svanehjälm.

– Imponerande, säger Frippe och stryker bort lite kajal som dragits ut på kinden.

– Tack, svarar Joona frånvarande.

Nålen ser frågande på honom:

– Vad är det? Joona? Vad har du sett?

– Det är inte hon, säger han.

– Va?

Joona möter Nålens blick och pekar sedan på kroppen framför dem.

– Det här är inte Penelope Fernandez, det här är någon annan, säger han och möter åklagarens blick. Den döda kvinnan är inte Penelope. Jag har tittat på hennes körkort och jag är säker på att det här inte är hon.

– Men vad …

– Penelope Fernandez är kanske också död, säger han. Men i så fall har vi inte hittat henne ännu.

14

En nattlig fest

PENELOPES HJÄRTA slår fruktansvärt fort, hon försöker andas tyst, men luften skälver genom strupen. Hon hasar nedför den skrovliga klippan, river med sig fuktig mossa, kommer ner innanför den täta granens ruskor. Hon är så rädd att hon skakar. Hon kryper längre in mot stammen där nattmörkret hopar sig. Hon hör sig själv kvida när hon tänker på Viola. Björn sitter stilla i mörkret under grenarna med armarna om sig själv, han mumlar något gång på gång.

De har sprungit i panik, inte sett sig om, de har snubblat, fallit, kommit upp, de har klättrat över liggande träd, de har slagit upp sår på ben, knän och händer, men ändå rusat vidare.

Penelope vet inte längre hur nära förföljaren är, om han redan har fått syn på dem igen eller om han gett upp, valt att vänta.

De har flytt men Penelope har ingen aning om varför. Hon förstår inte varför de jagas.

Kanske är allting bara ett misstag, tänker hon. Ett fruktansvärt misstag.

Den stegrade pulsen planar ut.

Hon mår illa, håller på att kräkas, men sväljer hårt.

– Å Gud, å Gud, viskar hon gång på gång för sig själv. Det här går inte, vi måste få hjälp, de borde ju hitta båten snart och börja leta efter oss ...

– Shhhh, tystar Björn med rädd blick.

Hennes händer darrar. I tankarna ser hon snabba bilder.

Hon blinkar för att slippa se dem, försöker titta på sina vita sportskor, på de bruna barren på marken, på Björns smutsiga, blodiga knän, men bilderna tränger sig fram ändå: Viola är död, hon sitter på sängkanten med vidöppna ögon, med ogenomtränglig blick, hon är suddigt vit och blöt i ansiktet och håret är vått och stripigt.

På något sätt hade Penelope förstått att mannen som stod på stranden och ropade åt Björn att simma in till land var den som hade dödat hennes syster. Hon kände det, hon satte ihop de skärvor hon hade och avläste bilden sekundsnabbt. Annars hade de alla varit döda.

Penelope skrek åt Björn. De förlorade tid, det gick för långsamt och hon gjorde illa honom med spetsen till båtshaken innan hon lyckades få ombord honom.

Gummibåten hade nått runt Stora Kastskär och fått upp farten på det öppna, släta vattnet.

Hon styrde rakt mot en gammal träbrygga, slog i backen och stängde av motorn när fören gick in i en stolpe. De gled åt sidan med ett knakande ljud och lämnade bara båten, flydde i panik, fick inte med sig någonting, inte ens en telefon. Penelope halkade till på sluttningen och tog stöd med handen, vände sig om och såg hur den svartklädde mannen hastigt förtöjde gummibåten vid bryggan.

Penelope och Björn sprang in i granskogen, rusade sida vid sida, väjde för träd, rundade mörka stenar, Björn kved till när hans nakna fötter trampade på vassa kvistar.

Penelope drog honom med sig, förföljaren var inte långt bakom dem.

De hade inga tankar, ingen plan, de rusade i panik, djupt genom täta ormbunkar och blåbärsris.

Penelope hörde sig själv gråta medan hon sprang, hon grät med en röst hon aldrig hört hos sig själv förut.

En kraftig gren brände till över hennes lår och hon var tvungen att stanna. Andningen rev i henne, hon kved, och med skakande händer böjde hon undan grenen och såg Björn närma sig springande. Smärtan dunkade i lårmuskeln. Hon fortsatte framåt, fick upp farten igen, hörde Björn bakom sig och fortsatte allt djupare in i den täta skogen utan att se sig om.

Det sker något med tankarna när man grips av panik. För paniken är inte konstant – då och då bryts den sönder för att ge plats åt rent rationella resonemang. Det är som att stänga av ett oväsen och mötas av tystnad och en plötslig överblick. Sedan kommer rädslan igen, tankarna blir enkelspåriga, jagar runt i cirklar, man vill bara springa, komma långt bort från förföljaren.

Penelope tänkte gång på gång att de måste hitta människor, att det måste finnas hundratals människor på Ornö i kväll. De måste hitta de bebyggda delarna längre söderut, de måste få hjälp, måste få tag på en telefon och larma polisen.

De gömde sig inne bland några täta granar, men efter en stund blev rädslan outhärdlig och de flydde vidare.

Penelope sprang och kände återigen hans närvaro, tyckte sig höra hans långa, snabba steg. Hon visste att han inte hade slutat springa. Han skulle hinna ifatt dem om de inte fick hjälp snart, om de inte nådde fram till bebodda hus.

Marken höjde sig igen, stenar lossnade under deras fötter och rullade nedför sluttningen.

De måste hitta människor någonstans, det måste finnas hus helt nära. En hysteri svepte igenom henne, en vilja att bara stanna och skrika, bara ropa på hjälp, men hon fortsatte framåt, uppåt.

Björn hostade bakom henne, andades häftigt och hostade igen.

Tänk om Viola inte var död, tänk om hon behövde hjälp? Rädslan jagade genom hennes huvud. Penelope förstod på något sätt att hon tänkte så här för att sanningen var så mycket värre. Hon visste att Viola var död, men det var obegripligt, det var bara som ett stort mörker. Hon ville inte förstå, kunde inte, ville inte ens försöka.

De klättrade uppför en brant klippa igen, mellan tallar med risiga kvistar, stenar och lingonbuskar. Hon använde händerna som stöd och kom upp på krönet. Björn var precis bakom henne, han försökte säga något men var för andfådd, han drog bara henne med sig nedåt. På andra sidan krönet sluttade skogen ner mot öns västra strand. Mellan de mörka träden såg de vattnets ljusa yta. Det var inte långt dit. De fortsatte nedåt. Penelope halkade och hasade nedför en brant, föll fritt och slog hårt i marken, stötte munnen mot knäna, återfick andan och hostade.

Hon försökte resa sig, undrade om hon brutit något och hörde plötsligt musik och sedan höga röster och skratt. Hon tog stöd mot den blöta bergväggen och kom upp, torkade sig om läpparna och tittade på sin blodiga hand.

Björn kom ner och drog i henne, han pekade ut riktningen, det var en fest därframme. De tog varandras händer och började springa. Mellan de mörka träden såg de kulörta ljusslingor i spaljéerna kring en träaltan mot vattnet.

De fortsatte gående, avvaktande.

Människor satt kring ett bord utanför ett vackert falurött sommarhus. Penelope förstod att det var mitt i natten, ändå var himlen ljus. Måltiden var för länge sedan över, glas och kaffekoppar stod kvar, assietter och tomma chipsskålar.

Några av dem som satt vid bordet sjöng med i en sång, andra pratade och fyllde på rödvinsglasen ur boxarna. Värme dallrade fortfarande över utegrillen. Barnen sov antagligen inne i huset med filtar över sig. För Björn och Penelope såg de alla ut att komma från en helt annan värld. De var ljusa och lugna i sina ansikten. En självklar gemenskap slöt sig kring dem som en kupa av glas.

Bara en person befann sig utanför kretsen. Han stod lite avsides, med ansiktet vänt upp mot skogen, som om han väntade besök. Penelope stannade tvärt och höll fast Björn i handen. De sjönk ner på marken och kröp in bakom en låg gran. Björn såg rädd ut, oförstående. Men hon var säker på vad hon hade sett. Förföljaren hade avläst deras riktning och hunnit fram till huset före dem. Han hade insett hur oemotståndligt ljuset och ljuden från festen skulle vara för dem. Han visste att de som nattsländor skulle hitta hit. Så han väntade, spejade efter dem mellan de mörka träden, ville möta dem en liten bit upp i skogsbrynet. Han var inte rädd för att de festande människorna skulle höra skriken, han förstod att de inte skulle våga sig in i skogen förrän det var för sent.

När Penelope tordes titta upp var han försvunnen. Hon darrade av adrenalinet som utsöndrats i blodet. Kanske trodde förföljaren att han misstagit sig, tänkte hon och sökte runt med blicken.

Kanske hade han sprungit åt ett annat håll.

Hon hann precis börja tänka att flykten kanske var över, att hon och Björn kunde gå ner till festen och larma polisen, när hon plötsligt såg honom igen.

Han stod tätt intill en trädstam, inte långt bort.

Med avvägda rörelser tog förföljaren upp en svart kikare med svagt gröna linser.

Penelope kröp ner bredvid Björn, försökte kämpa mot driften att bara fly huvudlöst, bara springa och springa. Hon såg för sig mannen mellan träden, hur han höjde det optiska instrumentet till ögonen och hon tänkte att det rörde sig om en värmekamera eller en mörkerkikare.

Penelope tog Björns hand och drog hukande med sig honom bort från huset och musiken, bakåt, längre in i skogen. Efter en stund tordes hon räta på ryggen. De började springa på skrå utmed en sluttning, mjukt rundad av den kilometertjocka inlandsis som en gång i tiden rört sig över norra Europa. De fortsatte rakt igenom snåriga buskar, in bakom en stor sten och över ett flisigt krön. Björn fångade in en kraftig trädgren med handen och hasade försiktigt nedför kanten. Penelopes hjärta slog mycket hårt i bröstet, lårmusklerna darrade, hon försökte andas tyst, men var alldeles för andfådd. Hon gled nedför den skrovliga klippan, rev med sig fuktig mossa och stensöta och kom ner på marken innanför den täta granens ruskor. Björn hade bara de knälånga badbyxorna på sig, hans ansikte var blekt och läpparna nästan vita.

15

Identifieringen

DET LÅTER som om någon gång på gång kastar en boll mot fasaden nedanför chefsobducent Nils Åhléns fönster. Han och kriminalkommissarie Joona Linna väntar under tystnad på Claudia Fernandez. Hon har kallats till patologen tidigt denna söndagsmorgon för att styrka identifieringen av den döda kvinnan.

När Joona ringde henne för att berätta att de befarade att hennes dotter Viola hade omkommit hade Claudia låtit märkligt lugn på rösten.

– Nej, Viola är ute i skärgården tillsammans med sin syster, hade hon sagt.

– På Björn Almskogs båt? frågade Joona.

– Ja, det var jag som sa till henne att ringa Penelope och fråga om hon fick följa med, jag tyckte att hon behövde komma bort ett tag.

– Skulle någon mer följa med på båten?

– Björn förstås.

Joona hade tystnat, några sekunder hade gått medan han försökte tvinga undan tyngden inombords och sedan hade han harklat sig och sagt alldeles mjukt:

– Claudia, jag vill att du kommer till avdelningen för rättsmedicin i Solna.

– Varför? frågade hon.

Nu sitter Joona på en obekväm stol i chefsobducentens rum. Nålen har satt fast en liten bild på Frippe i underkanten till ramen kring sitt bröllopsfoto. Avlägset hörs bollen dunsa mot fasaden, tomt och ensamt. Joona tänker på att Claudias andhämtning hade ändrats när hon till slut började förstå att det faktiskt kunde vara hennes dotter som de hade hittat död. Joona hade försiktigt förklarat omständigheterna för henne, att en kvinna som de befarade var hennes yngsta dotter hade hittats död på en övergiven sportbåt i Stockholms skärgård.

En förbeställd taxi har hämtat Claudia Fernandez i radhuset i Gustavsberg. Hon borde vara på patologen inom några minuter.

Nålen gör ett halvhjärtat försök att småprata, men ger upp efter ett tag när han inser att Joona inte tänker svara.

Båda två längtar efter att det hela ska vara över. En positiv identifiering inrymmer alltid ett omskakande ögonblick. I en och samma stund blandas den sönderslitande lättnaden över att ovissheten är bortblåst med den konkreta smärtan över att allt hopp försvunnit.

Nu hör de stegen i korridoren. De reser sig snabbt från stolarna på samma gång.

Att se en anhörigs döda kropp är en obönhörlig bekräftelse på de allra värsta farhågorna. Men samtidigt är det en viktig, nödvändig del i sorgearbetet. Joona har läst många argument för att identifieringen också innebär ett slags befrielse. Det finns inte längre möjlighet till vilda fantasier om att den älskade i själva verket lever, fantasier som bara lämnar tomhet och frustration efter sig.

Men allt det är tomt prat, tänker Joona. Döden är bara fasansfull och den lämnar aldrig tillbaka någonting.

Claudia Fernandez står i dörren, en kvinna i sextioårsåldern. Hon ser rädd ut. Spår av gråt och oro sitter i ansiktet och kroppen är frusen och hopkrupen.

Joona hälsar varsamt på henne.

– Hej, jag heter Joona Linna. Jag är kriminalkommissarie, det var vi som talade i telefon.

Nålen presenterar sig ohörbart när han kort skakar hand med kvinnan och sedan omedelbart vänder ryggen till henne för att låtsas plocka med några pärmar. Han gör ett mycket buttert och avvisande intryck, men Joona vet att han i själva verket är ytterst besvärad.

– Jag har försökt ringa, men jag får inte tag på mina flickor, viskar Claudia. De borde ...

– Ska vi gå? avbryter Nålen som om han inte har hört hennes ord.

De förflyttar sig tigande genom den välbekanta korridoren. För varje steg Joona Linna tar känns det som om luften tunnas ut. Claudia Fernandez har inte bråttom till ögonblicket som närmar sig. Hon går sakta, flera meter efter Nålen, vars långa, skarpskurna gestalt skyndar på framför dem. Joona Linna vänder sig om och försöker le mot Claudia. Men han måste värja sig för blicken i hennes ögon. Paniken, vädjandet, bönerna, försöken att förhandla med Gud.

Det känns som om de släpar in henne i det kyliga rummet där kropparnas förvaras.

Nålen mumlar något i en argsint ton, sedan böjer han sig ner, öppnar låset till luckan av rostfritt stål och drar ut lådan.

Den unga kvinnan blir synlig, kroppen är täckt av vitt tyg. Hennes ögon är matta, halvslutna, kinderna infallna.

Håret ligger i en svart krans kring hennes vackra huvud.

En liten blek hand är synlig vid hennes höft.

Claudia Fernandez andas snabbt. Hon sträcker sig fram, rör försiktigt vid handen, kvider till med ett jämrande ljud. Det kommer djupt inifrån, som om hon i denna stund brister, går sönder i sin själ.

Claudia börjar skaka i kroppen, hon faller ner på knä, håller dotterns livlösa hand mot sin mun.

– Nej, nej, gråter hon. Gud, gode Gud, inte Viola. Inte Viola ...

Joona står några steg bakom Claudia, ser hennes rygg skälva

av gråt, hör rösten, den förtvivlade gråten stegras och sedan långsamt plana ut.

Hon stryker tårar från sitt ansikte, men andas fortfarande skälvande när hon reser sig från golvet.

– Kan du styrka att det är hon? frågar Nålen kort. Är det Viola Fernandez som ...

Hans röst försvinner och han harklar sig snabbt och argsint.

Claudia skakar på huvudet och rör försiktigt med fingertopparna över sin dotters kind.

– Viola, Violita ...

Hon drar darrande tillbaka handen och Joona säger sakta:

– Jag är hemskt, hemskt ledsen.

Claudia är på väg att falla, men tar stöd mot väggen, vänder bort ansiktet och viskar för sig själv:

– På lördag ska vi gå på cirkus, jag ska överraska Viola ...

De ser på den döda kvinnan, de bleka läpparna, ådrorna på halsen.

– Jag har glömt ditt namn, säger Claudia vilset och ser på Joona.

– Joona Linna, säger han.

– Joona Linna, upprepar kvinnan med tjock röst. Jag ska berätta för dig om Viola. Hon är min lilla flicka, min minsting, min glada lilla ...

Claudia tittar till på Violas vita ansikte och vacklar åt sidan. Nålen drar fram en stol, men hon skakar bara kort på huvudet.

– Förlåt, säger hon. Det är bara att ... min första dotter, Penelope, hon fick vara med om många hemska saker i El Salvador. När jag tänker på vad de gjorde mot mig där i fängelset, när jag minns hur rädd Penelope var, hon grät och ropade efter mig ... timme ut och timme in, men jag kunde inte svara henne, inte skydda henne ...

Claudia möter Joonas blick, tar ett steg framåt och han lägger försiktigt armen om henne. Hon lutar sig tungt mot hans bröst, drar efter andan, flyttar sig undan, undviker att titta på sin döda dotter, famlar efter stolens ryggstöd och sätter sig sedan.

– Min stolthet . . . det har varit att lilla Viola föddes här i Sverige. Hon hade ett fint rum med rosa lampa i taket, leksaker och dockor, hon gick i skolan, tittade på Pippi Långstrump . . . Jag vet inte om du kan förstå det, men jag har varit stolt över att hon aldrig behövt vara hungrig eller rädd. Inte som vi . . . som jag och Penelope som vaknar på nätterna, beredda på att någon ska komma in och vara dum.

Hon tystnar och viskar sedan:

– Viola har bara varit glad och . . .

Claudia lutar sig fram, döljer sitt ansikte i båda händerna och gråter sakta. Joona lägger en hand mjukt på hennes rygg.

– Jag ska gå nu, säger hon fortfarande gråtande.

– Det är ingen brådska.

Hon lugnar sig, men sedan förvrids ansiktet i gråt igen.

– Har ni pratat med Penelope? frågar hon.

– Vi har inte fått tag på henne, svarar Joona lågt.

– Säg att jag vill att hon ringer för . . .

Hon avbryter sig själv, ansiktet bleknar igen och sedan tittar hon upp igen.

– Jag har bara tänkt att hon inte vill svara när jag ringer för att jag . . . jag var . . . jag sa en hemsk sak, men jag menade inte någonting, jag menade inte . . .

– Vi har påbörjat sökandet efter Penelope och Björn Almskog med helikopter, men . . .

– Snälla, säg att hon lever, viskar hon till Joona. Säg det, Joona Linna.

Joonas käkmuskler spänns medan han stryker Claudia över ryggen och säger:

– Jag kommer att göra allt jag kan för att . . .

– Hon lever, säg det, avbryter Claudia. Hon måste leva.

– Jag ska hitta henne, säger Joona. Jag vet att jag kommer att hitta henne.

– Säg att Penelope lever.

Joona tvekar och möter sedan Claudias mörka blick, några blixtsnabba tankar sveper genom hans hjärta, de länkas samman i flyktiga kombinationer, och plötsligt hör han sig själv svara:

– Hon lever.

– Ja, viskar Claudia.

Joona slår ner blicken, han får inte längre tag i de tankar som för några sekunder sedan passerade genom hans medvetande, som fick honom att ändra sig och svara Claudia att hennes äldsta dotter är vid liv.

16

Misstaget

JOONA FÖLJER Claudia Fernandez till den väntande taxin, hjälper henne in och står sedan kvar på vändplatsen tills bilen har försvunnit innan han börjar leta igenom fickorna efter sin telefon. När han inser att han måste ha glömt den någonstans skyndar han tillbaka till den rättsmedicinska avdelningen, går snabbt in på Nålens kontor, tar telefonen från basstationen, sätter sig på skrivbordsstolen, slår numret till Erixon och väntar medan signalerna går fram.

– Låt folk sova, svarar Erixon. Det är faktiskt söndag i dag.

– Erkänn att du är på båten.

– Jag är på båten, erkänner Erixon.

– Så det fanns ingen sprängladdning, säger Joona.

– Inte i gängse mening – men du hade rätt. Den hade kunnat explodera när som helst.

– Vad menar du?

– Isoleringen på kablarna är rejält skadad på ett ställe, det ser ut som en klämskada ... metallen är inte i kontakt för då skulle säkringen gå, men den är blottad ... och när man startar maskinen så kommer det ganska snart uppstå en elektrisk överladdning ... med ljusbågar.

– Vad händer då?

– De här ljusbågarna har en temperatur på mer än 3 000 grader och de skulle sätta fjutt på en gammal stolsdyna som någon hade tryckt in där, fortsätter Erixon. Och sedan skulle elden ledas fram till slangen från bränslepumpen och ...

– Ett snabbt förlopp?

– Alltså ... ljusbågen kan nog ta tio minuter på sig, kanske mer ... men sedan går det ganska fort – eld, mer eld, explosion – båten blir nästan omedelbart vattenfylld och sjunker i havet.

– Det hade ganska snart blivit en brand och en explosion om båten hade haft motorn igång?

– Ja, men det behöver inte vara anlagt, säger Erixon.

– Så kablarna kan vara skadade av en tillfällighet? Och stolsdynan bara råkat hamna där?

– Utan tvekan, svarar han.

– Men du tror inte det? frågar Joona.

– Nej.

Joona tänker på båten som hittades drivande på Jungfrufjärden, harklar sig och säger sedan fundersamt:

– Om mördaren gjorde det här ...

– Så är det ingen vanlig mördare, fyller Erixon i.

Joona upprepar tanken för sig själv, han säger sig att det inte är någon vanlig mördare de har att göra med. Vanliga mördare handlar i affekt även om de har planerat dådet. Det är alltid stora känslor med i spelet och mordet har oftast ett hysteriskt inslag. Först efteråt brukar planen utformas, försöken att dölja spåren och konstruera alibin. Men denna gång tycks gärningsmannen ha följt en avancerad strategi redan från början.

Och ändå gick något fel.

Joona stirrar framför sig en stund och skriver sedan Viola Fernandez på det översta arket på Nålens anteckningsblock. Han ringar in hennes namn och skriver sedan Penelope Fernandez och Björn Almskog under. De båda kvinnorna är systrar. Penelope och Björn har en fast relation. Björn äger båten. Viola frågade om hon fick följa med och gick ombord i sista stund.

Vägen är lång till att kartlägga motiven bakom mordet. Joona vet att han nyligen tänkte att Penelope Fernandez var vid liv. Det hade inte bara varit en förhoppning eller ett försök att skänka tröst. Det hade varit en aning, men inte heller mer. Han hade fångat tanken i flykten, men i samma stund tappat greppet om den.

Om man följde Riksmordskommissionens metodstöd så skulle misstankarna genast riktas mot Violas pojkvän och möjligtvis mot Penelope och Björn eftersom de befann sig på båten. Alkohol och andra droger borde vara inblandade. Kanske blev det bråk, ett allvarligt svartsjukedrama. Leif G. W. Persson kommer snart att sitta i en tevesoffa och säga att gärningsmannen är någon i Violas närhet, antagligen en pojkvän eller före detta pojkvän.

Joona tänker på avsikten att få bränsletanken att explodera och försöker förstå logiken bakom denna plan. Viola dränktes i zinkbaljan på akterdäcket, förövaren bar ner henne och lämnade henne på sängen.

Joona förstår att han släpper in för många tankar samtidigt. Han måste försöka bromsa sig själv och börja strukturera det han vet och de frågor som fortfarande behöver besvaras.

Han ringar in Violas namn igen och börjar sedan om.

Det han vet är att Viola Fernandez dränktes i en tvättbalja och placerades på sängen i förpiken och att Penelope Fernandez och Björn Almskog ännu inte påträffats.

Men det är inte allt, säger han sig själv och byter blad.

Detaljer.

Han skriver ordet "stiltje" på papperet.

Det var vindstilla och båten hittades drivande nära Storskär.

Båten har en skada i fören efter en ganska kraftig kollison. Teknikerna har antagligen säkrat spår och gjort avgjutningar för matchningar.

Joona slänger Nålens anteckningsblock hårt i väggen och sluter sedan ögonen.

–*Perkele*, viskar han.

Någonting gled honom precis ur händerna igen, han hade

det, han vet att han nästan fick fatt i en avgörande iakttagelse. Han har anat något, nästan förstått något, men sedan tappade han bara bort det igen.

Viola, tänker Joona. Du dog på båtens akterdäck. Varför flyttades du efter din död? Vem flyttade dig? Mördaren eller någon annan?

Om man hittar henne livlös på däck försöker man kanske få liv i henne, man ringer SOS Alarm, det är vad man gör. Och om man förstår att hon är död, att det är för sent, att hon inte kommer att börja leva igen, så vill man kanske inte låta henne ligga där, man vill bära in henne, lägga en filt över. Men en död människa är tung och otymplig att förflytta även om man är två. Men det hade inte varit alltför besvärligt att få in henne i salongen. Det rör sig bara om fem meter, in genom breda glasdörrar och ett enda trappsteg ner.

Det klarar man av, det är rimligt utan någon speciell avsikt.

Men man släpar inte henne nedför den branta trappan, genom den trånga gången och sätter henne på sängen i kajutan.

Det gör man bara om avsikten är att hon ska hittas drunknad i sitt rum på den vattenfyllda båten.

– Exakt, mumlar han och ställer sig upp.

Han tittar ut genom fönstret, får syn på en nästan blå skalbagge som kryper på det vita blecket, höjer blicken och ser en kvinna på en cykel försvinna mellan träden och kommer plötsligt på den borttappade komponenten.

Joona sätter sig igen och trummar på bordet.

Det var ju inte Penelope som hittades död på båten, utan hennes syster Viola. Men Viola hittades inte i sin egen säng, i sitt eget rum på båten, utan i förpiken, på Penelopes säng.

Mördaren kan ha gjort samma misstag som jag, tänker Joona och ryser över ryggen.

Han trodde att det var Penelope Fernandez han dödade.

Det var därför han placerade henne på sängen i förpiken.

Det är den enda förklaringen.

Och den förklaringen innebär att Penelope Fernandez och Björn Almskog inte är skyldiga till Violas död eftersom de två inte skulle placera Viola i fel säng.

Joona rycker till av att dörren till kontoret smäller upp. Det är Nålen som knuffat upp den med ryggen. Han backar in med en stor, avlång kartong i famnen. På lådans framsida finns stora eldflammor tryckta och texten "Guitar Hero".

– Jag och Frippe ska börja . . .

– Tyst, avbryter Joona.

– Vad är det som har hänt? frågar Nålen.

– Ingenting, jag måste bara tänka, säger han snabbt.

Joona reser sig från stolen och lämnar rummet utan att säga någonting mer. Han går förbi foajén utan att höra vad kvinnan i receptionen säger till honom med glittrande ögon. Han fortsätter ut i det tidiga solskenet och stannar på gräsytan vid parkeringsplatsen.

En fjärde person, som inte är nära bekant med de två kvinnorna, dödade Viola, tänker Joona. Han dödade Viola, men trodde att han dödade Penelope. Det innebär att Penelope levde när Viola dog, för annars hade han inte gjort misstaget.

Kanske lever hon fortfarande, tänker Joona. Det är möjligt att hon ligger död någonstans i skärgården, på en ö eller djupt ner i vattnet. Men vi kan hoppas på att hon fortfarande lever, det är mycket möjligt att hon lever och om hon lever så kommer vi att hitta henne snart.

Joona börjar gå mot bilen med stora steg utan att veta vart han ska åka. På biltaket ligger hans telefon. Han förstår att han måste ha lagt den där när han låste bilen. Han tar den mycket varma telefonen och ringer Anja Larsson. Ingen svarar. Han öppnar, sätter sig, spänner fast säkerhetsbältet, men sitter kvar och försöker hitta misstag i sitt eget resonemang.

Luften är kvav, men den täta, brusande doften från syrenhäcken vid parkeringsplatsen får äntligen den jästa lukten från liken på patologen att försvinna ur näsan.

Telefonen ringer i hans hand, han tittar på displayen och svarar.

– Jag har precis talat med din läkare, säger Anja.

– Varför har du pratat med honom? frågar Joona förvånat.

– Janush säger att du struntar i att komma, fortsätter hon klandrande.

– Jag har faktiskt inte haft tid.

– Men du tar väl medicinen?

– Den är äcklig, skojar Joona.

– Men allvarligt . . . han ringde för att han var orolig för dig, säger hon.

– Jag ska prata med honom.

– När du har löst det här fallet, menar du?

– Har du papper och penna? frågar Joona.

– Bekymra dig inte för mig.

– Kvinnan som hittades på båten heter inte Penelope Fernandez.

– Utan Viola, jag vet, säger hon. Petter har informerat mig.

– Bra.

– Du hade fel, Joona.

– Ja, jag vet . . .

– Säg det, skrattar hon.

– Jag har alltid fel, säger han lågt.

Det blir tyst mellan dem en liten stund.

– Fick man inte skämta om det här? frågar hon försiktigt.

– Hann du ta reda på något om båten och Viola Fernandez?

– Viola och Penelope är systrar, berättar hon. Penelope och Björn Almskog har en relation, eller vad man ska säga, sedan fyra år.

– Ja, det var ungefär som jag trodde.

– Jaha. Ska jag fortsätta eller är det onödigt?

Joona svarar inte, han lutar bara huvudet mot nackstödet och ser att vindrutan är täckt av frömjöl från något träd.

– Det var inte meningen att Viola skulle följa med på båten, fortsätter Anja. Hon hade grälat med sin kille Sergej Jarushenko på morgonen och ringt mamman och gråtit. Det var mamman som föreslog att hon skulle fråga Penelope om hon fick följa med på båten.

– Vad vet du om Penelope?

– Jag har faktiskt prioriterat offret, Viola Fernandez, eftersom ...

– Fast mördaren trodde att han dödade Penelope.

– Vänta, vad säger du nu, Joona?

– Han gjorde ett misstag, han tänkte dölja mordet, få det att se ut som en drunkningsolycka, men han placerade Viola på systerns säng.

– För att han trodde att Viola var Penelope.

– Jag behöver veta allt om Penelope Fernandez och hennes ...

– Hon är en av mina allra största idoler, avbryter Anja. Hon är fredsaktivist och bor på Sankt Paulsgatan 3.

– Vi har gått ut med en efterlysning på henne och Björn Almskog över intranet, säger Joona. Och sjöräddningen avsöker området kring Dalarö med två helikoptrar, men de borde organisera en skallgång ihop med sjöpolisen.

– Jag kan titta på vad som händer, säger hon.

– Någon måste också höra Violas kille och Bill Persson, fiskaren som hittade henne på båten. Vi måste sammanställa den tekniska undersökningen från båten och skynda på resultaten från SKL.

– Ska jag ringa Linköping?

– Jag pratar med Erixon, han känner dem, jag ska ändå träffa honom nu för att ta en titt på Penelopes lägenhet.

– Det låter som om du är förundersökningsledare. Är du det?

17

En mycket farlig man

SOMMARHIMLEN är fortfarande hög, men luften blir alltmer kvav, som om ett åskoväder håller på att byggas upp.

Joona Linna och Erixon parkerar utanför den gamla butiken Fiskarnas redskapshandel, som alltid ställt ut bilder på dem som fångat veckans största lax i Stockholms ström.

Telefonen ringer och Joona ser att det är Claudia Fernandez, han går in mot väggen, ställer sig i den smala skuggan intill fasaden och svarar.

– Du sa att jag kunde ringa, säger hon med svag röst.

– Självklart.

– Jag förstår att du säger så till alla, men jag tänkte … min dotter, Penelope. Jag menar … jag måste få veta om ni hittar någonting, även om hon …

Claudias röst försvinner.

– Hallå? Claudia?

– Ja, förlåt, viskar hon.

– Jag är kommissarie … jag försöker ta reda på om det ligger något brott bakom händelserna. Det är sjöräddningen som söker efter Penelope, förklarar Joona.

– När hittar de henne?

– Man brukar börja med att avsöka området med helikopter … och samtidigt organisera en skallgång, men det tar lite längre tid … så man börjar med helikopter.

Joona hör att Claudia försöker dölja sin gråt.

– Jag vet inte vad jag ska göra, jag … jag behöver få veta

om jag kan göra något, om jag ska fortsätta prata med hennes vänner.

– Det bästa är om du stannar hemma, förklarar Joona. För Penelope försöker kanske komma i kontakt med dig och då ...

– Hon ringer inte mig, avbryter hon.

– Det tror jag att ...

– Jag har alltid varit för sträng mot Penny, jag blir arg på henne, jag vet inte varför, jag ... jag vill inte förlora henne, jag kan inte förlora Penelope, jag ...

Claudia gråter i telefon, försöker behärska sig och ber hastigt om ursäkt och avslutar samtalet.

Mitt emot Fiskarnas redskapshandel ligger Sankt Paulsgatan 3 där Penelope Fernandez bor. Joona går mot Erixon som står och väntar framför ett skyltfönster fullt med japanska skrivtecken och mangabilder. På hyllorna trängs hundratals Hello Kitty, kattdockor med stora, oskuldsfulla ansikten. Hela butiken utgör en häpnadsväckande, sprakande bjärt kontrast mot fasadens smutsbruna färg.

– Liten kropp och stort huvud, säger Erixon och pekar på en Hello Kitty när Joona stannar bredvid honom.

– Ganska sött, mumlar Joona.

– Själv blandade jag ihop det där, jag kör med stor kropp och litet huvud, skojar Erixon.

Joona ger honom leende en sidoblick och öppnar den breda porten för honom. De går uppför trappan och tittar på namnskyltarna, de lysande knapparna till taklamporna och de igensatta sopnedkasten. Det doftar sol och damm och grönsåpa i trappuppgången. Erixon tar tag i den blanknötta ledstången så att den knakar i sina skruvar och fästen när han flåsande går efter Joona. De når den tredje våningen samtidigt och ser på varandra. Erixons ansikte darrar av ansträngning, han nickar och drar svetten från pannan medan han urskuldande viskar till Joona:

– Beklagar.

– Det är kvavt i dag, säger Joona.

Vid ringklockan finns några klistermärken, en antikärnkraftssymbol, fair trade-logotypen och ett peacemärke. Joona ger Erixon ett kort ögonkast, hans grå ögon smalnar när han lägger örat mot dörren och lyssnar.

– Vad är det? viskar Erixon.

Joona ringer på dörrklockan och lyssnar samtidigt. Han väntar en stund och tar sedan fram ett etui ur innerfickan.

– Det var kanske ingenting, säger han och dyrkar försiktigt upp det enkla låset.

Joona öppnar dörren, men verkar ångra sig och stänger den bara igen. Han gestikulerar åt Erixon att stanna där han står, utan att egentligen veta varför. Hemglassbilens melodi hörs utanför. Erixon ser orolig ut och stryker med handen under hakan. Joona ryser till över armarna, men öppnar sedan dörren med ett vardagligt lugn och går in. Dagstidningar, reklam och ett brev från Vänsterpartiet ligger på hallmattan. Luften är stillastående, illaluktande. Ett sammetsdraperi hänger framför klädskåpet. Det susar djupt nere i rörstammarna och tickar sedan snabbt inne i väggen.

Joona vet inte ens varför handen söker sig till det hölstrade tjänstevapnet. Han nuddar det med fingertopparna under kavajen, men låter det hänga kvar. Blicken går till det blodröda draperiet och sedan till köksdörren. Han andas återhållet och försöker se genom den räfflade glasrutan och glasdörren mot vardagsrummet.

Joona tar ett steg framåt, men skulle egentligen vilja lämna lägenheten, en stark impuls säger honom att han borde be om förstärkning. Någonting mörknar bakom det räfflade glaset. Ett vindspel med små hängande stavar av mässing gungar utan att någon klang uppstår. Joona ser hur dammkornen i luften byter riktning, hur de följer en ny luftrörelse.

Han är inte ensam i Penelopes lägenhet.

Joonas hjärta börjar slå snabbare. Någon rör sig genom rummen. Han känner det, vänder blicken mot köksdörren och sedan går det mycket fort. Trägolvet knarrar till. Ett rytmiskt ljud hörs, som små snabba klickningar. Dörren till köket är halvöppen. Joona ser rörelsen först i springan vid gångjärnen. Han trycker sig in mot väggen som i en tågtunnel. Någon tar sig smidigt fram i dunklet i den långa hallen. Det är bara en ryggtavla, en axel, en arm. Gestalten närmar sig snabbt och spinner runt. Joona hinner bara se kniven som en vit tunga. Den skjuter upp som en projektil, snett underifrån. Vinkeln är så oväntad att han inte hinner parera bladet. Den skarpa klingan skär igenom hans kläder och stöter udden mot hans tjänstepistol. Joona slår mot personen, men träffar ingenting. Han hör kniven gå genom luften en andra gång och kastar sig undan. Bladet kommer nästan rakt uppifrån denna gång. Joona stöter huvudet mot badrumsdörren. Ser hur en lång flisa av dörrkarmen skärs loss när kniven går in i träet. Joona halkar omkull, vrider sig runt, sparkar lågt och svepande och träffar någonting, kanske angriparens ena ankel. Han rullar undan, drar upp pistolen och osäkrar den i samma rörelse. Ytterdörren står öppen och snabba steg hörs nedför trappan. Joona kommer på fötter, är på väg efter mannen, men stannar när han hör ett brummande ljud bakom sig. Han förstår nästan omedelbart vad det är han hör och rusar in i köket. Mikrovågsugnen är igång. Det knastrar och svarta gnistor syns bakom glasrutan. Kranarna till de fyra brännarna på den gamla gasspisen är vidöppna och gasen strömmar ut i rummet. Med en känsla av att tiden har blivit egendomligt trögflytande kastar sig Joona fram mot mikrovågsugnen. Den runda timern tickar ivrigt. Det sprakande ljudet stegras. En flaska insektspray roterar på glasfatet inuti ugnen. Joona sliter ut sladden ur vägguttaget och det blir tyst. Det enda som hörs är det monotona brusandet från de öppna gasventilerna på spisen. Joona stänger kranarna. Den kemiska lukten får det att vända sig i magen på honom. Han öppnar köksfönstret och betraktar sedan sprayflaskan i ugnen. Den är mycket uppsvälld och skulle fortfarande kunna explodera vid minsta beröring.

Joona lämnar köket och tittar hastigt igenom lägenheten. Rummen är tomma, orörda. Luften är fortfarande tung av gas. I trapphuset utanför dörren ligger Erixon med en cigarett i munnen.

– Tänd inte, ropar Joona.

Erixon ler och vinkar avvärjande med en trött hand.

– Chokladcigaretter, viskar han.

Erixon hostar svagt och Joona ser plötsligt blodpölen under honom.

– Du blöder.

– Ingen fara, säger han. Jag vet inte hur han gjorde, men han skar av mig hälsenan.

Joona ringer efter en ambulans och sätter sig sedan ned bredvid honom. Erixon är blek och svettig om kinderna. Han ser illamående ut.

– Han skar mig utan att stanna till, det var ... som att bli attackerad av en jävla spindel.

Det blir tyst och Joona tänker på de blixtsnabba rörelserna bakom dörren, hur knivbladet rört sig med en hastighet och målmedvetenhet som inte liknade någonting han tidigare hade upplevt.

– Är hon därinne? flämtar Erixon.

– Nej.

Erixon ler lättat, sedan blir han allvarlig.

– Men han tänkte spränga kåken ändå? frågar han.

– Antagligen ville han undanröja spår eller någon form av koppling, säger Joona.

Erixon försöker skala papperet från cigaretten, men tappar den och blundar en stund. Hans kinder har blivit gråvita.

– Jag förstår att du inte heller såg hans ansikte, säger Joona.

– Nej, svarar Erixon svagt.

– Men någonting såg vi, det gör man alltid ...

18

Branden

AMBULANSPERSONALEN försäkrar Erixon ännu en gång om att de inte kommer att tappa honom.

– Jag kan gå, säger Erixon och sluter ögonen.

Hans haka darrar för varje trappsteg de tar.

Joona återvänder till Penelope Fernandez lägenhet. Han ställer upp samtliga fönster, vädrar ut gasen och sätter sig i den bekväma, aprikosfärgade soffan.

Om lägenheten hade exploderat så hade det med största sannolikhet avskrivits som en gasolycka.

Joona tänker att inget minnesfragment försvinner, ingenting man sett går någonsin förlorat, det gäller bara att låta minnet flyta upp ur djupet, som vrakgods.

Men vad såg jag då?

Han hade inte sett någonting, bara snabba rörelser och ett vitt knivblad.

Det var det jag såg, tänker Joona plötsligt. Jag såg ingenting.

Han säger sig att just frånvaron av iakttagelser bekräftar känslan av att det inte rör sig om en vanlig mördare.

De har att göra med en yrkesmördare, en problemlösare, en grob.

Tanken har funnits tidigare, men efter att ha mött honom är han övertygad.

Han är säker på att personen han mötte i hallen är samma person som mördade Viola. Hans avsikt var att döda Penelope, sänka sportbåten och få det hela att se ut som en olycka. Det är samma mönster här innan han blev överraskad. Han vill förbli osynlig, han vill utföra sina dåd, men dölja dem för polisen.

Joona ser sig långsamt omkring och försöker samla sina iakttagelser till en helhet.

I våningen ovanför låter det som om några barn rullar kulor över golvet. De hade befunnit sig i ett eldinferno vid det här laget om Joona inte hade hunnit dra ut sladden i tid.

Han tänker att han aldrig tidigare har utsatts för en så målinriktad och farlig attack. Han är övertygad om att personen som befann sig inne i den försvunna fredsaktivisten Penelope Fernandez hem inte var någon hatisk fiende från den högerextrema falangen. Dessa grupper gör sig visserligen skyldiga till utstuderade våldsdåd, men den här personen var en utbildad yrkesmänniska, en professionell mördare i en division långt över de högerextrema grupperna i landet.

Så vad gjorde du här, frågar sig Joona. *Vad har en problemlösare med Penelope Fernandez att göra, vad är hon inblandad i, vad är det som pågår under ytan?*

Han tänker på mannens oförutsägbara rörelser, knivtekniken som var avsedd att ta sig förbi gängse försvarsmönster, inklusive polisens och militärens intränade slag och blockeringar.

Det kittlar till inombords när han ser för sig hur redan det första hugget hade gått in i levern om han inte hade haft pistolen hängande under höger arm, och hur det andra hugget hade gått in i hans hjässa om han inte kastat sig bakåt.

Joona reser sig upp ur soffan och går in i sovrummet. Betraktar den ordentligt bäddade sängen, krucifixet över huvudändan.

En problemlösare trodde att han mördade Penelope och hans avsikt var att få det att se ut som en olycka ...

Men båten sänktes aldrig.

Antingen blev mördaren avbruten eller så lämnade han brottsplatsen för att återvända senare och slutföra uppdraget. Men avsikten kan inte ha varit att sjöpolisen skulle hitta den drivande båten med en drunknad flicka ombord. Något gick fel på vägen eller så ändrades planerna plötsligt, kanske fick han nya order, men ett och ett halvt dygn efter mordet på Viola befinner han sig inne i Penelopes lägenhet.

Du måste ha mycket starka skäl för att besöka hennes lägenhet. Vad har du för motiv för att ta en sådan risk? Finns det någonting i lägenheten som binder dig eller din uppdragsgivare till Penelope?

Du gjorde någonting här, tog bort fingeravtryck, raderade en hårddisk, förstörde ett meddelande på en telefonsvarare eller hämtade någonting, tänker Joona.

Det var i alla fall din avsikt, men kanske blev du avbruten när jag kom in.

Kanske ville du radera spår med hjälp av eldsvådan?

Det är en möjlighet.

Joona tänker att han hade behövt Erixon nu. Han kan inte göra en brottsplatsundersökning utan en kriminaltekniker, han har inte rätt utrustning, han skulle kunna förstöra spår om han letade igenom lägenheten på egen hand, han skulle kanske kontaminera dna och missa osynliga ledtrådar.

Joona går fram till fönstret och blickar ner på gatan och de tomma borden utanför ett smörgåscafé.

Han inser att han måste åka till polishuset och tala med sin chef Carlos Eliasson, han måste begära att få bli förundersökningsledare, det är det enda sättet att få tillgång till en ny kriminaltekniker, det är det enda sättet att få hjälp medan Erixon är sjukskriven.

Joonas telefon ringer precis när han bestämmer sig för att göra det ordentligt, tala med både Carlos och Jens Svanehjälm och sätta ihop en liten utredningsgrupp.

– Hej Anja, svarar han.

– Jag skulle vilja basta med dig.

– Basta med mig?

– Ja, kan inte du och jag bada bastu tillsammans? Du kunde visa mig hur det går till i en riktig finsk sauna.

– Anja, säger han försiktigt. Jag har levt nästan hela mitt liv här i Stockholm.

Joona går ut i hallen och fortsätter fram mot ytterdörren.

– Du är sverigefinländare, jag vet, fortsätter Anja i telefonen. Kan det bli tråkigare? Varför kan du inte komma från El Salvador? Har du läst Penelope Fernandez debattartiklar? Du skulle se henne – häromdagen skällde hon ut hela Sveriges vapenexport på teve.

Joona hör Anja andas i luren när han lämnar Penelope Fernandez lägenhet. Han ser ambulanspersonalens blodiga fotsteg på trappavsatsen och känner en kort rysning löpa över hjässan när han tänker på hur kollegan suttit ute i trapphuset med benen vitt isär, hur ansiktet blev blekare och blekare.

Joona tänker att problemlösaren trodde att han dödade Penelope Fernandez. Den delen av hans uppdrag var avklarad. Den andra delen innebar att ta sig in i Penelopes lägenhet av någon anledning. Om hon fortfarande lever så är det bråttom att hitta henne, för ganska snart kommer problemlösaren att inse sitt misstag och ta upp jakten.

– Björn och Penelope bor inte ihop, säger Anja.

– Jag har förstått det, svarar han.

– Man kan älska varandra ändå – precis som du och jag.

– Ja.

Joona kommer ut i det starka solskenet, luften är tung och ännu kvalmigare än tidigare.

– Kan du ge mig Björns adress?

Anjas fingrar går över datorns tangenter med små tickande ljud.

– Almskog, Pontonjärgatan 47, andra våningen ...

– Jag åker dit innan jag ...

– Vänta, säger Anja tvärt. Det går inte, det ... Lyssna på det här,

jag dubbelkörde adressen ... Det var en brand i huset i fredags.
- Och Björns lägenhet?
- Hela våningsplanet förstördes, svarar hon.

19

Ett vågigt landskap av aska

KRIMINALKOMMISSARIE Joona Linna går uppför trapporna, stannar och står alldeles stilla och blickar in i ett svart rum. Golv, väggar och tak är förkolnade. Stanken är mycket skarp. Av de innerväggar som inte är bärande återstår nästan ingenting. Svarta stalaktiter hänger från taket. Förkolnade stumpar av reglar sticker upp ur ett vågigt landskap av aska. På vissa ställen ser man rakt ner genom trossbotten till rummen under. Det är inte längre möjligt att avgöra vilken del av våningsplanet som Björn Almskogs lägenhet utgjorde.

Grå plast är spänd framför de tomma fönsteröppningarna mot sommardagen och en grön fasad på andra sidan gatan.

Att ingen människa skadades vid branden på Pontonjärgatan 47 berodde på att de flesta befann sig på sina arbeten när den utbröt.

Fem över elva kom det första samtalet till larmcentralen och trots att brandstationen på Kungsholmen ligger mycket nära huset var förloppet så våldsamt att fyra lägenheter hann totalförstöras.

Joona tänker på samtalet med brandundersökaren Hassan Sükür. Han hade använt sig av SKL:s näst högsta grad på utlåtandeskalan när han förklarade att resultaten talade starkt för att branden hade börjat hemma hos Björn Almskogs åttioåriga granne Lisbet Wirén. Hon hade gått till närbutiken för att byta en liten vinst på en trisslott till två nya lotter och kunde inte minnas om hon glömt strykjärnet på. Brandförloppet hade varit mycket snabbt och allt tydde på att den hade uppstått i hennes vardagsrum vid resterna från ett strykjärn och en strykbräda.

Joona blickar runt mellan de svarta lägenheterna på våningsplanet. Av rummens möbler återstår endast enstaka, förvridna metalldelar, resterna av ett kylskåp, en sängstomme, ett sotigt badkar.

Joona går ner igen. Väggarna och taket i trapphuset är rökskadade. Han stannar till vid polisens avspärrningsband, vänder sig om och blickar upp mot det svarta igen.

När han böjer sig under plastbanden ser han att brandundersökarna har tappat några DUO-påsar på golvet, påsar som används för att tillvarata flyktiga ämnen. Joona fortsätter förbi den grönmarmorerade entrén, ut genom porten mot gatan, börjar gå i riktning mot polishuset, tar upp telefonen och ringer Hassan Sükür igen. Hassan svarar snabbt och sänker sedan ljudet på radion.

– Har du hittat spår efter brännbara vätskor? frågar Joona. Du hade tappat några DUO-påsar i trappan och jag tänkte ...

– Alltså, det är så här, att om någon häller ut tändvätska så är det förstås den som brinner upp först ...

– Jag vet, men det som ...

– Men jag ... jag brukar ändå hitta spår, fortsätter han. För ofta rinner det ner i sprickor mellan golvplankorna, hamnar i trossbotten, i glasullen eller under trossbottenskivan som kanske klarat sig.

– Men inte här? frågar Joona medan han fortsätter nedför Hantverkargatans backe.

– Ingenting, svarar Hassan.

– Men om man känner till var spår av tändvätskan kan samlas så är det möjligt att undvika upptäckt.

– Självklart ... jag skulle aldrig begå ett misstag av det slaget om jag var pyroman, svarar Hassan glatt.

– Men du är övertygad om att strykjärnet orsakade branden i det här fallet?

– Ja, det var en olyckshändelse.

– Så du har lagt ner utredningen? frågar Joona.

20

Huset

PENELOPE KÄNNER skräcken gripa tag i henne igen. Det är som om den bara drog efter andan för att sedan fortsätta att skrika inom henne. Hon torkar tårar från kinderna och försöker resa sig upp. Kall svett rinner ner mellan brösten och från armhålorna efter sidorna. Kroppen värker och darrar av ansträngningen. Blod tränger igenom smutsen på hennes handflator.

– Vi kan inte stanna här, viskar hon och drar med sig Björn.

Det är mörkt i skogen, men natten håller på att vända till morgon. Tillsammans går de snabbt ut mot stranden igen, men långt söder om huset och festen.

Så långt ifrån förföljaren de kan.

Ändå vet de att de måste hitta hjälp, måste få tag i en telefon.

Skogen öppnar sig långsamt mot vattnet och de börjar springa igen. Mellan träden ser de ett nytt hus, kanske en halv kilometer bort, kanske mindre. En helikopter dånar någonstans, rör sig avlägset iväg.

Björn verkar yr och hon blir rädd för att han inte ska orka springa när hon ser honom ta stöd i marken eller mot trädstammar.

En gren knakar någonstans bakom dem, som om den bröts under tyngden från en människa.

Penelope börjar springa genom skogen så fort hon kan.

Träden glesnar och hon ser huset igen, bara hundra meter bort. Ljuset i fönstren blänker i den röda lacken på en parkerad Ford.

En hare spritter iväg, bort över mossa och ris.

Flåsande och skygga fortsätter de fram till grusgången.

Det sticker i vaderna av ansträngningen när de stannar till och ser sig om. De går uppför trappan, öppnar ytterdörren och går in.

– Hallå? Vi behöver hjälp, säger Penelope.

Det är varmt i huset efter den soliga dagen. Björn haltar, det blir blodspår på hallgolvet från hans nakna fötter.

Penelope skyndar genom rummen, men huset är tomt. De sover säkert över hos grannarna efter festen, tänker hon och ställer sig i fönstret, dold bakom gardinerna, och tittar ut. Hon väntar en stund men ser inga rörelser i skogen eller över gräsmattan och uppfarten. Kanske har förföljaren äntligen tappat spåret efter dem, kanske väntar han fortfarande vid det andra huset. Hon återvänder till hallen, ser att Björn sitter på golvet och undersöker såren på sina fötter.

– Du måste hitta ett par skor, säger hon.

Han tittar upp på henne med tom blick, som om han inte förstod språket.

– Det här är inte över, säger hon. Du måste hitta något att ha på fötterna.

Björn börjar rota i garderoben i hallen, han river ut strandskor, gummistövlar och gamla väskor.

Penelope undviker alla fönster, men rör sig snabbt när hon letar efter en telefon, hon tittar på hallbordet, i portföljen på soffan, i skålen på soffbordet och bland nycklar och papper från vägföreningen på köksbänken.

Något hörs utanför, hon stannar till och lyssnar.

Det var kanske ingenting.

Den första morgonsolen skiner in genom fönstren.

Hon skyndar hukande in i det stora sovrummet, drar ut

lådor i en byrå och ser att en inramad familjebild ligger bland underkläderna. Ett porträttfotografi, taget i ateljé, på mannen och hustrun och två tonårsdöttrar. De andra lådorna är tomma. Penelope öppnar garderoben, drar ner de få plaggen från stålgalgarna, tar med sig en svart munkjacka som ser ut att passa en femtonåring och en stickad tröja.

Hon hör kranen spola i köket och skyndar dit. Björn lutar sig fram över vasken och dricker vatten. Han har ett par slitna sportskor på fötterna, några nummer för stora.

Vi måste hitta någon som kan hjälpa oss, tänker hon. Det här är ju inte klokt, det måste ju finnas människor överallt.

Penelope går fram till Björn och ger honom den stickade tröjan när det knackar på dörren. Björn ler överraskat, får på sig tröjan och mumlar att de äntligen har lite tur. Penelope går mot hallen och stryker undan håret från ansiktet. Hon är nästan framme när hon ser siluetten genom den frostade glasrutan.

Hon stannar tvärt och tittar på skuggan genom det dimmiga fönstret. Plötsligt kan hon inte sträcka fram handen och öppna. Hon känner igen hans hållning, formen på huvudet och axlarna.

Luften håller på att ta slut.

Långsamt går hon baklänges mot köket, det rycker i henne, hon skulle vilja springa, kroppen vill springa. Hon stirrar på glasrutan, på det suddiga ansiktet, den smala hakan. Hon känner sig yr, flyttar sig bakåt, trampar på väskor och stövlar, sträcker ut handen för att stödja sig mot väggen, fingrarna löper över tapeten, hallspegeln hamnar snett.

Björn stannar bredvid henne, han håller en kökskniv i handen, en förskärare med bred klinga. Han är vit om kinderna, munnen är halvöppen, ögonen stirrar på glasrutan.

Penelope backar in i en bordsskiva och ser samtidigt hur dörrhandtaget långsamt trycks ner. Hon går snabbt in i badrummet, vrider på kranarna och ropar med hög röst.

– Kom in! Dörren är öppen!

Björn rycker till, pulsen dånar i hans huvud, han håller kniven framför sig, beredd att försvara sig, attackera, när han ser hur förföljaren försiktigt släpper dörrhandtaget. Siluetten försvinner från fönstret och några sekunder senare hörs fotstegen på stengången bredvid huset. Björn blickar åt höger. Penelope kommer ut ur badrummet. Han pekar på fönstret i teverummet, de flyttar sig undan, in i köket och hör samtidigt mannen gå över träaltanen. Stegen passerar fönstret och når fram till verandadörren. Penelope försöker förstå vad förföljaren ser, om vinkeln och ljuset räcker för att avslöja de framdragna skorna i hallen, blodspåren från Björn på golvet. Trädäcket utanför knakar igen mot trappan ned till baksidan. Han kommer runt, är på väg fram till köksfönstret. Björn och Penelope kryper ner på golvet, rullar tätt intill väggen, rakt under fönstret. De försöker ligga stilla, andas tyst. De hör hur han når fram till fönstret, hans händer hasar över fönsterblecket och de förstår att han tittar in i köket.

Penelope upptäcker att ugnsluckans glasruta avspeglar fönstret och via speglingen kan hon se hur förföljaren söker med blicken över rummet. Hon tänker att han skulle möta hennes ögon i denna stund om han tittade på spisluckan. Snart kommer han att förstå att de gömmer sig därinne.

Ansiktet i fönstret försvinner, stegen över träaltanen hörs igen och fortsätter på stengången till framsidan. När ytterdörren öppnas förflyttar sig Björn snabbt till köksdörren, lägger tyst ifrån sig kniven, vrider nyckeln som sitter i låset, puttar upp dörren och skyndar ut.

Penelope följer efter honom, ut i trädgårdens svala morgon. De springer över gräsmattan, förbi komposten och in i skogen. Det är fortfarande dunkelt, men det flacka gryningsljuset har börjat söka sig in mellan träden. Rädslan jagar ifatt Penelope, knuffar henne framåt, virvlar upp paniken i hennes bröst igen. Hon väjer undan för grova grenar, tar språng över låga buskar eller stenar. Snett bakom sig hör hon Björn, hans häftiga andhämtning. Och bakom honom anar hon oavbrutet den andre, mannen som känns som en skugga. Han följer efter dem och hon vet att han tänker döda dem när han hittar dem. Hon erinrar sig något hon har läst någonstans. Det var en kvinna i Rwanda som överlevde hutuernas folkmord på tutsierna genom att gömma sig i träsken och springa varje dag, springa under det antal månader som folkmordet pågick. De forna grannarna och vännerna förföljde henne med machetes. Vi härmade antiloperna, hade kvinnan förklarat i boken. Vi som överlevde där i djungeln härmade antilopernas flykt från rovdjuren. Vi sprang, valde oväntade vägar, vi delade på oss och bytte riktningar för att förvirra våra förföljare.

Penelope vet att det är helt fel, sättet hon och Björn flyr på. De springer utan plan, utan tanke, och det kommer inte att gynna dem, utan deras förföljare. Hon och Björn springer utan list. De vill hem, de vill hitta hjälp, de vill ringa polisen. Allt detta vet förföljaren, han förstår att de kommer att leta efter människor som kan hjälpa dem, att de kommer att söka sig till bebyggelse, leta sig mot fastlandet för att ta sig hem.

Penelope river upp ett hål i sina träningsbyxor på en nedfallen gren. Hon stapplar några steg, men fortsätter framåt, noterar bara smärtan som en brännande snara kring benet.

De får inte stanna, hon känner smaken av blod i munnen, Björn snubblar genom ett snår, de byter riktning vid en stor rotvälta vars jordiga gap är fyllt av vatten.

Medan hon springer bredvid Björn drar hennes rädsla oväntat och bryskt fram ett minne, minnet av när hon var precis lika rädd som nu. Hon börjar plötsligt tänka på när hon var i Darfur, på människornas ögon, skillnaden i blicken på dem som traumatiserats, som inte orkade mer, och de som fortfarande kämpade, vägrade att ge upp. Hon kommer aldrig att glömma barnen som kom till Kubbum en natt med en laddad revolver. Hon kommer aldrig att glömma den rädsla hon kände.

SÄKERHETSPOLISENS huvudkontor ligger på tredje planet i det stora polishuset med ingång från Polhemsgatan. En visselpipa hörs från häktets rastplats som är placerad på taket till samma byggnad. Chefen för avdelningen för säkerhetsåtgärder heter Verner Zandén. Han är en lång man med spetsig näsa, små, kolsvarta ögon och en mycket djup basröst. Han sitter med benen brett isär på en kontorsstol bakom sitt skrivbord och håller upp en lugnande hand. Blekt ljus faller in genom det lilla fönstret mot innergården. Det doftar damm och varma glödlampor. I detta ovanligt trista rum står en ung kvinna som heter Saga Bauer. Hon är kommissarie och har specialiserat sig inom gruppen för kontraterrorism. Saga Bauer är bara tjugofem år, har gröna, gula och röda tygband inflätade i sitt långa, blonda hår. Hon ser ut som ett skogsrå, alltid mitt i ljusstrimman i en skogsglänta. Hon bär en grovkalibrig pistol i ett axelhölster under en öppen träningsjacka med luva och tryck från Narva boxningsklubb.

– Jag har lett hela insatsen i mer än ett år, vädjar hon. Jag har spanat, jag har ägnat helger och nätter ...

– Men det här är något annat, avbryter chefen leende.

– Snälla, snälla ... Du kan inte bara köra över mig igen.

– Köra över? En tekniker från rikskrim är allvarligt skadad, en kommissarie blev attackerad, lägenheten kunde ha exploderat och ...

– Jag vet det, jag måste dit nu ...

–Jag har redan skickat Göran Stone.

–Göran Stone? Jag har jobbat här i tre år, jag har inte fått slutföra någonting, det här är mitt expertområde. Göran kan ingenting om det här ...

–Han gjorde bra ifrån sig i kulvertarna.

Saga sväljer hårt innan hon svarar:

–Det var också mitt fall, jag hittade länken mellan ...

Verner invänder allvarligt:

–Men det blev farligt och jag anser fortfarande att jag gjorde rätt.

Hon blir helt röd om kinderna, slår ner blicken, samlar sig och försöker tala lugnt.

–Jag klarar av det här, det är faktiskt det här jag utbildades för ...

–Ja, fast nu har jag gjort en annan bedömning.

Han drar i sin näsa, suckar och lägger upp fötterna på papperskorgen under skrivbordet.

–Du vet att jag inte är resultatet av någon jämställdhetsplan, säger Saga långsamt. Jag har inte kvoterats in, jag var bäst i min grupp på alla test, jag var bäst någonsin på prickskytte, jag har utrett tvåhundratio olika ...

–Jag är bara rädd om dig, säger han svagt och möter hennes klarblå ögon.

–Men jag är ingen docka, jag är ingen prinsessa eller älva.

–Men du är så ... så ...

Verner rodnar häftigt och lyfter sedan händerna i en hjälplös gest:

–Okej, vad fan, då säger vi det, du leder förundersökningen, men Göran Stone är med, han håller koll på dig.

–Tack, säger hon med ett lättat leende.

–Men det är ingen lek, kom ihåg det, säger han med sin basröst. Penelope Fernandez syster är död, avrättad, hon är själv försvunnen ...

–Och jag har sett en ökad aktivitet bland flera av de vänsterextrema grupperna, säger Saga. Vi undersöker om Revolutionära Fronten ligger bakom stölden av sprängmedel i Vaxholm.

– Det viktiga är förstås att ta reda på om det föreligger några omedelbara hot, förklarar Verner.

– Just nu är radikaliseringen ganska brant, fortsätter hon lite för ivrigt. Jag var precis i kontakt med Dante Larsson på MUST och han säger att de räknar med sabotage under sommaren.

– Men nu koncentrerar vi oss på Penelope Fernandez, ler Verner.

– Självklart, säger Saga snabbt. Självklart.

– Den tekniska undersökningen är ett samarbete med rikskrim men i övrigt så ska de hållas utanför.

Saga Bauer nickar och väntar en stund innan hon ställer sin fråga:

– Kommer jag att få slutföra den här utredningen? Det är viktigt för mig, för att ...

– Så länge du sitter kvar i sadeln, avbryter han. Men vi har ingen aning om var det här slutar, vi vet inte ens var det börjar.

22

Det obegripliga

UTMED REKYLGATAN i Västerås ligger ett mycket långt och lysande vitt höghus. De som bor i kvarteret har ganska nära till Lillhagsskolan, fotbollsplanen och tennisbanan.

Ut ur port nummer 11 kommer en ung man med en motorcykelhjälm i ena handen. Han heter Stefan Bergkvist och är snart sjutton år, går på motorteknisk gymnasium och bor tillsammans med sin mamma och hennes sambo.

Han har långt ljust hår och en silverring i underläppen, är klädd i svart T-shirt och säckiga jeans som trampats sönder under sportskorna.

Utan brådska släntrar han ner till parkeringsplatsen, hänger hjälmen på styret till sin crossmotorcykel och kör långsamt ner på gångvägen runt huset, fortsätter längs det dubbla järnvägsspåret, under Norrledens viadukt, in i det stora industriområdet och stannar bredvid en byggbod som är täckt av blå och silverfärgad graffiti.

Stefan och hans vänner brukar träffas här och tävla på den motorcrossbana som de skapat längs banvallen, de kör över de olika stickspåren och sedan tillbaka på Terminalvägen.

De började komma hit för fyra år sedan när de hittade nyckeln till byggboden gömd på en spik på baksidan bland tistlarna. Byggboden hade stått orörd i nästan tio år. Av någon anledning glömdes den kvar efter ett stort anläggningsarbete.

Stefan lämnar motorcykeln, låser upp hänglåset under kåpan, fäller ned bommen av stål och öppnar trädörren. Han går in i boden, stänger efter sig, tittar på klockan i sin telefon och ser att hans mamma har ringt.

Han märker inte att han är iakttagen av en man i sextio-årsåldern med grå mockajacka och ljusbruna byxor. Mannen står bakom en sopcontainer vid den låga industribyggnaden på andra sidan järnvägsspåren.

Stefan går fram till trinetten, tar upp chipspåsen som ligger i diskhon, häller ut de sista smulorna i handen och äter upp dem.

Ljuset i boden kommer genom två gallerförsedda fönster med smutsigt glas.

Stefan väntar på sina vänner och bläddrar lite i en av de gamla tidningarna som fortfarande ligger kvarglömda i en bunt ovanpå ritningsskåpet. På framsidan till tidningen Lektyr med rubriken "Tänk att bli slickad och få betalt för det!" syns en ung kvinna med nakna bröst.

Lugnt lämnar mannen i mockajackan sitt gömställe, passerar den höga fackverksstolpen med hängande elledningar och går över den bruna banvallen med dubbla järnvägsspår. Han fort-sätter fram till Stefans motorcykel, fäller upp stödet och rullar fram den till bodens dörr.

Mannen ser sig om och lägger sedan ner motorcykeln på marken och trycker till den med foten så att den kilar fast dör-ren mycket hårt. Han öppnar tanklocket och låter bensinen rinna ut under boden.

Stefan bläddrar vidare i den gamla tidningen, betraktar de blekta fotografierna på kvinnor i fängelsemiljö. En blond kvinna sitter i en cell med låren brett isär och visar upp sitt kön för en fångvakt. Stefan stirrar på bilden och rycker till när han hör ett rasslande ljud utifrån. Han lyssnar, tycker sig höra steg och sluter hastigt tidningen.

Mannen i mockajacka har dragit fram den röda bensindun-ken som pojkarna gömt bland slyn bredvid boden och börjar nu tömma den runt boden. Först när han befinner sig på baksidan hörs de första ropen inifrån. Pojken bultar på dörren och försöker få upp den, hans fotsteg klampar över golvet och sedan skymtar hans ängsliga ansikte bakom ett smutsigt fönster.

– Öppna dörren, det är inte roligt, säger han med hög röst.

Mannen i mockajacka fortsätter runt boden, häller ut den sista bensinen och ställer sedan tillbaka dunken.

– Vad gör du? ropar pojken.

Han kastar sig mot dörren, försöker sparka upp den, men den är omöjlig att rubba. Han ringer sin mamma, men hennes telefon är avstängd. Hjärtat slår hårt av ångest när han försöker se något i de gråstrimmiga fönstren, han flyttar sig från den ena rutan till den andra.

– Är du inte klok?

När han plösligt känner den stickande lukten från bensinångorna väller skräcken upp i hans kropp och magen kramas ihop.

– Hallå? ropar han med rädd röst. Jag vet att du är kvar!

Mannen tar upp en tändsticksask ur fickan.

– Vad vill du? Snälla, om du bara säger vad du vill ...

– Det är inte ditt fel, men en mardröm ska skördas, säger mannen utan att höja rösten och drar eld på en tändsticka.

– Släpp ut mig! skriker pojken.

Mannen slänger tändstickan i det våta gräset. Det suckar till som när ett stort segel hastigt fylls av vind. Ljusblå eld slår upp med sådan kraft att mannen tvingas ta flera steg bakåt. Pojken ropar på hjälp. Elden sluter sig kring boden. Mannen fortsätter bakåt, känner hettan i sitt ansikte och hör de vettskrämda skriken.

Boden är helt övertänd på bara några sekunder och glasrutorna bakom gallret spricker av värmen.

Pojken vrålar när hettan antänder håret på hans huvud.

Mannen fortsätter över järnvägsspåret, ställer sig vid industribyggnaden och ser den gamla byggboden brinna som en fackla.

Några minuter senare närmar sig ett godståg norrifrån. Långsamt kommer det rullande på spåret, skrapande, knarrande passerar raden med bruna vagnar de höga flammorna medan mannen i grå mockajacka försvinner upp längs Stenbygatan.

23

Kriminalteknikerna

TROTS ATT det är helg befinner sig chefen för Rikskriminalen, Carlos Eliasson, på sitt rum. En tilltagande skygghet gör att han med allt större motstånd tar emot spontana besök. Dörren är stängd och upptagetlampan lyser rött. Joona knackar och öppnar i en och samma rörelse.

– Jag måste få veta om sjöpolisen hittar någonting, säger han.

Carlos skjuter undan en bok på skrivbordet och svarar sedan lugnt:

– Du och Erixon blev attackerade, det är en omskakande upplevelse och ni måste ta hand om er.

– Det ska vi, säger Joona.

– Sökningen med helikopter är avslutad.

Joona stelnar till.

– Avslutad? Hur stort område har de ...

– Jag vet inte, avbryter Carlos.

– Vem är det som är insatschef?

– Rikskriminalen har ingenting med det att göra, förklarar Carlos. Det är sjöpolisen och ...

– Men det vore ganska bra för oss att veta om det är ett eller tre mord vi utreder, säger Joona skarpt.

– Joona, du utreder ingenting just nu. Jag har förankrat saken hos Jens Svanehjälm. Vi sätter ihop en grupp tillsammans med Säpo. Från krim kommer Petter Näslund, Tommy Kofoed sluter upp från Riksmordskommissionen och ...

– Vad får jag för uppgift?

– Ta en vecka ledigt.

– Nej.

– Då får du åka ut till Polishögskolan och föreläsa.

– Nej.

– Var inte tjurskallig, säger Carlos. Den där envisheten är inte så charmig som ...

– Jag skiter i dig, säger Joona. För Penelope ...

– Du skiter i mig, avbryter Carlos häpet. Jag är chef för ...

– Penelope Fernandez och Björn Almskog lever kanske fortfarande, fortsätter Joona med hård röst. Hans lägenhet är utbränd och hennes hade varit det om inte jag hade kommit dit. Jag tror att mördaren letar efter någonting som de har, jag tror att han försökte få Viola att tala innan han dränkte henne ...

– Tack så mycket, avbryter Carlos med höjd röst. Tack för dina intressanta tankar, men vi har ... Nej, ge mig en sekund. Jag vet att du har svårt att acceptera det, men det finns fler poliser än du, Joona. Och de flesta av dem är riktigt duktiga, ska du veta.

– Jag håller med, säger Joona dröjande, med en vass klang i rösten. Och du borde vara rädd om dem, Carlos.

Joona betraktar de brunaktiga fläckarna efter Erixons blod på sina skjortärmar.

– Vad menar du?

– Jag har träffat gärningsmannen och jag tror att vi måste räkna med döda poliser i den här utredningen.

– Ni blev överrumplade, jag förstår att det var otäckt ...

– Okej, säger Joona hårt.

– Tommy Kofoed tar hand om brottsplatsundersökningen och jag ringer till Brittis på Polishögskolan och säger att du tittar förbi i dag och att du gästföreläser nästa vecka, säger Carlos.

*

När Joona kommer ut från polishuset slår värmen emot honom. Han tar av sig kavajen och noterar samtidigt att någon närmar sig honom snett bakifrån, från skuggorna i parken och ut på gatan mellan de parkerade bilarna. Han vänder sig om och ser att det är Penelopes mamma, Claudia Fernandez.

– Joona Linna, säger hon med spänd röst.

– Claudia, hur är det med dig? frågar han allvarligt.

Hon skakar bara på huvudet. Ögonen är rödsprängda och ansiktet plågat.

– Hitta henne, du måste hitta min flicka, säger hon och ger honom ett tjockt kuvert.

Joona öppnar kuvertet och ser att det är fullt av sedlar. Han försöker lämna tillbaka det, men hon vill inte ha det.

– Snälla, ta pengarna. Det är allt jag har, säger hon. Men jag skaffar mer, jag säljer huset, bara du hittar henne.

– Claudia, jag kan inte ta emot dina pengar, säger han.

Hennes plågade ansikte skrynklar ihop sig:

– Snälla ...

– Vi gör redan allt vi kan.

Joona ger Claudia kuvertet, hon håller det frånvarande i sin hand, mumlar att hon ska gå hem och vänta vid telefonen. Sedan hejdar hon honom och försöker återigen förklara:

– Jag sa till henne att hon inte var välkommen hem ... hon kommer aldrig att ringa mig.

– Ni hade ett gräl, det är inte hela världen, Claudia.

– Men hur kunde jag säga så? Förstår du det? frågar hon och slår knogarna hårt mot sin panna. Vem säger så till sitt eget barn?

– Det är så lätt att bara ...

Joonas röst dör ut, han blir plötsligt svettig över ryggen och tvingar sig själv att stänga av minnesfragmenten som börjat röra sig.

– Jag står inte ut, säger Claudia lågt.

Joona tar tag i Claudias händer och säger att han gör allt han kan.

– Du måste få tillbaka din dotter, viskar han.

Hon nickar och sedan går de åt varsitt håll. Joona skyndar nedför Bergsgatan och kisar upp i himlen medan han går mot sin bil. Det är soligt, men en aning disigt och fortfarande mycket kvavt. Förra sommaren satt han på sjukhuset och höll sin mor i handen. De talade som vanligt på finska. Han sa att de skulle åka till Karelen tillsammans så fort hon mådde bättre. Hon var född där, i en liten by som till skillnad från så många andra inte brändes ned av ryssarna under andra världskriget. Hans mamma hade svarat att det vore bättre om han åkte till Karelen tillsammans med någon av dem som väntar på honom.

Joona köper en flaska Pellegrino på Il Caffè och dricker ur den innan han sätter sig i den varma bilen. Ratten är het och sätet bränner mot ryggen. Istället för att köra till Polishögskolan åker han tillbaka till Sankt Paulsgatan 3, till den försvunna Penelope Fernandez lägenhet. Han tänker på mannen han mötte uppe i lägenheten. Det hade funnits en märklig hastighet och exakthet i hans rörelser, som om kniven hade varit vid liv.

Kring porten är blå och vita plastband med orden "polis" och "avspärrat" uppspända.

Joona legitimerar sig för den uniformerade polisen och skakar sedan hand med honom. De har träffats ibland, men aldrig arbetat tillsammans.

– Varmt i dag, säger Joona.

– Skojar du, svarar polismannen.

– Hur många tekniker har vi på plats? frågar han och nickar uppåt trapphuset.

– En från oss och tre från Säpo, svarar polismannen glatt. Man vill få fram dna så fort som möjligt.

– De kommer inte att hitta någon, säger Joona nästan för sig själv och börjar gå uppför trapporna.

Utanför lägenhetsdörren på våning tre står Melker Janos, en äldre polisman. Joona minns honom från sin egen utbildning som en stressad och otrevlig överordnad. Då var Melker på väg uppåt i karriären, men en bitter skilsmässa och ett periodiskt alkoholmissbruk degraderade honom steg för steg tillbaka till patrullerande polisman. När han får syn på Joona hälsar han kort och irriterat och öppnar sedan dörren för honom med en ironiskt servil åtbörd.

– Tack, säger Joona utan att vänta sig något svar.

Precis innanför dörren befinner sig Tommy Kofoed, den kriminaltekniska koordinatorn från Riksmordskommissionen. Kofoed rör sig kutande och trumpet. Han når inte Joona längre än till bröstkorgen. När deras blickar möts öppnar han munnen i ett nästan barnsligt glatt leende.

– Joona, kul att se dig. Jag trodde att du skulle ut till Polishögskolan.

– Jag åkte fel.

– Vad bra.

– Hittar ni någonting? frågar Joona.

– Vi har säkrat alla skoavtryck i hallen, säger han.

– Ja, de matchar nog mina skor, säger Joona och skakar hand med honom.

– Och angriparens, säger Kofoed med ett ännu bredare leende. Vi har lyft flera fina avtryck. Han rörde sig jävligt konstigt – eller hur?

– Ja, svarar Joona kort.

I hallen ligger stegplattor på golvet så att spåren inte ska kontamineras innan de säkrats. På ett stativ står en kamera med objektivet riktat mot golvet. En kraftig lampa med aluminiumskärm ligger i ett hörn med sladden ringlad runt. Teknikerna har sökt osynliga skoavtryck med släpljus, ett ljus som nästan går parallellt med golvet. De har därefter lyft skoavtrycken elektrostatiskt och markerat förövarens steg från köket och genom hallen.

Joona tänker att denna noggrannhet är onödig eftersom gärningsmannens skor, handskar och kläder med stor säkerhet redan är förstörda, uppeldade.

– Hur sprang han egentligen? frågar Kofoed och pekar på markeringarna. Där, där ... snett dit och så finns det ingenting förrän här och här.

– Du har missat ett skoavtryck, småler Joona.

– I helvete.

– Där, pekar Joona.

– Var?

– På väggen.

– Det var som fan.

Kanske sjuttio centimeter över golvet syns ett skoavtryck svagt på den ljusgrå tapeten. Tommy Kofoed ropar till sig en annan tekniker, ber honom göra ett gelatinavtryck.

– Kan man gå på golvet nu? frågar Joona.

– Bara du inte går på väggarna, frustar Kofoed.

24

Föremålet

I KÖKET STÅR en man i jeans och ljusbrun blazer med skinnlappar på armbågarna. Han stryker sig över sin blonda mustasch, pratar högt och pekar på mikrovågsugnen. Joona fortsätter in och ser hur en tekniker med munskydd och skyddshandskar paketerar den buckliga sprayflaskan i en papperspåse, viker öppningen två gånger, tejpar och märker påsen.

– Du är Joona Linna – eller hur? säger mannen med den blonda mustaschen. Om du är så bra som alla säger så borde du komma över till oss.

De skakar hand.

– Göran Stone, Säpo, säger mannen belåtet.

– Är det du som leder förundersökningen?

– Ja, det är jag ... eller formellt så är det Saga Bauer – för statistikens skull, flinar han.

– Jag har träffat Saga Bauer, säger Joona. Hon verkar kapabel att ...

– Eller hur? gapskrattar Göran Stone och håller sedan för munnen.

Joona blickar ut genom fönstret, tänker på båten som hittades drivande och försöker förstå vem eller vilka mördaren fått i uppdrag att likvidera. Han är medveten om att utredningen befinner sig i ett alltför tidigt skede för att några slutsatser ska kunna dras, men samtidigt är det alltid bra att arbeta utifrån hypotetiska förlopp. Den enda som gärningsmannen med största sannolikhet var ute efter var Penelope, tänker Joona. Och den enda som han antagligen inte avsåg att döda var Viola eftersom han inte hade kunnat förutspå att hon skulle följa med på båten – hennes närvaro berodde bara på en olycklig slump, säger sig Joona, lämnar köket och fortsätter ut i sovrummet.

Sängen är bäddad, det gräddfärgade överkastet ligger slätt. Saga Bauer från Säpo står framför en bärbar dator som hon placerat i fönsterkarmen och talar samtidigt i telefon. Joona minns henne från ett seminarium om kontraterrorism.

Joona sätter sig på sängen och försöker samla sina tankar igen. Han ställer upp Viola och Penelope framför sig och bredvid dem placerar han pojkvännen Björn. Alla kan inte ha befunnit sig på båten när Viola mördades, säger han sig. Då hade inte gärningsmannen begått sitt misstag. Hade han tagit sig ombord ute till havs så hade han mördat alla tre, placerat dem i rätt sängar och sänkt båten. Misstaget utesluter Penelopes närvaro på båten. Sällskapet måste därför ha lagt till någonstans.

Joona reser sig igen, lämnar sovrummet och går in i teverummet. Han låter blicken vandra över den väggfasta teven, soffan med röd pläd, det moderna bordet med buntar av Ordfront magasin och tidningen Exit. Han går fram till bokhyllan som täcker en hel vägg, stannar och tänker på båten och de tillsynes klämskadade kablarna i maskinrummet som skulle alstra en ljusbåge inom några minuter, stoppningen från en dyna som var utdragen för att antändas och en slinga av slangen till bränslepumpen som var framdragen. Men båten sänktes inte. Motorn hann antagligen inte vara igång tillräckligt länge.

Det kan inte röra sig om tillfälligheter längre.

Björns lägenhet eldhärjas, samma dag mördas Viola och om båten inte hade blivit övergiven så hade bränsletanken exploderat.

Sedan försöker mördaren skapa en gasexplosion i Penelopes lägenhet.

Björns lägenhet, båten, Penelopes lägenhet.

Han letar efter någonting som Björn och Penelope har. Han började med att leta igenom Björns lägenhet och när han inte hittade det han sökte efter brände han ut den och följde efter båten, och när han hade genomsökt båten och inte hittat något försökte han tvinga Viola att tala och när han inte fick några svar så åkte han till Penelopes lägenhet.

Joona lånar ett par skyddshandskar ur en kartong och ställer sig sedan vid bokhyllan igen och betraktar det tunna lagret damm framför böckerna. Han noterar att dammet är borta vid vissa ryggar och tänker att det betyder att någon har tagit ut dessa böcker någon gång under de senaste veckorna.

– Jag vill inte ha dig här, säger Saga Bauer bakom honom. Det är min undersökning.

– Jag ska gå snart, jag måste bara hitta en sak först, svarar Joona dämpat.

– Fem minuter, säger hon.

Han vänder sig om:

– Kan ni fotografera böckerna?

– Det är redan gjort, svarar hon kort.

– Snett uppifrån så att man ser dammet, säger han oberört.

Hon förstår vad han menar, gör inte en min, tar bara en kamera från en tekniker, går fram och fotograferar alla hyllplan hon når och säger sedan att han kan titta på böckerna på de fem understa raderna.

Joona drar ut Karl Marx *Kapitalet*, tittar i den, bläddrar, ser att den är full av understrykningar och anteckningar i marginalen. Han kikar in i gapet i raden av böcker, men ser ingenting. Han ställer tillbaka boken. Blicken går över en biografi om Ulrike Meinhof, en sliten antologi med titeln *Kvinnopolitiska nyckeltexter* och Bertolt Brechts samlade verk.

På den näst understa raden upptäcker han plötsligt tre böcker som uppenbarligen har tagits ut ur bokhyllan nyligen.

Det finns inget damm framför dem.

Antilopernas list, med vittnesmål från folkmordet i Rwanda, Pablo Nerudas diktsamling *Cien sonetos de amor* och *Den svenska rasbiologins idéhistoriska rötter.*

Joona bläddrar igenom dem en efter en och när han öppnar *Den svenska rasbiologins idéhistoriska rötter* faller ett fotografi ut. Han tar upp det från golvet. Det är en svartvit bild på en allvarlig flicka med hårt flätat hår. Han igenkänner genast Claudia Fernandez. Hon kan inte vara mer än femton år och är slående lik sina döttrar.

Men vem skulle lägga ett fotografi av sin mamma i en bok om rasbiologi, tänker han för sig själv och vänder på bilden.

På baksidan av fotografiet har någon skrivit: *No estés lejos de mí un solo día* med blyerts.

Det är utan tvekan en diktrad: *Var inte långt ifrån mig, inte en enda dag.*

Joona tar ut Nerudas diktsamling igen, bläddrar och hittar snart hela strofen: *No estés lejos de mí un solo día, porque cómo, porque, no sé decirlo, es largo el día, y te estaré esperando como en las estaciones cuando en alguna parte se durmieron los trenes.*

Det är här fotografiet borde ha legat, i Nerudas bok.

Det här är rätt plats, tänker han.

Men om mördaren har sökt efter något i böckerna så kan bilden ha ramlat ut.

Han har stått här, säger Joona sig, tittat på dammet på hyllplanen precis som jag och hastigt bläddrat igenom de böcker som varit framdragna de senaste veckorna. Plötsligt upptäcker mördaren att ett fotografi har råkat falla ut, att det ligger på golvet, och han lägger tillbaka det, men i fel bok.

Joona blundar.

Det måste vara så, tänker han.

Problemlösaren har letat igenom böckerna.

Om han vet vad han letar efter så innebär det att föremålet

får plats mellan sidorna i en bok.

Vad är det i så fall?

Ett brev eller ett testamente, ett fotografi, en bekännelse. Kanske en cd-skiva eller dvd, ett minneskort eller sim-kort.

JOONA LÄMNAR vardagsrummet och tittar in i badrummet som just håller på att detaljfotograferas. Han fortsätter till tamburen, ut genom ytterdörren till trapphuset och stannar till framför det täta gallret mot hisstrumman.

Det står Nilsson på dörren bredvid hissen. Han lyfter handen och knackar på, väntar. Efter ett tag hörs steg därinifrån. En rund kvinna i sextioårsåldern gläntar på dörren och tittar ut.

– Ja?

– Hej, jag heter Joona Linna, jag är kriminalkommissarie och ...

– Men jag har ju sagt att jag inte såg hans ansikte, avbryter hon.

– Har polisen redan varit här? Det visste jag inte.

Hon öppnar dörren och två katter som legat på telefonbordet hoppar ner på golvet och försvinner längre in i lägenheten.

– Han hade en Draculamask på sig, säger kvinnan otåligt, som om hon har förklarat detta otaliga gånger redan.

– Vem?

– Vem, muttrar hon och går in i lägenheten.

Efter en stund återkommer hon med ett gulnat tidningsurklipp.

Joona ögnar igenom den tjugo år gamla artikeln om en blottare som klätt ut sig till Dracula och antastat kvinnor på Södermalm.

–Han hade inte en tråd på sig därnere ...

–Men nu tänkte ...

–Inte för att jag tittade, fortsätter hon. Men jag har ju redan berättat allt det här för er.

Joona ser på henne och ler.

–Jag tänkte faktiskt fråga om något helt annat.

Kvinnan spärrar upp ögonen:

–Varför sa du inte det med en gång?

–Jag undrar om du känner Penelope Fernandez, din granne som ...

–Hon är som ett barnbarn, avbryter kvinnan. Så underbar, så trevlig, söt och ...

Hon tystnar tvärt och frågar sedan lågt:

–Är hon död?

–Varför frågar du det?

–För att polisen kommer hit och ställer otrevliga frågor, säger hon.

–Jag undrar om du har sett om hon fått något ovanligt besök de senaste dagarna.

–Bara för att jag är gammal så håller jag inte på och snokar och skriver tabeller.

–Nej, men jag tänkte att du kanske råkat se någonting.

–Men det har jag inte.

–Har det hänt någonting annat, något utöver det vanliga?

–Absolut inte. Den flickan är skötsam och duktig.

Joona tackar för samtalet, säger att han kanske återkommer med fler frågor och flyttar sig sedan undan så att kvinnan kan stänga dörren.

Det finns inga fler lägenheter på det tredje våningsplanet. Han börjar gå uppför trappan. Halvvägs upp i trapphuset ser han ett barn sitta. Det ser ut att vara en pojke i åttaårsåldern, håret är kortklippt och barnet är klätt i jeans och en sliten Helly-Hansentröja. I knäet ligger en plastkasse med en Ramlösaflaska med nästan avskavd etikett och en halv formfranska.

Joona stannar till framför barnet som ser på honom med en skygg blick.

– Hej du, säger han. Vad heter du?

– Mia.

– Jag heter Joona.

Han noterar att flickan har skuggor av smuts under hakan, på den smala halsen.

– Har du pistol? frågar hon.

– Varför frågar du det?

– Du sa till Ella att du är polis.

– Det stämmer – jag är kommissarie.

– Har du pistol?

– Ja, det har jag, svarar Joona neutralt. Vill du prova att skjuta?

Barnet tittar häpet på honom.

– Du skojar.

– Ja, ler Joona.

Barnet skrattar till.

– Varför sitter du i trappan? frågar han sedan.

– Jag gillar det, man får höra saker.

Joona sätter sig ned bredvid barnet.

– Vad har du hört? frågar han torrt och lugnt.

– Nu hörde jag att du var polis och att Ella ljög för dig.

– Vad ljög hon om?

– Att hon tycker om Penelope, säger Mia.

– Gör hon inte det?

– Hon brukar lägga kattbajs i hennes brevlåda.

– Varför gör hon det?

Barnet rycker på axlarna och fingrar på påsen.

– Jag vet inte.

– Vad tycker du om Penelope?

– Hon brukar säga hej.

– Men du känner inte henne?

– Nej.

Joona ser sig omkring.

– Bor du här i trappan?

Flickan håller tillbaka ett smalt leende:

– Nej, jag bor på första våningen med min morsa.

– Men du håller till i trapphuset.

Mia rycker på axlarna.

– Oftast.

– Sover du här?

Flickan petar på Ramlösaetiketten och säger kort:

– Ibland.

– I fredags, säger Joona långsamt, tidigt på morgonen, gick Penelope hemifrån. Hon tog en taxi.

– Total otur, säger barnet snabbt. Hon missade Björn med några sekunder, han kom precis när hon hade gått. Jag sa det till honom, att hon hade åkt.

– Vad sa han då?

– Att det inte gjorde något, att han bara skulle hämta en grej.

– Hämta en grej?

Mia nickar.

– Jag brukar få låna hans telefon och spela spel men nu hade han för bråttom, han gick bara in i lägenheten och kom tillbaka på direkten, låste dörren och sprang nedför trapporna.

– Såg du vad det var han hämtade?

– Nej.

– Vad hände efter det?

– Nej, ingenting, jag gick till skolan kvart i nio.

– Och efter skolan, på kvällen. Hände det någonting då?

Mia rycker på axlarna:

– Morsan var borta så jag var hemma, åt makaroner och kollade på teve.

– Igår?

– Hon var borta då också, så jag var hemma.

– Då såg du inte vilka som kom och gick.

– Nej.

Joona tar fram sitt visitkort och skriver ned ett telefonnummer.

– Titta här, Mia, säger han. Det här är två riktigt bra telefonnummer. Det ena är mitt eget.

Han pekar på det förtryckta numret på kortet med polisens emblem.

– Ring mig om du behöver hjälp, om någon är dum mot dig. Och det andra numret, som jag har skrivit här, 0200–230 230, det är numret till Barnens hjälptelefon. Dit kan du ringa när du vill och prata om precis vad som helst.

– Okej, viskar Mia och tar visitkortet.

– Släng inte kortet så fort jag har gått, säger Joona. För även om du inte vill ringa nu, så kanske du vill det en annan gång.

– Björn höll handen så här när han försvann, säger Mia och lägger handen mot magen.

– Som om han hade ont?

– Ja.

26

En handflata

JOONA KNACKAR på de andra dörrarna men får inte reda på något annat än att Penelope var en ganska lågmäld och nästan skygg granne som deltog i de årliga städdagarna och satt med vid årsstämmorna, men inte mycket mer. När han är färdig går han sakta tillbaka nedför trappan till det tredje våningsplanet.

Dörren till Penelopes lägenhet står öppen. En tekniker från Säpo har precis demonterat ytterdörrens lås och placerat kolven i en papperspåse.

Joona går in och ställer sig i bakgrunden och följer med i den forensiska undersökningen. Han har alltid tyckt om att vara med när teknikerna jobbar, se på hur systematiskt de fotograferar allt, tillvaratar spår och noggrant för protokoll över varje stadium. En brottsplatsundersökning är förstörande alltefter som den framskrider. Den kontamineras efterhand och rubbas lager för lager. Det viktiga är att förstöra brottsplatsen i rätt ordning så att inga bevis eller nycklar till rekonstruktionen går förlorade.

Joona låter blicken vandra runt över Penelope Fernandez välstädade lägenhet. Vad gjorde Björn Almskog här? Han kom hit så fort Penelope var försvunnen. Det verkar nästan som om han hade stått gömd utanför hennes port och väntat på att hon skulle åka.

Det var kanske bara en tillfällighet, men det kan också vara så att han inte ville träffa henne.

Björn skyndade in, mötte barnet som satt i trappan, hade inte tid att tala med henne, förklarade att han skulle hämta något och stannade endast några minuter i lägenheten.

Antagligen hämtade han något, som han sa till flickan. Kanske hade han glömt nyckeln till båten eller något annat som man kan stoppa i fickan.

Kanske lämnade han något istället. Kanske behövde han bara titta på något, kontrollera en uppgift, få tag i ett telefonnummer.

Joona går ut i köket och ser sig omkring.

– Har ni kollat kylskåpet?

En ung man med hakskägg tittar på honom:

– Är du hungrig? frågar han på brett dalmål.

– Det är ett bra ställe att gömma saker på, svarar Joona torrt.

– Vi är inte där riktigt ännu, säger mannen.

Joona återvänder till vardagsrummet och noterar att Saga fortfarande talar i diktafon i ena hörnet av vardagsrummet.

Tommy Kofoed monterar en tejpremsa med säkrade fibrer på OH-film och tittar sedan upp.

– Hittar ni någonting oväntat? frågar Joona.

– Oväntat? Ja, ett skospår på väggen . . .

– Men ingenting annat?

– Det som är viktigt brukar komma fram på labbet i Linköping.

– Har vi ett utlåtande om en vecka? frågar Joona.

– Om vi jäktar på dem av bara fan, svarar han och rycker på axlarna. Jag ska precis titta på listen där kniven gick in, göra en avgjutning av bladet.

– Strunta i det, mumlar Joona.

Kofoed uppfattar det som ett skämt och skrattar till, men blir sedan allvarlig:

– Hann du se kniven – var det kolstål?

– Nej, klingan var ljusare, kanske sintrad volframkarbid, som vissa föredrar. Men det kommer inte att leda någonstans.

– Vilket?

– Brottsplatsundersökningen, svarar Joona. Vi kommer inte att hitta något dna eller några fingeravtryck som ringar in gärningsmannen.

– Så vad ska vi göra?

– Jag tror att gärningsmannen kom hit för att leta efter någonting och jag tror att han blev avbruten innan han hunnit hitta det.

– Du menar att det han letade efter finns kvar? frågar Kofoed.

– Det är mycket möjligt, svarar Joona.

– Men du har ingen aning om vad det är?

– Det får plats i en bok.

Joona låter sin granitgrå blick vila ett kort ögonblick i Kofoeds bruna ögon. Göran Stone från Säpo står och fotograferar dörren till badrummet, dörrbladets sidor, karmen och gångjärnen. Sedan sätter han sig på golvet för att fotografera badrummets vita innertak. Joona ska precis öppna vardagsrumsdörren för att be honom ta några bilder av tidskrifterna på soffbordet när en kcamerablixt går av. Skenet överraskar honom. Joona måste stanna. Det har svartnat för hans ögon. Fyra vita punkter glider genom bländningen och sedan en oljeskimrande, ljusblå handflata. Joona blickar runt, han förstår inte var handen kom ifrån.

– Göran, ropar Joona med stark röst rakt igenom glasdörren till hallen. Ta en till bild!

Alla stannar upp i lägenheten. Killen som talade dalmål sticker in huvudet från köket, mannen som står vid ytterdörren tittar intresserat mot Joona. Tommy Kofoed tar av sig ansiktsmasken och kliar sig på halsen. Göran Stone sitter kvar på golvet med en frågande min i ansiktet.

– Precis som du gjorde, pekar Joona. Fotografera taket i badrummet igen.

Göran Stone rycker på axlarna, höjer kameran och tar en ny bild av badrummets innertak. Det blixtrar till och Joona känner hur pupillerna drar ihop sig och hur tårar kommer fram ur kanalerna. Han sluter ögonen och ser ännu en gång en svart kvadrat. Han förstår att det är glasrutan i dörren som han ser. Den har på grund av bländningen förvandlats till ett negativ.

Mitt på kvadraten syns fyra vita fläckar och bredvid dem flyter en ljusblå hand fram.

Han visste att han hade sett den.

Joona blinkar, återfår synen och går sedan rakt fram till glasdörren. Resterna från fyra tejpbitar sitter i en rektangulär formation och intill dem finns ett handavtryck på glaset.

Tommy Kofoed kommer fram och ställer sig bredvid Joona.

– Ett handavtryck, säger han.

– Kan du lyfta det? frågar Joona.

– Göran, säger Kofoed. Vi behöver en bild på det här.

Göran Stone reser sig från golvet och nynnar för sig själv när han kommer fram med sin kamera och tittar på handavtrycket.

– Ja, någon har stått här och kladdat, säger han nöjt och tar fyra bilder.

Han flyttar undan och väntar sedan medan Tommy Kofoed behandlar avtrycket med cyanoakrylat som binder salter och fukt, och sedan med Basic Yellow 40.

Göran väntar några sekunder och tar sedan två nya bilder.

– Nu har vi dig, viskar Kofoed mot avtrycket och lyfter det försiktigt med kartplast.

– Kan du kolla det direkt? frågar Joona.

Tommy Kofoed tar med sig avtrycket och går till köket. Joona står kvar och betraktar de fyra tejpbitarna på glasrutan. Bakom en av dem sitter ett avrivet hörn från ett papper. Personen som lämnade avtrycket hade inte tid att lossa tejpen försiktigt, utan ryckte loss papperet från glasdörren så att ett av hörnen blev kvar.

Joona tittar närmare på det avrivna hörnet. Det är inget van-

ligt papper, konstaterar han omedelbart, utan ett fotopapper,
för utskrift av färgfotografier.

*Ett fotografi har hängt på glasrutan för att bli begrundat och betrak-
tat. Så har det plötsligt blivit bråttom, man har inte tagit sig tid att
plocka ned fotografiet med varsamhet, istället har någon rusat fram
till dörren, tagit stöd på glaset med handen och slitit bort fotografiet
från tejpen.*

– Björn, säger Joona lågt.

*Det måste vara fotografiet som Björn hämtade. Han höll inte
handen mot magen för att han hade ont, utan för att han gömde ett
fotografi under jackan.*

Joona flyttar huvudet åt sidan så att han i ljusreflexerna kan
ana avtrycket på glaset, de tunna linjerna i handflatan.

Människans papillarlinjer förändras aldrig, åldras inte. Till
skillnad från dna har inte ens enäggstvillingar samma finger-
avtryck.

Joona hör snabba steg bakom sig och vänder sig om.

– Nu får det för fan vara nog, skriker Saga Bauer. Det här är
min utredning. Du får för helvete inte ens vara här!

– Jag vill bara ...

– Håll käften nu, avbryter hon. Jag pratade precis med Petter
Näslund. Du har ingenting här att göra, du får inte vara här,
du har inte tillåtelse att vara här.

– Jag vet, jag ska gå snart, säger han och tittar på glasrutan
igen.

– Jävla Joona Linna, säger hon stilla. Du kan inte komma hit
och pilla på tejpbitar ...

– Det har suttit ett fotografi på glaset, svarar han lugnt.
Någon har ryckt bort det, lutat sig över stolen, tagit stöd med
handen och ryckt åt sig bilden.

Hon ser motvilligt på honom och han noterar att ett vitt ärr
går rakt igenom hennes vänstra ögonbryn.

– Jag är fullt kapabel att sköta den här utredningen, säger
hon sammanbitet.

– Avtrycket kommer antagligen från Björn Almskog, säger han och börjar gå mot köket.

– Fel håll, Joona.

Han bryr sig inte om henne, utan går ut i köket.

– Det här är min utredning, ropar hon.

Teknikerna har inrättat en liten arbetsplats mitt på golvet. Två stolar och ett bord med dator, scanner och skrivare. Tommy Kofoed står bakom Göran Stone som kopplat sin kamera till datorn. De har lagt in handavtrycket och håller på att göra en första fingeravtrycksjämförelse.

Saga följer efter Joona.

– Vad ser ni? frågar Joona utan att bry sig om Saga.

– Prata inte med Joona, säger hon snabbt.

Tommy Kofoed tittar upp.

– Var inte fånig, Saga, säger han och vänder sig sedan till Joona. Vi hade ingen tur den här gången, avtrycket kommer från Björn Almskog, Penelopes kille.

– Han finns i misstankeregistret, säger Göran Stone.

– Vad är han misstänkt för? frågar Joona.

– Våldsamt upplopp, våld mot tjänsteman, svarar Göran.

– Värsta sorten, skojar Kofoed. Han har säkert gått i ett demonstrationståg.

– Roligt, säger Göran Stone surt. Men alla i kåren är inte lika förtjusta i vänsterfalangens kravaller och sabotage och ...

– Tala för dig själv, avbryter Kofoed.

– Räddningspådraget talar för sig själv, flinar Göran.

– Vad då? frågar Joona. Vad menar du? Jag har inte hunnit följa upp pådraget – vad är det som har hänt?

27

Extremisterna

RIKSKRIMINALPOLISENS chef Carlos Eliasson rycker till och spiller ut en massa fiskmat i akvariet när Joona Linna slår upp dörren.

– Varför blir det ingen skallgång? frågar han med hård röst. Det handlar om två liv och vi får inte fram några båtar.

– Sjöpolisen gör sina egna bedömningar, det vet du mycket väl, svarar Carlos. De har sökt hela området med helikopter och alla är överens om att antingen så är Penelope Fernandez och Björn Almskog döda eller så vill de inte bli hittade ... och inget av alternativen innebär någon brådska för skallgång.

– De har någonting som mördaren vill ha och jag tror faktiskt ...

– Det är meningslöst att gissa ... Vi vet inte vad som hänt, Joona. Säpo verkar tro att de här ungdomarna har gått under jord, att de mycket väl kan sitta på tåget till Amsterdam vid det här ...

– Sluta med det där, avbryter Joona med kraftig röst. Du kan inte lyssna på Säpo när det handlar om ...

– Det är deras fall.

– Varför? Varför är det deras fall? Björn Almskog har varit misstänkt för upplopp. Det betyder ingenting, absolut ingenting.

– Jag pratade med Verner Zandén och han sa tidigt att Penelope Fernandez har kopplingar till vänsterextrema grupper.

– Kanske det, men jag är säker på att det här mordet handlar om andra saker, säger Joona envist.

– Naturligtvis! Naturligtvis är du säker på det, ropar Carlos.

– Jag vet inte vad, men personen jag mötte i Penelopes lägenhet var en yrkesmördare och inte någon som ...

– Säpo verkar tro att Penelope och Björn planerade ett attentat.

– Skulle Penelope Fernandez vara en terrorist? frågar Joona häpet. Har du läst hennes artiklar, hon är pacifist och tar avstånd från ...

– Igår, avbryter Carlos. Igår greps en person från Brigaden av Säpo, precis när han var på väg in i hennes lägenhet.

– Jag vet inte ens vad Brigaden är för något.

– En militant vänsterrörelse ... De är löst kopplade till Antifascistisk Aktion och Revolutionära Fronten, men fristående ... de placerar sig nära Röda armé-fraktionen ideologiskt och vill vara lika operativa som Mossad.

– Fast det stämmer inte, säger Joona.

– Du vill inte att det ska stämma, men det är en annan sak, säger Carlos. Det kommer att bli en skallgång i sinom tid och vi ska kartlägga strömmarna och se hur båten har drivit så att vi kan börja dragga och kanske gå ner med dykare.

– Bra, viskar Joona.

– Det som återstår är att förstå varför de dödades ... eller varför och var de gömmer sig.

Joona öppnar dörren till korridoren, men stannar och vänder sig mot Carlos igen:

– Vad hände med killen från Brigaden som försökte ta sig in i Penelopes lägenhet?

– Han släpptes, svarar Carlos.

– Fick de veta vad han gjorde där? frågar Joona.

– Han hälsade på.

– Hälsade på, suckar Joona. Var det allt Säpo fick fram?

– Du får inte undersöka Brigaden, säger Carlos med plötslig oro i rösten. Det hoppas jag att du förstår?

Joona lämnar rummet och tar upp sin telefon när han kommer ut i korridoren. Han hör Carlos ropa att det är en order, att han inte har tillåtelse att gå in på Säkerhetspolisens område. Joona fortsätter bort, letar fram Nathan Pollocks nummer, trycker på knappen för uppringning och väntar.

– Pollock, svarar Nathan.

– Vad känner du till om Brigaden? frågar Joona samtidigt som hissdörrarna öppnas.

– Säpo har under flera år försökt infiltrera och kartlägga de militanta vänstergrupperingarna i Stockholm, Göteborg och Malmö. Jag vet inte om Brigaden är så farliga, men Säpo verkar tro att de har vapen och sprängmedel. Flera av medlemmarna har i alla fall ungdomsvårdsskolor och domar för våldsbrott bakom sig.

Hissen susar nedåt.

– Jag har förstått att Säpo grep en person som har direkta kopplingar till Brigaden utanför Penelope Fernandez lägenhet.

– Daniel Marklund heter han, hör till den innersta kretsen, svarar Nathan.

– Vad vet du om honom?

– Inte mycket, svarar Pollock. Han har en villkorlig dom för vandalisering och olaga datorintrång.

– Vad gjorde han hemma hos Penelope? frågar Joona.

Hissen stannar och dörrarna öppnas.

– Han var obeväpnad, berättar Nathan. Krävde juridiskt ombud när det inledande förhöret hölls, svarade inte på några frågor överhuvudtaget och försattes på fri fot samma dag.

– Så vi vet ingenting?

– Nej.

– Var får jag tag på honom? frågar Joona.

– Han har ingen hemadress, förklarar Nathan. Enligt Säpo bor han tillsammans med den innersta kretsen i Brigadens lokaler vid Zinkensdamm.

MEDAN JOONA LINNA går med stora steg mot garaget under Rådhusparken tänker han på Disa och en längtan efter henne väller plötsligt upp inom honom. Han vill röra vid hennes slanka armar, känna doften av det mjuka håret. Han får en underlig ro av att höra henne prata om sina arkeologiska fynd, om benbitar utan kopplingar till brott, rester av människor som levt sina liv för mycket länge sedan.

Joona tänker hastigt att han måste tala med Disa, att han har haft alldeles för mycket att göra för länge nu. Han fortsätter ner till garaget och går mellan de parkerade bilarna när han anar en rörelse bakom en betongpelare. Någon väntar bredvid hans Volvo. En skepnad anas, nästan dold av en skåpbil. Ingenting annat än dånet från de stora fläktarna hörs.

– Det gick snabbt, ropar Joona.

– Teleportering, svarar Pollock.

Joona stannar till, sluter ögonen och trycker ett finger mot tinningen.

– Ont i skallen? frågar Pollock.

– Jag har inte hunnit sova så mycket.

De sätter sig i bilen och stänger dörrarna, Joona vrider tändningsnyckeln, en tango av Astor Piazzolla hörs ur högtalarna. Pollock höjer ljudet en aning: det låter som om två fioler cirklar runt varandra.

– Du vet att du inte har fått informationen från mig, säger Nathan.

– Ja, svarar Joona.

– Jag har precis fått veta att Säpo tänker utnyttja Daniel Marklunds inbrott hos Penelope och göra ett tillslag mot deras lokaler.

– Jag måste prata med honom före det.

– Då har du bråttom, säger Nathan.

Joona backar ut, vänder och kör uppför backen från parkeringsgaraget.

– Hur bråttom? frågar Joona och svänger höger på Kungsholmsgatan.

– Jag tror att de är på väg nu.

– Visa ingången till Brigaden så kan du åka tillbaka till polishuset och låtsas som ingenting, säger Joona.

– Vad har du för plan?

– Plan? frågar Joona på skämt.

Nathan skrattar.

– Nej, men planen är bara att ta reda på vad Daniel Marklund gjorde i Penelopes lägenhet, förklarar Joona. Han kanske vet vad som pågår.

– Men ...

– Det är ingen tillfällighet att Brigaden försökte ta sig in i hennes lägenhet just nu, det tror jag inte. Säpo verkar övertygade om att extremvänstern planerar ett attentat, men ...

– Det tror de alltid, det är deras jobb att tro det, ler Pollock.

– Jag ska i alla fall prata med Daniel Marklund innan jag släpper det här fallet.

– Men även om du hinner före Säpos pojkar, så är det inte säkert att Brigaden vill prata med dig.

SAGA BAUER trycker in tretton patroner i magasinet och för sedan in det i sin stora, svarta pistol, en Glock 21 av kalibern 45 millimeter.

Säpo ska storma Brigadens lokaler på Södermalm.

Hon sitter tillsammans med tre kollegor i en minibuss på Hornsgatan utanför Folkoperan. De är alla civilklädda och ska gå till Nagham Fast Food om femton minuter och invänta insatsstyrkan.

Den senaste månaden har Säpo rapporterat om en ökad aktivitet bland vänsterextremisterna i Stockholm. Det kan röra sig om rena tillfälligheter, men Säpos bästa strateger tror att flera av de militanta grupperna har gått samman för att genomföra ett större sabotage. Man har till och med varnat för terroristdåd med tanke på stölden av sprängmedel från ett militärt förråd ute i Vaxholm.

Strategerna har också kopplat samman mordet på Viola Fernandez och försöket att spränga Penelope Fenandez lägenhet med det förestående attentatet.

Brigaden anses vara den farligaste och mest militanta grupperingen på den yttersta vänsterkanten. Daniel Marklund hör till Brigadens innersta krets. Han greps när han försökte ta sig in i Penelope Fernandez lägenhet och enligt strategerna kan han mycket väl vara samma person som angrep kommissarie Joona Linna och hans tekniker.

Göran Stone ler när han hänger på sig den tunga skyddsvästen:

– Nu ska vi plocka de där fega jävlarna.

Anders Westlund skrattar utan att kunna dölja sin nervositet:

– Fan vad jag hoppas att de gör motstånd så att jag får sterilisera en kommunist en gång för alla.

Saga Bauer tänker på när Daniel Marklund greps utanför Penelope Fernandez lägenhet. Hennes chef Verner Zandén bestämde att Göran Stone skulle leda förhöret. Han inledde aggressivt för att provocera fram en reaktion, vilket bara ledde till att Marklund krävde juridiskt ombud och teg under hela förhöret.

Bildörren öppnas och Roland Eriksson kommer in med en burk Coca-Cola och en påse skumbananer och sätter sig.

– Fan, jag kommer att skjuta om jag ser ett vapen, säger Roland stressat. Det går så jävla fort, det är bara att skjuta ...

– Vi gör som vi har sagt, säger Göran Stone. Men blir det eldstrid så behöver inte verkselden riktas mot benen ...

– In med den i munnen, skriker Roland.

– Ta det lugnt nu, säger Göran.

– Min brorsas ansikte är ...

– Vi vet, Roland, vad fan, avbryter Anders stressat.

– En jävla brandbomb i ansiktet, fortsätter Roland. Efter elva operationer så kan han ...

– Klarar du av det här? avbryter Göran med skarp röst.

– Ja, för fan, svarar Roland snabbt.

– Gör du det?

– Det är lugnt.

Roland tittar ut genom fönstret och skrapar snabbt med tumnageln på locket till en snusdosa.

Saga Bauer öppnar dörren och släpper in lite luft i bilen. Hon håller med om att det är rätt tillfälle för insatsen. Det finns ingenting att vänta på. Men samtidigt skulle hon vilja begripa kopplingen till Penelope Fernandez. Hon förstår inte vad Penelope har för roll bland vänsterextremisterna och varför systern mördades. Det är för många oklarheter. Hon skulle behöva förhöra Daniel Marklund före insatsen, se honom i ögonen och ställa direkta frågor. Hon har försökt förklara det för sin chef, sagt att det kanske inte finns någon kvar att förhöra efter tillslaget.

Det är fortfarande min förundersökning, tänker Saga när hon lämnar bilen och går ut i den kvava hettan på trottoaren.

– Insatsstyrkan går in här, här och här, repeterar Göran Stone och pekar på ritningarna över byggnaden. Vi står här och blir kanske tvungna att gå in genom teatern ...

– Vart fan tog Saga Bauer vägen? frågar Roland.

– Hon fegade väl ur och fick lite mens, flinar Anders.

30

Smärtan

JOONA LINNA och Nathan Pollock parkerar på Hornsgatan, tittar hastigt på den dåliga datorutskriften med bilden av Daniel Marklund. De lämnar bilen, går snabbt rakt över den trafikerade gatan och in genom dörren till en liten teater.

Teater Tribunalen är en fri teatergrupp – med inkomstrelaterade biljettpriser – som har gjort uppsättningar av allt från *Orestien* till *Det kommunistiska manifestet*.

Joona och Nathan fortsätter hastigt nedför den breda trappan och fram till den kombinerade bardisken och biljettkassan. En kvinna med svartfärgat, rakt hår och en silverring i näsan ler mot dem. De nickar båda vänligt tillbaka, men fortsätter bara förbi utan ett ord.

– Söker ni någon? ropar hon när de börjar gå uppför trappan av metall.

– Ja, svarar Pollock nästan ljudlöst.

De kommer in i ett stökigt kontor med en kopieringsapparat, skrivbord och anslagstavla med pressklipp. Framför en dator sitter en smal man med tovigt hår och en otänd cigarett hängande i munnen.

– Hej Richard, säger Pollock.

– Vem är du? frågar mannen förstrött och vänder sedan blicken mot skärmen igen.

De fortsätter in i skådespelarnas loger, med prydligt upphängda kläder, sminkbord och badrum.

En bukett rosor står i en vas på ett bord.

Pollock blickar runt och pekar sedan ut riktningen. De går rakt fram till en ståldörr med texten "Elcentral".

– Härinne ska det vara, säger Pollock.

– I elskåpet på en teater?

Pollock svarar inte, utan dyrkar snabbt upp låset. De tittar in i ett trångt utrymme med elmätare, proppskåp och en massa flyttkartonger. Lampan i taket fungerar inte, men Joona klättrar in över kartongerna, trampar på pappkassar med gamla kläder och hittar en ny dörr bakom upphängda förlängningssladdar. Han öppnar dörren och fortsätter in i en gång med nakna betongväggar. Nathan Pollock följer efter. Luften är dålig och syrefattig härinne. Det luktar sopor och fuktig jord. Avlägsen musik hörs, en svårfångad baktakt. På golvet ligger ett flygblad som föreställer den marxistiske gerillaledaren Che Guevara med en brinnande stubin från huvudet.

– Brigaden har gömt sig här i ett par år, säger Pollock lågt.

– Jag borde ha tagit med mig lite kaffebröd.

– Lova att du är försiktig.

– Jag är bara orolig för att Daniel Marklund inte ska vara här.

– Det är han, det verkar han nästan alltid vara.

– Tack för hjälpen, Nathan.

– Det är kanske bäst att jag följer med in ändå? säger Pollock. Du har bara ett par minuter på dig, när Säpo stormar lokalerna kan det bli farligt.

Joonas grå ögon smalnar men hans röst är mjuk när han säger:

– Jag ska bara hälsa på.

Nathan återvänder till teatern och hostar när han försvinner och drar igen dörrarna efter sig. Joona står stilla en sekund, ensam i den tomma gången, drar sedan fram sin pistol, kontrollerar att magasinet är fullt och sätter tillbaka den i hölstret igen. Han fortsätter fram till ståldörren i slutet av korridoren.

Dörren är låst och det går ett par dyrbara sekunder när han dyrkar upp låset.

I den blå färgen på dörren har någon ristat "brigaden" med mycket små bokstäver. Hela ordet är inte längre än två centimeter.

Joona trycker ner handtaget, öppnar försiktigt och möts av hög, skärande musik.

Det låter som en elektroniskt bearbetad version av Jimi Hendrix låt *Machine Gun*. Musiken dränker alla andra ljud, de skrikande gitarrtonerna har en drömsk, framböljande takt.

Joona stänger dörren efter sig och fortsätter halvspringande in i en lokal som är full av bråte. Staplade böcker och gamla tidningar når upp till taket.

Det är nästan mörkt, men Joona förstår att travarna bildar ett system av gångar i rummet, en labyrint som leder till nya dörrar.

Han går snabbt genom passagen, kommer in i ett blekt ljussken, fortsätter framåt, gången delar sig och han svänger åt höger, men vänder sig sedan snabbt runt.

Han tyckte att han såg någonting, en hastig rörelse.

En skugga som försvann bort i ögonvrån.

Han är inte säker.

Joona går framåt, men stannar till vid hörnet och försöker se någonting. En naken glödlampa gungar i sin sladd från taket. Genom musiken hör Joona plötsligt ett vrål, en människa som skriker bakom dämpande väggar. Han stannar till, går tillbaka en bit och blickar in i en trång gång där en trave magasin har vält från sidan och ligger över golvet.

Joona har börjat få ont i huvudet, tänker att han borde äta någonting, att han borde ha tagit med sig något, några bitar mörk choklad skulle räcka.

Han går rakt över de nedvälta tidningarna och kommer fram till en spiraltrappa som leder ner till våningen under. Det luktar söt rök. Han håller sig fast i räcket, försöker smyga ner så fort han kan, men hör att metalltrappan ändå ger ifrån sig ljud. På det nedersta steget stannar han framför ett svart sammetsdraperi och lägger handen på den hölstrade pistolen.

Musiken är svagare här.

Rött ljus når in till honom genom glipan i draperiet tillsammans med en tung lukt av cannabis och svett. Joona försöker se något, men synfältet är begränsat. En clown av plast med en röd glödlampa som näsa står i hörnet. Joona tvekar ett par sekunder och sedan tar han sig in i rummet genom det svarta sammetsdraperiet. Pulsen stegras och huvudvärken ökar när han sveper runt med blicken. På golvet av slipad betong ligger ett dubbelpipigt hagelgevär och en öppen kartong med sluggpatroner – tunga, solida blykulor som efterlämnar stora köttskador. På en kontorsstol sitter en naken man. Han röker med slutna ögon. Det är inte Daniel Marklund, konstaterar Joona. En blond kvinna med bara bröst halvsitter mot väggen på en madrass med en militärfilt om höfterna. Hon möter Joonas blick, pussar mot honom och tar obekymrat en klunk öl ur en burk.

Ett nytt skrik hörs från den enda dörröppningen.

Joona släpper dem inte med blicken när han tar upp hagelgeväret, riktar mynningen mot golvet och trampar till på pipan så att den böjs.

Kvinnan ställer ifrån sig ölburken och kliar sig frånvarande i armhålan.

Joona lägger försiktigt ner geväret, fortsätter sedan över golvet, förbi kvinnan på madrassen och in i en gång med lågt tak av hönsnät mot gul glasfiberull. Tung rök från en cigarr ligger i luften. En stark lampa är riktad mot honom och han försöker skärma av ljuset med handen. I slutet av gången hänger breda lameller av industriplast. Joona är bländad och kan inte riktigt se vad som försiggår. Han anar bara rörelser och hör en ekande röst, ångestfull och rädd. Plötsligt skriker någon högt, alldeles nära. Skriket kommer djupt nerifrån strupen och följs av en snabb, flämtande andhämtning. Joona smyger hastigt framåt, passerar den bländande lampan och kan plötsligt se in i rummet bakom den tjocka plasten.

Det är rökigt i rummet, långsamma slöjor rör sig genom den stillastående luften.

En kort, muskulös kvinna med rånarluva, svarta jeans och brun T-shirt står framför en man i kalsonger och strumpor. Han har rakat huvud och orden "Vit makt" tatuerade i pannan. Han har bitit sig själv i tungan. Blod rinner nedför hans haka, hals och tjocka mage.

– Snälla, viskar han och skakar på huvudet.

Joona ser den rykande cigarren som kvinnan håller i sin hängande hand. Plötsligt går hon fram till mannen, trycker glöden mot tatueringen i hans panna så att han skriker rakt ut. Den tjocka magen och de hängande brösten darrar. Han kissar på sig, en mörk fläck sprider sig på de blå kalsongerna och urinen rinner nedför hans nakna ben.

Joona har dragit fram sin pistol, han närmar sig glipan i den tjocka skyddsplasten och försöker samtidigt förstå om det befinner sig fler personer i rummet. Han kan inte urskilja någon annan och öppnar munnen för att ropa, men ser plötsligt sin pistol falla mot golvet.

Den klirrar mot den nakna betongen och blir liggande intill plastskynket. Han tittar frågande på sin egen hand, ser hur den darrar och i nästa sekund kommer den stora smärtan. Joonas syn försvinner, han känner en tung, brytande rörelse innanför pannan. Han kan inte hålla tillbaka ett stönande och tvingas ta stöd mot väggen med ena handen, han känner att han håller på att förlora medvetandet men hör samtidigt rösterna från personerna bakom plasten.

– Åt helvete med det, skriker kvinnan med cigarren. Säg bara vad fan du gjorde?

– Jag minns inte, gråter nynazisten.

– Vad gjorde du?

– Jag var taskig mot en kille.

– Säg exakt!

– Jag brände honom i ögat.

– Med en cigarett, säger hon. En tioårig kille ...

– Ja, men jag ...

– Varför? Vad hade han gjort?

– Vi följde efter honom från synagogan och ner till ...

Joona märker inte att han river ner en tung brandsläckare från väggen. Han förlorar sin känsla av tid. Hela platsen sveps bort. Allt som existerar är smärtan inne i huvudet och en hög, ringande ton i öronen.

31

Meddelandet

JOONA LUTAR sig mot väggen, blinkar för att få tillbaka sin syn och märker att någon är framme hos honom, har kommit efter honom från rummet med de nakna ungdomarna. Han känner handen på ryggen och anar ett ansikte genom de svarta slöjorna av smärta.

– Vad har hänt? frågar Saga Bauer lågt. Är du skadad?

Han försöker skaka på huvudet men har för ont för att tala. Det känns som om en krok dras rakt igenom huden, kraniet, hjärnbarken och den trögflytande hjärnvätskan.

Joona går ned på knä.

– Du måste ut härifrån, säger hon.

Han känner hur Saga lyfter upp hans ansikte, men han kan inte se något. Hela hans kropp är täckt av svettpärlor, han känner svetten rinna från armhålorna, nacken och ryggen, känner svetten i sitt ansikte, i hårfästet och pannan.

Saga trevar i hans kläder, hon utgår från att det är ett epileptiskt anfall och söker efter någon form av medicin i hans fickor. Han anar hur hon tar hans plånbok och letar efter märket med ljuslågan som är symbolen för de epilepsisjuka.

Efter ett tag släpper smärtan, Joona fuktar munnen med tungan och tittar upp. Hans käkar spänner hårt och hela kroppen värker av migränattacken.

– Ni får inte komma ännu, viskar han. Jag måste ...

– Vad fan hände?

– Ingenting, svarar Joona och tar pistolen från golvet.

Han reser sig och går så fort han kan förbi de hängande plastlamellerna och in i rummet. Det är tomt. En nödutgångs-skylt lyser på andra väggen. Saga kommer efter honom och ger honom en frågande blick. Joona öppnar nödutgången och ser en brant halvtrappa upp till en ståldörr mot gatan.

– *Perkele*, mumlar han.

– Prata med mig, säger Saga argt.

Joona håller alltid den direkta orsaken till sjukdomen ifrån sig, han vägrar tänka på det som hände för så många år sedan, det som gjorde att hans hjärna ibland börjar pulsera av en smärta som under någon minut slår ut honom närmast full-ständigt. Det rör sig enligt hans läkare om en extrem form av fysiskt orsakad migrän.

Det enda som visat sig hjälpa är det förebyggande epilepsi-läkemedlet Topiramat. Joona är egentligen tvungen att ta medicinen kontinuerligt, men när han behöver jobba och tänka klart så vägrar han eftersom den gör honom trött, eftersom det känns som om den trubbar av den absoluta skärpan i hans tankar. Han vet att det är ett vågspel, att han för det mesta kan klara sig utan medicinen i veckor utan att få något anfall av migrän, men att han också, som nu, kan drabbas bara efter några få dagars uppehåll.

– De torterade en kille, en nynazist tror jag, men ...

– Torterade?

– Ja, med en cigarr, svarar han och börjar gå tillbaka genom gången.

– Vad hände?

– Jag kunde inte ...

– Men snälla du, avbryter hon samlat. Du borde kanske inte, jag menar ... jobba operativt, om du är sjuk.

Hon stryker sig över ansiktet.

– Vilket jävla skit, viskar hon.

Joona fortsätter mot rummet med clownlampan och hör Saga följa efter.

– Vad fan gör du här överhuvudtaget? frågar hon bakom honom. Säpos insatsgrupper går in i lokalerna när som helst. Ser de att du är beväpnad så skjuter de, det vet du, det kommer att vara mörkt, det kommer att vara tårgas och ...

– Jag måste prata med Daniel Marklund, avbryter Joona.

– Du borde inte ens känna till honom, säger hon och följer med honom uppför spiraltrappan. Vem har berättat det här?

Joona börjar gå genom en av gångarna, men stannar när han märker att Saga gör en gest, hon pekar ut en annan väg. Han följer efter henne, ser att hon börjar springa, han drar upp sin pistol, rundar ett hörn och hör henne ropa något.

Saga har stannat i dörröppningen till ett rum med fem datorer. I ena hörnet står en ung man med skägg och smutsigt hår. Det är Daniel Marklund. Hans läppar är fuktiga och nervösa. I handen håller han en rysk bajonettkniv.

– Vi är poliser och vi ber dig att lägga ifrån dig kniven, säger hon lugnt och visar upp sin legitimation.

Den unge mannen skakar på huvudet och rör kniven i luften framför sig, vänder bladet snabbt i olika vinklar.

– Vi behöver bara prata med dig, säger Joona och hölstrar pistolen igen.

– Prata då, säger Daniel med spänd röst.

Joona går fram till honom och möter hans stressade blick. Han låtsas inte om kniven som sträcks fram, bladet som söker i luften mot honom, den slipade spetsen.

– Daniel, du är inte så duktig på det där, säger Joona leende.

Han känner tydligt doften av vapenfett från den blanka klingan. Daniel Marklund cirklar snabbare med bajonettkniven och blicken är koncentrerad när han svarar:

– Det är inte bara finnar som är bra på ...

Joona gör ett snabbt utfall, får tag i den unge mannens handled, vrider loss kniven med en mjuk rörelse och lägger den tungt på skrivbordet.

Det blir tyst, de ser på varandra och sedan rycker Daniel Marklund på axlarna.

– Jag håller mest på med IT, säger han ursäktande.

– Vi kommer snart att bli avbrutna, säger Joona. Berätta bara vad du gjorde hemma hos Penelope Fernandez.

– Hälsade på.

– Daniel, säger Joona mörkt. Det blir garanterat en fängelse-dom för det här med kniven, men jag har viktigare saker för mig än att ta in dig och därför ger jag dig en möjlighet att spara lite tid åt mig.

– Hör Penelope till Brigaden? frågar Saga snabbt.

– Penelope Fernandez? ler Daniel Marklund. Hon är uttalad motståndare.

– Så vad har ni med henne att göra? undrar Joona.

– Vad menar du med att hon är motståndare? frågar Saga. Är det en maktkamp mellan ...

– Vet inte Säpo någonting? frågar Daniel med ett trött leende. Penelope Fernandez är total pacifist, hon är övertygad demokrat. Så hon gillar inte våra metoder ... men vi gillar henne.

Han sätter sig på en stol framför två datorer.

– Gillar?

– Hon har vår respekt, säger han.

– Varför, frågar Saga förvånat. Varför skulle ...

– Ni fattar inte hur hatad hon är ... jag menar, börja med att googla på hennes namn, det är ganska brutalt det som sägs ... och nu är det ju några som har gått över gränsen.

– Vad menar du med att gå över gränsen?

Daniel ger dem en prövad blick.

– Ni känner väl till att hon är försvunnen?

– Ja, svarar Saga.

– Bra, säger han. Det är bra, men av någon anledning så litar jag inte riktigt på att polisen kommer att anstränga sig för att hitta Penelope. Det var därför jag hälsade på hos henne, jag behövde kolla hennes dator för att få veta vem som ligger bakom. Jag menar, Svenska motståndsrörelsen gjorde ett medlemsutskick nu i april, inofficiellt ... med en uppmaning om att kidnappa kommunisthoran Penelope Fernandez och göra henne till sexslav för hela rörelsen. Men kolla på det här ...

Daniel Marklund knappar på en av datorerna och vänder sedan skärmen mot Joona.

– Det här är kopplat till Ariska brödraskapet, säger han.

Joona flyger hastigt med blicken över en fruktansvärt vulgär chatt, om ariska kukar och hur de ska avliva Penelope.

– Fast de här grupperna har ingenting med Penelopes försvinnande att göra, säger Joona.

– Har de inte? Vilka är det då? Nordiska förbundet? frågar Daniel uppjagat. Kom igen! Det är ju inte för sent ännu.

– Vad menar du med att det inte är för sent? frågar Joona.

– Att det är det vanliga, att det brukar vara för sent när man väl reagerar ... men så fångade jag upp ett meddelande på mammans telefonsvarare. Jag menar, det verkade vara jävligt bråttom, men inte för sent, jag var tvungen att kolla hennes dator och ...

– Fångade upp? avbryter Joona.

– Hon försökte ringa sin mamma i går morse, svarar den unge mannen och kliar sig stressat i det smutsiga håret.

– Penelope?

– Ja.

– Vad sa hon? frågar Saga snabbt.

– Det är inte bara Säpo som vet hur man avlyssnar telefoner, säger han med ett snett leende.

– Vad sa Penelope? upprepar Joona med höjd röst.

– Att hon är jagad, svarar Daniel Marklund sammanbitet.

– Vad sa hon exakt? frågar Joona.

Daniel ger Saga Bauer en kort blick och frågar sedan:

– Hur lång tid har vi på oss innan ni stormar våra lokaler?

Saga tittar på klockan:

– Mellan tre och fyra minuter, svarar hon.

– Då hinner ni lyssna på det här, säger Daniel Marklund, knappar in ett par snabba kommandon på den andra datorn och spelar sedan upp ett ljud.

Det susar i högtalaren och sedan klickar det till och svarsmeddelandet till Claudia Fernandez röstbrevlåda spelas upp. Tre korta toner hörs och sedan sprakar och hackar det kraftigt på grund av mycket dålig mottagning. Någonstans långt bortom störningarna hörs en svag röst. Det är en kvinna som talar, men orden är omöjliga att urskilja. Efter bara några sekunder hörs en man säga "Skaffa ett jobb" och sedan klickar det till och blir tyst.

– Förlåt, mumlar Daniel. Jag måste lägga på några filter.

– Tiden går, mumlar Saga.

Han klickar på datorn, flyttar ett reglage, tittar på korsande ljudkurvor, ändrar några siffror och spelar sedan upp ljudupptagningen igen:

Du har kommit till Claudia – jag kan inte svara just nu, men om du lämnar ett meddelande så ringer jag upp så snart jag kan.

De tre tonerna låter annorlunda och sprakandet som tar över påminner nu om ett svagt, metalliskt klirrande.

Plötsligt hörs Penelope Fernandez röst tydligt:

– Mamma, jag behöver hjälp, jag är jagad av . . .

– Skaffa ett jobb, säger en man och sedan blir det tyst.

32

Riktigt polisarbete

SAGA BAUER tittar snabbt på klockan och säger att de måste gå. Daniel Marklund mumlar på skämt något om att han stannar på barrikaderna, men hans ögon är rädda.

– Vi kommer att slå till mycket hårt mot er. Lägg undan kniven, gör inget motstånd, ge upp direkt, inga häftiga rörelser, säger Saga snabbt innan hon och Joona lämnar det lilla kontoret.

Daniel Marklund sitter kvar på kontorsstolen, blickar efter dem, tar sedan bajonettkniven och slänger den i papperskorgen.

Joona och Saga lämnar Brigadens labyrintiska lokaler och kommer ut på Hornsgatan. Saga ansluter sig till Göran Stones civilklädda grupp som sitter på Nagham Fast Food och äter pommes frites under tystnad. Deras ögon är blanka och tomma i väntan på order från den operativa ledningen.

Två minuter senare rusar femton tungt utrustade säkerhetspoliser ut ur fyra svarta skåpbilar. Insatsstyrkan forcerar samtliga ingångar och tårgas sprider sig mellan rummen. Fem ungdomar, däribland Daniel Marklund, hittas sittande på golvet med händerna över huvudena. De förs hostande ut på gatan, med armarna bakom ryggen, låsta med handfängsel av plast.

Säkerhetspolisens beslag av vapen visade egentligen bara Brigadens låga militanta nivå: en gammal militärpistol av märket Colt, ett salongsgevär, ett krokigt hagelgevär, en kartong sluggpatroner, fyra knivar och två kaststjärnor.

*

I bilen längs Söder Mälarstrand tar Joona upp sin telefon, slår numret till chefen för Rikskriminalpolisen och efter två signaler svarar Carlos genom att trycka på högtalarknappen med en penna:

– Hur trivs du ute på Polishögskolan, Joona? frågar han.

– Jag är inte där.

– Jag vet det eftersom ...

– Penelope Fernandez lever, avbryter Joona. Hon är jagad och flyr för sitt liv.

– Vem säger det?

– Hon talade in ett meddelande på sin mammas svarare.

Det blir tyst i telefon och sedan drar Carlos efter andan.

– Okej, hon lever, bra ... Vad vet vi mer? Hon lever, men ...

– Vi vet att hon levde för trettio timmar sedan när hon ringde, säger Joona. Och att någon jagar henne.

– Vem jagar henne?

– Hon hann inte säga det, men ... är det samma man som jag träffade, då har vi fruktansvärt bråttom, säger Joona.

– Du tror att det handlar om en yrkesmördare?

– Jag är säker på att personen som angrep mig och Erixon är en professionell problemlösare, en grob.

– Grob?

– Det serbiska ordet för grav. De är dyra, jobbar i princip ensamma, men gör det man betalar för.

– Det här låter helt osannolikt.

– Jag har rätt, svarar Joona sammanbitet.

– Det säger du alltid, men om det verkligen rör sig om en yrkesmördare, så borde inte Penelope ha klarat sig så här länge ... det har nästan gått två dygn, säger Carlos.

– Om hon lever så beror det på att problemlösaren prioriterar andra saker.

– Du tror fortfarande att han letar efter någonting?

– Ja, svarar Joona.

– Vad?

– Jag är inte säker, men kanske ett fotografi ...

– Varför tror du det?

– Det är den bästa teori jag har just nu ...

Joona redogör snabbt för böckerna som tagits ut ur bokhyllan, bilden med diktraden, Björns korta visit, handen mot magen, avtrycket på glasdörren, tejpbitarna och hörnet från fotografiet.

– Du tror att mördaren letade efter fotografiet som Björn redan hämtat?

– Jag tänker mig att han började med att söka igenom Björns lägenhet och när han inte hittade det han letade efter så hällde han ut bensin och ställde grannens strykjärn på full värme. Larmet till brandkåren kom klockan 11.05 och innan de fick kontroll över elden så var hela våningsplanet utbränt.

– Samma kväll mördar han Viola.

– Han förutsatte antagligen att Björn hade tagit med sig fotografiet på båten, så han spårade dem, gick ombord, dränkte Viola, letade igenom båten och planerade att sänka den när någonting fick honom att ändra sig, lämna skärgården, återvända till Stockholm och börja leta igenom Penelopes lägenhet ...

– Men du tror inte att han hittade fotografiet? frågar Carlos.

– Antingen har Björn med sig det eller så har han gömt det hemma hos någon vän eller i en förvaringsbox eller var som helst.

Det blir tyst i luren. Joona hör Carlos tunga andetag.

– Men om vi hittar fotografiet först, säger Carlos eftertänksamt. Då är allt det här säkerligen över.

– Ja, svarar Joona.

– För jag menar ... om vi har sett fotografiet, om polisen har sett det, så är det knappast någon hemlighet längre, knappast någonting man dödar för.

– Jag hoppas att det är så lätt.

– Joona, jag ... jag kan inte ta förundersökningen från Petter, men jag förutsätter ...

– Att jag åker ut till Polishögskolan och föreläser, avbryter Joona.

– Det är allt jag behöver veta, skrattar Carlos.

På väg tillbaka till Kungsholmen lyssnar Joona av sin mobilsvarare och hör ett antal meddelanden från Erixon. Först förklarar han lugnt att han mycket väl kan jobba från sjukhuset, tretton minuter senare kräver han att få vara delaktig i arbetet och tjugosju minuter senare skriker han att han håller på att bli galen av att inte ha något att göra. Joona ringer upp honom, två signaler går fram och sedan hörs Erixons trötta röst mumla:

– Kvack ...

– Är det för sent? frågar Joona. Har du redan blivit galen?

Erixon hickar bara till svar.

– Jag vet inte hur mycket du förstår, säger Joona. Men det är bråttom att komma vidare. Igår morse talade Penelope Fernandez in ett meddelande på sin mammas telefonsvarare.

– Igår? upprepar Erixon alert.

– Hon sa att hon var jagad.

– Är du på väg hit? frågar Erixon.

Joona hör Erixon andas genom näsan när han berättar att Penelope och Björn inte sov tillsammans på natten till fredagen. Hon hämtades av en taxi klockan 06.40 och kördes till tevehuset där hon skulle delta i en debatt. Bara någon minut efter det att taxin lämnat Sankt Paulsgatan gick Björn in i lägenheten. Joona berättar för Erixon om handavtrycket på glasdörren, tejpbitarna och det avrivna hörnet och förklarar att han för sin del är helt övertygad om att Björn hade stått och väntat på att Penelope skulle lämna sin lägenhet för att utan hennes vetskap kunna hämta fotografiet så fort som möjligt.

– Och jag tror att personen som angrep oss är en problem-lösare och att han letade efter fotografiet när vi överraskade honom, fortsätter Joona.

– Kanske det, viskar Erixon.

– Han ville bara bort från lägenheten och prioriterade inte att döda oss, säger Joona.

– För då hade vi varit döda, svarar Erixon.

Det knastrar i telefonen och Erixon ber någon att lämna honom ifred. Joona hör en kvinna upprepa att det är tid för sjukgymnastik och hur Erixon väser att samtalet är privat.

– En slutsats vi kan dra är att problemlösaren inte har hittat fotografiet, fortsätter Joona. För om han hade hittat det på båten så skulle han inte ha letat hemma hos Penelope.

– Och hemma hos henne fanns det inte eftersom Björn redan hade tagit det.

– Jag tror att försöket att skapa en explosiv brand i lägenhe-ten visar att problemlösaren inte vill komma i besittning av fotografiet, utan egentligen bara förstöra det.

– Men varför hängde det på vardagsrumsdörren hos Penelope Fernandez om det var så jävla viktigt? frågar Erixon.

– Jag kan tänka mig några anledningar, säger Joona. Det troligaste är att Björn och Penelope har tagit ett fotografi som bevisar någonting, men att de själva inte förstår allvaret.

– Just det, just det, säger Erixon ivrigt.

– För dem är fotografiet ingenting man borde hålla gömt, ingenting man mördar någon för.

– Men plötsligt ändrar sig Björn.

– Han har kanske fått reda på någonting, han förstår kanske att det är farligt och det är därför han tar det, säger Joona. Det är mycket vi inte vet, och det enda sättet att få några svar är nog genom hederligt polisarbete.

– Exakt, nästan skriker Erixon.

– Kan du få tag på alla telefonsamtal den senaste veckan,

sms, kontoutdrag och så vidare? Kvitton, bussbiljetter, möten, aktiviteter, arbetstider ...

– Ja, för fan.

– Nej, förresten, glöm att jag frågade.

– Glöm? Vad då glöm?

– Sjukgymnastiken, säger Joona leende. Du har tid för sjukgymnastik.

– Du skämtar mig aprillo? frågar Erixon med tillbakahållen upprördhet. Sjukgymnaster? Vad fan är det? Dold arbetslöshet?

– Fast du behöver vila upp dig, retas Joona. Det finns en annan tekniker som ...

– Jag håller på att flippa ut av att bara sitta här.

– Du har varit sjukskriven i sex timmar.

– Jag klättrar på väggarna, klagar Erixon.

33

Skallgång

JOONA KÖR österut mot Gustavsberg. En vit hund sitter helt stilla vid vägkanten och betraktar bilen lakoniskt. Joona tänker att han ska ringa Disa, men istället slår han numret till Anja.

– Jag behöver adressen till Claudia Fernandez.

– Mariagatan 5, säger hon omedelbart. Inte långt ifrån den gamla porslinsfabriken.

– Tack, svarar Joona.

Anja är kvar i luren.

– Jag väntar, säger hon med ett svävande tonfall.

– Vad väntar du på? frågar han mjukt.

– På att du ska säga att vi ska åka Silja Galaxy till Åbo, hyra ett litet hus med en vedeldad bastu vid vattnet.

– Det låter fint, säger Joona sakta.

Det är sommargrått väder, disigt och mycket kvavt när han parkerar bilen utanför Claudia Fernandez hus. Joona går ut ur bilen, känner den bittra lukten av buxbom och vinbärsbuskar, och står ett ögonblick helt stilla, bergtagen av ett minne. Ansiktet som trätt fram löses sakta upp när han ringer på dörren där en namnskylt från träslöjden visar de barnsligt inbrända bokstäverna *Fernandez*.

Klockan ringer melodiskt inne i huset. Han väntar. Efter ett tag hör han långsamma steg.

Claudia öppnar dörren med bekymrat ansikte. När hon får se Joona går hon baklänges in i hallen. En kappa lossnar från galgen och faller.

– Nej, viskar hon. Inte Penny ...

– Claudia, det är ingen fara, säger han hastigt.

Hon orkar inte stå utan sjunker ner på golvet bland skorna under de hängande kläderna, andas som ett skrämt djur.

– Vad är det som hänt? frågar hon med rädd röst.

– Vi vet nästan ingenting, men igår morse försökte Penelope ringa dig.

– Hon lever, säger Claudia.

– Ja, det gör hon, svarar Joona.

– Tack gode Gud, viskar hon. Tack gode Gud ...

– Vi har fångat upp ett meddelande på din telefonsvarare.

– På min ... Nej, säger hon och reser sig upp.

– Det är så mycket störningar att man behöver specialutrustning för att höra hennes röst, förklarar Joona.

– Det enda ... det är en man som säger åt mig att skaffa mig ett jobb.

– Ja, det är det, säger Joona. Penelope pratar innan, men det hörs inte ...

– Vad säger hon?

– Hon säger att hon behöver hjälp. Sjöpolisen är på väg att organisera en skallgångskedja.

– Men spåra telefonen, det går väl att ...

– Claudia, säger Joona lugnt. Jag behöver ställa några frågor till dig.

– Vad då för frågor?

– Ska vi sätta oss?

De går genom hallen och in i köket.

– Joona Linna, får jag fråga dig en sak?

– Fråga mig, men jag vet inte om jag kan svara.

Claudia Fernandez ställer fram varsin kaffekopp. Hennes hand skakar lätt. Hon sätter sig mitt emot honom och ser sedan länge på honom.

– Du har familj, eller hur? frågar hon.

Det blir tyst i det ljusa, gula köket.

– Minns du när du var hemma hos Penelope senast? frågar Joona efter en stund.

– Det var förra veckan, på tisdagen. Hon hjälpte mig att lägga upp ett par byxor till Viola.

Joona nickar och ser Claudias mun darra av tillbakahållen gråt.

– Tänk efter noga nu, Claudia, säger han och lutar sig sedan framåt. Satt det ett fotografi på hennes glasdörr då?

– Ja.

– Vad föreställde det? frågar Joona och försöker hålla rösten lugn.

– Jag vet inte, jag tittade inte.

– Men du minns att det fanns en bild, det är du säker på?

– Ja, nickar Claudia.

– Kan det ha varit människor på bilden?

– Jag vet inte, jag trodde nog att det hade med hennes jobb att göra.

– Var fotografiet taget inomhus eller utomhus?

– Ingen aning.

– Försök att se det för din inre syn.

Claudia sluter ögonen men skakar sedan på huvudet:

– Jag kan inte.

– Försök, det är viktigt.

Hon sänker blicken, tänker efter och skakar på huvudet igen.

– Jag kommer bara ihåg att jag tyckte att det var märkligt att hon hängt upp ett fotografi på dörren, det ser ju inte trevligt ut.

– Varför trodde du att det hade med hennes jobb att göra?

– Jag vet inte, viskar Claudia.

Joona ursäktar sig när telefonen ringer i hans kavaj, han tar upp den, ser att det är Carlos och svarar:

– Ja.

– Jag pratade precis med Lance på sjöpolisen ute på Dalarö

och han säger att de ska organisera en skallgångskedja i morgon. Trehundra personer har anslutit sig och nästan femtio båtar.

– Bra, säger Joona och ser Claudia gå ut i hallen.

– Och så ringde jag och pratade med Erixon för att höra hur han mådde, säger Carlos.

– Han verkar återhämta sig, säger Joona neutralt.

– Joona, jag vill inte veta vad ni gör … men Erixon varnade mig för att jag skulle bli tvungen att erkänna att du hade rätt.

När samtalet är avslutat går Joona ut i hallen och ser att Claudia har tagit på sig en jacka och ett par gummistövlar.

– Jag hörde det han sa i telefonen, säger hon. Och jag kan hjälpa till att leta, jag kan leta hela natten …

Hon öppnar dörren.

– Claudia, du måste låta polisen sköta sitt arbete.

– Min dotter ringer till mig och behöver hjälp.

– Jag förstår att det är hemskt att bara vänta …

– Men snälla, kan jag inte få följa med dig? Jag kommer inte vara i vägen, jag kan laga mat och svara i telefon så slipper du tänka på det.

– Finns det ingen som kan vara här med dig, någon släkting eller vän eller …

– Jag vill inte ha någon här, jag vill bara ha Penny, avbryter hon.

34

Dreambow

I KNÄET HAR Erixon en mapp och ett stort kuvert som budats till hans rum på sjukhuset. Han håller en liten surrande handfläkt framför ansiktet medan Joona kör honom i rullstolen genom sjukhuskorridoren.

Hans hälsena är hopsydd och istället för gips är hans fot fixerad i ett slags specialstövel med tårna pekande nedåt. Han hade muttrat att han skulle behöva en tåspetssko till den andra foten också om de ville se Svansjön.

Joona nickar vänligt åt två gamla kvinnor som sitter i en soffa och håller varandras händer. De fnissar, viskar till varandra och vinkar sedan åt honom som skolflickor.

– Samma morgon som de åkte ut med båten, berättar Erixon. Så köpte Björn ett kuvert och två frimärken på Centralen. Han hade ett kvitto från Pressbyrån i plånboken som låg på båten och jag tvingade säkerhetsbolaget att mejla övervakningsfilmen. Det handlar utan tvekan om ett fotografi som du har sagt hela tiden.

– Så han skickar bilden till någon? frågar Joona.

– Det går inte att se vad han skriver på kuvertet.

– Kanske skickar han brevet till sig själv.

– Men hans lägenhet är utbränd, det finns inte ens en dörr, säger Erixon.

– Ring och hör med posten.

Så fort de kommer in i hissen börjar Erixon göra ett slags

underliga simrörelser med armarna. Joona tittar på honom med lugn blick och ställer inga frågor.

– Jasmin säger att det är bra för mig, förklarar Erixon.

– Jasmin?

– Min sjukgymnast ... hon ser ut som en tårtsmula, men är helt underbart sträng: *Håll tyst, sitt rakt, sluta gnäll.* Hon kallade mig till och med för tjocksmock, ler Erixon blygt. Vet du hur lång deras utbildning är?

De lämnar hissen och svänger in i ett andaktsrum med ett slätt träkors på ett meterhögt stativ och ett enkelt altare. På väggen sitter en bonad med en Kristusgestalt i ett antal ljusa triangulära färgfält.

Joona går ut i korridoren, öppnar ett förrådsrum och hämtar ett stort ställ med blädderblock och tuschpennor. När han kommer tillbaka till andaktsrummet ser han hur Erixon obekymrat rycker ner bonaden och hänger den över korset som han placerat i ett hörn.

– Vad vi vet är att fotografiet är värt människoliv för någon, säger Joona.

– Ja, men varför?

Erixon sätter upp utskrifter på Björn Almskogs kontoutdrag på väggen med häftstift, listor på alla telefonsamtal, kopior på bussbiljetter, kvitton från deras plånböcker och avskrifter av de röstmeddelanden som lämnats.

– Fotografiet måste avslöja något som någon vill hemlighålla, det måste innehålla viktig information, kanske företagshemligheter, konfidentiellt material, säger Joona och börjar anteckna de olika tiderna på blädderblocket.

– Ja, svarar Erixon.

– Nu ser vi till att hitta fotografiet så att vi får ett slut på det här, säger Joona.

Han tar en tuschpenna och skriver på det stora blocket:

06.40 *Penelope hämtas med taxi i sin lägenhet.*
06.45 *Björn kommer till Penelopes lägenhet.*
06.48 *Björn lämnar lägenheten med fotografiet.*
07.07 *Björn skickar fotografiet från Pressbyrån på Centralen.*

Erixon rullar fram och tittar på punkterna medan han skalar av papperet och folien kring en chokladbit.

– Penelope Fernandez lämnar tevehuset och ringer Björn fem minuter senare, säger han och pekar på listan med telefonsamtal. Hennes rabattremsa är stämplad klockan 10.30. Lillasyster Viola ringer Penelope 10.45. Då är Penelope antagligen redan tillsammans med Björn i småbåtshamnen på Långholmen.

– Men vad gör Björn?

– Det ska vi ta reda på, säger Erixon nöjt och torkar av fingrarna med en vit näsduk.

Han förflyttar sig utmed väggen och pekar på en av rabattremsorna:

– Björn lämnar Penelopes lägenhet med fotografiet. Han tar omedelbart tunnelbanan och redan klockan 07.07 köper han kuvertet och två frimärken på T-centralen.

– Och postar brevet, säger Joona.

Erixon harklar sig och fortsätter:

– Nästa markör är också en transaktion på hans Visakort, tjugo kronor på Dreambow internetcafé på Vattugatan, klockan 07.35.

– Fem minuter över halv åtta, säger Joona och skriver in händelsen i kronologin.

– Var i söta helvetet ligger nu Vattugatan?

– Det är en ganska liten gata, svarar Joona. Den ligger nere i de gamla Klarakvarteren.

Erixon nickar och fortsätter:

– Jag gissar att Björn Almskog åker vidare på samma biljett till Fridhemsplan. För efter det här har vi ett telefonsamtal från hans fasta telefon, i lägenheten på Pontonjärgatan 47. Det är ett obesvarat samtal till hans pappa, Greger Almskog.

– Vi får prata med pappan om det här.

– Nästa markör är en ny stämpel, klockan 09.00 på rabatt-remsan. Antagligen tar han fyrans buss från Fridhemsplan till Högalidsgatan på Södermalm och går till båten på Långhol-men.

Joona fyller i de sista klockslagen på papperet, flyttar undan det och betraktar förmiddagens schema.

– Björn har bråttom att hämta fotografiet, säger han. Men han vill inte träffa Penelope på morgonen, så han väntar tills hon försvunnit i taxin, rusar sedan in, tar fotografiet från glasdörren, lämnar lägenheten och åker till Pressbyrån på T-centralen.

– Jag vill titta på bevakningskamerornas inspelningar.

– Efter Pressbyrån går Björn till ett internetcafé i närheten, fortsätter Erixon. Han stannar ungefär en halvtimme och sedan åker ...

– Där har vi det, avbryter Joona och börjar gå mot dörren.

– Va?

– Både Penelope och Björn har uppkoppling hemma.

– Så varför ett internetcafé? frågar Erixon.

– Jag åker dit, säger Joona och lämnar rummet.

35

Raderat material

KRIMINALKOMMISSARIE Joona Linna svänger in på Vattugatan från Brunkebergstorg bakom Stadsteatern, stannar och lämnar bilen, skyndar in genom en anonym metallport och fortsätter med stora steg nedför en sluttande betonggång.

Det är mycket lugnt på Dreambow internetcafé. Golvet är nyskurat, en doft av citron och plast ligger i lokalen. Blanka plexiglasstolar står vid små datorbord. Det enda som rör sig är skärmsläckarnas långsamma mönster.

En mullig man med spetsigt, svart skägg lutar sig mot en hög disk och läppjar kaffe ur en stor mugg som det står "Lennart betyder lejon" på. Jeansen är säckiga och skosnöret hänger löst kring hans ena Reebok.

– Jag behöver en dator, säger Joona redan innan han hunnit fram.

– Ställ dig sist i kön, skojar mannen och gör en svepande gest över de tomma platserna i lokalen.

– En särskild dator, fortsätter Joona och hans ögon glänser till. En vän till mig var här i fredags och jag vill ha samma dator som han använde.

– Jag vet inte om jag kan lämna ut ...

Han tystnar när Joona går ner på ena knäet och knyter hans sko.

– Det är viktigt.

– Jag kollar registret för fredagen, säger mannen medan små, röda fläckar börjar blossa på kinderna. Vad heter han?

– Björn Almskog, svarar Joona och reser sig.

– Det var nummer fem, nere i hörnet, säger han. Jag behöver kika på din legitimation.

Joona ger mannen sin polislegitimation och mannen ser förvirrad ut när han skriver av namn och personnummer i liggaren.

– Du kan börja surfa.

– Tack, säger Joona vänligt och går till datorn.

Han tar upp mobiltelefonen och ringer Johan Jönson, en ung kille på rikskrims avdelning för IT-relaterad brottslighet.

– Vänta lite, hörs en kraxig, halvkvävd röst. Jag har svalt en pappersbit, en trasig pappersnäsduk, jag snöt mig och drog samtidigt in luft för att nysa ... nej, jag orkar inte förklara. Vem pratar jag med förresten?

– Joona Linna, kommissarie på rikskrim.

– Å fan, hej Joona, vad kul!

– Du låter redan lite bättre, säger Joona.

– Ja, nu är den nere.

– Jag behöver se vad en kille gjorde med en dator i fredags.

– Say no more!

– Jag har bråttom, jag sitter på ett internetcafé.

– Och har tillgång till själva datorn?

– Den står framför mig.

– Det förenklar saken. Prova att gå in på historik, den är säkert raderad, för man brukar återställa datorerna efter varje användare, men allting brukar finnas kvar på hårddisken, det är bara att ... eller egentligen, det allra bästa och snabbaste sättet är förstås att plocka med burken och gå igenom hårddisken via ett program som jag har designat för ...

– Möt mig om en kvart i andaktsrummet på Sankt Görans sjukhus, säger Joona och kopplar ur datorn, tar den under armen och börjar gå mot ytterdörren.

Mannen med kaffekoppen tittar häpet på honom och försöker ställa sig i vägen.

–Datorn får inte lämna ...

–Den är arresterad, säger Joona vänligt.

–Ja, men vad är den misstänkt för?

Mannen blir stående och tittar på honom med bleka kinder.

Joona vinkar med sin fria hand och går ut i solljuset.

PARKERINGSPLATSEN framför Sankt Görans sjukhus är varm och det är fruktansvärt kvavt i luften.

Inne i andaktsrummet manövrerar Erixon sin rullstol. Han har upprättat en fungerande basstation och det ringer oavbrutet i tre olika telefoner.

Joona kommer in med datorn i famnen och placerar den på en stol. I en liten soffa sitter redan Johan Jönson. Han är tjugofem år, klädd i en svart, illasittande träningsoverall. Huvudet är rakat, ögonbrynen täta och växer ihop över näsroten. Han reser sig, går fram till Joona, ser på honom med en skygg blick, skakar hand och kränger av sig sin röda datorväska från ryggen.

– *Ei saa peittää*, säger han och plockar fram en tunn dator.

Erixon häller upp Fanta ur en termos i små bräckliga muggar av oblekt papper.

– Jag brukar lägga in hårddisken i frysen några timmar om den vobblar, säger Johan. Och bara koppla in en ATA/SATA-kontakt. Alla jobbar olika, jag menar, jag har en polare på Ibas, som håller på med RDR, och han träffar inte ens klienterna, han kör bara hela skiten över en krypterad telefonlinje. Det brukar rädda det mesta, men jag vill inte ha det mesta, jag vill allt, det är min grej, varenda smula och då behöver man ett program som heter Hangar 18 ...

Han kastar huvudet bakåt och låtsas skratta som en galen vetenskapsman.

– Moahahaha ... Jag har själv skapat det, fortsätter han. Det fungerar som en digital dammsugare, det hämtar hem precis allt och strukturerar det efter klockan, ner till mikrosekunder.

Han sätter sig på altarringen och kopplar ihop datorerna. Det knäpper svagt i hans dator. I ett rasande tempo skriver han sedan in en massa kommandon, läser på skärmen, scrollar nedåt, läser och skriver in nya kommandon.

– Tar det lång tid? frågar Joona efter ett tag.

– Jag vet inte, mumlar Johan Jönson. Inte mer än en månad.

Han svär tyst för sig själv, skriver in ett nytt kommando och betraktar de förbiflimrande siffrorna.

– Jag skojar, säger han sedan.

– Det förstod jag, svarar Joona tålmodigt.

– Inom en kvart vet vi hur mycket som går att rädda, säger Jönson och tittar på papperslappen där Joona skrivit ner datum och klockslag för Björn Almskogs besök på internetcaféet.

– Historiken verkar raderad i omgångar, vilket är lite jobbigt ...

Fragment av gammal grafik passerar över den solsuddiga skärmen. Johan Jönson lägger frånvarande in snus under läppen, torkar av handen på byxorna och väntar med en halv blick mot skärmen.

– Här var det städat och fint, säger han släpigt. Men det går inte att radera någonting, det finns inga hemligheter ... för Hangar 18 hittar rum som inte ens existerar.

Det börjar plötsligt pipa i hans dator och han skriver in något, läser igenom en lång tabell med siffror. Han skriver något mer och signalen upphör tvärt.

– Vad händer? frågar Joona.

– Inte mycket, säger Johan Jönson. Det är bara lite segt med alla moderna brandväggar, sandboxar och fejkade virusskydd ... Det är ett underverk att datorn överhuvudtaget fungerar med alla preventivmedel på en gång.

Han skakar på huvudet och slickar bort en flinga snus från överläppen.

– Jag har aldrig någonsin haft ett enda virusprogram och ...
Håll käften nu, avbryter han plötsligt sin egen svada.

Joona kommer närmare, tittar över hans axel.

– Vad har vi här, viskar Jönson sjungande. Vad har vi här?

Han lutar sig bakåt och gnider sig i nacken, skriver sedan
något med ena handen, trycker på Enter och ler för sig själv.

– Här har vi det, säger han.

Joona och Erixon stirrar på skärmen.

– Ge mig en sekund ... Det är inte helt lätt, kommer bara i
små, små bitar och fragment ...

Han skuggar skärmen med handen och väntar. Sakta fram-
träder bokstäver och brottstycken av grafik från internet.

– Titta, nu öppnas dörren långsamt ... nu ska vi se vad Björn
Almskog gjorde på den här datorn.

Erixon har bromsat rullstolen och lutar sig långt fram för att
kunna se på skärmen.

– Det är för fan bara några streck, säger han.

– Kolla i hörnet.

Längst ner till höger på skärmen syns en liten färgglad
flagga.

– Han har använt Windows, säger Erixon. Mycket originellt
i ...

– Hotmail, säger Joona.

– Inloggning, svarar Johan Jönson.

– Nu börjar det bli intressant, säger Erixon.

– Kan du se namnet? frågar Joona.

– Det fungerar inte så ... det går bara att förflytta sig i tiden,
svarar Johan Jönson och scrollar nedåt.

– Vad var det där? pekar Joona.

– Vi är inne i mappen för skickade brev, svarar han.

– Har han skickat någonting? frågar Joona med spänd röst.

Över skärmen finns sönderbrutna fragment med reklam för
billiga resor till Milano, New Yk, Lo dn, P ris. Och längst ner i
hörnet syns en ljusgrå liten siffra, ett klockslag: 07.44.42 PM.

– Här har vi någonting, säger Johan Jönson.

På hans datorskärm syns nu fragmentet:

```
tt j g          kontakt ed
```

– Kontaktannons, flinar Erixon. Det funkar aldrig, jag har själv ...

Han tystnar tvärt. Johan Jönson scrollar försiktigt förbi obegripliga spillror av grafik och tvärstannar sedan. Han flyttar sig bort från datorn med ett stort leende.

Joona tar hans plats, kisar mot solljuset och läser det som står mitt på skärmen:

```
Carl Palmcr
ck  f  grafi .       tt jag      kontakt med  i
```

Joona känner hur de små hårstråna i nacken reser sig. Rysningen pilar ut över armarna och nedför ryggen. Palmcrona, tänker han gång på gång medan han skriver ner fragmenten som de ser ut på datorskärmen, stryker sig sedan över håret och går bort till fönstret. Han försöker tänka klart och andas lugnt. Ett stick från ett lätt migränanfall passerar. Erixon stirrar fortfarande på skärmen och svär gång på gång för sig själv.

– Är du säker på att Björn Almskog har skrivit det här? frågar Joona.

– Utan tvekan, svarar Johan Jönson.

– Helt säker?

– Om det var han som satt vid datorn vid den här tiden så är det hans brev.

– Då är det hans brev, bekräftar Joona med tankarna redan på annat håll.

– Hus i helvete, viskar Erixon.

Johan Jönson betraktar de spridda fragmenten från adressfältet "crona@isp.se" och dricker Fanta direkt ur termosen. Erixon lutar sig bakåt i rullstolen och sluter ögonen en stund.

– Palmcrona, säger Joona med inåtvänd och koncentrerad röst.

– Det här är för fan inte klokt, säger Erixon. Vad i helvete har Carl Palmcrona med det här att göra?

Joona går mot dörren, uppfylld av tankar. Han säger ingenting när han tar trapporna ned från andaktsrummet, lämnar sjukhusbyggnaden och de båda kollegorna. Han fortsätter bara över parkeringen, går med stora steg i det starka solskenet i riktning mot sin svarta bil.

37

JOONA LINNA går snabbt genom korridoren mot rikskri-
minalchefens rum för att berätta om Björn Almskogs mejl
till Carl Palmcrona. Till hans förvåning är dörren vidöppen.
Carlos Eliasson tittar ut genom fönstret och sätter sig sedan
bakom skrivbordet igen.

– Hon står kvar, säger han.

– Vem?

– Flickornas mamma.

– Claudia? frågar Joona och går fram till fönstret.

– Hon har stått där i en timme nu.

Joona tittar ut, men kan inte se henne. En pappa i mörkblå
kostym går med kungakrona på huvudet tillsammans med en
flicka klädd i en rosa prinsessklänning.

Men sedan, nästan mitt emot den stora porten till Rikspolis-
styrelsen, ser han en hopsjunken kvinna bredvid en smutsig
Mazda pickup. Det är Claudia Fernandez. Hon står bara helt
stilla, med blicken in mot polishusets foajé.

– Jag gick ut och frågade om hon väntade på någon speciell,
jag tänkte att du hade glömt bort att ni skulle träffas ...

– Nej, säger Joona lågt.

– Hon sa att hon väntade på sin dotter, Penelope.

– Carlos, vi måste prata ...

Innan Joona hinner berätta om Björn Almskogs mejl knackar
det lätt på dörren och Verner Zandén, chef för Säpos avdelning
för säkerhetsåtgärder, kommer in.

– Angenämt, säger den långe mannen och skakar hand med Carlos.

– Välkommen.

Verner hälsar på Joona och blickar sedan runt i rummet och bakom sin rygg.

– Vart fan tog Saga vägen? frågar han med sin basröst.

Hon kommer långsamt in genom dörren. Hennes späda, ljusa gestalt tycks nästan återspegla det silvriga skimret från akvariet.

– Jag märkte inte att du blev efter, ler han.

Carlos vänder sig till Saga, men verkar inte riktigt veta vad han ska göra, om det är olämpligt att skaka hand med en älva eller inte. Han väljer att ta ett steg bakåt och slå ut med armen i en inbjudande gest.

– Stig på i stugan, säger han med en konstig gällhet i rösten.

– Tack, svarar hon.

– Du har redan träffat Joona Linna.

Saga står där med sitt glänsande, midjelånga hår, men ögonen är hårda, käkarna sammanbitet slutna. Det skarpa ärret som går genom ena ögonbrynet glimmar kalkvitt i ansiktet.

– Känn er som hemma, ropar Carlos och lyckas nästan låta gemytlig.

Saga sätter sig stelt i stolen bredvid Joona. Carlos lägger fram ett glansigt pappershäfte på bordet med rubriken "Strategier för samarbetande enheter". Verner räcker skämtsamt upp handen som en skolpojke innan hans djupa röst hörs i rummet:

– Formellt sett så ligger ju hela undersökningen på Säpos bord, säger han. Men utan rikskrim och Joona Linna så hade vi inte haft något genombrott i den här utredningen.

Verner pekar på pappershäftet och Saga Bauers ansikte blir knallrött.

– Vi har kanske inte direkt ett genombrott, mumlar hon.

– Va? frågar Verner högt.

– Joona har bara hittat ett handavtryck och resterna från ett fotografi.

– Och du fick ... tillsammans med honom fick du fram informationen om att Penelope Fernandez lever och är jagad. Jag säger inte att det bara var hans förtjänst, men ...

– Det här är ju helt jävla sjukt, skriker Saga och rafsar ner alla papper på golvet. Hur fan kan ni sitta och berömma honom, han fick ju för fan inte vara där, han fick inte ens veta att Daniel Marklund var ...

– Men nu gjorde han det, avbryter Verner.

– Det är för helvete helt jävla hemligstämplat material, fortsätter hon med hög röst.

– Saga, säger Verner strängt. Du skulle inte heller vara där!

– Nej, men annars hade allt ...

Hon tystnar tvärt.

– Kan vi fortsätta samtalet nu? frågar Verner.

Hon ser på sin chef en stund innan hon vänder sig till Carlos och säger:

– Förlåt, jag är ledsen för att jag blev arg.

Hon böjer sig ner och börjar plocka upp de nerrivna papperen från golvet. Hennes panna är full av ilskna, röda prickar. Carlos ber henne att låta dem ligga, men Saga plockar upp alla, ordnar dem och lägger dem på bordet igen.

– Jag är hemskt ledsen, upprepar hon.

Carlos harklar sig och vänder sig sedan försiktigt till henne:

– Vi hoppas ändå att Joona Linnas insats, eller vad man nu kallar det för, ska göra att ni vill släppa in honom i utredningen, säger han.

– Men allvarligt talat, säger Saga till sin chef. Jag vill inte vara negativ, men jag fattar inte varför vi ska släppa in Joona i vår utredning, vi behöver inte honom. Ni pratar om genombrott, men jag tycker inte ...

– Jag kan hålla med Saga, säger Joona långsamt. Jag är säker på att ni hade hittat både handavtrycket och hörnet från fotografiet utan min hjälp.

– Kanske det, säger Verner.

– Får jag gå nu? frågar Saga sin chef med samlad röst och reser sig upp.

– Men vad ni inte känner till, fortsätter Joona stadigt. Det är att Björn Almskog i hemlighet kontaktade Carl Palmcrona samma dag som Viola mördades.

Det blir fullständigt tyst i rummet. Saga sätter sig försiktigt på stolen igen. Verner lutar sig fram, låter tankarna sjunka in och harklar sig sedan:

– Skulle Carl Palmcronas och Viola Fernandez död ha någonting med varandra att göra? frågar han med sin djupa, vibrerande bas.

– Joona? säger Carlos för att få ett svar.

– Ja, de två dödsfallen har ett samband, bekräftar han.

– Det här är större än vad vi trodde, nästan viskar Verner. Det här är stort ...

– Bra jobbat, säger Carlos med ett uppjagat leende.

Saga Bauer har lagt armarna i kors, blickar ned i golvet och de små röda prickarna börjar återigen synas på hennes panna.

– Joona, säger Carlos och harklar sig försiktigt. Jag kan inte köra över Petter, han fortsätter att leda vår förundersökning, men jag kan tänka mig att låna ut dig till Säpo.

– Vad säger du, Saga? frågar Joona.

– Det blir perfekt, svarar Verner snabbt.

– Jag är förundersökningsledare, säger Saga, reser sig från stolen och lämnar rummet.

Verner ursäktar sig och följer henne.

Joonas grå ögon glänser isigt. Carlos sitter kvar på sin stol, harklar sig och säger sedan:

– Hon är ung och du får försöka ... jag menar, var lite schysst, ta hand om henne.

– Jag tror att hon kan ta hand om sig själv, svarar Joona kort.

38

Saga Bauer

SAGA BAUER tänker på Carl Palmcrona och hinner bara
vända bort ansiktet en aning. Hon ser slaget lite för sent. Det
kommer från sidan. En ganska låg krok som passerar över hen-
nes vänstra axel och träffar henne på örat och kinden. Hon
vacklar till. Huvudskyddet har hamnat snett igen, hon ser näs-
tan ingenting men förstår att ett andra slag är på väg, sänker
därför hakan och skyddar ansiktet med båda händerna. Det är
en tung träff som följs av ännu ett slag mot hennes övre revben.
Hon snubblar bakåt, in mot repen. Ringdomaren rusar fram,
men Saga har redan glidit ur fällan. Hon rör sig åt sidan, in mot
ringens mitt och hinner samtidigt bedöma sin motståndare:
Svetlana Krantz från Falköping, en bred kvinna i fyrtioårs-
åldern, med sluttande axlar och Guns N' Roses emblem tatu-
erat på skuldran. Svetlana andas med öppen mun, jagar efter
med dunsande steg, tror att hon ska kunna vinna på knockout.
Saga rinner mjukt bakåt – virvlar som ett höstlöv över marken.
Det är så enkelt att boxas, tänker hon och känner en plötslig
glädje fylla bröstet. Saga Bauer tvärstannar och ler så stort att
hon håller på att tappa tandskyddet. Hon vet att hon är över-
lägsen, men hade egentligen inte tänkt slå ut Svetlana. Hon
hade bestämt sig för att vinna på poäng. Men när hon hörde
Svetlanas kille ropa att hon skulle mosa ansiktet på den blonda
lilla fittan ändrade hon sig.

Svetlana rör sig för snabbt över golvet, hennes högra hand
är ivrig, lite för ivrig. Hon är så sugen på att vinna över Saga

att hon inte längre följer samspelet, utan har redan bestämt sig för att avsluta med ett eller flera raka högerslag. Hon tror att Saga är tillräckligt omtöcknad för att hon utan problem ska kunna hamra in slagen rakt igenom garden. Men Saga Bauer är inte försvagad, utan tvärtom mycket fokuserad. Hon dansar lite på stället, inväntar den framrusande motståndaren, håller upp handskarna framför ansiktet som om hon bara ville försvara sig. Men vid precis rätt tillfälle gör hon en överraskande axel- och fotkombination så att hon med ett snett steg framåt glider ut ur angriparens linje. Saga hamnar vid sidan av, men får med sig all rörelsekraft i ett kroppsslag, rakt mot den andras solarplexus.

Hon känner kanten av Svetlanas bröstskydd genom sin handske när kroppen bara viker sig framåt. Nästa slag missar lite, Saga träffar själva hjässan, men det tredje är så rent det kan bli, underifrån, rakt över munnen och mycket hårt.

Svetlanas huvud välter bakåt. Svett och snor stänker i slagriktningen. Det mörkblå tandskyddet fladdrar iväg. Svetlanas knän viker sig och hon dunsar handlöst i golvet, rullar runt ett varv och blir liggande en stund innan hon börjar röra på sig igen.

Efter matchen står Saga Bauer i damernas omklädningsrum och känner hur kroppen sakta lugnar sig. Hon har en egendomlig smak i munnen, en blandning av blod och klister. Hon var tvungen att använda tänderna för att få bort textiltejpen kring handskarnas snörning. Luckan till plåtskåpet där hon har sina kläder står öppen, hänglåset ligger på bänken. Hon ser sig i spegeln och torkar snabbt bort några tårar. Det svider och dunkar i näsan efter den hårda träffen som motståndaren fick in. Hon hade haft tankarna på annat i början av matchen, samtalet med chefen och chefen på Rikskriminalpolisen och beslutet om att hon och Joona Linna skulle samarbeta.

På skåpsluckan sitter ett klistermärke med texten "Södertälje Rockets" och en bild på en raket som mest ser ut som en arg haj.

Händerna darrar när Saga drar av sig shortsen, suspensoaren

och trosorna, det svarta linnet och behån med bröstskydden. Huttrande går hon in i det kaklade duschrummet och ställer sig i ett av båsen. Vattnet sköljer över nacken och ryggen. Hon tvingar bort tankarna från Joona och spottar några strängar blodblandad saliv i golvbrunnen.

När hon kommer tillbaka till omklädningsrummet befinner sig ett tjugotal kvinnor där. De har återvänt efter ett pass Ki-jympa. Saga märker inte hur de andra kvinnorna hejdar sig och får något alldeles blankt i blicken vid åsynen av henne. Saga Bauer är mycket vacker. På ett sätt som får betraktaren att vekna, att bli alldeles svag inombords. Kanske är det släktskapet med sagotecknaren John Bauer som leder tankarna till en älva eller en fe. Hennes ansikte är nätt och symmetriskt, helt osminkat, ögonen är stora och blå som en sommarhimmel. Saga Bauer är en och sjuttio lång och finlemmad trots blodfyllda muskler och blåmärken. De flesta skulle nog gissa att hon var balettdansös om de såg henne nu och inte elitboxare och kommissarie på Säkerhetspolisen.

Den legendariske sagotecknaren och konstnären John Bauer hade två bröder, Hjalmar och Ernst. Det är Ernst, den yngste brodern, som är Sagas farfarsfar. Hon minns fortfarande hur hennes farfar hade berättat om sin pappa och hans sorg när hans berömde storebror John drunknade tillsammans med sin hustru Esther och sin lille son en novembernatt i Vättern, bara några hundra meter från hamnen i Hästholmen.

Tre generationer senare fick John Bauers målningar en märklig spegelbild i verkligheten. Saga påminner alla om den glimrande prinsessan Tuvstarr som står framför de stora, dunkla trollen helt utan någon rädsla.

Saga vet att hon är en skicklig kommissarie, trots att hon aldrig fått slutföra en undersökning på egen hand. Hon är van att bli fråntagen sitt arbete, hon är van att bli utestängd efter många veckors engagemang, hon är van att bli överbeskyddad och bortvald vid insatser.

Hon är van, men det innebär inte att hon tycker om det.

Saga Bauer utbildades först på Polishögskolan med mycket goda resultat, fick sedan sin specialutbildning i kontraterrorism på Säkerhetspolisen, har hunnit bli kommissarie och ägnar sig både åt utredande och operativa uppgifter. Hon har hela tiden sett till att vidareutbilda sig och samtidigt träna hårt fysiskt. Hon löptränar dagligen, sparrar eller går matcher minst två gånger i veckan och övningsskjuter med sin Glock 21 och polisens prickskyttegevär 90 varje vecka.

Saga bor ihop med Stefan Johansson som spelar piano i en jazzgrupp som kallar sig Red Bop Label och som gett ut sju skivor på ACT Music. Gruppen fick en Grammis för den sorgsna improvisationsskivan *A Year Without Esbjörn*. När Saga kommer hem från jobbet eller träningen brukar hon halvligga i soffan, äta godis och se på en film med ljudet avstängt medan Stefan spelar piano timmar i sträck.

Saga kommer ut från idrottshallen och ser att hennes motståndare står och väntar vid plintarna av betong.

– Jag ville bara tacka för matchen och gratulera, säger Svetlana.

Saga stannar till.

– Tack själv.

Svetlana rodnar lätt:

– Du är förbannat bra.

– Detsamma.

Svetlana slår ner blicken och ler. Det ligger skräp bland de kantigt klippta buskarna kring parkeringsplatsen framför entrén.

– Tar du tåget? frågar Saga.

– Ja, jag måste nog börja gå.

Svetlana tar sin väska, men stannar sedan till, vill säga något mer men drar på det.

– Saga … Jag ber om ursäkt för min kille, säger hon till slut. Jag vet inte om du hörde att han höll på och ropade saker.

Det var i alla fall sista gången han fick följa med.

Svetlana harklar sig och börjar sedan gå.

– Vänta, säger Saga. Jag kan köra dig till stationen om du vill.

PENELOPE SPRINGER snett uppför sluttningen, hon halkar på de lösa stenarna, glider nedåt, tar emot med handen, det stöter till i axeln och ryggen, hon river sig och flämtar till. Smärta strålar upp från handleden. Hon är andfådd, hostar och blickar tillbaka, ner mellan träden, in i dunklet mellan stammarna, rädd för att få syn på förföljaren igen.

Björn kommer fram till henne, svett rinner efter hans kinder, ögonen är rödsprängda och jagade, han mumlar något och hjälper henne upp.

– Vi kan inte stanna, viskar han.

De vet inte längre var förföljaren är, om han är nära eller om han har tappat spåret. För inte så många timmar sedan låg de på golvet i ett kök medan han blickade in genom fönstret.

Nu springer de uppåt, tränger sig igenom ett gransnår, känner den varma doften från barren och fortsätter framåt, hand i hand.

Det rasslar till i ett snår och Björn kvider till av rädsla, tar ett brant steg åt sidan och får en gren i ansiktet.

– Jag vet inte hur länge jag orkar, flämtar han.

– Tänk inte på det, säger Penelope.

De går en liten bit. Fötter och knän värker. De fortsätter genom tät sly och frasande löv, ner i ett dike, kliver fram genom ogräs och kommer ut på en grusväg. Björn blickar runt, viskar åt henne att komma och börjar sedan springa mot söder, i riktning mot den tätare bebyggelsen i Skinnardal. Det kan inte vara långt dit. Hon haltar några steg och följer sedan efter honom. En sträng av grovt grus med enstaka grässtrån löper mellan de släta hjulspåren. Vägen svänger kring en björkdunge. De springer bredvid varandra och när de har rundat de vita stammarna ser de plötsligt två människor. En tjugoårig kvinna i kort tennisklänning och en man med en röd motorcykel. Penelope drar upp dragkedjan i den trånga munkjackan och försöker dämpa andhämtningen genom näsan.

– Hej, säger hon.

De tittar på henne och hon förstår deras blickar. Både hon och Björn är blodiga och smutsiga.

– Vi har varit med om en olycka, säger hon snabbt mellan andetagen. Vi behöver låna en telefon.

Nässelfjärilar fladdrar över svinmålla och fräken i diket.

– Okej, säger den unge mannen, letar fram sin telefon och lämnar den till Penelope.

– Tack, säger Björn och blickar sedan bort längs vägen och in i skogen.

– Vad är det som har hänt? frågar den unge mannen.

Penelope vet inte vad hon ska svara, hon sväljer och tårar börjar rinna nedför hennes smutsiga kinder.

– En olycka, svarar Björn.

– Jag känner igen henne, säger flickan i tennisklänning till sin pojkvän. Hon är för fan den där människan som vi såg på teve.

– Vem?

– Som pratade skit om svensk export.

Penelope försöker le mot henne medan hon slår numret till sin mamma. Händerna darrar för mycket och hon gör fel, avbryter försöket och börjar om. Den unga kvinnan viskar någonting i den unge mannens öra.

Det knäpper till inne i skogen och Penelope tror plötsligt att hon ser någon mellan träden. Innan hon förstår att hon har sett fel hinner hon tänka att förföljaren kommer att hitta dem, att han har spårat dem från huset. Hennes hand skakar så mycket när hon för telefonen till örat att hon är rädd att tappa taget.

– Får man veta en sak, säger kvinnan med spänd röst till Penelope. Tycker du att de som jobbar hårt, som jobbar kanske sextio timmar i veckan, ska betala för dem som inte har lust att jobba, som bara sitter framför teven?

Penelope förstår inte vad den unga kvinnan vill få sagt, varför hon är arg, hon förmår inte koncentrera sig på hennes fråga, kan inte förstå vad det har med någonting att göra. Tankarna jagar hela tiden runt, hon söker återigen med blicken in bland träden och hör samtidigt hur signalerna i telefonen går fram, avlägsna och sprakande toner.

– Ska det inte löna sig att jobba? frågar kvinnan med upp-retad röst.

Penelope tittar mot Björn, hoppas att han ska hjälpa henne, säga någonting till den unga kvinnan som gör henne nöjd. Hon suckar till när hon hör moderns röst på telefonsvararen:

Du har kommit till Claudia – jag kan inte svara just nu, men om du lämnar ett meddelande så ringer jag upp så snart jag kan …

Tårarna rinner efter hennes kinder, knäna håller på att ge vika, hon är så fruktansvärt trött. Hon håller upp en hand mot kvinnan för att visa att hon inte kan tala med henne just nu.

– Vi har köpt våra telefoner för pengar som vi har tjänat, säger den unga kvinnan. Du får väl tjäna egna pengar och köpa en telefon …

Det sprakar i telefonen, mottagningen är dålig, hon flyttar sig, men det blir bara sämre, det hackar, tystnar och hon vet inte om samtalet är brutet när hon börjar prata:

– Mamma, jag behöver hjälp, jag är jagad av …

Plötsligt svär tjejen, rycker telefonen ur hennes händer och ger den till den unge mannen.

– Skaffa ett jobb, säger han.

Penelope vinglar till, tittar förvirrat på det unga paret, ser kvinnan sätta sig på motorcykeln bakom mannen med armarna om hans midja.

– Snälla, vädjar Penelope. Vi måste verkligen . . .

Hennes röst försvinner när motorcykeln startar, bakhjulet spinner och river rasslande upp grus innan den kör iväg. Björn ropar att de ska vänta. De börjar springa efter paret, men motorcykeln försvinner mot Skinnardal.

– Björn, säger Penelope och stannar.

– Spring, ropar han.

Hon är andfådd, blickar tillbaka efter vägen och tänker att de håller på att begå ett misstag. Han stannar, ser på henne, andas flämtande, stöder sig på låren en liten stund och börjar sedan gå.

– Vänta, han fattar hur vi tänker, säger hon allvarligt. Vi måste göra något annat.

Björn går långsammare, vänder sig om och tittar på henne, men fortsätter baklänges bortåt.

– Vi måste hitta hjälp, säger Björn.

– Inte nu.

Han återvänder till henne och tar henne om axlarna.

– Penny, det är säkert bara tio minuter till närmaste hus, det orkar du, jag hjälper . . .

– Vi måste in i skogen igen, avbryter hon. Jag vet att jag har rätt i det här.

Hon drar av sig hårbandet och slänger det på vägen en bit framåt och viker sedan av, går rakt in i skogen, bort från bebyggelsen.

Björn blickar efter vägen och följer sedan efter Penelope, tar ett stort kliv över diket och fortsätter in i skogen. Hon hör honom bakom sig. Han kommer ifatt henne och tar hennes hand.

De springer sida vid sida, inte speciellt fort, men för varje minut tar de sig längre bort från vägen, längre bort från människor och hjälp.

Deras väg hindras plötsligt av en smal vattentunga. Flämtande vadar de genom det lårdjupa vattnet, kanske fyrtio meter.

De kommer över det öppna vattnet till andra sidan och fortsätter att springa genom skogen med genomblöta skor.

Efter tio minuter saktar Penelope in igen. Hon stannar till, drar efter andan, höjer blicken och ser sig omkring. För första gången känner hon inte längre den kyliga närvaron av deras förföljare. Björn stryker sig över munnen med handen och går fram till henne.

– När vi var i huset, säger han. Varför ropade du att han skulle komma in?

– Annars hade han bara öppnat dörren och gått in – det var det enda han inte räknade med.

– Men ...

– Han har hela tiden legat steget före, fortsätter hon. Vi har varit rädda och han vet hur rädda personer beter sig.

– De ropar inte åt honom att komma in, säger Björn och ett trött leende spricker upp i hans ansikte.

– Det är därför vi inte kunde fortsätta på vägen till Skinnardal. Vi måste byta riktning, hela tiden, springa längre in i skogen, rakt mot ingenting.

– Ja.

Hon ser på hans utmattade ansikte, de vita, torra läpparna.

– Jag tror att vi måste fortsätta på det sättet om vi ska klara oss. Tänka annorlunda. Jag tror att vi ... istället för att försöka ta oss ifrån den här ön till fastlandet så ska vi leta oss längre ut i skärgården, bort från fastlandet.

– Ingen skulle göra så.

– Orkar du ett tag till? frågar hon lågt.

Han nickar och de börjar springa djupare in i skogen, längre och längre bort från vägar, hus och människor.

40

Efterträdaren

AXEL RIESSEN knäpper sakta loss manschettknapparna från de styva skjortärmarna. Han lägger dem i bronsskålen på herrskåpet. Knapparna är arvegods från hans farfar, amiral Riessen. Men motivet är civilt, ett ordenstecken bestående av två korslagda palmblad.

Axel Riessen ser sig i spegeln bredvid dörren till klädkammaren. Han lossar slipsen, går sedan till den andra änden av rummet och sätter sig på sängkanten. Det brusar i elementen och genom väggarna tycker han sig urskilja fragment av toner.

Musiken kommer från hans lillebrors våning intill. En ensam fiol, tänker han, och sammanfogar genast fragmenten i sin fantasi. Inom sig hör han Bachs första violinsonat i g-moll, den inledande satsen, ett adagio, men långt mer dröjande än de gängse tolkningarna. Axel hör inte bara de avsedda tonerna utan njuter också av varje vinande överton och en oavsiktlig stöt mot fiolens sarg.

Hans fingrar darrar till när musiken ändrar tempo, händerna längtar efter att ta upp en fiol. Det var länge sedan han lät fingrarna porla tillsammans med musiken, rinna över strängarna, uppför greppbrädan.

Musiken i Axels huvud tystnar när telefonen ringer. Han reser sig från sängen och gnuggar sig i ögonen. Han är mycket trött, har nästan inte sovit någonting den senaste veckan.

Nummerpresentatören avslöjar att det är ett telefonnummer

från Regeringskansliet. Axel harklar sig innan han svarar med lugn röst:

– Axel Riessen.

– Jag heter Jörgen Grünlicht, jag är ordförande för regeringens beredningsgrupp för utrikesfrågor, som du kanske vet.

– God kväll.

– Ursäkta att jag ringer så här sent.

– Jag var vaken.

– Man har sagt mig att du skulle vara det, säger Jörgen Grünlicht och dröjer lite innan han fortsätter. Vi hade ett extrainsatt styrelsemöte precis nu där vi fattade beslut om att försöka rekrytera dig till tjänsten som generaldirektör för ISP.

– Jag förstår.

Det blir tyst i telefonen ett litet tag. Sedan säger Grünlicht hastigt:

– Jag förutsätter att du känner till vad som hände Carl Palmcrona.

– Det jag läste i tidningen.

Grünlicht harklar sig svagt och säger något som Axel inte kan uppfatta innan han höjer rösten.

– Du är ju insatt i vårt jobb och skulle teoretiskt – om du accepterar vårt förslag – kunna komma igång mycket fort.

– Jag måste avsluta mitt uppdrag för FN, svarar Axel.

– Är det ett problem? frågar Grünlicht med oro i rösten.

– Nej.

– Du får ju titta igenom villkoren, men ... det finns ingenting som vi inte kan diskutera, säger Grünlicht. Som du förstår så vill vi mycket gärna ha med dig på båten, det är ingen idé att försöka göra någon hemlighet av det.

– Låt mig fundera på saken.

– Har du tid att träffas i morgon bitti?

– Är det något som brådskar?

– Vi tar oss alltid den tid vi behöver, svarar Grünlicht. Men det är klart, med tanke på det som hänt ... Vi har fått vissa påstötningar från handelsministern angående ett ärende som redan dragit ut lite på tiden.

– Vad gäller det?

– Inga konstigheter ... det rör sig om ett utförseltillstånd. Förhandsbeskedet var positivt, Exportkontrollrådet har gjort sitt, handläggningen är färdig, men Palmcrona hann inte skriva under.

– Och det måste han göra? frågar Axel.

– Det är bara generaldirektören som kan godkänna export av försvarsmateriel eller produkter med dubbla användningsområden, förklarar Jörgen Grünlicht.

– Men regeringen godkänner väl vissa affärer?

– Bara om ISP:s generaldirektör har fattat beslutet att överlämna ärendet till regeringen.

– Jag förstår.

I elva år arbetade Axel Riessen som krigsmaterielinspektör i det gamla systemet, för Utrikesdepartementet, innan han började anlitas av FN-organet UNODA, United Nations Office for Disarmament Affairs. Nu är han ett slags senior advisor på Division of Analysis and Assessment. Riessen är bara femtioett år, det gråsprängda håret är fortfarande tjockt. Hans drag är regelbundna och vänliga. Han är solbränd efter semestern i Kapstaden, där han hyrde en segelbåt och tog sig fram längs den hisnande, branta kusten på egen hand.

Axel går till sitt bibliotek, sätter sig i läsfåtöljen, sluter de brännande ögonlocken och börjar tänka på att Carl Palmcrona är död, det var en notis i morse om hans bortgång i Dagens Nyheter. Det var svårt att förstå vad som hade hänt, men någonting i texten antydde att det hade skett oväntat. Han hade inte varit sjuk, det brukar i så fall gå att utläsa. Axel tänker på att de har träffats ganska många gånger genom åren. De anlitades båda som sakkunniga vid beredningen av propositionen som ledde fram till riksdagsbeslutet om att slå samman Krigsmaterielinspektionen och Regeringskansliets strategiska exportkontroll till en enda myndighet, Inspektionen för strategiska produkter.

Och nu är Palmcrona död. Axel ser för sig den långa, bleka mannen med sin militära snagg och en air av ensamhet omkring sig.

Sedan kommer oron över honom. Det är för tyst i rummen. Axel reser sig upp och ser ut i våningen, lyssnar efter ljud.

– Beverly? ropar han lågt. Beverly?

Hon svarar inte. Rädslan stiger i honom. Han går snabbt genom rummen och ner till hallen för att ta sin kavaj och ge sig ut för att leta efter flickan när han plötsligt hör henne nynna för sig själv. Hon kommer barfota över mattorna från köket. När hon får se hans oroliga ansikte blir hennes ögon stora.

– Axel, säger hon med sin ljusa röst. Vad är det?

– Jag blev bara orolig för att du hade gått ut, mumlar han.

– I den farliga världen, ler hon.

– Jag säger bara att det inte går att lita på alla människor.

– Det gör jag inte, jag tittar ju på dem, på skenet, förklarar hon. Om det lyser omkring dem så vet jag att de är snälla.

Axel vet inte vad han ska svara, säger bara att han har köpt chips och en stor flaska Fanta till henne.

Hon verkar inte ens höra honom. Han försöker avläsa hennes ansikte. Se om hon börjar bli rastlös eller deprimerad eller sluten.

– Ska vi fortfarande gifta oss, tycker du? frågar hon.

– Ja, ljuger han.

– Det är bara att blommor får mig att tänka på mammas begravning och pappas ansikte när ...

– Vi behöver inte ha några blommor, säger han.

– Fast liljekonvaljer tycker jag om.

– Jag också, säger han med svag röst.

Hon rodnar nöjt och han hör att hon låtsas gäspa för hans skull.

– Jag är så sömnig, säger hon och lämnar rummet. Vill du sova?

– Nej, säger Axel Riessen för sig själv, men reser sig sedan upp och följer efter henne.

Han går genom rummen med den starka känslan av att delar av hans egen kropp försöker hejda honom. Han känner sig klumpig och underligt långsam när han följer henne genom korridoren, över marmorgolvet och uppför trappan, genom två salonger och in i den svit av rum som han brukar dra sig tillbaka till om kvällarna.

Flickan är slank och kort, når honom inte till bröstkorgen. Håret på hennes huvud har börjat växa ut efter att hon rakade bort det förra veckan. Hon ger honom en hastig kram och han hinner känna doften av karamell från hennes mun.

41

Utan sömn

DET ÄR NU tio månader sedan Axel Riessen mötte Beverly Andersson för första gången. Allt berodde på hans akuta sömnproblem. Sedan en händelse för mer än trettio år sedan har han haft svårt att sova. Hans tillvaro fungerade så länge han tog sömntabletter, han sov en kemisk sömn utan drömmar, kanske utan verklig vila.

Men han sov.

Han tvingades att öka dosen kontinuerligt för att behålla sömnen. Tabletterna skapade ett sövande brus som överröstade tankarna. Han älskade sin medicin och blandade den med dyr, lagrad whisky. Men efter mer än tjugo års hög konsumtion hittades han av sin bror i hallen, medvetslös och med blodet flödande ur båda näsborrarna.

På Karolinska sjukhuset konstaterades allvarlig levercirrhos, skrumplever.

Den kroniska cellskadan var så omfattande att han sattes i kö för en levertransplantation direkt efter den obligatoriska kontrolltiden. Men eftersom han hade blodgrupp 0 och hans vävnadstyp var mycket ovanlig minskade antalet möjliga donatorer katastrofalt.

Hans yngre bror hade kunnat donera en del av sin lever om han inte hade haft ett så allvarligt rytmfel att hans hjärta inte skulle orka med påfrestningarna från en stor operation.

Hoppet om att hitta en leverdonator var nästan obefintligt, men om Axel avstod från alkohol och sin sömnmedicin så skulle han inte dö. Och ihop med en jämn dos Konakion, Inderal och Spironolakton så var leverfunktionen fungerande och han kunde leva ett ganska normalt liv.

Problemet var att sömnen var borta, han sov inte mer än någon timme per natt. Han lades in på en sömnklinik i Göteborg, genomgick en polysomnografi och fick sin insomnia diagnostiserad. Men eftersom medicinering var utesluten kunde han bara rådas till olika insomningstekniker, att meditera, att pröva hypnos och självsuggestion, men ingenting hjälpte.

Fyra månader efter leverkollapsen hade han en vaken period på nio dygn och drabbades av ett psykosliknande sammanbrott.

På frivillig basis lades han in på den privata psykiatriska anstalten Sankta Maria Hjärta.

Det var där han mötte Beverly, hon var inte mer än fjorton år då.

Som vanligt låg Axel sömnlös på sitt rum, klockan var kanske tre på natten, det var helt mörkt när hon öppnade hans dörr. Hon var en osalig ande, en *walker*, hon gick runt i korridorerna på anstalten om nätterna.

Kanske letade hon bara efter någon att stanna hos.

Han låg där, sömnlös och förtvivlad när flickan kom in. Hon stod stilla framför honom, hennes långa nattlinne släpade i golvet.

– Jag såg hur det lyste härinne, viskade hon. Det kommer ett sken från dig.

Sedan gick hon bara fram till honom och kröp upp i hans säng. Han var fortfarande sjuk av sömnbrist, han visste inte vad han gjorde, han grep tag i henne hårt, alltför hårt, och tryckte henne mot sig.

Hon sa ingenting, låg bara där.

Han klamrade sig fast vid hennes lilla kropp, tryckte sitt ansikte mot hennes hals och då föll han plötsligt i sömn.

Han föll ner i drömmar och sömnvatten.

Det rörde sig bara om några minuter den första gången, men

efter det kom hon till honom varje natt.

Han tog tag i henne, höll henne hårt intill sig och somnade genomsvettig.

Hans psykiska instabilitet vek undan som imma från glas och Beverly slutade vandra runt i korridorerna.

Axel Riessen och Beverly Andersson valde båda att lämna Sankta Maria Hjärta och vad som sedan hände var en tyst och förtvivlad överenskommelse mellan dem.

De förstod att arrangemangets verkliga förhållande måste förbli hemligt, men utåt sett fick Beverly tillåtelse från sin far att bo inackorderad i en separat lägenhetsdel hos Axel Riessen i väntan på en egen studentlägenhet.

Beverly Andersson är nu femton år och har fått sin border-linestörning diagnostiserad. Hon är måttlös i förhållande till andra människor och saknar förmågan att dra gränser. Hon har inte en vanlig självbevarelsedrift.

Flickor som Beverly stängdes förr i världen in på sinnes-slöanstalter, tvångssteriliserades eller lobotomerades i rädslan för otyglad sexualitet och sedeslöshet.

Fortfarande är det flickor som Beverly som alltid följer med fel personer hem och sätter all sin tillit till dem som inte vill dem väl.

Men Beverly har tur som hittat Axel Riessen. Han brukar säga det till sig själv, han är ingen pedofil, han är inte ute efter att göra henne illa eller tjäna pengar på henne. Han behöver henne bara för sin sömns skull, för att inte gå under.

Hon talar ofta om att han ska gifta sig med henne när hon blir stor nog.

Axel Riessen låter henne spinna sina fantasier kring bröllo-pet för att det gör henne nöjd och lugn. Han intalar sig att han på detta sätt skyddar henne från omvärlden, men vet givetvis att han samtidigt utnyttjar henne. Han skäms, men kan inte hitta någon utväg, han är rädd för att hamna i den stora sömn-lösheten igen.

Beverly kommer ut med tandborsten i munnen. Hon nickar mot de tre fiolerna som hänger på väggen.

– Varför spelar du inte på dem? frågar hon.

– Jag kan inte, svarar han leende.

– Ska de bara hänga där? Ge dem till någon som spelar istället.

– Jag tycker om fiolerna för att jag har fått dem av Robert.

– Du pratar nästan aldrig om din bror.

– Det är komplicerat ...

– Han bygger fioler i sin verkstad, säger hon.

– Ja, Robert bygger sina fioler ... och spelar i en kammarorkester.

– Kan inte han spela på vårt bröllop? frågar hon och stryker tandkräm från mungiporna.

Axel ser på henne och hoppas att hon inte uppfattar stelheten i hans ansikte när han säger:

– Vilken bra idé.

Han känner hur tröttheten kommer vällande, strömmar över hans kropp, hans hjärna. Han går förbi henne, in i sovrummet och sjunker ner på sängkanten.

– Jag är ganska sömnig, jag ...

– Det är synd om dig, säger hon allvarligt.

Axel skakar på huvudet.

– Jag behöver bara sova, säger han och känner sig med ens gråtfärdig.

Han reser sig upp och tar fram ett nattlinne i rosa bomullstyg.

– Snälla Beverly, ta på dig det här.

– Om du vill.

Hon stannar till och tittar på den stora oljemålningen av Ernst Billgren som föreställer en påklädd räv som sitter i en fåtölj i ett högborgerligt hem.

– Läskig tavla, säger hon.

– Tycker du?

Hon nickar och börjar klä av sig.

– Kan du inte byta om inne på toaletten?

Hon rycker på axlarna och när hon drar av sig sin rosa topp reser han sig upp för att slippa se henne naken. Han går fram till målningen med räven, tittar på den, lyfter sedan ner den och ställer den på golvet med motivet vänt mot väggen.

*

Axel sover stelt och tungt, med hopskrynklat ansikte och sammanbitna käkar. Han håller flickan hårt intill sig. Plötsligt vaknar han, släpper taget om henne och drar efter andan som en drunknande. Han är svettig och hjärtat slår hårt av ångest. Han tänder sänglampan. Beverly sover avslappnat som ett litet barn, med öppen mun och fuktig panna.

Axel kommer att tänka på Carl Palmcrona igen. Senast de träffades var på adelsmötet på Riddarhuset. Palmcrona hade varit berusad, betett sig lite aggressivt, tjatat om FN:s olika vapenembargon och avslutat med de häpnadsväckande orden: *Går allting åt helvete får man väl göra en Algernon för att slippa skörda sin mardröm.*

Axel släcker lampan igen, lägger sig tillrätta och fortsätter att tänka på Palmcronas ord om att göra en Algernon. Vad hade han menat? Vad var det för mardröm han syftade på? Hade han verkligen sagt så?

Slippa skörda sin mardröm.

Carl-Fredrik Algernons öde var ett mysterium i Sverige. Fram till sin död hade Algernon varit krigsmaterielinspektör vid Utrikesdepartementet. En januaridag hade han ett möte med Nobel Industriers koncernchef Anders Carlberg där han berättade att utredningen pekade på att ett av koncernens bolag hade smugglat vapen till länder runt Persiska viken. Senare samma dag föll Carl-Fredrik Algernon framför ett framrusande tunnelbanetåg på T-centralen i Stockholm.

Axels tankar glider iväg, cirklar allt suddigare kring anklagelserna om vapensmuggling och mutor som riktades mot Aktiebolaget Bofors. Han ser för sig hur en man i trenchcoat faller baklänges framför ett framrusande tunnelbanetåg.

Långsamt faller mannen med fladdrande rock.

Beverlys mjuka andhämtning fångar in Axel och gör honom lugn. Han vänder sig mot henne och lägger armarna runt hennes lilla kropp.

Hon suckar till när han drar henne till sig.

Axel håller henne hårt och sömnen samlar sig i molnliknande formationer, tankarna dras ut och glesnar.

Resten av natten sover han ytligt och vaknar vid femtiden av att han håller henne krampaktigt om de smala överarmarna. Han känner hennes stubbade hår kittla mot läpparna och önskar intensivt att han kunde ta sina tabletter.

42

KLOCKAN ÄR sju på morgonen när Axel går ut på terrassen som han delar med sin bror. Redan klockan åtta ska han träffa Jörgen Grünlicht på Carl Palmcronas rum på Inspektionen för strategiska produkter.

Luften på uteplatsen är redan varm, men ännu inte kvav. Hans lillebror Robert har ställt upp altandörrarna till sin våning och sitter i en solstol. Han har inte rakat sig ännu, sitter bara med slappt hängande armar och stirrar upp i kastanjeträdets morgonfuktiga lövverk. Han har sin slitna sidenmorgonrock på sig. Det är samma plagg som deras far bar på lördagsmorgnarna.

– God morgon, säger Robert.

Axel nickar utan att titta på brodern.

– Jag har reparerat en Fiorini åt Charles Greendirk, berättar Robert i ett försök att få igång en konversation.

– Han blir säkert lycklig, svarar Axel dämpat.

Robert lyfter ansiktet mot honom.

– Är du stressad?

– En aning, allvarligt talat, svarar Axel. Det verkar som om jag ska byta jobb.

– Ja, varför inte, säger Robert tankspritt.

Axel betraktar sin brors vänliga ansikte, de djupa rynkorna, den kala hjässan. Han tänker på hur annorlunda allting hade kunnat vara mellan dem.

– Hur är det med hjärtat? frågar han. Det har inte stannat ännu?

Robert känner efter med handen på bröstet innan han svarar:

– Inte riktigt ...

– Bra.

– Och din stackars lever?

Axel rycker på axlarna och börjar gå tillbaka.

– Vi ska spela Schubert i kväll, säger Robert.

– Trevligt för er.

– Jag tänkte att du kanske ...

Robert tystnar, tittar på sin bror och byter sedan ämne.

– Flickan som har rummet däruppe ...

– Ja ... Beverly, säger Axel.

– Hur länge ska hon bo här? frågar Robert och kisar mot Axel.

– Jag vet inte, svarar han. Jag har lovat att hon får bo där tills hon hittar en studentbostad.

– Ja, du har ju alltid tagit hand om skadade humlor och grodor som ...

– Hon är en människa, avbryter Axel.

Han öppnar den höga altandörren och ser sitt ansikte glida över den buktiga glasytan när han går in. Gömd bakom gardinen betraktar han sedan sin bror Robert, hur han reser sig från solstolen, kliar sig på magen och går nedför trapporna som leder från terrassen på baksidan till den lilla trädgården och ateljén. Så fort Robert är försvunnen återvänder Axel till sitt rum och väcker försiktigt Beverly som ligger och sover med öppen mun.

*

Inspektionen för strategiska produkter är en statlig myndighet som inrättades 1996. ISP övertog då ansvaret för alla ärenden som rörde vapenexport och produkter med dubbla användningsområden.

ISP har sina kontor på den femte våningen i en laxrosa byggnad på Klarabergsviadukten 90.

När Axel kommer upp med hissen ser han att Jörgen Grünlicht från Utrikesdepartementet väntar på honom innanför de stora glasdörrarna. Han nickar otåligt, trots att klockan är två minuter i åtta, drar ett passerkort, knappar in en kod och släpper sedan in Axel genom dörren. Grünlicht är en lång man med stora pigmentförändringar i ansiktet, vita fläckar som lyser i oregelbundna mönster mot hans rödaktiga hud.

De går till Carl Palmcronas kontor, ett hörnrum i svit med två väldiga fönster med utsikt längs kopplet av södergående vägar bakom Centralstationen, bort över Klara sjö och Stadshusets mörka kantighet.

Trots den exklusiva adressen är det något asketiskt över ISP:s lokaler. Golven är lagda med plastmattor, möblerna är enkla och neutrala, i furu och vitt. Som om man vill påminna sig om att all vapenexport är moraliskt tveksam, tänker Axel och ryser till.

Det känns makabert att befinna sig på Palmcronas kontor så kort efter hans död.

Axel noterar att en hög ton utgår från lysrörsarmaturen i taket, som en oharmonisk biton från ett piano. Plötsligt minns Axel att han en gång hörde samma överton på en inspelning av kompositören John Cages första sonat.

Grünlicht stänger dörren och när han ber Axel Riessen slå sig ned verkar han spänd, trots det vänliga leendet.

– Mycket bra att du kunde komma så fort, säger han och räcker honom mappen med kontraktet.

– Självklart, ler Axel.

– Sätt dig och läs igenom, säger Grünlicht och sveper med handen mot skrivbordet.

Axel sätter sig ned på den strama stolen, lägger mappen på skrivbordet och blickar sedan upp.

– Jag tittar på det och hör av mig nästa vecka.

– Det är ett mycket förmånligt avtal, men erbjudandet kvarstår inte hur länge som helst, säger Grünlicht.

– Ni har bråttom, jag vet.

– Styrelsen vill absolut ha dig, med din karriär, ditt rykte, det finns inga bättre namn, men vi kan samtidigt inte låta verksamheten stå stilla.

Axel öppnar mappen och försöker slå bort en obehaglig känsla inombords, en aning om att han lockas i en fälla. Det är hela tiden något forcerat över Grünlicht, något gåtfullt och pådrivande.

Om han skriver på avtalet är han generaldirektör för ISP. Han skulle ensam fatta besluten om den svenska vapenexporten. Axel har arbetat inom FN för att avväpna krigshärdar, minska inflödet av konventionella vapen, och han vill gärna se denna befattning som en fortsättning på det uppdraget.

Noggrant läser han igenom avtalet och det är mycket bra, nästan för bra. Han rodnar flera gånger under läsningen.

– Välkommen ombord, ler Grünlicht och räcker honom pennan.

Axel tackar, skriver sitt namn på avtalet och reser sig, vänder ryggen mot Grünlicht och blickar ut genom fönstret. Han ser Stadshusets tre kronor, nästan utplånade i soldiset.

– Utsikten är inte dålig härifrån, mumlar Grünlicht. Bättre än från mitt rum på UD.

Axel vänder sig mot honom.

– Du har tre ärenden i ditt knä för tillfället, varav Kenya är det mest brådskande. Det är en stor och viktig affär. Jag råder dig att titta på den genast, gärna omedelbart. Carl har redan gjort hela förarbetet så ...

Han tystnar, skjuter fram dokumenten mot Axel och ser sedan på honom med en underlig glimt i ögat. Axel får en känsla av att Grünlicht egentligen skulle vilja trycka en penna i handen på honom och föra den över papperet.

– Jag är säker på att du kommer att bli en mycket bra efterträdare till Carl.

Utan att vänta på något svar klappar han Axel på armen och går sedan med snabba steg över golvet. I dörren vänder han sig om och säger kort:

– Möte med referensgruppen klockan femton i dag.

Axel blir stående ensam i rummet. En dov tystnad stiger omkring honom. Han sätter sig åter ned vid skrivbordet och ögnar igenom dokumenten som Carl Palmcrona lämnade utan underskrift. Beredningen är noggrann och mycket utförlig. Ärendet rör export av 1,25 miljoner enheter 5.56 x 4.45 mm ammunition till Kenya. Exportkontrollrådet har röstat igenom en positiv rekommendation, Palmcronas förhandsbesked var positivt och Silencia Defence AB är ett etablerat och seriöst företag.

Men inte förrän det sista steget, när generaldirektören för ISP fattar beslut om utförseltillstånd, kan exporten verkligen genomföras.

Axel lutar sig bakåt och tänker på Palmcronas gåtfulla ord om att göra en Algernon, att dö för att slippa skörda sin mardröm.

43

En klonad dator

GÖRAN STONE ler mot Joona Linna och tar sedan upp ett kuvert ur sin väska, öppnar det och häller ut den rekvirerade nyckeln i sin kupade hand. Saga Bauer står kvar precis utanför hissdörren med nedslagen blick. De befinner sig alla tre utanför Carl Palmcronas våning på Grevgatan 2.

– Våra tekniker kommer i morgon, säger Göran.

– Vet du vilken tid? undrar Joona.

– Vilken tid, Saga? frågar Göran.

– Jag tror att vi ...

– Tror? avbryter han. Du ska veta vilken tid.

– Tio, svarar hon lågt.

– Och du sa väl till dem att jag personligen vill att de börjar med IT och telefoni?

– Ja, jag sa att ...

Göran tystar henne med en handrörelse när hans telefon ringer, han svarar och tar några steg nedför trappan, ställer sig i nischen mot fönstret med de rödbruna glasrutorna och talar.

Joona vänder sig till Saga och frågar med dämpad röst:

– Är inte du förundersökningsledare?

Saga skakar på huvudet.

– Vad är det som har hänt? frågar han.

– Jag vet inte, svarar hon trött. Det är alltid samma sak, det här är inte ens Görans område, han har aldrig jobbat med kontraterrorism.

– Vad tänker du göra åt det?

– Det finns ingenting att ...

Hon tystnar när Göran Stone avslutar sitt samtal och kommer upp till dem igen. Saga håller fram handen för att få nyckeln till Palmcronas dörr.

– Nyckeln, säger hon.

– Va?

– Det är jag som är förundersökningsledare.

– Vad säger du om det? skrattar Göran Stone mot Joona.

– Det är säkert inget fel på dig, Göran, säger Joona. Men jag satt nyligen i ett möte med våra chefer och då accepterade jag att jobba tillsammans med Saga Bauer ...

– Hon får följa med, säger han snabbt.

– Som förundersökningsledare, säger Saga.

– Vill ni bli av med mig – eller vad fan handlar det här om? frågar Göran Stone med ett häpet och förorättat leende.

– Du får följa med om du vill, svarar Joona lugnt.

Saga tar nyckeln ur Görans hand.

– Jag ringer Verner, säger han och börjar gå nedför trappan.

De hör hans steg i trapphuset och hur han pratar med chefen i telefon, hur hans röst blir alltmer upprörd och hur han slutligen skriker "fittstim" så att det ekar.

Saga tvingar bort ett leende, samlar sig och sticker in nyckeln i låset, vrider två varv och öppnar den tunga dörren.

Polisens avspärrning av platsen hävdes sedan misstankarna om brott avskrevs. Förundersökningen lades omedelbart ner när Nils Åhléns obduktionsrapport var färdig: obduktionen hade på varje punkt bekräftat Joona Linnas antagande om hur självmordet gått till. Carl Palmcrona tog sitt eget liv genom att hänga sig i en tvättlina med löpsnara från lampkroken i taket i sitt hem. Brottsplatsundersökningen avbröts och analyserna genomfördes aldrig på proverna som skickats till Statens kriminaltekniska laboratorium i Linköping.

Men nu har det framkommit att dagen innan Carl Palmcrona

hittades hängd, skrev Björn Almskog ett brev till honom.

Senare på kvällen mördades Viola Fernandez på Björn Almskogs båt.

Björn är en länk, ett samband mellan de båda dödsfallen. Två dödsfall som hade avskrivits som självmord och olycksfall, helt utan koppling till varandra, om båten hade sjunkit i havet.

Saga och Joona går in i hallen och konstaterar att det inte har kommit någon post. En doft av grön såpa ligger i luften. De fortsätter genom de stora rummen. Solljuset flödar in genom fönstren. Det blänker i det röda plåttaket till huset på andra sidan Grevgatan. Från burspråken kan man blicka ut över Nybrovikens glittrande vatten.

Kriminalteknikernas stegplattor är avlägsnade och golvet under lampkroken i den tomma salongen är våttorkat.

De går sakta över den knakande parketten. Underligt nog dröjer sig inte känslan av självmordet kvar i Palmcronas våning. Denna plats känns inte alls obebodd. Joona och Saga upplever samma sak. De stora, nästan helt omöblerade rummen är fyllda med ett slags ombonad stillhet.

– Hon går fortfarande hit, säger plötsligt Saga.

– Exakt, svarar Joona snabbt och ler sedan. Hushållerskan, hon har varit här och städat, vädrat, burit in posten, bäddat rent och så vidare.

De tänker båda två att det inte är speciellt ovanligt vid ett plötsligt dödsfall. Man förnekar att ens liv har förändrats. Istället för att acceptera det nya upprätthåller man samma beteende som förut.

Det plingar till i dörrklockan. Saga ser lite orolig ut, men följer ändå med Joona ut i hallen.

Ytterdörren öppnas av en man med rakat huvud, klädd i svart, säckig träningsoverall.

– Joona sa åt mig att slänga hamburgaren och komma hit direkt, säger Johan.

– Det här är Johan Jönson på IT, förklarar Joona.

– Joona sörde pil, säger Johan med överdriven finsk brytning. Vägen svängde, men inte Joona.

– Saga Bauer är kommissarie på Säkerhetspolisen, säger Joona.

– Ska vi snacka eller joppa? frågar Johan Jönson.

– Sluta med det där, säger Saga.

– Vi behöver titta i Palmcronas dator, säger Joona. Hur lång tid tar det?

De börjar gå mot arbetsrummet.

– Kan den komma att användas som bevis? frågar Johan Jönson.

– Ja, svarar Joona.

– Så ni vill att jag klonar datorn? frågar Johan Jönson.

– Hur lång tid tar det? frågar Joona.

– Du hinner dra några vitsar för Säpo, svarar han utan att röra sig ur fläcken.

– Vad är det med dig? säger Saga irriterat.

– Får man fråga om du dejtar någon? frågar Johan Jönson med ett generat leende.

Hon ser honom i ögonen och nickar allvarligt. Han slår ner blicken, mumlar något och försvinner sedan till Carl Palmcronas arbetsrum.

Joona lånar ett par skyddshandskar av Saga, tar på sig dem och tittar igenom posten i facket, men hittar ingenting speciellt. Det är inte mycket, några brev från banken och revisorn, information från Regeringskansliet, provsvar från Sophiahemmets ryggspecialist och protokoll från bostadsrättsföreningens vårstämma.

De återvänder till rummet där musik stod på när Palmcrona hittades död. Joona sätter sig i en av Carl Malmstenssofforna och rör försiktigt handen framför den isblå, tunna strålen från musikanläggningen. Ur högtalarna strömmar plötsligt musik från en enda fiol. En ekvilibrist frammanar en skir melodi i det högsta registret, men med ett temperament som en nervös fågel.

Joona tittar på klockan, lämnar Saga vid musikanläggningen och går ut till arbetsrummet. Johan Jönson är inte där, utan sitter i köket med sin tunna dator framför sig på bordet.

– Gick det bra? frågar Joona.

– Va?

– Kunde du kopiera Palmcronas dator?

– Det är klart – det här är en exakt kloning, svarar han som om han inte riktigt förstod frågan.

Joona går runt bordet och tittar på skärmen.

– Kommer du åt hans mejl?

Johan Jönson öppnar programmet.

– Ta da, säger han.

– Vi går igenom hans korrespondens den senaste veckan, fortsätter Joona.

– Ska vi börja i inkorgen?

– Ja, gör det, gör det.

– Tror du att Saga gillar mig? frågar plötsligt Johan Jönson.

– Nej, svarar Joona.

– Kärlek börjar med bråk.

– Prova att dra henne i flätan, säger Joona och pekar samtidigt på datorns skärm.

Johan Jönson öppnar inkorgen och drar på munnen.

– *Jackpot-voitto*, säger Johan.

Joona ser tre brev från skunk@hotmail.com.

– Öppna dem, viskar Joona.

Johan Jönson klickar på det första och Björn Almskogs brev fyller i samma ögonblick datorns hela skärm.

– Jesus Christ Superstar, viskar Johan och flyttar sig undan.

JOONA LÄSER brevet, står sedan stilla en stund, öppnar de båda andra breven, läser dem två gånger och går in till Saga Bauer som fortfarande befinner sig i musikrummet.

– Hittade ni något, frågar hon.

– Ja ... den andra juni, börjar Joona. Så tog Carl Palmcronas dator emot ett utpressningsbrev från Björn Almskog via en anonym adress.

– Så allting handlar om utpressning, suckar hon.

– Jag är inte så säker på det, svarar Joona.

Han fortsätter att berätta om Carl Palmcronas sista dagar. Tillsammans med Gerald James på Teknisk-vetenskapliga rådet hade Palmcrona besökt Silencia Defences vapenfabrik i Trollhättan. Med största sannolikhet läste han inte Björn Almskogs brev förrän han kom hem på kvällen eftersom hans svar till utpressaren skickades först 18.25. I detta brev varnar Palmcrona utpressaren för allvarliga konsekvenser. Vid lunchtid nästa dag skickar Palmcrona ett andra brev till utpressaren där han uttrycker fullständig uppgivenhet. Efter detta har han antagligen fäst en snara i taket och bett hushållerskan att lämna honom ifred. När hon har gått sätter han på musik, går in i den lilla salongen, ställer sin väska på högkant, klättrar upp på den, lägger snaran om halsen och välter väskan. Strax efter hans död kommer Björn Almskogs andra brev till Palmcronas server och dagen efter det tredje.

Joona lägger upp de fem breven i rätt ordning på bordet

och Saga ställer sig bredvid honom och läser igenom hela kor-
respondensen.

Det första brevet från Björn Almskog, onsdagen den andra
juni, klockan 11.37:

Bäste Carl Palmcrona

Jag skriver till dig för att berätta att jag har kommit i besittning av ett
prekärt originalfotografi. På bilden syns du sitta i en privat loge och
dricka champagne tillsammans med Raphael Guidi. Eftersom jag har
förståelse för att denna dokumentation är besvärande är jag beredd
att sälja fotografiet till dig för en miljon kronor. Så snart du satt in den
summan på transitkonto 837-9 222701730 kommer bilden skickas till
dig och all historik av denna korrespondens raderas.

Mvh från en skunk

Svarsbrev från Carl Palmcrona, onsdagen den andra juni,
klockan 18.25:

Jag vet inte vem du är, men en sak vet jag, jag vet att du inte förstår vad
du gett dig in på, du har absolut ingen aning.

Så jag varnar dig, det här är mycket allvarligt, och jag vädjar till dig:
Snälla, ge mig fotografiet innan det är för sent.

Nästa svarsbrev från Carl Palmcrona, torsdagen den tredje
juni, klockan 14.02:

Nu är det för sent, både du och jag kommer att dö.

Det andra brevet från Björn Almskog, torsdagen den tredje
juni, klockan 16.02:

Jag ger mig, jag gör som du säger.

Det tredje brevet från Björn Almskog, fredagen den fjärde juni, klockan 07.45:

Bäste Carl Palmcrona

Jag har skickat fotografiet. Glöm att jag någonsin tog kontakt med dig.

Mvh från en skunk

Efter att ha läst igenom breven två gånger ger Saga Joona en allvarlig blick och säger sedan att brevväxlingen innehåller tragedins hela kärna:

– Björn Almskog vill sälja ett komprometterande fotografi till Palmcrona. Det är uppenbart att Palmcrona tror på att fotografiet existerar och det är uppenbart att innebörden av fotografiet är mycket allvarligare än vad Björn har gissat sig till. Palmcrona varnar Björn, han har inte en tanke på att erbjuda honom pengar, utan verkar tro att själva existensen av fotografiet är farlig för dem båda två.

– Vad händer – tänker du? frågar Joona.

– Palmcrona väntar på ett svar, antingen per mejl eller per post, säger Saga. När svaret inte kommer skickar han sitt andra brev där han förklarar att de kommer att dö, både han och Björn.

– Och sedan hänger han sig, säger Joona.

– När Björn kommer till internetcaféet och läser Palmcronas andra brev, "Nu är det för sent, både du och jag kommer att dö", blir han rädd och svarar att han ska göra som Palmcrona säger.

– Utan att veta att Palmcrona redan är död.

– Precis, säger hon. Det är redan för sent och allt han gör efter det är egentligen förgäves ...

– Han verkar handla panikartat efter Palmcronas andra brev,

säger Joona. Han avbryter alla planer på utpressning, nu vill han bara klara sig undan.

– Men problemet är att fotografiet är fasttejpat på Penelopes glasdörr.

– Inte förrän hon åker till TV-huset för debatten så får han tillfälle att ta bilden, fortsätter Joona. Han väntar utanför, ser Penelope försvinna i en taxi, rusar in, möter den lilla flickan i trappan, skyndar in i lägenheten, sliter åt sig fotografiet från glasdörren, tar tunnelbanan, postar fotografiet till Palmcrona, mejlar honom, åker till sin lägenhet på Pontonjärgatan 47, hämtar packningen, tar bussen till Södermalm och skyndar till båten på Långholmen.

– Så vad får dig att tro att det här är något mer än en vanlig utpressning?

– Björns lägenhet totalförstördes i en brand drygt tre timmar efter det att han lämnat den, säger Joona. Brandteknikerna är övertygade om att det var ett kvarglömt strykjärn i grann-lägenheten som orsakade eldsvådan, men ...

– Jag har slutat tro på tillfälligheter kring det här fallet, säger Saga.

– Jag också, ler Joona.

De tittar på brevväxlingen igen och Joona pekar på Palm-cronas båda brev.

– Palmcrona måste ha varit i kontakt med någon mellan sitt första och andra brev, säger han.

– Det första innehåller en varning, säger Saga. Det andra säger att det är för sent, att de båda två kommer att dö.

– Jag tror att Palmcrona ringer någon när han får utpress-ningsbrevet, han blir livrädd, men hoppas på att få hjälp, säger Joona. Först när han förstår att det inte finns någon räddning skriver han sitt andra brev där han helt enkelt konstaterar att de kommer att dö.

– Vi sätter någon på att granska hans telefonlistor, säger Saga.

– Erixon håller på med det.

– Vad var det mer?

– Vi måste kolla upp den person som nämns i Björns första brev, säger Joona.

– Raphael Guidi? undrar Saga.

– Känner du till honom?

– Alla kallar honom för Raphael efter ärkeängeln, säger Saga. Han är en italiensk affärsman som syr ihop vapenaffärer i Mellanöstern och Afrika.

– Vapenhandel, säger Joona.

– Raphael har varit verksam i trettio år och byggt upp ett privat imperium, men jag tror inte att han är inblandad. Interpol har aldrig haft någonting på honom, det har funnits misstankar, men inte mer.

– Är det konstigt att Carl Palmcrona träffar Raphael? frågar Joona.

– Tvärtom, svarar hon. Det hör till hans jobb, även om man kan tycka att det är rejält opassande att skåla i champagne.

– Men det är ingenting man tar sitt liv för, ingenting man mördar för, säger Joona.

– Nej, ler hon.

– Fotografiet måste i så fall innehålla någonting mer, någonting farligt.

– Om Björn skickade fotografiet till Palmcrona så borde det ju finnas här i lägenheten, säger Saga.

– Jag tittade igenom posten i facket och ...

Han tystnar tvärt och får en blick från Saga.

– Vad är det? Vad tänker du på? frågar hon.

– Det fanns bara personliga brev i facket, ingen reklam, inga räkningar, säger han. Posten är redan sorterad när den hamnar här.

45

Efter motorvägen

HUSHÅLLERSKAN Edith Schwartz har ingen telefon. Hon är bosatt cirka sju mil norr om Stockholm, utanför Knivsta. Joona sitter tyst bredvid Saga. I ett mjukt tempo kör hon längs hela Sveavägen. De lämnar innerstaden via Norrtull och fortsätter på motorvägen förbi avfarten mot Karolinska sjukhuset.

– Säpos brottsplatsundersökning av Penelopes lägenhet är färdig, berättar hon. Jag har gått igenom allt material och utifrån det har hon inga kopplingar till vänsterextrema grupper. Hon tar tvärtom avstånd från dem, är uttalad pacifist och debatterar mot deras metoder. Jag har tittat på det lilla vi har på Björn Almskog. Han jobbar på Debaser på Medborgarplatsen, är politisk inaktiv, men greps i samband med en gatufest som arrangerades av Reclaim the City.

De färdas snabbt mellan det svarta förbiflimrande stängslet mot Norra begravningsplatsen och Hagaparkens höga grönska.

– Jag har gått igenom våra arkiv, säger Saga långsamt. Allt vi har om vänsterextremister och högerextremister i Stockholm ... det tog nästan hela natten. Materialet är givetvis hemligstämplat, men du behöver få veta att Säpo begick ett misstag: Penelope och Björn är inte inblandade i några sabotage eller någonting åt det hållet. De är nästan löjligt oskyldiga.

– Så du har släppt det spåret?

– Jag är precis som du övertygad om att vi utreder någonting som ligger i en annan division, långt över extremisterna till vänster och höger ... antagligen i en division långt över Säpo och rikskrim, säger hon. Jag menar, Palmcronas död, branden i Björns lägenhet, Violas död och så vidare ... det här handlar om helt andra saker.

Det blir tyst och Joona erinrar sig istället hushållerskan, när hon såg honom i ögonen och frågade om de hade tagit ner Palmcrona ännu.

– Vad menar du med att ta ner?

– Jag ber om ursäkt, jag är bara hushållerska, jag trodde ...

Han hade frågat henne om hon hade sett något speciellt.

– En snara från lampkroken i lilla salongen, hade hon svarat.

– Du hade sett snaran?

– Givetvis.

Givetvis, tänker Joona och blickar ut på motorvägen med ett rött bullerstaket till höger mot villaområden och fotbollsplaner. Hushållerskans vassa uttal av ordet "givetvis" hänger kvar i Joonas minne, upprepas ett stort antal gånger, medan han erinrar sig hennes ansikte när han förklarade för henne att hon skulle bli ombedd att komma till polisstationen och tala med en polis. Hon reagerade inte med oro som han hade väntat sig, utan nickade bara.

De passerar Rotebro där de grävde upp de tio år gamla resterna från Johan Samuelssons kropp i Lydia Evers trädgård när de letade efter Erik Maria Barks son Benjamin. Det hade varit vinter då, nu är grönskan mättad kring de rostbruna järnvägsspåren, parkeringsplatserna och bort mot radhus och villor.

Joona ringer upp Nathan Pollock på Riksmordskommissionen och redan efter två signaler hör han den lätt nasala rösten:

– Nathan.

– Du och Tommy Kofoed tittade på cirklarna av spår under Palmcronas kropp.

– Förundersökningen blev nerlagd, svarar Pollock och Joona hör honom skriva på en dator.

– Ja, men nu har ...

– Jag vet, avbryter han. Jag har pratat med Carlos, han berättade om utvecklingen.

– Kan du titta på det igen?

– Jag håller precis på med det, svarar Pollock.

– Det låter bra, säger Joona. När blir du klar, tror du?

– Nu, svarar han. Spåren kommer från Palmcrona och hans hemhjälp Edith Schwartz.

– Inga andra?

– Nej.

Saga håller en jämn hastighet av 140 kilometer i timmen och de fortsätter hela tiden norrut på Europaväg 4.

Joona och Saga har suttit tillsammans på polishuset, lyssnat på det inspelade förhöret med Edith Schwartz och samtidigt följt John Bengtssons handskrivna kommentarer.

Nu går Joona igenom förhöret i huvudet: efter den gängse formalian förklarar John Bengtsson att det inte föreligger några misstankar om brott, men att han hoppas att hon ska kunna hjälpa till att kasta lite ljus över orsakerna bakom Carl Palmcronas död. Sedan blir det tyst, ett svagt susande från fläktsystemet hörs, en stol knarrar ibland, en penna raspar mot ett papper. I protokollet har John Bengtsson skrivit att han på grund av Edith Schwartz uppvisade likgiltighet valde att invänta hennes första ord.

Det tog lite mer än två minuter innan hon sa någonting. Det är en lång tid för att bara sitta mitt emot en polis vid ett skrivbord medan ingenting annat än den långsamma tystnaden spelas in.

– Hade direktör Palmcrona tagit av sig ytterrocken? frågar hon sedan.

– Varför undrar du det? replikerar John Bengtsson vänligt.

Hon tiger igen, tystnaden varar ungefär en halv minut innan den bryts av John:

– Hade han rocken på sig när du träffade honom sista gången? frågar han.

– Ja.

– Du sa tidigare till kommissarie Linna att du hade sett en snara hänga från taket.

– Ja.

– Vad trodde du att den skulle användas till?

Hon svarar inte.

– Hur länge hade den hängt där? frågar John.

– Sedan i onsdags, svarar hon lugnt.

– Så du såg snaran i taket på kvällen den andra juni, åkte hem, återvände nästa morgon den tredje juni, såg snaran igen, träffade Palmcrona, lämnade våningen och återvände sedan klockan 14.30 den femte juni ... och det var då du mötte kommissarie Linna.

I det skrivna protokollet stod det att Edith ryckte på axlarna.

– Kan du berätta om de här dagarna med dina egna ord? frågar John Bengtsson.

– Jag kommer till direktör Palmcronas våning klockan sex på onsdagens morgon. Det är bara på morgonen jag har lov att använda nyckel eftersom Palmcrona sover fram till halv sju. Han är noga med regelbundna tider, så det blir ingen sovmorgon, inte ens på söndagarna. Jag maler kaffebönor i handkvarnen, skär två limpsmörgåsar, brer dem med extrasaltad Bregott, lägger på två skivor leverpastej med tryffel, inlagd gurka och en skiva cheddarost vid sidan. Jag dukar bordet med stärkt linne och sommarporslinet. Morgontidningarna ska vara rensade från reklambilagor och sport och ligga vikta till höger.

Med en enastående noggrannhet redogör hon för tillagningen av onsdagens kalvfärsbiffar i gräddsås och förberedelserna för torsdagens lunch.

När hon når fram till punkten på lördagen då hon återvänder med matvarorna inför helgen och ringer på dörren tystnar hon.

– Jag förstår att det här känns jobbigt, säger John Bengtsson efter en liten stund. Men jag har suttit här och lyssnat på dig, på vad du har sagt. Du har gått igenom onsdag och torsdag, erinrat dig varje detalj, men inte en enda gång har du nämnt någonting som berör Carl Palmcronas plötsliga bortgång.

Hon tiger och ger inte någon förklaring till detta.

– Jag måste be dig att återvända i minnet, fortsätter John Bengtsson tålmodigt. Visste du att Carl Palmcrona var död när du ringde på dörren?

– Nej, svarar hon.

– Frågade du inte kommissarie Linna om vi hade tagit ner honom ännu? frågar John med viss otålighet i rösten.

– Jo, svarar hon.

– Hade du redan sett honom död?

– Nej.

– Men vad fan, säger John irriterat. Kan du inte bara berätta vad du vet? Vad fick dig att fråga om vi hade tagit ner honom? Du frågade ju det! Varför gjorde du det om du nu inte visste att han var död?

I rapporten hade John Bengtsson skrivit att han tyvärr gjorde misstaget att bli provocerad av hennes undanglidande sätt och att hon efter hans svordom slöt sig som en björnsax.

– Är jag anklagad för något? frågar hon kyligt.

– Nej.

– Då är vi färdiga med varandra.

– Det vore till stor hjälp om ...

– Jag minns ingenting mer, avbryter hon och reser sig från stolen.

Joona tittar till på Saga, hennes blick är riktad genom vindrutan på den framrusande motorvägen och långtradaren framför.

– Jag sitter och funderar på förhöret med hushållerskan, säger Joona.

– Jag med, svarar hon.

– John blev irriterad på henne, tyckte att hon sa emot sig

själv. Han hävdade att hon visste att Palmcrona var död när hon ringde på dörren, säger Joona.

– Ja, svarar Saga utan att titta på honom.

– Men hon talade sanning eftersom hon inte visste att han var död. Hon trodde det, men hon visste inte, fortsätter han. Det är därför hon svarade nej på hans påstående.

– Edith Schwartz verkar vara en speciell kvinna.

– Jag tror att hon försöker dölja någonting för oss utan att behöva ljuga, säger Joona.

46

Fotografiet

BÅDE JOONA och Saga tvivlar på att de ska kunna få hushål-
lerskan Edith Schwartz att säga någonting avgörande, men
kanske kan hon leda dem till fotografiet och det skulle i så fall
kunna avsluta hela fallet.

Saga slår på högra blinkern, lämnar motorvägen och saktar
in, tar sedan till vänster på väg 77, kör genom viadukten under
motorvägen i riktning mot Knivsta men svänger mycket snart
in på en liten grusväg och kör parallellt med motorvägen.

Låg granskog trängs intill åkermark i träda. Den murade
kanten till en gödseldamm har gett vika och plåttaket hänger
snett.

– Vi borde vara framme, säger Saga med en blick på GPS-
mottagaren.

De rullar långsamt fram till en rostig bom och stannar. När
Joona lämnar bilen hör han trafiken på motorvägen som ett
livlöst gungande dån.

Tjugo meter bort syns ett enplanshus i smutsgult tegel,
fastskruvade fönsterluckor och eternitplattor med mossa på
taket.

Ett märkligt svirrande ljud hörs medan de närmar sig huset.

Saga tittar till på Joona. De förflyttar sig försiktigt i riktning
mot ytterdörren, med ens mycket vaksamma. Det rasslar till
bakom huset och sedan hörs det metalliska vinandet igen.

Ljudet närmar sig hastigt och en stor hund kastar sig fram
mot dem. Han blir stående på bakbenen med öppen mun bara

en meter från Saga. Sedan dras han bakåt, sätter ner frambenen och börjar skälla. Det är en stor schäfer med ovårdad päls. Han skäller aggressivt, kastar med huvudet och springer i sidled. Först nu ser de att hunden är kopplad till en lång löplina. När han springer glider kopplet utmed den uppspända vajern med ett svirrande, rasslande ljud.

Hunden vänder igen och rusar i riktning mot Joona, stoppas av kopplet och dras fjädrande tillbaka. Den skäller okontrollerat men tystar sedan tvärt av en röst genom väggarna.

– Nils, ropar en kvinna.

Hunden gnyr och går runt i en cirkel med svansen mellan bakbenen. Golvet knarrar och efter en liten stund öppnas dörren. Hunden springer in bakom huset med det svirrande ljudet efter sig. Edith kommer ut på trappan iklädd en lila, nopprig badrock och tittar på dem.

– Vi behöver prata med dig, säger Joona.

– Jag har redan sagt allt jag vet, svarar hon.

– Får vi komma in?

– Nej.

Joona blickar förbi henne och in i det dunkla huset. Hallen är fylld av kastruller och tallrikar, en grå dammsugarslang, kläder, skor och rostiga kräftburar.

– Det går lika bra att stå här, säger Saga vänligt.

Joona tittar i sina anteckningar och börjar utfrågningen med att kontrollera detaljer ur förhörsberättelsen. Det är en rutinmässig metod för att hitta eventuella lögner eller tillrättalägganden eftersom det ofta är svårt att minnas detaljer som inte är sanna, som man uppfann i förhörsögonblicket.

– Vad åt Palmcrona i onsdags?

– Kalvfärsbiffar i gräddsås, svarar hon.

– Med ris? frågar Joona.

– Potatis. Alltid kokt potatis.

– Vilken tid kom du till Palmcronas våning på torsdagen?

– Klockan sex.

– Vad hade du för ärende när du lämnade Palmcronas våning på torsdagen?

– Han gav mig ledigt.

Joona ser in i hennes ögon och tänker att det inte är någon idé att cirkla runt de viktiga frågorna.

– Hade Palmcrona hängt snaran i taket redan på onsdagen?

– Nej, svarar Edith.

– Det var vad du sa till vår kollega John Bengtsson, säger Saga.

– Nej.

– Vi har hela förhöret inspelat, säger Saga med återhållen irritation, men tystnar sedan tvärt.

– Sa du någonting till Palmcrona om snaran? frågar Joona.

– Vi talade inte om privata angelägenheter med varandra.

– Men är det inte konstigt att bara lämna en man ensam med en snara i taket? frågar Saga.

– Jag kunde inte gärna stanna och titta på, svarar Edith småleende.

– Nej, säger Saga lugnt.

För första gången verkar Edith titta på Saga ordentligt. Utan genans låter hon sin blick glida över Sagas huldrehår med färggranna tygband, det osminkade ansiktet, de blekta jeansen och gymnastikskorna.

– Fast jag får inte ihop det här, säger Saga trött. Du sa till vår kollega att du såg snaran i onsdags, men alldeles nyss, när jag frågade, sa du faktiskt motsatsen.

Joona tittar i sin anteckningsbok och ser vad han antecknade för någon minut sedan när Saga ställde sin fråga om huruvida Palmcrona hängde upp snaran redan i onsdags.

– Edith, säger Joona. Jag tror att jag förstår vad du säger.

– Bra, svarar hon lågt.

– På frågan om Palmcrona hängde upp snaran redan i onsdags svarade du nej eftersom det inte var han som hängde upp snaran.

Den gamla kvinnan lyfter en hård blick mot honom och säger sedan strävt:

– Han försökte, men han lyckades inte, var alldeles för stel i ryggen efter operationen i vintras ... Så han bad mig att göra det.

Det blir åter tyst. Träden står orörliga i det statiska solskenet.

– Så det var alltså du som i onsdags knöt tvättlinan med snaran i lampkroken? frågar Joona.

– Han förberedde knopen och höll i trappstegen när jag klättrade.

– Sedan bar du undan stegen, återgick till dina vanliga sysslor och återvände hem på onsdagskvällen när det var diskat efter middagen, säger Joona.

– Ja.

– Du kom tillbaka på morgonen, fortsätter han. Gick in som vanligt och ställde i ordning hans frukost.

– Visste du att han inte hängde i snaran då? frågar Saga.

– Jag hade sett efter i lilla salongen, svarar Edith.

Något som liknar ett spydigt leende far sekundsnabbt över hennes slutna ansikte.

– Du har redan berättat att Palmcrona åt frukost precis som han brukar, men inte heller denna morgon åkte han till sitt arbete.

– Han satt i musikrummet i minst en timme.

– Och lyssnade på musik?

– Ja, svarar hon.

– Strax före lunchtid ringde han ett kort samtal, säger Saga.

– Jag vet inte, han var på sitt arbetsrum med stängd dörr, men innan han satte sig till bords och åt den inkokta laxen bad han mig att ringa och boka en taxi till klockan två.

– Han skulle åka till Arlanda flygplats, säger Joona.

– Ja.

– Tio i två fick han ett telefonsamtal?

– Ja, han hade redan tagit på sig rocken och svarade i hallen.

– Hörde du vad han sa? frågar Saga.

Edith står stilla, kliar sig på plåstret och lägger sedan handen på dörrhandtaget.

– Det är ingen mardröm att dö, säger hon lågt.

– Jag frågade dig om du hörde vad han sa, säger Saga.

– Nu får ni ursäkta mig, säger Edith kort och börjar dra igen dörren.

– Vänta, säger Joona.

Dörren stannar tvärt i rörelsen och hon tittar på honom i springan, utan att öppna ytterligare.

– Har du hunnit sortera Palmcronas post från i dag? frågar Joona.

– Givetvis.

– Hämta allt som inte är reklam, säger Joona.

Hon nickar, går in i huset, stänger efter sig och återvänder efter en liten stund med en blå plastbalja fylld av post.

– Tack, säger Joona och tar emot baljan.

Hon stänger och låser dörren. Efter några sekunder börjar det svirra i hundens löplina igen. De hör de aggressiva skallen bakom sig när de återvänder till bilen och sätter sig.

Saga startar motorn, växlar och vänder bilen. Joona tar på sig skyddshandskar, bläddrar igenom breven i baljan, tar upp ett vitt kuvert med handtextad adress, öppnar det och drar försiktigt fram fotografiet som minst två människor har dött för.

SAGA BAUER svänger in till vägkanten och stannar. Det höga gräset i diket lutar sig mot fönstret. Joona Linna sitter alldeles stilla och tittar på fotografiet.

Någonting skymmer motivets överkant, men i övrigt är det oerhört skarpt. Antagligen har kameran varit gömd och fotografiet tagits i smyg.

På bilden befinner sig fyra personer i en rymlig loge i en konsertsal. Det är tre män och en kvinna. Deras ansikten är synliga och tydliga. Bara en av dem är bortvänd, men inte helt dold.

I en kylare står det champagne och bordet är dukat så att de ska kunna äta, samtala och samtidigt lyssna till musiken.

Joona igenkänner omedelbart Carl Palmcrona med det spetsiga champagneglaset i handen och Saga identifierar två av de tre andra.

– Det där är Raphael Guidi, vapenhandlaren som nämns i utpressningsbrevet, säger hon och pekar på en tunnhårig man. Och han som är bortvänd är Pontus Salman, chef för Silencia Defence.

– Vapen, säger Joona lågt.

– Silencia Defence är ett seriöst företag.

I strålkastarljuset på scenen bakom männen i den privata logen syns en stråkkvartett, två violiner, en altfiol och en cello. Musikerna är samtliga män. De sitter i en halvcirkel, vända mot varandra, med lugna, lyssnande ansikten. Det går inte att avgöra om ögonlocken är sänkta eller slutna, om blickarna vilar på noterna eller om musikerna blundar och lyssnar på de olika stämmorna.

– Vem är den fjärde personen, kvinnan? frågar Joona.

– Jag kommer på det snart, svarar Saga fundersamt. Jag känner igen henne, men ... Fan också ...

Saga tystnar och dröjer med blicken på kvinnans ansikte.

– Vi måste ta reda på vem hon är, säger Joona.

– Ja.

Saga startar bilen och i samma sekund som hon svänger ut på körbanan kan hon svara:

– Agathe al-Haji, säger hon snabbt. Hon är militär rådgivare till president Omar al-Bashir.

– Sudan, säger Joona.

– Ja.

– Hur länge har hon varit hans rådgivare? frågar Joona.

– Femton år, kanske mer, jag kommer inte ihåg.

– Så vad är det med bilden?

– Jag vet inte, ingenting, jag menar ... det är inte alls konstigt att de här fyra träffas och diskuterar möjligheterna till att göra en affär, förklarar Saga. Tvärtom. Ett möte av det här slaget ingår. Det kan vara ett första led. Man träffas, berättar om sina intentioner och begär kanske ett förhandsbesked av Carl Palmcrona.

– Och ett positivt förhandsbesked betyder att ISP troligen kommer att ge ett slutgiltigt utförseltillstånd?

– Precis, det är en indikation.

– Brukar Sverige exportera krigsmateriel till Sudan? frågar Joona.

– Nej, det tror jag inte, svarar hon. Vi får prata med någon som har den här regionen som sitt område. Jag har för mig att Kina och Ryssland är de största exportörerna, men det är inte säkert att det är så längre, för det blev ju fred i Sudan 2005 och då antar jag att marknaden öppnades totalt.

– Så vad betyder egentligen den här bilden? Varför leder den till att Carl Palmcrona tar sitt liv? Jag menar, det enda som framgår är att han har träffat de här personerna i en loge.

Under tystnad kör de söderut på den dammiga motorvägen medan Joona betraktar fotografiet, vänder på det, tittar på det avrivna hörnet och funderar.

– Så själva bilden är inte det minsta farlig? frågar han.

– Nej, inte i mina ögon.

– Tog Palmcrona livet av sig för att han insåg att den som tagit bilden kommer att avslöja en hemlighet? Fotografiet är kanske bara en förvarning. Kanske är Penelope och Björn viktigare än fotografiet?

– Vi vet inte ett jävla skit.

– Jo, det gör vi, säger Joona. Problemet är att vi inte lyckas foga ihop de bitar vi har hittat. Vi kan fortfarande bara gissa oss till problemlösarens uppdrag, men det verkar som om han har letat efter det här fotografiet för att förstöra det och att han har dödat Viola Fernandez i tron att hon var Penelope.

– Penelope kan vara fotografen, säger Saga. Antagligen är det så, men han nöjde sig inte med att bara döda henne.

– Exakt, det är precis vad jag började fundera på. Vi vet inte vilket som kommer först ... Är bilden en länk till fotografen, som uppfattas som det verkliga hotet? Eller är fotografen en länk till fotografiet, som uppfattas som det verkliga hotet?

– Problemlösarens första mål var Björns lägenhet.

De sitter sedan tysta i en halvtimme och har nästan nått fram till polishuset på Kungsholmen när Joona tittar på fotografiet igen. De fyra personerna i logen, maten, de fyra musikerna på scenen bakom dem, instrumenten, den tunga ridån, champagneflaskan, de höga glasen.

– Jag betraktar fotografiet, säger Joona. Jag ser fyra ansikten ... och tänker att en av dem som befinner sig i den där logen ligger bakom mordet på Viola Fernandez.

– Ja, svarar Saga. Palmcrona är död, så vi kan nästan utesluta honom. Då återstår egentligen bara tre ... och två av dem kommer vi inte att kunna förhöra, de är långt bortom vår räckvidd.

– Vi behöver få Pontus Salman att tala, säger Joona kort.

– Ska vi plocka in honom för förhör?

DET ÄR SVÅRT att komma i kontakt med någon på Silencia Defence AB. Alla tillgängliga telefonnummer är olika ingångar till en och samma labyrint av tonval och förinspelad information. Men till slut hittar Saga en öppning genom att välja siffran nio och stjärna för att komma i personlig kontakt med bolagets säljare. Hon kopplas till säljarens sekreterare, ignorerar frågorna och framför bara sitt ärende. Sekreteraren blir först tyst och förklarar sedan att Saga har valt fel nummer och att telefontiden redan är slut.

– Jag får be dig återkomma i morgon mellan nio och elva och ...

– Se bara till att förbereda Pontus Salman på att han får besök av säkerhetspolisen klockan två i dag, avbryter Saga med höjd röst.

Ett försiktigt tickande från tangenterna till en dator hörs.

– Tyvärr, säger sekreteraren efter en liten stund. Han sitter i möte hela dagen.

– Inte klockan två, säger Saga mjukt.

– Jo, det står att han ...

– För då kommer han att tala med mig, avbryter hon.

– Jag ska framföra ditt önskemål.

– Tack så mycket, avslutar Saga och möter Joonas blick över bordet.

– Klockan två? frågar han.

– Ja.

– Tommy Kofoed vill titta på fotografiet, säger Joona. Vi ses på hans rum efter lunchen innan vi åker.

Medan Joona äter lunch med Disa förstör teknikerna på Rikskriminalen fotografiet.

Ansiktet på en av de fyra personerna i logen suddas ut till oigenkännlighet.

*

Disa ler för sig själv när hon tar ut behållaren från riskokaren. Hon räcker fram den åt Joona och betraktar honom sedan när han väter händerna för att pröva om riset har kallnat så pass mycket att han ska kunna börja forma små kuddar av det.

– Visste du att Södermalm hade ett eget kalvarieberg? frågar hon.

– Kalvarieberg? Är det inte ett ...

– Ett Golgataberg, nickar Disa, öppnar Joonas köksskåp, hittar två glas och häller upp vitt vin i det ena och vatten i det andra.

Disas ansikte ser avslappnat ut. Försommarfräknarna har djupnat och det rufsiga håret är samlat i en lös fläta i nacken. Joona sköljer händerna och tar fram en ny kökshandduk. Disa ställer sig framför honom och lägger armarna om hans hals. Joona besvarar hennes omfamning. Han lägger sitt ansikte mot hennes huvud, andas in doften av henne och känner samtidigt hennes varma händer smeka hans rygg och nacke.

– Kan vi inte försöka, viskar hon. Kan vi inte göra det?

– Jo, svarar han lågt.

Hon håller honom hårt, hårt och sedan frigör hon sig från hans armar.

– Ibland blir jag så arg på dig, mumlar hon och vänder ryggen mot honom.

– Disa, jag är den jag är, men jag ...

– Det är bra att vi inte bor ihop, avbryter hon och lämnar köket.

Han hör henne låsa in sig i badrummet, undrar om han ska följa efter henne, knacka på dörren, men vet egentligen att hon vill vara ifred en stund. Istället fortsätter han med maten. Han tar en fiskbit, lägger den försiktigt i handflatan och stryker sedan en sträng wasabi på den.

Efter några minuter öppnas dörren till badrummet och Disa återvänder till köket, står i dörren och tittar på medan han fortsätter med sushin.

– Minns du, säger Disa med skratt i rösten, att din mamma alltid tog bort laxen från sushin och stekte den innan hon la tillbaka den på riset igen.

– Ja.

– Ska jag duka? frågar Disa.

– Om du vill.

Disa bär med sig tallrikar och ätpinnar till det stora rummet, hejdar sig vid fönstret och ser ner på Wallingatan. En träd-klunga lyser med ljusgröna sommarlöv. Hennes blick vandrar bort över det trevliga kvarteret vid Norra Bantorget där Joona Linna bor sedan ett år tillbaka.

Hon dukar på det dimmigt vita matsalsbordet, återvänder till köket och tar en klunk av vinet. Det har tappat den där kris-pigheten som egentligen beror på kylan. Hon tvingar tillbaka en stark impuls att sätta sig ned på det lackade trägolvet och fråga om de inte kan äta på golvet, med händerna, som barn, under bordet.

– Jag har blivit utbjuden, säger hon istället.

– Utbjuden?

Hon nickar med en hastig känsla av att vilja vara lite elak och ändå inte.

– Berätta, säger Joona lugnt och bär brickan med sushi till bordet.

Disa tar glaset igen och säger sedan i en lätt ton:

– Bara att en person på museet har frågat mig i ett halvår om jag vill äta middag med honom någon kväll.

– Gör man det nuförtiden? Bjuder damer på middag?

Disa ler snett:

– Är du avundsjuk?

– Jag vet inte, en smula, säger Joona och går fram till henne. Det är trevligt att bli bjuden på middag.

– Ja.

Disa låter sina fingrar gå hårt genom hans tjocka hår.

– Är han snygg? frågar Joona.

– Ja, faktiskt.

– Vad bra.

– Men jag vill inte gå ut med honom, ler Disa.

Han svarar inte, står bara helt stilla med ansiktet bortvänt.

– Du vet vad jag vill, säger Disa mjukt.

Hans ansikte är plötsligt underligt blekt, hon ser att det har samlats pärlor av svett över hans panna. Långsamt lyfter han blicken mot henne och det är något med hans ögon, de är svarta, hårda och avgrundsdjupa.

– Joona? Vi glömmer det, säger hon hastigt. Förlåt . . .

Joona öppnar munnen som för att säga något, han tar ett steg mot henne när hans ben plötsligt viker sig.

– Joona, ropar Disa och råkar slå ner sitt glas från bordet.

Hon sjunker ned på golvet bredvid honom, håller om honom och viskar att det går över snart.

Efter ett tag drar något över Joonas ansikte, uttrycket av smärta lättar gradvis, slöja för slöja.

Disa sopar bort skärvorna efter glaset och sedan sätter de sig under tystnad vid bordet.

– Du tar inte din medicin, säger hon efter en stund.

– Jag blir sömnig av den. Jag måste kunna tänka, det är viktigt just nu att jag kan tänka alldeles klart.

– Du lovade att du skulle ta den.

– Det ska jag också, förklarar han.

– Det är farligt, det vet du, viskar hon.
– Jag börjar med den så fort jag har löst det här fallet.
– Och om du inte löser det?

*

På långt håll liknar Nordiska museet ett prydnadsföremål snidat i elfenben, men är i själva verket byggt av sandsten och kalksten. En sirlig renässansdröm med massor av tinnar och torn. Museet var ämnat att vara en hyllning till de nordiska folkens suveränitet, men när det invigdes en regnig dag sommaren 1907 var unionen med Norge upplöst och kungen döende.

Joona går snabbt genom den enorma museihallen och först när han har kommit uppför trapporna stannar han till, samlar sig, blickar ner i golvet en lång stund och fortsätter sedan långsamt förbi de upplysta montrarna. Ingenting fångar hans blick. Joona fortsätter bara förbi, omsluten av minnen och saknad.

Vakten har redan ställt fram en stol åt honom vid montern.

Joona Linna sätter sig ned och betraktar den samiska brudkronan med åtta spetsar, som två hoplänkade händer. Den lyser glödande milt i ljuset bakom det tunna glaset. Joona hör en röst inom sig, ser ett ansikte le mot honom där han sitter vid ratten och kör den där dagen då det har regnat och solen lyser i vattenpölarna på gatan som om de brinner underjordiskt. Han vänder sig om mot baksätet för att kontrollera att Lumi sitter fast ordentligt.

Brudkronan ser ut att vara gjord av ljusa grenar, läder eller flätat hår. Han betraktar dess löfte om kärlek och glädje och tänker på sin hustrus allvarliga mun, det sandfärgade håret som föll ner i hennes ansikte.

– Hur är det med dig?

Joona tittar förvånat på vakten. Han har arbetat här i många år. En medelålders man med skäggstubb och söndergnuggade ögon.

– Jag vet faktiskt inte, mumlar han och reser sig från stolen.

Minnet av Lumis lilla hand dröjer sig kvar som en saknad i hans kropp när han lämnar museet. Han hade bara vänt sig om och kontrollerat att hon satt fast ordentligt och plötsligt känt hennes hand röra hans fingrar.

JOONA LINNA och Saga Bauer sitter i bilen på väg till Silencia Defences huvudkontor för att tala med Pontus Salman. Med sig har de fotografiet som Rikskriminalens tekniker förstörde. Under tystnad färdas de söderut på väg 73 som löper likt ett smutsigt spår ner till Nynäshamn.

För två timmar sedan hade Joona betraktat det skarpa fotografiet på de fyra personerna i logen: Raphaels lugna ansikte, hans tunnhårighet; Palmcronas slappa leende, de stålbågade glasögonen; Pontus Salman med sin välartade, pojkaktiga uppsyn och Agathe al-Haji med rynkor på kinderna och intelligent, tung blick.

– Jag fick en tanke, sa Joona långsamt och mötte Sagas blick. Om vi skulle försämra kvaliteten på fotografiet och bearbeta bilden så att det inte längre går att identifiera Pontus Salman ...

Han tystnade och fortsatte resonemanget i tankarna.

– Vad uppnår vi med det? frågade Saga.

– Han vet inte att vi har ett skarpt original – eller hur?

– Det kan han inte veta, han antar säkerligen att vi har gjort allt för att förbättra skärpan och inte tvärtom.

– Exakt, vi har gjort allt för att kunna identifiera de fyra personerna på bilden, men bara lyckats med tre, för den fjärde är lite bortvänd och ansiktet är alldeles för otydligt.

– Du menar att vi ska ge honom en möjlighet att ljuga, sa Saga snabbt. Att ljuga och säga att han inte var där, att han inte har träffat Palmcrona, Agathe al-Haji och Raphael.

– För om han förnekar att han var där så är det själva mötet som är känsligt.

– Och om han börjar ljuga så har vi honom i fällan.

Strax efter Handen svänger de av på Jordbrolänken och rullar in i ett industriområde omgärdat av stillsam skog.

Silencia Defences huvudkontor är en mattgrå och opersonlig byggnad av betong, med ett sterilt, nästan kyskt utseende.

Joona betraktar den väldiga byggnaden, låter blicken sakta glida över de svarta fönstren och de tonade glasen, och tänker återigen på fotografiet på de fyra personerna i logen, fotografiet som utlöste en kedja av våld, som efterlämnade en dödad flicka och en sorgdrabbad mor bakom sig. Kanske är Penelope Fernandez och Björn Almskog också döda på grund av bilden. Han kliver ur bilen och hans käkar spänns när han tänker på att Pontus Salman, en av personerna på det gåtfulla fotografiet, befinner sig i denna byggnad just nu.

Fotografiet är kopierat och originalet är skickat till Statens kriminaltekniska laboratorium i Linköping. Tommy Kofoed har bearbetat en kopia så att det ser gammalt och slitet ut. Ett hörn fattas och rester av tejp syns på de andra. Kofoed har gjort så att Pontus Salmans ansikte och ena hand är suddiga och ser ut att befinna sig i rörelse just när bilden togs.

Salman kommer att tro att han – just han – hade turen att bli suddig, oigenkännlig på bilden, tänker Joona. Ingenting kan binda honom till mötet med Raphael Guidi, Carl Palmcrona och Agathe al-Haji. Det enda han behöver göra för att inte förknippas med detta möte är att förneka att det är han. Det är inte ens brottsligt att inte känna igen sig själv på en suddig bild, och inte minnas att man har träffat vissa personer.

Joona börjar gå mot ingången.

Men nekar han så vet vi att han ljuger, att han vill hemlighålla något.

Luften är tryckande varm och kvav.

Saga ger Joona en allvarlig nick när de går in genom de glänsande, tunga dörrarna.

Och börjar Salman ljuga, tänker Joona, så ska vi se till att han fortsätter ljuga och fördjupar sin lögn tills han sitter fast.

De har kommit in i en stor, kylig reception.

När Pontus Salman tittar på bilden och förnekar att han kan identifiera personen så kommer vi att säga att det var tråkigt att han inte kunde hjälpa oss, fortsätter Joona i tankarna. Vi ska förbereda oss på att gå, men hejda oss och be honom att titta på fotografiet en sista gång med ett förstoringsglas. Teknikern har lämnat en klackring synlig på den hängande handen. Vi frågar Pontus Salman om han kanske känner igen kläderna, skorna eller ringen på lillfingret. Han blir givetvis tvungen att förneka även detta och hans uppenbara lögner kommer sedan att vara skäl nog att ta med honom till polishuset för förhör, skäl nog att sätta press på honom.

Bakom receptionen lyser ett rött emblem med företagets namn och en ormliknande logotyp fylld av runor.

– *Han kämpade så länge han hade vapen*, säger Joona.

– Läser du runor? frågar Saga skeptiskt.

Joona pekar på skylten med översättningen och vänder sig sedan mot receptionen. Bakom disken sitter en blek man med smala, torra läppar.

– Pontus Salman, säger Joona kort.

– Har ni avtalat mötet med honom?

– Klockan två, säger Saga.

Receptionisten tittar i sina papper, bläddrar och läser något.

– Ja, precis, säger han lågt och höjer sedan blicken. Pontus Salman har lämnat återbud.

– Det har inte nått oss, säger Saga. Vi behöver hans hjälp för ...

– Jag är verkligen ledsen.

– Ring upp honom och berätta om missförståndet, säger Saga.

– Jag söker honom, men jag tror inte ... för han befinner sig i ett möte.

– På våning fyra, flikar Joona in.

– Fem, svarar receptionisten automatiskt.

Saga sätter sig i en av fåtöljerna. Solen bryter in genom de stora glasrutorna och sprider sig som en eld i hennes hår. Joona står kvar medan receptionisten lägger telefonen till örat och markerar ett nummer i datorn. Många toner går fram och receptionisten skakar beklagande på huvudet.

– Lägg på, säger plötsligt Joona. Vi överraskar honom istället.

– Överraskar? upprepar receptionisten med osäker blick.

Joona går bara fram till glasdörren mot korridoren och öppnar den.

– Du behöver inte säga att vi kommer, säger han leende.

En sky av röda fläckar flyger över den unge receptionistens kinder. Saga reser sig från soffan och följer efter Joona.

– Vänta, försöker mannen. Jag provar att ...

De fortsätter genom korridoren, in i den väntande hissen och trycker på siffran fem. Dörren stängs och de rör sig ljudlöst uppåt.

Pontus Salman står och väntar när hissdörrarna öppnar sig. Han är en man i fyrtioårsåldern med något slitet över ansiktet, själva minspelet.

– Välkomna, säger han dämpat.

– Tack, svarar Joona.

Pontus Salman glider med blicken över dem.

– En kommissarie och en sagoprinsessa, konstaterar han.

Medan de följer efter honom genom en lång korridor går Joona än en gång igenom fällan i tankarna, hur de bestämt att fotografiet med det suddiga ansiktet ska presenteras.

Joona känner en kall rysning över ryggen – som om Viola

Fernandez just nu öppnar ögonen i sitt kylfack nere på pato-
logen och betraktar honom förväntansfullt.

Fönsterglasen i korridoren är mörktonade och skapar en
känsla av tidlöshet. Kontoret är mycket stort, med ett skrivbord
av alm och en ljusgrå sittgrupp kring ett svart glasbord.

De sätter sig ned i varsin fåtölj. Pontus Salman ler glädjelöst,
för ihop händerna i en spets och frågar sedan:

– Vad gäller saken?

– Känner du till att Carl Palmcrona på ISP är död? frågar
Saga.

Salman nickar ett par gånger.

– Självmord, hörde jag.

– Utredningen är inte avslutad, säger Saga vänligt. Vi håller
på och undersöker ett fotografi som vi har hittat, vi vill hemskt
gärna identifiera personerna kring Palmcrona.

– Tre av dem är tydliga, men den fjärde är väldigt oskarp,
säger Joona.

– Vi vill att du låter din personal titta på bilden, någon kan
känna igen honom. Ena handen ligger exempelvis i skärpa.

– Jag förstår, säger Salman och plutar med läpparna.

– Kanske kan någon utifrån sammanhanget sluta sig till vem
det kan vara, fortsätter Saga. Det är i alla fall värt ett försök.

– Vi har träffat Patria och Saab Bofors Dynamics, säger Joona.
Men ingen där kände igen personen.

Pontus Salmans slitna ansikte uttrycker inga som helst
känslor. Joona undrar för sig själv om han tar tabletter som
får honom att känna sig lugn och självsäker. Det finns något
märkvärdigt livlöst i hans blick, en brist på kontakt mellan min-
spel och känsla, en undanglidande kärna som ger ett intryck av
fullständig bortvändhet.

– Ni måste tycka att det är viktigt, säger Salman nu och lägger
det ena benet över det andra.

– Ja, svarar Saga.

– Får jag se på detta märkvärdiga fotografi? frågar Pontus

Salman i sin lätta, opersonliga ton.

– Förutom Palmcrona har vi identifierat vapenhandlaren Raphael Guidi, förklarar Joona. Och Agathe al-Haji som är militär rådgivare till president al-Bashir ... men den fjärde personen har ingen känt igen.

Joona tar upp mappen, sträcker fram plastfickan med fotografiet. Saga pekar på den suddiga personen i kanten av logen. Joona ser hennes vakna blick, hur hon koncentrerar sig för att registrera varje nervryckning, varje darrning hos Salman när han kommer att ljuga.

Salman fuktar läpparna igen, bleknar om kinderna, ler sedan, knackar på fotografiet och säger:

– Det är ju jag!

– Du?

– Ja, skrattar han så att hans barnsliga framtänder syns.

– Men ...

– Vi träffades i Frankfurt, fortsätter han med ett nöjt leende. Lyssnade på en underbar ... Nu minns jag inte vad de spelade, Beethoven tror jag ...

Joona försöker förstå detta abrupta erkännande och harklar sig kort.

– Du är helt säker?

– Ja, svarar Salman.

– Då var den gåtan löst, säger Saga med en varm ton som inte på något vis avslöjar deras missräkning.

– Jag skulle kanske söka jobb på Säpo, skojar Salman.

– Vad handlade mötet om? frågar Joona. Får man fråga det?

– Absolut, skrattar Salman och ser på Joona, det här fotografiet togs våren 2008, vi diskuterade en sändning ammunition till Sudan. Agathe al-Haji förhandlade för deras regering. Området behövde stabiliseras efter freden 2005. Förhandlingarna var ganska långt framskridna, men allt arbete gick upp i rök i och med det som hände våren 2009. Vi var skakade, ja, ni förstår ... Och efter det har vi naturligtvis inte haft någon kontakt med Sudan.

Joona tittar på Saga eftersom han inte har en aning om vad som hände våren 2009. Hennes ansikte är fullständigt neutralt och han bestämmer sig för att inte fråga.

– Hur många möten hade ni? frågar Joona.

– Det blev bara det här, svarar han. Så man kan tycka att det är lite anmärkningsvärt att IPS:s direktör accepterar ett glas champagne.

– Tycker du? frågar Saga.

– Det fanns ju ingenting att fira ... men han var kanske törstig, ler Salman.

50

Gömstället

PENELOPE OCH BJÖRN vet inte hur länge de har hållit sig gömda och tysta i en djup klippskreva. Fram till den andra natten satt de bara hopkrupna i skuggan under stammen till en bruten tall.

De orkade inte fly längre, kropparna var bortom trötthet och de hade turats om att sova och hålla vakt.

Tidigare har förföljaren förutsett varje steg de tagit, men nu har känslan av hans direkta närvaro försvunnit, han har varit märkligt tyst länge. Den där sugande förnimmelsen över ryggen, den där isande aningen om att någon springer tätt bakom dem försvann redan när de lämnade vägen som ledde mot tätare bebyggelse, när de gjorde det oförutsägbara valet att vända rakt in i skogen, bort från människor och fastland.

Penelope är inte säker på om hon lyckades lämna något meddelande på sin mammas telefonsvarare.

Men snart borde ändå någon hitta Björns båt, tänker hon. Och då kommer polisen att börja leta.

Det enda de behöver göra är att hålla sig gömda så att inte förföljaren hittar dem.

Den runda berghällen är täckt av grön mossa, men i skrevan är stenen naken och på flera ställen sipprar klart vatten fram.

De har slickat i sig vattnet och gömt sig i skuggan igen. Dagen har varit mycket varm, de har suttit alldeles stilla och flämtat, men framåt kvällen, när den heta solen skuggas av träden somnar de igen.

Drömmar och slumrande minnen blandas i Penelopes hjärna. Hon hör Viola spela *Blinka lilla stjärna* på sin minimala fiol med små klistermärken som markerar fingersättningen och hon ser henne sminka sig med rosa ögonskugga och hålla in kinderna framför spegeln.

Penelope drar häftigt efter andan när hon vaknar.

Björn sitter med armarna runt sina knän och darrar.

När den tredje natten förbleknar står de inte längre ut, de är så hungriga och svaga att de lämnar gömstället och börjar gå.

Det är nästan morgon när Björn och Penelope kommer fram till vattenbrynet. Röda solstrålar har redan fångats upp som glödande stråk utmed kanterna på de långa molnslöjorna. Vattnet ligger gryningslugnt och blankt. Två knölsvanar flyter på ytan bredvid varandra. De glider stilla utåt med långsamt paddlande fötter.

Björn håller fram handen för att leda Penelope ner till vattnet. Hans knän ger plötsligt vika av trötthet, han vinglar till, halkar, tar emot med handen på en sten och kommer upp igen. Penelope stirrar tomt framför sig medan hon tar av sig skorna, knyter ihop dem och hänger dem om sin hals.

– Kom, viskar Björn. Vi simmar bara, tänk inte efter, bara gör det.

Penelope vill be honom vänta, hon är inte säker på att hon kommer att orka, men han är redan på väg ner i vattnet. Hon huttrar till och blickar bort mot den andra sidan ön, längre ut i Stockholms skärgård.

Hon vadar ut efter honom, känner det kyliga vattnet krama vaderna och låren. Botten är stenig och hal, det blir snabbt djupt under henne. Hon hinner inte tveka utan glider bara ner i vattnet efter Björn.

Med värkande armar och tunga kläder börjar hon simma mot den andra stranden. Björn är redan långt före henne.

Det är ansträngande, varje simtag känns outhärdligt, musklerna vill bara vila.

Kymmendö ligger som en sandig bank därframme. Hon sparkar med sina trötta ben, kämpar vidare och håller sig uppe. Plötsligt blir hon bländad av de första solstrålarna över träden, det sticker till i ögonen och hon slutar simma. Hon får inte kramp, men armarna orkar inte mer, de ger bara upp. Det rör sig om några få sekunder, men de blöta kläderna hinner dra ner henne under ytan innan armarna lyder henne igen. När hon kommer upp och drar efter andan är hon mycket rädd, adrenalin pumpas runt i kroppen, hon andas snabbt och har tappat riktningen, ser bara hav omkring sig. Förtvivlat trampar hon vatten och snurrar runt, hindrar sig själv från att skrika och får till slut syn på Björns guppande huvud, strax över vattenytan, femtio meter bort. Penelope fortsätter simma, men vet inte om hon kommer att orka till den andra ön.

Skorna kring hennes hals hindrar simtagen, hon försöker göra sig av med dem, men de fastnar i hennes krucifix. Nu brister den tunna länken och krucifixet försvinner tillsammans med skorna ner i vattnet.

Hon simmar vidare, känner hjärtats hårda slag i kroppen, anar långt därframme hur Björn kravlar sig upp på land.

Hon får vatten i ögonen och ser sedan att Björn står upp på stranden. Han blickar tillbaka efter henne när han istället borde gömma sig. Deras förföljare kan just nu befinna sig på Ornös norra strand, han kan stå någonstans bakom dem och söka av området med en kikare.

Penelopes rörelser blir långsammare och svagare, hon känner tyngden och trögheten i benen när mjölksyran sprider sig i lårmusklerna. Det är mycket svårt att simma, den sista biten känns oöverstiglig. Björns ögon är rädda, han vadar ut i vattnet mot henne när hon närmar sig stranden. Hon är på väg att ge upp igen, men tar några simtag till och några till och så känner hon botten under sig. Björn är ute i vattnet, han tar hennes hand och drar henne intill sig och släpar henne med sig upp på den steniga sandstranden.

– Vi måste gömma oss, flämtar hon.

Han hjälper henne in bland granarna, hon saknar känsel i benen och fötterna, hon fryser så att hon skakar. De fortsätter längre in i skogen och stannar först när havet inte längre syns. Trötta sjunker de ner i mossan och blåbärsriset och kramar varandra medan andhämtningen blir lugnare.

– Det här går inte, kvider hon.

– Vi hjälper varandra.

– Jag fryser, vi måste få tag i torra kläder, hackar Penelope fram mot Björns knottriga bröstkorg.

De tar sig upp och han ger henne stöd när de börjar gå på stela ben genom skogen. Björns blöta sportskor klafsar för varje steg. Penelopes nakna fötter lyser vita mot marken. Träningskläderna hänger blöta och kalla på hennes kropp. Tysta letar de sig österut, bort från Ornö. Efter tjugo minuter når de den andra stranden. Solen står redan högt och glittrar bländande i det släta havet. Det börjar bli varmare i luften. Penelope stannar framför en tennisboll som ligger i det höga ängsgräset. Gulgrön och märkligt främmande för henne. Först när hon tittar upp igen ser hon huset. Nästan försvunnet bakom en tät häck av syrenbuskar ligger ett litet rött hus med en vacker veranda mot vattnet. Gardinerna är fördragna i alla fönster och i bersån står en hammock utan dynor. Gräsmattan är vildvuxen och en avbruten gren från det åldrade äppelträdet ligger rakt över gången av ljusgrå marksten.

– Det är ingen hemma, viskar Penelope.

De smyger sig närmare huset, fortfarande beredda på hundskall eller arga rop. De tittar in i gliporna mellan gardinerna, fortsätter runt och känner försiktigt på ytterdörren. Den är låst och Penelope blickar runt.

– Vi måste komma in, vi måste vila oss, säger Björn. Vi får slå sönder ett fönster.

Intill väggen står en lerkruka med en liten buske med smala och blekt gröna blad. Penelope känner den söta doften av lavendel när hon lutar sig fram och tar upp en av stenarna ur krukan. Stenen är gjord av plast och på undersidan finns det ett litet lock. Hon öppnar locket, plockar ut nyckeln och lägger tillbaka plaststenen i krukan.

De låser upp och går in i en hall med furugolv. Penelope känner hur hennes ben darrar, de är på väg att försvinna under henne. Hon famlar med handen efter stöd. Väggarna har plyschiga medaljongtapeter. Penelope är så trött och hungrig att huset känns overkligt, som ett pepparkakshus. Överallt hänger inglasade, dedicerade fotografier. Signaturer och hälsningar skrivna med guldpenna eller svart tusch. De känner igen raden av ansikten från svenska teveprogram: Siewert Öholm, Bengt Bedrup, Kjell Lönnå, Arne Hegerfors, Magnus Härenstam, Malena Ivarsson, Jacob Dahlin.

De fortsätter in i huset, genom ett vardagsrum och in i köket, de söker oroligt runt med blickarna.

– Vi kan inte stanna här, viskar Penelope.

Björn går fram till kylskåpet och öppnar dörren. Det är fullt av färskvaror på hyllorna. Huset är inte övergivet som de trodde. Björn ser sig om och tar sedan ut osten, en halv salami och mjölkpaketet. I skafferiet hittar Penelope en baguette och ett paket med cornflakes. Hetsigt river de bröd med händerna, skickar osten mellan sig och äter tuggor av den som de sväljer hårt med brödet. Björn dricker stora klunkar mjölk ur paketet, det rinner från hans mungipor och ner längs halsen. Penelope äter pepparsalami och frukostflingor, tar emot mjölkpaketet, dricker och sätter i halsen, hostar och dricker igen. De ler nervöst mot varandra, flyttar sig undan från fönstret och äter mer innan de lugnar ner sig.

– Vi måste hitta kläder innan vi fortsätter, säger Penelope.

Medan de letar sig fram i huset upplever de sakta den egendomliga, pirrande känslan av att bli varma av maten. Kroppen startar upp, hjärtat slår hårt, det värker i magen, blodet rinner fram i ådrorna.

I det största sovrummet med glasdörr mot syrenbersån finns en garderobsvägg med spegeldörrar. Penelope skyndar fram och för skjutdörren åt sidan.

– Vad är det här?

Det stora skåpet är fullt av egendomliga kläder. Guldkavajer, svartglittrande paljettgördlar, en gul smoking och en midjekort, fluffig pälsjacka. Penelope river förvånat runt bland en massa stringbadbyxor, genomskinliga, tigermönstrade, kamouflage-mönstrade och virkade tangakalsonger.

Hon öppnar den andra garderobsdörren, hittar enklare kläder, tröjor, jackor och byxor. Hon letar snabbt och river med sig några plagg. Ostadigt drar hon ner de genomblöta sportbyxorna och bikinitrosorna, kränger av sig den trånga munkjackan och den smutsiga bikiniöverdelen.

I spegeln får hon plötsligt syn på sig själv. Hon är flammigt blåslagen över hela kroppen, håret hänger i svarta testar, hon har sår i ansiktet, revor och blåmärken över smalbenen, det rinner fortfarande blod ur ett sår på låret och höften är skrapad efter fallet nedför branten.

Hon drar på sig ett par skrynkliga kostymbyxor, en T-shirt med texten "Ät mer gröt" och en stickad tröja. Tröjan är stor, räcker henne ned till knäna. Hon blir ännu varmare och krop-pen vill slappna av. Plötsligt börjar hon gråta, men lugnar sig snabbt, torkar tårar från kinderna och går ut till hallen för att leta efter skor. Hon hittar ett par blå seglarstövlar och återvän-der till sovrummet. Hon ser att Björn är lerig och blöt, men att han bara drar på sig ett par lila velourbyxor över smutsen. Hans fötter ser fruktansvärda ut, jordiga och fulla av sår, det blir blodspår på golvet där han går. Han drar på sig en blå T-shirt och en smal klarblå skinnkavaj med breda slag.

Penelopes tårar börjar rinna igen, gråten kommer vällande – den stöter sig fram genom henne, hon är för trött, hon har ing-enting att hålla emot gråten med. I tårarna finns hela skräcken från den huvudlösa flykten.

– Vad är det som händer? kvider hon.

– Jag vet inte, viskar Björn.

– Vi har inte sett hans ansikte. Vad vill han? Vad fan vill han egentligen? Jag fattar ingenting. Varför jagar han oss? Varför vill han göra illa oss?

Hon torkar bort tårar med tröjans ärm.

– Jag tänker, fortsätter hon, jag menar ... tänk om Viola har gjort någonting, någonting dumt. För du vet, hennes kille, Sergej, som hon gjorde slut med, han är kanske kriminell, jag vet att han har haft jobb som dörrvakt.

– Penny ...

– Jag menar bara, Viola, hon är så ... hon har kanske gjort någonting som man inte får göra.

– Nej, viskar Björn.

– Vad då nej, vi vet ju ingenting, du behöver inte trösta mig.

– Jag måste...

– Han ... mannen som förföljer oss ... han kanske bara vill prata med oss. Jag vet att det inte är så, jag menar bara att ... jag vet inte vad jag menar.

– Penny, säger Björn allvarligt. Allt det som hänt är mitt fel.

Han ser på henne. Hans ögon är rödsprängda, kinderna blossar mot den bleka hyn.

– Vad säger du? Vad är det du säger nu? frågar hon lågt.

Han sväljer långsamt och sedan förklarar han:

– Jag gjorde en sak som var fruktansvärt dum, Penny.

– Vad har du gjort?

– Det är fotografiet, svarar han. Allt beror på fotografiet.

– Vilket fotografi? Det på Palmcrona och Raphael Guidi?

– Ja, jag kontaktade Palmcrona, svarar Björn uppriktigt. Jag berättade om bilden och sa att jag ville ha pengar, men ...

– Nej, viskar hon tvärt.

Penelope stirrar på honom och flyttar sig undan, baklänges,

bort, råkar välta omkull sängbordet med vattenglaset och klockradion.

– Penny ...

– Nej, tyst, avbryter hon med höjd röst. Jag fattar faktiskt inte. Vad är det du säger? Vad fan är det du säger? Du kan inte ... du kan inte ... Är du inte klok, har du pressat Palmcrona på pengar? Har du utnyttjat ...

– Men lyssna då! Jag ångrade mig, det var fel, jag vet, han fick bilden, jag skickade bilden till honom.

Det blir tyst. Penelope försöker förstå vad det är han har sagt. Tankarna surrar utan reda i huvudet. Hon kämpar för att förstå det Björn precis har erkänt.

– Det är min bild, säger hon sakta och försöker samtidigt samla tankarna. Den kan vara viktig. Det är kanske en viktig bild. Jag fick den i förtroende, det kan vara någon som vet någonting som ...

– Jag ville bara slippa sälja båten, viskar han och ser gråtfärdig ut.

– Fast jag fattar inte ... Har du skickat bilden till Palmcrona?

– För att jag var tvungen, Penny, jag förstod att jag hade gjort fel ... jag var tvungen att ge honom bilden.

– Men ... jag måste ha den, säger hon. Förstår du inte det? Tänk om den som har skickat bilden kontaktar mig och vill ha tillbaka den. Det här handlar om riktiga saker, svensk vapenexport. Det är inte en fråga om dina pengar, det har inte med oss att göra, det här är på riktigt, Björn.

Penelope ser förtvivlat på honom och hennes röst blir allt gällare när hon höjer rösten:

– Det handlar om människor, deras liv. Jag är besviken, säger hon tungt. Jag är så jävla arg på dig, jag skulle kunna slå dig, jag orkar inte mer nu.

– Men Penny, jag visste inte, säger han. Hur skulle jag kunna veta? Du har inte sagt någonting till mig, du sa att bilden var pinsam för Palmcrona, du sa inte att ...

– Vad spelar det för roll, avbryter hon.

– Jag trodde bara att ...

– Håll käften! skriker hon. Jag vill inte höra dina undanflykter, du är en utpressare, en girig liten utpressare, jag känner inte dig och du känner inte mig.

Hon tystnar och de blir stående mitt emot varandra ett tag. En mås hörs över vattnet och fler stämmer in som klagande ekon.

– Vi måste vidare, säger Björn kraftlöst.

Penelope nickar och hör i nästa sekund hur ytterdörren öppnas. Utan att skifta blickar flyttar de sig bakåt, in i sovrummet. De hör någon komma in, steg för steg. Björn försöker öppna altandörren, men den är låst. Penelope lossar hakarna till fönstret med darrande händer, men det är för sent att fly.

PENELOPE DRAR efter andan. En man står i dörröppningen till sovrummet. Björn letar efter något att försvara sig med, ett tillhygge.

– Och vad fan gör ni? frågar mannen med hes röst.

Penelope förstår att han inte är deras förföljare, utan antagligen husets ägare. Det här är en kortväxt man, bred och lätt korpulent. Hans ansikte är på något sätt bekant, som om hon hade känt honom för många år sedan.

– Knarkare? frågar han intresserat.

Plötsligt förstår hon vem han är. De har brutit sig in hos Ossian Wallenberg. Han var en folkkär programledare för tio år sedan. Det rörde sig om lättsam teveunderhållning under veckosluten – *Guldfredag*, *Uppåt väggarna*, *Lejonkväll*. Ossian Wallenberg brukade ha tävlingar, priser bakom glittriga luckor och inbjudna gäster. Varje *Guldfredag* slutade på samma sätt – att Ossian skulle lyfta sin gäst. Leende och röd i ansikte. Penelope minns hur hon som barn hade sett honom lyfta moder Teresa. Den spröda, gamla kvinnan hade sett fullständigt skräckslagen ut. Ossian Wallenberg var känd för sitt gyllene hår, sina extravaganta kläder, men också för sin utstuderade elakhet.

– Vi har varit med om en olycka, säger Björn. Och behöver komma i kontakt med polisen.

– Jaha, säger Ossian likgiltigt. Jag har tyvärr bara en mobiltelefon.

– Vi måste låna den, det är bråttom.

Ossian tar fram sin telefon, tittar på den och stänger sedan av den.

– Vad gör du? frågar Penelope.

– Jag gör vad fan jag vill, svarar han.

– Fast vi behöver verkligen låna din telefon, säger hon.

– Då måste ni ha min pinkod, ler Ossian.

– Vad håller du på med?

Han lutar sig mot dörrposten och betraktar dem en stund.

– Tänk att några knarkare har hittat hit, till lilla mig.

– Vi är inga ...

– Vem bryr sig, avbryter Ossian.

– Vi skiter i det här, säger Penelope till Björn.

Hon vill gå, men Björn ser mycket trött ut, han är blek om kinderna och läpparna, stöder sig mot väggen med handen.

– Vi är ledsna för att vi tog oss in i ditt hus, säger Björn. Och vi kommer att betala för det vi har tagit, men just nu måste vi låna din telefon, det här är en akut situation och ...

– Och vad heter du? avbryter Ossian leende.

– Björn.

– Du är fin i kavajen, Björn, men såg du inte slipsen? Det finns en slips som hör till.

Ossian går fram till garderoben och tar fram en blå skinnslips i samma nyans som kavajen och knyter den sakta om Björns hals.

– Ring polisen själv, säger Penelope. Säg att du har tagit två inbrottstjuvar på bar gärning.

– Inte kul, svarar Ossian trumpet.

– Vad vill du egentligen? frågar hon sammanbitet.

Han tar några steg bakåt och granskar sina inkräktare.

– Jag tycker inte om henne, säger Ossian till Björn. Men du är stilig och du klär i min kavaj. Hon kan ha den fula tröjan på sig. Eller hur? Som ugglan Helge. Hon ser inte svensk ut, hon ser ut som ...

– Sluta nu, säger Björn.

Ossian går fram med en arg min och slår med knytnäven i luften framför Björns ansikte.

– Jag vet vem du är, säger Penelope.

– Bra, säger Ossian småleende.

Björn tittar undrande på henne och sedan på mannen. Penelope mår illa och sätter sig på sängen och försöker andas lugnt.

– Vänta, säger Ossian. Du också ... jag har sett dig på teve, jag känner igen dig.

– Jag har varit med i några tevedebatter ...

– Och nu är du död, säger han leende.

Hela hennes kropp blir spänd och vaksam vid de märkliga orden. Hon försöker förstå vad han menar och hon söker med blicken efter en flyktväg. Björn står mot väggen och sjunker ner på golvet. Han är alldeles blek i ansiktet, får inte fram ett ord.

– Om du inte vill hjälpa oss, säger Penelope. Så frågar vi någon annan som ...

– Jag vill, det är klart att jag vill, avbryter han.

Ossian går ut i hallen, kommer tillbaka med en plastkasse, tar upp en limpa cigaretter och en kvällstidning. Han slänger tidningen på sängen och går ut med kassen och cigaretterna till köket. På framsidan av tidningen ser Penelope en bild på sig själv, en större bild på Viola och en bild på Björn. Över Violas bild står det "död" och över de två andra står det "försvunnen".

Båtdrama – tre befaras döda, lyder rubriken.

Penelope tänker på sin mamma, ser henne för sig, fruktansvärt rädd, söndergråten. Alldeles stilla, med armarna om sig själv, som i fängelset.

Golvet knakar och Ossian Wallenberg kommer in i sovrummet igen.

– Vi tävlar, säger han ivrigt.

– Vad menar du ...

– Fan, vad jag känner för en tävling!

– Tävling? frågar Björn med ett osäkert leende.

– Vet du inte vad en tävling är?

– Jo, men ...

Penelope tittar på Ossian och inser hur sårbara de är så länge ingen vet att de lever, så länge ingen vet vad det är som har hänt. Han skulle kunna döda dem eftersom alla redan tror att de är döda.

– Han vill pröva sin makt över oss, säger Penelope.

– Ger du oss telefonen och pinkoden om vi är med? frågar Björn.

– Om ni vinner, svarar Ossian och ser på dem med glittrande ögon.

– Och om vi förlorar? frågar Penelope.

AXEL RIESSEN går rakt över sitt matsalsgolv och fram till fönstret, stannar och blickar över rosenbuskarna mot järn-stängslet, längs gatan och uppför trappan till Engelbrektskyr-kan.

I samma stund som han skrev sitt namn på anställningskon-traktet tog han över den döde Carl Palmcronas alla uppgifter och förpliktelser.

Han ler för sig själv åt de vändningar livet tar när han plöts-ligt inser att han har glömt bort Beverly. En oro fladdrar ome-delbart till i hans mage. En gång sa hon att hon skulle gå till affären, men när hon inte hade kommit tillbaka efter fyra tim-mar gav han sig ut och letade. Två timmar senare hittade han henne i ett skjul utanför Observatoriemuseet. Hon var mycket förvirrad, luktade sprit och saknade underbyxor. Någon hade kladdat in tuggummi i hennes hår.

Hon hade sagt att hon träffat några pojkar i parken.

– De kastade sten på en duva som var skadad, förklarade Beverly. Så jag tänkte att om de fick mina pengar skulle de sluta. Men jag hade bara tolv kronor. Det räckte inte. De ville att jag skulle göra något istället. De sa att de skulle trampa på duvan om jag inte gjorde det.

Hon tystnade. Tårar samlades i hennes ögon.

– Jag ville inte, viskade hon. Men det var så synd om fågeln.

Han tar upp sin telefon och slår hennes nummer.

Medan signalerna går fram blickar han nedför gatan, förbi den byggnad som förut hyrdes av kinesiska ambassaden och bort mot det mörka huset som inhyser det katolska nätverket Opus Deis svenska huvudkontor.

Bröderna Axel och Robert Riessen delar ett av de stora gathusen på Bragevägen. Byggnaden ligger i mitten av Lärkstaden, en exklusiv stadsdel mellan Östermalm och Vasastan, där husen är skenbart lika varandra, som barnen i en syskonskara.

Familjen Riessens residens består av två stora, separata våningar i tre etage vardera.

Brödernas far, Erloff Riessen, som varit död i tjugo år, var ambassadör i Paris och sedan London, medan deras farbror Torleif Riessen var en framstående pianist som framträtt på Symphony Hall i Boston och Grosser Musikvereinssaal i Wien. Den adliga släkten Riessen bestod i stort sett av diplomater och filharmoniker. Två yrken som i grunden påminner en hel del om varandra – de kräver båda mycket stor lyhördhet och hängivenhet.

Makarna Alice och Erloff Riessen hade en märklig men logisk överenskommelse. De bestämde tidigt att den äldste sonen Axel skulle ägna sig åt musik och den yngre sonen Robert skulle följa faderns bana som diplomat. Men detta arrangemang vändes plötsligt upp och ner när Axel begick sitt ödesdigra misstag. Axel var sjutton år när han tvingades lämna musiken. Han sattes på militärskola och Robert fick överta musikkarriären. Axel accepterade sitt straff, han tyckte att det var rimligt och har inte spelat fiol sedan dess.

Efter det som hände, den mörka dagen för trettiofyra år sedan, bröt modern all kontakt med sin son. Inte ens på sin dödsbädd ville hon tala med honom.

Efter nio signaler svarar äntligen Beverly hostande.

– Hallå?

– Var är du?

– Jag är ...

Hon vänder bort ansiktet från luren och han hör inte fort-sättningen.

– Jag hör inte, säger han och stressen gör hans röst kärv och forcerad.

– Varför är du arg?

– Berätta var du är någonstans, vädjar han.

– Men vad du håller på, säger hon och skrattar. Jag är ju här, i min lägenhet. Är inte det bra?

– Jag blev bara orolig.

– Dumma dig inte, jag ska bara se programmet om Victo-ria.

Hon klickar bort samtalet och han känner en kvardröjande oro över vagheten i hennes tonfall.

Han tittar på telefonen och undrar om han borde ringa henne igen. Plötsligt ringer telefonen i hans hand, han rycker till och svarar:

– Riessen.

– Jo, det är Jörgen Grünlicht här.

– Hej, säger Axel med ett lätt undrande tonfall.

– Hur var mötet med referensgruppen?

– Jag tycker att det var givande, svarar Axel.

– Ni prioriterade Kenya, hoppas jag.

– Och slutanvändarintyget från Nederländerna, säger Axel. Det var mycket på bordet och jag väntar med att ta ställning innan jag har fördjupat mig i ...

– Men Kenya, avbryter han. Har du inte skrivit på utförsel-tillståndet ännu? Pontus Salman är på mig och undrar varför i helvete du drar ut på hela skiten. Det är en förbannat stor affär som redan är försenad. ISP har ju gett dem så positiva indika-tioner att de drog igång hela produktionen. Tillverkningen är färdig, man går från Trollhättan till Göteborgs hamn, redaren kommer in med ett containerfartyg från Panama i morgon, de lossar sin last under dagen och är beredda att lasta ammuni-tionen nästa dag.

– Jörgen, jag har förstått allt det här, jag har tittat på papperen och visst … det är klart att jag ska skriva under, men jag har precis tillträtt och det är viktigt för mig att vara grundlig.

– Fast jag har själv gått igenom affären, säger Jörgen med en brysk ton. Och jag har inte sett några som helst oklarheter.

– Nej, men …

– Var befinner du dig nu?

– Jag är hemma, säger Axel undrande.

– Jag budar över handlingarna, säger Jörgen kort. Budet får vänta medan du skriver under så förlorar vi ingen mer tid.

– Nej, jag tittar på det i morgon.

Tjugo minuter senare går Axel till hallen för att ta emot budet från Jörgen Grünlicht. Han är besvärad av påstridigheten, men ser inget skäl att fördröja affären.

AXEL ÖPPNAR dörren och hälsar på cykelbudet. Den ljumma kvällsluften väller in tillsammans med den dånande musiken från Arkitekthögskolans avslutningsfest.

Han tar emot mappen och blir av någon anledning förlägen av tanken på att signera kontraktet inför ett cykelbud, som om han vore en man som gör vad som helst, bara man pressar honom en aning.

– Ge mig en minut, säger Axel och lämnar budet i hallen.

Han går in igenom korridoren till vänster, förbi det nedre biblioteket och fram till köket. Han passerar de blänkande arbetsytorna i mörk sten, de svartglänsande skåpen och går fram till dubbelkylen med ismaskin. Han tar ut en miniflaska mineralvatten och dricker ur den, lossar slipsen och sätter sig sedan vid den höga bardisken och öppnar mappen.

Allt är prydligt och ser ut att vara i sin ordning, varje bilaga finns med, Exportkontrollrådets utlåtande, klassificeringen, förhandsbeskedet, kopiorna till Utrikesnämnden och anbudsunderrättelsen.

Han betraktar dokumenten som berör utförseltillståndet, det avgörande beslutet om export, bläddrar fram till raden där generaldirektören för Inspektionen för strategiska produkter ska skriva sitt namn.

Det går som en kyla, en kort frossa över hans kropp.

Det är en stor affär, har betydelse för landets handelsbalans, ett rutinärende som försenats på grund av Carl Palmcronas självmord. Han förstår att Pontus Salmans situation är mycket besvärlig, kanske kommer affären att gå hans företag ur händerna om ärendet drar ut på tiden ytterligare.

Och samtidigt inser han att han håller på att stressas till att godkänna export av ammunition till Kenya, utan att personligen kunna garantera beslutets riktighet.

Axel fattar sitt beslut och känner sig omedelbart bättre till mods.

De närmaste dagarna tänker han ägna all tid åt detta ärende och sedan ska han skriva på utförseltillståndet.

Han kommer att göra det, det vet han, men inte nu. Han struntar i om de blir arga, upprörda. Det är faktiskt han som bestämmer, det är han som är generaldirektör för Inspektionen för strategiska produkter.

Han tar pennan och på raden som väntar på hans namnteckning ritar han en glad gubbe med en pratbubbla från munnen.

Axel återvänder till hallen med allvarlig min, lämnar över mappen till budet, går sedan uppför trappan och in i salongen. Han undrar om Beverly verkligen är däruppe, eller om hon inte tordes säga att hon smugit ut.

Tänk om hon smyger ut och försvinner.

Axel tar fjärrkontrollen från ett sideboard och sätter på en blandning av David Bowies tidigaste verk.

Musikanläggningen liknar en svagt skinande tacka av glas. Den är trådlös och högtalarna är infällda i väggarna och fullkomligt osynliga.

Han fortsätter fram till vitrinskåpet, öppnar den buckliga glasdörren och tittar på de glänsande flaskorna.

Han tvekar kort innan han plockar ut whiskyflaskan med en numrerad Hazelburn från Springbank Distillery. Destilleriet ligger i Campbeltownregionen i Skottland. Axel har besökt platsen och minns det över hundra år gamla mäskkaret som fortfarande användes. Det var slitet, målat i klarröd färg och hade inte ens ett lock.

Axel Riessen drar ur korken och andas in doften av whiskyn: djupt jordig och mörk som en åskhimmel. Han trycker tillbaka korken, sätter långsamt tillbaka flaskan i hyllan och noterar att musikanläggningen har valt en sång från skivan *Hunky Dory*.

But her friend is nowhere to be seen. Now she walks through her sunken dream, to the seat with the clearest view, and she's hooked to the silver screen, sjunger David Bowie.

Dörren till broderns lägenhet slås igen. Axel blickar ut genom de väldiga panoramafönstren som vetter mot den täta trädgården. Han undrar om Robert kommer att titta förbi och i samma stund knackar det på dörren.

– Kom in, ropar han åt sin bror.

Robert öppnar dörren och går in i salongen med ett besvärat uttryck i ansiktet.

– Jag förstår att du lyssnar på skräp för att retas med mig, men ...

Axel ler och sjunger med:

Take a look at the Lawman, beating up the wrong guy. Oh man! Wonder if he'll ever know: he's in the best selling show ...

Brodern tar några danssteg och går sedan fram till det öppna vitrinskåpet och blickar in på flaskorna.

– Varsågod, säger Axel torrt.

– Vill du titta på min Strosser – får jag stänga av en liten stund?

Axel rycker på axlarna, Robert trycker på paus och musiken tonar ner och tystnar mjukt.

– Är du redan färdig med den?

– Jag satt uppe hela natten, svarar Robert med ett stort leende. Strängade den i morse.

Det blir tyst mellan dem. För länge sedan hade deras mor varit säker på att Axel skulle bli en berömd violinist. Alice Riessen hade själv varit yrkesmusiker, spelat andra violin i Stockholmsoperans hovkapell i tio år och favoriserade öppet sin förstfödde son.

Allt gick sönder när Axel studerade på Musikhögskolan och blev en av de tre finalisterna i Johan Fredrick Berwalds tävling för unga solister som betraktades som nålsögat rakt in i världseliten.

Efter tävlingen slutade Axel helt med musiken och började på Militärhögskolan i Karlsborg. Hans lillebror Robert fick överta platsen som musiker i familjen. Som de flesta som genomgår Kungliga Musikhögskolans utbildning blev Robert aldrig någon stjärnviolinist. Däremot spelar han i en kammarorkester och har framför allt blivit en välrenommerad fiolbyggare som tar emot beställningar från hela världen.

– Visa mig fiolen, säger Axel efter en liten stund.

Robert nickar och hämtar instrumentet, en smäcker violin, eldigt rödfernissad och med en botten av tigerstrimmig lönn.

Han ställer sig framför sin bror och börjar spela en skälvande slinga från ett av Béla Bartóks stycken från resan i Ungern. Axel har alltid tyckt om honom. Bartók var öppen motståndare till nazismen och tvingades lämna sitt land. Som kompositör är han en grubblare som ibland lyckas förmedla korta ögonblick av lycka. Ett slags vemodig folkmusik bland rasmassorna efter en katastrof, tänker Axel samtidigt som Robert avslutar stycket.

– Den låter ganska bra, säger Axel. Men du måste flytta fram ljudpinnen för det finns en liten stumhet som ...

Broderns ansikte blir genast slutet.

– Daniel Strosser har sagt att ... han vill ha den här klangen, förklarar han kort. Han vill att fiolen ska låta som en ung Birgit Nilsson.

– Då borde du absolut flytta fram ljudpinnen, ler Axel.

– Du kan inte det här, jag ville bara ...

– Annars är den helt underbar, skyndar sig Axel att säga.

– Du hör väl klangen – torr och skarp och ...

– Jag säger inte något dumt om den, fortsätter Axel oberört. Jag säger bara att det finns en kärna i ljudet som inte lever och som ...

– Lever? Det är en Bartókkännare som ska ha instrumentet, fortsätter Robert. Vi pratar om Bartók – det är inte samma sak som Bowie.

– Jag hörde kanske fel, säger Axel lågt.

Robert öppnar munnen för att svara, men hejdar sig när han hör sin hustru Anette knacka på dörren.

Hon öppnar och ler när hon ser honom sitta med fiolen.

– Har du provat din Strosser? frågar hon förväntansfullt.

– Ja, säger Robert strävt. Men Axel tycker inte om den.

– Det är inte sant, säger Axel. Jag är helt säker på att kunden blir mer än nöjd. Det där jag talade om, det är kanske bara i min skalle som ...

– Lyssna inte på honom, han vet ju ingenting, avbryter Anette irriterat.

Robert vill gå, vill få med sig sin hustru, vill inte ha ett uppträde, men hon fortsätter fram till Axel.

– Erkänn att du bara hittade på felet, säger hon med gäll röst.

– Det är inget fel, det är bara ljudpinnen som ...

– Och när spelade du senast? För trettio, fyrtio år sedan? Du var bara ett barn då. Jag tycker att du ska säga förlåt.

– Låt det vara, säger Robert.

– Säg förlåt, kräver hon.

– Okej, förlåt, säger Axel och känner att han rodnar.

– För att du ljög, fortsätter hon. För att du ljög för att du inte kunde unna Robert det beröm hans nya fiol förtjänar.

– Förlåt för det.

Axel sätter på sin musik igen, ganska högt. Först låter det bara som ett klinkande på två ostämda gitarrer och en sångare som söker efter tonen med svag röst: *Goodbye love, goodbye love* ...

Anette mumlar något om Axels brist på begåvning och Robert säger åt henne att sluta samtidigt som han drar med henne ut ur rummet. Axel höjer ljudet ytterligare och trummorna och elbasen vänder den ut- och invända musiken rätt: *Didn't know what time it was, the lights were low oh oh. I leaned back on my radio oh oh.*

Axel blundar och känner ögonen bränna i mörkret. Han är redan mycket trött. Ibland sover han en halvtimme, ibland somnar han inte överhuvudtaget ens när Beverly ligger hos honom. Då brukar han slå en filt omkring sig, sätta sig på glasverandan med blicken ut mot gårdens vackra träd i det fuktiga gryningsljuset. Givetvis anar Axel Riessen vad hans problem beror på. Han blundar och återvänder i tankarna till dagarna som förändrade hans liv.

PENELOPE OCH BJÖRN ser på varandra med trötta, allvarliga ögon. Genom den slutna dörren hör de hur Ossian Wallenberg sjunger *Vill ni se en stjärna* som Zarah Leander medan han möblerar om.

– Vi kan övermanna honom, viskar Penelope.

– Kanske.

– Vi måste försöka.

– Och sedan, vad gör vi sedan? Ska vi tortera honom för att få pinkoden?

– Jag tror att han ger den till oss bara maktförhållandet ändras, säger Penelope.

– Men om han inte gör det?

Hon vinglar till av utmattning när hon går fram till fönstret och börjar lossa på hakarna. Fingrarna är ömma och svaga. Hon stannar till och betraktar sina händer i dagsljuset, ser smutsen under de brutna naglarna, fingrarna, grå av jord och lera, fulla av levrat blod från olika sår.

– Vi får ingen hjälp här, vi måste fortsätta, säger hon. Om vi letar oss längre upp längs stranden så ...

Hon tystnar och tittar på Björn som sitter hopsjunken på sängkanten i sin blå skinnkavaj.

– Bra, säger han tyst. Gör det.

– Jag lämnar inte dig.

– Fast jag kan inte, Penny, säger han utan att titta på henne. Mina fötter, jag kommer inte kunna springa, jag kan kanske gå en halvtimme, men såren, det blöder fortfarande.

– Jag hjälper dig.

– Det kanske inte finns fler telefoner på ön, det vet vi inte, vi har ingen aning.

– Jag tänker inte vara med i hans äckliga ...

– Penny, vi ... vi måste prata med polisen, vi måste få låna hans telefon.

Med ett stort leende slår Ossian upp dörren. Han är klädd i en leopardmönstrad kavaj och leopardmönstrat höftskynke. Med sirliga rörelser visar han fram dem till den väldiga soffan. Gardinerna är fördragna och han har skjutit bort möblerna mot väggarna så att han kan röra sig fritt i rummet. Ossian går in i skenet framför de båda golvlamporna, stannar och vänder sig om.

– Kära fredagsfirare, tiden går fort när man har roligt, säger han och blinkar med ena ögat. Vi har redan kommit fram till "Tävlingen" och välkomnar här kvällens tevekändis. En skitig kommunist och hennes minderåriga älskare. Ett riktigt omaka par, om ni frågar mig. En hagga och en ung man med välsvarvad torso.

Ossian skrattar och spänner musklerna mot den inbillade kameran.

– Kom igen nu! ropar Ossian och joggar på stället. Uppåt väggarna! Är alla beredda med knapparna? Jag ger er ... "Sanning och konsekvens"! Ossian Wallenberg utmanar – Haggan och Snyggingen!

Ossian lägger en tom vinflaska på golvet och snurrar den. Den spinner några varv innan den stannar med flaskhalsen pekande på Björn.

– Snyggingen! ropar Ossian leende. Snyggingen är första man till rakning! Här kommer frågan. Är du beredd på sanningen och ingenting annat än sanningen?

– Absolut, suckar Björn.

En svettdroppe faller från Ossians nästipp när han öppnar ett kuvert och läser högt:

– Vem tänker du på när du ligger med Haggan?

– Roligt, mumlar Penelope.

– Får jag telefonen om jag svarar? frågar Björn samlat.

Ossian plutar barnsligt med munnen och skakar på huvudet.

– Nej, men om publiken tror på ditt svar så får du första siffran i pinkoden.

– Och om jag väljer konsekvens?

– Då tävlar du mot mig och publiken gör sitt val, säger Ossian. Men tiden går, tick, tack, tick, tack. Fem, fyra, tre, två ...

Penelope tittar på Björn i det starka lampskenet, hans smutsiga ansikte, skäggstubben och det stripiga håret. Han är svart i näsborrarna av torkat blod och ögonen är trötta och rödsprängda.

– Jag tänker på Penelope när vi har sex, svarar Björn lågt.

Ossian buar, gör en äcklad min och joggar fram i ljuset.

– Sanning skulle det vara, skriker han. Det här är inte ens i närheten. Ingen i publiken tror på att du tänker på Haggan när du ligger med henne. Det blir ett, två, tre minuspoäng till Snyggingen.

Han snurrar flaskan igen, den stannar nästan direkt och den här gången är flaskhalsen riktad mot Penelope.

– Aj aj aj, ropar Ossian. En specialare! Och vad betyder det då? Just det! Konsekvens direkt! Ingen mosbricka med grillkrydda. Gå direkt till gå! Jag öppnar luckan och hör vad flodhästen viskar.

Ossian tar upp en liten flodhäst av mörkt, lackat trä från bordet, håller den mot örat, lyssnar och nickar.

– Du menar Haggan? frågar han och lyssnar igen. Jag förstår, herr flodhäst. Ja. Tack så mycket då.

Ossian ställer försiktigt ner flodhästen och vänder sig med ett leende mot Penelope.

– Haggan ska tävla mot Ossian! Och grenen är striptease! Kan du tända publiken bättre än Ossian får du alla siffrorna i pinkoden – annars måste Snyggingen sparka dig i arslet så hårt han kan.

Ossian hoppar jämfota fram till musikanläggningen, trycker på en knapp och efter en liten stund hörs *Teach Me Tiger*.

– Jag förlorade den här tävlingen mot Loa Falkman en gång, teaterviskar Ossian medan han gungar på höfterna i takt med musiken.

Penelope reser sig från soffan, tar ett steg fram och blir sedan stående i sina seglarstövlar, kritstrecksrandiga kostymbyxor och den stora, stickade tröjan.

– Du vill att jag ska ta av mig kläderna? frågar hon. Är det vad allting handlar om? Att få se mig naken?

Ossian slutar sjunga, stannar till, får ett besviket drag över munnen och ser kyligt på henne innan han svarar.

– Vore jag intresserad av att se en flyktinghoras lilla fitta så skulle jag beställa en på internet.

– Så vad fan är du intresserad av?

Ossian ger henne en hård örfil. Hon vinglar till, håller på att falla, men behåller balansen.

– Du ska vara artig mot mig, säger han allvarligt.

– Okej, mumlar hon.

Ett småleende rycker i hans mungipor innan han förklarar:

– Jag är en person som tävlar mot tevekändisar ... och dig har jag sett innan jag hunnit byta kanal.

Hon tittar på hans rödbrusiga, uppjagade ansikte.

– Du kommer inte att ge oss telefonen – eller hur?

– Jag lovar, regler är regler, ni får den, bara jag får det jag vill ha, svarar han snabbt.

– Du vet att vi befinner oss i en nödsituation och det utnyttjar du för ...

– Ja, det gör jag, skriker han.

– Okej, vad fan, då säger vi det, vi strippar lite och sedan får jag telefonen.

Hon vänder ryggen mot Ossian, drar av sig tröjan och T-shirten. I det starka ljuset lyser skrapsåren över skulderbladen och höften, blåmärken och smuts. Hon vänder sig runt och döljer brösten med sina båda händer.

Björn klappar i händerna och visslar med ledsen blick. Ossian är svettig i ansiktet, han tittar till på Penelope och ställer sig sedan i lampskenet framför Björn. Han rullar med höfterna och drar plötsligt av sig höftskynket, snurrar det runt, låter det gå mellan benen och slänger det sedan på Björn.

Ossian pussar mot honom och gör en gest om att de ska höras på telefon.

Björn klappar i händerna igen, visslar högre, fortsätter att klappa och ser samtidigt hur Penelope tar spiskroken av gjutjärn från stället vid kaminen.

Askskyffeln kommer i gungning och klingar svagt mot den stora tången.

Ossian dansar skuttande i sina guldglittrande paljettkalsonger.

Penelope håller spiskroken med båda händerna och närmar sig Ossian bakifrån. Han rullar med höfterna framför Björn.

– Ner på knä, viskar han mot Björn. Gå ner, gå ner Snygging!

Penelope höjer det tunga redskapet och slår honom över låret, så hårt hon kan. Det smackar till och Ossian faller omkull och skriker rakt ut. Han håller sig om låret, vrider sig runt i smärta och vrålar brölande. Penelope fortsätter rakt fram till musikanläggningen, slår sönder den med fyra tunga slag, tills det äntligen blir tyst.

Ossian ligger nu stilla, han andas mycket snabbt och kvider. Hon går fram till honom och han tittar upp på henne med rädda ögon. Hon står där en stund. Den tunga spiskroken av gjutjärn gungar långsamt i hennes högra hand.

– Herr flodhäst viskade att du ska ge mig telefonen och pinkoden, säger hon lugnt.

55

Polisen

DET ÄR MYCKET varmt och tryckande kvavt i Ossian Wallenbergs stuga. Björn reser sig gång på gång från stolen, ställer sig i fönstret och blickar ned mot vattnet och bryggan. Penelope sitter i soffan med telefonen i sin hand och väntar på att polisen ska ringa tillbaka. De tog emot larmet och lovade att kontakta henne på samma nummer när sjöpolisens båt närmar sig. Ossian sitter i en fåtölj med ett stort whiskyglas framför sig och betraktar dem. Han har ätit smärtstillande tabletter och säger med dämpad röst att han överlever.

Penelope tittar på telefonen, ser att signalen är svagare, men fortfarande tillräcklig. Polisen kommer att ringa tillbaka alldeles snart. Hon lutar sig bakåt i soffan. Det är fruktansvärt kvavt. T-shirten är blöt av svett. Hon sluter ögonen och tänker på Darfur, värmen i bussen när hon reste till Kubbum för att ansluta sig till Jane Oduya och Action Contre la Faim.

Hon hade varit på väg till barackerna som utgjorde organisationens administration när hon plötsligt stannade till. Hon hade fått syn på några barn som lekte en underlig lek. Det såg ut som om de ställde lerfigurer ute på vägen och sedan hoppades att de skulle krossas under bilarna. Hon gick försiktigt närmare för att förstå vad det var de gjorde. De skrattade så fort någon av deras lerfigurer blev överkörd:

– Jag dödade en till! Det var en gubbe!

– Jag har dödat en fur!

Ett av barnen sprang ut på vägen igen och ställde snabbt ned två lerfigurer. En stor och en liten. När en kärra välte den lilla och krossade den under hjulet, jublade barnen:

– Ungen dog! Horungen dog!

Penelope gick fram till barnen och frågade vad de höll på med, men de svarade inte, utan sprang bara iväg. Hon stod kvar och stirrade på lerskärvorna som låg på den rödbrända vägen.

Furerna är folket som gett området Darfur dess namn. Denna urgamla afrikansk stam håller på att försvinna på grund av *Janjawids* terror.

Eftersom de afrikanska folkslagen traditionellt är jordbrukare har det funnits motsättningar mellan dem och den nomadiserande delen av befolkningen sedan urminnes tider. Men det verkliga skälet till folkmordet är oljan. Man har hittat olja på mark som bebos av de gamla afrikanska stammarna och vill helt enkelt få bort byarna från området.

Trots att inbördeskriget är slut på papperet fortsätter Janjawid med sina systematiska räder, de våldtar kvinnorna, dödar männen och pojkarna och bränner sedan ned bostäderna.

Penelope såg de arabiska barnen rusa bort och gick fram och lyfte upp de sista hela lerfigurerna från vägen när någon ropade:

– Penny! Penny!

Hon ryckte till av rädsla, vände sig om och såg Jane Oduya stå och vinka mot henne. Jane var korpulent och kortväxt, bar urtvättade jeans och en gul jacka. Penelope kände knappt igen henne. Janes ansikte hade blivit så fårat och åldrat på bara några år.

– Jane!

De omfamnade varandra hårt.

– Du ska inte prata med de där barnen, mumlade Jane. De är som alla andra, de hatar oss för att vi är svarta, jag kan inte förstå det. De hatar svart skinn.

Jane och Penelope började gå mot flyktinglägret. Här och där hade människor börjat samlas för att äta och dricka. Lukten av bränd mjölk blandades med stanken från latrinerna. FN:s blå plastskynken syntes överallt, de användes till det mesta, gardiner, vindskydd, lakan. Hundratals av Röda Korsets vita tält ryckte i blåsten som gick över vidderna.

Penelope följde med Jane in i det stora sjukvårdstältet. Solljuset blev grått genom det vita tyget. Jane tittade in genom plastfönstret till den kirurgiska avdelningen.

– Mina sjuksköterskor har blivit duktiga kirurger, sa hon stilla. De genomför amputationer och lättare operationer, helt på egen hand.

Två smala pojkar, kanske tretton år gamla, bar in en stor kartong med förbandsmaterial i tältet och ställde försiktigt ner den invid några andra kartonger. De kom fram till Jane, hon tackade dem och sa att de skulle hjälpa kvinnorna som precis anlänt, de behövde vatten att tvätta såren med.

Pojkarna gick iväg och återvände snart med vatten i stora plastflaskor.

– De hörde till den arabiska milisen, förklarade Jane med en nick mot pojkarna. Men allt står stilla nu. I brist på ammunition och vapendelar är det en sorts balans, folk vet inte riktigt vad de ska göra, många har börjat hjälpa till här istället. Vi har en pojkskola med flera unga män från milisen i klassen.

En kvinna kved på en brits och Jane skyndade fram till henne och strök hennes panna och kinder. Hon såg inte ut att vara femton år men var höggravid och hade fått ena foten amputerad.

Hela dagen arbetade Penelope vid Janes sida, gjorde allt hon sa, ställde inga frågor, talade inte om någonting, gjorde bara allt för att Janes läkarkunskaper skulle utnyttjas maximalt, för att så många som möjligt skulle kunna bli hjälpta.

En afrikansk man i trettioårsåldern med vackert ansikte och muskulösa axlar skyndade fram till Jane med en liten vit ask.

– Trettio nya doser antibiotika, sa han strålande.

– Är det säkert?

Han nickade leende.

– Bra jobbat.

– Jag sticker och pressar Ross lite till, han pratade om att vi skulle kunna få en låda med blodtrycksmätare den här veckan.

– Det här är Grey, sa Jane. Han är egentligen lärare, men jag skulle inte orka om jag inte hade honom.

Penelope sträckte fram handen och mötte mannens lekfulla blick.

– Penelope Fernandez, sa hon.

– Tarzan, presenterade han sig och gav henne ett löst handslag.

– Han ville bli kallad för Tarzan när han kom hit, skrattade Jane.

– Tarzan och Jane, log han. Jag är hennes Tarzan.

– Jag gick till slut med på att han skulle få heta Greystoke, berättade Jane. Men alla tycker att det är för jobbigt att säga, så han får nöja sig med Grey.

En lastbil signalerade plötsligt med hornet utanför tältet och de sprang ut alla tre. Rödaktigt vägdamm yrde kring den rostiga bilen. På det öppna flaket låg sju skottskadade män. De kom västerifrån, från en by där det hade uppstått en eldstrid kring en brunn.

Resten av dagen ägnades åt akuta operationer. En av männen avled. Vid ett tillfälle blev Penelope stoppad av Grey. Han höll fram en vattenflaska mot henne. Penelope skakade bara stressat på huvudet, men han log lugnt tillbaka och sa:

– Du hinner dricka.

Hon tackade, drack vattnet och hjälpte honom sedan att lyfta upp en av de skottskadade männen på en brits.

På kvällen satt Penelope och Jane utmattade på verandan till en av bostadsbarackerna och åt en sen måltid. Det var fortfarande mycket varmt. De småpratade och blickade ut på vägen mellan hus och tält, på människorna som utförde de sista av kvällens sysslor medan det mörknade.

Lika snabbt som mörkret föll bredde en illavarslande tystnad ut sig. Först hörde Penelope människorna som drog sig tillbaka, prasslandet från latrinerna och enstaka smygande rörelser i mörkret. Men snart var det helt tyst, inte ens de minsta barnen grät.

– Alla är fortfarande rädda för att Janjawids trupper ska dra förbi, sa Jane och samlade ihop tallrikarna.

De gick in, låste och reglade ytterdörren och diskade sedan tillsammans. De sa god natt och Penelope gick till gästrummet längst bort i korridoren.

Två timmar senare vaknade Penelope med ett ryck på sin säng. Hon hade somnat påklädd och låg nu och lyssnade ut i Darfurs mäktiga natt. Hon kunde inte säga vad det var som väckte henne. Hjärtat höll på att lugna ner sig igen när hon plötsligt hörde ett skrik utanför. Penelope reste sig och gick fram till sitt lilla fönster med galler och blickade ut. Månskenet belyste gatan. Ett stressat samtal pågick någonstans. Tre tonårspojkar gick mitt på gatan. De hörde utan tvekan till milisen Janjawid. En av dem hade en revolver i handen. Penelope hörde att de skrek något om att döda slavar. En gammal afrikansk man som brukade grilla sötpotatis över en glöd och sälja dem för två piastrar styck satt redan på sin filt utanför ett FN-förråd. Pojkarna gick fram till den gamle mannen och spottade på honom. Den smale pojken höjde revolvern och sköt den gamle mannen rakt i ansiktet. Knallen ekade främmande mellan husen. Pojkarna skrek, tog några sötpotatisar, åt lite och sparkade ner resten i vägdammet bredvid den döde mannen.

De gick ut på gatan, såg sig om, pekade och fortsatte rakt mot den bostadsbarack där Penelope och Jane bodde. Penelope minns hur hon höll andan medan hon hörde dem klampa runt på verandan, prata uppjagat med varandra och bulta på dörren.

Penelope drar plötsligt efter luft och öppnar ögonen. Hon måste ha somnat till i Ossian Wallenbergs soffa.

Ett åskmuller tonar ut, dovt och knastrande. Himlen har mörknat.

Björn står i fönstret och Ossian smuttar på sin whisky.

Penelope tittar på telefonen – ingen har ringt.

Sjöpolisen borde vara här snart.

Åskknallarna kommer hastigt närmare. Taklampan slocknar, fläkten i köket tystnar, det har blivit strömavbrott. Det börjar smattra mot taket och fönsterblecken och plötsligt öser regnet ner.

All mobiltäckning försvinner.

En blixt lyser upp rummet och följs av en häftig knall.

Penelope lutar sig bakåt och lyssnar till regnet, känner den svalare luften genom fönstret, somnar till igen, men vaknar av att Björn säger någonting.

– Va? frågar hon.

– En båt, upprepar han. En polisbåt.

Hon reser sig snabbt och blickar ut. Vattnet ser ut att koka av det häftiga skyfallet. Den stora båten är redan nära, på väg in mot bryggan. Penelope tittar på telefonen. Mottagningen är fortfarande obefintlig.

– Skynda dig, säger Björn.

Han försöker få in nyckeln i låset till altandörren. Hans händer darrar. Polisbåten glider in mot bryggen, signalerar med sirenen.

– Den passar inte, säger Björn med hög röst. Det är fel nyckel.

– Oj oj oj då, ler Ossian och tar upp sin nyckelknippa. Då måste det vara den här.

Björn hämtar nyckeln, får in den i låset, vrider runt och hör det metalliska klickandet i låskolvens vridbara delar.

Det är svårt att se polisbåten genom regnet, den har redan börjat glida bort från bryggan när Björn får upp dörren.

– Björn, ropar Penelope.

Motorn dånar och det skummar vitt bakom båten, Björn vinkar och springer genom regnet så fort han kan på grusgången som leder nedför sluttningen.

– Här uppe, ropar han. Vi är här borta.

Björn är genomvåt över axlarna och låren. Han kommer ned till bryggan och ser hur båtmotorerna bromsar med ett pulserande undervattensmuller. En väska med utrustning för förstahjälpen står på akterdäck. Genom vindrutan anar han en polisman. En ny blixt lyser upp himlen. Det dånar öronbedövande. Polisen bakom fönstret ser ut att tala i en kommunikationsradio. Regnet studsar på båtens tak. Vågor slår upp på stranden. Björn ropar och vinkar med hela armen. Båten återvänder mjukt och babord sida stöter mot bryggan.

Björn griper tag i det våta räcket och tar sig ombord på fördäck, klättrar ner i den försänkta gången som leder fram till en metalldörr. Båten gungar i sina egna svallvågor. Han vinglar till, öppnar den tunga metalldörren och går in.

En söt och metallisk lukt fyller styrhytten, som av olja och svett.

Det första Björn ser är en solbränd polis som ligger på golvet med ett krossår i pannan. Ögonen är vidöppna. En nästan svart blodpöl breder ut sig under honom. Björn andas snabbt, blickar runt i det mörka utrymmet bland polisutrustning, regnkappor och magasin för surfare. Han hör en röst genom motorbullret. Det är Ossian Wallenberg som ropar något från grusgången. Han närmar sig haltande bryggan med ett gult paraply över huvudet. Björn känner pulsen dunka i tinningarna och förstår sitt misstag, att han har gått i fällan. Han ser blodstänken på vindrutans insida och trevar efter dörrhandtaget. Trappan till kajutan knarrar och han vänder sig om och ser sin förföljare komma upp ur dunklet. Han är klädd i poliskläder och ansiktet är uppmärksamt, nästan nyfiket. Björn förstår att det är för sent att fly. Han rycker åt sig en skruvmejsel från hyllan över instrumentpanelen för att försvara sig. Förföljaren håller sig i trappräcket, kommer upp i styrhytten, blinkar i det starka ljuset och vänder blicken mot vindrutan och stranden. Regnet slår mot glasrutan. Björn rör sig snabbt. Han siktar på hjärtat med skruvmejseln, stöter fram och förstår inte riktigt vad som händer. Det darrar bara till i axeln. Björn förlorar känseln i armen av ett snett, mötande slag. Det är som om armen inte längre finns. Skruvmejseln faller till golvet och skramlar in bakom en verktygslåda av aluminium. Förföljaren håller kvar ett grepp om hans livlösa arm, rycker honom framåt, vinklar hans kropp, sveper undan hans ben med en spark, styr och förstärker kraften i Björns fall så att ansiktet störtar nedåt och går in i fotstödet vid styrplatsen. Nacken bryts av kollisionen med ett dämpat, knastrande ljud. Han känner ingenting, men ser några konstiga gnistor, små bloss som hoppar runt i mörkret, långsammare och alltmer behagligt. Det spritter lite i Björns ansikte och bara några sekunder senare är han död.

56

Helikoptern

PENELOPE STÅR i fönstret. Himlen blinkar till av en blixt och mullret rullar över havet. Regnet öser ner. Björn har gått ombord på polisbåten och försvunnit in i styrhytten. Vattnet skummar av det hårda skyfallet. Hon ser Ossian stappla ner mot vattnet med ett gult paraply över huvudet. Metalldörren till båtens styrhytt öppnas och en uniformerad polis kommer ut på fördäcket, hoppar iland på bryggan och gör fast båten.

Först när polisen börjar gå uppför grusgången ser Penelope vem det är.

Förföljaren besvarar inte ens Ossians hälsning, han sträcker fram sin vänstra hand och tar ett hårt tag om Ossians haka.

Penelope märker inte att hon släpper telefonen i golvet.

Med saklig bryskhet vinklar den uniformerade mannen Ossians ansikte åt sidan. Det gula paraplyet faller till marken och rullar en bit nedför sluttningen. Hela förloppet är över på några ögonblick. Det är knappt att förföljaren stannar till när han med sin fria hand drar fram en kort dolk. Han vrider Ossians ansikte ytterligare lite och hugger honom sedan blixt-snabbt i nacken, ovanför atlaskotan, rakt in i hjärnstammen. Som ett bett från en orm. Ossian är redan död när han faller till marken.

Den polisuniformerade förföljaren fortsätter uppför gången mot huset med stora steg. Det bleka skenet från en blixt lyser plötsligt upp hans ansikte och Penelope möter hans blick genom regnet. Innan det mörknar hinner hon se ansiktets bekymrade drag. De trötta, ledsna ögonen och munnen med det djupa ärret. Åskan mullrar. Mannen fortsätter upp mot huset. Penelope står bara kvar i fönstret. Hon andas snabbt, men kommer sig inte för att fly, är paralyserad.

Regnet smattrar mot fönsterblecket och glaset. Världen utanför är underligt avlägsen för henne, men plötsligt uppstår ett annorlunda och alldeles gult ljus bakom mannen. Bryggan, vattnet och himlen lyser bländande. Från polisbåten reser sig en eldsflamma, som en stor ek av eld. Metalldelar slungas upp i luften. Eldmolnet växer och pulserar i brandgula schatteringar. Sprängvärmen antänder vassruggen och bryggan samtidigt som tryckvågen och knallen från explosionen når fram till huset.

Först när den skallrande fönsterrutan framför Penelopes ansikte spricker från kant till kant reagerar hon. Regnet störtar ner och möter den svarta röken som bolmar upp från resterna av båten bakom förföljaren. Han går med snabba steg upp mot huset. Penelope vänder sig om, rusar genom rummen, klättrar över den bortflyttade fåtöljen, kommer ut i hallen med de signerade porträtten, öppnar ytterdörren och springer snett över den blöta, misskötta gräsmattan. Hon halkar till, fortsätter i regnet, bort från huset på den upptrampade stigen, runt en björkdunge och ut på en äng. Där möter hon en barnfamilj med metspön och brandgula flytvästar och regnställ. Hon springer bara rakt igenom den lilla gruppen och ner mot en sandstrand. Hon är mycket andfådd, flåsar okontrollerat, det känns som om hon håller på att svimma. Hon måste stanna, vet inte vad hon ska ta sig till, hon kryper in bakom ett litet skjul, kräks bland nässlorna och ber viskande *Fader vår.* En åskknall hörs avlägset. Hon skakar i hela kroppen, men ställer sig ändå upp igen och stryker bort regn från ögonen med tröjans ärm. Hon lutar sig försiktigt fram och blickar runt hörnet, bort över ängen. Björkdungen rundas precis av förföljaren, han stannar till vid barnfamiljen som omedelbart pekar ut hennes riktning. Hon kryper bakåt, hasar nedför klippan och börjar springa efter vattenbrynet, kommer ut på sandstranden. Hennes spår lyser vita bakom henne när den blöta sanden rivs upp. Hon fortsätter ut på en mycket lång pontonbrygga, bara längre ut. Plötsligt hör hon det tunga smattret från en helikopters rotorblad. Penelope fortsätter utåt på bryggan, ser den polisklädde förföljaren springa mellan träden, ner mot stranden. Från en räddnings-helikopter har en man i brandgula kläder vinschats ner, han landar längst ut på bryggan, vattnet kring honom piskas ut i krusiga cirklar. Penelope springer fram till honom på den hala bryggan, han ropar åt henne hur hon ska stå, kopplar sedan fast livräddningsselen på henne och gör ett tecken till helikopterföraren. Tillsammans stiger de från bryggan, flyger tätt över vattenytan, lyfts sedan upp och åt sidan. Det sista Penelope ser av stranden, innan den skyms av granskogen, är att förföljaren har satt ner sitt ena knä på marken. Den svarta ryggsäcken ligger framför honom. Med säkra rörelser monte-rar han ihop ett skjutvapen. Sedan ser hon honom inte mer. Bara täta, gröna träd. Vattenytan rusar bort under henne. Plötsligt hör hon en kort knall och hur det samtidigt krasar till ovanför. Det rycker häftigt i vajern och ilar till i hennes mage. Mannen bakom henne ropar något till helikopterfö-raren. Det rycker till åt andra hållet, helikoptern girar brant och Penelope förstår vad som hänt. Hon inser att förföljaren har skjutit helikopterföraren från sin plats på stranden. Utan att tänka en enda formulerad tanke lossar Penelope säkerhets-spärren till spännet på selen, öppnar låset, får loss remmarna och faller nedåt. Hon störtar genom luften samtidigt som helikoptern förlorar lyftkraft och tippar åt sidan och börjar volta. Vajern med den hängande sjöräddaren snurrar in sig i den stora rotorn. Det smattrar öronbedövande och sedan hörs en tvådelad knall när de väldiga propellerbladen slits från axeln. Penelope faller kanske tjugo meter innan hon når vattenytan. Hon sjunker djupt. Dånande fortsätter hon nedåt i det kalla vattnet en lång stund innan rörelsen vänder.

Hon sparkar med benen, kommer upp och drar in luft i lungorna, blickar runt och börjar simma bort från ön, rakt ut i havet.

57

Oväder

JOONA LINNA och Saga Bauer lämnar Silencia Defence efter det korta mötet med direktören Pontus Salman.

De hade gillrat en fälla för honom. Men Pontus Salman hade överraskat dem genom att omedelbart identifiera sig själv och förklara omständigheterna. Fotografiet togs våren 2008 i en konsertsal i Frankfurt.

Pontus Salman hade förklarat att de hade diskuterat en sändning ammunition till Sudan när bilden togs. Affären var långt framskriden när någonting hände våren 2009 som omöjliggjorde affären. Salman tycktes förutsätta att både Joona och Saga förstod vad han syftade på.

Han berättade att det bara blev detta enda möte med Sudan och att alla möjligheter till fortsatta förhandlingar var uteslutna.

– Förstår du vad Salman pratade om? frågar Joona. Vad var det som hände 2009?

Redan innan de svänger ut på Nynäsvägen tar Saga Bauer upp sin telefon och ringer Simon Lawrence på Säpo.

– Jag antar att du inte ringer för en dejt, säger Simon sävligt.

– Du har Afrika norr om Sahara på ditt bord och vet antagligen vad som hände i Sudan våren 2009.

– Vad tänker du då på?

– Sverige kan av någon anledning inte exportera vapen till Sudan efter det.

– Läser du inte tidningarna?

– Jo, svarar hon lågt.

– I mars 2009 utfärdade den internationella brottmålsdomstolen ICC i Haag en häktningsorder på Sudans president Omar al-Bashir.

– På presidenten?

– Ja.

– Ingen liten sak.

– Åtalet gäller presidentens direkta order om plundring, våldtäkter, tvångsförflyttningar, tortyr, mord och utrotning av tre folkgrupper i Darfur.

– Jag förstår, säger Saga.

Innan de avslutar samtalet ger Simon Lawrence henne en kort föreläsning om situationen i Sudan.

– Vad gällde det? frågare Joona.

– Den internationella brottmålsdomstolen i Haag har utfärdat en häktningsorder på president al-Bashir, säger hon och ger Joona en lång blick.

– Det visste jag inte, sa Joona.

– FN införde ett vapenembargo mot Janjawid och andra beväpnade grupper i Darfur 2004.

De kör norrut på Nynäsvägen. Sommarhimlen mörknar och sänker sig nedåt.

– Fortsätt, säger Joona.

– President al-Bashir har hela tiden förnekat all koppling till milisen, berättar hon. Och efter FN:s embargo var det bara tillåtet med export direkt till Sudans regering.

– Just för att de inte hade någon koppling till milisen i Darfur.

– Precis, säger Saga. Och 2005 slöts ett allomfattande fredsavtal, Comprehensive Peace Agreement, vilket innebar slutet på Afrikas längsta inbördeskrig. Efter det fanns det inga principiella hinder för svensk vapenexport till Sudans armé. Carl Palmcronas roll var därför att bedöma om det var säkerhetspolitiskt relevant.

–Men den internationella brottmålsdomstolen gjorde visst en annan bedömning, säger Joona kärvt.

–Ja, totalt ... de såg en direkt förbindelse mellan presidenten och den beväpnade milisen och de begärde honom häktad för våldtäkter, tortyr och utrotning.

–Vad har hänt efter det?

–Det var ju val nu i april och al-Bashir sitter kvar som president och Sudan har givetvis inte en tanke på att rätta sig efter häktningsordern, men i dag är det förstås fullständigt uteslutet att exportera vapen till Sudan och göra affärer med Omar al-Bashir och Agathe al-Haji.

–Precis som Pontus Salman sa, säger Joona.

–Det var därför de avbröt affären.

–Vi måste hitta Penelope Fernandez, säger Joona precis när de första regndropparna träffar bilens vindruta.

De kör in i ett häftigt regnoväder och sikten blir mycket dålig. Det öser ner och dånar hårt mot bilens tak. Joona tvingas sänka hastigheten till femtio kilometer i timmen på motorvägen. Det är alldeles mörkt, men ibland lyser himlen upp av skenet från avlägsna blixtar. Vindrutetorkarnas blad sveper snabbt fram och tillbaka.

Plötsligt ringer Joonas telefon. Det är Petter Näslund, hans närmaste chef, som med stress i rösten förklarar att Penelope Fernandez ringde SOS-centralen för tjugo minuter sedan.

–Varför har jag inte fått veta någonting?

–Jag prioriterade att få dit sjöpolisen, de är redan på väg. Men jag rekvirerade också en helikopter från sjöräddningen för att få hem dem snabbt.

–Bra Petter, säger Joona och ser Saga ge honom en frågande blick.

–Jag vet att du vill höra Penelope Fernandez och Björn Almskog så fort det går.

–Ja, svarar Joona.

–Jag ringer dig när jag vet i vilket tillstånd de befinner sig.

– Tack.

– Kollegorna på sjöpolisen borde vara framme vid Kymmendö om bara ... Vänta, nu är det något som har hänt, kan du vänta en sekund.

Petter lägger ifrån sig telefonen och Joona hör honom prata med någon. Han hör hur Petter låter alltmer upprörd och till slut skriker "Men försök igen och igen", innan han tar upp telefonen.

– Jag måste sluta, säger Petter sammanbitet.

– Vad är det som händer? frågar Joona.

En åskknall mullrar och tonar knastrande bort.

– Vi får inte kontakt med kollegorna på båten, de svarar inte. Det är den där jävla Lance, han har väl fått syn på en våg som han måste prova.

– Petter, säger Joona med hög och allvarlig röst. Lyssna på mig, du måste handla mycket snabbt nu. Jag tror att båten är kapad och att ...

– Nu får du väl ändå ...

– Håll käften och lyssna, avbryter Joona. Antagligen är våra kollegor på sjöpolisen redan döda. Du har några få minuter på dig att sätta ihop en styrka och ta ansvaret för den minutoperativa ledningen. Ring RKC på ena telefonen och Bengt Olofsson på den andra, försök att få två patruller från NI och begär förstärkning med en Helikopter 14 från närmaste flottilj.

58

ETT OVÄDER drar in över Stockholm, åskan mullrar, blixtar lyser plötsligt upp himlen och regnet öser ner. Det smattrar mot fönstren till Carl Palmcronas stora våning. Tommy Kofoed och Nathan Pollock har återupptagit den avbrutna tekniska undersökningen.

Det är så mörkt att de blir tvungna att tända lamporna i taket.

I ett av de takhöga klädskåpen i Palmcronas dressingroom, under en rad av grå, blå och svarta kostymer, hittar Pollock en blank skinnmapp.

– Tommy, ropar han.

Kofoed kommer in, krumryggad och butter.

– Vad är det?

Nathan Pollock knackar lätt på skinnmappen med sina handskförsedda fingrar.

– Jag tror att jag har hittat någonting, säger han enkelt.

De går till den höga, djupa fönsternischen och Pollock lossar försiktigt spännet och slår upp skinnmappen.

– Fortsätt, viskar Kofoed.

Pollock lyfter varsamt bort det tunna försättsbladet med de få orden: *Carl Palmcronas sista vilja.*

De läser under tystnad. Dokumentet är daterat den första mars tre år tidigare. Palmcrona har testamenterat alla sina tillgångar till en enda person: Stefan Bergkvist.

– Vem i helvete är Stefan Bergkvist? frågar Kofoed när de har läst färdigt. Palmcrona hade ingen släkt, inga vänner så vitt jag förstår, han hade ingen.

– Stefan Bergkvist bor i Västerås ... vid upprättandet av detta dokument, säger Pollock. På Rekylgatan 11 i Västerås och ...

Pollock avbryter sig och tittar upp:

– Han är ett barn. Enligt personnumret är han bara sexton år.

Testamentet är upprättat av Palmcronas advokat på firman Wieselgreen och söner. Pollock bläddrar i testamentets uppdaterade appendix som preciserar Palmcronas tillgångar. Det rör sig om fyra pensionsfonder, utarrenderad skog, bara två hektar, en avstyckad gård i Sörmland som är långtidsuthyrd sedan tio år och den högt belånade bostadsrätten på Grevgatan 2. Den riktigt stora tillgången tycks vara ett konto på Standard Chartered Bank i Jersey vars saldo Palmcrona beräknar till nio miljoner euro.

– Det ser ut som om Stefan har blivit förmögen, säger Pollock.

– Ja.

– Men varför?

Tommy rycker på axlarna:

– Vissa testamenterar allt de har till sin hund eller tränare på gymmet.

– Jag ringer honom.

– Pojken?

– Vad ska vi annars göra?

Nathan Pollock tar upp sin telefon, slår ett nummer, ber att få bli kopplad till Stefan Bergkvist på Rekylgatan 11 i Västerås, får veta att det finns en Siv Bergkvist på samma adress och tänker att hon antagligen är pojkens mamma. Nathan tittar ut på det hårda regnet och takrännorna som svämmar över.

– Siv Bergkvist, svarar en kvinna med sprucken röst.

– Jag heter Nathan Pollock och jag är kriminalkommissarie ... är du mor till Stefan Bergkvist?

– Ja, viskar hon.

– Kan jag få tala med honom?

– Va?

– Det finns ingen anledning att bli orolig, jag behöver bara fråga ...

– Dra åt helvete, skriker hon och avbryter samtalet.

Pollock ringer samma nummer igen, men får inget svar. Han blickar ner på den blänkande gatan och ringer samma nummer igen.

– Micke, svarar en man med reserverad röst.

– Jag heter Nathan Pollock och jag ...

– Vad fan vill du?

Nathan hör kvinnan gråta i bakgrunden, hon säger något till mannen och han säger att han kan ta hand om det här.

– Nej, säger hon. Jag gör det ...

Telefonen lämnas över och steg hörs bort över golvet.

– Hallå, säger kvinnan lågt.

– Jag behöver verkligen ...

– Stefan är död, avbryter hon med gäll röst. Varför gör du så här, varför ringer du och säger att du ska prata med honom, jag orkar inte ...

Hon gråter i telefonen, någonting går i golvet, skramlar.

– Förlåt, säger Pollock. Jag visste inte, jag ...

– Jag orkar inte, gråter hon. Jag orkar inte mer.

Det hörs steg över golvet och sedan tar mannen telefonen igen.

– Nu får det räcka, säger han.

– Vänta, säger Pollock snabbt. Kan du berätta vad som hänt? Det är viktigt ...

Tommy Kofoed som har följt samtalet ser hur Nathan lyssnar på någon i telefonen, bleknar och stryker sig över den silvriga hästsvansen.

FLERA POLISER har samlats i korridorerna på polishuset. En nervös stämning ligger i luften. Alla väntar otåligt på nya rapporter. Först förlorade sambandscentralen kontakten med sjöpolisens båt och sedan försvann också radiokontakten med räddningshelikoptern.

Uppe på Rikskriminalens avdelning står Joona på sitt rum och läser vykortet som Disa har skickat honom från konferensen på Gotland. "Jag vidarebefordrar ett kärleksbrev från en hemlig beundrarinna. Kram, Disa." Han gissar att hon fick leta länge för att hitta ett kort som med säkerhet skulle få honom att rysa. Han biter ihop och vänder på kortet. På framsidan står det "Sex on the beach" med tryckta bokstäver ovanför en bild på en vit pudel med solglasögon och rosa bikini. Hunden sitter i en solstol och har en röd drink i ett högt glas bredvid sig.

Det knackar på dörren och Joonas leende försvinner när han möter Nathan Pollocks allvarliga ansikte.

– Carl Palmcrona testamenterade allt han hade till sin son, börjar Nathan.

– Jag trodde inte att han hade någon släkt.

– Sonen är död, han blev bara sexton år, det var tydligen en olycka igår.

– Igår? upprepar Joona.

– Stefan Bergkvist överlevde Carl Palmcrona med tre dagar, säger Nathan sakta.

– Vad är det som har hänt?

– Jag förstod inte riktigt, det var något med hans motorcykel, säger Pollock. Jag har bett om att få fram den preliminära rapporten ...

– Vad vet du?

Den gänglige mannen med silverhästsvansen slår sig ned på kontorsstolen.

– Jag har pratat i flera omgångar med mamman, Siv Bergkvist, och hennes sambo Micke Johansson ... och vad som framgår är att Siv vikarierade som Palmcronas sekreterare när han jobbade på Fjärde sjöstridsflottiljen. De hade en kort relation. Hon blev gravid. När hon berättade det för honom hade han sagt att han förutsatte en abort. Siv återvände till Västerås, födde barnet och har sedan dess alltid hävdat att fadern var okänd.

– Visste Stefan att hans pappa var Carl Palmcrona?

Nathan skakar på huvudet och tänker på mammans ord: "Jag sa till Humlan att hans pappa var död, att han dött innan han föddes."

Det knackar på dörren och Anja Larsson kommer in och lägger en rapport, fortfarande varm efter utskriften, på bordet.

– En olyckshändelse, säger Anja utan vidare förklaring och lämnar rummet igen.

Joona tar plastmappen och börjar läsa rapporten från den inledande tekniska undersökningen. På grund av den höga värmeutvecklingen var inte dödsorsaken koloxidförgiftning utan en direkt följd av brännskadorna. Innan pojken dog hade huden spruckit som av djupa skärsår och sedan hade all muskulatur skrumpnat ihop. Värmen hade orsakat brott på skallen och de långa rörbenen. Obducenten hade konstaterat brandhematom, en blodansamling mellan skallbenet och den hårda hjärnhinnan som beror på att blodet börjat koka.

– Ohyggligt, mumlar Joona.

Brandundersökningen hade försvårats av att det i princip inte återstod någonting av boden där resterna av Stefan Bergkvist återfanns. Bara en pyrande bädd av aska, svarta metall-

delar och taggiga rester av en förkolnad kropp i hopvriden
ställning innanför det som varit dörren. Polisens preliminära
teori utgick i stort från ett enda vittne, lokföraren som larmade
brandkåren. Han hade sett den brinnande motorcykeln ligga
som en kil utanför boden. Sammantaget talade resultaten för
att den sextonårige Stefan Bergkvist hade befunnit sig inne i
den gamla byggboden när hans motorcykel råkade välta så illa
att den blockerade dörren. Tanklocket var inte påskruvat och
bensinen rann ut. Vad som fick bensinen att ta eld var inte
känt vid rapportens tillkomst, men antagligen rörde det sig
om en cigarett.

– Palmcrona dör, säger Pollock långsamt. Han lämnar hela
sin förmögenhet åt sin son och tre dagar senare är sonen också
död.

– Arvet tillfaller modern? frågar Joona.

– Ja.

De blir tysta och hör båda två de långsamma, hasande stegen
i korridoren innan Tommy Kofoed kommer in i Joonas rum.

– Jag har öppnat Palmcronas kassaskåp, säger Kofoed trum-
pet. Han hade ingenting där, bara den här.

Han håller en vackert inbunden läderbok.

– Vad är det? frågar Pollock.

– En levnadsbeskrivning, säger Kofoed. Det är ganska vanligt
i hans samhällsklass.

– En dagbok, menar du?

Kofoed rycker på axlarna.

– Snarare en sorts anspråkslösa memoarer, inte menade för
publicering. De ska egentligen bara foga ännu en del till släk-
tens gemensamma historia. Det är handskrivna sidor ... Det
börjar med en släkttavla, hans fars karriär och sedan bara ett
trist uppradande av den egna skolgången, examen, militärtjänst
och yrkeskarriär ... Han gör ett antal misslyckade placeringar
och privatekonomin försämras ganska brant, han säljer av mark
och egendomar. Allt är mycket torrt beskrivet ...

–Och sonen?

–Relationen med Siv Bergkvist beskrivs kortfattat som en olyckshändelse, svarar Tommy Kofoed och tar ett djupt andetag. Men ganska snart börjar han nämna Stefan i levnadsteckningen och de sista åtta årens anteckningar rör inte någonting annat än sonen. Han följer pojkens liv på avstånd, han vet vilken skola han går på, vilka intressen Stefan har, vilka vänner han umgås med. Ett antal gånger nämner han att arvet ska återställas. Det verkar som att han sparar alla sina pengar för sonens räkning. Till slut skriver han bara om hur han tänker söka upp sin son så snart han fyllt arton år. Han skriver om hur han hoppas att sonen ska förlåta honom och att de ska få lära känna varandra efter alla år. Det är det enda han tänker på . . . Och nu är de plötsligt döda båda två.

–Vilken mardröm, muttrar Pollock.

–Vad sa du? frågar Joona och tittar upp.

–Jag tänkte bara att det är som en mardröm, svarar Pollock undrande. Han gör allt för sin sons framtid och så visar det sig att sonen bara överlever sin far med tre dagar, han får inte ens veta vem hans far var.

BEVERLY LIGGER redan i hans säng när Axel kommer in i sovrummet. Han sov bara två timmar förra natten och känner sig yr av trötthet.

– Hur lång tid tar det för Evert att köra hit? frågar hon med klar röst.

– Din pappa, menar du? Kanske sex timmar.

Hon reser sig upp ur sängen och börjar gå mot dörren.

– Vad ska du göra? frågar Axel.

Hon vänder sig om.

– Jag tänkte att han kanske sitter i bilen och väntar på mig.

– Du vet att han inte åker till Stockholm, säger Axel.

– Jag vill bara titta ut genom fönstret för säkerhets skull.

– Vi kan ringa honom – ska vi göra det?

– Jag har redan försökt.

Han sträcker ut en hand och klappar henne försiktigt på kinden och hon sätter sig ner i sängen igen.

– Är du trött? frågar hon.

– Jag känner mig nästan sjuk.

– Vill du att vi sover tillsammans?

– Ja, snälla.

– Jag tror att pappa vill prata med mig i morgon, säger hon lågt.

Axel nickar:

– Det går säkert bra i morgon.

Hennes stora, glänsande ögon gör att hon ser yngre ut än någonsin.

– Lägg dig då, säger hon. Lägg dig då så får du sova, Axel.

Han blinkar trött mot henne och ser henne lägga sig försiktigt på sin sida av sängen. Hennes nattlinne luktar ren bomull. När han lägger sig bakom henne vill han bara gråta. Han vill säga till henne att han tänker skaffa en psykolog till henne, han tänker hjälpa henne ut ur den här fasen, det kommer att bli bättre, det blir det alltid.

Sakligt tar han tag om hennes ena överarm, lägger den andra handen om hennes mage och hör henne kvida till när han drar henne till sig. Han pressar in ansiktet i hennes nacke, andas fuktigt mot hennes huvud, håller henne hårt. Efter en stund känner han hennes snabba andhämtning bli lättare. De ligger alldeles stilla, blir varma och svettiga, men han släpper inte taget om henne.

*

På morgonen går Axel upp tidigt, han har sovit i fyra timmar och har ont i musklerna. Han står vid fönstren och betraktar de mörka syrenklasarna.

När han kommer till sin nya arbetsplats känner han sig fortfarande frusen och trött. Igår hade han varit en sekund ifrån att skriva sitt namn på en död mans kontrakt. Han skulle ha lagt sin egen ära i händerna på en hängd man, litat på hans bedömning och bortsett från sin egen.

Han känner sig mycket lättad över sitt beslut att vänta, men tänker samtidigt att det kanske var lite dumt att rita en gubbe i kontraktet.

Han vet att han de närmaste dagarna måste godkänna utförseln av ammunition till Kenya. Han öppnar mappen med handlingarna och börjar läsa om Sveriges handelsutbyte i regionen.

En timme senare puttas dörren till Axel Riessens kontor upp och Jörgen Grünlicht kommer in, drar fram en stol till skrivbordet och sätter sig. Han öppnar mappen, tar upp kontraktet, bläddrar fram till raden för namnteckningen och möter sedan Axels blick.

– Hej, säger Axel.

Jörgen Grünlicht kan inte låta bli att le eftersom den tecknade gubben med spretigt hår faktiskt liknar Axel Riessen och för att det i pratbubblan från gubbens mun just står: hej!

– Hej, säger Jörgen.

– Det var för tidigt, förklarar Axel.

– Jag förstår markeringen, det var inte meningen att stressa dig, även om det verkligen är lite bråttom, säger Jörgen. Handelsministern var på mig igen, Silencia Defence ringer flera gånger om dagen. Men jag förstår dig, ska du veta. Du är helt ny och ... vill gå grundligt tillväga.

– Ja.

– Och det är förstås bra, fortsätter han. Men du vet att du kan överlämna ärendet till regeringen om du känner dig osäker.

– Jag känner mig inte osäker, svarar Axel. Jag är inte färdig, det är faktiskt inte svårare än så.

– Det är bara ... från deras håll har det gått orimligt lång tid.

– Jag lägger alla andra ärenden åt sidan, och jag kan säga att så här långt ser det hela mycket bra ut, svarar han. Jag tänker inte avråda Silencia Defence från att lasta fartyget, men jag är inte färdig.

– Jag hälsar alla parter att du är positiv.

– Det kan du göra, jag menar, om jag inte hittar något anmärkningsvärt så är det ...

– Det gör du inte, jag har själv gått igenom handlingarna.

– Då så, säger Axel mjukt.

– Jag ska inte störa dig mer, säger Jörgen och reser sig från stolen. När tror du att bedömningen är färdig?

Axel tittar återigen på materialet.

– Räkna med ett par dagar, för jag blir kanske tvungen att skaffa fram egna uppgifter från Kenya.

– Självklart, ler Jörgen Grünlicht och lämnar rummet.

Det han alltid tänker på

REDAN KLOCKAN tio lämnar Axel ISP för att arbeta hemma. Han tar med sig alla handlingar kring utförselstillståndet. Tröttheten gör honom frusen och hungrig, han kör till Grand Hotel och köper med sig brunch för två personer. Axel går in och bär med sig maten in i köket. Beverly sitter mitt på köksbordet och bläddrar i tidskriften Amelia Brud & Bröllop.

– Är du hungrig? frågar han.

– Jag vet inte om jag vill ha vitt när jag gifter mig, säger Beverly. Kanske ljusrosa ...

– Jag tycker om vitt, mumlar han.

Axel ställer i ordning en bricka och sedan går de båda upp till den lilla röda rokokogruppen vid det stora fönsterpartiet i salongen. Mellan dem står ett åttkantigt sjuttonhundratalsbord. Skivan vittnar om den tidens vurm för intarsia. Motivet är en trädgård med påfåglar och en kvinna som spelar kinesisk brädcittra.

Axel dukar med familjeporslinet med silverfärgat vapen, grå linneservetter och de tunga vinglasen. Han häller upp Coca-Cola i Beverlys glas och mineralvatten med limeskivor i sitt eget.

Beverlys nacke är smal, hakan nätt och vacker. Eftersom hennes hår är så kort syns hela bakhuvudets mjuka rundning. Hon tömmer glaset och sträcker sedan lojt på överkroppen. En vacker och barnslig gest. Han tänker att hon kommer att göra samma rörelse som vuxen kvinna, kanske till och med som gammal.

– Berätta om musiken igen, ber hon.

– Var var vi? frågar Axel och riktar fjärrkontrollen mot ste-
reon.

Alexander Malters överlägset känsliga tolkning av Arvo Pärts
Alina hörs i högtalarna. Axel ser ned i sitt glas där bubblorna i
mineralvattnet spritter, och han önskar intensivt att han kunde
dricka igen, han önskar att han hade champagne till sparrisen
och sedan Propavan och Stesolid inför natten.

Axel häller upp mer Coca-Cola åt henne. Hon tittar upp och
tackar tyst. Han blickar rakt in i hennes stora, mörka ögon och
märker inte att hennes glas skummar över förrän läskedrycken
sprider sig ut över bordsskivan. Hela det kinesiska motivet
mörknar som om solen gick i moln, en blöt hinna gör parken
med påfåglar blänkande.

Han reser sig och ser hur Beverly avspeglas i fönsterglaset, ser
hennes haklinje och plötsligt inser han att hon liknar Greta.

Märkligt att han ser det först nu.

Axel vill bara vända sig bort och springa ut, vill lämna huset,
men han tvingar sig själv att hämta en trasa medan hjärtat
återfinner sin lugna rytm.

De är inte alls porträttlika, men på många sätt påminner
Beverly om Greta.

Han stannar till och stryker sig med en darrande hand över
munnen.

Han tänker på Greta varje dag, försöker låta bli att tänka på
henne varje dag.

Veckan fram till tävlingens final förföljer honom.

Det var trettiofyra år sedan, men allting förmörkades i hans
liv, han var så ung, bara sjutton år, men mycket var redan
förbi.

JOHAN FREDRIK BERWALDS tävling var utan tvekan nor-
ra Europas mest prestigefulla tävling för unga violinister. Den
hade lyft fram flera av världens kända virtuoser och placerat
dem rakt i det stora, bländande strålkastarljuset. Inför denna
final återstod bara tre solister. I sex omgångar hade färre och
färre tävlande spelat inför en sluten jury, men finalen skulle ske
nästa dag inför en stor publik i Konserthuset i samband med
en tevesänd konsert dirigerad av Herbert Blomstedt.

I musikerkretsar var det en sensation att två av finalisterna,
Axel Riessen och Greta Stiernlood, studerade vid Kungliga
Musikhögskolan i Stockholm. Den tredje finalisten var Shiro
Sasaki från Japan.

För Alice Riessen som själv var yrkesmusiker utan något
genombrott var sonen Axels framgångar en enorm triumf. I
synnerhet nu sedan hon mottagit en rad varningar från skolans
rektor för att Axel uteblev från föreläsningar, ibland hela dagar,
var okoncentrerad och slarvig.

Efter att ha gått vidare till tredje omgången fick Axel och
Greta ledigt från undervisningen för att kunna ägna all tid åt
repetitioner inför nästa moment. Under tävlingen hade de lärt
känna varandra, de gladdes åt varandras framgångar och inför
finalen började de träffas hemma hos Axel för att ge varandra
stöd.

Det sista tävlingsmomentet utgjordes av ett stycke som vio-
linisten valde själv eller ihop med sin handledare.

Axel och hans yngre bror Robert disponerade de sju rummen längst upp i det stora huset i Lärkstaden. Axel övade i princip aldrig på sitt instrument, men han älskade att spela, att söka sig igenom nya stycken, prova klanger som han aldrig förut hört och ibland satt han långt in på natten, spelade på sin fiol och utforskade dess väsen, ända tills fingertopparna brände.

Det var bara en dag kvar. I morgon skulle Axel och Greta spela finalen i Konserthuset. Axel satt och tittade på omslagen till LP-skivorna som låg utspridda på golvet framför hans grammofon. Det var tre skivor av David Bowie, *Space Oddity*, *Alladin Sane* och *Hunky Dory*.

Hans mamma knackade på dörren och kom in med en flaska Coca-Cola och två glas med isbitar och citronskivor. Axel tackade en aning förvånat, tog emot brickan och ställde ned den på soffbordet.

– Jag trodde att ni övade, sa Alice och blickade runt.

– Greta behövde gå hem och äta.

– Men du kan väl fortsätta så länge.

– Jag väntar på henne.

– Du vet att det är final i morgon, sa Alice och satte sig ned bredvid sin son. Jag övar minst åtta timmar om dagen, jag har ibland jobbat tio timmar om dagen.

– Jag är inte ens vaken tio timmar om dagen, skojade Axel.

– Axel, du är begåvad.

– Hur vet du det?

– Det vet jag. Men det räcker inte, det räcker inte för någon, sa hon.

– Mamma, jag övar som en galning, ljög han.

– Spela för mig, bad hon.

– Nej, sa han tvärt.

– Jag förstår att du inte vill ha din mamma som lärare, men du kunde låta mig hjälpa till, nu när det gäller, fortsatte Alice tålmodigt. Senast jag hörde dig, det var faktiskt för två år sedan, på en julkonsert, ingen begrep vad du spelade ...

– Bowies *Cracked Actor.*

– Det var omoget ... men ganska imponerande, för en femtonåring, erkände hon och sträckte ut handen för att klappa honom. Men i morgon så ...

Axel drog sig undan moderns hand:

– Tjata inte på mig.

– Får jag veta vad du har valt för stycke?

– Klassiskt, svarade han med ett stort leende.

– Tack gode Gud för det.

Han ryckte på axlarna och mötte inte hennes blick. När det ringde på dörren lämnade han bara rummet och rusade nedför trapporna.

Det hade börjat skymma, men snön hade skapat ett indirekt ljus, ett mörker som inte tätnade, utanför huset. Greta stod på trappan med baskern och duffeln. Den randiga halsduken var virad om halsen. Hennes kinder lyste röda av kylan och håret som spred sig över axlarna var fullt av snöflingor. Hon la fiollådan på byrån i hallen, hängde noggrant av sig ytterplaggen, snörde upp de svarta kängorna och tog fram sina låga inneskor ur axelremsväskan.

Alice Riessen kom ner och hälsade, hon var mycket uppspelt och hennes kinder blossade av glädje:

– Det är bra att ni hjälper varandra att öva, sa hon. Du måste vara sträng mot Axel, annars latar han sig bara.

– Jag har märkt det, skrattade Greta.

Greta Stiernlood var dotter till en industriman som innehade stora aktieposter i bland annat Saab Scania och Enskilda Banken. Greta hade växt upp ensam med sin far – hennes föräldrar skiljdes när hon var mycket liten och hon hade aldrig träffat sin mamma efter det. Mycket tidigt – kanske redan innan hon föddes – bestämde hennes pappa att hon skulle bli violinist.

När de kom upp till Axels musikrum gick Greta fram till flygeln. Det glänsande, lockiga håret låg utspritt över axlarna. Hon var klädd i en vit blus och skotskrutig kjol, mörkblå slipover och randiga strumpbyxor.

Hon packade upp sin fiol, fäste hakstödet, strök bort harts som fastnat på strängarna med en bomullstrasa, spände stråken och placerade noterna på stället. Hastigt kontrollerade hon att fiolen inte hade stämt ur sig på grund av kylan och fuktför-ändringarna.

Sedan började hon öva. Hon spelade som alltid, med halv-slutna ögon och inåtvänd blick. De långa fransarna kastade skälvande skuggor över hennes blossande ansikte. Axel kände väl till stycket: den första stämman till Beethovens femtonde stråkkvartett. Ett allvarligt och sökande tema.

Han lyssnade, log och tänkte att Greta hade en känsla för musik, en ärlighet i sina tolkningar som fyllde honom med respekt.

– Fint, sa han när hon tystnade.

Hon bytte notpapper och blåste på sina ömma fingrar.

– Fast jag kan inte bestämma mig ... du vet, pappa har tagit reda på vad jag borde spela, han säger att jag ska spela Tartini, violinsonaten i g-moll.

Hon tystnade, tittade på noterna, följde dem med blicken, räknade sextondelar och memorerade komplicerade legaton inom sig.

– Men jag känner mig inte säker, jag ...

– Får jag höra? frågade Axel.

– Det låter hemskt, sa hon och rodnade.

Hon spelade den sista satsen med spänt ansikte, det var vack-ert och sorgset, men mot slutet tappade hon tempo när fiolens högsta toner skulle stöta uppåt som en orolig eld.

– Fan, viskade hon och placerade fiolen i viloläge under armen. Jag kom efter, jag har jobbat som ett djur, men jag måste in mer på sextondelarna och triolerna som ...

– Fast jag gillade gunget, som om du böjde en stor spegel mot ...

– Jag spelade fel, avbröt hon och rodnade ännu häftigare.

Förlåt, du försökte bara vara snäll, jag vet, men det går inte, jag måste spela rätt. Det är inte klokt att jag sitter kvällen före utan att kunna bestämma mig om jag ska ta det lätta eller satsa på det svåra stycket.

– Du kan ju båda så ...

– Nej, det gör jag inte, det skulle bli en chansning, sa hon. Men ge mig några timmar, tre timmar, så vågar jag kanske satsa på Tartini i morgon.

– Du kan inte göra det bara för att din pappa tycker att ...

– Fast han har rätt.

– Nej, sa Axel och rullade långsamt en joint.

– Jag kan det lätta, fortsatte hon. Men det duger kanske inte, det beror på vad du och den japanska killen väljer.

– Man kan inte tänka så.

– Hur ska man tänka då? Jag har inte sett dig öva en enda gång. Vad ska du spela – har du ens bestämt dig?

– Ravel, svarade han.

– Ravel? Utan att öva?

Hon skrattade till.

– Men på riktigt? frågade hon.

– Ravels *Tzigane* – ingenting annat.

– Axel, förlåt, det är ett helt vansinnigt val, det vet du, det är för komplicerat, för snabbt, för övermodigt och ...

– Jag vill spela som Perlman, men utan brådska ... för det går egentligen inte fort.

– Axel, det går fruktansvärt fort, log hon.

– Ja, för haren som jagas ... men för vargen går det för långsamt.

Hon gav honom en trött blick.

– Var har du läst det där?

– Det tillskrivs Paganini.

– Jaha, då har jag bara min japanske motståndare att oroa mig för, sa hon och la fiolen på axeln. Du övar inte, Axel, du kan inte spela Ravels *Tzigane*.

– Det är inte så svårt som alla säger, svarade han och tände jointen.

– Nej, log hon och började spela igen.

Hon avbröt sig efter en liten stund och tittade på honom med allvarlig blick.

– Ska du spela Ravel?

– Ja.

Hon blev allvarlig.

– Har du ljugit för mig, har du hållit på och övat på det här stycket i fyra år eller vad handlar det om?

– Jag bestämde mig nu – precis när du frågade.

– Hur kan du vara så dum? skrattade hon.

– Jag bryr mig inte om jag kommer sist, sa han och la sig på soffan.

– Jag bryr mig, sa hon enkelt.

– Jag vet, men det kommer fler chanser.

– Inte för mig.

Hon började spela det svåra stycket av Tartini igen, det gick bättre, men hon avbröt sig ändå, spelade det komplicerade partiet igen och en gång till.

Axel klappade i händerna, placerade David Bowies skiva *The Rise and Fall of Ziggy Stardust and the Spiders from Mars* på grammofonen och förde ut tonarmen över LP:n. Han la sig ner, blundade och sjöng med i sången.

Ziggy really sang, screwed up eyes and screwed down hairdo. Like some cat from Japan, he could lick'em by smiling. He could leave'em to hang.

Greta tvekade, la ner fiolen, gick fram till honom och tog emot jointen från hans hand. Hon rökte några bloss, hostade och lämnade tillbaka den.

– Hur kan man vara så dum som du? frågade hon och strök honom plötsligt över läpparna.

Hon böjde sig fram och försökte kyssa honom på munnen, men hamnade snett, kysste honom på kinden, viskade förlåt och kysste honom igen. De fortsatte kyssas, försiktigt, sökande. Han drog av henne slipovern, hennes hår sprakade av statisk elektricitet. Han fick en stöt när han nuddade hennes kind och drog hastigt tillbaka handen. De log nervöst mot varandra och kysstes igen. Han knäppte upp knapparna i den vita, strukna blusen och kände de små brösten genom hennes enkla behå. Hon hjälpte honom av med T-shirten. Hennes långa, sling-rande hår luktade snö och vinter, men hennes kropp var varm som nybakat bröd.

De fortsatte in till sovrummet och sjönk ner på hans säng. Med darrande händer knäppte hon av sig den fodrade omlott-kjolen och höll sedan fast i sina underbyxor så att de inte skulle följa med när han drog ner hennes tjocka, randiga strump-byxor.

– Vad är det? viskade han. Vill du sluta?

– Jag vet inte – vill du sluta?

– Nej, log han.

– Jag är bara lite nervös, sa hon ärligt.

– Fast du är ju äldre än jag.

– Just det, du är ju bara sjutton – det är nästan lite oanstän-digt, log hon.

Axels hjärta slog hårt när han drog ned hennes underbyxor. Hon låg alldeles stilla när han kysste hennes mage, de små brös-ten, halsen, hakan, läpparna. Hon särade försiktigt på benen och han la sig över henne, kände hur hon långsamt tryckte sina lår mot hans höfter. Hennes kinder blev alldeles blossande röda när han gled in i henne. Hon drog honom till sig, smekte hans nacke och rygg och suckade tyst varje gång han sjönk in i henne.

När de sedan flämtande stillnade så hade ett tunt lager varm svett bildats mellan deras nakna kroppar. De låg omslingrade i hans säng med slutna ögon och somnade snart.

63

Johan Fredrik Berwalds tävling

DET VAR LJUST utanför när Axel vaknade till dagen då han förlorade allt. Han och Greta hade inte dragit för gardinerna, de hade bara somnat tillsammans i sängen och sovit hela natten i varandras armar, utmattade och lyckliga.

Axel lämnade sängen, tittade på Greta som sov med alldeles lugnt ansikte och det tjocka täcket vridet kring sig. Han gick mot dörren, stannade till framför spegeln och betraktade sin nakna, sjuttonåriga kropp en liten stund innan han fortsatte till musikrummet. Försiktigt stängde han dörren mot sovrummet, gick fram till flygeln och tog upp sin fiol ur lådan. Han la den till axeln, ställde sig i fönstret och tittade ut på vintermorgonen, på snön som blåste ner från taken, som drogs ut till långa slöjor, och så började han spela Maurice Ravels *Tzigane* direkt ur minnet.

Stycket började med en sorgsen romsk melodi, långsam och mättad, men sedan stegrades tempot. Melodin producerade allt hastigare ekon av sig själv som gnistrande, sekundsnabba minnen från en sommarnatt.

Det gick oerhört fort.

Han spelade för att han var lycklig, han tänkte inte, lät bara fingrarna rinna, dansa med den sprittande, porlande bäcken.

Axel började le för sig själv när han kom att tänka på tavlan som hans farfar hade i sin salong. Han hävdade att det var Ernst Josephsons mest glödande version av Näcken. Som barn hade Axel tyckt om sägnerna kring detta trollväsen som lockade folk att drunkna genom sitt vackra fiolspel.

Axel tänkte att han i denna stund liknade Näcken, den nakne ynglingen som satt i vattnet och spelade. Den stora skillnaden mellan Axel och Näcken på Josephsons tavla var att Axel var lycklig.

Stråken gick över strängarna, växlade med hisnande fart. Han brydde sig inte om att tagel lossnade och hängde från froschen.

Så här ska Ravel spelas, tänkte han. Han ska spelas lycklig, inte exotisk. Ravel är en lycklig kompositör, en ung kompositör.

Han lät resonansen från de avslutande tonerna hänga kvar i fiolen, yra bort som den lätta snön på taken utanför. Han sänkte stråken och var på väg att buga sig mot vintern, när han anade en rörelse bakom sig.

Han vände sig runt och fick se Greta stå i dörren. Hon höll täcket framför sig och tittade på honom med egendomliga, mörka ögon.

Han blev orolig när han såg allvaret i hennes ansikte.

– Vad är det?

Hon svarade inte, svalde bara hårt. Ett par stora tårar började rinna nedför hennes kinder.

– Greta, vad är det? upprepade han.

– Du sa att du inte hade övat, sa hon entonigt.

– Nej, jag ... jag, stammade han. Jag har ju sagt att det är lätt för mig att lära mig nya stycken.

– Grattis.

– Det är inte som du tror.

Hon skakade på huvudet.

– Jag fattar inte hur jag kunde vara så dum, sa hon.

Han la ifrån sig fiolen och stråken, men hon återvände till sovrummet och stängde dörren efter sig. Han drog på sig ett par jeans som hängde på en stolsrygg, gick fram till dörren och knackade på.

– Greta? Får jag komma in?

Hon svarade inte. Han kände en svart, tung klump av oro växa inombords. Efter en liten stund kom hon ut, fullt påklädd. Hon tittade inte på honom, gick bara fram till flygeln, packade ihop sin fiol och lämnade honom ensam.

*

Det var fullsatt i Konserthuset. Greta var först av de tävlande. Hon hade inte sett på honom, inte hälsat när hon kom. Hon var klädd i en djupblå sammetsklänning och bar ett enkelt halsband med ett hjärta.

Axel satt i logen och väntade med halvslutna ögon. Det var alldeles tyst. Bara ett svagt sus hördes bakom ett dammigt fläktgaller av plast. Hans lillebror Robert kom in till honom.

– Ska inte du sitta med mamma? frågade Axel.

– Jag är för nervös ... jag kan inte titta när du spelar, jag sitter här och väntar istället.

– Har Greta börjat spela?

– Ja, det låter fint.

– Vilket stycke valde hon, var det Tartinis violinsonat ...

– Nej, det var någonting av Beethoven.

– Bra, mumlade Axel.

De satt båda tysta, sa ingenting mer. Efter en stund knackade det på dörren. Axel reste sig, öppnade för en kvinna som förklarade att det var hans tur alldeles snart.

– Lycka till, sa Robert.

– Tack, svarade Axel, tog fiol och stråke och följde med kvinnan genom korridoren.

Höga applåder hördes från scenen och Axel fick en skymt av Greta och hennes far när de skyndade in i sin loge.

Axel gick genom gången och fick sedan vänta bakom en skärm bredvid scenen på att konferencieren skulle presentera honom. Efter att ha hört sitt namn gick han rakt ut i det bländande strålkastarskenet och log mot publiken. Det gick ett sus genom hela konsertsalen när han förklarade att han skulle spela Maurice Ravels *Tzigane*.

Han la fiolen till axeln och lyfte stråken. Så började han spela den vemodiga inledningen och lockade sedan upp tempot mot det omöjliga. Publiken höll andan. Han hörde själv att det lät fullständigt briljant, men den här gången spritte inte melodin som vattnet i en bäck. Han spelade inte lyckligt, utan som den riktiga Näcken. Han spelade med en hetsig, febrig sorg. När han hade nått tre minuter in i stycket och tonerna föll som ett nattligt regn började han helt avsiktligt hoppa över enstaka toner, sänkte tempot, spelade lite falskt och avbröt sedan stycket helt.

Det var tyst i Konserthuset.

– Jag ber om ursäkt, viskade han och gick ner från scenen.

Publiken klappade artigt i händerna. Hans mor reste sig från sin plats och gick efter honom och stoppade honom i gången.

– Kom hit, min pojke, sa hon och la sina händer mot hans axlar.

Hon smekte hans kind och hennes röst var varm och grumligt rörd när hon sa:

– Det var otroligt, den bästa tolkning jag någonsin hört.

– Förlåt, mamma.

– Nej, svarade hon och vände sig bort från Axel och lämnade den stora konsertsalen.

Axel gick till logen för att ta sina kläder, men blev hejdad av den berömde dirigenten Herbert Blomstedt.

– Det lät mycket bra innan du låtsades spela fel, sa han med dämpad röst.

*

Huset var ekande tyst när Axel kom hem. Det var redan sent på kvällen. Han gick upp till vindsvåningen, fortsatte genom musikrummet och in till sovrummet och stängde dörren. Inne i sitt huvud hörde han fortfarande musiken. Han hörde hur han själv plockade bort några toner, hur han oväntat sänkte tempot och tystnade.

Han tystnade om och om igen.

Axel la sig på sängen och somnade bredvid sin fiollåda.

På morgonen vaknade han av att telefonen ringde i huset. Någon gick över golven i matsalen, det knarrade svagt.

Efter en stund hördes steg i trappan och över golvet. Utan att knacka gick hans mamma rakt in i hans sovrum.

– Sätt dig upp, sa Alice allvarligt.

Han blev rädd när han såg henne. Hon hade gråtit och hennes kinder var fortfarande blöta.

– Mamma, jag förstår inte ...

– Tyst med dig, avbröt hon lågt. Jag fick ett samtal från skolans rektor och han ...

– Han avskyr mig för att ...

– Tyst med dig, skrek Alice.

Det blev tyst, hon förde en darrande hand till munnen, höll den så medan tårarna rann nedför kinderna.

– Det gäller Greta, fick hon fram till slut. Hon har tagit sitt liv.

Axel såg på henne och försökte förstå vad det var hon sa.

– Nej, för jag ...

– Hon skämdes, avbröt Alice. Hon borde ha övat, du lovade, men jag visste det, jag visste det egentligen ... Hon borde inte ha varit här, hon ... jag säger inte att det är ditt fel, Axel, det är det inte. Hon svek sig själv när det gällde och hon stod bara inte ut med ...

– Mamma, jag ...

– Tyst, avbröt hon igen. Det är över.

Alice lämnade rummet och i en brusande dimma reste sig Axel från sängen, vinglade till, öppnade fiolfodralet, tog upp det smäckra instrumentet och slog det med all kraft i golvet. Halsen bröts och träkroppen fladdrade runt i de lösa strängarna, han stampade på den och träflisor yrde runt.

– Axel! Vad gör du?

Hans lillebror Robert rusade in och försökte stoppa honom, men Axel knuffade honom ifrån sig. Robert stötte ryggen mot det stora skåpet, men fortsatte fram mot Axel igen.

– Axel, du spelade fel, vad gör det? försökte Robert. Jag träffade Greta, hon hade också spelat fel, alla kan ...

– Håll käften, skrek Axel. Du ska aldrig mer prata om henne med mig.

Robert såg på honom, vände sig sedan bara om och lämnade rummet. Axel fortsatte stampa på träflisorna tills det inte längre gick att urskilja att det en gång varit en fiol.

Shiro Sasaki från Japan vann Johan Fredrik Berwalds tävling. Greta hade valt det lätta stycket av Beethoven, men ändå spelat fel. När Greta kom hem hade hon tagit en stor mängd sömnmedel och låst in sig på sitt rum. Hon hittades i sin säng först på morgonen när hon inte kom ner till frukosten.

Axels minnen sjunker som en undervattensstad, ned i dy och sjögräs, bort från tankarna. Han tittar på Beverly som ser på honom med Gretas stora ögon. Han tittar på tygtrasan i sin egen hand och på vätskan på bordet, den glänsande intarsian med kvinnan som spelar brädcittra.

Ljuset utifrån faller över Beverlys runda bakhuvud när hon vänder sig om och betraktar fiolerna som hänger på väggen.

– Jag önskar att jag kunde spela fiol, säger hon.

– Vi kan gå en kurs tillsammans, ler han.

– Det skulle jag vilja, svarar hon allvarligt.

Han lägger trasan på bordet och känner den stora tröttheten brusa inombords. Pianots ekande musik går genom rummet, det spelas utan dämmare och tonerna flyter drömskt in i varandra.

– Stackars Axel, du vill sova, säger hon.

– Jag måste arbeta, mumlar han nästan för sig själv.

– Men i kväll, svarar hon och reser sig upp.

64

Hissen ner

KRIMINALKOMMISSARIE Joona Linna befinner sig i sitt rum på Rikskriminalen. Han sitter vid skrivbordet och läser Carl Palmcronas levnadsbeskrivning. I en fem år gammal anteckning berättar Palmcrona hur han reser till Västerås för att vara med på sonens skolavslutning. Han hade stått på avstånd när alla samlades med paraplyer i regnet på skolgården och sjöng psalmen *Den blomstertid nu kommer.* Palmcrona beskrev sonens vita jeans och vita jeansjacka, hans långa blonda hår och att pojken hade "ett drag över näsan och ögonen som fick mig att börja gråta". Han hade kört tillbaka till Stockholm och tänkt att sonen var värd allt han gjort dittills och allt han skulle komma att göra.

Telefonen ringer och Joona tar omedelbart emot samtalet. Det kommer från Petter Näslund som sitter i ledningsbussen på Dalarö.

– Jag har precis varit i kontakt med helikopterflottiljens grupp, berättar han med uppjagad röst. De flyger just nu tillbaka över Erstaviken och de har med sig Penelope Fernandez.

– Hon lever? frågar Joona och känner hur han fylls av lättnad.

– Hon simmade rakt ut i havet när de hittade henne, förklarar Petter.

– Hur mår hon? Mår hon bra?

– Det verkar så – de är på väg mot Södersjukhuset.

– Det är för farligt, säger Joona abrupt. Flyg henne hit till polishuset istället – vi hämtar ett läkarteam från Karolinska.

Han hör Petter säga till någon att kontakta helikoptern.

– Vet du någonting om de andra? frågar Joona.

– Det är totalt kaos. Vi har förlorat folk, Joona. Det här är inte klokt.

– Björn Almskog? frågar Joona.

– Han har inte påträffats, men ... det går inte att få fram några uppgifter, vi vet ingenting.

– Är förövaren försvunnen?

– Vi tar honom snart, det är en liten ö. Vi har våra killar från insatsstyrkan både på marken och i luften, vi har båtar från kustbevakningen och sjöpolisen är på väg.

– Bra, säger Joona.

– Du tror inte att vi tar honom?

– Om ni inte tog honom direkt så är han nog borta.

– Är det mitt fel?

– Petter, säger Joona lugnt och mjukt, om du inte hade handlat så snabbt som du gjorde så hade Penelope Fernandez varit död ... och utan henne skulle vi inte ha någonting, ingen länk till fotografiet, inget vittne.

En timme senare undersöker två läkare från Karolinska sjukhuset Penelope Fernandez i ett skyddat rum rakt under Rikspolisstyrelsens hus. De lägger om hennes skador och ger henne lugnande medicin och tillskott av näring och vätska.

Petter Näslund meddelar rikskriminalchefen Carlos Eliasson att kvarlevorna efter de båda kollegorna Lennart Johansson och Göran Sjödin har identifierats. Ytterligare en kropp har påträffats bland spillrorna från polisbåten, antagligen kvarlevorna efter Björn Almskog. Ossian Wallenberg har hittats död utanför sitt hus och dykare är nu på väg till platsen där sjöräddningens helikopter störtade. Petter förklarar att han förutsätter att samtliga tre ombord har omkommit.

Polisen har inte fått tag på förövaren, men Penelope Fernandez lever.

Man sorgflaggar på halv stång framför polishuset och läns-polismästare Margareta Widding och rikspolischef Carlos Eliasson håller en dämpad presskonferens i pressrummet innanför glasväggarna på bottenplanet.

Kriminalkommissarie Joona Linna deltar inte i mötet med journalisterna, istället tar han och Saga Bauer hissen ned till den understa våningen för att träffa Penelope Fernandez med hopp om att få svar på gåtorna, få veta orsakerna bakom allt som har hänt.

FEM VÅNINGAR rakt under polishusets modernaste del finns en region med två lägenheter, åtta gästrum och två sovsalar. Denna avdelning kom till för att garantera säkert boende för polisens ledning vid krissituationer, undantagstillstånd och katastrofer. Gästrummen används också sedan tio år tillbaka för vittnesskydd vid exceptionella hotbilder.

Penelope Fernandez ligger på sjukhussängen och känner kylan tränga in i armen när dropphastigheten ökas.

– Vi ger dig lite vätska och näringstillskott, förklarar läkaren Daniella Richards.

Med mjuk röst berättar hon sedan vad hon gör medan hon tejpar fast katetern i hennes armveck.

Penelopes sår är rengjorda och omlagda, den skadade vänsterfoten är nu bandagerad och sydd, rivsåret på ryggen tvättat och tejpat och det djupa såret på höften fick sys med åtta stygn.

– Jag skulle vilja ge dig lite morfin för smärtan.

– Mamma, viskar Penelope och fuktar läpparna. Jag vill tala med mamma.

– Det förstår jag, svarar Daniella. Jag ska framföra det.

Varma tårar rinner efter Penelopes kinder, in i håret och öronen. Hon hör läkaren be en sjuksköterska förbereda en injektion av 0,5 milliliter Morfin-Skopolamin.

Rummet ser ut som ett vanligt sjukhusrum, men är kanske lite mer ombonat. En enkel blombukett står på nattduksbordet, ljusa tavlor hänger på de gulmålade väggarna. En trevlig bokhylla i ljus björk är full av nötta böcker. Härinne har folk haft tid att läsa, det är tydligt. Rummet är helt fönsterlöst, men en lampa är tänd bakom ett gardinliknande draperi för att leda tankarna bort från känslan av att befinna sig djupt nere i en bunker.

Daniella Richards förklarar vänligt för Penelope att de ska låta henne vara ifred nu, men att hon kan trycka på den lysande larmknappen om hon vill ha hjälp med någonting.

– Det kommer att finnas någon här hela tiden om du vill fråga om någonting eller bara ha lite sällskap, säger hon.

Penelope Fernandez blir ensam i det ljusa rummet. Hon blundar medan morfinets varma lugn sprider sig i kroppen och drar henne ner mot en behaglig sömn.

Det krasar svagt när en kvinna i svart niqab trampar sönder två små figurer av soltorkad lera. En flicka och hennes lillebror blir smulor och damm under hennes sandal. Den beslöjade kvinnan bär en tung börda av spannmål på ryggen och märker inte ens vad hon gör. Två pojkar visslar och skrattar, ropar att slavbarnen är döda, att det bara är några spädbarn kvar, att alla furer ska dö.

Penelope tvingar bort minnesbilderna från Kubbum ur sin hjärna och innan hon somnar upplever hon ett kort ögonblick hur tonvis av sten, jord, lera, betong ligger över henne. Det är som om hon faller rakt ned i jordens innandöme, faller och faller och faller.

*

Penelope Fernandez vaknar till, orkar inte öppna ögonen, morfinet gör henne fortfarande tung i kroppen. Hon minns att hon ligger i sjukhussängen i ett skyddat rum långt ner under polishuset. Hon behöver inte fly längre. Lättnaden följs av en stor våg av smärta och saknad. Hon vet inte hur länge hon har sovit, tänker att hon skulle kunna sjunka ner i dvalan igen, men öppnar ändå ögonen.

Hon öppnar ögonen, men det underjordiska rummet är helt svart.

Hon blinkar, men ser ingenting. Inte ens larmknappen bredvid sängen lyser. Det måste vara strömavbrott. Hon är på väg att skrika, men tvingar sig själv till tystnad när dörren till korridoren plötsligt klickar till. Hon stirrar ut i mörkret, hör sitt eget hjärta slå med dånande slag. Det pirrar till i hennes kropp, varje muskel spänns. Någon rör vid hennes hår. Nästan omärkligt. Hon ligger helt stilla och känner hur någon står bredvid sängen och smeker hennes hår, alldeles försiktigt. Fingrar flätas långsamt in i hennes lockar. Hon ska precis börja be till Gud när personen bredvid henne tar ett hårt tag om hennes hår och sliter henne ur sängen. Hon skriker när han med stor kraft kastar henne rakt in i väggen så att den inglasade tavlan går i kras och droppställningen välter. Hon rasar i golvet, omgiven av glasskärvor. Han håller kvar sitt tag om håret, släpar henne tillbaka, vänder henne runt, dunkar hennes ansikte mot sängens låsta hjul och rycker sedan fram en kniv med svart klinga.

Penelope vaknar av att hon faller i golvet, dörren öppnas och sjuksköterskan rusar in. Alla lampor är tända och Penelope förstår att hon har haft en mardröm. Hon får hjälp upp i sängen igen, sköterskan talar lugnande med henne och fäster sedan sarger utmed sängens långsidor för att hindra henne att falla fler gånger.

Svetten på hennes kropp blir kall efter en stund. Hon förmår inte röra på sig, armarna knottrar sig. Hon ligger bara på rygg med larmknappen i handen och stirrar upp i taket när det knackar på dörren. En ung kvinna med färggranna band inflätade i sitt midjelånga hår kommer in och ser på henne med ett mjukt allvar i blicken. Bakom henne står en lång man med blont, rufsigt hår och symmetriskt, vänligt ansikte.

– Jag heter Saga Bauer, säger kvinnan. Jag kommer från säkerhetspolisen. Det här är min kollega Joona Linna, från Rikskriminalen.

Penelope betraktar dem utan att röra en min, slår sedan ner blicken och tittar på sina omplåstrade armar, på alla skrubbsår och blåmärken och katetern i armvecket.

– Vi beklagar allt som hänt dig de senaste dagarna, säger kvinnan. Och vi förstår att du bara vill vara ifred, men vi kommer att behöva tala med dig en hel del den närmaste tiden och vi måste börja med de första frågorna redan nu.

Saga Bauer drar fram stolen från det lilla skrivbordet och sätter sig vid sängkanten.

– Han jagar mig fortfarande – eller hur? frågar Penelope efter en liten stund.

– Du är trygg här, svarar Saga.

– Säg att han är död.

– Penelope, vi måste …

– Ni kunde inte stoppa honom, säger hon svagt.

– Vi får tag i honom, det lovar jag, säger Saga Bauer. Men du måste hjälpa oss.

Penelope suckar djupt och sluter sedan ögonen.

– Det här kommer att kännas jobbigt, men vi behöver få svar på några frågor, fortsätter Saga. Vet du varför allt det här har hänt?

– Fråga Björn, mumlar hon. Han kanske vet.

– Vad sa du? frågar Saga.

– Jag sa att du skulle fråga Björn, viskar Penelope och öppnar ögonen långsamt. Fråga Björn, han kanske vet.

Spindlar och småkryp måste ha följt med från skogen, de springer över Penelopes hud, hon river sig i pannan, men Saga stoppar lugnt hennes händer.

– Du har blivit jagad, säger Saga. Jag kan inte föreställa mig hur fruktansvärt det måste ha varit, men vi behöver veta om du känner igen förföljaren. Har du träffat honom tidigare?

Penelope skakar omärkligt på huvudet.

– Det trodde vi inte heller, säger Saga. Men kan du ge oss ett signalement, en tatuering, några speciella särdrag?

– Nej, viskar Penelope.

– Men kanske kan du hjälpa oss att teckna en fantombild, det behövs inte speciellt mycket för att vi ska kunna söka honom via Interpol.

Mannen från Rikskriminalen närmar sig henne och hans underligt ljusgrå blick är som stenar slipade i en bäck.

– Det såg ut som om du skakade på huvudet alldeles nyss, säger han med lugn röst. När Saga frågade om du hade träffat förföljaren förut – stämmer det?

Penelope nickar.

– Då måste du ha sett honom, fortsätter Joona vänligt. För annars kan du inte veta att du inte träffat honom förut.

Penelope stirrar framför sig och minns hur mördaren hela tiden rörde sig som om han hade all tid i världen, och ändå gick det så fruktansvärt fort. Hon ser för sig hur han satte sig ned och siktade när hon hängde i livlinan från helikoptern. Hon ser honom höja vapnet och skjuta. Ingen brådska, ingen nervositet. Hon ser återigen hans ansikte när han blev belyst av blixten, hur de såg rakt på varandra.

– Vi förstår att du är rädd, fortsätter Joona. Men vi ...

Han tystnar när en sköterska kommer in i rummet och förklarar att de inte fått tag i Penelopes mor ännu.

– Hon är inte hemma och svarar inte på ...

Penelope kvider till och vänder sig bort, gömmer ansiktet mot kudden. Sjuksköterskan lägger en tröstande hand på hennes axel.

– Jag vill inte, gråter Penelope. Jag vill inte ...

En annan sjuksköterska skyndar in, förklarar snabbt att hon ska tillföra ångestdämpande medicin i katetern.

– Jag måste be er gå, säger sköterskan hastigt till Saga och Joona.

– Vi kommer tillbaka senare, säger Joona. Jag tror att jag vet var din mor är någonstans. Jag ska ordna det.

Penelope har slutat gråta, men andas fortfarande snabbt. Hon hör sköterskan förebereda infusionen och tänker att hela rummet påminner om en fängelsehåla. Hennes mamma kommer aldrig att vilja komma hit. Hon biter ihop och försöker hålla tillbaka tårarna en liten stund.

Det finns ögonblick när Penelope tycker att hon minns sina första år. Lukten av ångande, smutsiga kroppar kan kasta henne tillbaka till cellen där hon föddes och skenet från en ficklampa som sveper över fångarnas ansikten och hur mamman lyfter över henne till någon annan, som genast fortsätter nynna i hennes öra medan mamman försvinner mellan vakterna.

Utan Penelope

CLAUDIA FERNANDEZ stiger av bussen vid Dalarö Strand Hotel. När hon går utmed hamnen kan hon höra ljudet av helikoptrar och sirener försvinna långt borta. Skallgången kan inte vara slut. De måste fortsätta leta. Några polisbåtar rör sig avlägset ute på vattnet. Hon ser sig omkring. Det ligger ingen färja inne, finns inga bilar i hamnen.

– Penelope, skriker hon rakt ut i luften. Penelope!

Hon förstår hur hon ser ut, hur konstigt hon beter sig, men utan Penelope finns det ingenting kvar.

Hon börjar gå längs vattnet. Gräset är torrt och brunt, det ligger skräp överallt. Fiskmåsar skriar avlägset. Hon börjar springa, men orkar inte länge utan tvingas gå igen. Ödsliga schweizervillor trängs på branten. Hon stannar vid en skylt med ordet "Privat" skrivet i vitt. Hon fortsätter förbi skylten ut på en betongbrygga och blickar bort mot de stora klipporna. Det finns inga människor, tänker hon och vänder sig mot hamnen igen. En man kommer gående nedför grusvägen och vinkar till henne. En mörk skepnad med fladdrande jacka. Hon blinkar mot solljuset. Mannen ropar något. Claudia ser förvirrat mot honom. Han börjar gå snabbt, med stora steg mot henne och nu ser hon hans vänliga ansikte.

– Claudia Fernandez, ropar han.

– Det är jag, säger hon och väntar in honom.

– Jag heter John Bengtsson, säger han när han kommer fram till henne. Joona Linna har skickat mig. Han sa att du förmodligen hade åkt ut hit.

– Varför? frågar hon med svag röst.
– Din dotter lever.
Claudia ser på mannen som upprepar orden.
– Penelope lever, säger han och ler mot henne.

Dit pengarna flyter

STÄMNINGEN PÅ polishuset är mycket uppjagad, nästan hätsk. Man jämför händelserna med polismorden i Malexander 1999 och Josef Eks bestialitet förrförra året. Tidningarna skriver om dramat i skärgården, de kallar förövaren för polisslaktaren, journalisterna spekulerar och pressar sina källor inom poliskåren på information.

Joona Linna och Saga Bauer ska ha en dragning för rikskriminalchefen Carlos Eliasson, säpochefen Verner Zandén, kriminalkommissarie Petter Näslund, den operativa chefen Benny Rubin samt Nathan Pollock och Tommy Kofoed från Riksmordskommissionen.

De går genom korridoren, pratar om Penelope Fernandez möjlighet att hjälpa dem att komma vidare.

– Jag tror att hon kommer att tala snart, säger Joona.

– Det är inte säkert, hon kan lika gärna sluta sig totalt, svarar Saga.

Anja Larsson har tagit ett steg ut från sitt rum, står i korridoren och tittar på Joona och Saga med olycklig blick. När Joona ser henne ler han stort och vinkar, men han hinner inte se att hon formar ett hjärta med sina tummar och pekfingrar mot honom innan han går in i konferensrummet.

De stänger dörren, sätter sig och hälsar lågmält på dem som redan tagit plats kring bordet.

– Jag vill börja med att säga att alla misstankar om vänsterextremistiska attentat är avskrivna, inleder Saga.

Verner viskar något till Nathan Pollock.

– Eller hur? säger Saga med höjd röst.

Verner tittar upp och nickar.

– Ja, det stämmer, säger han och harklar sig.

– Ta det från början, säger Carlos till Saga.

– Ja ... Penelope Fernandez är fredsaktivist och ordförande för Svenska freds- och skiljedomsföreningen, fortsätter Saga sin dragning. Hon har en långvarig relation med Björn Almskog, som är bartender på klubb Debaser på Medborgarplatsen. Hon bor på Sankt Paulsgatan 3 och han bor på Pontonjärgatan 47. Penelope Fernandez har ett fotografi uppsatt med tejp på glasdörren mellan vardagsrummet och hallen.

Via sin dator projicerar Saga Bauer en kopia av bilden på filmduken som täcker rummets ena vägg.

– Fotografiet togs våren 2008 i Frankfurt, berättar hon.

– Palmcrona känner vi igen, säger Carlos.

– Ja, precis, säger Saga och fortsätter sedan att peka ut personerna i logen. Det här är Pontus Salman, direktör för vapentillverkaren Silencia Defence. Och personen här är ingen mindre än Raphael Guidi. Han är en känd vapenhandlare, har varit med länge ... kallas för Ärkeängeln i branschen och arrangerar affärer främst i Afrika och Mellanöstern.

– Och damen har de till kaffet? undrar Benny Rubin.

– Hon heter Agathe al-Haji, säger Saga utan att le. Hon är militär rådgivare i Sudans regering och mycket nära knuten till president Omar al-Bashir.

Benny slår sin handflata hårt i bordsskivan och visar tänderna när han får en irriterad blick från Pollock.

– Är detta det vanliga förfarandet? frågar Carlos. Att man träffas så här?

– Ja, det skulle jag tro, svarar Saga. Mötet på bilden gällde en stor leverans licenstillverkad ammunition till Sudans armé. Affären bedömdes som säkerhetspolitiskt relevant och hade utan tvekan genomförts om inte internationella brottmålsdomstolen i Haag hade utfärdat en häktningsorder på president al-Bashir.

– Det var 2009 – eller hur? frågar Pollock.

– Gick mig förbi, säger Carlos.

– Det skrevs inte speciellt mycket om det, säger Saga. Men presidenten begärdes häktad för direkt inblandning i tortyr, våldtäkt och folkmord i Darfur.

– Så det blev ingen affär, konstaterar Carlos.

– Nej, svarar hon.

– Och fotografiet? Vad var det med det? Ingenting? frågar Verner.

– Penelope Fernandez verkar inte tycka att det är farligt eftersom hon har det uppsatt på sin dörr, säger Saga.

– Och samtidigt är det inte oviktigt – eftersom hon har det framme, påpekar Carlos.

– Vi vet inte, kanske fungerar det bara som en påminnelse om hur världen ser ut, spekulerar Saga. Att längst ner finns det några stycken som kämpar för fred och längst upp skålar de mäktiga i champagne.

– Vi hoppas på att kunna höra Penelope Fernandez snart, men vi är ganska säkra på att Björn Almskog går bakom ryggen på henne, fortsätter Joona. Kanske vet han mer om fotografiet än Penelope, kanske chansar han bara, men den andra juni använder Björn en anonym mejladress på ett internetcafé och skriver ett utpressningsbrev till Carl Palmcrona. Brevet är inledningen på en kort korrespondens: Björn skriver att han förstår att fotografiet är besvärande för Palmcrona och att han är beredd att sälja det för en miljon kronor.

– Klassisk utpressning, mumlar Pollock.

– Björn använder ordet besvärande om fotografiet, fortsätter Saga, vilket får oss att tvivla på att han förstår hur allvarligt Palmcrona kommer att uppfatta det hela.

– Björn tror att han har kontroll över situationen, säger Joona. Så han blir rejält förvånad när han läser Palmcronas svar där han varnar sin utpressare. Palmcrona förklarar med stort allvar att Björn inte vet vad han har gett sig in i och slutligen vädjar han till honom att skicka fotografiet innan det är för sent.

Joona dricker lite vatten.

– Hur är tonen i breven, frågar Nathan Pollock snabbt. Du säger att den är allvarlig, men är den aggressiv också?

Joona skakar på huvudet och delar ut kopior av korrespondensen över bordet.

– Jag uppfattar inte breven som aggressiva, bara tyngda av ett stort allvar.

Tommy Kofoed läser breven, nickar, gnider sina koppärriga kinder och antecknar något.

– Vad händer sedan?

– Innan hushållerskan åker hem på onsdagen hjälper hon Palmcrona att fästa en snara i taket.

Petter skrattar till:

– Varför?

– För att han inte kunde det själv efter en ryggoperation, svarar Saga.

– Då så, säger Carlos och drar lite på munnen.

– Nästa dag, vid lunchtid ... efter det att posten passerat, tänker vi oss, fortsätter Joona. Så ringer Palmcrona ett nummer i Bordeaux och ...

– Det gick inte att spåra numret längre än så, flikar Saga in.

– Numret kan gå till en växel och vidarekopplas till ett helt annat land, en annan världsdel eller tillbaka till Sverige, säger Joona. I vilket fall som helst så rör det sig om ett mycket kort samtal, fyrtiotre sekunder. Kanske lämnar han bara ett röstmeddelande. Antagligen berättar han om fotografiet och vad som står i utpressningsbrevet och förklarar att han förväntar sig hjälp.

– För efter det ... några minuter senare, så ringer Palmcronas hushållerska till Taxi Stockholm och förbokar en taxi till klockan två i namnet Palmcrona till Arlanda flygplats. Exakt en timme och femton minuter efter det korta telefonsamtalet ringer telefonen. Palmcrona har redan hunnit ta på sig sin ytterrock och sina lågskor, men går ändå in och svarar. Samtalet kommer från Bordeaux. Det är samma nummer som han själv använde. Detta samtal varar i två minuter. Palmcrona skickar nu ett sista brev till sin utpressare med följande innehåll: Nu är det för sent, både du och jag kommer att dö. Hushållerskan får ledigt, betalar den väntande taxichauffören för framkörningen och åker sedan hem. Utan att ta av sig rocken går Carl Palmcrona in i den lilla salongen, ställer sin väska på högkant, klättrar upp och hänger sig själv.

Det blir tyst kring skrivbordet.

– Men det är inte slutet på historien, säger Joona sakta, för Palmcronas telefonsamtal satte igång någonting … En internationell problemlösare anlitades. En yrkesmördare skickades ut för att sopa igen alla spår och ta hand om fotografiet.

– Hur ofta … jag menar, i Sverige, förekommer en yrkesmördare, säger Carlos med skepsis i rösten. Det måste röra sig om mycket pengar som står på spel för en åtgärd av det här slaget.

Joona ser uttryckslöst på honom:

– Ja.

– I telefon hade Palmcrona antagligen läst upp utpressningsbrevet som innehöll det banknummer som Björn hade angett, säger Saga.

– Det är inte speciellt svårt att spåra någon via ett banknummer, mumlar Verner.

– Ungefär samtidigt som Palmcrona välter väskan befinner sig Björn Almskog på internetcaféet Dreambow, fortsätter Joona. Han går in på sitt anonyma mejlkonto och ser att han har fått två svar från Carl Palmcrona.

– Han hoppas givetvis att Palmcrona har skrivit att han är beredd att betala en miljon för fotografiet, säger Saga.

– Istället möts han av Palmcronas varning och sedan det

korta brevet där det står att det redan är för sent, att de kommer att dö båda två.

– Och nu är de döda, säger Pollock.

– Man kan bara gissa hur rädd Björn måste ha blivit, säger Saga. Han är ju ingen van utpressare, han tog bara chansen när han fick den.

– Vad gör han?

Petter ser på dem med gapande mun. Carlos häller upp lite vatten åt honom.

– Björn ångrar sig, bestämmer sig för att skicka fotografiet till Palmcrona, försöker få allt ur världen.

– Men Palmcrona är redan död när Björn skriver till honom och förklarar att han ger sig, att han ska skicka bilden till honom, säger Joona.

– Problemet är att fotografiet hänger på glasdörren hemma hos Penelope, säger Saga. Och hon vet ingenting om utpressningen.

– Han måste få tag på fotografiet utan att avslöja sitt utpressningsförsök för henne, nickar Tommy Kofoed.

– Vi vet inte hur han tänkte förklara för Penelope att bilden var försvunnen, säger Saga leende. Han handlade antagligen bara i panik, ville stryka ett streck över allting, hoppades att det skulle blåsa över medan de gömde sig på båten ute i skärgården.

Joona reser sig och går fram till fönstret och blickar ut. En kvinna bär ett barn i famnen och skjuter en sulky full med matkassar framför sig på trottoaren.

– På morgonen nästa dag tar Penelope en taxi till tevehuset för att sitta i en debatt, fortsätter Saga. Så fort hon är borta tar sig Björn in i hennes lägenhet, rycker åt sig fotografiet, springer till tunnelbanestationen på Slussen, tar ett tåg till Centralen, köper ett kuvert och frimärke på Pressbyrån, skickar brevet till Palmcrona, springer till internetcaféet och skriver ett sista brev till Palmcrona där han berättar att fotografiet är skickat.

Björn åker sedan till sin lägenhet, hämtar sin och Penelopes packning och tar sig till sin båt som ligger på motorbåtklubben på Långholmen. När Penelope är färdig tar hon tunnelbanan från Karlaplan och åker förmodligen raka vägen till Hornstull varifrån hon promenerar den sista biten till Långholmen.

– Vid det laget har problemlösaren redan genomsökt Björns lägenhet och startat en brand som totalförstörde hela våningsplanet.

– Men jag har kollat på rapporten ... Brandutredaren kom fram till att orsaken var ett bortglömt strykjärn i grannlägenheten, invänder Petter.

– Det stämmer säkert, säger Joona.

– Precis som gasexplosion skulle ha varit brandorsak i Penelopes lägenhet, säger Saga.

– Problemlösarens plan var antagligen att radera alla spår, fortsätter Joona. När han inte hittar fotografiet i Björns lägenhet så bränner han ut den och följer efter Björn till båten.

– För att leta efter fotografiet, fyller Saga i. För att mörda Björn och Penelope och få det att se ut som en båtolycka.

– Vad problemlösaren inte visste var att planerna ändrades i sista sekund och att Penelopes syster Viola följde med på båten.

Joona tystnar och tänker kort på den döda kvinnan på bårhuset. Hennes unga, sårbara ansikte. Det röda märket över bröstkorgen.

– Jag tänker mig att ungdomarna lägger till vid någon ö i Jungfrufjärden utanför Dalarö, fortsätter Joona. Och innan problemlösaren kommer så hinner Penelope gå iland, av en eller annan anledning. När problemlösaren tar sig ombord på Björns båt möter han Viola. I tron att hon är Penelope dränker han henne i en balja och placerar henne på sängen i förpiken. I väntan på Björn letar han antagligen efter fotografiet, och när han inte hittar det förbereder han en explosion på båten. Ni har Erixons rapport på bordet. Här vet vi inte riktigt vad som händer, men på något sätt undkommer Penelope och Björn problemlösaren.

– Och båten med den döda Viola Fernandez överges.

– Vi vet inte hur de flyr, men på måndagen befinner de sig i alla fall på Kymmendö.

Det rycker i Bennys mungipor:

– Hemma hos Ossian Wallenberg? Han var jävligt bra, men passade förstås inte in här i landet lagom.

Carlos harklar sig svagt och häller upp mer kaffe.

– När problemlösaren förstår att han har tappat bort dem tar han sig till Penelopes lägenhet för att leta efter fotografiet, fortsätter Joona utan att röja en min. Jag och Erixon dyker upp och avbryter honom. Det är först i det ögonblicket, då jag konfronteras med honom som jag verkligen förstår att vi har att göra med en grob, en problemlösare av internationell klass.

– Han kan antagligen ta sig in i våra system, lyssna på kommunikationen via RAKEL och så vidare, säger Saga.

– Var det därför han hittade Björn och Penelope ute på Kymmendö? frågar Petter.

– Vi vet inte, svarar Joona.

– Han handlar i alla fall mycket snabbt, säger Saga. Antagligen återvänder han till Dalarö för att leta efter Penelope direkt efter konfrontationen med Joona och Erixon i lägenheten.

– Han är alltså redan på plats när jag talar med sjöpolisen, säger Petter, lutar sig fram över bordet och rättar till papperet med dagordningen.

– Vad händer? frågar Carlos.

– Rekonstruktionen är bara påbörjad, säger Petter. Men på något sätt kapar han sjöpolisens stridsbåt, dödar Lennart Johansson och Göran Sjödin, åker till Kymmendö, dödar Björn Almskog och Ossian Wallenberg, spränger polisbåten, förföljer Penelope och skjuter ner räddningstjänstens helikopter.

– Och försvinner, suckar Carlos.

– Men på grund av Petter Näslunds skickliga ledning kan Penelope Fernandez räddas, säger Joona och ser hur Pollock intresserat vänder sig mot Petter.

– Det exakta förloppet ska givetvis utredas i detalj, säger Petter med en bisterhet i rösten som inte på något vis förmår dölja hans förtjusning över berömmet.

– Det kommer att ta en jävla tid, ler Kofoed glädjelöst.

– Men fotografiet då? Det måste ju ändå betyda någonting, säger Carlos.

– Det är bara ett jävla fotografi, suckar Petter.

– Sju personer har dött på grund av det, säger Joona allvarligt. Och fler kommer antagligen att dö om vi inte …

Joona tystnar och blickar ut genom fönstret.

– Fotografiet är kanske som ett lås som behöver en nyckel, säger han.

– Vad då för nyckel? frågar Petter.

– Fotografen, säger Saga.

– Penelope Fernandez, är det hon som är fotografen? undrar Pollock.

– Det skulle förklara jakten på henne, utbrister Carlos med lite för hög röst.

– Visserligen, säger Saga dröjande.

– Men? frågar Carlos.

– Vad talar emot det? frågar Benny.

– Att Joona inte tror att Penelope är fotografen, säger Saga.

– Men vad fan, nästan skriker Petter.

Carlos stänger munnen hårt, blickar i bordet och är klok nog att håll tyst.

– Penelope befinner sig givetvis i ett chocktillstånd, så vi vet inte ännu vad hon har för roll, säger Saga.

Nathan Pollock harklar sig och skickar runt kopior på Carl Palmcronas testamente.

– Palmcrona har ett konto i en bank på Jersey, berättar han.

– Skatteparadiset, nickar Petter Näslund och tar ut snuset

under läppen. Han torkar av tummen mot bordet utan att notera Carlos trötta blick.

– Kan man se vilka tillgångar han har på kontot? frågar Verner.

– Det finns inga möjligheter att få tillträde till hans transaktioner, säger Joona. Men enligt hans eget testamente så rör det sig om nio miljoner euro.

– Hans ekonomi har varit ganska dålig och det går inte att förstå hur han skulle ha kunnat tjäna summor av det här slaget lagligt, säger Pollock.

– Vi har varit i kontakt med Transparency International, som är den globala organisationen som kämpar mot korruption, men de har ingenting på Carl Palmcrona eller på någon annan på ISP, inte en antydan.

– Tillgångarna testamenteras till en sextonårig pojke vid namn Stefan Bergkvist som visade sig vara Palmcronas son, en son som han aldrig träffat ... men sonen omkommer i en brand i Västerås bara tre dagar efter Palmcronas självmord.

– Pojken får aldrig veta vem hans riktiga far är, lägger Saga till.

– Enligt den preliminära polisrapporten rör det sig om en olycka, säger Carlos.

– Ja, men är det någon som tror att elden som dödade Carl Palmcronas son tre dagar efter självmordet är en tillfällighet? frågar Joona.

– Hur skulle det kunna vara det, säger Carlos.

– Men det här är ju helt sjukt, säger Petter med röda kinder. Varför skulle någon mörda hans son som han inte ens träffat själv?

– Vad fan handlar det här om? frågar Verner.

– Palmcrona återkommer hela tiden, säger Joona och knackar med fingret på den leende mannen på bilden. Han är med på fotografiet, han utsätts för utpressning, han hittas hängd, hans son dör och han har nio miljoner euro på ett konto.

–Pengarna är intressanta, säger Saga.

–Vi har ju tittat på hans liv, säger Pollock. Han har ingen annan familj, inga intressen, håller inte på med investeringar, aktier eller ...

–Om det stämmer att de här pengarna finns på hans bankkonto så måste intäkterna på något sätt vara kopplade till hans position som generaldirektör på ISP, säger Joona.

–Han kan ha ägnat sig åt insideraffärer via bulvaner, säger Verner.

–Eller trots allt tagit emot mutor, säger Saga.

–Follow the money, viskar Pollock.

–Vi måste prata med Palmcronas efterträdare, Axel Riessen, säger Joona och reser sig upp. Om det finns några konstigheter bland Palmcronas beslut så borde han ha hittat dem vid det här laget.

68

LÅNGT BORTA vid Tekniska högskolan hör Joona hur trumpeter börjar tuta, visselpipor tjuta och stora trummor slå dovt och snabbt. Ett demonstrationståg kommer nedför Odengatan. Det ser ut att vara ett sjuttiotal ungdomar med antifascistiska symboler. De bär banderoller där de protesterar mot säkerhetspolisens behandling av Brigadens medlemmar. Joona ser ett färggrannt tygstycke med regnbågssymbolen och hammaren och skäran fladdra i luften och han hör hur de skanderar med ljusa, unga röster:

Säpo stinker av fascism, staten idkar terrorism!

De upprörda ljuden från Odengatan försvinner när Joona Linna och Saga Bauer går uppför den idylliska Bragevägen, en böjd backe som sträcker sig upp mot Engelbrektskyrkan. De hade varit i kontakt med ISP och fått veta att generaldirektören arbetar hemifrån denna förmiddag.

På vänster sida ligger det vackra privatpalatset där bröderna Riessen bor i två separata lägenheter. Fasaden är mäktig med mörkt, handslaget tegel, blyinfattade fönsterrutor, konstfullt trähantverk och ärgade koppararbeten kring burspråk och skorstenar.

De går fram till den ena, mörkt glänsande ytterdörren med en mässingsskylt med namnet Axel Riessen på. Saga trycker pekfingret på knappen till dörrklockan. Efter en stund öppnas den tunga dörren av en lång, solbränd man med ett vänligt uttryck i ansiktet.

Saga presenterar sig som kommissarie på säkerhetspolisen och förklarar kortfattat deras ärende. Axel Riessen betraktar hennes legitimation noga och blickar sedan upp:

– Jag tvivlar på att jag kommer att vara till någon nytta för er men …

– Det är ändå alltid ett nöje att titta förbi, säger Joona Linna.

Axel ger honom en förvånad blick men ler sedan uppskattande åt skämtet när han visar dem in i den ljusa, höga hallen. Han är klädd i mörkblå kostymbyxor, ljusblå skjorta uppknäppt i halsen och morgontofflor på fötterna. Han tar fram två par tofflor ur ett lågt, blankt skåp och erbjuder Saga och Joona.

– Jag föreslår att vi sätter oss i orangeriet, det brukar vara lite svalare där.

De följer efter Axel genom den stora våningen, förbi den breda mahognytrappan och de mörka boaseringarna och passerar två stora salonger i fil.

Orangeriet är ett inglasat uterum mot trädgården där den höga häcken strax utanför skapar gröna skuggor och en vägg av löv och rörlighet. Doftlösa orkidéer och kryddiga örter står prydligt uppradade på kopparbord och kaklade ytor.

– Sätt er, snälla, säger Axel och gör en gest mot sittmöblerna. Jag tänkte precis ta lite te och crumpets och det vore trevligt om ni ville göra mig sällskap.

– Crumpets har jag inte ätit sedan jag var på språkresa i Edinburgh, ler Saga.

– Då så, säger Axel nöjt och lämnar rummet.

Han kommer tillbaka efter ett par minuter med en metallbricka. Han placerar kannan, assietten med citronklyftor och sockerskålen mitt på bordet. De varma småbröden ligger i en linneduk bredvid en smörbytta. Axel dukar noga åt dem alla tre, ställer fram tekoppar och fat, lägger varsin linneservett vid varje kuvert och häller sedan upp te.

Genom dörrar och väggar hörs svag fiolmusik.

– Berätta, vad kan jag hjälpa er med? frågar Axel.

Saga ställer försiktigt ned koppen, harklar sig och säger sedan med klar röst:

– Vi behöver ställa några frågor om ISP och hoppas att du vill hjälpa oss.

– Absolut, men jag måste i så fall ringa ett samtal och kontrollera att allt är i sin ordning, förklarar han vänligt och tar upp sin mobiltelefon.

– Självklart, svarar Saga.

– Förlåt, jag har glömt ditt namn.

– Saga Bauer.

– Kan jag få låna din legitimation igen, Saga Bauer?

Hon överräcker den, han reser sig upp och lämnar rummet. De hör hur han pratar en kort stund, sedan kommer han in igen, tackar och lämnar tillbaka legitimationen.

– Förra året utfärdade ISP utförseltillstånd till Sydafrika, Namibia, Tanzania, Algeriet, Tunisien, säger Saga som om pausen aldrig hade inträffat. Ammunition till tunga kulsprutor, bärbara pansarvärnspjäser, pansarskott, granattillsatser ...

– Och JAS Gripen förstås, svarar Axel. Sverige har haft ett långvarigt samarbete med flera av länderna.

– Men aldrig med Sudan?

Han möter återigen hennes blick och skymten av ett leende far över hans ansikte:

– Det kan jag inte tänka mig.

– Jag menar före häktningsordern på president al-Bashir, förklarar hon.

– Det förstod jag, svarar han roat. Annars vore det fullständigt otänkbart, vad vi kallar för ett ovillkorligt hinder, det finns ingenting att diskutera.

– Du har antagligen hunnit gå igenom en hel del av de beslut som fattats av Palmcrona, säger Saga.

– Självklart, svarar Axel.

– Men har du sett några konstigheter?

– Vad menar du med konstigheter?

– Beslut som förefaller märkliga, säger Saga och läppjar på teet.

– Finns det skäl att misstänka det? frågar han.

– Det är vad vi frågar dig, ler hon.

– Då svarar jag nej.

– Hur långt i tiden har du gått tillbaka?

Joona lyssnar på Sagas initierade frågor om klassificering, förhandsbesked och utförseltillstånd samtidigt som han iakttar Axel Riessens lugna, lyssnande ansikte. Plötsligt hörs fiolmusiken igen. Det kommer utifrån, från det öppna fönstret mot gården. En mazurka, med höga sorgsna toner. Så tystnar fiolen tvärt, börjar om från början, tystnar åter och fortsätter sedan igen.

Joona lyssnar på musiken, tänker på fotografiet av de fyra personerna i den privata logen. Han rör tankspritt vid sin väska där han har en kopia av bilden.

Han tänker på Palmcrona och hur han hängde från taket med en tvättlina om halsen, testamentet och sonens död.

Joona ser att Saga nickar åt något Axel säger. Ett grönt stråk går darrande över Riessens ansikte, någonting som speglas från kopparbrickan på bordet.

Palmcrona förstod omedelbart allvaret, resonerar Joona. Det enda Björn Almskog behövde nämna i sitt utpressningsbrev var att Palmcrona var fotograferad i en loge tillsammans med vapenhandlaren Raphael Guidi. Carl Palmcrona tvivlade inte ett ögonblick på fotografiets äkthet.

Kanske kände han redan till dess existens.

Eller så var utpressarens vetskap om mötet i logen ett bevis för att bilden fanns. Annars hade han inte känt till det.

Axel häller upp lite mer te till Saga. Hon torkar bort en smula från mungipan.

Det här stämmer inte, tänker Joona.

Pontus Salman kunde fastslå tidpunkten för mötet. Han

verkade inte tycka att fotografiet var besvärande.

Varför var det då så allvarligt i Palmcronas ögon?

Han hör Axel och Saga diskutera hur utgångsläget förändras för säkerhetspolitiken då embargon hävs eller läggs på länder.

Joona hummar lite för att de ska tro att han följer med i samtalet, men fortsätter istället att koncentrera sig på tankarna kring fotografiet.

Bordet i den privata logen var dukat för fyra personer och fyra personer var synliga på bilden. Det innebär att den femte personen, den som håller i kameran, inte hör till gästerna, inte kommer att erbjudas en plats vid bordet, ett champagneglas i handen.

Den femte personen kan fortfarande sitta inne med hela svaret.

Vi måste få Penelope Fernandez att tala snart, tänker Joona. För även om hon inte är fotografen så kan hon vara nyckeln som låser upp gåtan.

Han återvänder i minnet till personerna på fotografiet: Carl Palmcrona, Raphael Guidi, Agathe al-Haji och Pontus Salman.

Joona tänker på mötet med Pontus Salman när han pekade ut sig själv på fotografiet. Det enda anmärkningsvärda med bilden var enligt honom det faktum att Carl Palmcrona inte tackade nej till champagnen eftersom det inte fanns någonting att fira, eftersom det bara rörde sig om ett första möte.

Men tänk om det fanns något att fira.

Joonas puls ökar.

Tänk om alla fyra tog sina glas i nästa stund och skålade.

Pontus Salman pekade ut sig själv och berättade bakgrunden till mötet, platsen och tidpunkten.

Tidpunkten, tänker Joona, tidpunkten då fotografiet togs kan vara en annan.

Vi vet bara vad Pontus Salman har sagt och att mötet ägde rum i Frankfurt våren 2008.

Vi måste ha Penelope Fernandez hjälp.

Joona ser sina egna händer ligga mot väskan. Han tänker att det måste vara möjligt att identifiera musikerna i bakgrunden på fotografiet, deras ansikten är synliga. Någon måste känna igen dem.

För om vi kan identifiera musikerna så går det kanske att bekräfta tidpunkten för mötet. Det rör sig om fyra personer som spelar, en kvartett.

Kanske har dessa fyra bara spelat tillsammans denna enda gång. Det skulle ju fastslå tidpunkten bortom alla tvivel.

Självklart, säger han sig. Det borde de redan ha gjort. Han tänker att han ska lämna Saga hos Axel Riessen och åka till polishuset, prata med Petter Näslund, fråga om de har tänkt på att konstellationen av musiker kan ge en exakt tidsbestämmelse.

Han tittar på Saga, ser henne le mot Axel Riessen och sedan fråga honom om den amerikanska försvarsindustrins konsolidering. Hon nämner två av de nya jättekoncernerna, Raytheon och Lockheed Martin.

Återigen hörs fiolmusiken genom det öppna fönstret. Ett snabbare stycke denna gång. Det tystnar tvärt och sedan låter det som om två strängar prövas mot varandra.

– Vem är det som spelar? frågar Joona och reser sig upp.

– Min bror, Robert, svarar Axel med lätt förvånad röst.

– Jag förstår – är han violinist?

– Familjens stolthet ... men i första hand är han violinmakare, han har sin ateljé i huset, här på baksidan.

– Tror du att jag skulle kunna fråga honom en sak?

JOONA GÅR bredvid Axel på baksidans utegolv av marmor. Det doftar starkt från syrenerna. De fortsätter fram till ateljén och knackar på. Fiolspelet tystnar och dörren öppnas av en tunnhårig man i medelåldern med ett ganska vackert, intelligent ansikte och en kropp som en gång varit smal men som med åren blivit alltmer jämntjock.

– Polisen vill prata med dig, säger Axel allvarligt. Du är misstänkt för förargelseväckande beteende.

– Jag erkänner in blanco, säger Robert.

– Trevligt, säger Joona.

– Var det något mer?

– Vi har faktiskt ett antal fall som legat ett tag, säger Joona.

– Jag är säkert skyldig.

– Man tackar, säger Joona och skakar hand med Robert. Joona Linna, rikskrim.

– Vad gäller saken? frågar Robert leende.

– Vi håller på och tittar på ett oväntat dödsfall, den förre generaldirektören på ISP, det är därför jag pratar med din bror.

– Jag vet inte mer om Palmcrona än vad som har stått i tidningen.

– Får jag komma in en stund?

– Självklart.

– Jag går tillbaka till din kollega, förklarar Axel och stänger dörren efter Joona.

Taket i ateljén är lågt och snett, som ett vindstak. Ateljén tycks vara inbyggd i en redan befintlig källare, där en vackert fernissad trätrappa leder ned i verkstaden. En stark doftblandning av färskt, sågat trä, harts och terpentin möter dem. Överallt hänger delar av fioler, utvalt trä, snidade snäckor, specialverktyg, hyvlar små som vinkorkar och böjda knivar.

– Jag hörde dig spela genom fönstret, säger Joona.

Robert nickar och gör en gest mot en vacker violin.

– Den behövde justeras lite.

– Har du gjort den själv? frågar Joona.

– Ja.

– Fantastiskt vacker.

– Tack.

Robert tar upp violinen och räcker den till Joona. Det glänsande instrumentet är nästan viktlöst. Joona vänder på fiolen och luktar på den.

– Lacken är hemligheten, kommenterar Robert och lägger instrumentet i en låda med vinrött foder.

Joona öppnar sin väska, tar fram plastfickan och överräcker fotografiet som Björn Almskog skickade till Carl Palmcrona.

– Palmcrona, säger Robert.

– Ja, men känner du igen personerna i bakgrunden, musikerna?

Robert tittar på bilden igen och nickar.

– Det där är Martin Beaver, pekar han. Kikuei Ikeda ... Isomura och Clive Greensmith på cello.

– Kända musiker?

Robert ler ofrivilligt åt frågan:

– De är nästan legender ... Tokyo String Quartet.

– Tokyo String Quartet – är det samma fyra personer varje gång?

– Ja.

– Alltid?

– Sedan mycket länge – det har gått bra för dem.

– Kan du se något speciellt med bilden?

Robert betraktar fotot noggrant.

– Nej, säger han efter ett tag.

– De spelar inte bara i Tokyo? frågar Joona.

– De spelar över hela världen, men instrumenten är ägda av en japansk stiftelse.

– Är det vanligt?

– Ja, när det rör sig om riktigt speciella instrument, svarar Robert allvarligt. Och de här, som du ser på bilden, hör utan tvekan till världens förnämsta.

– Jag förstår.

– Paganinikvartetten, säger Robert.

– Paganinikvartetten, upprepar Joona och ser återigen på musikerna på bilden.

Det glänser mörkt i träet, musikernas svarta kläder speglar sig i fernissan.

– De är gjorda av Stradivarius, berättar Robert. Det äldsta instrumentet är Desaint, en violin från 1680 ... det är Kikuei Ikeda som spelar på den. Martin Beaver har fiolen som greve Cozio de Salabue överlät åt Paganini.

Robert tystnar och ger Joona en frågande blick, men Joona nickar åt honom att han vill att han fortsätter:

– Alla fyra instrument ägdes av Nicolò Paganini, jag vet inte hur mycket du känner till om Paganini, han var en virtuos, violinist och kompositör ... han skrev stycken som ansågs fullständigt löjeväckande eftersom de var omöjliga att spela, ända tills Paganini själv tog upp fiolen. Efter hans död skulle det ta hundra år innan någon kunde spela hans stycken ... och vissa av hans tekniker anses fortfarande vara omöjliga ... ja, det finns många skrönor om Paganini och hans fioldueller.

Det blir tyst. Joona tittar återigen på fotografiet, på de fyra männen som sitter på scenen i bakgrunden. Han ser på deras instrument.

– Så Tokyo String Quartet spelar ofta tillsammans på de här instrumenten?

– Ja, de har kanske åtta, nio konserter i månaden.

– När tror du att den här bilden är tagen?

– Den kan inte vara äldre än tio år, jag menar, om man tittar på Martin Beaver som jag har träffat ett par gånger.

– Kanske skulle man kunna fastställa tidpunkten om man kunde identifiera platsen?

– Det här är Alte Oper i Frankfurt.

– Är du säker?

– Jag vet att de spelar där varje år, säger Robert. Ibland flera gånger om året.

– *Perkele*, mumlar Joona.

Det måste finnas något sätt att fastslå tidpunkten då fotografiet togs, att antingen slå hål på eller bekräfta Pontus Salmans berättelse.

Joona öppnar plastfickan för att lägga ner fotot, han tänker att Penelope antagligen är den enda som kan kasta ljus över omständigheterna.

Han tittar på fotografiet igen, på den ena violinisten, stråkens rörelse, den höga armbågen och sedan blickar han upp och ser på Robert med sina ljusgrå ögon.

– Spelar de samma stycken när de turnerar? frågar Joona.

– Samma? Nej, alltså ... de har gått igenom alla Beethovens kvartetter, och bara det innebär ju ganska stor variation. Men de spelar förstås en massa annat också, ibland är det Schubert och Bartók. Och Brahms, vet jag. Det är en lång lista ... Debussy, Dvořák, Haydn, en massa Mozart och Ravel och så vidare och så vidare.

Joona stirrar framför sig, reser sig sedan, går några steg genom ateljén, stannar och vänder sig mot Robert.

– Jag har fått en tanke, säger Joona med plötslig iver. Skulle man utifrån bilden, om man tittar på musikernas händer ... är det möjligt att avgöra vilket stycke de spelar genom att granska bilden?

Robert öppnar och stänger munnen, skakar på huvudet, men

tittar ändå med ett leende på fotografiet igen: I strålkastarljuset på scenen på Alte Oper syns Tokyo String Quartet spela. Clive Greensmiths smala ansikte är märkligt ömtåligt, den höga pannan blänker. Och Kikuei Ikeda tar en hög ton med vänsterhandens lillfinger på fiolens greppbräda.

– Tyvärr, det är omöjligt, det kan röra sig om ... vilka toner som helst, höll jag på att säga, men ...

– Men med förstoringsglas ... Man ser faktiskt fingrarna, strängarna, instrumentens halsar ...

– Visst, teoretiskt, men ...

Han suckar och skakar på huvudet.

– Känner du till någon som skulle kunna hjälpa mig, fortsätter Joona med en hård klang av envishet i rösten. Någon musiker eller lektor på Musikhögskolan, som kanske skulle kunna analysera det här fotografiet åt oss?

– Jag önskar att jag ...

– Det kommer inte att gå – eller hur? frågar Joona.

– Nej, allvarligt, svarar Robert och rycker på axlarna. Om inte ens Axel kunde det så tror jag inte att det är möjligt.

– Axel? Din bror?

– Har inte han tittat på fotografiet? frågar Robert.

– Nej, svarar Joona.

– Du har ju pratat med honom.

– Inte om musiken – det är ju du som är musiker, ler Joona.

– Prata med honom i alla fall, avslutar Robert.

– Varför skulle ...

Joona tystnar när det knackar på dörren till ateljén. I nästa ögonblick kommer Saga Bauer in. Solljuset passerar genom hennes blonda hår.

– Är Axel här? frågar hon.

– Nej, svarar Joona.

– Fler kriminalpoliser? frågar Robert leende.

– Säpo, säger Saga kort.

Det blir tyst lite för länge, Robert tycks inte kunna släppa henne med blicken. Han kan inte se sig mätt på henne, de stora, overkligt blå ögonen och den näpna, ljusrosa munnen.

– Jag visste inte att säkerhetspolisen hade en avdelning för älvor, säger han, ler brett och okontrollerat och försöker sedan bli allvarlig:

– Förlåt, det var inte meningen, men du ser faktiskt ut som en älva eller Bauerprinsessa.

– Skenet bedrar, säger hon torrt.

– Robert Riessen, presenterar han sig och håller fram handen.

– Saga, säger hon.

70

En känsla

JOONA LINNA och Saga Bauer lämnar familjen Riessens hus och sätter sig i bilen. Det surrar i Sagas telefon, hon tittar på meddelandet och ler för sig själv.

– Jag äter lunch hemma, säger Saga och rodnar hastigt.

– Vad är klockan?

– Halv tolv, svarar hon. Ska du fortsätta jobba?

– Nej, jag ska gå på lunchkonsert på Södra teatern med en vän.

– Skulle inte du kunna släppa av mig på Söder i så fall, jag bor på Bastugatan.

– Jag kan köra dig hem om du vill, säger han.

Joona hade gått ut till storebrodern Robert Riessens ateljé, men Saga hade stannat kvar hos Axel. Han hade precis börjat beskriva sin karriär inom FN när hans telefon ringde. Axel hade tittat på displayen, ursäktat sig och lämnat rummet. Saga hade suttit kvar och väntat, men när det hade gått femton minuter hade hon till slut börjat leta efter honom. När hon inte hittade honom hade hon gått till Robert Riessens fiolateljé. Tillsammans med Robert och Joona hade de sedan sökt efter Axel och konstaterat att han lämnat huset.

– Vad ville du egentligen Axel Riessens bror?

– Jag fick en känsla, börjar Joona.

– Hurra, mumlar Saga. En känsla.

– Du vet ... Vi visade fotografiet för Pontus Salman, fortsätter Joona. Han pekade ut sig själv, berättade öppet om mötet i Frankfurt, om affärssamtalen med Sudans regering, men att alla affärsförbindelser avbröts när brottmålsdomstolen i Haag utfärdade sitt häktningsbeslut på ...

Han avbryter sig när det ringer, han letar fram telefonen utan att släppa trafiken med blicken och svarar:

– Det gick fort.

– Tidpunkten stämmer, säger Anja Larsson. Tokyo String Quartet spelade på Alte Oper och Pontus Salman var i Frankfurt.

– Jag förstår, säger Joona.

Saga tittar på honom, ser honom lyssna till det som sägs, nicka och tacka innan han avslutar samtalet.

– Så Pontus Salman talade sanning? frågar Saga.

– Det vet jag inte.

– Men tiderna är bekräftade?

– Bara att Pontus Salman åkte till Frankfurt och att Tokyo String Quartet spelade på Alte Oper ... men Pontus har varit i Frankfurt många gånger och Tokyo String Quartet spelar på Alte Oper minst en gång om året.

– Försöker du säga att du tror att han ljög om tidpunkten trots att du har fått den bekräftad?

– Nej, men ... jag vet inte, det var som sagt en känsla, säger Joona. Det finns mycket starka skäl att ljuga om han och Carl Palmcrona förhandlade med Agathe al-Haji efter häktningsordern.

– Det vore ju brottsligt, det skulle för fan se ut som vapenexport direkt till milisen i Darfur, det skulle bryta mot internationell lag och det ...

– Vi har trott på Pontus Salman för att han pekade ut sig själv, säger Joona. Men att han sa en sanning innebär inte att han bara säger sanningar.

– Är det här din känsla?

– Nej, det var något med Salmans röst ... när han sa att det enda anmärkningsvärda med bilden var att Carl Palmcrona inte tackade nej till champagnen.

– Eftersom det inte fanns någonting att fira, säger Saga.

– Ja, det var så han formulerade sig, men min känsla säger mig att det tvärtom fanns någonting att fira, att de skålade i champagne eftersom de kommit överens.

– Alla fakta talar emot det du säger.

– Fast tänk på bilden, fortsätter Joona envist. Det finns en stämning i logen och ... deras ansikten, de utstrålar att kontrakten är påskrivna.

– Men även om det skulle stämma så kan vi inte fastslå tidpunkten utan Penelope Fernandez.

– Vad säger hennes läkare? frågar Joona.

– Att vi kommer att kunna prata med henne mycket snart, men att hon fortfarande är för utmattad mentalt.

– Vi har ingen aning om vad hon vet, säger Joona.

– Nej, men vad fan har vi annars att gå på?

– Fotografiet, svarar Joona snabbt. För i bakgrunden syns de fyra musikerna och kanske kan man utifrån deras händer avgöra vilket stycke de spelar och fastslå tidpunkten på det sättet.

– Joona, suckar hon.

– Ja, ler han.

– Det här är helt jävla vansinnigt – det hoppas jag att du fattar.

– Robert sa att det rent teoretiskt vore möjligt.

– Vi får vänta på att Penelope mår lite bättre.

– Jag ringer, säger Joona och tar upp telefonen, slår ett nummer till Rikspolisen och ber att få bli kopplad till rum U 12.

Saga tittar till på hans lugna ansikte.

– Jag heter Joona Linna, jag är ...

Han tystnar och ett stort leende sprider sig i hans ansikte.

– Visst kommer jag ihåg dig och din röda kappa, säger han och lyssnar sedan. Ja, men ... Jag trodde att du skulle föreslå hypnos?

Saga hör läkaren skratta åt skämtet.

– Nej, säger han. Men på riktigt – vi behöver verkligen, verkligen prata med henne.

Hans ansikte blir allvarligt.

– Jag förstår, men ... det bästa är om du kan övertyga henne om ... Okej vi får lösa det ... Hej då.

Han avslutar samtalet och svänger samtidigt upp på Bellmansgatan.

– Jag pratade med Daniella Richards, säger Joona till Saga.

– Vad säger hon?

– Hon tror att vi kan förhöra Penelope om ett par dagar, men att hon måste få ett nytt boende först – hon vägrar att stanna i det underjordiska rummet och säger ...

– Det finns inget säkrare.

– Men om hon vägrar, säger Joona.

– Vi får förklara för henne att det är farligt.

– Det vet hon redan bättre än vi, säger han.

71

Sju miljoner val

DISA OCH JOONA sitter mitt emot varandra vid ett bord på Mosebacke Etablissements matsal. Solljuset fyller rummet genom de väldiga fönstren mot Gamla stan, Skeppsholmen och det glittrande vattnet. De har ätit nystekt strömming med potatismos och rårörda lingon och häller precis upp det sista av lättölen i glasen. På den lilla estraden sitter Ronald Brautigam framför en svart flygel och Isabelle van Keulens högra armbåge är lyft medan stråket fullföljs.

Musiken hejdar sig, den sista fioltonen darrar, väntar ut pianot och slutar sedan i en hög, skälvande ton.

Joona och Disa lämnar restaurangen efter konserten, kommer ut på Mosebacke torg och stannar till och tittar på varandra.

– Vad är det med Paganini? undrar hon och rättar till hans skjortkrage. Du pratade om Paganini senast också.

Han fångar mjukt hennes hand.

– Jag ville bara träffa dig ...

– Så att jag kan bråka med dig för att du inte tar din medicin?

– Nej, säger han allvarligt.

– Gör du det då?

– Jag tar den snart, svarar han med en glimt av otålighet i rösten.

Hon säger ingenting, låter bara sin ljusgröna blick vila i hans ett ögonblick. Sedan drar hon efter andan och föreslår att de börjar gå.

– Det var i alla fall en jättefin konsert, säger Disa. Musiken gick på något sätt ihop med ljuset utifrån, alldeles mjukt. Jag trodde att Paganini alltid var ... du vet, ekvilibristisk och snabb ... Jag har faktiskt hört Yngwie Malmsteen spela *Caprice* nummer 5 på Gröna Lund en gång.

– När du var ihop med Benjamin Gantenbein.

– Vi har blivit vänner på Facebook efter alla år.

De promenerar hand i hand över Slussen och ner mot Skeppsbron.

– Borde det inte gå att se på fingrarna vilka toner en person spelar på en fiol? frågar Joona.

– Utan att höra någonting, menar du?

– På ett fotografi.

– Ungefär, skulle jag tro ... det beror nog på hur bra man kan instrumentet, säger hon.

– Men hur exakt kan man bli?

– Jag kan fråga Kaj om det är viktigt, säger hon.

– Kaj?

– Kaj Samuelsson på Musikvetenskapliga. Jag övningskörde med honom, men känner honom egentligen genom pappa.

– Kan du ringa nu?

– Okej, säger Disa och höjer ögonbrynen lätt. Du vill att jag ringer honom nu?

– Ja, svarar Joona.

Hon släpper taget om hans hand, tar upp telefonen, letar igenom sina kontakter och ringer upp professorn.

– Det är Disa, säger hon leende. Ringer jag mitt i lunchen?

Joona hör en mansröst tala muntert i luren. Efter att ha småpratat en stund frågar Disa:

– Du, jag har en god vän här, han vill att jag ställer en fråga till dig.

Hon skrattar åt någonting som sägs och sedan frågar hon rakt på sak:

– Kan man se vilka toner en violinist spelar ... nej, inte ... jag menar på fingrarna.

Joona betraktar Disa som lyssnar med rynkad panna. Någonstans från Gamla stans gränder hörs marschmusik.

– Okej, säger Disa efter en stund. Vet du vad, Kaj, det är bäst att du talar med honom själv.

Utan ett ord räcker hon över luren till Joona.

– Joona Linna.

– Som Disa pratar så mycket om, fyller Kaj Samuelsson i med lätt röst.

– En fiol har bara fyra strängar, börjar Joona. Egentligen borde det inte gå att spela så många olika toner . . .

– Vad menar du med att spela? undrar professorn.

– Den lägsta tonen måste vara en lös G-sträng, säger Joona med lugn röst. Och någonstans finns det väl också en högsta ton som . . .

– En bra tanke, avbryter professorn. Den franske vetenskapsmannen Mersenne gav 1636 ut *Harmonie Universelle*. Och i det verket nämner han att de bästa violinisterna kan spela upp till en oktav ovanför varje lös sträng. Det betyder att omfånget blir lilla g till trestruket e . . . vilket ger oss inalles trettiofyra toner i en kromatisk skala.

– Trettiofyra toner, upprepar Joona.

– Men om vi hoppar fram till musiker i lite mer modern tid, fortsätter Samuelsson roat. Då har omfånget utvidgats enligt den nya fingersättningen . . . och man börjar räkna med att kunna nå trestrukna a och därmed få en kromatisk skala med trettionio toner.

– Fortsätt, säger Joona och ser Disa stanna till inför ett galleri med några egendomliga, suddiga bilder.

– Fast redan när Richard Strauss reviderade Berlioz instrumentationslära från 1904 anges fyrstrukna g som högsta möjliga ton för en orkesterviolinist, vilket innebär fyrtionio toner.

Kaj Samuelsson skrattar för sig själv i luren inför Joonas avvaktande tystnad.

– Den övre gränsen är långt ifrån nådd, förklarar professorn. Och dessutom kan man lägga till ett helt register av flageoletter och kvartstoner.

De passerar en nybyggd vikingabåt vid Slottskajen och närmar sig Kungsträdgården.

– Och på en cello? avbryter Joona otåligt.

– Femtioåtta, svarar han.

Disa ger honom en otålig blick och pekar på en uteservering.

– Min egentliga fråga är om du skulle kunna titta på ett porträtt av fyra musiker, två fioler, en altfiol och en cello, säger Joona. Skulle du utifrån ett skarpt fotografi, bara genom att titta på musikernas fingrar, på strängarna och instrumentens halsar, kunna gissa vilket stycke de spelar.

Joona hör Kaj Samuelsson mumla för sig själv i luren.

– Det blir en massa alternativ, tusentals ...

Disa rycker på axlarna och går vidare utan att se på honom.

– Sju miljoner kombinationer, säger Kaj Samuelsson efter en stund.

– Sju miljoner, upprepar Joona.

Det blir tyst i luren igen.

– Men på mitt fotografi, fortsätter Joona med rösten mättad av envishet. Så ser man tydligt fingrarna och strängarna och kan ganska lätt utesluta väldigt många alternativ.

– Jag tittar gärna på bilden, svarar professorn. Men jag kommer inte att kunna gissa tonerna, det går inte och ...

– Men ...

– Och föreställ dig, Joona Linna, fortsätter han glatt. Föreställ dig att du faktiskt fick fram de ungefärliga tonerna ... hur skulle du hitta dem bland alla tusen stråkkvartetter, Beethoven, Schubert, Mozart ...

– Jag förstår, det är omöjligt, avbryter Joona.

– Allvarligt talat, säger Kaj.

Joona tackar för samtalet och går och sätter sig bredvid Disa som väntar på murkanten till en fontän. Hon lutar kinden mot hans axel. Precis när han lägger armen om henne erinrar han sig Robert Riessens ord om sin bror: *Om inte ens Axel kunde det så tror jag inte att det är möjligt.*

NÄR JOONA LINNA går med snabba steg på trottoaren uppför Bragevägen hör han barnskratt och rop från Tyska skolan.

Han ringer på Axels dörr och anar en välklingande klocka inifrån huset. Efter att ha väntat ett tag bestämmer han sig för att gå runt huset. Plötsligt hör han ett skärande missljud. Det kommer från ett stråkinstrument. Någon befinner sig i skuggan under ett lövträd. Joona stannar på avstånd. På uteplatsens marmorläggning står en flicka med en fiol. Hon är kanske femton år. Hennes hår är mycket kort och hon har ritat på sina armar. Bredvid henne befinner sig Axel Riessen, han nickar och lyssnar nyfiket när hon drar stråken över strängarna. Det ser ut som om hon håller i instrumentet för första gången. Kanske är det Axels dotter, eller ett barnbarn, för han tittar oavbrutet på henne med varm och nyfiken blick.

Stråken går snett över strängarna, med ett hasande, gnisslande läte.

– Den är nog väldigt ostämd, föreslår hon som förklaring till oljudet.

Hon ler och lämnar varsamt tillbaka instrumentet.

– Att spela fiol handlar om gehör, säger Axel vänligt. Man lyssnar, hör musiken inom sig och överför den bara till verkligheten.

Han lägger fiolen till axeln och spelar den inledande melodistämman av *La seguidilla* ur Bizets opera *Carmen*, stannar upp och visar henne demonstrativt fiolen.

– Nu stämmer jag om strängarna lite hur som helst, så här, och så här, säger han och vrider finstämskruvarna många varv i olika riktningar.

– Varför ska ...

– Nu är fiolen totalt ostämd, fortsätter han. Och om jag bara hade lärt mig stycket mekaniskt, med exakta fingerpositioner, samma som jag spelade nyss, så låter det så här.

Han spelar *La seguidilla* igen och det låter hemskt, nästan oigenkännligt.

– Vackert, skojar hon.

– Men om man istället lyssnar på strängarna, säger han och knäpper på E-strängen. Hör du? Den är ju alldeles för låg, men det har ingen betydelse, det är ju bara att kompensera genom att ta tonen högre upp på halsen.

Joona ser Axel Riessen lägga fiolen till axeln och spela stycket igen på den fullständigt ostämda fiolen, med otroligt konstig fingersättning, men med exakt rätt toner. *La seguidilla* klingar plötsligt perfekt igen.

– Du kan trolla, skrattar flickan och klappar i händerna.

– Hej, säger Joona, går fram och skakar Axels hand och sedan flickans hand.

Han ser på Axel som håller i den ostämda fiolen.

– Imponerande.

Axel följer hans blick mot fiolen och skakar på huvudet:

– Jag har faktiskt inte spelat på trettiofyra år, säger han med ett egendomligt tonfall.

– Tror du på det? frågar Joona flickan.

Hon nickar och svarar sedan gåtfullt:

– Ser du inte skenet?

– Beverly, säger Axel lågt.

Hon tittar leende på honom och går sedan undan mellan träden.

Joona nickar mot Axel:

– Jag behöver tala med dig.

– Ber om ursäkt för att jag bara försvann, säger Axel och börjar stämma fiolen igen. Men jag fick ett brådskande ärende.

– Det är ingen fara – jag kom tillbaka.

Joona ser Axel betrakta flickan som plockar några ogräsblommor från den skuggiga gräsmattan.

– Finns det en vas inne? frågar hon.

– I köket, svarar han.

Hon bär med sig den lilla buketten utblommade maskrosor, vita bollar av fröer, in genom dörren.

– Hennes favoritblomma, säger Axel och lyssnar sedan på G-strängen, vrider finstämskruven och lägger ifrån sig fiolen på mosaikbordet.

– Jag vill att du tittar på det här, säger Joona och tar fram fotografiet ur plastfickan.

De sätter sig vid bordet. Axel tar upp ett par glasögon ur bröstfickan och granskar fotografiet noggrant.

– När togs det här? frågar han snabbt.

– Vi vet inte, men antagligen våren 2008, svarar Joona.

– Ja, säger Axel och ser genast mer avslappnad ut.

– Du känner igen personerna? frågar Joona lugnt.

– Givetvis, säger Axel. Palmcrona, Pontus Salman, Raphael Guidi och ... Agathe al-Haji.

– Men jag är faktiskt här för att jag vill att du ska titta på musikerna i bakgrunden.

Axel ser undrande på Joona och sedan betraktar han fotot igen.

– Tokyo String Quartet ... de är duktiga, säger han neutralt.

– Ja, men jag undrar ... jag har gått och funderat på om det är möjligt för en kunnig person att avgöra ... att utifrån bilden avgöra vilket stycke stråkkvartetten spelar.

– Intressant fråga.

– Är det ens möjligt att komma med en kvalificerad gissning? Kaj Samuelsson trodde inte det och när din bror Robert tittade på bilden så sa han att det var fullständigt omöjligt.

Joona lutar sig fram, hans ögon blir lena och varma i den lummiga skuggan:

– För din bror var det ett faktum att ingen skulle kunna lösa den här uppgiften – om inte du kunde det.

Ett leende leker plötsligt i Axels mungipa:

– Det sa han, va?

– Ja, svarar Joona. Men jag förstod inte vad han menade ...

– Inte jag heller, säger Axel.

– Jag vill ändå att du tittar på bilden med förstoringsglas.

– Du tänker dig att tidpunkten för mötet på fotografiet i så fall skulle kunna säkerställas, säger Axel med ett nytt allvar.

Joona nickar, tar fram ett förstoringsglas ur väskan och räcker det till Axel.

– Nu borde du se deras fingrar, säger Joona.

Han sitter tyst, ser Axel granska fotografiet och tänker ännu en gång att om bilden är tagen före åtalet mot Sudans president Omar al-Bashir i mars 2009 har hans känsla lett honom helt fel. Men om den är tagen efter häktningsordern så har han haft rätt, då handlar det om brottslig verksamhet.

– Visst ser jag fingrarna, svarar Axel långsamt.

– Skulle du kunna gissa vad de spelar för toner? frågar Joona dämpat.

Axel suckar, lämnar tillbaka fotografiet och förstoringsglaset till Joona och sjunger plötsligt fyra toner rakt ut. Ganska låga, men alldeles klara toner. Han lyssnar inåt en stund, tar sedan upp fiolen från mosaikbordet och knäpper två högre, skälvande toner.

Joona Linna har rest sig upp.

– Skojar du?

Axel Riessen möter hans blick:

– Martin Beaver spelar ett trestruket C, Kikuei spelar ett tvåstruket C. Kazuhide Isomura har paus och Clive spelar ett fyrtonigt pizzicato. Det var det jag sjöng, stora E, stora A, lilla A och ettstrukna Ciss.

Joona antecknar och frågar sedan:

– Hur exakt är gissningen?

– Det är ingen gissning, svarar Axel.

– Tror du att just den här kombinationen toner finns i många stycken? Jag menar ... skulle det, via de här tonerna, gå att ringa in vilka stycken som Tokyo String Quartet skulle kunna spela på bilden?

– De här tonerna finns bara på ett ställe, svarar Axel.

– Hur vet du det?

Axel vänder blicken mot fönstret. Det stora, darrande lövverket speglas mot glaset.

– Fortsätt snälla, säger Joona.

– Jag har säkert inte hört all musik som de har spelat ...

Axel rycker ursäktande på axlarna.

– Men du menade att du kan hitta just de här tonerna i ett speciellt stycke? frågar Joona igen.

– Exakt den här kombinationen finns bara på ett ställe som jag känner till, förklarar Axel. I takt 156 i den första satsen av Béla Bartóks andra stråkkvartett.

Han tar upp fiolen igen och lägger den till axeln.

– Tranquillo ... musiken blir bara så underbart stillsam, som en vaggvisa. Lyssna på första stämman, säger han och börjar spela.

Fingrarna rör sig ömsint, tonerna skälver, mjukt gungande, ljusa och alldeles lena. Efter bara fyra takter slutar han spela.

– De båda fiolerna följer varandra, samma toner, men i olika oktaver, förklarar han. Det är nästan för vackert, men mot cellons A-durackord så utgör violinerna samtidigt dissonanser ... även om de inte riktigt upplevs så eftersom de är ett slags övergångstoner som ...

Han avbryter sig själv, tystnar och lägger ifrån sig fiolen.

Joona ser på honom.

– Du är helt säker på att musikerna spelar Bartóks andra stråkkvartett på bilden? frågar han lågt.

– Ja.

Joona går några steg tvärs över altanen, stannar till vid syrenklungorna i lövverket och säger sig själv att det han just fått höra antagligen är allt han behöver för att fastslå tidpunkten för mötet.

Han ler för sig själv, döljer leendet med handen, vänder sig runt, tar ett rött äpple ur skålen på mosaikbordet och möter sedan Axels undrande blick.

– Du svarar ja? frågar han igen. Du är verkligen säker?

Axel nickar och Joona ger äpplet till honom, ursäktar sig, tar upp telefonen ur sin kavajficka och ringer Anja.

– Anja, jag har lite bråttom nu ...

– Vi skulle ju basta i helgen, avbryter Anja.

– Jag behöver hjälp.

– Jag vet, fnittrar Anja.

Joona försöker dämpa stressen i sin röst:

– Kan du inte kolla upp Tokyo String Quartets repertoar de senaste tio åren?

– Jag har redan kollat deras repertoar.

– Kan du se vad de har spelat på Alte Oper i Frankfurt under den här tiden?

– Ja, de har varit där varje år faktiskt, ibland flera gånger.

– Har de spelat Béla Bartóks andra stråkkvartett någon gång?

Efter en stunds betänketid svarar hon:

– Ja, en enda gång, Opus sjutton.

– Opus sjutton, upprepar Joona, möter Axels blick och får en nickning till svar.

– Va? frågar Anja.

– När? frågar Joona med allvarlig röst. När spelade de Bartóks andra stråkkvartett?

– Den trettonde november 2009.

– Är du säker? frågar Joona.

Personerna på fotografiet träffades åtta månader efter det att häktningsordern mot Sudans president utfärdades, tänker han. Pontus Salman ljög för oss om tidpunkten. De träffades i november 2009. Det är därför allt detta har skett. Människor är döda och fler kommer kanske att dö.

Joona sträcker ut handen och nuddar de violetta syrenklasarna, känner doften från någons utegrill i en intilliggande trädgård och tänker att han måste få tag på Saga Bauer och berätta om genombrottet.

– Var det allt? frågar Anja i luren.

– Ja.

– Kan man få höra det lilla ordet?

– Ja, förlåt ... *Kiitokseksi saat pusun*, säger Joona, som tack får du en puss. Han avbryter samtalet.

Pontus Salman ljög för oss, tänker han återigen. Det rådde totalt vapenembargo när han träffade Palmcrona, Raphael och Agathe al-Haji. Alla affärer av det slaget var förbjudna, det fanns inga som helst undantag eller kryphål.

Men Agathe al-Haji ville köpa ammunition och de andra ville tjäna pengar. De brydde sig inte om mänskliga rättigheter eller internationell lag.

Pontus Salman ljög med iskyla i rösten om tidpunkten. Han trodde att några oväntade sanningar instoppade i resonemanget skulle dölja en lögn. Genom att utan omsvep erkänna att det var han som fanns med på bilden trodde han att vi skulle nöja oss och bara acceptera lögnen om tidpunkten.

Joona ser för sig Salman som pratar med orörligt ansikte, gråblek och med djupa rynkor. Den spelade rättframheten när han pekar ut sig själv och fastslår tidpunkten.

Det är vapensmuggling, viskar det i hans huvud. Det är vapensmuggling allt handlar om, fotografiet, utpressningen och de döda människorna.

Han ser för sig hur Saga Bauer reser sig upp efter Salmans

vittnesmål och hur märket av hennes fem fingeravtryck blir kvar på skrivbordet som dova minnesmärken.

I mars 2009 utfärdade den internationella brottmåls-domstolen ICC i Haag en häktningsorder på Sudans president Omar al-Bashir för direkt inblandning i utrotningen av tre folkgrupper i Darfur. Sedan dess är alla gängse leveranser av ammunition från resten av världen stoppade. Sudans armé har kvar sina vapen, kulsprutor och automatkarbiner, men ganska snart sinar ammunitionen. De första som kommer att känna av den strypta tillförseln är förstås milisen i Darfur. Men Carl Palmcrona, Pontus Salman, Raphael Guidi och Agathe al-Haji ställer sig över internationell lag. De träffas i november trots att presidentens inblandning i folkmordet offentliggjordes åtta månader tidigare.

– Vad fick du veta? frågar Axel och reser sig upp.

– Va? frågar Joona.

– Gick det att fastställa tidpunkten?

– Ja, svarar Joona kort.

Axel söker Joonas blick.

– Vad är det som är fel? frågar han.

– Jag måste gå, mumlar Joona.

– Träffades de efter häktningsordern på al-Bashir? Det kan de inte ha gjort. Jag måste få veta om det var så!

Joona tittar upp och ser honom i ögonen, hans ögon är all-deles lugna och lysande.

En sista fråga

SAGA BAUER ligger på mage på den toviga ljusa mattan. Hon blundar medan Stefan långsamt kysser hennes rygg. Hennes ljusa hår sprider sig som en skimrande sky över golvet. Stefans varma ansikte rör sig mot hennes hud.

Fortsätt, tänker hon.

Läpparnas lätta beröring kittlar henne mellan skulderbladen. Hon tvingar sig själv att ligga kvar och ryser av välbehag.

Från musikanläggningen hörs tonsättaren Carl Unander-Scharins erotiska duett för violoncello och mezzosopran. De båda stämmorna korsas rytmiskt och repetitivt som det långsamma glittret i en mörk bäck.

Saga ligger helt stilla och känner upphetsningen stegras i kroppen. Hon andas genom halvöppen mun och fuktar läpparna med tungan.

Hans händer glider över midjan, kring höfterna och lyfter hennes stjärt fjäderlätt.

Ingen man jag träffat tidigare har rört mig så mjukt, tänker Saga och ler för sig själv.

Han tittar på henne och hon särar på låren. Det börjar glöda i henne, en kärna av oljig, dunkande hetta.

Hon hör sig själv kvida när hon känner hans tunga.

Försiktigt vänder han på hennes kropp. Mattan har gjort strimmiga märken över hennes mage.

– Fortsätt, viskar hon.

– Annars skjuter du mig, säger han.

Hon nickar och ler med öppet och lyckligt ansikte. Stefans svarta hår har fallit ned i hans ansikte, den smala hästsvansen ligger över ena bröstet.

– Kom, kom, säger Saga.

Hon tvingar ned hans ansikte mot sitt, kysser honom och möter hans tunga, varm och blöt.

Snabbt kränger han av sig byxorna och lägger sig naken över henne. Hon drar upp benen och känner honom tränga in. Hon stönar utdraget och andas sedan snabbt när de hejdar sig ett ögonblick. Känner den hisnande närheten till varandra. Stefan stöter alldeles mjukt. Hans smala höfter rör sig sakta. Saga drar fingrarna över hans skulderblad, länden, skinkorna.

Då ringer telefonen. Givetvis, hinner hon tänka. Ljudet av ZZ Tops stillsamma *Blue Jeans Blues* kommer inifrån högen av kläder på soffan, under det vita linnet, trosorna, de ut- och invända jeansen.

– Låt det ringa, viskar hon.

– Det är din jobbtelefon, säger han.

– Jag skiter i det nu, det är ingenting viktigt, mumlar hon och försöker hålla fast honom.

Men han drar sig ur henne, ställer sig på knä och trevar i hennes byxfickor efter telefonen. Han hittar den inte och bluesen fortsätter dämpat. Till slut får han vända upp och ned på jeansen och skaka ut telefonen på golvet. Den har tystnat. Ett litet klingande ljud annonserar att ett röstmeddelande har talats in.

*

Tjugo minuter senare småspringer Saga Bauer genom korridoren på Rikskriminalen. Hårtopparna är fuktiga efter den hastiga duschen. Hon har fortfarande en pirrande och otillfredsställd lust i kroppen. Trosorna och jeansen sitter obekvämt.

Saga skymtar Anja Larssons frågande, runda ansikte över

datorn när hon rusar mot Joonas rum. Han står mitt på golvet med fotografiet i handen och väntar på henne. När hon möter hans isgrå, vassa blick kryper en rysning av obehag över hennes rygg.

– Stäng dörren, säger han.

Hon stänger genast och vänder sig om mot honom och väntar. Hennes andetag är snabba, tysta.

– Axel Riessen kommer ihåg all musik han någonsin hört, varje ton från varje instrument i en symfoniorkester ...

– Jag förstår inte vad du säger.

– Han kunde se vilket stycke kvartetten spelade på bilden, det var Béla Bartóks andra stråkkvartett.

– Okej, du hade rätt, säger hon snabbt. Det gick att avgöra stycket, men vi ...

– Fotografiet togs den trettonde november 2009, avbryter Joona med ovanlig kärvhet i rösten.

– Så de jävlarna gjorde vapenaffärer med Sudan efter åtalet mot al-Bashir, säger hon sammanbitet.

– Ja.

– De visste att ammunition skulle pumpas in i Darfur, viskar hon.

Joona nickar och musklerna vid hans käkar rör sig hårt.

– Carl Palmcrona borde inte vara i den där logen, säger han. Pontus Salman borde inte vara där, ingen borde vara där ...

– Men nu har vi dem på ett fotografi, säger hon med tillbakahållen iver. Raphael Guidi syr ihop en jättelik affär med Sudan.

– Ja, svarar Joona och möter Sagas sommarblå ögon.

– Den riktigt stora fisken var förstås ful, konstaterar Saga. Det har många sagt tidigare, det har de flesta anat ... men de största går alltid fria.

De står under tystnad och tittar på fotografiet igen, betraktar de fyra personerna i logen på Alte Oper, champagnen, deras ansikten, musikerna med Paganinis gamla instrument.

– Nu har vi löst den första gåtan, säger Saga och drar efter andan. Vi vet att fotografiet handlar om att Sudan försöker köpa ammunition trots att det är förbjudet.

– Palmcrona var där, hans pengar på kontot är säkerligen mutor, säger Joona dröjande. Men samtidigt ... Palmcrona har ju inte godkänt någon vapenexport till Sudan efter det här med presidenten, det är ju helt omöjligt, det skulle han aldrig få ige...

Han avbryter sig när telefonen plötsligt surrar i hans kavaj. Joona svarar, lyssnar under tystnad och avslutar sedan samtalet. Han betraktar Saga.

– Det var Axel Riessen, säger Joona. Han hävdar att han har förstått vad fotografiet handlar om.

EN ENSAM POJKE av järn, bara femton centimeter hög, sitter med armarna om sina uppdragna knän på Finska kyrkans bakgård i Gamla stan. Tre meter ifrån pojken står Axel Riessen lutad mot den ockrafärgade väggen och äter nudlar ur en kartong. Han har mat i munnen och vinkar med ätpinnarna när Joona och Saga kommer in genom grinden.

– Vad är det du har förstått? frågar Joona.

Axel nickar, ställer ifrån sig maten på kyrkans fönsterbleck, torkar sig om munnen med en pappersservett och skakar sedan hand med Saga och Joona.

– Du sa att du förstod vad fotografiet handlade om, upprepar Joona.

Axel slår ner blicken, andas tungt och tittar sedan upp igen.

– Kenya, säger han. De fyra personerna i logen skålar i champagne för att de har kommit överens om en stor leverans ammunition till Kenya.

Han tystnar ett ögonblick.

– Fortsätt, säger Joona.

– Kenya köper 1,25 miljoner enheter licenstillverkad 5.56 x 45 mm ammunition.

– Till automatkarbiner, säger Saga.

– Exporten går till Kenya, fortsätter Axel tungt. Men det är inte Kenya som ska ha ammunitionen. Den ska vidare till Sudan, till milisen i Darfur. Plötsligt förstod jag allt. Det är ju helt uppenbart att ammunitionen ska gå till Sudan eftersom den köpande parten representeras av Agathe al-Haji.

– Men var kommer Kenya in? frågar Joona.

– De fyra i logen träffas ju efter det att häktningsordern på president al-Bashir utfärdats. Eller hur? Bartóks andra stråk-kvartett har bara spelats en gång. Det är förbjudet att exportera till Sudan, men inte till Kenya, till grannlandet i söder är det fortfarande inga problem.

– Hur kan du vara så säker på det här? frågar Saga.

– Carl Palmcrona lämnade över affären till mig genom att begå självmord. Det var hans sista uppdrag och han slutförde det inte. Jag har lovat att skriva under utförseltillståndet i dag, svarar Axel sammanbitet.

– Det är samma ammunition, samma affär. Efter häktnings-ordern på presidenten har de bara strukit Sudan och skrivit Kenya istället, säger Saga.

– Det här är vattentätt, säger Axel.

– Innan någon fotograferade mötet, påpekar Joona.

– När Palmcrona tog sitt liv var beredningen färdig, alla trodde antagligen att han redan hade skrivit under utförsel-tillståndet, berättar Axel.

– De blev nog ganska stressade när de förstod att han inte hade det, ler Joona.

– Hela affären blev hängande i luften, säger Saga.

– Jag rekryterades mycket snabbt, berättar Axel. Man form-ligen satte pennan i min hand för att få mig att skriva under kontraktet.

– Men?

– Jag ville göra min egen bedömning.

– Och det gjorde du.

– Ja.

– Och allt såg bra ut? frågar Saga.

– Ja ... och jag lovade att skriva på och jag skulle utan tvekan ha gjort det om jag inte hade fått se fotografiet och kopplat ihop det med Kenya.

De står alla tysta och tittar på den lilla pojken av järn, Stockholms minsta offentliga konstverk. Joona lutar sig fram och klappar hans blanka huvud. Metallen utstrålar kroppsvärme efter en hel dag i solen.

– De håller på att lasta fartyget i Göteborgs hamn, säger Axel med låg röst.

– Jag har förstått det, säger Saga. Men utan utförseltillstånd så ...

– Den här ammunitionen kommer inte att lämna Sverige, slår Axel fast.

– Du sa att man förväntar sig att du ska skriva på utförseltillståndet i dag, säger Joona. Kan du förhala det på något sätt? Det är väldigt viktigt för vår utredning att du inte ger dem något besked.

– De kommer inte att sitta och vänta.

– Säg att du inte är riktigt färdig, säger Joona.

– Ja, fast det blir svårt. Affären är redan försenad på grund av mig, men jag ska försöka, säger Axel.

– Det har inte bara med förundersökningen att göra, utan också din säkerhet, förklarar han.

Axel ler och frågar med skepsis i rösten:

– Tror du att de skulle hota mig?

Joona ler tillbaka.

– Så länge de förväntar sig ett positivt besked så är det ingen som helst fara, svarar han. Men om du säger nej så kommer människor att förlora oerhörda investeringar. Jag kan inte föreställa mig hur stora mutorna har varit för att få rätt personer i Kenya att hålla ögonen slutna.

– Jag kommer inte att kunna förhala underskriften hur länge som helst, Pontus Salman har försökt få tag i mig hela dagen. De här personerna kan branschen, det går inte att lura dem, säger Axel precis när hans telefon ringer.

Han tittar kort på displayen och stelnar till.

– Jag tror att det är Pontus Salman igen ...

382

– Ta det, säger Joona.
– Okej, säger Axel och svarar.
– Jag har sökt dig några gånger, säger Salman med sin släpiga röst. Du vet ... containerfartyget är lastat, det kostar pengar att ligga kvar i hamnen, redaren har försökt få tag på dig, de verkar inte ha fått utförseltillståndet.
– Jag är ledsen, säger Axel och titttar till på Joona och Saga. Jag har tyvärr inte haft tid att gå igenom det sista för ...
– Jag pratade med Regeringskansliet, du skulle ju skriva på i dag.
Axel tvekar, tankarna far iväg i olika riktningar, han skulle bara vilja avbryta samtalet, men harklar sig istället svagt, ursäktar sig och ljuger sedan:
– En annan affär har kommit emellan.
Axel hör den falska klangen i sin egen röst, svaret dröjde lite för länge. Han hade varit på väg att säga sanningen, att det inte kommer bli något utförseltillstånd eftersom de planerar att smuggla ammunitionen till Darfur.
– Mitt intryck var att saken skulle vara klar senast i dag, säger Salman utan att dölja sin irritation.
– Ni tog en risk, säger Axel.
– Vad menar du?
– Utan utförselstillstånd blir det ingen export till ...
– Men vi har ju ... Förlåt.
– Ni har fått tillåtelse att tillverka ammunitionen, ni har fått ett positivt förhandsbesked och jag har lämnat positiva signaler, men det är också allt.
– Det är mycket som står på spel, säger Salman fogligare. Kan jag hälsa redaren något? Kan du kanske uppskatta hur lång tid det kommer att ta? Han behöver veta hur länge han ska ligga i hamn, det handlar om hela logistiken.
– Jag är fortfarande positiv till exporten, men jag ska gå igenom allting en sista gång och därefter får ni ert besked, säger Axel.

SAGA BAUER har hoppat rep i femtio minuter på polisens gym när en orolig kollega kommer fram och frågar hur hon mår. Ansiktet är svettigt och sammanbitet, men hennes fötter dansar tillsynes oberörda av det snabba, passerande repet.

– Du är för tuff mot dig själv, säger han.

– Nej, svarar hon och fortsätter hoppa med käkarna hårt slutna.

Tjugofem minuter senare kommer Joona Linna ner på gymmet och går fram till henne och sätter sig på en lutande bänk vid en skivstång.

– Vilket jävla skit, säger hon utan att sluta hoppa. De kommer att pumpa in ammunition i Darfur och vi kan inte göra ett jävla piss.

– Nu vet vi i alla fall vad det handlar om, svarar Joona lugnt. Vi vet att de försöker gå via Kenya och ...

– Men vad fan ska vi göra? frågar hon medan hon hoppar. Ta in den där jävla Pontus Salman? Kontakta Europol om Raphael Guidi?

– Vi kan fortfarande inte bevisa någonting.

– Det här är stort, mycket större än vad någon egentligen vill. Inte ens vi vill att det ska vara så här stort, resonerar hon medan hopprepet viner runt henne och tickar i golvet. Carl Palmcrona är inblandad, Pontus Salman från Sverige ... Raphael Guidi, han är en gigant ... men också någon i Kenyas regering, annars skulle det inte fungera ... och kanske någon i Sveriges regering ...

– Vi kommer inte att komma åt alla, konstaterar Joona.

– Det smartaste vore antagligen att lägga ner fallet, säger hon.

– Då gör vi det.

Hon skrattar åt skämtet och fortsätter sedan hoppa med hopknipt mun.

– Palmcrona har antagligen tagit emot mutor i många år, säger Joona eftertänksamt. Men när han fick Björn Almskogs utpressningsbrev blev han orolig för att festen var över ... så han ringde någon, antagligen Raphael ... Men under samtalets gång insåg han att han var utbytbar ... och att han i och med fotografiet betraktades som ett problem. Han hade blivit ett problem för de personer som investerat i den här affären. De var inte beredda att förlora sina pengar och riskera sin tillvaro för honom.

– Därför tar han sitt liv, säger Saga och hoppar snabbare.

– Han är borta ... och då återstår bara fotografiet och utpressaren.

– Så de anlitar en internationell problemlösare, säger hon andfått.

Joona nickar och hon börjar hoppa med höga knän.

– Om inte Viola hade följt med på båten i sista stund så hade han mördat Björn och Penelope och sänkt båten, säger han.

Saga ökar takten ytterligare och stannar sedan.

– Vi hade ... vi hade avfärdat det som en olycka, flämtar hon. Han hade tagit fotografiet, rensat alla datorer och lämnat landet utan spår, helt osynlig.

– Fast min uppfattning av honom är att han egentligen inte är rädd för att bli upptäckt, han är bara praktisk, säger Joona. Det är lättare att lösa problemen om inte polisen är inblandad, men det är problemen han koncentrerar sig på ... för annars skulle han inte bränna ut lägenheterna. Det drar ju en massa uppmärksamhet till sig, men han vill vara grundlig och han prioriterar grundligheten framför allt annat.

Saga stöder sig med händerna på låren och svett droppar från hennes ansikte.

– Det är klart att vi skulle koppla samman bränderna med båtolyckan förr eller senare, säger hon och rätar på ryggen.

– Men då skulle det ändå vara för sent, svarar han. Problemlösarens uppgift är att radera alla spår och alla vittnen.

– Fast nu är det vi som har fotografiet och Penelope, säger hon leende. Problemlösaren har inte löst problemen.

– Inte ännu ...

Hon slår löst och prövande på slagsäcken som hänger från taket och tittar sedan begrundande på Joona.

– Under min utbildning fick jag se en film från ett bankrån där du oskadliggör en man med hjälp av en trasig pistol.

– Jag hade tur, svarar han.

– Ja.

Han skrattar och hon närmar sig honom, provar lite fotarbete, cirklar runt honom och stannar sedan. Hon sträcker ut armarna med öppna händer och möter hans blick. Hon vinkar honom till sig, mjukt med fingrarna. Hon vill att han ska prova ett slag mot henne. Han ler och förstår referensen till Bruce Lee: den vinkande handen. Han skakar på huvudet, men släpper henne inte med blicken.

– Jag har sett hur du rör dig, säger han.

– Då vet du, svarar hon kort.

– Du är snabb och du skulle kanske få in ditt första slag, men efter det ...

– Så är jag försvunnen, fyller hon i.

– Bra tanke, men ...

Hon gör samma gest igen, lockar honom till sig, en aning otåligare.

– Men du kommer, fortsätter han roat, du kommer antagligen att gå in alldeles för hårt.

– Nej, svarar hon.

– Prova så får du se, säger Joona lugnt.

Hon vinkar på honom, men han bryr sig inte, utan vänder ryggen mot henne och börjar gå mot dörren. Hon rör sig snabbt mot Joona, följer efter och slår en högerkrok. Han böjer bara på nacken så att slaget passerar över hans huvud. Och som en fortsättning på den lilla rörelsen spinner han runt, drar sin pistol och fäller henne samtidigt till marken genom att trampa henne i knävecket.

– Jag måste säga en sak, säger Saga snabbt.

– Att jag hade rätt, menar du.

– Inbilla dig ingenting, svarar hon med ilsken blick och reser sig upp.

– Om man går in för hårt mot ...

– Jag gick inte in hårt, avbryter hon. Jag bromsade för att jag kom på en viktig sak som ...

– Då förstår jag, skrattar han.

– Jag skiter i vad du tror, fortsätter hon. Men jag kom på att vi ska ha Penelope som lockbete.

– Vad pratar du om?

– Jag började tänka på att hon flyttar till ett annat boende och precis när jag skulle slå så fick jag en idé. Jag bromsade eftersom jag inte kunde knocka dig om vi skulle kunna prata.

– Prata då, säger han vänligt.

– Jag insåg att Penelope kommer att fungera som ett lockbete för problemlösaren vare sig vi vill det eller inte, hon kommer att dra honom till sig.

Joona har slutat le och nickar bara tankfullt.

– Fortsätt.

– Vi vet inte om problemlösaren kan lyssna av vår radiokommunikation, om han hör allt som sägs över RAKEL ... men det är sannolikt eftersom han hittade Penelope ute på Kymmendö, säger Saga.

– Ja.

– Han kommer att hitta henne på något sätt, det är vad jag tror. Och han bryr sig inte om att hon har polisbeskydd. Vi ska göra allt för att hålla hennes placering hemlig, men jag menar, det går ju för fan inte att skydda henne utan att ha radiokommunikation.

– Han kommer att hitta henne, bekräftar Joona.

– Det var så jag tänkte … Penelope kommer att bli ett lockbete, frågan är bara om vi ska vara beredda när han kommer eller inte. Hon får givetvis fullständigt beskydd precis som planerat, men om vi samtidigt sätter Span på att bevaka platsen så kanske vi kan gripa problemlösaren.

– Det är helt rätt … du tänker helt rätt, säger Joona.

76

Den säkra lägenheten

CARLOS, SAGA och Joona går hastigt genom den långa korridoren som leder till Säpos regioner. Verner Zandén sitter redan i en mjuk soffa och väntar på dem när de kommer. Utan att spilla någon tid på att hälsa börjar han tala så fort de har stängt dörren bakom sig:

– Klara Olofsdotter på Internationella åklagarkamrarna är inkopplad ... Det här är en stor insats för rikskrim och Säpo, men vem fan är det vi försöker fånga?

– Vi vet väldigt lite, svarar Saga. Vi vet inte ens om han jobbar ensam, det kan röra sig om yrkesfolk från Belgien eller Brasilien eller överblivna experter från KGB eller var som helst från det gamla östblocket.

– Det är egentligen inte svårt att avlyssna vår radiokommunikation, säger Carlos.

– Problemlösaren vet förstås att Penelope Fernandez är bevakad, att det kommer att vara svårt att ta sig in till henne, säger Joona. Men ibland måste dörrarna öppnas, livvakterna blir avlösta, man måste leverera mat till henne, hon ska träffa sin mamma, en psykolog, hon ska träffa Niklas Dent på GMP och ...

Han tystnar när hans telefon ringer, ser hastigt på nummerpresentatören och trycker bort samtalet.

– Vår prioritering är förstås att skydda Penelope, säger Saga. Men i och med att vi gör det får vi också möjligheten att få tag på den man som dödade flera av våra kollegor.

– Jag behöver antagligen inte påminna om att han är farlig, säger Joona. Ingen av oss kommer någonsin att träffa en farligare människa.

*

Den skyddade bostaden ligger på Storgatan 1 med fönster mot Sibyllegatan och utsikt över Östermalmstorg. Det finns inga lägenheter mitt emot, det närmaste motstående huset befinner sig mer än hundra meter bort.

Saga Bauer håller upp ståldörren till porten när läkaren Daniella Richards försiktigt för med sig Penelope Fernandez från en blygrå polisbuss. Tungt beväpnade säkerhetspoliser omger dem.

– Det här är det säkraste boendet ovan mark i hela Stockholm, förklarar Saga.

Penelope reagerar inte på hennes ord. Hon följer bara med Daniella Richards till hissen. Det sitter bevakningskameror överallt i porten och trapphuset.

– Vi har installerat rörelsedetektorer, ett mycket avancerat larmsystem och två krypterade direktlinjer till sambandscentralen, berättar Saga medan de färdas uppåt.

På tredje våningen förs Penelope genom en kraftig säkerhetsdörr till en sluss där det sitter en uniformerad vakt. Hon öppnar en ny säkerhetsdörr och släpper in dem i bostaden.

– Lägenheten har mycket hög brandsäkerhet, den har egen elförsörjning och eget ventilationssystem, säger Saga.

– Du är trygg här, säger Daniella Richards.

Penelope höjer blicken och tittar på läkaren med tom blick.

– Tack, säger hon nästan ljudlöst efter en stund.

– Jag kan stanna om du vill.

Penelope skakar på huvudet och Daniella lämnar lägenheten tillsammans med Saga.

Penelope reglar dörren och ställer sig sedan i ett av de skott-

säkra fönstren med utsikt över Östermalmstorg. Ett slags folie
på glaset gör fönstret ogenomskinligt från utsidan. Hon tittar
ut och tänker att vissa av människorna som rör sig nere på
Östermalmstorg antagligen är förklädda poliser.

Försiktigt rör hon vid fönstret. Det hörs ingenting utifrån.

Plötsligt ringer det på dörren.

Penelope rycker till och hennes hjärta börjar slå hårt och
snabbt.

Hon går fram till monitorn och trycker in knappen till dörr-
telefonen. Den kvinnliga polisen i slussen tittar upp i kameran
och förklarar att hennes mamma har kommit för att träffa
henne.

– Penny, Penny? frågar hennes mamma oroligt bakom vak-
ten.

Penelope vrider låsen, hör mekanismen svara tickande och
öppnar sedan den tunga ståldörren.

– Mamma, säger hon med känslan av att hennes röst inte kan
överrösta den täta tystnaden som vilar över lägenheten.

Hon släpper in sin mamma, stänger och låser igen, men står
sedan kvar framför dörren, kniper ihop munnen och känner hur
hon börjar darra, men tvingar bort alla känslor från ansiktet.

Hon tittar kort på sin mamma, vågar inte möta hennes blick.
Hon vet att mamman kommer anklaga henne för att hon inte
har skyddat sin syster.

Claudia tar några försiktiga steg fram i hallen och ser sig
avvaktande omkring.

– Tar de hand om dig, Penny? frågar hon.

– Jag har det bra nu.

– Men de måste skydda dig.

– Det gör de, jag är trygg här.

– Det är det enda som räknas, säger Claudia nästan ljud-
löst.

Penelope försöker svälja gråten. Det stramar och värker i
halsen på henne.

– Det är så mycket jag måste ordna, fortsätter hennes mamma och vänder bort sitt ansikte. Jag ... jag kan inte förstå, jag kan bara inte förstå att jag måste ordna med Violas begravning.

Penelope nickar sakta. Plötsligt sträcker hennes mamma ut sin hand och rör försiktigt vid hennes kind. Penelope rycker ofrivilligt till och mamman drar snabbt undan sin hand.

– De säger att det snart kommer att vara över, förklarar Penelope. Polisen tänker ta fast den där mannen ... han som ... dödade Viola och Björn.

Claudia nickar och vänder sig sedan mot sin dotter. Hennes ansikte är naket och skyddslöst, till sin förvåning ser Penelope att mamman ler.

– Tänk att du lever, säger Claudia. Tänk att jag har dig, det är det enda som betyder någonting, det enda ...

– Mamma.

– Min lilla flicka.

Claudia sträcker återigen ut sin hand och den här gången ryggar inte Penelope tillbaka.

I BURSPRÅKET TILL en lägenhet på tredje våningen på Nybrogatan 4A sitter insatschefen Jenny Göransson och väntar. Timmarna går, men ingen rapporterar någonting. Allt är stilla. Hon blickar ner på torget, upp på taket ovanför Penelopes lägenhet, bort mot taket på Sibyllegatan 27, där några duvor lyfter och flyger undan.

Sonny Jansson är placerad där. Han har antagligen flyttat på sig och skrämt fåglarna.

Jenny kontaktar honom och han bekräftar att han bytte position för att se in i en lägenhet.

– Jag trodde att jag såg ett slagsmål, men de spelar Wii och står och viftar framför teven.

– Återgå, säger Jenny torrt.

Hon tar upp kikaren och avsöker återigen det mörka området mellan kiosken och almen som hon betraktar som en osäker plats.

Blomberg, som är klädd i bruna joggingkläder och springer uppför Sibyllegatan, kontaktar henne.

– Jag ser någonting på kyrkogården, säger han med spänd röst.

– Vad ser du?

– Någon rör sig under träden, kanske tio meter från stängslet mot Storgatan.

– Kontrollera saken, Blomberg, men var försiktig, säger hon.

Han springer förbi hästtrappan vid Militärmuseets gavel och fortsätter sedan långsamt in på kyrkogården. Sommarnatten är varm och grönskande. Ljudlöst går han på gräset vid sidan av grusvägen, tänker att han snart kan stanna någonstans och låtsas stretcha, men fortsätter bara framåt. Det prasslar svagt bland löven. Den ljusa himlen skuggas av grenarna och det är dunkelt mellan gravstenarna. Plötsligt ser han ett ansikte, nästan nere vid marken. Det är en kvinna i tjugoårsåldern. Hennes hår är stubbat och rödfärgat och hennes militärgröna ryggsäck ligger bredvid hennes huvud. Hon ler lyckligt medan en annan kvinna skrattande drar upp hennes tröja och börjar kyssa hennes bröst.

Blomberg drar sig försiktigt bakåt innan han rapporterar tillbaka till Jenny Göransson:

– Det var falskt alarm, ett kärlekspar.

Tre timmar har gått, Blomberg huttrar till, det börjar bli kyligt, daggen kommer upp ur marken och temperaturen slår om. Han rundar en gång och hamnar mitt framför en medelålders kvinna med slitna drag. Hon verkar mycket berusad, står vinglande med två pudlar i koppel. Hundarna nosar ivrigt runt, vill komma vidare, men hon rycker dem ilsket tillbaka.

Vid kyrkogårdens utkant passerar en kvinna klädd som en flygvärdinna, hjulen på hennes marinblå kabinväska smattrar mot asfalten. Hon ger Blomberg en likgiltig blick och han verkar inte ens notera henne, trots att de har varit kollegor i över sju år.

Maria Ristonen fortsätter med sin kabinväska upp mot tunnelbanans ingång för att kontrollera personen som står dold i porten intill. Hon fortsätter framåt, hör sina egna klackar eka mellan väggarna. Kabinväskan går in i kantstenen och hamnar snett, hon blir tvungen att stanna och granskar samtidigt personen. Det är en ganska välklädd man, men han har ett egendomligt uttryck i ansiktet. Han verkar leta efter något, han ser på henne med stressad blick. Maria Ristonens hjärta börjar slå hårt, hon vänder sig om och hör sedan insatschefen Jenny Göransson tala i hennes öronsnäcka.

– Blomberg ser honom också, han är på väg, säger Jenny. Invänta Blomberg, Maria. Invänta Blomberg.

Maria rättar till väskan, men kan inte dröja längre, hon blir tvungen att fortsätta framåt. Hon försöker gå långsammare och närmar sig mannen med den stressade blicken. Hon kommer att bli tvungen att passera honom, fortsätta förbi med ryggen mot honom. Mannen drar sig längre in i porten när hon närmar sig. Han håller ena handen innanför kläderna. Maria Ristonen känner adrenalinet pumpas ut i ådrorna när mannen plötsligt tar ett par steg mot henne och tar fram ett föremål som han har haft gömt under rocken. Bakom hans axel ser Maria hur Blomberg har höjt vapnet för att skjuta, men hejdar sig när Jenny ropar att det är falskt alarm i öronsnäckan, att mannen är obeväpnad, att han bara har en ölburk i handen.

– Fitta, väser mannen och sprutar öl mot henne.

– Gud, suckar Jenny i hennes öronsnäcka. Fortsätt bara till tunnelbanan, Maria.

Natten förflyter utan händelser, de sista klubbarna stänger och sedan syns enstaka hundägare och burksamlare som passerar, tidningsbud och nya hundägare och joggare. Jenny Göransson börjar längta efter att bli avlöst klockan åtta. Hon tittar till på Hedvig Eleonora kyrka och sedan på Penelope Fernandez ogenomskinliga fönster, blickar ner på Storgatan och vidare bort mot huset med prästbostaden där regissören Ingmar Bergman växte upp. Hon tar ett nikotintuggummi och studerar torget, parkbänkarna, träden, skulpturen med den skrevande kvinnan och mannen med köttstycket på axeln.

Plötsligt anar Jenny Göransson en rörelse i porten med den höga stålgrinden som leder in till Östermalms saluhall. Det är mörkt, men det svaga blänket i glaset skyms av snabba rörelser.

Jenny Göransson anropar Carl Schwirt. Han sitter med två sopsäckar med tomburkar på en parkbänk mellan träden där entrén till Folkteatern tidigare låg.

– Nej, jag ser inte ett skit, svarar han.

– Sitt kvar.

Kanske, tänker hon, ska hon låta Blomberg lämna sin plats vid kyrkan och jogga ner mot Humlegården för att kontrollera saken.

Jenny tittar mot porten igen, det ser ut som någon sitter på knä i mörkret mot det svarta gallret. En illegal taxi har kört fel och vänder på Nybrogatan. Jenny tar snabbt upp kikaren och väntar medan skenet från bilens strålkastare glider över saluhallens röda tegelvägg. Ljuset passerar porten, men nu ser hon ingenting. Bilen stannar och lägger i backen.

– Klantskalle, mumlar hon när han kör upp med ena hjulet på trottoaren.

Men plötsligt slår billjuset in i ett skyltfönster en bit bort och reflekteras tillbaka, rakt in i porten.

Någon befinner sig innanför det höga gallret.

Jenny behöver bara en sekund för att foga samman de blixtsnabba intrycken. En man justerar siktet på ett vapen.

Snabbt ställer hon ifrån sig kikaren och anropar rikskommunikationscentralen på radion.

– Skarpt läge, jag ser ett vapen, nästan skriker hon. Det är ett militärt vapen med kikarsikte, en man i porten till saluhallen ... Jag upprepar: en prickskytt i marknivå på kvarterets hörn, i korsningen mellan Nybrogatan och Humlegårdsgatan!

Mannen i porten befinner sig bakom gallergrinden. Han har iakttagit det tomma torget ett tag, väntat på att en burksamlare på en parkbänk skulle ge sig av, men ignorerat honom när han förstått att han tänkt övernatta på platsen. I skydd av mörkret fäller han ut rörkolven med det dämpande axelstödet till ett Modular Sniper Rifle, ett sandfärgat halvautomatiskt gevär för distanser upp till två kilometer med precisionsammunition. Utan stress monterar han en flamdämpare av titan framför mynningen, trycker sedan fast magasinet och fäller ner det främre stativet.

Strax före stängningen hade han gått in på saluhallen, gömt sig i ett förråd, väntat ut städningen och vaktbolagets genomgång. Så snart lokalerna var släckta och tysta hade han gått ut i saluhallen.

Från insidan hade han kopplat bort larmet till de stora entrédörrarna på hörnet och sedan gått ut i det yttre porthuset som mot gatan skyddades av en kraftig gallergrind.

Bakom gallret är den djupa porten som ett litet rum, ett skyttevärn. Han är skyddad från alla håll, men har fri sikt framåt. Ingenting av honom syns när han är stilla. Om någon skulle gå fram till porten vänder han sig bara bort, in i mörkret.

Han riktar geväret mot huset där Penelope Fernandez befinner sig och avsöker rummen med det elektrooptiska kikarsiktet. Han är långsam och systematisk. Han har väntat länge, morgonen närmar sig och ganska snart kommer han att bli tvungen att lämna sin plats och invänta nästa natt. För han vet att hon någon gång kommer att titta ut på torget i tron att det laminerade glaset skyddar henne.

Han justerar siktet, nås av ljuset från en bil, vänder sig bort en liten stund och återgår sedan till att granska lägenheten på Storgatan 1. Nästan omedelbart upptäcker han värmestrålning bakom ett mörkt fönster. Upptagningen är svag och kornig, hindrad av avståndet och pansarglaset. Sämre än han räknat med. Han försöker fixera värmebildens suddiga ytterkanter och hitta ett centrum. En blekt rosa skugga rör sig i det spräckligt lila, tunnas ut och tätnar igen.

Plötsligt händer det något på torget rakt fram: två civilklädda poliser kommer springande mot honom med dragna pistoler dolda intill kropparna.

78

PENELOPE VAKNAR tidigt och kan inte somna om, hon ligger länge, men går sedan upp och sätter på tevatten. Hon tänker på polisen, att de bara kommer att kunna behålla den stora spaningsinsatsen ett fåtal dagar. Sedan är det inte längre ekonomiskt försvarbart. Hade förövaren inte dödat poliser så hade de inte ens varit här, det hade inte funnits resurser.

Hon tar det kokande vattnet från spisen, häller över det i tekannan och släpper ner två påsar citronte. Hon tar med sig kannan och en kopp till det dunkla vardagsrummet, ställer kannan och koppen i nischen, tänder lampan med grön glaskupa som hänger i fönstret och blickar ner på det ödsliga torget.

Plötsligt ser hon två personer springa över stenläggningen, falla och bli liggande. Det ser egendomligt ut. Hon släcker hastigt lampan. Den kommer i gungning och glider skrapande mot rutan. Hon blickar ut igen och flyttar sig åt sidan. En insatsgrupp springer längs Nybrogatan och hon ser hur det blinkar till i en port bredvid saluhallen och i samma sekund låter det som om någon slänger en blöt trasa på fönstret. En kula går rakt igenom det laminerade glaset och in i väggen bakom henne. Hon kastar sig ner på golvet och kryper undan. Glassplitter från den heta lampan i fönstret ligger på golvet, men hon märker inte ens att hon skär sig på handflatorna.

Stewe Billgren har precis flyttat från ett lugnt arbete till den operativa enheten av Sektionen för särskilda insatser på Rikskriminalen. Nu sitter han på passagerarplatsen bredvid sin närmaste chef Mira Carlsson i bil Alfa, en civil bil som långsamt rullar uppför Humlegårdsgatan. Stewe Billgren har aldrig varit med om ett skarpt läge, men har många gånger undrat hur han skulle hantera det. Tanken på det har börjat göra honom orolig, i synnerhet sedan hans sambo kom ut från badrummet förra veckan med ett leende ansikte och visade graviditetstestet.

Stewe Billgren är trött i kroppen efter gårdagens fotbollsmatch. Den kommande träningsvärken anas redan som en tyngd i lårmuskler och vader.

Några dova smällar hörs utanför och Mira hinner precis blicka ut genom vindrutan och fråga sig:

– Vad fan var det som ...

Hon tystnar när en röst skriker över radion att två kollegor är skjutna mitt på Östermalmstorg, att grupp 5 måste gå in från Humlegårdsgatan.

– Vi har honom, säger Säpos operativa koordinator med höjd röst. Det finns för fan bara fyra ingångar till saluhallen och ...

– Är ni säkra på det? avbryter Jenny Göransson.

– En port på Nybrogatan, en i hörnet och två på Humlegårdsgatan.

– Flytta folk, mer folk, ropar Brolin till någon.

– Vi jobbar på att få fram en karta över saluhallen.

– Förflytta grupp 1 och 2 till den främre dörren, ropar någon annan. Grupp 2 går in, grupp 1 säkrar dörren.

– Fort, fort, fort!

– Grupp 3 förflyttar sig till sidoingångarna och ger grupp 4 understöd, säger Jenny med koncentrerad röst. Grupp 5 har redan fått order om att gå in i saluhallen, vi får använda civilspans bil Alfa, de är där, de är i närheten.

Kommenderingschefen Ragnar Brolin på den minutoperativa ledningscentralen kontaktar bil Alfa. Stewe Billgren tittar oroligt till på Mira Carlsson och tar emot anropet. Brolins röst är mycket stressad när han säger åt dem att köra upp till Majorsgatan och avvakta vidare order. Han förklarar snabbt att insatsområdet är vidgat och att de antagligen måste ge grupp 5 eldunderstöd.

Chefen upprepar flera gånger att läget är skarpt, att den misstänkte gärningsmannen befinner sig inne i saluhallen.

– Fan, viskar Stewe. Jag borde inte vara här, jag är så jävla dum ...

– Ta det lugnt, säger Mira.

– Bara att min tjej är gravid, jag fick veta det förra veckan, jag ska bli pappa.

– Grattis.

Han andas stressat, biter på tumnageln och stirrar framför sig. Genom vindrutan rakt fram ser Mira tre tungt utrustade poliser rusa från Östermalmstorg nedför Humlegårdsgatan.

De stannar framför den första sidoingången till saluhallen och bryter upp grinden. Två av dem osäkrar sina automatkarbiner med lasersikten och går in. Den tredje springer ner till den andra sidoingången och forcerar gallergrinden.

Stewe Billgren slutar bita på tumnageln och blir alldeles vit om kinderna när kommenderingschefen Brolin anropar deras bil igen:

– Civilspan, bil Alfa kom!

– Svara, säger Mira till Stewe.

– Alfa, bil Alfa, ropar kommenderingschefen otåligt.

– Kom igen!

– Bil Alfa är här, svarar Stewe ovilligt.

– Vi hinner inte flytta folk, nästan skriker Brolin. Vi gör en inbrytning omedelbart, ni måste ge grupp 5 understöd. Jag upprepar, vi gör en inbrytning, ni ger grupp 5 understöd. Är det uppfattat?

– Ja, svarar Stewe och känner hur hans hjärta börjar hamra hårt.

– Kolla vapnet, säger Mira spänt.

Som i en långsam dröm tar han fram sin tjänstepistol, släpper ut magasinen och kontrollerar ammunitionen.

– Varför ska ...

– Gå in nu, säger Mira stressat.

Stewe skakar på huvudet och mumlar:

– Han dödar poliser som flugor ...

– Nu, säger hon hårt.

– Jag ska bli farsa och jag ... borde kanske ...

– Jag går in, avbryter Mira. Ställ dig bakom bilen, bevaka porten, håll obruten radiokontakt, var beredd på en utbrytning.

Mira Carlsson osäkrar sin Glock och lämnar bilen utan att titta på sin kollega. Hon springer fram till den närmaste porten med den uppbrutna gallergrinden, blickar hastigt in och drar tillbaka huvudet. Hennes kollega från grupp 5 står på det översta trappsteget och väntar på henne. Mira drar efter andan, känner hur rädslan rusar i kroppen och går sedan in i den trånga porten. Det är mörkt och en svag lukt av sopor når henne från lagerutrymmet under saluhallen. Kollegan möter hennes blick, gör en gest åt henne att följa efter och säkra skottlinjen till höger. Han avvaktar några sekunder och gör sedan tecken för nerräkning: tre, två, ett. Ansiktet är slutet och koncentrerat när han vänder sig mot saluhallen, springer in genom dörren och tar betäckning bakom disken rakt fram. Mira går in och avsöker gången till höger efter rörelser. Kollegan trycker sig intill disken med ostar stora som bildäck. Han andas snabbt och har radiokontakt med den operativa ledningen. En lysande röd prick från hans lasersikte darrar på golvet framför hans fötter. Mira tar sig in till disken till höger och försöker se någonting. Ett gråaktigt sken når ner från glasrutorna i taket tjugo meter upp. Hon höjer sin Glock igen och ser blanka ytor av rostfritt stål över kornet. En stor hängmörad oxfilé ligger i ett skåp av glas. Någonting rör sig darrande i rutorna bland speglingarna. Hon anar en smal gestalt med spräckliga vingar. En dödsängel, tänker hon precis när saluhallens mörka väggar blinkar till av mynningselden från ett ljuddämpat automatvapen.

Stewe Billgren står hukande bakom den civila polisbilen med förstärkta dörrar och fönster. Han har dragit sin Sig Sauer, den vilar på motorhuven medan han låter blicken gå fram och tillbaka mellan de båda sidoingångarna till saluhallen. Ljudet från sirener närmar sig från flera håll. Poliser med tung utrustning samlas på torget framför huvudentrén. Plötsligt hörs det små snärtande knallar från en pistol genom väggarna. Stewe rycker till och ber till Gud att ingenting ska hända honom och tänker att han ska springa från platsen, sluta som polis.

79

När det händer

JOONA LINNA vaknar i sin lägenhet på Wallingatan. Han öppnar ögonen och blickar ut mot den ljusa försommarskyn. Han drar aldrig för gardinerna, utan föredrar det naturliga ljuset.

Det är tidigt på morgonen.

Precis när han vänder sig i sängen för att somna om ringer telefonen.

Han förstår vad det rör sig om redan innan han sätter sig upp och svarar. Han tar telefonen, lyssnar på den stressade redogörelsen för insatsens utveckling medan han öppnar kassaskåpet och tar ut sin pistol, en silverglänsande Smith & Wesson. Den misstänkte gärningsmannen befinner sig inne i Östermalms saluhall och polisen har precis stormat byggnaden utan någon som helst färdig strategi.

Det har bara gått sex minuter sedan larmet gick och gärningsmannen försvann in i saluhallen. Den operativa ledningen försöker nu organisera insatsen, spärra av det vidgade området och flytta grupperna utan att släppa bevakningen av Penelope Fernandez.

En ny insatsgrupp tar sig in genom entrén mot Nybrogatan. Innanför dörren svänger de omedelbart till vänster förbi chokladbutiken och in bland fiskrestaurangernas bord med upp- och nervända stolar, kyldiskar med hummer och piggvar på krossad is. Polisernas snabba steg hörs över golvet när de hukande rusar fram, sprider sig och tar betäckning bakom pelare. Medan de inväntar nya order hör de någon jämra sig längre in i mörkret, en kollega ligger allvarligt skadad i sitt blod bakom charkdisken.

Sommarhimlen har börjat framträda ovanför de sotiga glasrutorna i taket. Miras hjärta slår mycket snabbt. Två tunga skott avlossades nyss, de följdes av fyra snabba pistolskott och två tunga skott igen. En polis är tyst, den andra är skadad, han skriker att han är träffad i magen, att han måste få hjälp.

– Är det ingen som hör mig? kvider han.

Mira iakttar speglingen i glasrutan, gestalten som rör sig bakom ett stånd med hängande fasaner och rökt renkött. Hon tecknar till kollegan att någon befinner sig snett framför dem. Han anropar ledningscentralen och frågar lågt om de vet ifall någon polis befinner sig i mittgången. Mira torkar svett från handen, tar pistolen igen, följer den underliga rörelsen med blicken. Hon närmar sig försiktigt, hukande, med sidan tryckt mot en grönsaksdisk. Doften från persilja och jordig potatis når henne. Glocken darrar i hennes hand, hon sänker den, drar efter andan och närmar sig kanten. Hennes kollega gör ett tecken mot henne. Han samordnar en insats med tre andra kollegor som gått in från Nybrogatan. Han rör sig mot gärningsmannen längs disken med viltkött. Plötsligt avfyras ett höghastighetsvapen i riktning mot restaurangen. Mira hör det våta, suckande ljudet när kulan går rakt igenom en äldre kollegas skyddsväst, genom plattorna av borkarbid och in i den mjuka kroppen. Tomhylsan från höghastighetsvapnet klirrar ner på stengolvet alldeles nära.

Problemlösaren ser sitt första skott gå in i polismannens bröst och ut mellan skulderbladen. Han är död redan innan hans knän viker sig. Problemlösaren tittar inte på honom när han halkar åt sidan och drar omkull ett av borden i fallet. Ett litet ställ med peppar och salt går i golvet, och de små karen rullar in under en stol.

Problemlösaren stannar inte, han flyttar sig snabbt inåt och begränsar rutinerat olika skottlinjer. Han förstår att en annan polis gömmer sig bakom en tegelvägg vid sidan av fiskdisken. En tredje närmar sig med vapenljuset tänt i gången med hängande harar och hjortkött. Problemlösaren vänder sig runt och avfyrar två snabba skott medan han fortsätter mot fiskrestaurangens kök.

Mira hör två nya skott och ser den unga kollegans kropp fladdra till och blod stänka fram genom utgångshålen i ryggen. Automatkarbinen går i golvet. Han snubblar bakåt, faller så handlöst att hjälmen lossnar och rullar iväg. Ljuset från hans vapen lyser rakt på Mira. Hon flyttar sig undan och kryper ihop på golvet intill fruktdisken. Plötsligt stormas saluhallen av tjugofyra poliser, sex genom varje ingång. Hon försöker rapportera tillbaka, men får inte kontakt med någon. I nästa sekund ser hon gärningsmannen bara tio meter bort. Han rör sig med en underlig snabbhet och mjuk exakthet. Han är på väg in i fiskrestaurangens kök när Mira höjer sin Glock, siktar och avfyrar tre skott mot honom.

Problemlösaren träffas av en kula i vänster överarm precis när han går genom svängdörrarna och in i det mörka köket. Han fortsätter längs det rena stekbordet, river ner några rostfria karotter och går rakt fram till en smal ståldörr. Han känner varmt blod rinna över handryggen. Pistolkulan har gjort skada. Det rör sig om hålspetsammunition och han förstår att armens baksida är allvarligt sargad men att artären har klarat sig. Utan att stanna eller undersöka skadan öppnar han dörren till en varuhiss, fortsätter rakt igenom, öppnar den andra hissdörren, kommer ut i en trång gång och sparkar upp den grå plåtdörren. Han fortsätter ut i morgonljuset på en asfalterad innergård med åtta parkerade bilar. Den stora, höga väggen mot saluhallen är gul och helt slät. Som baksidan av en kuliss. Han fäller in gevärets rörkolv, springer fram till en röd, äldre Volvo utan startspärr och sparkar sönder det bakre sidofönstret, sträcker sig in och öppnar framdörren. Automateld hörs inifrån saluhallen. Han sätter sig och bryter upp kåpan kring låskolven, kapar rattlåset, rycker bort den bakre delen av tändningslåset och startar bilen med knivbladet.

80

Tryckvågen

STEWE BILLGREN har precis sett tolv tungt utrustade poliser springa in genom de båda dörrarna till saluhallen. Han har stått med sin pistol riktad mot den närmaste dörren sedan Mira försvann in tillsammans med kollegan från grupp 5 för mindre än tio minuter sedan. Nu har hon fått understöd. Han reser sig lättad och sätter sig på förarplatsen till bilen. Blåljus blinkar över väggarna långt ner mot Sturegatan. Stewe tittar till på polisradion, på det bleka skenet från RAKEL-enheten som sitter ovanpå den vanliga radion, S70M. Plötsligt ser han en oväntad rörelse i backspegeln. Fronten på en röd Volvo blir synlig i porten till huset intill saluhallen. Den kör långsamt ut över trottoaren och svänger höger på Humlegårdsgatan. Bilen närmar sig honom bakifrån, passerar och svänger in på Majorsgatan precis framför honom. Den ljusa himlen speglas i rutorna och han kan inte urskilja personen bakom ratten. Han blickar upp mot torget igen och ser insatschefen tala i radio. Stewe tänker att han skulle kunna gå upp till henne och fråga efter Mira när ett antal iakttagelser fogas samman i hans huvud. Det sker helt oväntat. Mannen i den röda Volvon släppte ratten helt för att växla. Han använde inte sin vänstra arm. Den svarta jackan blänkte. Den var blöt, tänker Stewe medan hans hjärta börjar slå snabbare. Den vänstra ärmen var blöt och himlen var inte avspeglad i det bakre fönstret. Den ljusa natthimlen som gjorde att han inte såg förarens ansikte var inte avspeglad eftersom fönstret var borta. Baksätet skimrade av glassplitter. Fönstret var krossat och förarens arm var blodig. Stewe Billgren reagerar snabbt och korrekt. Han anropar insatschefen på radion i samma stund som den röda Volvon börjat köra uppför Majorsgatan. När han inte får något svar bestämmer han sig för att följa efter det misstänkta fordonet. Det rör sig inte om något konkret beslut, han reagerar bara och tänker inte längre på sin egen säkerhet. Han startar den civila polisbilen och växlar upp. I samma stund som han svänger in på Majorsgatan accelererar den röda Volvon framför honom. Föraren förstår att han är upptäckt. Däcken spinner skrikande och får fäste. De båda bilarna får upp hastigheten, kör uppför den smala gatan, förbi den nygotiska Trefaldighetskyrkan och fram mot en T-korsning. Stewe växlar upp till fyran, närmar sig bakifrån, tänker att han måste komma upp bredvid och tvinga föraren att stanna. Den ljusa fasaden rakt fram närmar sig med hisnande fart. Volvon svänger till höger på Linnégatan, men svängen är så brant att bilen tvingas upp på trottoaren, in under en röd jalusi. Med väldig kraft krossar bilen några cafébord på en uteservering. Splittrat trä och metalldelar yr omkring. Den vänstra framskärmen hänger lös, skrapar gnistrande i asfalten. Stewe följer efter, gasar på den smala gatan, kommer fram till korsningen, bromsar och svänger, får en sladd och vinner några sekunder i kurvan. Han växlar upp igen och närmar sig den röda Volvon bakifrån. De båda bilarna kör mycket fort nedför Linnégatan. Framskärmen lossnar från Volvon och fladdrar in i Stewes vindruta med en knall. Han tappar fart, men pressar upp hastigheten igen. En taxi på en tvärgata tutar utdraget efter dem. De kör båda ut i mötande fil och passerar två långsammare personbilar. Stewe hinner ana de felplacerade vägspärrarna kring Östermalmstorg. Nyfikna människor har redan börjat samlas. Gatan blir bredare vid Historiska museet och Stewe försöker få radiokontakt med ledningscentralen igen.

– Civilspan bil Alfa, skriker han.

– Jag hör dig, svarar en röst.

– Jag förföljer honom i bilen på Linnégatan mot Djurgården, ropar Stewe i radion. Han kör en röd Volvo som ...

Stewe tappar radioenheten, den försvinner ner på golvet framför passagerarsätet när hans bil kolliderar med en bom av trä framför en sandhög. Höger framdäck lyfter från marken, han girar åt vänster, passerar hålet där asfalten brutits upp, frikopplar och parerar sladden åt andra hållet, glider över i det motgående körfältet, får kontroll över bilen igen och trycker ner gasen.

Han jagar efter Volvon, ner mot den dubbelfiliga Narva-vägen som korsar Linnégatan med sin grönskande allé. En morgonbuss tvingas tvärbromsa för Volvon. Den sladdar ut i korsningen, den bakre delen svänger fram och slår av en lykt-stolpe. En annan bilförare väjer för bussen och kör rakt igenom en busskur. Splitter från glasväggarna yr ut över gräsmattan och trottoaren. En kvinna kastar sig undan och faller. Buss-chauffören försöker bromsa, däcken dundrar upp på refugen, taket sliter av en stor gren från ett lövträd.

Stewe förföljer Volvon i riktning mot Berwaldhallen, kom-mer upp bredvid och ser föraren rikta en pistol mot honom. Han bromsar samtidigt som skottet går igenom sidofönstret och passerar en decimeter framför hans ansikte. Hela kupén fylls av yrande, hoppande glassplitter. Volvon kör på en fastked-jad cykel med en reklamskylt för Lindas café. Det smäller till och cykeln fladdrar skramlande över motorhuven och taket och flyger genom luften. Den slår ner på marken framför Stewes bil. Det smattrar till under däcken och stöter hårt i fjädringen.

De kör mycket fort i den branta kurvan till höger mot Strand-vägen, rakt över refugen mellan träden. Stewe gasar i utgången av svängen. Däcken spinner mot asfalten. De fortsätter genom den första rusningstrafiken, hör hårda bromsljud och en dov krock, svänger direkt upp till vänster bredvid Berwaldhallen, över gräsrefugen och in på Dag Hammarskjölds väg.

Stewe drar fram sin pistol och lägger den bland glassplitt-
ret på passagerarsätet. Han tänker att han kommer att hinna
ifatt Volvon på Djurgårdsbrunnsvägen och då ska han ta sig in
på den vänstra sidan och försöka oskadliggöra föraren snett
bakifrån. Hastigheten närmar sig 130 kilometer i timmen när
de passerar USA:s ambassad bakom höga, militärgrå stäng-
sel. Plötsligt lämnar Volvon bilvägen med rykande däck och
svänger till vänster, precis efter Norges ambassad, upp över
trottoaren och in på gångvägen mellan träden. Stewe reage-
rar lite för sent och tvingas till en vidare kurva, in framför en
buss, över trottoaren, uppför gräsmattan och genom några låga
buskar. Däcken smäller till mot kantstenen när han rundar
Italienska kulturinstitutet. Han korsar trottoaren och sladdar
till vänster på Gärdesgatan och ser omedelbart Volvon.

Den står stilla på vägen, ungefär hundra meter bort, mitt i
korsningen till Skarpögatan.

Stewe anar föraren i bilen genom det bakre fönstret. Han
tar pistolen från sätet, osäkrar den och kör försiktigt närmare.
Det blå ljuset från ett antal polisbilar syns på Valhallavägen
bortom TV-huset. Den svartklädde mannen lämnar den röda
Volvon och börjar springa ner på vägen vid Tysklands och
Japans ambassad. Stewe gasar precis när Volvon exploderar i
ett klot av eld och rök. Han känner tryckvågen i sitt ansikte och
knallen slår ut hans hörsel. Världen är underligt tyst när han
kör upp på trottoaren, in i den bolmande svarta röken och över
de brinnande bildelarna. Han kan inte se förövaren någonstans.
Det finns ingenstans att ta vägen. Han ökar hastigheten och
kör mellan de höga stängslen, stannar när han når gatans slut,
lämnar bilen och springer tillbaka med vapnet i handen.

Föraren är försvunnen. Världen är fortfarande tyst, men
underligt susande, som om en stor vind drog fram. Stewe kan
överblicka gatan med ambassader bakom ljusgrå stålstängsel.
Mannen kan inte ha kommit långt på den här korta tiden.
Han måste ha tagit sig in på något ambassadområde, med

kod genom en grind eller över ett högt stängsel.

Människor kommer ut för att se vad explosionen berodde på. Stewe blickar runt, går några steg, vänder och ser sig om. Plötsligt upptäcker han förövaren inne på Tysklands ambassadområde, framme vid huvudbyggnaden. Han rör sig på ett vardagligt sätt och öppnar bara dörren till huvudentrén och går in.

Stewe Billgren sänker pistolen, försöker lugna sig själv, andas långsammare. En hög ton har börjat ringa i hans öron. Han vet att de utländska beskickningarna åtnjuter exterritorialrätten, ett privilegium som hindrar honom från att följa efter gärningsmannen utan inbjudan. Han måste stanna, han kan inte göra någonting, den svenska polisens befogenheter slutar vid grinden till ambassadområdet.

Tyska ambassaden

EN UNIFORMERAD polis står tio meter framför vägspärren på Sturegatan vid Humlegården när Joona Linna närmar sig med bilen i hög hastighet. Polismannen försöker anvisa honom att svänga runt och ta en annan väg, men Joona fortsätter bara framåt, svänger in till vägkanten och lämnar bilen. Han legitimerar sig hastigt, böjer sig under plastbandet som markerar avspärrningen och börjar sedan springa uppför Humlegårdsgatan mot saluhallen.

Det har bara gått arton minuter sedan han fick samtalet, men skottlossningen är redan över och ambulanser börjar anlända till platsen.

Insatschefen Jenny Göransson tar precis emot en rapport från den avslutade biljakten i Diplomatstaden. Förövaren kan ha tagit sig in i Tysklands ambassad. Saga Bauer står utanför saluhallen och pratar med en kollega som har en filt om axlarna. Saga möter Joonas blick och vinkar åt honom att komma. Han går fram till de båda kvinnorna och nickar mot Saga.

– Jag trodde att jag skulle komma först, säger han.

– Du är för långsam, Joona.

– Ja, svarar han leende.

Kvinnan med filten om axlarna tittar upp på Joona och säger hej.

– Det här är Mira Carlsson på Span, berättar Saga. Hon var en av de absolut första som gick in i saluhallen och hon tror att hon träffade gärningsmannen med ett pistolskott.

– Men du såg inte hans ansikte, konstaterar Joona.

– Nej, svarar Mira.

Joona tittar på saluhallens entré och vänder sig sedan till Saga.

– De sa att alla omkringliggande byggnader skulle säkras, muttrar han.

– Strategerna tyckte nog att avståndet var för stort för att . . .

– De hade fel, avbryter Joona.

– Ja, svarar Saga med en gest mot saluhallen. Han befann sig bakom gallret i den här porten och han avfyrade ett skott genom hennes fönster.

– Jag hörde det, hon hade tur, säger han lågt.

Området kring den stora entrén till Östermalms saluhall är avspärrat, små skyltar med siffror markerar brottsplatsundersökningens första fynd: ett skoavtryck och en tomhylsa från helmantlad, amerikansk precisionsammunition. Längre in mellan de uppställda dörrarna kan Joona se några tomater som rullat ut på golvet och ett böjt magasin från en svensk automatkarbin 5.

– Stewe Billgren, berättar Saga. Kollegan på span . . . han som förföljde den misstänkte gärningsmannen till Diplomatstaden hävdar att han såg honom ta sig in genom huvudentrén till Tysklands ambassad.

– Kan han ha sett fel?

– Det är möjligt . . . Vi är i kontakt med ambassaden och de hävdar att det inte . . . hon tittar i sin anteckningsbok . . . de hävdar att det inte har försiggått någon ovanlig aktivitet på området.

– Har du pratat med Billgren?

– Ja.

Saga ger Joona en allvarlig blick:

– Det var en explosion och han hör nästan ingenting, men han är helt säker på vad han såg, han såg tydligt hur gärningsmannen gick in på ambassaden.

– Han kan ha smitit iväg på baksidan.

– Nu har vi i alla fall folk runt hela byggnaden, vi har en helikopter i luften. Vi väntar på besked om att få komma in.

Joona kastar en irriterad blick bortåt saluhallarna:

– Det kan ta tid.

Han tar fram sin mobiltelefon och säger nästan för sig själv:

– Jag pratar med Klara Olofsdotter.

Klara Olofsdotter är chefsåklagare på Internationella åklagarkamrarna. Hon svarar på Joonas andra signal.

– Jag vet att det är du, Joona Linna, säger hon utan att hälsa i luren. Och jag vet vad det handlar om.

– Då vet du säkert också att vi måste komma in, säger Joona i luren.

En sträv ton av hans fruktansvärda envishet klingar igenom i rösten.

– Det är inte så lätt. Det här är jävligt känsligt, om du ursäktar. Jag har talat med ambassadörens sekreterare i telefon, förklarar Klara Olofsdotter. Och hon hävdar att allt är i sin ordning på ambassaden.

– Vi tror att han är därinne, säger Joona envist.

– Men hur skulle han kunna ta sig in på ambassaden?

– Han kan vara tysk medborgare som hävdar rätt till konsulär hjälp, de hade precis öppnat, han kan vara svensk deltidsanställd, ha passerkort eller ... någon form av diplomatisk status, kanske immunitet, han kan skyddas av någon, vi vet inte ännu, han är kanske nära släkting till försvarsattachén eller Joachim Rücker.

– Men ni vet ju inte ens hur han ser ut, säger hon. Det finns inga vittnen, hur ska vi kunna gå in på ambassaden utan att veta hur ...

– Jag får fram ett vittne, avbryter Joona.

Det blir tyst en liten stund. Joona hör Klara Olofsdotter andas i luren.

– Då ser jag till att ni kommer in, säger hon.

Ansiktet

JOONA LINNA och Saga Bauer står i den skyddade lägenheten vid Östermalmstorg. Inga lampor är tända. Morgonhimlen lyser utanför fönstren. Penelope Fernandez sitter på golvet, med ryggen mot den innersta väggen och pekar mot fönstret.

– Ja, det var där kulan gick in, bekräftar Saga dämpat.

– Lampan räddade mig, säger Penelope tyst och sänker handen.

De tittar på resterna av fönsterlampan, den hängande sladden och den trasiga plastsockeln.

– Jag släckte för att se bättre, för att se vad som hände på torget, säger Penelope. Lampan kom i gungning och han trodde att det var jag, eller hur? Han trodde att jag rörde på mig, att värmen kom från min kropp.

Joona vänder sig till Saga.

– Hade han elektrooptiskt sikte?

Saga nickar och säger:

– Enligt Jenny Göransson så hade han det.

– Vad då? frågar Penelope.

– Du har rätt – antagligen räddade lampan livet på dig, svarar Joona.

– Gud i himlen, kvider hon.

Joona ser lugnt på henne och hans grå ögon glimmar.

– Penelope, säger han allvarligt. Du har sett hans ansikte, eller hur? Inte nu, men förut. Du har sagt att du inte har gjort det. Jag förstår att du är rädd, men ... nu vill jag att du nickar om du tror att du kan beskriva honom.

Hon torkar sig snabbt om kinderna och tittar upp på den långa kommissarien och skakar sedan på huvudet.

– Kan du ge oss något signalement? frågar Saga försiktigt.

Penelope tänker på kriminalkommissariens röst, den mjuka finska brytningen och undrar hur han kan veta att hon har sett förföljarens ansikte. Hon har sett honom, men vet inte om hon skulle kunna beskriva honom. Det gick så fort. Hon fick bara en glimt av honom, med regnet i ansiktet, sekunderna efter det att han dödat Björn och Ossian.

Hon önskar att hon kunde tvinga bort varje minne.

Men hans trötta, nästan bekymrade ansikte blir gång på gång upplyst av det vita skenet från en blixt.

Saga Bauer går över till Joona som står framför fönstret med kulhålet och läser ett långt textmeddelande i sin telefon.

– Klara Olofsdotter har talat med chefsjuristen som har talat med ambassadören, säger Joona. Om en timme har tre personer tillträde till ambassaden i fyrtiofem minuter.

– Vi borde åka dit nu, säger Saga.

– Det är ingen brådska, säger Joona och blickar dröjande ut mot torget.

Journalisterna trängs utanför polisens avspärrningar kring saluhallen.

– Sa du till åklagaren att vi måste få eldunderstöd? frågar Saga.

– Vi får diskutera saken med den tyska vaktstyrkan.

– Vilka går in? Hur ska vi resonera?

Joona vänder sig mot henne.

– Jag undrar … kollegan som förföljde problemlösaren …

– Stewe Billgren, säger hon.

– Ja, Stewe Billgren, säger Joona. Skulle han kunna identifiera honom?

– Han har inte sett ansiktet, ingen har sett ansiktet, svarar Saga och går sedan och sätter sig på golvet bredvid Penelope.

Hon sitter bredvid henne en stund, lutar sig mot väggen precis som hon, andas långsamt innan hon ställer den första frågan.

– Vad vill han dig? Han som jagar dig – vet du varför allt det här händer?

– Nej, svarar Penelope försiktigt.

– Han vill ha ett fotografi som du hade satt upp på glasdörren i din lägenhet, säger Joona med ryggen mot henne.

Hon sänker blicken och nickar svagt.

– Vet du varför han vill ha fotografiet? frågar Saga.

– Nej, svarar hon och börjar gråta.

Saga väntar en liten stund och säger sedan:

– Björn försökte pressa Carl Palmcrona på pengar och ...

– Jag visste ingenting, avbryter Penelope med återtaget lugn i rösten. Jag var inte med på det.

– Vi har förstått det, säger Joona.

Saga lägger mjukt sin hand på Penelopes.

– Är det du som är fotografen? frågar hon.

– Jag? Nej, jag ... Bilden kom bara till Svenska freds ... jag är ordförande och ...

Hon tystnar.

– Kom fotografiet med posten? frågar Joona.

– Ja.

– Från vem?

– Jag vet inte, svarar hon snabbt.

– Fanns det inget brev med? frågar han.

– Nej, det tror jag inte, jag menar, inte vad jag såg.

– Bara ett kuvert med en bild?

Hon nickar.

– Har du kvar kuvertet?

– Nej.

– Vad stod det på det?

– Bara mitt namn och Svenska freds ... inte postbox 2088, utan bara namnen.

– Penelope Fernandez, säger Saga. Svenska freds- och skil-
jedomsföreningen.

– Du öppnade kuvertet och tog ut fotografiet, säger Joona.
Vad såg du i den stunden? Vad innebar fotografiet för dig?

– Innebar?

– Vad såg du när du tittade på det? Kände du igen perso-
nerna?

– Ja ... tre av dem, men ...

Hon tystnar.

– Berätta vad du tänkte när du tittade på bilden?

– Att någon hade sett mig på teve, säger hon och samlar sig
en stund innan hon fortsätter. Jag tänkte att den här bilden,
det är bara så typiskt ... Palmcrona ska ju vara neutral, det är
helt avgörande ... och så går han på opera, sitter och skålar i
champagne med chefen för Silencia Defence och en vapen-
handlare som är verksam i Afrika och Mellanöstern ... det är
faktiskt skandal.

– Vad tänkte du göra med bilden?

– Ingenting, svarar hon. Det finns ju ingenting att göra, det
är som det är, men samtidigt ... Jag minns att jag tänkte att ...
nu vet jag i alla fall var jag har Palmcrona.

– Ja.

– Det påminde om de här idioterna på Migrationsverket, när
det nu var, som firade med rysk champagne för att de hade
avvisat en familj. De firade när de hade nekat en hjälpsökande
familj asyl i Sverige, en familj med ett sjukt barn ...

Penelope tystnar igen.

– Vet du vem den fjärde personen på bilden är? Kvinnan?

Penelope skakar på huvudet.

– Agathe al-Haji, säger Saga.

– Är det Agathe al-Haji?

– Ja.

– Varför är ...

Penelope tystnar och stirrar med stora mörka ögon på henne.

– Vet du när bilden togs? frågar Saga.

– Nej, men häktningsordern mot al-Bashir utfärdades ju i mars 2009 och ...

Penelope tystnar tvärt en andra gång och hon blir alldeles röd i ansiktet.

– Vad är det? frågar Saga nästan viskande.

– Bilden är tagen efter det, säger Penelope med darrande röst. Eller hur? Fotografiet togs efter häktningsordern på presidenten.

– Vad får dig att säga det? frågar Saga.

– Visst är det så? upprepar Penelope.

– Ja, svarar Joona.

Färgen försvinner från hennes kinder.

– Affären med Kenya, säger Penelope med darrande mun. Det här är affären med Kenya, på bilden, det är det allting handlar om, det är bilden, det är Kenyakontraktet, det är det Palmcrona sitter och gör upp om, försäljningen av ammunition till Kenya. Jag visste att det inte stämde, jag visste det.

– Fortsätt, säger Joona.

– Kenya har ju stabila avtal med Storbritannien. Det är Sudan som vill köpa ammunition. Leveranserna ska bara gå via Kenya till Sudan och Darfur.

– Ja, svarar Saga. Vi tror att det är på det viset.

– Men det är förbjudet, det är värre ... det är ju totalt förräderi, det bryter mot internationell lag, det handlar om brott mot mänskligheten ...

Hon tystnar igen.

– Så det är därför allt det här har hänt, säger hon sedan stilla. Och inte för att Björn försökte sig på utpressning.

– Hans utpressningsförsök gjorde bara att de här personerna fick veta att det fanns ett fotografi som kunde avslöja dem.

– Jag trodde att bilden var pinsam, säger Penelope. Pinsam, men inte mer än så.

– Från deras håll började det med att Palmcrona ringde och

berättade om utpressningen, förklarar Saga. De visste inte att bilden fanns innan dess. Palmcronas samtal gjorde dem stressade. De kunde inte veta hur mycket eller lite det avslöjade. De förstod givetvis att det inte var bra. Vi vet inte hur de tänkte. Kanske trodde de att det var du eller Björn som hade fotograferat dem i logen.

– Fast ...

– De kunde inte veta hur mycket eller lite ni visste. Men de ville inte ta några risker.

– Jag förstår, säger Penelope. Och det är fortfarande samma sak – eller hur?

– Ja.

Penelope nickar för sig själv.

– I deras ögon kan jag vara det enda vittnet till affären, säger hon.

– De har satsat stora pengar på kontraktet med Kenya.

– Det går inte, viskar hon.

– Vad säger du?

Penelope tittar upp, möter Sagas ögon och säger:

– De får inte pumpa in ammunition i Darfur, det går inte, jag har varit där två gånger ...

– De bryr sig inte, det handlar bara om pengar, säger Saga.

– Nej, det handlar om ... det handlar om så mycket mer, säger Penelope och vänder blicken mot väggen. Det handlar om ...

Hon tystnar och minns det krasande ljudet när en lerfigur krossades under en gets klövar. En liten kvinna av soltorkad lera förvandlades till smulor. Ett barn skrattade och ropade att det var Nufis fula mamma. Alla furer ska dö, alla ska utrotas, ropade de andra barnen med glada ansikten.

– Vad försöker du säga? frågar Saga.

Penelope tittar till på henne, dröjer med blicken i hennes i några sekunder, men svarar inte. Hon sjunker tillbaka i minnet till månaden i Kenya och sydvästra Sudan.

Efter en lång och varm bilfärd hade hon kommit fram till lägret i Kubbum, sydväst om Nyala i Janub Darfur i södra Sudan. Redan första dagen kämpade hon tillsammans med Jane och mannen som kallades Grey, för att hjälpa offren från Janjawids räder.

På natten vaknade Penelope av att tre tonårspojkar som tillhörde milisen skrek på arabiska att de skulle döda slavar. De gick mitt på gatan och en av dem hade en revolver i handen. Penelope stod i fönstret och blickade ut på dem när de plötsligt gick fram och sköt en gammal man som grillade sötpotatis.

Pojkarna gick ut på gatan, såg sig om, pekade och fortsatte rakt mot den bostadsbarack där Penelope och Jane bodde. Penelope höll andan medan hon hörde dem klampa runt på verandan och prata uppjagat med varandra.

Plötsligt sparkade de in dörren till baracken och kom in i korridoren. Penelope låg blickstilla gömd under sängen och bad *Fader vår* tyst för sig själv. Möbler välte, slog i golvet, sparkades sönder. Sedan hördes pojkarna ute på gatan igen. En av dem skrattade och ropade att slavarna skulle dö. Penelope kröp fram och ställde sig i fönstret igen. Pojkarna hade tagit Jane, de släpade ut henne i håret och slängde ned henne mitt på gatan. Dörren till den andra bostadsbaracken vid vägen slogs upp och Grey kom ut med en machete i handen. Den smale pojken gick honom till mötes. Grey var kanske trettio centimeter längre än pojken och kraftig över axlarna.

– Vad vill ni? frågade Grey.

Hans ansikte var allvarligt och blankt av svett.

Den smale pojken svarade inte på hans fråga, han lyfte bara revolvern och sköt honom i magen. Knallen ekade mellan husen. Grey rasade snubblande bakåt, föll på rygg, försökte komma upp, men låg sedan stilla med handen om magen.

– En död fur, ropade en av de andra pojkarna som höll fast Jane i håret.

Den andra pojken tvingade isär hennes lår. Hon kämpade emot och talade oavbrutet med dem med hård, lugn röst. Grey ropade något till pojkarna. Den smale pojken med revolvern återvände till honom, skrek åt honom, pressade revolverns mynning mot hans panna och tryckte av. Den klickade, han tryckte av igen och tryckte av, men revolvern var tom, den klickade sex gånger. En liten tvekan uppstod på gatan och sedan öppnades dörrar i andra baracker och afrikanska kvinnor kom ut. Tonåringarna släppte Jane och började springa. Penelope såg fem kvinnor jaga efter dem. Hon slet åt sig filten på sängen, låste upp dörren, rusade genom korridoren och ut på gatan. Hon sprang fram till Jane och svepte filten om henne, hjälpte henne upp.

– Gå in med dig, sa Jane. De kan komma tillbaka med mer ammunition, du får inte vara här ute ...

Hela natten och morgonen stod Jane vid operationsbordet. Först klockan tio på morgonen gick hon och la sig i sin säng i baracken. Hon var då säker på att hon hade räddat Greys liv. Framåt kvällen arbetade hon som vanligt och dagen efter hade rutinerna i sjukvårdstältet gått tillbaka till det normala. Småpojkarna hjälpte henne, men var mer på sin vakt och ibland låtsades de inte höra vad hon sa när de tyckte att hon var för krävande.

– Nej, viskar Penelope.

– Vad försöker du säga? upprepar Saga.

Penelope tänker att de inte får exportera ammunition till Sudan.

– De får inte, säger hon och tystnar sedan.

– Du hade bättre skydd i det underjordiska rummet, säger Saga.

– Skydd? Ingen kan skydda mig, svarar Penelope.

– Vi vet var han är, han befinner sig inne på tyska ambassaden och vi har omringat byggnaden ...

– Men ni har honom inte, avbryter Penelope med höjd röst.

– Han är antagligen skadad, skottskadad, och vi ska gå in och …

– Jag vill följa med, säger Penelope.

– Varför skulle …

– För att jag har sett hans ansikte, svarar hon.

Både Joona och Saga rycker till. Penelope ser på Joona.

– Du hade rätt, säger hon. Jag har sett honom.

– Det är kort tid, men vi hinner göra en fantombild, säger Saga med stressad röst.

– Det spelar ingen roll, säger Joona. Vi kan inte ta en person inne på ett annat lands beskickning utifrån likheten med en fantombild.

– Men om han pekas ut av ett vittne, säger Penelope, ställer sig upp och ser honom lugnt i ögonen.

PENELOPE STÅR mellan Saga Bauer och Joona Linna bakom en säkrad piketbuss på Skarpögatan utanför japanska ambassaden. De befinner sig bara femtio meter från entrén till Tysklands ambassad. Hon känner tyngden från skyddsvästen över axlarna och trycket över brösten.

Om fem minuter ska tre personer få fyrtiofem minuters tillträde till ambassadens område för att försöka identifiera och häkta den misstänkte gärningsmannen.

Tyst accepterar Penelope att Joona placerar en extra pistol i ett hölster på hennes rygg. Han justerar vinkeln flera gånger så att han lätt kan rycka åt sig reservvapnet från hennes kropp.

– Hon vill inte, säger Saga.

– Det är ingen fara, säger Penelope.

– Vi vet inte vad som väntar därinne, säger Joona. Jag hoppas att det kommer att gå lugnt till, men om det inte gör det så kan det här vapnet innebära skillnaden.

Hela området vimlar av svenska poliser, säkerhetspoliser, insatsstyrkor och ambulanser.

Joona Linna tittar på resterna av den utbrända Volvon. Det är nästan bara det brända chassit som återstår. Bildelar ligger utspridda i vägkorsningen. Erixon har redan hittat en tändhatt och rester av nitroaminer.

– Antagligen hexogen, säger han och petar upp glasögonen på näsan.

– Sprängdeg, säger Joona och tittar på klockan.

En schäfer rör sig runt benen på en polisman, lägger sig ner på asfalten och flåsar med hängande tunga.

Saga, Joona och Penelope eskorteras av en insatsstyrka fram till stängslet där fyra tyska militärpoliser väntar med slutna ansikten.

– Oroa dig inte, säger Saga mjukt till Penelope. Du ska bara identifiera förövaren och när du har gjort det så kommer vi att eskortera dig ut. Ambassadens säkerhetspersonal väntar med att ta ut honom tills du befinner dig i säkerhet.

En kraftigt byggd militärpolis med fräknigt ansikte öppnar grinden, släpper in dem på beskickningsområdet, hälsar vänligt och presenterar sig som Karl Mann, säkerhetsansvarig.

De följer med honom till huvudentrén.

Morgonluften är fortfarande sval.

– Det här handlar om en extremt farlig person, säger Joona.

– Vi förstår det, vi har blivit informerade, svarar Karl Mann. Men jag har varit här hela morgonen och det finns bara diplomater och tyska medborgare här.

– Kan ni få fram en lista? frågar Saga.

– Jag ska bara säga att vi håller på och tittar på inspelningarna från övervakningskamerorna, berättar Karl Mann. För jag tänker mig att er kollega har sett fel. Jag tror att gärningsmannen tog sig förbi grindarna, men istället för att gå in så rundade han bara ambassaden och fortsatte över gräset, upp mot Radiohuset.

– Det är möjligt, säger Joona lugnt.

– Hur många befinner sig på ambassaden? frågar Saga.

– Det är besökstid och just nu rör det sig om fyra ärenden.

– Fem personer?

– Ja.

– Och hur mycket personal? frågar Saga.

– De är femton.

– Och hur mycket säkerhetspersonal?

– Vi är fem just nu, svarar han.

– Inga andra?

– Nej.

– Inga snickare eller målare eller ...

– Nej.

– Tjugofem personer sammanlagt, säger Saga.

– Ni börjar med att titta runt själva? frågar Karl Mann stillsamt.

– Vi vill gärna ha sällskap av er, säger Saga.

– Hur många? frågar Karl Mann.

– Så många som möjligt och så tungt beväpnade som möjligt, svarar Joona.

– Du måste verkligen tycka att han är farlig, ler han. Jag kan avvara ytterligare två man.

– Vi vet inte vad som väntar oss om ...

– Ni tror att han är skottskadad i axeln, invänder Karl Mann. Jag kan inte påstå att jag känner mig rädd.

– Kanske gick han aldrig in, kanske har han redan lämnat ambassaden, säger Joona dämpat till mannen. Men om han är kvar så måste vi nog räkna med förluster.

Under tystnad går Joona, Saga och Penelope tillsammans med tre militärpoliser med automatkarbiner och chockgranater genom korridoren på gatuplanet. Ambassadbyggnaden har renoverats under några år och verksamheten varit förlagd till Artillerigatan. Men trots att renoveringen inte är helt färdig har man flyttat tillbaka under våren. Det doftar färg och nysågat virke och vissa golv täcks fortfarande av skyddspapper.

– Först vill vi träffa besökarna, de som inte hör till personalen, säger Joona.

– Jag förstod det, svarar Karl Mann.

Med ett underligt lugn inombords går Penelope mellan Saga Bauer och Joona Linna. Av någon anledning kan hon inte tro att hon ska träffa förföljaren här på ambassaden. Platsen känns alldeles för vardaglig och stillsam.

Men så märker hon hur Joona blir uppmärksam, hur hans rörelser förändras bredvid henne, och hon ser hur han avsöker dörrar och fläktgaller med blicken.

Ett pipande larm hörs plötsligt genom väggarna och sällskapet stannar till. Karl Mann lyfter sin radio och pratar kort med en kollega på tyska.

– Det är larmet på en dörr som krånglar, förklarar han sedan på svenska. Dörren är låst men larmet reagerar som om dörren har stått öppen i trettio sekunder.

De fortsätter genom korridoren och Penelope Fernandez blir varse pistolen som guppar mot hennes rygg för varje steg hon tar.

– Där framme sitter Martin Schenkel som är handelsattaché, förklarar Karl Mann. Han har besök av Roland Lindkvist.

– Vi vill gärna träffa dem, säger Joona

– Han har bett om att inte bli störd före lunch.

Joona svarar inte.

Saga tar tag om Penelopes överarm och de stannar medan de övriga fortsätter fram till den slutna dörren.

– Vänta ett ögonblick, säger militärpolisen till Joona och knackar.

Han får ett svar, väntar en stund och får sedan tillåtelse att gå in. Han öppnar dörren, stiger på och stänger efter sig.

Joona blickar bort mot ett rum utan dörr. Grå industriplast täcker dörröppningen. En trave gipsplattor anas i rummet. Plasten buktar ut som ett segel, svagt frasande. Han tar ett steg mot plasten när något hörs bakom den slutna dörren till handelsattachéns rum, röster och en kraftig duns. Penelope flyttar sig bakåt, hon skulle vilja springa.

– Vi väntar här, säger Saga dämpat och drar upp sin pistol.

Penelope tänker på att den här ambassaden ockuperades våren 1975 av Kommando Holger Meins. De höll tolv personer som gisslan. Hon minns att kravet var att Andreas Baader, Ulrike Meinhof, Gudrun Ensslin och ytterligare tjugotre

fångar från Röda armé-fraktionen skulle släppas från fäng-
elset i Västtyskland. Det var i de här korridorerna de sprang
och skrek åt varandra, det var här de släpade ambassadören
Dietrich Stoecker i håret och knuffade Heinz Hillegaarts blo-
diga kropp nedför trapporna. Hon minns inte vad man hade
sagt, hur förhandlingarna såg ut, men efter det att den tyska
förbundskanslern Helmut Schmidt hade meddelat Sveriges
statsminister Olof Palme att man inte skulle ge efter för kraven
sköts två personer ur gisslan. Karl-Heinz Dellwo skrek med
gäll röst att han skulle skjuta en person varje timme tills kraven
var uppfyllda.

Nu ser Penelope hur Joona Linna vänder sig om och går fram
till dörren till handelsattachéns rum. De båda andra militärpo-
liserna står helt stilla. Joona tar upp en stor, silverblank pistol,
osäkrar den och knackar sedan på dörren.

En lukt sprider sig i korridoren, som om någon har glömt
mat på spisen.

Joona knackar igen, lyssnar och hör en monoton röst, det
låter som om den upprepar samma fras gång på gång. Han
väntar några sekunder, döljer pistolen bakom kroppen och
trycker ner handtaget.

Militärpolisens befäl Karl Mann står rakt under taklampan
med automatkarbinen hängande vid höften. Han tittar till på
Joona och vänder sedan blicken mot den andra personen, som
sitter i en fåtölj längst in i rummet.

– Herr Schenkel, det här är den svenske kommissarien, säger
han.

Böcker och pärmar med papper ligger utspridda på golvet,
som om de vräkts ner i vredesmod från skrivbordet. Handels-
attachén Martin Schenkel sitter i en fåtölj med blicken riktad
mot teven. Det pågår en direktsänd fotbollsmatch i Beijing,
DFB-Elf möter Kinas landslag.

– Hade inte du besök av Roland Lindkvist? frågar Joona
avmätt.

– Han har gått, svarar Martin Schenkel utan att ta blicken från teven.

De fortsätter genom korridoren. Karl Mann är på sämre humör, han kommenderar de båda andra militärpoliserna med kort röst. En kvinna klädd i ljusgrå stickad klänning går snabbt över det bruna skyddspapperet på de nyslipade golven i nästa korridor.

– Vem är det? frågar Joona.

– Ambassadörens sekreterare, svarar Karl Mann.

– Vi vill träffa henne och ...

Ett tjutande larm hörs plötsligt i hela byggnaden, en förinspelad röst förklarar på tyska att det inte rör sig om en brandövning, att alla ska lämna byggnaden omedelbart och inte använda sig av hissen.

KARL MANN pratar snabbt i kommunikationsradion och börjar gå mot trapphuset.

– Det brinner på övervåningen, säger han kort.

– Vad är det för omfattning? frågar Joona och håller jämna steg med honom.

– De vet inte ännu, men vi utrymmer ambassaden, det finns elva personer däruppe.

Karl Mann tar en skumsläckare från ett skåp med röd lucka och rycker ut sprinten till säkringen.

– Jag går ut med Penelope, ropar Saga.

– Det är han som har startat branden, säger Penelope. Han kommer att försvinna medan de försöker släcka elden.

Joona följer med de tre militärpoliserna till trapphuset. Deras steg ekar mellan de kala betongväggarna. De springer tysta uppför trapporna och ut i korridoren på plan två. En stark lukt av rök möter dem och grå slöjor rinner fram under taket.

Karl Mann öppnar en dörr och blickar in i ett tomt kontor. Joona öppnar nästa dörr, det finns ingen där heller. De fortsätter framåt.

– Det ser ut att brinna i Schillersalen, det finns ett kök innanför, säger Karl Mann och pekar.

I slutet av korridoren sipprar svart rök ut under dubbeldörrarna i en jämn ström. Röken rinner som grumligt vatten uppför dörrar och väggar och sprider sig under taket.

En kvinna skriker någonstans. Det dånar dovt i huset, som

ett åskmuller långt inne i själva konstruktionen. Plötsligt smäller det till bakom dubbeldörrarna, som om en stor glasruta sprack av värmen.

– Vi måste få ut folk, säger Joona. Det är ...

Karl Mann tystar Joona med en handrörelse när han blir anropad på sin radio. Han ställer ner pulversläckaren på golvet och svarar, växlar några ord på tyska och vänder sig sedan till gruppen.

– Hör upp, säger han med stadig röst. Övervakningsrummet har upptäckt en svartklädd person på sina monitorer, han befinner sig inne på herrtoaletten och det ligger en pistol i ett handfat.

– Det är han, säger Joona.

Karl Mann anropar bevakningsrummet med lägre röst och förhör sig om personens position på herrtoaletten.

– Två meter till höger om dörren, förklarar Karl Mann. Han blöder kraftigt från axeln, sitter på golvet ... men fönstret är öppet, det är möjligt att han ska försöka fly den vägen.

De springer över det bruna skyddspapperet, förbi en målarstege och stannar bakom Karl Mann. Det är påtagligt varmare här och röken böljar i taket som ett lerigt vattendrag. Det knastrar och dånar och känns som om golvet darrar under deras fötter.

– Vad har han för vapen? frågar Joona med dämpad röst.

– De kunde bara se pistolen i handfatet, men inte ...

– Fråga om han har ryggsäcken på sig, säger Joona. För han bär med sig ...

– Jag leder insatsen, väser Karl Mann.

Karl Mann gör tecken åt en av sina män, de ser snabbt över sina automatkarbiner och följer sedan med honom in i kapprummet. Joona skulle vilja varna dem igen när han ser dem försvinna. Han vet att deras standardmässiga taktik inte fungerar i mötet med problemlösaren. De är bara som flugor som närmar sig en spindel. En efter en kommer de att fastna i nätet.

Joona känner röken svida i ögonen.

En spindel spinner sina nät av två sorters trådar, tänker han. De klibbiga fångsttrådarna och trådarna hon själv klättrar på.

Spindeln minns mönstret och kan därför springa över sitt eget nät utan att fastna.

Joona osäkrar sin Smith & Wesson och följer sedan försiktigt efter militärpoliserna. De har redan formerat sig utanför herrtoalettens dörr. En av dem, med långt blont hår under hjälmen, rycker ut sprinten från en chockgranat. Han öppnar dörren, slänger in granaten tätt över kakelgolvet och stänger sedan snabbt. En dämpad knall hörs och den andre militärpolisen öppnar dörren och riktar sitt vapen in i mörkret. Karl Mann gör en påskyndande rörelse med handen. Utan en sekund av tvekan rusar den blonde polisen in med sin automatkarbin höjd och kolven mot axeln. Det hugger till av oro i Joonas hjärta. Sedan hör han hur den blonde militärpolisen säger något med rädd röst. Den låter nästan barnslig i sin nakenhet. I nästa sekund hörs en kraftig explosion. Militärpolisen slungas ut från toaletten med rök och murbruk yrande kring sig. Dörren slits från gångjärnen. Den andre polisen tappar vapnet, halkar åt sidan och sätter ena knäet i golvet. Tryckvågen får Joona att ta ett steg bakåt. Den blonde militärpolisen ligger på rygg i korridoren. Munnen är öppen och blod syns mellan tänderna. Han är medvetslös och ett stort granatsplitter har trängt in i hans lår. Lysande rött blod pumpas ut i plaskande skvättar på golvet. Joona rusar fram och släpar undan honom en bit, känner värmen över händerna från det framstötande blodet när han gör ett hastigt tryckförband med mannens skärp och en hoprullad skjortärm.

En av männen har sjunkit ihop. Han gråter med rädd och darrande röst.

Två militärpoliser hjälper en gråhårig man genom korridoren, han är sotig i ansiktet och kan knappt gå själv. En kvinna har lindat sin kofta över munnen och skyndar genom gången med skrämda, uppspärrade ögon.

Med pistolen i handen går Karl Mann in på toaletten över det krasande splittret från speglar och kakel. Han hittar problemlösaren liggande på golvet. Mannen lever fortfarande. Benen spritter och armarna famlar vilset. Hakan och stora delar av ansiktet är bortsprängt. Karl Mann blickar runt, ser ståltråden och konstaterar att mannen antagligen hade tänkt göra en fälla, aptera en handgranat, när han överraskades av chockgranaten och tappade sin egen spränggranat.

– Vi evakuerar resten, viskar Karl Mann för sig själv och lämnar toaletten.

Joona torkar blod från händerna, anropar ledningscentralen om ambulans och ser samtidigt Penelope komma ut från trapphuset. Saga följer efter henne genom korridoren. Penelopes ögon ser svarta ut, som om hon gråtit i timmar. Saga försöker lugna henne, hålla henne tillbaka, men hon rycker sig fri.

– Var är han? frågar Penelope med jagad röst. Jag vill se honom.

– Vi måste ut, ropar Joona. Korridoren blir snart övertänd.

Penelope fortsätter förbi Joona, går fram till herrtoaletten och blickar in i det söndersprängda rummet, ser mannen på golvet, den darrande kroppen och det blodiga ansiktet. Hon kvider till, flyttar sig undan, ut i korridoren igen, famlar efter stöd mot väggen, river ner ett inramat brev från förbundskansler Willy Brandt. Det går i golvet och glaset spricker, men förblir stående mot väggen.

Penelope andas mycket snabbt, det vänder sig i magen på henne, hon sväljer och känner hur Saga försöker hålla om henne, få med henne till trapphuset igen.

– Det är inte han, kvider Penelope.

– Vi måste ut, tröstar Saga och leder henne med sig.

Ambulanspersonal med skyddsmasker bär med sig den skadade, blonde militärpolisen. En ny värmeexplosion hörs, som en djup utandning. Glassplitter och träflisor virvlar genom korridoren. En man snubblar fram, halkar omkull och tar sig upp. Rök väller ut genom en öppen dörr. En kraftig man står stilla i korridoren medan blod rinner från hans näsa över skjortbröstet och slipsen. Militärpoliserna skriker åt alla att fortsätta mot nödutgången. Eldsflammor slår ut genom en dörröppning till ett kontor. Skyddspapperet på golvet antänds och vrider sig runt i elden. Två personer springer hukande hand i hand. En kvinna med brinnande sommarklänning skriker och en militärpolis sprutar vitt skum över henne.

Joona hostar av röken, men går ändå in på herrtoaletten och iakttar förödelsen från spränggranaten. Problemlösaren ligger helt stilla nu, ansiktet är provisoriskt ombundet med kompresser och gasbinda. Genom skotthålet i axeln i den svarta jackan pulserar det fram mörkrött blod. Väggskåpet med utrustning för första hjälpen ligger på golvet, plåster och kompresser har fallit ut och blandats med damm och vita kakelskärvor. Väggarna är sotiga och mycket av kaklet har lossnat. Båsen är demolerade, speglarna krossade, vatten rinner ut på golvet från ett trasigt rör.

I ett handfat ligger sju magasin och en pistol av märket Heckler & Koch. Bakom en av toalettstolarna i ett annat bås syns mannens tomma ryggsäck av grovt, svart nylontyg.

Rop, rädda röster och snabba kommandon hörs. Karl Mann kommer med ambulanspersonalen till herrtoaletten.

– Jag vill att någon bevakar honom, säger Joona med en gest mot problemlösaren när ambulanspersonalen lyfter över kroppen på en bår och spänner fast honom.

– Han dör innan ambulansen når sjukhuset, svarar Karl Mann och hostar i handen.

– Jag vill ändå att ni vaktar honom så länge han befinner sig på ambassadens område.

Karl Mann möter Joonas blick och kommenderar sedan snabbt en av sina män att vakta fången och överlämna honom till svensk polis.

Tjock, svart rök bolmar fram i korridoren, det dundrar högt och knastrar. Människor skriker och hostar. Alla skyndar sig hukande ut med rädda ansikten. Karl Mann blir anropad på sin radio och svarar, sätter sig på huk under röken och pratar kort.

– En person fattas fortfarande, borde befinna sig här uppe, säger han och hostar.

Joona tar ett stort steg över dörren som ligger på golvet och går fram till en sluten dörr och lägger handen på handtaget. Ljuset blinkar till och försvinner sedan helt. Bara det flackande skenet från elden glider runt i den rökiga korridoren, gnistor yr ut genom en dörröppning.

Det sprakar och mullrar kraftigt, det smäller och gnisslar som metall som vrids och rivs sönder.

Joona möter Karl Manns blick och gestikulerar åt honom att flytta sig bakåt. Han drar pistolen och öppnar dörren någon centimeter, flyttar sig undan, väntar en stund och blickar sedan in i mörkret.

Han ser ingenting, bara svarta siluetter från kontorsmöbler mot slutna persienner. En svag luftrörelse intill golvet får Joona att flytta sig ur skottlinjen.

– Utrym lokalen, ropar någon bakom honom.

Joona vänder sig runt och ser fyra rökdykare skynda genom korridoren, de sprider sig och avsöker systematiskt rummen.

Innan Joona hinner varna dem riktar en av rökdykarna sin starka ficklampa in i rummet, det blänker till i två ögon och en labrador skäller trött.

– Vi tar över, säger en av männen. Klarar ni er ut på egen hand?

– En person saknas, svarar Karl.

– Var försiktiga, säger Joona och ser den unge rökdykaren i ögonen.

– Kom nu, ropar Karl åt honom.

– Jag ska bara titta på en sak.

Joona hostar, går in på herrtoaletten igen, ser blodet på golvet och väggarna, skyndar fram till ett av båsen och rycker åt sig problemlösarens svarta ryggsäck.

85

Den jagades jakt

PENELOPE SKAKAR i benen, hon står med handen mot stängslet, blickar ner i asfalten. Hon måste kämpa emot impulserna att kräkas. Bilden från herrtoaletten vibrerar framför hennes ögon. Det bortsprängda ansiktet, tänderna och blodet.

Tyngden från skyddsvästen får henne att vilja sätta sig rakt ner på marken. Ljudet från omgivningen kommer tillbaka i vågor. De tjutande sirenerna från den andra ambulansen hörs. Poliser skriker åt varandra, kommunicerar via radio. Hon ser ambulansmän springa med en bår. Det är mannen från herrtoaletten. Han ligger på rygg. Ansiktet är övertäckt, men blod tränger redan igenom kompressen.

Saga närmar sig Penelope tillsammans med en sjuksköterska. Hon säger att hon tror att Penelope håller på att gå in i ett chocktillstånd.

– Det var inte han, gråter Penelope när de sveper en filt om henne.

– En läkare kommer snart och tittar till dig, säger sjuksköterskan. Men jag kan ge dig lite lugnande redan nu. Har du någon leversjukdom?

När Penelope skakar på huvudet ger sjuksköterskan henne en blå kapsel.

– Den ska sväljas hel ... Det är ett halvt milligram Xanor, förklarar hon.

– Xanor, upprepar Penelope och tittar på tabletten i sin hand.

– Den lugnar dig och är inte det minsta farlig, förklarar sjuk-
sköterskan och skyndar sedan iväg.

– Jag hämtar vatten, säger Saga och börjar gå i riktning mot
en piketbil.

Penelope känner sig kall om fingrarna. Hon tittar på sin hand
och på den lilla blå kapseln.

Joona Linna är kvar inne i byggnaden. De kommer fortfaran-
de ut med nya människor, sotiga och rökskadade. De chockade
diplomaterna samlas vid stängslet till Japans ambassad i väntan
på transport till Karolinska sjukhuset. En kvinna i mörkblå kjol
och kofta sjunker ner på marken och gråter med naket ansikte.
En polis sätter sig hos henne, håller henne om axlarna och
talar lugnande. En av diplomaterna slickar sig om läpparna och
torkar sina händer gång på gång på en handduk, som om han
inte kunde bli ren. En äldre man i skrynklig kostym står med
stelt ansikte och talar i telefon. Militärattachén, en medelålders
kvinna med rödfärgat hår, har torkat sina tårar och försöker
sömngångaraktigt hjälpa till. Med inåtvänd blick står hon och
håller påsen med blodersättning medan ambulanspersonalen
flyttar en patient. En man med omlagda brännsår på händerna
satt för en liten stund sedan med en filt om axlarna och höll
för sitt ansikte. Nu har han rest sig, filten har fallit till marken
och han går långsamt uppför asfaltsvägen, drömmande utmed
stängslet.

En militärpolis står med ena handen om en flaggstång och
gråter.

Mannen med de brända händerna fortsätter i det klara mor-
gonljuset, runt hörnet och till höger in på Gärdesgatan.

Penelope drar plötsligt efter andan. Som en injektion med
isvatten jagar en skrämmande insikt genom hennes kropp. Hon
såg inte hans ansikte, men ryggen såg hon. Mannen med de
skadade händerna. Hon vet att det är han, förföljaren, som går
upp mot Gärdet, som släntrar bort från poliser och ambulan-
ser. Hon behöver inte se hans ansikte, för hon har sett hans

rygg och nacke tidigare, från båten under Skurusundsbron, när Viola och Björn fortfarande levde.

Penelope öppnar sin hand och låter den blå kapseln falla till marken.

Med hårt bultande hjärta börjar hon gå efter honom, hon svänger in på Gärdesgatan, låter filten falla, precis som han gjorde, och ökar på stegen. Hon börjar springa när hon ser honom med trötta rörelser skynda in mellan träden i skogsdungen rakt fram. Han verkar svag, lider förmodligen av blodförlust från skottskadan i axeln och hon vet redan nu att han inte kommer att kunna springa ifrån henne. Några kajor lyfter från trädkronorna och flaxar undan. Penelope fortsätter in mellan träden, känner sig fylld av kraft, går med stora steg genom ängsgräset och ser honom femtio meter bort. Han stapplar och tar stöd mot en trädstam med ena handen. Kompressen lossnar och hänger löst runt hans fingrar. Hon springer efter och ser honom lämna den lilla träddungen och halta ut i solskenet på den stora gräsytan. Utan att stanna drar hon fram pistolen som Joona Linna placerade på hennes rygg, tittar på den, osäkrar den, fortsätter fram mellan träden, saktar in och siktar med rak arm på hans ben.

– Stanna, viskar hon och kramar avtryckaren.

Skottet går av, rekylen stöter till i hennes arm och axel, krutstänken bränner till över handryggen.

Kulan försvinner bort och Penelope ser hur förföljaren försöker springa fortare.

Du skulle inte ha rört min syster, tänker hon.

Mannen passerar en gångväg, stannar till, håller sig om axeln och fortsätter sedan vidare över gräset.

Penelope springer, kommer ut i solen, närmar sig och korsar gångvägen som han precis passerade och höjer vapnet igen.

– Stanna, ropar hon.

Skottet går av och hon ser kulan slita upp gräs från marken tio meter framför honom. Penelope känner sig genomströmmad av adrenalin, alldeles klar och koncentrerad. Hon siktar på hans ben och skjuter. Hon hör knallen, känner rekylen i armen och ser hur kulan går in genom hans knäveck och ut genom knäskålen. Han skriker rakt ut av smärta och faller i gräset, försöker ta sig fram, men hon närmar sig ytterligare, går med stora steg och ser honom kravla sig upp mot en ensam björk.

Stanna, tänker Penelope och höjer pistolen igen. Du dödade Viola, du dränkte henne i en balja och du dödade Björn.

– Du mördade min lillasyster, upprepar hon högt och skjuter.

Skottet går in i hans vänstra fot och blod skvätter ut på gräset.

När Penelope kommer fram till honom sitter han med ryggen mot trädet, huvudet hänger fram, hakan vilar mot bröstet. Han blöder kraftigt, andas flämtande som ett djur, men är i övrigt helt stilla.

Hon stannar framför honom, står bredbent i gräset i skuggan under trädet och siktar på honom med pistolen.

– Varför? frågar hon lågt. Varför är min syster död, varför är ...

Hon tystnar, sväljer, böjer sig ner och sätter sig på knä för att se hans ansikte.

– Jag vill att du tittar på mig när jag skjuter.

Mannen fuktar munnen och försöker höja huvudet. Det är för tungt, han orkar inte. Han är uppenbarligen på väg att förlora medvetandet av blodförlusten. Hon siktar på honom med pistolen, hejdar sig igen, sträcker fram sin andra hand, lyfter hans haka och betraktar honom. Hon biter ihop käkarna hårt när hon återser de trötta dragen, det ansikte hon såg i blixtskenet genom regnet på Kymmendö. Nu minns hon ögonens lugn och det djupa ärret över munnen. Han är precis lika lugn i denna stund. Penelope hinner tänka att det är underligt att han inte är det minsta rädd för henne, när han plötsligt gör ett utfall. Han rör sig med oväntad snabbhet, får fatt i hennes hår och rycker henne till sig. Det är så mycket kraft i hans arm att hon faller framåt och stöter pannan mot hans bröst. Hon hinner inte flytta sig undan innan han skiftar grepp, fattar tag om hennes handled och vrider vapnet ur hennes hand. Med all kraft stöter hon ut med armarna och sparkar ifrån, faller bakåt i gräset och när hon tittar upp igen siktar han redan på henne med pistolen och avfyrar två snabba skott.

FÖRST NÄR kriminalkommissarie Joona Linna kommer ut från ambassadens trapphus och skyndar genom bottenvåningens korridor känner han ansträngningen i lungorna och hur det svider i ögonen. Han måste komma ut i luften, måste andas. Han hostar, tar stöd mot väggen, men fortsätter ändå framåt. En ny explosion hörs från övervåningen och en taklampa lossnar och faller ner i golvet framför honom. Sirenerna från utryckningsfordon hörs. Han går snabbt den sista biten fram till ambassadens huvudingång. På den asfalterade planen precis utanför dörren står sex tyska militärpoliser. De bevakar den provisoriska säkerhetskontrollen. Joona drar in den rena luften i lungorna, hostar och blickar runt. Två brandbilar har rest sina stegar mot ambassaden. Utanför grindarna är det fullt av poliser och ambulanspersonal. Karl Mann ligger ner på gräset och en läkare lutar sig över honom och lyssnar på lungorna. Penelope Fernandez går utmed stängslet till Japans ambassad med en filt om axlarna.

I sista stund hade Joona återvänt till herrtoaletten och tagit ryggsäcken som tryckts in bakom vattentanken till en toalett. Det var bara ett infall. Han kunde inte förstå varför problemlösaren skulle vilja gömma en tom ryggsäck om han lämnade pistolen och magasinen helt synliga i ett handfat.

Han hostar igen, öppnar ryggsäcken av grov nylon och tittar ner i den. Väskan är inte helt tom. Den innehåller tre olika pass och en kort attackkniv med färskt blod på klingan.

Vem har du skurit? frågar sig Joona.

Han tittar på kniven igen, den vita klingan av sintrat metall-pulver, blodet som börjat koagulera, och sedan blickar han ut över området igen, på ambulanserna och människorna på andra sidan ambassadens grindar. En kvinna med sönderbränd klänning ligger på en bår och håller en annan kvinna i handen. En äldre man med sotfläckar i pannan står och talar i telefon med helt tom blick.

Joona förstår sitt misstag, släpper ryggsäcken och den blo-diga kniven till marken och springer fram till grinden, skriker åt vakten att släppa ut honom.

Han rusar ut från ambassadområdet, förbi några kollegor, kliver över plastbanden som spärrar av området, tränger sig utan ett ord förbi journalisterna och fortsätter rakt ut på vägen. Han ställer sig mitt framför den gula ambulansen som är på väg bort från området.

– Har ni undersökt såret på armen? ropar han samtidigt som han håller upp sin legitimation.

– Vad säger du? frågar ambulansföraren.

– Den bombskadade patienten har en skada på axeln och jag ...

– Det är knappast prioriterat med tanke på ...

– Jag måste titta på skadan, avbryter Joona.

Ambulansföraren är på väg att protestera igen, men något i Joonas röst får honom att ändra sig, att bara göra som han säger.

Joona går runt bilen och öppnar de bakre luckorna. Mannen på båren har hela ansiktet täckt av kompresser, syrgas kopplad till näsan och slemsug till munnen. En av ambulansmännen klipper snabbt upp den svarta jackan och skjortan på patienten och blottar såret i axeln.

Det är ingen skottskada, det är utan tvekan gjort med en kniv, ett djupt sticksår.

Joona lämnar ambulansen, avsöker hastigt området och

möter Sagas blick mellan människor och bilar. Hon håller en
plastmugg med vatten i handen, men så fort hon ser hans ögon
slänger hon ifrån sig muggen och skyndar efter honom.

– Han kommer undan igen, säger han för sig själv. Han får
inte komma undan.

Joona blickar runt, tänker på att han alldeles nyss, när han
rusade ut från ambassaden, såg Penelope Fernandez gå utmed
stängslet till Japans ambassad, hon hade en filt om axlarna och
svängde in på Gärdesgatan.

– Ta ett gevär, ropar Joona och börjar springa.

Han följer staketet, svänger till höger, blickar runt, men kan
inte se Penelope eller problemlösaren någonstans.

En kvinna låter sina smäckra dalmatiner springa fritt på
gräsytan bortom Italienska kulturinstitutet.

Joona rusar utmed en lysande vit fasad, han drar fram sin
pistol och tänker på att problemlösaren räddades ut från den
rökfyllda ambassaden tillsammans med alla andra.

Saga ropar något bakom honom, men han hör inte, hans
hjärta slår för snabbt, det brusar inne i hans huvud.

Han ökar på stegen ytterligare, springer i riktning mot ett
litet skogsparti och hör plötsligt ett pistolskott. Han snubblar
ner i ett dike, fortsätter uppför en backe och rusar in mellan
träden.

Nya pistolskott avlossas, knallarna är korta och vassa.

Joona vräker sig igenom täta grenar och kommer ut på den
solbelysta gräsytan. Trehundra meter bort ser han Penelope
under en björk, hon rör sig långsamt. En man sitter mot stam-
men med hängande huvud. Penelope hukar framför honom,
men plötsligt händer det något. Hon rycks framåt och faller
sedan baklänges. Mannen håller en pistol riktad mot henne.
Springande höjer Joona sitt vapen och siktar på honom, men
avståndet är alldeles för långt. Han stannar, håller sin pistol
med båda händerna när problemlösaren skjuter Penelope i
bröstet med två snabba skott. Hon slås omkull och blir lig-

gande på rygg. Joona springer. Problemlösaren är trött, men höjer vapnet igen mot henne. Joona avfyrar ett skott, men träffar ingenting. Han springer närmare och ser Penelope sparka med benen för att komma undan. Problemlösaren tittar upp på Joona, men riktar sedan blicken mot Penelope igen. Han ser henne i ögonen och siktar med pistolen på hennes ansikte. Ett skott går av. Joona hör den kraftiga knallen bakom sig. Det viner till bredvid hans högra öra och i samma sekund skvätter en kaskad av blod ut bakom problemlösaren. Blodet slår upp på björkens vita stam. Den helmantlade kulan har gått rakt igenom problemlösarens bröstben och hjärta. Joona fortsätter framåt och siktar oavbrutet på honom. Ett andra skott hörs och Joona ser den redan döda mannen skälva till när kulan går in i hans bröst bara någon centimeter ovanför det första ingångshålet. Joona sänker pistolen, vänder sig om och ser Saga Bauer stå i skogsbrynet med ett prickskyttegevär mot axeln. Hennes midjelånga, ljusa hår skimrar i solstrimmorna genom lövverket och hennes ansikte är fortfarande koncentrerat när hon sänker geväret.

Penelope reser sig, flyttar sig hostande bort, ut i solskenet. Hon stirrar på den döde mannen. Joona fortsätter fram till problemlösaren, sparkar undan pistolen och känner på hans hals för att vara helt säker på att han är död.

Penelope knäpper av sig skyddsvästen och låter den falla i gräset. Joona går fram till henne. Hon tar ett steg mot honom och ser ut som om hon ska svimma. Han lägger armarna om henne och känner hennes trötthet när hon vilar kinden mot hans bröst.

MANNEN MED det bortsprängda ansiktet på herrtoaletten
på Tysklands ambassad avled bara en timme efter ankomsten
till sjukhuset. Han identifierades som Dieter Gramma, kul-
turattachéns sekreterare. Vid den yttre besiktningen hittade
chefsobducenten Nils Åhlén tejprester på hans kläder, märken
och sår på handlederna och halsen som tydde på att han varit
bunden vid tillfället för explosionen. När också den inledande
brottsplatsundersökningen var färdig och inspelningarna
från bevakningskameran analyserade kunde förloppet rekon-
strueras ganska exakt: Efter att ha kommit till sitt kontor
på ambassadens andra våning öppnade Dieter Gramma sin
dator och tog emot e-post. Han svarade inte på något brev,
men markerade tre av dem med flaggor. Sedan gick han till
lunchrummet, värmde upp espressomaskinen och fortsatte till
herrtoaletten. Han skulle precis öppna dörren till ett av båsen
när han upptäckte att en man med ansiktet dolt i en rånarluva
stod framför spegeln vid handfaten.

Den svartklädde mannen var den skottskadade problemlö-
saren som med sitt tyska pass hade tagit sig in på ambassaden
för att fly från polisen, få en frist.

Problemlösaren bedömde hastigt Dieter Grammas kropps-
konstitution via spegeln innan han helt sakligt tejpade över
bevakningskamerans lins. Dieter Gramma fick antagligen
inte fram många ord innan problemlösaren tryckte en pistol
mot hans bröst, tvingade ner honom på knä och tejpade över

hans mun. Problemlösaren bytte sedan sin svarta jacka mot Dieter Grammas kavaj, surrade honom därefter hukande vid vattenledningarna, med ryggen mot bevakningskameran. Han drog fram sin kniv och förde in den dubbelslipade knivspetsen genom skotthålet i jackan och tryckte den sedan djupt in i Dieter Grammas vänstra axel.

Smärtan, rädslan och endorfintillströmningen gjorde antagligen Dieter Gramma så förvirrad att han inte riktigt förstod vad som sedan skedde. Problemlösaren klippte av en bit ståltråd med en tång, la den runt Dieter Grammas hals och vred ihop den. Genom denna ögla drog han en längre stållina, tog fram en Spränghandgranat 2000, fäste linans ena ände i granaten, drog sedan ut sprinten, men höll grepen nere med handen. Om han hade släppt taget om grepen så skulle den omedelbart ha fjädrat upp och tre sekunder senare skulle granaten ha exploderat.

Men problemlösaren tejpade fast granaten med nertryckt grep på Dieter Grammas bröst, drog sedan linan som löpte genom öglan kring Dieter Grammas hals runt handfatets vattenlås och spände den innanför dörren som en snubbeltråd.

Tanken var att någon skulle komma in och utlösa granaten och att polisen mitt i kaoset skulle tro att mannen med kulhålet i jackan och bortsprängt ansikte var den de jagade.

Problemlösaren var antagligen inte särskilt snabb med tanke på den stora blodförlusten, men apteringen tog ändå inte mer än fyra minuter från det att Dieter Gramma kom in på herrtoaletten till det att problemlösaren la sin pistol och några magasin i handfatet, slängde tejprullen, gömde väskan med den blodiga kniven bakom vattentanken till en toalett, tog bort tejpen från bevakningskamerans lins, klev över snubbeltråden och lämnade rummet.

Han stapplade genom korridoren, fortsatte fram till sammanträdesrummet, öppnade dubbeldörrarna, gick in och anlade en brand med ett snabbt förlopp, fortsatte ut och knackade på dörren till handläggaren Davida Meyers rum, släpptes in och

hade precis berättat om sitt låtsade ärende när brandlarmet
började ljuda.

I nästan tjugofem minuter stod Dieter Gramma på knä, hårt
surrad och med en granat på bröstet innan han upptäcktes via
bevakningskameran. Förmodligen försökte han ge ljud ifrån sig
utan att riskera att granaten skulle lossna från tejpen. Obduk-
tionen visade att blodkärl i halsen hade spruckit och att han
bitit sönder sig själv i munnen.

Dörren till herrtoaletten öppnades och en chockgranat stud-
sade in över kakelgolvet, en granat som inte slungar ut splitter
och stålkulor som en vanlig spränghandgranat, utan bara åstad-
kommer en kraftig tryckökning i ett slutet rum. Chockgrana-
ten exploderade och Dieter Gramma slog huvudet mot rören
och kakelväggen och svimmade av. En ung militärpolis vid
namn Uli Schneider sprang in genom dörren med höjt vapen.
Herrtoaletten var fylld av rök från den första granaten och det
tog den unge militärpolisen någon sekund för mycket att förstå
vad kollisionen med stållinan innebar.

Granaten hade dragits upp från tejpen på Dieter Grammas
kropp och grepen hade fjädrat ut. Handgranaten stannade tvärt
vid öglan under hans haka, halkade ner en aning eftersom han
var avsvimmad och exploderade sedan med förödande effekt.

88

Besökaren

JOONA LINNA, Saga Bauer och Penelope Fernandez färdas i en säkrad piketbuss genom Stockholm, bort från Diplomatstaden, efter Strandvägen och det glittrande vattnet.

– Jag hade sett honom, säger Penelope entonigt. Jag visste att han aldrig skulle ge sig, han skulle jaga mig och jaga mig ...

Hon tystnar och stirrar framför sig.

– Och till slut döda mig, säger hon.

– Ja, svarar Saga.

Penelope sluter ögonen, sitter bara stilla och känner bilens mjuka rörelser. De passerar det märkliga monumentet till Raoul Wallenbergs minne. Som skummande vågor eller hebreisk skrift som blåser över marken.

– Vem var han? frågar Penelope. Han som jagade mig?

– En yrkesmördare, svarar Joona. De kallas för problemlösare eller grob.

– Varken Europol eller Interpol har någonting på honom, säger Saga.

– En yrkesmördare, upprepar Penelope långsamt. Han är alltså utsänd?

– Ja, svarar Saga. Det är han utan tvekan, men vi kommer inte att hitta förbindelser till den som anlitat honom.

– Raphael Guidi? frågar Penelope lågt. Är det han? Eller är det Agathe al-Haji?

– Vi tror att det är Raphael Guidi, säger Saga. För egentligen har det ingen betydelse för Agathe al-Haji om du skulle vittna och hävda att hon försöker köpa ammunition ...

– Det är ju ingen hemlighet vad hon håller på med, säger Joona.

– Så det är Raphael Guidi som skickade en mördare, men ... vad vill han? Vet ni det? Handlar allting om fotografiet? Gör det det?

– Raphael Guidi tror antagligen att det är du som är fotografen, han tror att du är ett vittne, att du har sett och hört saker som kan avslöja honom.

– Tror han det fortfarande?

– Antagligen.

– Så han kommer att skicka en ny mördare?

– Vi är rädda för det, svarar Saga.

– Hur länge får jag polisbeskydd, ska jag ha en ny identitet?

– Vi får prata igenom saken, men ...

– Jag kommer att bli jagad tills jag inte orkar springa längre, säger Penelope.

De passerar NK och ser tre ungdomar sittstrejka utanför den eleganta huvudentrén.

– Han kommer inte att ge sig, bekräftar Joona allvarligt. Det är därför vi måste avslöja hela affären, för om vi gör det ... då finns det inte längre något skäl att jaga dig.

– Vi kommer inte åt Raphael Guidi, det är vi medvetna om, säger Saga. Men vi kan göra jävligt mycket i Sverige och det kommer han att känna av ...

– Vad då?

– Vi kan börja med att stoppa affären, säger Saga. För containerfartyget lämnar inte Göteborgs hamn utan utförseltillståndet från Axel Riessen.

– Och varför skulle inte han skriva på det, menar ni?

– Det skulle han aldrig göra, svarar Joona. För han vet lika mycket om det här som vi.

– Bra, viskar Penelope.

– Vi stoppar affären och så tar vi Pontus Salman och alla

andra som är inblandade, säger Saga.

Det blir tyst i bilen.

– Jag måste ringa mamma, säger Penelope efter en stund.

– Låna min telefon, säger Saga.

Penelope tar emot den, verkar tveka, men slår sedan ett nummer och väntar.

– Hej mamma, det är jag, Penny. Den där mannen som ...

– Penny, det ringer på dörren, jag måste ...

– Mamma, vänta, avbryter Penelope med stressad röst. Vem är det som ringer på?

– Jag vet inte.

– Men väntar du besök nu?

– Nej, men ...

– Du får inte öppna, avbryter Penelope.

Mamman säger något och lägger ifrån sig telefonen. Penelope hör hennes fotsteg över golvet och hur dörrklockan ljuder igen. Dörren öppnas och röster hörs. Penelope vet inte vad hon ska ta sig till. Hon ser på Saga och Joona som betraktar henne vaksamt. Det sprakar över linjen, dånar konstigt och sedan hörs mammans röst igen.

– Är du kvar, Penny?

– Ja.

– Det är en person här som söker dig, säger mamman.

– Som söker mig?

Penelope slickar sig om läpparna.

– Okej, mamma. Lämna över telefonen.

Det knastrar i luren, sedan hör Penelope en kvinna säga hennes namn:

– Penelope?

– Ja, svarar hon.

– Vi måste träffas.

– Vem talar jag med? frågar Penelope.

– Det var jag som skickade ett fotografi till dig.

– Jag har inte fått något fotografi, svarar Penelope.

– Bra svarat, säger kvinnan. Vi känner inte varandra, men det var faktiskt jag som skickade fotografiet till dig.

Penelope tiger.

– Jag måste träffa dig i dag, så snart som möjligt, fortsätter kvinnan med stress i rösten. Jag skickade en bild på fyra personer i en loge, jag tog bilden i smyg den trettonde november 2009. En av de fyra personerna är min man, Pontus Salman.

89

Mötet

PONTUS SALMANS hus ligger på Roskullsvägen på Lidingö. Det är en sextiotalsvilla, som trots att den har blivit en aning sliten fortfarande utstrålar tidstypisk kvalitet. De parkerar på den stenlagda garageuppfarten och lämnar bilen. Någon har ritat en barnslig, stiliserad penis med utomhuskritor på den stora garageporten.

De kommer överens om att Joona ska vänta med Penelope i bilen, medan Saga går fram till entrén. Dörren står öppen, men Saga ringer ändå på den stora ringklockan i form av ett lejonhuvud. Tre behagliga klanger hörs, men sedan händer ingenting. Saga drar upp sin Glock, kontrollerar magasinet, osäkrar pistolen, ringer på igen och går in i huset.

Det är ett souterränghus och efter hallen öppnar sig en stor umgängesdel med kök och matsal. Genom höga fönster syns den hänförande utsikten mot inloppet till Lidingö.

Saga går genom köket, tittar in i de tomma sovrummen och återvänder sedan till hallen, fortsätter nedför trappan och hör plötsligt musik bakom en dörr med bokstäverna R&R på en fastskruvad mässingsskylt. Hon öppnar dörren och musiken hörs tydligare, Verdis opera *La Traviata* med Joan Sutherland.

I slutet av den kaklade korridoren syns det blåaktiga, glittrande skimret från en upplyst simbassäng.

Saga smyger fram, försöker höra något bakom musiken. Hon anar fotsteg, nakna fötter mot våt klinker.

Hon håller vapnet dolt intill kroppen, fortsätter framåt,

skymtar rottingmöbler och palmblad. Det är varmt och fuktigt i luften. En doft av klor och jasmin tilltar. Hon kommer fram till en stor bassäng i ljusblått kakel med glasparti mot trädgården och vatten utanför. En slank kvinna i femtioårsåldern står i en guldbaddräkt med ett glas vitt vin i handen vid en bardisk. Hon ställer ifrån sig glaset när hon upptäcker Saga och går henne till mötes.

– Hej, jag heter Saga Bauer.

– Vilken agentur?

– Säpo.

Skrattande kysser kvinnan Saga på kinderna och presenterar sig sedan som Marie-Louise Salman.

– Har du baddräkt med dig? frågar hon och återvänder till baren.

Hennes fötter lämnar långa, smala avtryck på de terrakottafärgade klinkerplattorna. Hennes kropp är slank och hon verkar vältränad. Det är något utstuderat med hennes sätt att gå, som om hon vill ge Saga en möjlighet att betrakta henne.

Marie-Louise Salman tar glaset och vänder sig om och kastar en nyfiken blick på Saga som för att se att hon verkligen håller ögonen på henne.

– Ett glas Sancerre? frågar hon med sin svala, modulerade ton.

– Nej tack, svarar Saga.

– Jag simmar för att hålla mig i form, även om jag dragit ner på modellandet. Det är lätt att få narcissistiska störningar i den branschen. Ja, du vet ju själv. Det känns som skit att ingen tänder cigaretten åt en längre.

Marie-Louise lutar sig fram och viskar teatralt:

– Jag har en affär med den yngste killen i Chippendales. Vet du vem det är? Skit samma, de är bögar allihop.

– Jag är här för att tala om ett fotografi som du skickade ...

– Jag visste att han inte kunde hålla käften, utbrister hon med spelad upprördhet.

454

– Vem?

– Jean-Paul Gaultier.

– Designern? frågar Saga.

– Ja, designern, med randig topp, designern med gyllene stubb och stygg liten mun. Han hatar mig fortfarande. Jag visste det.

Saga ler tålmodigt mot Marie-Louise och räcker henne frågande badrocken när hon ser att hennes hud är knottrig.

– Jag tycker om att frysa ... för att det gör mig läcker. Det var i alla fall vad Depardieu sa till mig i våras eller ... nu minns jag inte – kanske var det sötnosen Renaud som sa det. Strunt samma.

Plötsligt hörs steg i gången in till poolhuset. Marie-Louise ser nervös ut och blickar runt efter en flyktväg.

– Hallå? ropar en kvinna.

– Saga, ropar Joona.

Saga tar ett steg fram och ser hur Joona och Penelope kommer in i poolhuset tillsammans med en kvinna i femtioårsåldern med mörkt hår i en snygg pojkfrisyr.

– Marie-Louise, säger kvinnan med ett oroligt leende. Vad gör du här?

– Jag tänkte bara simma lite, svarar hon. Behövde kyla ner mig mellan benen.

– Du vet att jag vill att du ringer innan du kommer.

– Just det, förlåt, jag glömde det.

– Marie-Louise är Pontus syster, min svägerska, förklarar kvinnan och vänder sig sedan till Saga och presenterar sig:

– Veronique Salman.

– Saga Bauer, Säpo.

– Vi sätter oss i biblioteket, säger Veronique och börjar gå tillbaka genom korridoren.

– Får jag bada när jag ändå är här? ropar Marie-Louise.

– Inte naken, svarar Veronique utan att vända sig om.

SAGA, JOONA och Penelope följer med henne genom bottenvåningens olika rum och in i biblioteket. Ett ganska litet rum med blyinfattade små fönsterrutor i gult, brunt och rosa, böcker bakom glas, bruna skinnmöbler, öppen spis och samovar av mässing.

– Ni får ursäkta att jag inte bjuder på någonting, men jag har ganska bråttom, reser om en timme ...

Veronique Salman ser sig stressat runt och stryker med handen över kjolen innan hon fortsätter.

– Jag måste ... vill bara säga det jag måste få sagt, säger hon dämpat. Jag kommer inte att vittna, om ni försöker tvinga mig att vittna så kommer jag att förneka det jag har sagt oavsett konsekvenserna.

Hon rättar till en lampskärm, men skakar så mycket på handen att skärmen hamnar snett.

– Jag reser utan Pontus, han kommer inte att följa med mig, säger hon med blicken i golvet. Hennes mun darrar och hon samlar sig några sekunder innan hon fortsätter.

– Penelope, säger hon och ser henne i ögonen. Du ska veta att jag förstår att du tycker att Pontus är ett avskum, men det är han inte, det är han faktiskt inte.

– Jag har inte sagt ...

– Vänta snälla, avbryter hon. Jag vill bara säga att jag älskar min man, men att jag ... att jag inte längre vet vad jag tycker om det han gör. Förut har jag sagt mig att folk alltid har handlat med vapen. Vapenhandel har funnits så länge det har funnits människor. Det är inte menat som en ursäkt. Jag jobbade i flera år med säkerhetspolitik på Utrikesdepartementet. Och jobbar man på det sättet så måste man acceptera att det är en lång väg till utopin om en värld utan väpnade konflikter. I praktiken måste alla länder hålla sig med en försvarsmakt, men ... det finns nyanser, det är så jag tänker ...

Hon går fram till dörren, öppnar den, tittar ut och stänger den igen.

– Att exportera vapen till krigförande länder, till en oroshärd, att underblåsa konflikter genom att tillföra mer vapen, det får man inte.

– Nej, viskar Penelope.

– Jag förstår affärsmannen Pontus, fortsätter Veronique Salman. För Silencia behövde verkligen avtalet. Sudan är ett stort land med osäker tillförsel av ammunition till sina automatkarbiner, de använder nästan bara Fabrique Nationale och Belgien levererar inte någon ammunition som det ser ut. De har ögonen på sig, men Sverige har aldrig varit en kolonialmakt, vi har vårt goda rykte i regionen och så vidare. Pontus såg möjligheterna och handlade snabbt när inbördeskriget i Sudan var över. Raphael Guidi sydde ihop affären. De skulle skriva kontrakt. Allt var färdigt när den internationella brottmålsdomstolen i Haag plötsligt utfärdade en häktningsorder på president al-Bashir för hans koppling till milisens folkmord i Darfur.

– Export skulle bryta mot internationell lag, säger Saga.

– Det visste alla, men Raphael ställde inte in affären, han sa bara att han hade fått nya intressenter. Det tog några månader, men sedan förklarade han att Kenyas armé ville genomföra den inställda affären. Det rörde sig om samma mängd ammunition, samma pris och så vidare. Jag försökte tala med Pontus, jag sa att det var uppenbart att ammunitionen skulle gå till Sudan, men Pontus svarade bara att Kenya hade tagit tillfället i akt, det var en bra affär och de behövde ammunition. Jag vet inte om han trodde på det själv, det tror jag faktiskt inte, men han la över hela ansvaret på Carl Palmcrona och ISP. Om Palmcrona utfärdar utförseltillstånd så är allt i sin ordning, menade han och ...

– Då gör man det lätt för sig, säger Penelope.

– Det var därför jag tog fotografiet, jag ville veta vilka som satt i logen, jag gick bara in i logen och tog en bild med min mobil, sa att jag försökte ringa, jag förklarade för Pontus att jag mådde dåligt och skulle ta en taxi till hotellet.

– Det var modigt, säger Penelope.

– Fast jag visste inte hur farligt det var, då hade jag inte gjort det, säger Veronique. Jag var arg på Pontus, ville få honom att ändra sig. Jag lämnade Alte Oper mitt i konserten och tittade på bilden i taxin, det var ju inte klokt, den köpande parten i logen representerades av Agathe al-Haji. Hon är ju militär rådgivare till Sudans president, jag menar, ammunitionen skulle pumpas rakt in i inbördeskriget som ingen vill höra talas om.

– Folkmord, viskar Penelope.

– När vi kom hem sa jag åt Pontus att han måste dra sig ur ... Jag glömmer inte hans blick när han tittade på mig och sa att det var omöjligt. Jag har ingått ett Paganinikontrakt, sa han och när jag såg hans blick blev jag rädd. Han var skräckslagen. Jag vågade inte ha bilden i telefonen så jag skrev ut den, raderade den från minneskortet och från datorns hårddisk och så skickade jag bilden till dig.

Veronique Salman står framför Penelope med hängande armar och trött ansikte.

– Jag visste inte vad som skulle hända, säger hon lågt. Hur skulle jag kunna veta? Jag är så fruktansvärt ledsen, jag kan inte säga ...

Det blir tyst i rummet ett ögonblick, långt borta hörs ett brusande ljud från poolanläggningen.

– Vad är ett Paganinikontrakt? frågar Joona.

– Raphael äger flera fioler som är helt ovärderliga, säger Veronique. Han samlar på instrument som Paganini spelade på för mer än hundra år sedan. Vissa fioler har han hemma, andra lånar han ut till skickliga musiker och ...

Hon stryker sig nervöst över håret innan hon fortsätter.

– Det här med Paganini ... jag har inte riktigt förstått det, men Pontus säger att Raphael kopplar ihop Paganini med kontrakten, han säger att hans kontrakt är eviga, det är det han pratar om. Det skrivs inga papper, det ... Pontus berättade för mig att Raphael hade förberett allting. Han hade alla siffror i huvudet, kunde logistiken, exakt hur och när affären skulle genomföras. Han berättade för var och en vad som skulle krävas av dem och hur mycket de skulle tjäna på affären. När man har kysst honom på handen så finns det ingen utväg. Man kan inte fly, inte få beskydd, inte ens dö ...

– Varför inte? frågar Joona.

– Raphael är så ... jag vet inte, han ... det här är så hemskt, säger hon med darrande mun. Han lyckas lura ur ... han lurar ur alla inblandade hur de ... hur de föreställer sig sin värsta mardröm.

– Vad då? frågar Saga.

– Pontus sa det, han sa att Raphael har den förmågan, svarar hon allvarligt.

– Men vad menar han med mardröm? frågar Joona.

– Jag frågade Pontus om han hade berättat något, det är klart jag frågade, säger hon med plågat ansikte. Men han vill inte svara, jag vet inte vad jag ska tro.

Det blir tyst i det lilla biblioteket. Veronique Salman har fått stora våta fläckar av svett under armarna på den vita blusen.

– Ni kan inte stoppa Raphael, säger hon efter ett tag och ser Joona i ögonen. Men ni måste se till att ammunitionen inte når Darfur.

– Det ska vi, säger Saga.

– Ni förstår ... att oron efter valet i Sudan inte övergår i

fullständig katastrof beror ganska mycket på brist på ammu-
nition, det ... jag menar, om det blossar upp igen, då kommer
hjälporganisationerna att lämna Darfur.

Veronique Salman tittar på klockan, säger till Joona att hon
måste åka till flygplatsen snart, går sedan fram till fönstret och
stannar med blicken drömmande genom det färgade glaset.

– Min pojkvän är död, säger Penelope och torkar tårar från
kinderna. Min syster är död, jag vet inte hur många fler.

Veronique Salman vänder sig mot henne.

– Penelope, jag visste inte vad jag skulle ta mig till, jag hade
det här fotografiet, jag tänkte att du, om någon, skulle kunna
identifiera personerna i logen, förklarar hon. Jag trodde att du
skulle förstå betydelsen av att Agathe al-Haji köper ammuni-
tion, du har ju varit i Darfur, har kontakter där, du är freds-
ivrare och ...

– Men du hade fel, avbryter Penelope. Du skickade bilden till
fel person, jag kände till Agathe al-Haji, men jag hade ingen
aning om hur hon såg ut.

– Jag kunde inte skicka fotografiet till polisen eller tidnings-
redaktionerna, de skulle inte förstå vad det innebar, vilken
betydelse det hade, inte utan förklaringar, och jag kunde inte
förklara omständigheterna, hur skulle jag kunna det, det gick
inte, för var det en sak jag förstod så var det att jag inte fick
kopplas till bilden så jag skickade den till dig, jag ville få den
ur mitt system och jag visste att jag aldrig någonsin fick avslöja
min koppling till fotografiet.

– Men nu har du gjort det, säger Joona.

– Ja, för jag ... jag ...

– Varför? frågar han. Vad fick dig att ändra dig?

– För att jag lämnar landet och måste ...

Hon tystnar och tittar ner på sina händer.

– Vad är det som har hänt?

– Ingenting, gråter hon.

– Du kan berätta för oss, säger Joona.

– Nej, det ...

– Det är ingen fara, viskar Saga.

Veronique torkar tårar från kinderna och tittar sedan upp:

– Pontus ringde mig från sommarhuset och bara grät och sa förlåt och jag vet inte vad han menade med allting, men han sa att han skulle göra allt för att slippa mardrömmen.

EN EKA AV fernissad mahogny guppar på Malmsjön i lugnet bakom en stor udde. En alldeles len vind kommer österifrån. Den för med sig en svag lukt av gödsel från bondgårdarna ut över vattnet. Pontus Salman har lagt upp årorna, men ekan har inte drivit mer än tio meter på en timme. Han tänker att han skulle ha tagit med sig något att dricka om han hade förstått att det skulle ta så lång tid att skjuta sig själv.

Den dubbelpipiga hagelbössan ligger över hans lår.

Det enda som hörs är kluckandet mot skrovet och det svaga susandet av vinden genom trädens lövmassor.

Han sluter ögonen en stund, andas några gånger, öppnar ögonen och ställer ner kolven på durken, ser till att den får fäste på trägallret. Han håller handen om den solvarma pipan och provar att rikta mynningen mot sin panna.

Han mår illa när han tänker på att hela huvudet kommer att slitas loss.

Händerna skakar så mycket att han måste vänta en stund. Han samlar sig och riktar mynningen mot hjärtat istället.

Svalorna har börjat flyga lågt, de jagar insekter tätt över vattenytan.

Antagligen kommer det att regna i natt, tänker han.

Ett vitt streck tecknar sig på himlen efter ett flygplan och Pontus börjar återigen tänka på sin mardröm.

Plötsligt känns det som om hela sjön mörknar, som om vattnet svärtas underifrån.

Han vänder sig mot geväret igen, tar pipan i munnen, känner den skrapa mot tänderna, känner smaken av metall.

Han sträcker sig efter avtryckaren när han hör ljudet från en bil. Hjärtat fladdrar till i bröstet på honom. Olika tankar far genom hans hjärna på bara en sekund, men han inser att det måste vara hans fru eftersom hon är den enda som vet var han är.

Han lägger ner geväret igen, känner den höga pulsen stöta genom kroppen, känner hur han skakar när han försöker se något mellan träden mot stugan.

En man kommer gående på stigen till bryggan.

Det tar ett tag för Pontus att förstå att det är kommissarien som kom till kontoret och visade upp Veroniques fotografi.

Men när han känner igen honom brusar en helt ny ångest upp inombords. Säg att det inte är för sent, tänker han gång på gång medan han börjar ro mot land. Säg att det inte är för sent, säg att jag inte behöver skörda min mardröm, säg att det inte är för sent.

*

Pontus Salman ror inte ända fram till bryggan. Han är vit i ansiktet och skakar bara på huvudet när Joona Linna ber honom komma. Han ser till att hålla avståndet när han vänder ekan med motgående årtag så att fören pekar utåt.

Joona sätter sig på den spruckna, solblekta träbänken längst ut på bryggan. Grönskan ångar av värmen från land och vattnet kluckar mjukt.

– Vad vill du? frågar Pontus med rädd röst.

– Jag har precis pratat med din hustru, säger Joona stilla.

– Pratat?

– Ja, och jag …

– Du har pratat med Veronique? frågar Pontus oroligt.

– Jag behöver få svar på några frågor.

– Det finns inte tid.

– Det är ingen bråska med det där, säger Joona med en blick mot hagelgeväret i ekan.

– Vad vet du, mumlar Pontus.

Årorna rör sig mjukt genom vattnet.

– Jag vet att ammunitionen till Kenya ska gå till Sudan, säger Joona.

Pontus Salman svarar inte.

– Jag vet att det var din fru som tog fotografiet i logen.

Pontus sitter med nedslagen blick, lyfter de droppande årorna och känner vattnet rinna ner till händerna.

– Jag kan inte stoppa affären, säger han sammanbitet. Jag hade för bråttom, behövde ordern ...

– Så du skrev på kontraktet.

– Det var vattentätt, även om det skulle avslöjas. Alla kunde hävda att de handlat i god tro, ingen var skyldig.

– Men ändå gick det fel, säger Joona.

– Ja.

– Jag hade tänkt vänta med att gripa dig ...

– Eftersom du inte kan bevisa någonting, säger Pontus.

– Jag har inte talat med åklagaren, fortsätter Joona. Men jag är säker på att vi kan erbjuda dig strafflindring om du vittnar mot Raphael Guidi.

– Vittnar, jag kommer inte att vittna, säger Pontus med intensiv röst. Du fattar inte det här, märker jag. Jag har skrivit på ett väldigt speciellt kontrakt och om jag inte hade varit så jävla feg så hade jag redan gjort som Palmcrona.

– Vi skyddar dig om du vittnar, säger Joona.

– Palmcrona kom undan, viskar Pontus. Han hängde sig och nu är det nästa direktör som måste skriva på utförseltillståndet. Palmcrona blev helt ointressant för Raphael och slapp skörda sin mardröm ...

Pontus livlösa ansikte blossar plötsligt upp av ett leende. Joona tittar på honom och tänker att det inte är sant att Palmcrona kom undan, för hans mardröm måste ha varit att hans son skulle dö.

– En psykolog är på väg, förklarar Joona. Och hon kommer att försöka övertyga dig om att självmord inte är någon utväg som ...

Pontus Salman börjar ro utåt igen.

– Pontus, jag behöver få svar på fler frågor, säger Joona med högre röst. Du säger att nästa direktör på ISP kommer att bli tvungen att skriva på utförseltillståndet, men vad händer om han vägrar? Kan han inte bara vägra att ingå ett Paganinikontrakt? Kan han inte bara vägra?

Pontus Salman slutar ro, ekan fortsätter att glida utåt, årorna släpar i vattet.

– Jo, det kan han, svarar han lugnt. Men det vill han inte ...

AXEL VAKNAR av att telefonen ringer på nattygsbordet. Först framåt morgonen hade han somnat intill Beverlys svettiga kropp.

Nu betraktar han hennes unga ansikte och kan återigen se Gretas drag, hennes mun och ögonlock.

Beverly viskar något i sömnen och vänder sig om på mage. Axel känner en våg av ömhet välla upp inom sig inför anblicken av hennes späda, lilla kropp, hennes hjärtskärande unga kropp.

Han sätter sig upp i sängen och sträcker sig efter den tunna boken *Med brott benådad* av Friedrich Dürrenmatt när det plötsligt knackar på sovrumsdörren.

– Vänta, säger Axel i samma stund som Robert kommer in i rummet.

– Jag tänkte att du var vaken, säger hans bror. Jag skulle behöva din åsikt om ett nytt instrument som jag ...

Robert får se Beverly och stannar tvärt.

– Axel, stammar han. Vad är det här, Axel?

Beverly vaknar till av hans röst. När hon får se Robert gömmer hon sig under täcket. Axel går upp och sveper morgonrocken om sig, men Robert backar ut genom dörren.

– Fan för dig, säger han lågt. Fan för dig ...

– Det är inte som ...

– Har du utnyttjat henne? nästan skriker Robert. En sjuk flicka?

– Jag kan förklara, försöker Axel säga.

– Din jävel, viskar Robert och river tag i honom, sliter honom åt sidan.

Axel tappar balansen, slår ut med armen och river omkull en lampa på golvet. Robert backar ut ur rummet.

– Vänta, säger Axel och följer efter. Jag förstår hur det ser ut, men det är fel. Du kan fråga . . .

– Jag åker till polisen med henne, säger Robert upprört. Jag hade aldrig trott att du . . .

Hans röst stockar sig av upprördhet, ögonen fylls av tårar.

– Jag är ingen pedofil, försöker Axel förklara med dämpad röst. Du måste förstå det. Jag behöver bara . . .

– Du behöver bara förgripa dig på barn, avbryter Robert och ser fullständigt förtvivlad ut. Du utnyttjar en människa som du lovat att ta hand om och skydda.

Axel stannar framför honom i biblioteket. Robert sätter sig tungt i soffan, tittar på sin bror och försöker hålla rösten stadig:

– Axel, du förstår väl att jag måste ta henne till polisen, säger han.

– Ja, svarar Axel. Jag förstår det.

Robert orkar inte se på sin bror, han stryker sig över munnen och suckar.

– Det är lika bra att göra det direkt, säger han.

– Jag hämtar henne, säger Axel och går in i sovrummet.

Beverly sitter i sängen och ler och vickar på tårna.

– Klä på dig, säger han allvarligt. Du ska följa med Robert.

När han återvänder till salongen reser sig Robert omedelbart från soffan. De står bägge tysta med blicken i golvet och väntar.

– Du stannar här, säger Robert lågt.

– Ja, viskar Axel.

Efter ett tag kommer Beverly. Hon har ett par jeans och en T-shirt på sig. Hon är osminkad och ser ännu yngre ut än hon brukar.

ROBERT KÖR under tystnad, han stannar försiktigt vid ett trafikljus och väntar på att det ska växla till grönt.

– Jag är hemskt ledsen för din skull, säger han dämpat. Min bror sa att han hjälpte dig med boende tills du fått en student-lägenhet, jag förstår inte, jag hade aldrig trott att ...

– Axel är ingen pedofil, säger hon lågt.

– Jag vill inte att du försvarar honom, han förtjänar inte det.

– Han rör inte mig, bara så du vet, det har han aldrig gjort.

– Vad gör han då?

– Han håller i mig, svarar Beverly.

– Håller? upprepar Robert. Du sa ju ...

– Han håller i mig för att kunna sova, säger hon med sin ljusa, franka röst.

– Vad menar du?

– Det är inget fult – inte vad jag har märkt i alla fall.

Robert suckar och säger att hon får berätta allt för polisen. En malande förtvivlan väller upp i bröstet igen.

– Det handlar om hans sömn, förklarar Beverly långsamt. Han kan inte sova utan tabletter, men han blir lugn av mig, han blir ...

– Du är minderårig, avbryter Robert.

Beverly ser rakt ut genom vindrutan. De ljusgröna löven i träden spritter i försommarbrisen. Några gravida kvinnor med stora magar går pratande tillsammans på trottoaren. En gammal dam står helt stilla med ansiktet vänt upp mot solen.

– Varför, frågar Robert plötsligt. Varför kan han inte sova på nätterna?

– Han säger att det har varit så i hundra år.

– Ja, han förstörde sin lever med all medicin.

– Han berättade allting om det där på sjukhuset, säger Beverly. Det var en sak som hände honom, men ...

Robert stannar vid ett övergångsställe. Ett barn tappar sin napp på gatan, mamman märker det inte utan fortsätter att gå. Barnet sliter sig plötsligt lös och rusar tillbaka. Mamman skriker förfärat, men upptäcker att Robert har sett och förstått vad som skulle hända. Hon bär det sparkande barnet över gatan igen.

– Det var en flicka som dog, säger Beverly sakta.

– Vem?

– Han vill aldrig prata om det, bara då, på sjukhuset ...

Hon tystnar, flätar sina fingrar och trummar på sina ben.

– Berätta vad han har sagt, säger Robert med spänd röst.

– De var tillsammans på natten och efter det så tog hon sitt liv, säger Beverly och sneglar på Robert. Jag påminner om henne – eller hur?

– Ja, svarar Robert.

– På sjukhuset sa han att han hade dödat henne, viskar Beverly.

Robert rycker till och vänder sig om igen.

– Vad menar du? frågar han.

– Han berättade att han gjorde så att hon dog.

Robert ser på henne med öppen mun.

– Säger han ... säger han att det var hans fel?

Beverly nickar.

– Det var hans fel, fortsätter hon. För de skulle ha övat fiol, men istället låg de med varandra och hon trodde att han lurade henne för att vinna fioltävlingen.

– Det var inte hans fel.

– Jo, svarar hon.

Robert sjunker ned bakom ratten. Han gnider med händerna över sitt ansikte flera gånger.

– Gode Gud, viskar Robert. Jag måste …

Han vinglar till med bilen, någon tutar irriterat bakom och Beverly ger honom en orolig blick.

– Vad är det? frågar hon.

– Jag … jag måste berätta en sak för honom, fortsätter Robert och börjar vända bilen. Jag var ju kvar bakom scenen när han skulle spela, jag vet vad som hände, Greta var ju före honom, hon var först och …

– Var du med?

– Vänta, avbryter Robert. Jag hörde allting, jag … Gretas död, den har ingenting med Axel att göra …

Han är så upprörd att han måste stanna bilen igen, hans ansikte är blekt som aska när han vänder sig mot Beverly och säger:

– Förlåt, viskar han. Men jag måste bara …

– Är du säker?

– Va? frågar han och tittar på henne.

– Är du säker på att det inte är Axels fel?

– Ja, svarar han.

– Men vad var det som hände?

Robert stryker bort tårarna från ögonen och öppnar tankfullt bildörren.

– Ge mig en sekund, jag måste … jag måste prata med honom, säger han lågt och går ut och ställer sig på trottoaren.

De stora lindarna på Sveavägen fäller rykande sina fröer som dansar i solen över bilar och människor. Robert ler plötsligt stort för sig själv, tar upp sin telefon och slår Axels nummer. Efter tre signaler försvinner hans leende, han återvänder till bilen med telefonen mot örat. Först när han avbryter uppringningen för att prova mobilnumret upptäcker han att bilen är tom, att Beverly är borta. Han blickar runt, men ser henne ingenstans. Det brusar från stadstrafiken, studentbilar väsnas borta vid Sergels torg. Han stänger dörren, startar och börjar köra långsamt för att leta efter Beverly.

Vit frasande plast

AXEL RIESSEN vet inte hur länge han har stått i fönstret och blickat ut efter Robert och Beverly sedan de försvann. Tankarna har bara vandrat i det förflutna. Han tvingar sig själv bort från sina minnen och går istället över till musikanläggningen och sätter på sidan A på David Bowies skiva *The Rise and Fall of Ziggy Stardust and the Spiders from Mars* och höjer volymen.

Pushing thru the market square …

Axel fortsätter fram till barskåpet och tar fram en av sina dyraste flaskor ur whiskysamlingen. Det är en Macallan från det första krigsåret 1939. Han häller upp ett halvt glas och sätter sig sedan i soffan. Med nedslagen blick lyssnar han på musiken, den unga rösten och det slarviga pianot och så känner han doften av ekfat, tunga kar och mörka källare, halm och citrus. Han dricker och den starka spriten bränner mot läpparna och fyller munnen. Ruvande på sin smak har drycken väntat genom generationer, regeringsskiften, krig och vapenvila.

Nu tänker Axel att det kanske var bra det som hände, kanske får Beverly den hjälp hon behöver efter det här. Han får en impuls att ringa sin bror och säga att han älskar honom, men drar sedan på munnen åt det patetiska i tanken. Han ska inte ta sitt liv, han ska bara möta det som är på väg mot honom i denna stund och försöka stå kvar på benen.

Han tar med sig sin whisky till sovrummet och tittar på den obäddade sängen. Han hinner precis höra att hans mobiltelefon vibrerar i kavajen som hänger över en stolsrygg när några knarrande steg i salongen får honom att vända sig runt.

– Beverly, säger han förvånat.

Hon är dammig i ansiktet och hon håller en maskrosboll i handen.

– Jag ville inte prata med polisen ...

– Var är Robert?

– Jag fick lift tillbaka, säger hon. Det var ingen fara, det gick bra ...

– Varför gör du så här? Du skulle ha ...

– Var inte arg, jag har inte gjort något som är fel, jag behövde bara berätta en jätteviktig sak för dig ...

Telefonen börjar ringa i hans kavaj igen.

– Vänta Beverly, jag måste ta det här ...

Han letar i fickorna, hittar den och svarar snabbt:

– Axel Riessen.

En röst hörs avlägset:

– Hallå?

– Hallå, svarar Axel.

– Det här är Raphael Guidi, säger rösten på mörk, grov engelska. Jag ber om ursäkt för den knastriga telefonlinjen, men jag befinner mig ute till havs.

– Ingen fara, svarar Axel artigt och ser Beverly sätta sig i sängen.

– Jag ska gå rakt på sak, säger Raphael Guidi. Jag ringer för att höra med dig om du har hunnit skriva på utförseltillståndet till Kenya ännu. Jag hade räknat med att containerfartyget skulle kunna lämna hamnen vid det här laget.

Axel håller telefonen mot örat, går ut i salongen, men hör ingenting annat än sin egen andhämtning. Han tänker på fotografiet med Raphael Guidi, Carl Palmcrona, Agathe al-Haji och Pontus Salman. Hur Palmcrona höll i sitt champagneglas och skrattade med blottat tandkött.

– Är du kvar? frågar Raphael Guidi på den knastriga telefonlinjen.

– Jag kommer inte att skriva på utförseltillståndet, svarar Axel kort och ryser till över ryggen.

– Kanske kan jag få dig att tänka om, säger Raphael. Du får fundera på om det finns någonting jag kan erbjuda dig som skulle ...

– Du har ingenting som jag vill ha.

– Där tror jag att du har fel, när jag skriver kontrakt så ...

Axel bryter samtalet och det blir tyst. Han lägger tillbaka telefonen i kavajfickan och fylls av ett starkt obehag, nästan som en föraning, och börjar gå mot dörren till korridoren som leder till trappan. När han blickar ut genom fönstret ser han en rörelse i parken, som en genomskinlig skugga mellan buskarna, in mot huset. Axel vänder sig mot det andra fönstret, men ser ingenting. Det klirrar till från undervåningen, som om en liten glasruta sprack i solskenet. Axel tänker att det är absurt, men förstår ändå vad som sker. Hjärtat slår mycket snabbt, kroppen fylls av adrenalin och blir extremt medveten, han rör sig så snabbt han kan utan att springa. Han går rakt in till Beverly i sovrummet. Vackert solljus flödar in genom glipan mellan gardinerna. Som en vägg av grovt glas rakt igenom rummet och fram till Beverlys fötter. Hon har klätt av sig och lagt sig i den obäddade sängen med Dürrenmatts korta roman på magen.

– Axel, säger hon. Jag kom hit för att berätta en bra sak ...

– Bli inte rädd nu, avbryter han samlat. Men du måste gömma dig under sängen. Gör det nu och ligg kvar där, minst en timme.

Hon reagerar omedelbart, frågar ingenting, kryper bara in under sängen. Han hör snabba steg uppför trappan. Det rör sig om minst två personer, tänker han. I fåtöljen ligger Beverlys jeans och T-shirt. Han skyndar fram och slänger in kläderna under sängen. Hjärtat slår hårt i hans bröst, han blickar runt, vet inte vad han ska göra. Tankarna rusar. Han tar sin telefon från kavajen och skyndar ut från sovrummet och in i salongen. Bakom sig hör han stegen från korridoren i riktning mot biblioteket. Med darrande händer låser han upp telefonen och hör samtidigt golvet knarra när någon springer in med mjuka steg. Det finns inte tid att ringa. Han försöker nå fram till fönstret mot gatan för att ropa på hjälp men någon tar tag i hans högra handled och trycker samtidigt något svalt mot hans hals. Han förstår inte att det är en elchockpistol. 69 000 volt går in i hans kropp. Det hörs ett elektriskt sprakande, men Axel känner bara en serie kraftiga slag, som om någon slog honom på halsen med ett järnrör. Han vet inte att han skriker, för hjärnan slocknar och omvärlden försvinner. Männen har redan tejpat över hans mun när medvetandet återvänder i blinkningar. Han ligger på golvet och kroppen spritter av spasmer, benen och armarna skakar. Ett brännande bett på halsen slår igenom med all sin smärta. Det finns ingen möjlighet att försvara sig, musklerna känns förlamade. Med kraftfull och saklig bryskhet låser de båda männen hans armar, lår och anklar och rullar in honom i vit plast. Det frasar mjukt och han tänker att han kommer att kvävas, men luften tar inte slut. De slår tejp runt honom och lyfter sedan upp honom. Han försöker kränga med kroppen, men det är lönlöst, han kontrollerar inte sina egna muskler. De båda männen bär honom helt lugnt nedför trappan, ut genom ytterdörren och in i en väntande skåpbil.

JOONA FÖRSÖKER ropa tillbaka Pontus Salman. Ekan glider längre ut på sjön. Joona springer upp från bryggan och möter psykologen och de båda kollegorna från Södertälje. Han följer dem ner till bryggan igen och säger att de ska vara försiktiga, men att han inte tror att Pontus Salman kommer att skada sig själv eller någon annan.

– Se bara till att hålla honom i förvar, jag hör av mig så fort jag kan, säger han och skyndar sedan tillbaka till bilen.

När Joona kör på bron över Fittjaviken tänker han på Pontus Salman, hur han satt i ekan och sa att han var övertygad om att Axel Riessen skulle vilja skriva på ett Paganinikontrakt.

Joona hade frågat om han inte kunde vägra, men Pontus hade svarat att han inte skulle vilja vägra.

Medan han slår numret till Axel Riessen ser han Veronique Salman, Pontus hustru, för sin inre syn. De besvikna dragen kring munnen och rädslan i blicken medan hon berättade att när man har kysst Raphael Guidi på handen så finns det inte längre någon återvändo.

Ordet mardröm återkommer hela tiden, tänker Joona. Palmcronas hushållerska hade använt det, Veronique Salman hade sagt att Raphael lyckas få alla att berätta om sin värsta mardröm, och Pontus Salman hade hävdat att Palmcrona lyckades undfly sin mardröm genom sitt självmord.

Han slapp skörda sin mardröm, sa han.

Joona tänker på att Stefan Bergkvist aldrig fick veta att Carl

Palmcrona var hans far. Han tänker på den ohyggliga värmen som brände köttet från skelettet, som fick blodet att koka, som spräckte pojkens kranium.

Ett Paganinikontrakt kan man inte bryta med sin egen död.

Joona gör ett nytt försök att nå Axel Riessen på mobiltelefonen och provar sedan direktnumret till ISP.

– Generaldirektör Axel Riessens sekreterare, svarar en kvinna.

– Jag söker Axel Riessen, säger Joona snabbt.

– Han är inte anträffbar just nu, svarar hon.

– Jag är kriminalkommissare och jag behöver prata med honom direkt.

– Jag förstår, men ...

– Avbryt honom om han sitter i möte.

– Han är inte här, säger hon med höjd röst. Han kom inte i morse och jag har inte kunnat nå honom på telefon.

– Då vet jag, säger Joona kort och avslutar samtalet.

Joona parkerar sin Volvo på Bragevägen utanför grinden till Axel Riessens hus. Han hinner precis se någon stänga dörren till broderns entré. Joona springer fram och trycker på knappen till dörrklockan, låsvredet rasslar och dörren öppnas igen.

– Jaså, säger Robert Riessen när han får se Joona. Hej.

– Är Axel hemma?

– Han borde vara det, men jag kom precis, svarar han. Är det något som har hänt?

– Jag har försökt få tag på honom.

– Jag också, säger Robert och släpper in Joona.

De går uppför en halvtrappa och kommer in i en stor foajé med en rosa glasarmskrona i taket. Robert knackar på en dörr och går sedan in i Axels residens. De skyndar under tystnad upp till den privata våningen.

– Axel! ropar Robert.

De ser sig om, går mellan rummen. Allt är som vanligt, musikanläggningen är tyst men lyser, ett band av det engelska uppslagsverket Britannica ligger på biblioteksvagnen.

– Har du någon aning om ifall han har rest någonstans? frågar Joona.

– Nej, säger Robert med en underlig trötthet i rösten. Men han gör så mycket konstiga saker.

– Vad menar du?

– Man tror att man känner honom, men ... Nej, jag vet inte.

Joona går in i sovrummet, blickar hastigt runt, ser en stor oljemålning stå lutad mot väggen med baksidan mot rummet, ser en utblommad maskros i ett whiskyglas, ser den obäddade sängen och en bok.

Robert har redan börjat gå nedför trappan igen och Joona följer efter honom ner i det stora köket.

96

Raphael Guidi

JOONA PARKERAR bilen vid Kronobergsparken och går hastigt över de gröna gräsytorna mot polishuset samtidigt som han ringer Södertäljepolisen. Någonting har börjat mala inom honom, en oro för att han inte hade tid att stanna när Pontus Salman skulle omhändertas.

De onda aningarna blir bara starkare när kollegan i Södertälje förklarar att han inte vet var Pontus Salman är.

– Jag ringer tillbaka, säger mannen med gotländsk dialekt. Ge mig bara ett par minuter.

– Men ni har väl omhändertagit honom? frågar Joona.

– Det ska vi ha gjort, säger mannen tvekande.

– Jag var mycket tydlig med att han skulle hållas kvar.

– Du behöver inte stressa mig, säger mannen. Jag är säker på att kollegorna har gjort bra ifrån sig.

Han knappar in något på datorn, mumlar för sig själv och knappar in något mer innan han svarar:

– Jo då, vi har honom här och vi har beslagtagit hans gevär, en Winchester 400.

– Bra, håll kvar honom så skickar vi en bil och hämtar honom, säger Joona och känner en svag lukt av simbassäng från Kronobergsbadet när han går in genom de stora glasdörrarna.

Han tar hissen upp, går snabbt genom korridoren och har nästan kommit fram till Carlos Eliassons rum när hans telefon ringer. Det är Disa. Han hinner egentligen inte ta samtalet, men svarar ändå.

– Hej, säger Disa. Kommer du i morgon?

– Du har sagt att du inte vill fira dina födelsedagar.

– Jag vet, men jag tänkte ... bara du och jag.

– Det låter bra, säger Joona.

– Jag har något viktigt att säga, förklarar hon.

– Okej, svarar Joona och är i samma stund framme vid dörren.

– Jag ...

– Förlåt Disa, avbryter han. Men jag kan inte tala mer. Jag är precis på väg in till ett viktigt möte.

– Jag har en överraskning, säger hon.

– Disa, jag måste lägga på nu, säger han och öppnar dörren.

– Men ... säger Disa.

– Jag är jätteledsen, men jag hinner inte.

Han går in i Carlos rum, stänger dörren efter sig och sätter sig i soffan där Saga Bauer redan sitter.

– Vi kan inte få tag på Axel Riessen och vi är rädda att det har med utförseltillståndet att göra, säger Joona. Vi tror att Raphael Guidi ligger bakom det här och därför måste vi få en häktningsorder så snabbt det bara ...

– Häktningsorder? avbryter Carlos häpet. Axel Riessen har inte svarat i telefon på två timmar, han kom inte till jobbet i morse och ni tror att han är kidnappad av Raphael Guidi, en framgångsrik affärsman som aldrig varit åtalad för något brott överhuvudtaget.

Carlos höjer handen och börjar räkna överdrivet på fingrarna:

– Svensk polis har ingenting på honom, Europol har ingenting på honom, Interpol har ingenting, jag har talat med Frankrikes, Italiens och Monacos polis.

– Men jag har talat med Anja, säger Joona leende.

– Du har talat med ...

Carlos tystnar när dörren öppnas och Anja Larsson kommer in:

– Under tio års tid har Raphael Guidis namn förekommit i sex förundersökningar rörande vapenbrott, ekonomiska brott och dödsfall, säger hon.

– Men förundersökningar, invänder Carlos. De betyder inte ...

– Får jag berätta vad jag vet? avbryter hon.

– Ja, självklart.

– Misstankarna mot Raphael Guidi har avskrivits på ett tidigt stadium i nästan alla fall och det har aldrig någonsin gått till rättegång.

– Ingenting, säger Carlos.

– Hans koncern tjänade 123 miljoner dollar på Operation Desert Storm genom att förse attackplanen Nighthawk med AGM-65 Maverick, fortsätter Anja efter en kort blick i sina anteckningar för att kontrollera uppgifterna. Men det var också ett av hans underbolag som försåg de serbiska styrkorna med raketartilleri när de sköt ner samma plan under Kosovokriget.

Anja visar dem ett fotografi på Raphael i solglasögon med brandgult glas. Han bär lediga kläder, kornblå byxor och välstruken men löst hängande skjorta i samma färg. Leende står han mellan två svartklädda livvakter framför en rökfärgad Lamborghini Diablo.

– Raphaels hustru ... hon var den kända violinisten Fiorenza Colini, berättar Anja. Bara ett år efter det att sonen Peter föddes fick hon bröstcancer, hon genomgick alla behandlingar som fanns, men dog när pojken var sju.

På ett tidningsklipp från La Repubblica syns Fiorenza Colini med den vackert röda fiolen mot axeln, La Scalas hela orkester syns i bakgrunden, dirigenten Riccardo Muti står bredvid henne med det vågiga håret blänkande i strålkastarskenet. Fiorenza Colini bär en slank platinaglänsande klänning med silvrig brodyr och infattade glasprismor, hon ler för sig själv med tunga ögonlock. Höger armbåge är låg, stråket är på väg nedåt, vänsterhanden sträcker sig långt över fiolens kropp, hon spelar en hög ton.

På framsidan av Newsweek står Raphael Guidi bredvid Alice Cooper och visar upp sin nyfödde son under rubriken "Billion dollar baby".

På ett annat pressklipp står han i en ljus kostym och pratar med Silvio Berlusconi, och bakom dem syns tre blonda kvinnor i minimala badkläder kring en hjärtformad simbassäng i rosa marmor.

– Raphael Guidi är bosatt i Monaco, men om man vill träffa honom så ska man söka sig till havs, har jag förstått, berättar Anja. Nuförtiden tillbringar han nästan all tid på sin megayacht Theresa. Man kan förstå honom. Yachten byggdes av Lürssen i Bremen för femton år sedan och var då den dyraste i världen.

På en liten bild i franska Vogue syns den vita pilformade båten på öppet hav, som en spjutspets av porslin, och på det stora mittuppslaget med rubriken "Lion en Cannes", Lejon i Cannes, visas en fest från filmfestivalen i Cannes ombord på lyxyachten. Alla män är klädda i smoking. Skådespelaren Kevin Costner samtalar med Salma Hayek och Raphael Guidi står mellan sin hustru och den kända playboymodellen, svenskan Victoria Silvstedt. Bakom honom väntar två livvakter med tomma ansikten. Hamnen anas genom de många fönstren i matsalen. Fågelburar med tukaner hänger under taket och mitt i matsalen finns en bur med en stor lejonhanne.

De lämnar tillbaka tidningsurklippen till Anja som lugnt säger:

– Ska vi lyssna på det här allihop ... Den belgiska underrättelsetjänsten har spelat in ett telefonsamtal mellan en italiensk åklagare och Salvatore Garibaldi som var brigadgeneral i Esercito Italiano – italienska armén.

Hon delar ut en hastig översättning och stoppar sedan in usb-minnet i Carlos dator, lutar sig fram och klickar på ljudfilen. Programmet öppnas ögonblickligen och en röst börjar tala

snabbt. Entonigt radas omständigheterna kring samtalet upp
på franska, plats, datum och klockslag. Sedan hörs ett metal-
liskt klickande och en avlägsen kopplingston.

Det sprakar en stund innan en tydlig röst hörs:

"Jag lyssnar och jag är beredd att inleda en förundersök-
ning", säger åklagaren.

"Fast jag skulle aldrig vittna mot Raphael, inte under tortyr,
inte ..."

Salvatore Garibaldis röst försvinner, det sprakar, blir helt
tyst och sedan hörs han igen, men svagt, som genom en sluten
dörr.

"... med rekylbromsar och helt rekylfria raketsystem ... och
en satans massa minor, det var trampminor, fordonsminor,
stridsvagnsminor ... Raphael skulle aldrig ... som Rwanda,
han brydde sig inte. Det var påkar och det var machetes – inget
man tjänade pengar på. Men när det vände och spillde över på
Kongo ville han vara med, då blev det dynamiskt, tyckte han.
Först beväpnade han den rwandiska RPF-regimen för att sätta
på Mobuto rejält och sedan började han pumpa in tunga vapen
till hutuerna igen för att de skulle möta RPF."

En konstig pipande signal hörs genom bruset, det hackar och
sedan återkommer hans röst igen.

Han andas snabbt, mumlar för sig själv och hörs sedan all-
deles nära:

"Det här med mardrömmen, jag trodde inte att det var på
riktigt. Jag fick stå bredvid och hålla hennes svettiga hand ...
Min dotter, hon var fjorton. Så vacker, så fin ... Raphael ...
han gjorde det själv, han ville skära med kniven, skrek att han
ägde min mardröm. Det går inte att förstå."

Det knastrar konstigt och skrikande anas, glas krossas, ljud-
upptagningen hackar.

"Varför vill man göra saker som är ... Han fick filékniven
från en av livvakterna ... min dotters ansikte, hennes fina,
fina ... "

Salvatore Garibaldi gråter högt, jämrar sig och skriker sedan att han bara vill dö, ingenting annat.

Det sprakar och sedan tar inspelningen slut. Det blir alldeles tyst i Carlos Eliassons rum. Genom de små fönstren mot Kronobergsparkens grönskande sluttningar faller ett lekande ljus in i kontorsrummet.

– Den här inspelningen, säger Carlos efter en stund. Den bevisar ingenting ... han sa i början att han inte tänkte vittna, så jag antar att åklagaren la ner förundersökningen.

– Tre veckor efter telefonsamtalet hittas Salvatore Garibaldis huvud av en hundägare, säger Anja. Det låg i diket bredvid Viale Goethe bakom galoppbanan i Rom.

– Vad var det med dottern? frågar Joona lågt. Vad var det som hände?

– Fjortonåriga Maria Garibaldi är fortfarande försvunnen, säger Anja kortfattat.

Carlos suckar, mumlar något för sig själv, går fram till akvariet och tittar på sina paradisfiskar en stund innan han vänder sig till de andra.

– Vad ska jag göra? Ni kan inte bevisa att ammunitionen är på väg till Sudan och ni kan inte på något enda sätt koppla Axel Riessens försvinnande till Raphael Guidi, säger han. Ge mig minsta lilla tråd så ska jag tala med åklagaren, men jag behöver en koppling och inte bara ...

– Jag vet att det är han, avbryter Joona.

– Och inte bara att Joona säger att han vet, avslutar Carlos.

– Vi behöver befogenhet och resurser för att gripa Raphael Guidi för brott mot svensk och internationell lag, fortsätter Joona envist.

– Inte utan bevisning, säger Carlos.

– Vi hittar bevis, säger Joona.

– Ni måste övertyga Pontus Salman om att vittna.

– Vi hämtar honom i dag, men jag tror att det blir svårt att få honom att vittna, han är fortfarande för rädd ... han är så rädd att han var på väg att ta sitt liv, säger Joona.

– Men om vi griper Raphael, då kanske han vågar prata. Jag menar, om det lugnar ner sig, säger Saga.

– Vi kan bara inte gripa en person som Raphael Guidi utan några bevis eller vittnen, säger Carlos med emfas.

– Så vad fan ska vi göra? frågar Saga.

– Vi sätter press på Pontus Salman, det är allt vi kan ...

– Men jag tror att Axel Riessen befinner sig i fara, säger Joona. Det är för bråttom för ...

Alla tre tystnar och vänder blickarna mot dörren när överåklagare Jens Svanehjälm kommer in i rummet.

Flykten

LUFTKONDITIONERINGEN har kylt bilen. Pontus Salman känner att hans händer darrar på ratten. Han är redan mitt på Lidingöbron. En finlandsfärja är på väg ut från sin kajplats och bortom Millesgården eldar någon löv.

För bara ett par timmar sedan satt han i sin lilla eka och prövade att stoppa gevärspipan i sin mun. Smaken av metall dröjer sig kvar i munnen som ett skrämmande minne, det skrapande ljudet mot tänderna.

En kvinna med spretigt hår hade kommit ner på bryggan tillsammans med kriminalkommissarien, hon hade ropat till honom att komma närmare. Det såg ut som om hon hade något viktigt att berätta för honom. Hon var runt fyrtio år, hade en blåskimrande punkfrisyr och rött läppstift.

När han satt mitt emot henne i ett litet, grått rum fick han veta att hon hette Gunilla och var psykolog.

Hon hade talat allvarligt och strängt med honom om geväret, om vad han tänkt göra när han rodde ut på sjön.

– Varför ville du dö, Pontus? frågade Gunilla.

– Det vill jag inte, hade han svarat sanningsenligt.

Det hade blivit tyst i det lilla mottagningsrummet. Sedan fortsatte de tala och han hade svarat på hennes frågor och samtidigt blivit alltmer övertygad om att han inte ville dö, att han mycket hellre ville fly och han började tänka på att resa någonstans. Bara försvinna och börja ett helt nytt liv som någon annan.

Bilen har passerat bron nu. Pontus Salman ser på sitt armbandsur och känner en varm lättnad växa i bröstkorgen. Vid det här laget måste Veroniques flygplan ha lämnat det svenska luftrummet.

Han har pratat med Veronique om Franska Polynesien och kan se henne för sig i fantasin, hur hon lämnar flygplatsbyggnaden med en ljusblå tygväska i handen och en bredbrättad hatt som hon får hålla i mot blåsten.

Varför skulle inte han också komma undan?

Det enda han behöver göra är att skynda sig tillbaka till huset och hämta passet i skrivbordslådan.

Jag vill inte dö, tänker Pontus Salman och ser trafiken susa förbi.

Han rodde ut i sjön för att fly från mardrömmen, men kunde bara inte avlossa geväret mot sig själv.

Jag tar vilket plan som helst, tänker han. Jag kan åka till Island, Japan eller Brasilien. Hade Raphael Guidi verkligen velat döda mig, så hade jag knappast varit vid liv nu.

Pontus Salman kör in på garageuppfarten framför sitt hus och lämnar bilen. Han drar in lukten av solvarm asfalt, avgaser och grönska.

Gatan är tom, alla arbetar och barnen i kvarteret är fortfarande i skolan några dagar.

Pontus Salman låser upp dörren och går in. Det är släckt i huset och persiennerna är neddragna.

Han har sitt pass i arbetsrummet och börjar gå nedför trappan.

På undervåningen hejdar han sig mitt i en rörelse, lyssnar och hör ett konstigt hasande ljud, som ett vått täcke som släpas över ett kakelgolv.

– Veronique? frågar han med en röst som nästan inte bär.

Pontus Salman ser hur det lugna ljuset från poolen vaggar över den vita stenväggen. Han fortsätter långsamt framåt med hårt bultande hjärta.

98

Åklagaren

ÖVERÅKLAGARE Jens Svanehjälm hälsar lågmält på Saga Bauer, Joona Linna och Carlos Eliasson och sätter sig sedan. Materialet som Anja Larsson skaffat fram ligger på det låga bordet framför honom. Svanehjälm dricker sitt sojakaffe, tittar på den översta bilden och vänder sig sedan till Carlos.

– Jag tror att det blir svårt för er att övertyga mig, säger han.

– Men vi kommer att göra det, ler Joona.

– Make my day, säger åklagaren.

Svanehjälms tunna hals utan synligt adamsäpple och de smala, sluttande axlarna under den välsittande kostymen förstärker intrycket av att han är en pojke som klätt ut sig i vuxenkläder.

– Det är ganska komplicerat, börjar Saga. Vi tror att Axel Riessen på ISP har blivit bortförd och att det hör ihop med allt som hänt de senaste dagarna.

Hon tystnar när Carlos telefon ringer.

– Förlåt, jag trodde att jag hade sagt till att vi inte vill bli störda, säger han, tar telefonen och svarar. Ja, Carlos Eliasson ...

Han lyssnar, blir röd om kinderna, mumlar att han förstår, tackar sedan för samtalet och lägger ifrån sig telefonen med en inbunden rörelse.

– Jag ber om ursäkt, säger Carlos.

– Ingen fara, svarar Jens Svanehjälm.

–Jag menar att jag ber om ursäkt för att jag besvärat dig med det här mötet, förklarar Carlos. Det var Axel Riessens sekreterare på ISP som ringde, jag har varit i kontakt med henne under dagen ... Och nu hade hon precis talat med Axel Riessen.

–Vad sa hon – var han kidnappad? frågar Svanehjälm leende.

–Han befinner sig på Raphael Guidis båt för att diskutera de sista frågorna rörande utförseltillståndet.

Joona och Saga ger varandra en kort blick.

–Är ni nöjda med det svaret? frågar åklagaren.

–Axel Riessen hade tydligen krävt ett möte med Raphael Guidi, berättar Carlos.

–Han borde ha talat med oss, säger Saga.

–Sekreteraren förklarade att parterna har suttit i möte på båten hela dagen för att reda ut de sista oklarheterna i ett ärende som dragit ut på tiden och Axel Riessen räknade med att faxa underskriften till ISP redan i kväll.

–Utförseltillståndet? frågar Saga och reser sig upp.

–Ja, ler Carlos.

–Vad skulle han göra efter mötet? frågar Joona.

–Han skulle ...

Carlos tystnar och tittar förvånat på Joona.

–Hur kunde du veta att han skulle göra någonting efter mötet? frågar han sedan. Sekreteraren sa att Axel Riessen hade tagit ut semester för att segla längs kusten ner till Kaliningrad. Han skulle få låna en Forgus av Raphael Guidi.

–Låter härligt, säger Svanehjälm och reser sig.

–Idioter, fräser Saga och sparkar omkull papperskorgen. Ni fattar väl att han var tvingad att ringa.

–Vi kan väl bete oss som vuxna, muttrar Carlos.

Han reser papperskorgen och plockar upp skräpet som ramlat ut på golvet.

–Vi är klara – eller hur? säger Svanehjälm allvarligt.

–Axel Riessen är fånge på Raphael Guidis båt, säger Joona. Ge oss resurser att hämta honom.

– Jag är kanske en idiot, men jag kan inte hitta ett enda skäl till att vidta några åtgärder överhuvudtaget, säger Jens Svane-hjälm och lämnar sedan rummet.

De ser honom stänga dörren efter sig utan brådska.

– Förlåt för att jag flippade ut, säger Saga till Carlos. Men det här stämmer inte, vi tror inte att Axel Riessen skulle skriva på ett utförseltillstånd.

– Saga, jag satte två jurister på det här, förklarar Carlos lugnt. Allt de kunde se var att beredningen av Silencia Defen-ces exportärende är perfekt, granskningen mycket ambitiös och . . .

– Vi har ju ett fotografi där Palmcrona och Salman träffar Raphael Guidi och Agathe al-Haji för att . . .

– Jag vet det, avbryter Carlos. Det var svaret på gåtan, nu har vi svaret, men utan bevis kan vi inte gå vidare, vi måste fortfa-rande bevisa vad vi vet och det räcker inte fotografiet till.

– Så vi ska bara stå och se på medan det här containerfartyget lämnar Sverige trots att vi vet att ammunitionen är på väg till folkmordet i Sudan? frågar Saga upprört.

– Se till att hämta hit Pontus Salman, svarar Carlos. Förmå honom att vittna mot Raphael, lova honom vad som helst, bara han vittnar . . .

– Men om han inte gör det, om han vägrar? frågar Saga.

– Då finns det ingenting vi kan göra.

– Vi har ett annat vittne, säger Joona.

– Det vittnet träffar jag mycket gärna, säger Carlos skep-tiskt.

– Vi måste bara hämta honom innan han hittas drunknad i havet utanför Kaliningrad.

– Du får inte din vilja fram den här gången, Joona.

– Jo.

– Nej.

– Jo, säger Joona hårt.

Carlos tittar på Joona med ledsen blick.

– Vi kommer aldrig att kunna övertyga åklagaren om det här, säger han efter en liten stund. Men eftersom jag inte kan ägna resten av mitt liv åt att sitta här och säga nej när du säger jo så ...

Han tystnar, suckar, tänker en stund och fortsätter sedan:

– Så ger jag dig tillåtelse att ensam leta reda på Axel Riessen för att försäkra dig om att han mår bra.

– Joona behöver understöd, säger Saga upprört.

– Det här är ingen polisinsats, det här är bara ett sätt att få Joona att sluta tjata, svarar Carlos och gör en svepande armrörelse.

– Men Joona kommer ...

– Jag vill, avbryter Carlos. Jag vill att ni hämtar Pontus Salman i Södertälje, precis som jag har sagt ... För om vi kan få fram ett vittnesmål som håller så ser jag till att vi går in med full kraft och plockar in Raphael Guidi en gång för alla.

– Det finns inte tid till det, säger Joona och går fram till dörren.

– Jag kan förhöra Pontus Salman på egen hand, säger Saga.

– Och Joona? Vad ska ...

– Jag åker och hälsar på Raphael, säger han och lämnar rummet.

99

Lönen

EFTER ATT HA legat stilla i bagageutrymmet i en bil får Axel Riessen äntligen resa sig upp och komma ut. Han befinner sig på en privat flygplats. Landningsbanan är gjuten i betong och omgiven av ett högt stängsel. Framför en barackliknande byggnad med en hög mast väntar en helikopter.

De klagande skriken från fiskmåsar hörs medan Axel går mellan de båda männen som förde bort honom. Han är fortfarande bara klädd i skjorta och byxor. Det finns ingenting att tala om, han följer endast med och kliver ombord på helikoptern, sätter sig och spänner fast säkerhetsbältet runt magen och över skuldrorna. De två andra männen tar plats i helikopterns cockpit, piloten slår på ett reglage, vrider sedan en liten blank nyckel på instrumentbrädan, slår därefter på ytterligare reglage och trycker ner en pedal.

Mannen bredvid piloten tar upp en karta och lägger den i sitt knä.

På vindrutan sitter en remsa tejp som börjat släppa.

Motorn börjar dåna och efter en stund kommer rotorn långsamt i rörelse. De smala bladen sveper trögt genom luften, det disiga solskenet blinkar över glaset. Rotorn spinner efterhand allt snabbare och snabbare.

En pappmugg rullar bort från helikoptern.

Motorn börjar bli varm. Det smattrar öronbedövande. Piloten håller styrspaken med högra handen, styr den med små, kantiga rörelser och plötsligt lyfter de.

Först stiger helikoptern nästan rakt upp, alldeles mjukt. Så tippar den framåt och får fart.

Det ilar till i Axels mage när de flyger förbi stängslet, upp över träden och svänger så brant åt vänster att det känns som om helikoptern ska välta åt sidan.

Snabbt färdas de över den gröna marken, passerar några enstaka vägar och ett hus med glänsande plåttak.

Det dånar och rotorbladen blinkar förbi framför vindrutan.

Fastlandet tar slut och det krusiga, blygrå havet tar vid.

Axel försöker återigen förstå vad som händer honom: Det började med att han talade i telefon med Raphael Guidi som befann sig på sin båt i Finska viken, på väg ut i Österjön, ner mot Lettland. Det kan inte ha tagit mer än en minut från det att Axel förklarade för Raphael att han inte skulle skriva på utförseltillståndet till det att de två männen bröt sig in i hans hem och satte en elchockpistol mot hans hals.

De hanterade honom hela tiden varsamt och såg till att han låg bra.

Efter en halvtimme stannade de och männen bar honom till den andra bilen.

Ungefär en timme senare fick han gå själv på den asfalterade landningsbanan med oljefläckar och ta plats i helikoptern.

Det monotona havet försvinner snabbt som en motorväg under dem. Himlen ovanför känns orörlig, mulen och fuktigt vit. De flyger på femtio meters höjd med hög hastighet. Piloten har radiokontakt med någon, men det är omöjligt att höra vad han säger.

Axel dåsar till en stund och vet inte hur lång tid han har befunnit sig i helikoptern när han får syn på en magnifik lyxyacht på det krusiga havet. Det är en jättelik, vit båt med ljusblå swimmingpool och flera soldäck.

De närmar sig brant.

Axel erinrar sig att Raphael Guidi är en fruktansvärt rik

man och lutar sig fram för att kunna överblicka yachten. Det är den mest otroliga båt han någonsin har sett. Smäcker och spetsig som en eldsflamma, vit som kristyr. Hon är säkert över hundra meter lång, med pompös kaptensbrygga två våningar över akterdäcket.

De sjunker dånande ner mot helikopterplattans ringar på fördäcket. Rotorbladen får svallvågorna från båten att ändra riktning, plana ut och piskas bort.

Landningen är nästan omärklig, helikoptern hovrar, sjunker långsamt och står sedan på plattformen, mjukt gungande. De väntar medan rotorn bromsar. Helikopterföraren stannar i cockpiten medan den andre mannen för med sig Axel Riessen över plattan med målade cirklar. De hukar i vinddraget tills de passerat en glasdörr. Ljudet från helikoptern försvinner nästan bakom glaset. Rummet de befinner sig i liknar ett elegant vänt-rum, med sittmöbler, soffbord och en mörk teve. En vitklädd man hälsar dem välkomna och ber Axel slå sig ner med en gest mot sittmöblerna.

– Önskar ni något att dricka? frågar den vitklädde.

– Vatten tack, svarar Axel.

– Med eller utan kolsyra?

Innan Axel hinner svara kommer ytterligare en man in genom en dörr.

Han påminner om den förste, som satt bredvid helikopter-föraren. Båda männen är långa och breda, med egendomligt likartade och synkroniserade kroppar. Den nye mannen har mycket ljust hår och nästan vita ögonbryn och en näsa som varit bruten. Den förste är gråhårig och bär hornbågade glas-ögon.

De rör sig under tystnad, effektivt och sparsamt medan de för Axel till sviterna under däck.

Lyxyachten känns egendomligt ödslig. Axel hinner se att poolen är tom, den kan inte ha varit vattenfylld på många år. På botten ligger några trasiga möbler, en soffa utan dynor och några kasserade skrivbordsstolar.

Axel Riessen noterar att det vackra rottingmöblemanget på en liten estrad är vanvårdat. De fina flätverken har spruckit och stickor står ut överallt på fåtöljerna och bordet.

Ju längre in i båten han kommer, desto mer framstår den som ett tomt, ödelagt skal. Axels steg ekar mot de tomma korridorernas repiga marmorgolv. De går in genom en dubbeldörr med orden "Sala da pranzo" sirligt snidat i det mörka träet.

Matsalen är enorm. Genom panoramafönstren syns ingenting annat än öppet hav. En bred trappa med röd matta leder upp till nästa våning. I taket hänger ståtliga kristallkronor. Rummet är gjort för stora bjudningar, men på matsalsbordet står en kopiator, en telefax, två datorer och ett stort antal pärmar med arkiverade papper.

Längst in i matsalen sitter en kort man vid ett mindre bord. Håret är gråsprängt och en stor kal fläck blänker mitt på huvudet. Axel känner genast igen vapenhandlaren Raphael Guidi. Han är klädd i ljusblå, säckiga gymnastikbyxor och en tillhörande jacka med siffran sju på bröstet och ryggen. På fötterna har han vita sportskor utan strumpor.

– Välkommen, säger mannen på kärv engelska.

Det ringer i hans ficka, han tar upp mobilen, granskar numret, men svarar inte. Nästan omedelbart får Raphael Guidi ett nytt samtal, han svarar, säger några korta ord på italienska och ser sedan på Axel Riessen. Han gör en gest ut genom panoramafönstren mot de mörka, rullande havsvidderna.

– Jag är inte här frivilligt, börjar Axel.

– Det beklagar jag, det fanns inte tid till det ...

– Så vad är det du vill?

– Jag vill vinna din lojalitet, svarar Raphael kort.

Det blir tyst och de båda livvakterna ler mot golvet och blir sedan helt allvarliga. Raphael tar en klunk av sin gula vitamindryck och rapar tyst.

– Lojalitet är det enda som räknas, säger han lågt och ser Axel rakt i ögonen. Du hävdade förut att det inte fanns någonting jag hade som du ville ha, men ...

– Det är sant.

– Men jag tror tvärtom att jag har ett bra erbjudande, fortsätter Raphael och gör en glädjelös grimas som ska påminna om ett leende. För att få din lojalitet vet jag att jag måste erbjuda dig något som du verkligen vill ha, kanske faktiskt det du önskar dig mest av allt.

Axel skakar på huvudet:

– Jag vet inte ens själv vad jag önskar mest av allt.

– Det tror jag nog att du gör, säger Raphael. Du önskar att du kunde sova igen, sova hela nätter utan ...

– Hur visste du ...?

Han tystnar tvärt och Raphael ger honom en kylig, otålig blick.

– Då känner du säkerligen till att jag har provat alla möjligheter redan, säger Axel sakta.

Raphael gör en likgiltig gest:

– Du får en ny lever.

– Jag står redan i kö för en ny lever, säger Axel med ett ofrivilligt leende. Jag ringer varje gång läkarna har haft boardmöte, men min leverskada är självförvållad och min vävnadstyp är så ovanlig att det i princip inte finns några donatorer ...

– Jag har en lever till dig, Axel Riessen, säger Raphael med sin kärva röst.

Det blir tyst och Axel känner hur han blir varm i ansiktet, hur öronen börjar hetta.

– Och i gengäld? frågar Axel och sväljer hårt. Du vill att jag skriver på utförseltillståndet till Kenya.

– Ja, jag vill att vi ingår ett Paganinikontrakt, svarar Raphael.

– Vad är ...

– Ingen brådska, du får tänka över det, det är ett stort val, du behöver titta på de exakta uppgifterna kring organdonatorn och så vidare.

Tankarna snurrar med en blixtrande hastighet i Axels huvud. Han säger sig att han kan skriva på utförseltillståndet och om han får en lever så ska han sedan vittna mot Raphael Guidi. Han kommer att få beskydd, det vet han, kanske kommer han att tvingas byta identitet, men han kommer att kunna sova igen.

– Ska vi inte äta? Jag är hungrig, är du hungrig? frågar Raphael.

– Kanske ...

– Men innan vi äter så vill jag att du ringer din sekreterare på ISP och säger att du är här.

100

Pontus Salman

SAGA HÅLLER telefonen mot örat och stannar i korridoren bredvid en stor behållare av plast för pappersåtervinning. Hon ser frånvarande de lövlika resterna av en fjäril ligga och skaka på golvet i draget från ventilationssystemet.

– Har ni inget annat för er i Stockholm? frågar en man med stark gotländsk dialekt när hon kopplas fram till Södertälje-polisen.

– Det gäller Pontus Salman, säger hon med rösten mättad av stress.

– Ja, men nu har han gått, säger polisen nöjt.

– Vad fan menar du? frågar hon med höjd röst.

– Alltså, jag har bara pratat med Gunilla Sommer, psykolo-gen som åkte med honom till psykakuten.

– Ja?

– Hon tyckte inte att han menade någonting med det där självmordshotet, så hon lät honom gå, det är ju inte gratis med vårdplatser och ...

– Efterlys honom, säger Saga snabbt.

– För vad då? För ett halvhjärtat självmordsförsök?

– Se bara till att ni hittar honom, säger Saga och lägger på.

Hon börjar gå mot hissarna när Göran Stone ställer sig fram-för henne och stoppar henne med utbredda armar.

– Du vill förhöra Pontus Salman – eller hur? frågar han i en retsam ton.

– Ja, svarar hon kort och börjar gå igen, men han släpper inte fram henne.

– Du behöver bara vicka på rumpan, säger han. Och kanske skaka lite på lockarna så blir du befordrad eller ...

– Flytta på dig, säger Saga sammanbitet och arga, röda prickar flammar upp på hennes panna.

– Okej, förlåt för att jag ville hjälpa till, säger Göran Stone förorättat. Men vi har precis skickat fyra bilar till Salmans hus på Lidingö för ...

– Vad är det som har hänt? frågar Saga snabbt.

– Det var grannarna som ringde polisen, ler han. De hade tydligen hört lite pangpang och skrik.

Saga knuffar undan honom och börjar springa.

– *Tack så mycket, Göran*, ropar han efter henne. *Du är bara bäst, Göran!*

Medan hon kör mot Lidingö försöker hon låta bli att tänka på vad som kan ha hänt, men tankarna blandas hela tiden med ljuden från inspelningen av mannen som gråtande berättade om sin dotter.

Saga säger för sig själv att hon ska träna hårt på kvällen och lägga sig tidigt.

Hon kommer inte fram på Roskullsvägen, det är så mycket folk på gatan att hon måste parkera ett par hundra meter ifrån Salmans hus. Nyfikna människor och journalister trängs vid de blåvita avspärrningsbanden och försöker se in mot huset. Saga ursäktar sig med stressad röst när hon knuffar sig fram. Det blå ljuset från utryckningsfordonen pulserar över de grönskande träden. Kollegan Magdalena Ronander lutar sig mot den mörkbruna tegelväggen och kräks. Pontus Salmans bil står parkerad på garageinfarten. Det är en vit BMW vars takfönster saknas. Små blodiga glaskuber ligger på karossen och kring bilen på infarten. Genom det blodiga sidofönstret skymtar en manskropp.

Det är Pontus Salman.

Magdalena lyfter en trött blick, torkar sig om munnen med en näsduk och hejdar Saga när hon är på väg in genom dörren.

– Nej, nej, säger hon hest. Du vill absolut inte gå in där.

Saga stannar, blickar in i det stora huset, vänder sig mot Magdalena för att fråga någonting, men tänker sedan att hon måste ringa Joona och berätta att de inte längre har något vittne.

101

Flickan med maskrosor

JOONA SPRINGER genom ankomsthallen på Vanda flygplats utanför Helsingfors när hans telefon ringer.

– Saga, vad händer?

– Pontus Salman är död, han sitter i sin bil utanför huset, det ser ut som om han har skjutit sig själv.

Joona kommer ut, går fram till den första taxin i kön, förklarar för chauffören att han ska till hamnen och sätter sig sedan i baksätet.

– Vad sa du? frågar Saga.

– Ingenting.

– Vi har inget vittne, säger Saga stressat. Vad fan ska vi göra?

– Jag vet inte, säger Joona och sluter ögonen en stund.

Han känner bilens rörelser omkring sig, ett mjukt fjädrande, böljande. Taxin lämnar flygplatsens område, ökar hastigheten och kommer ut på motorvägen.

– Du kan inte åka till Raphaels båt utan understöd …

– Flickan, säger Joona plötsligt.

– Va?

– Axel Riessen spelade fiol med en flicka, säger Joona och öppnar sina grå ögon. Hon kan ha sett någonting.

– Varför tror du det?

– Det stod en maskros, en maskrosboll i ett whiskyglas …

– Vad fan pratar du om? frågar Saga.

– Försök att få tag på henne bara.

Joona lutar sig tillbaka mot ryggstödet och minns hur Axel stod med fiolen i handen när flickan kom med en bukett utblommade maskrosor. Sedan tänker han återigen på maskrosbollen med böjd stjälk över kanten till whiskyglaset i Axels sovrum. Hon har varit där och då är det möjligt att hon har sett något.

*

Joona går ombord på den grå bevakningsbåten Kirku som finska marinen fick överta från kustbevakningen sex år tidigare. När han skakar hand med fartygets befäl Pasi Rannikko kommer han omedelbart att tänka på Lennart Johansson vid sjöpolisen på Dalarö. Han som älskade att surfa och kallade sig själv för Lance.

Pasi Rannikko är precis som Lance en ung, solbränd man med klarblå ögon. Men till skillnad från Lance så tar han sin befattning på mycket stort allvar. Det är uppenbart att det oväntade uppdraget utanför Finlands territorium besvärar honom.

– Ingenting kring den här turen gör mig glad, säger Pasi Rannikko torrt. Men mitt befäl är kompis med din chef ... och det räckte tydligen.

– Jag räknar med att få ett åklagarbeslut medan vi tar oss dit, säger Joona och känner vibrationerna då fartyget lägger ut från piren och smidigt styr över vattnet.

– Så fort du har ditt åklagarbeslut kontaktar jag FNS Hanko. Det är en robotbåt med tjugo officerare och sju värnpliktiga.

Han pekar ut robotbåten på radarbilden.

– Hon kan komma upp i 35 knop, det tar inte ens tjugo minuter innan hon är ifatt oss.

– Bra.

– Raphael Guidis yacht har passerat Dagö och befinner sig en bit utanför Estland ... Jag hoppas att du är medveten om att vi inte kan gå ombord på en båt på estniskt vatten om det inte rör sig om en nödsituation eller öppet kriminell verksamhet.

–Ja, svarar Joona.

Med mullrande maskiner lämnar båten hamnområdet.

–Här kommer hela besättningen, säger Pasi Rannikko ironiskt.

En väldig, ljusskäggig man kliver upp på kaptensbryggan. Han är förste och ende styrman och presenterar sig som "Niko Kapanen, som ishockeyspelaren". Han sneglar på Joona, kliar sig i skägget och frågar sedan försiktigt:

–Vad är den här Guidi misstänkt för egentligen?

–Kidnappning, mord, polismord, vapensmuggling, säger Joona.

–Och Sverige skickar en enda polis?

–Ja, ler Joona.

–Och vi bidrar med en obestyckad gammal pråm.

–Så fort vi har ett åklagarbeslut så har vi nästan en pluton, säger Pasi Rannikko entonigt. Jag pratar med Urho Saarinen på Hanko och han är här på tjugo minuter.

–Men inspektioner, säger Niko. Vi får väl för fan inspektera en ...

–Inte på estniskt vatten, avbryter Pasi Rannikko.

–För jävligt, muttrar Niko.

–Det ordnar sig, säger Joona kort.

AXEL RIESSEN ligger påklädd på sängen i sovrummet som hör till den femrumssvit han tilldelats på Raphael Guidis megayacht. Bredvid honom finns mappen med de utförliga uppgifterna kring leverdonatorn, en man som ligger i koma efter en misslyckad operation. Alla värden är perfekta – vävnadstypen matchar Axel perfekt.

Axel stirrar upp i taket och känner hjärtat slå hårt i bröstet. Han rycker till när det plötsligt knackar på dörren. Det är den vitklädde mannen som tog emot honom efter helikopterfärden.

– Middag, säger mannen kort.

De går tillsammans genom en spa-avdelning. Axel skymtar gröna, nedsänkta bad fulla med tomflaskor och ölburkar. Inplastade handdukar ligger fortfarande i de eleganta hyllorna av vit marmor utefter väggarna. Bakom frostade glasväggar anas ett gym. En dubbeldörr i matt metall glider ljudlöst isär när de passerar relaxavdelningen med beige heltäckningsmatta, sittmöbler och ett lågt men massivt bord i slipad kalksten. En egendomlig, mörk dager ligger över rummet och skapar glidande skuggor och ljusfläckar över väggar och golv. Axel lyfter blicken och ser att de befinner sig under yachtens stora swimmingpool. Bassängens botten består av glas och ovanför skräpet och de kasserade möblerna syns den bleka himlen.

Raphael Guidi sitter i en soffa, klädd i samma joggingbyxor som tidigare och en vit T-shirt som spänner över hans mage.

Han klappar på platsen bredvid sig och Axel fortsätter fram till honom och slår sig ner. De båda livvakterna står bakom Raphael som två skuggor. Ingen säger någonting. Raphael Guidis telefon ringer, han svarar och inleder ett långt samtal.

Efter en stund återvänder den vitklädde mannen med en serveringsvagn. Under tystnad dukar han det låga kalkstensbordet med tallrikar och glas, ett stort fat med stekta hamburgare, bröd och pommes frites, en ketchupflaska och en stor plastflaska med Pepsi Cola.

Raphael lyfter inte blicken, utan fortsätter bara sitt telefonsamtal. Med neutral röst diskuterar han en massa detaljer kring produktionshastighet och logistik.

Ingen säger någonting, alla väntar tålmodigt.

Efter femton minuter avslutar Raphael Guidi samtalet och ser lugnt på Axel Riessen. Han börjar sedan tala med mjuk stillsamhet.

– Du vill kanske ha ett glas vin, säger han. Du kan få en ny lever inom ett par dagar.

– Jag läste uppgifterna kring donatorn flera gånger, säger Axel. Perfekt, jag är imponerad, allt stämmer ...

– Det är intressant, det här med önskningar, svarar Raphael. Vad man önskar sig mest av allt. Jag önskar att min hustru levde, att vi fick vara tillsammans.

– Jag förstår det.

– Men för mig sitter önskningar också ihop med motsatsen, säger Raphael.

Han tar en hamburgare och en korg med pommes frites och skickar sedan serveringsfaten till Axel.

– Tack.

– Önskningen i ena vågskålen väger upp mardrömmen i den andra, fortsätter Raphael.

– Mardrömmen?

– Jag menar bara ... vi går omkring i våra liv och bär på

en massa ytterligheter, vi bär på önskningar som aldrig blir uppfyllda och mardrömmar som aldrig blir verkliga.

– Kanske det, svarar Axel och tar en tugga av sin hamburgare.

– Din önskan om att få tillbaka sömnen kan ju gå i uppfyllelse, men hur ... Jag undrar hur du tänker dig den andra vågskålen, hur ser din värsta mardröm ut?

– Jag vet faktiskt inte, ler Axel.

– Vad är du rädd för? frågar Raphael och saltar sin pommes frites.

– Sjukdom, död ... och stor smärta.

– Givetvis, smärta, jag håller med, säger Raphael. Men för mig handlar det, har jag börjat inse, om min son. Han är snart vuxen och jag har börjat bli rädd för att han ska vända sig bort, försvinna från mig.

– Ensamhet?

– Ja, jag tror det, säger Raphael. Total ensamhet är nog min mardröm.

– Jag är redan ensam, ler Axel. Det värsta har redan hänt.

– Säg inte det, skämtar Raphael.

– Nej, men att det skulle upprepas ...

– Hur menar du?

– Glöm det, jag vill inte prata om det.

– Att du skulle orsaka en flickas självmord igen, säger Raphael långsamt och lägger något på bordet.

– Ja.

– Vem skulle ta livet av sig?

– Beverly, viskar Axel och ser att föremålet Raphael la på bordet framför honom är ett fotografi.

Det ligger med baksidan uppåt.

Axel sträcker ut handen utan att egentligen vilja det. Fingrarna darrar när han vänder på bilden. Han rycker åt sig handen och drar efter andan. På fotografiet syns Beverlys undrande ansikte i skenet från en kamerablixt. Han stirrar på bilden och försöker förstå. Han inser att det är menat som en varning, för fotografiet togs för flera dagar sedan, inne i hans hus, i köket, när Beverly hade provat en fiol och sedan gått in för att hitta en vas för maskrosbuketten.

EFTER TVÅ timmar ombord på den finska marinens bevakningsfartyg ser Joona för första gången Raphael Guidis lyxyacht smäckert glida fram vid horisonten. I solljuset liknar hon ett blixtrande kristallskepp.

Befälet Pasi Rannikko kommer tillbaka och ställer sig bredvid honom och nickar bort mot den stora yachten.

– Hur nära ska vi? frågar han sammanbitet.

Joona ger honom en glimrande isgrå blick.

– Så nära att vi kan se vad som händer ombord, säger han lugnt. Jag behöver ...

Han tystnar när det plötsligt sticker till i tinningarna. Han tar stöd mot relingen och försöker andas långsamt.

– Vad är det? frågar Pasi Rannikko med skratt i rösten. Är du sjösjuk?

– Ingen fara, säger Joona.

Smärtan dunkar till igen, han håller sig fast och lyckas förbli stående genom hela skovet av smärta. Han vet att han inte under några omständigheter kan ta sin medicin nu, den kan göra honom ofokuserad och trött.

Joona känner det svala vinddraget kyla ned svettdropparna på hans panna. Han tänker på Disas blick, hennes allvarliga, genomskinliga ansikte. Solen glimmar på den släta havsytan och han ser plötsligt brudkronan för sin inre syn. Den glänser i sin monter på Nordiska museet med ett mjukt skimmer över de flätade spetsarna. Han tänker på doften av vildblommor och en kyrka som har lövats för sommarbröllop, hans hjärta slår så hårt att han först inte förstår att kaptenen talar till honom.

– Vad menar du?

Joona ser förvirrat på Pasi Rannikko som står bredvid honom och sedan bort mot den stora vita yachten.

AXEL KAN INTE äta mer, han mår illa. Blicken söker sig gång på gång till fotografiet på Beverly.

Raphael doppar pommes frites i en liten pöl av ketchup på kanten till tallriken.

Axel ser plötsligt en ung man stå i dörren och betrakta dem. Han ser trött och ängslig ut. Han håller en mobiltelefon i handen.

– Peter, ropar Raphael. Kom hit!

– Jag vill inte, säger den unge mannen med vek röst.

– Det var inte en fråga, ler Raphael irriterat.

Pojken kommer fram och hälsar blygt på Axel Riessen.

– Det här är min son, förklarar Raphael som om det hade rört sig om en vanlig middagsbjudning.

– Hej, säger Axel vänligt.

Mannen som satt bredvid piloten i helikoptern står vid barskåpet och kastar jordnötter till en glad och raggig hund. Hans gråa hår ser metalliskt ut och hans glasögon blänker vita.

– Han mår inte bra av nötter, säger Peter.

– Efter maten kan du väl hämta fiolen? frågar Raphael med plötslig trötthet i rösten. Vår gäst är intresserad av musik.

Peter nickar, han är blek och svettig, ringarna kring ögonen är nästan violetta.

Axel gör ett försök att le.

– Vad har du för fiol?

Peter rycker på axlarna.

– Den är alldeles för fin för mig, det är en Amati. Min mamma var musiker, det är hennes Amati.

– En Amati?

– Vilket instrument är egentligen bäst? frågar Raphael. Amati eller Stradivarius?

– Det beror bara på vem som spelar, svarar Axel.

– Du kommer från Sverige, säger Raphael. I Sverige finns det fyra fioler tillverkade av Stradivarius, men ingen som Paganini spelat på ... och jag inbillar mig ...

– Det stämmer nog, svarar Axel.

– Jag samlar på stråkinstrument som fortfarande minns hur ... Nej, avbryter han sig själv. Låt mig formulera det på ett annat sätt ... Om de här instrumenten hanteras rätt så kommer du att höra saknaden efter en förlorad själ.

– Kanske det, svarar Axel.

– Jag ser till att påminna om den saknaden när det är dags att skriva kontrakt, fortsätter Raphael och ler glädjelöst. Jag samlar de inblandade parterna, vi lyssnar på musik, den här unika, sorgsna klangen och så skriver vi ett kontrakt i luften, med våra önskningar och mardrömmar som insats ... det är ett Paganinikontrakt.

– Jag förstår.

– Gör du? frågar Raphael. Det går inte att bryta, inte ens med sin egen död. För den som försöker bryta överenskommelserna eller tar sitt eget liv ska veta att han i så fall kommer att skörda sin värsta mardröm.

– Vad vill du att jag ska svara? frågar Axel.

– Jag säger bara ... Det här är inte ett kontrakt man bryter, och jag ... hur ska jag uttrycka mig? frågar han sig själv dröjande. Jag kan inte se hur det skulle gagna min verksamhet om du misstog mig för en snäll person.

Raphael går fram till den stora teven som sitter på väggen. Han tar upp en blänkande skiva ur sin innerficka och matar in i dvd-spelaren. Peter sätter sig på kanten till en av sofforna.

Pojken ser skyggt på männen i rummet. Han är ljus och liknar inte alls fadern. Hans kropp är inte bred och satt, utan snarare finlemmad, och hans ansikte är känsligt.

Bilden knastrar och fylls av grå strimmor. Axel känner en påtaglig, helt fysisk rädsla när han ser tre personer komma ut ur en dörr till en tegelvilla. Han känner omedelbart igen två av personerna: kriminalkommissarie Joona Linna och Saga Bauer. Den tredje är en ung kvinna med latinska drag.

Axel tittar på teven och ser Joona Linna ta fram en telefon och ringa. Han verkar inte få något svar. Med slutna, stressade ansikten kliver de tre in i en bil och kör iväg.

Kameran rör sig skakigt fram mot dörren, den öppnas, ljuset försvinner i det plötsliga mörkret och justeras sedan av den automatiska bländaren. Två stora resväskor står i hallen. Kameran fortsätter mot köket, svänger sedan åt vänster och fortsätter nedför en trappa, genom en kaklad gång in i ett stort rum med en simbassäng. En kvinna i baddräkt sitter i en solstol och en annan kvinna med håret i en pojkfrisyr står och talar i telefon.

Kameran drar sig bakåt i en skygg rörelse, den väntar ut telefonsamtalet, håller sig dold tills kvinnan med pojkfrisyr slutar tala och fortsätter sedan framåt. Stegen hörs och kvinnan med telefonen vänder sitt trötta och ledsna ansikte mot kameran och stelnar till. Ett uttryck av stor rädsla far över hennes drag.

– Jag tror inte att jag vill se mer, pappa, säger sonen med vek röst.

– Det är nu det börjar, svarar Raphael.

Teven blir plötsligt mörk, kameran stängs av, men bilden återvänder samma sekund, flimrar och stabiliseras igen. Kameran är nu fäst på ett stativ och de båda kvinnorna sitter bredvid varandra på golvet mot den kakelklädda väggen. På en stol framför de båda kvinnorna sitter Pontus Salman. Han ser ut att andas snabbt, hans kropp rör sig oroligt på stolen.

Klockan i filmrutan visar att inspelningen gjordes för bara en timme sedan.

En svartklädd man med ansiktet dolt av en rånarluva går fram till Veronique, tar hårt i hennes hår och tvingar upp hennes ansikte mot kameran.

– Förlåt, förlåt, förlåt, säger Raphael med pipig röst.

Axel tittar undrande på honom, men hör sedan Veronique Salmans röst:

– Förlåt, förlåt, förlåt.

Hennes röst är korthuggen av rädsla.

– Jag hade ingen aning, piper Raphael och pekar på teven.

– Jag hade ingen aning, vädjar Veronique. Jag tog bilden, men jag menade ingenting illa, jag visste inte hur dumt det var, jag trodde bara att ...

– Du måste välja, säger mannen i rånarluvan till Pontus Salman. Vem ska jag skjuta i knäet? Din hustru ... eller din syster?

– Snälla, viskar Pontus. Gör inte så här.

– Vem ska jag skjuta? frågar mannen.

– Min hustru, svarar Pontus nästan ljudlöst.

– Pontus, vädjar hustrun. Snälla, låt honom inte ...

Pontus börjar gråta hackande, skärande.

– Det kommer att göra ont om jag skjuter henne, varnar mannen.

– Låt honom inte göra det! skriker Veronique panikslaget.

– Har du ångrat dig? Ska jag skjuta din syster istället?

– Nej, svarar Pontus.

– Be mig om det.

– Vad sa du? frågar han med brustet ansikte.

– Be mig snällt att göra det.

Det blir tyst och sedan hör Axel Pontus Salman säga:

– Var snäll och ... skjut min hustru i knäet.

– Jag kan skjuta henne i båda när du ber så fint, säger mannen och lägger sin revolver mot Veronique Salmans ben.

–Låt honom inte göra det, skriker hon. Snälla Pontus . . .

Mannen avfyrar vapnet, en kort knall hörs och benet fladdrar till. Blod skvätter över kaklet. Ett moln av krutgas skingras kring pistolen. Veronique skriker rakt ut tills rösten bryts. Han avfyrar vapnet igen. Rekylen får pistolens pipa att studsa upp. Det andra knäet träffas och hela benet viker sig i en omöjlig vinkel.

Veronique skriker igen, hest och främmande, hennes kropp rycker av smärta och blod flödar ut över klinkergolvet under henne.

Pontus Salman kräks och mannen med rånarluvan tittar till på honom med en undrande, drömsk blick.

Veronique hasar åt sidan med överkroppen, andas snabbt och försöker nå sina skadade ben med händerna. Den andra kvinnan ser ut att vara i chock, ansiktet är grönblekt och ögonen är bara stora, svarta hålor.

–Din syster är psykiskt störd – eller hur? frågar mannen nyfiket. Tror du att hon fattar vad som händer?

Han klappar Pontus Salman tröstande på huvudet och säger sedan:

–Ska jag våldta din syster eller skjuta din hustru?

Pontus svarar inte, han ser ut att förlora medvetandet. Ögonen håller på att rulla bakåt och mannen slår till honom i ansiktet.

–Svara mig, ska jag skjuta din hustru eller våldta din syster?

Pontus Salmans syster skakar på huvudet.

–Våldta henne, viskar Veronique mellan de flåsande andetagen. Snälla, snälla Pontus, säg att han ska våldta henne.

–Våldta henne, viskar Pontus.

–Va?

–Våldta min syster.

–Okej, snart, säger mannen.

Axel ser ned i golvet, ned mellan sina fötter. Han kämpar för att höra något annat än jämrandet från filmen, bönerna, de råa, fasansfulla skriken. Han försöker fylla sitt huvud med minnet av musik, försöker förstå de rum som uppstår hos Bach, rum fyllda av ljus, av störtande strålar.

Till slut blir det tyst. Axel lyfter blicken mot filmen. Kvinnorna ligger döda vid väggen. Han ser mannen med rånarluvan stå flämtande med en kniv i ena handen och pistolen i den andra.

– Mardrömmen har skördats – nu kan du ta ditt liv, säger mannen på filmen, slänger pistolen till Pontus och går sedan undan, bakom kameran.

SAGA BAUER lämnar Magdalena Ronander och kliver tillbaka över avspärrningsbanden. De nyfikna har blivit ännu fler, SVT har kommit med en stor skåpbil, en uniformerad polis försöker få folk att flytta på sig för att släppa fram en ambulans.

Saga lämnar allt detta bakom sig, går uppför en plattlagd gång i någons trädgård och förbi ett jasminträd. Hon går allt snabbare och den sista biten till bilen springer hon, rakt över en gräsmatta.

– Flickan, hade Joona plötsligt sagt i telefon. Du måste hitta flickan. Det fanns en flicka hos Axel Riessen. Han kallade henne för Beverly. Prata med Robert, hans bror. Hon kanske är femton år, det måste gå att spåra henne.

– Hur lång tid har jag på mig att få med åklagaren på det här?

– Inte så lång, svarade Joona. Men du hinner.

Medan Saga kör in mot Stockholm ringer hon Robert Riessen men får inget svar. Hon ringer växeln på Rikskriminalen och ber om att få bli kopplad till Joonas assistent, den fylliga kvinnan som vunnit en OS-medalj i simning en gång i tiden och som envisas med sina överdrivet målade naglar och blanka läppstift.

– Anja Larsson, hör hon efter en halv signal.

– Hej, det här är Saga Bauer på Säpo, vi träffades nyss inne hos ...

– Jo tack, säger Anja kyligt.

– Jag undrar om du kan hitta en flicka som kanske heter Beverly och ...

– Ska jag fakturera Säpo för det?

– Gör vad fan du vill, bara du får fram ett jävla telefonnummer innan ...

– Vårda ditt språk, unga dam.

– Glöm att jag frågade.

Saga svär och tutar utdraget på en bil som inte kör trots att trafikljusen skiftat till grönt, och hon ska precis avbryta samtalet när Anja plötsligt talar.

– Hur gammal är hon?

– Kanske femton.

– Det finns bara en Beverly i den åldern, Beverly Andersson. Hon är inte med i något telefonregister ... men hon är folkbokförd på samma adress som sin pappa Evert Andersson.

– Okej, jag ringer honom. Kan du sms:a numret?

– Jag har redan gjort det.

– Tack, tack Anja ... Ursäkta att jag är lite otålig, jag är bara orolig för Joona, att han ska göra något dumt om han inte får understöd.

– Har du pratat med honom?

– Det var han som bad mig leta efter flickan. Jag har aldrig ens träffat henne, jag vet inte ... Han litar på att jag ordnar det här, men jag ...

– Ring Beverlys pappa så fortsätter jag att leta, säger Anja och lägger på.

Saga svänger in till vägkanten i Hjorthagen, tar fram numret som Anja skickade henne. Riktnumret 0418 går till Skåne. Kanske Svalöv, tänker hon och låter signalerna gå fram.

Pappan

I ETT FURUKÖK mitt i Skåne rycker en man till när telefo-
nen ringer. Han har precis kommit in efter att ha tillbringat
över en timme med att trassla ut en av kvigorna som tagit sig
över elstängslet och fastnat i grannens taggtråd. Evert Anders-
son har blod på fingrarna, blod som han torkat av på sina blå
arbetskläder.

När det ringer är det inte bara hans smutsiga händer som
hejdar honom från att svara, utan en känsla av att det inte
finns någon han skulle vilja tala med i denna stund. Han lutar
sig fram, tittar på nummerpresentatören och ser att det rör
sig om ett dolt nummer, antagligen en telefonförsäljare med
tillgjord röst.

Han låter signalerna tona ut, men sedan börjar telefonen
ringa igen. Evert Andersson ser på displayen igen och svarar
till slut:

– Andersson.

– Hej, jag heter Saga Bauer, hörs en stressad kvinnoröst. Jag
är polis, kommissarie på Säpo. Jag söker egentligen er dotter,
Beverly Andersson.

– Vad är det som har hänt?

– Hon har inte gjort någonting, men jag tror att hon har
viktiga kunskaper som kan hjälpa oss.

– Och nu är hon försvunnen? frågar han svagt.

– Jag tänkte att du kanske har ett telefonnummer till henne,
säger Saga.

Evert tänker att han en gång såg sin dotter som sin arvtagare, den som skulle föra traditionen vidare, den som skulle gå här i hans hus, hans lador, ekonomibyggnader och över hans åkrar. Hon skulle gå över gården som hennes mamma hade gjort, i gröna gummistövlar i leran, tjock som sin mamma, med en skinnrock om kroppen och håret i en fläta på ena axeln.

Men Beverly hade redan som litet barn något över sig som var annorlunda, som gjorde honom rädd.

Hon växte upp och blev mer och mer annorlunda. Annorlunda än han, annorlunda än sin mor. En gång kom han in i ladan när hon var ett barn, bara åtta, nio år. Hon satt i en tom kätte på en upp- och nervänd hink och sjöng för sig själv med slutna ögon. Hon var förlorad i ljudet av sin egen röst. Han hade tänkt ryta åt henne att sluta upp, att inte fåna sig, men det ljusa uttrycket i barnets ansikte förvillade honom. Från den stunden visste han att det fanns något i henne som han aldrig skulle kunna förstå. Och han slutade prata med henne. Så fort han försökte säga något, försvann orden.

När hennes mor dog blev tystnaden på gården fullständig.

Beverly började ströva runt, hon kunde vara försvunnen i timmar, ibland ett helt dygn. Polisen fick hämta hem henne från adresser hon inte visste hur hon hamnat på. Hon följde med vem som helst, bara de pratade snällt med henne.

– Det finns ingenting jag vill säga till henne. Så vad skulle jag med ett telefonnummer till? säger han på sin sträva, motvilliga skånska.

– Är du säker på ...

– Det är ingenting en stockholmare kan förstå, avbryter han och lägger på luren.

Han ser på sina fingrar kring telefonen, ser blodet över knogarna, smutsen under naglarna, efter nagelbanden, i varje fåra och självspricka. Han går långsamt till den gröna fåtöljen, tar upp den blanka kvällstidningsbilagan och börjar läsa. I kväll kommer det visst ett minnesprogram över teveprofilen

Ossian Wallenberg. Evert låter tidningen falla till golvet när han överraskas av sina egna tårar. Han mindes plötsligt att Beverly brukade sitta i soffan bredvid honom och skratta åt dumheterna i *Guldfredag*.

Det tomma rummet

SAGA BAUER svär högt för sig själv och blir sedan sittande i bilen. Hon blundar och slår handen på ratten några gånger. Långsamt upprepar hon för sig själv att hon måste samla tankarna och komma vidare innan det är för sent. Hon är så försjunken att hon rycker till när telefonen ringer.

– Det är jag igen, säger Anja Larsson. Jag kopplar dig till Herbert Saxéus på Sankta Maria Hjärta, säger hon kort.

– Okej, vad ...

– Saxéus hade hand om Beverly Andersson under de två år hon bodde på kliniken.

– Tack, det var ...

Men Anja har redan kopplat in Saga på en annan linje.

Saga väntar, hör signalerna gå fram. Sankta Maria Hjärta, tänker hon och erinrar sig att sjukhuset ligger i Torsby, öster om Stockholm.

– Ja, det är Herbert här, säger en varm röst i hennes öra.

– Hej, jag heter Saga Bauer, jag är polis, kommissarie på Säpo. Jag behöver komma i kontakt med en flicka som varit din patient, Beverly Andersson.

Det blir tyst i luren.

– Mår hon bra? frågar doktorn efter en stund.

– Jag vet inte, jag måste tala med henne, säger Saga snabbt. Det är verkligen bråttom.

– Hon är inneboende hos Axel Riessen, som ... Han har ett slags informellt ansvar för henne.

– Så hon bor där? frågar Saga snabbt, vrider nyckeln i tändningslåset och börjar köra.

– Axel Riessen lånar ut ett rum tills hon hittar något eget, svarar han. Hon är bara femton, men det skulle vara ett misstag att försöka tvinga henne att flytta hem.

Trafiken är lugn och Saga kan köra snabbt.

– Får jag veta vad Beverly behandlades för? frågar hon.

Läkaren drar efter andan och säger sedan med sin djupa, vänliga röst:

– Jag vet inte om det är intressant ... Som läkare skulle jag svara att hon hade en allvarlig personlighetsstörning när hon kom hit, Kluster B.

– Vad betyder det?

– Ingenting, svarar Herbert Saxéus och harklar sig. Men om du frågar mig som människa så svarar jag att Beverly är frisk, friskare än de flesta ... Jag vet att det låter som floskler, men det är faktiskt inte hon som är sjuk.

– Utan världen.

– Ja, suckar han.

Saga tackar för samtalet, lägger på och svänger in på Valhallavägen. Sätet mot hennes rygg är klibbigt av svett. Telefonen ringer och hon gasar förbi trafikljusen vid Olympiastadion precis när de skiftar till rött innan hon svarar.

– Jag tänkte att jag också kunde prata med Beverlys pappa, säger Anja. Han var verkligen en trevlig karl, men hade haft en jobbig dag, tagit hand om en skadad ko. Tröstat den, berättade han. Hans familj har alltid bott på samma plats. Nu är det bara han kvar på gården. Vi pratade om *Nils Holgerssons underbara resa* och till slut gick han och hämtade några brev som Beverly skickat. Han hade inte ens öppnat dem, kan du förstå vilken envis karl. Beverly hade skrivit sitt telefonnummer i varje brev.

Saga Bauer tackar Anja flera gånger och ringer sedan upp numret. Hon stannar utanför Axel och Robert Riessens hus medan

522

signalerna går fram till Beverly Anderssons mobiltelefon.

Signal efter signal försvinner bort i ett mörker. Solen skiner genom dammet framför kyrkan. Saga känner kroppen darra av ansträngning, tiden blir alltmer knapp, Joona kommer att stå helt ensam när han möter Raphael Guidi.

Med telefonen mot örat går hon fram till Robert Riessens dörr och ringer på. Plötsligt knäpper det till i telefonen och ett svagt prasslande hörs.

– Beverly? frågar Saga. Är det du?

Hon hör någon andas.

– Svara mig, Beverly, säger Saga med den mjukaste röst hon kan få fram. Var är du någonstans?

– Jag ...

Det blir tyst igen.

– Vad sa du? Vad sa du, Beverly, jag kunde inte riktigt höra dig.

– Jag får inte komma fram ännu, viskar flickan och avbryter samtalet.

*

Robert Riessen är tystlåten och blek i ansiktet när han lämnar Saga i Beverly Anderssons rum och ber henne låsa efter sig när hon är klar. Rummet ser nästan obebott ut. Allt som finns är några vikta kläder i skåpet, ett par gummistövlar, en täckjacka och en laddare till telefonen.

Saga låser efter sig och går ner i Axel Riessens residens för att försöka förstå vad Joona hade menat, varför flickan skulle kunna vittna. Hon passerar sällskapsrummen, salongerna och det stillsamma biblioteket. Dörren till Axel Riessens sovrum står på glänt. Saga går över den tjocka, kinesiska mattan, förbi sängen och in i det angränsande badrummet. Hon återvänder till sovrummet. Någonting gör henne spänd. Det ligger en orolig känsla i rummet och Saga lägger ena handen på Glocken i axelhölstret. På bordet står ett whiskyglas med de slokande resterna av en maskros.

Dammet rör sig sakta i solljuset, möblerna och tingen är dräktiga med sin tystnad. Hennes hjärta slår plötsligt snabbare när en gren från trädet utanför skrapar till mot fönsterglaset.

Hon går fram till den obäddade sängen, betraktar vecken på de manglade lakanen, de båda kuddarna.

Saga tycker sig sedan höra försiktiga steg från biblioteket och ska precis smyga dit när en hand griper tag om hennes ankel. Någon ligger under sängen. Hon sliter sig loss, flyttar sig bakåt, drar pistolen och råkar välta bordet med glaset.

Saga går ner på ett knä och siktar, men sänker snabbt sitt vapen igen.

Från mörkret under sängen tittar en flicka på henne med stora, skrämda ögon. Saga hölstrar pistolen igen och suckar sedan djupt.

– Du lyser, viskar flickan.

– Beverly? frågar Saga.

– Får jag komma fram nu?

– Jag lovar att du kan komma fram nu, säger Saga lugnt.

– Har det gått en timme? Axel sa att jag inte får komma ut förrän det har gått en timme.

– Det har gått mycket mer än en timme, Beverly.

Saga hjälper henne ut från det trånga utrymmet. Flickan har bara underkläder på sig och är mycket stel efter att ha legat stilla så länge. Hennes hår är kortklippt och armarna fulla av bilder och bokstäver av bläck.

– Vad gör du under Axel Riessens säng? frågar Saga och håller rösten lugn.

– Han är min bästa vän, svarar Beverly lågt och drar på sig ett par jeans.

– Jag tror att han befinner sig i stor fara – du måste berätta vad du vet.

Beverly står med T-shirten i handen. Hon är plötsligt röd

i ansiktet och tårar fyller ögonen.

– Jag har inte . . .

Beverly tystnar när hennes mun börjar darra.

– Ta det lugnt, säger Saga och tvingar sig än en gång att dämpa stressen i rösten. Börja från början.

– Jag låg i sängen när Axel kom in, säger Beverly med svag röst. Jag förstod direkt att det hade hänt någonting, han var alldeles blek i ansiktet. Jag trodde att han var ledsen för att jag hade liftat, jag får egentligen inte det.

Hon tystnar och vänder bort sitt ansikte.

– Fortsätt snälla Beverly, det är lite bråttom.

Beverly viskar fram ett förlåt, torkar sig snabbt om kinderna med T-shirten och ser på Saga med våta ögon och röd nästipp.

– Axel kom in i rummet, berättar Beverly samlat. Han sa åt mig att krypa ner under sängen och hålla mig gömd en hel timme och . . . sedan rusade han ut i vardagsrummet och jag vet inte . . . jag såg bara benen på dem, men två farbröder kom in bakom honom. De gjorde något hemskt med honom. Han skrek och de slängde ner honom på golvet och lindade in honom i vit plast och bar ut honom. Det gick så otroligt fort. Jag såg inte deras ansikten . . . jag vet inte ens om det var människor . . .

– Vänta lite, säger Saga och tar upp telefonen. Du måste följa med mig och berätta samma sak för en person som heter Jens Svanehjälm.

Saga ringer Carlos Eliasson med händer som skakar av stress.

– Vi har ett vittne som såg Axel Riessen bli bortförd mot sin vilja. Vi har ett vittne, upprepar hon. Vittnet såg hur Riessen överfölls och fördes bort, det måste räcka.

Saga möter Beverlys blick medan hon lyssnar på reaktionen i telefonen.

– Bra, vi kommer in omedelbart, säger hon. Hämta Svanehjälm, se till att han förbereder kontakten med Europol.

RAPHAEL GUIDI går genom matsalen med en svart skinn-
mapp i handen, lägger den på bordet och skjuter fram den mot
Axel Riessen.

– Pontus Salmans mardröm var, som du kanske förstod, att
tvingas välja mellan hustrun och systern, förklarar han. Jag vet
inte, men jag har inte funnit det nödvändigt att vara så explicit
tidigare, men jag har ... Hur ska jag säga det? Jag har fått erfara
hur vissa inbillat sig att de kan fly från mardrömmen genom
att dö. Missförstå mig inte, för det mesta är allting mycket
trevligt och civiliserat, jag är en mycket generös man mot dem
som är lojala.

– Du hotar att skada Beverly.

– Du kan få välja mellan henne och din lillebror, om du hellre
vill det? säger Raphael, dricker en klunk vitamindryck, stryker
sig i ena mungipan och ber sedan Peter gå efter fiolen.

– Har jag berättat att jag bara äger instrument som Paganini
har spelat på? frågar han. Det är de enda jag bryr mig om. Det
sägs att Paganini hatade sitt ansikte ... och personligen tror
jag att han sålde sin själ för att bli dyrkad. Han kallade sig själv
för apa ... men när han spelade kom kvinnorna krypande. Det
var värt priset. Han spelade och spelade tills det luktade eld
om honom.

Axel ser ut genom de stora panoramafönstren där de väl-
diga vattenmassorna ligger alldeles stilla. Genom de mindre
fönstren mot fördäcket kan han ana den vita helikoptern som

han kom till lyxyachten med. Axels tankar pendlar mellan den ohyggliga filmen och sökandet efter möjliga flyktvägar.

Han känner sig fruktansvärt trött, sitter bara stilla och lyssnar på Raphael som fortsätter att diskutera fioler, Stradivarius fixering vid de ljusaste klangerna, träets hårdhet, den långsamt växande lönnen och granen.

Raphael hejdar sig, ler återigen livlöst och säger:

– Så länge du är lojal så kan du njuta av det som ryms i den första vågskålen, du kommer att ha en frisk lever, sova gott och leva ditt liv, och det enda som krävs är att du inte glömmer bort kontraktet med mig.

– Och du vill ha utförseltillståndet påskrivet.

– Det skulle jag få i vilket fall som helst, men jag vill inte tvinga dig, jag vill inte döda dig, det vore ett slöseri, jag vill ha ...

– Min lojalitet, fyller Axel i.

– Är det dumt, tycker du? frågar Raphael. Tänk efter ett ögonblick och räkna sedan upp de personer i ditt liv som du vet är helt lojala.

Det blir tyst mellan dem. Axel stirrar framför sig.

– Exakt, säger Raphael efter en stund med sorgsen blick.

AXEL ÖPPNAR skinnmappen på bordet, ser att den innehåller alla handlingar som behövs för att containerfartyget M/S Icelus ska få tillstånd att lämna Göteborgs hamn med sin stora last ammunition.

Det enda som fattas är hans underskrift.

Raphael Guidis son Peter kommer in i rummet med slutet, blekt ansikte. Han bär en mycket vacker fiol i handen, ett rödbrunt instrument med buktig klanglåda. Axel ser genast att det är en Amati, en riktigt välbevarad Amati.

– Som jag tror att jag nämnde så tycker jag att viss musik hör ihop med det vi ska göra nu, säger Raphael mjukt. Den där fiolen var hans mammas ... och långt tidigare spelade Nicolò Paganini på den.

– Den byggdes år 1657, säger Peter, tar sina nycklar och sin mobiltelefon ur fickorna och lägger dem på bordet innan han sätter fiolen till axeln.

Pojken placerar stråken på strängarna och börjar spela dröjande. Axel hör omedelbart att det är inledningen till Paganinis mest berömda verk, *24 Caprices*. Det anses vara det mest svårspelade fiolstycket i världen. Pojken spelar som under vatten. Det går alldeles för långsamt.

– Det är ett fördelaktigt kontrakt, säger Raphael lågt.

Det är fortfarande ljust ute, de stora panoramafönstren kastar ett grått, väldigt sken in i salongen.

Axel tänker på Beverly, hur hon kröp upp i hans säng på den

528

psykiatriska kliniken och viskade: *Du har ett sken omkring dig, jag såg det ända ifrån korridoren.*

– Har du tänkt färdigt? frågar Raphael.

Axel uthärdar inte att se in i Raphaels ödsliga ögon, han viker undan blicken och tar pennan som ligger framför honom. Han hör sitt eget hjärta slå och försöker dölja den snabba andhämtningen.

Den här gången kommer han inte rita någon gubbe som säger hej, han kommer att skriva sitt namn och be till Gud att Raphael Guidi nöjer sig med detta och låter honom återvända till Sverige.

Axel känner pennan darra i handen. Han lägger sin andra hand ovanpå för att hålla den stadig, drar efter andan och för försiktigt pennans spets till den tomma raden.

– Vänta, säger Raphael. Innan du skriver på någonting vill jag veta om du kommer att vara lojal.

Axel tittar upp och möter hans blick.

– Om du verkligen är beredd att skörda din mardröm vid kontraktsbrott så ska du visa det genom att kyssa min hand.

– Vad då? viskar Axel.

– Ska vi sluta kontrakt?

– Ja, svarar Axel.

– Kyss mig på handen, säger Raphael med förvrängd röst, som om han spelade idiot i en gammal pjäs.

Sonen spelar allt långsammare, försöker få fingrarna att lyda, att växla lägen, men hamnar fel i de svåra övergångarna, stakar sig och ger plötsligt bara upp.

– Fortsätt, säger Raphael utan att titta på honom.

– Det är för svårt för mig, det låter inte bra.

– Peter, det är bortskämt att ge upp innan man ens ...

– Spela själv, avbryter sonen.

Raphaels ansikte blir alldeles stilla och stramt som en dammig klippformation.

– Du gör som jag säger, säger han med tillkämpat lugn.

Pojken står helt stilla med nedslagen blick. Raphaels högra hand går upp till träningsoverallens dragkedja.

– Peter, jag tyckte bara att det lät fint, säger han samlat.

– Stallet sitter snett, säger Axel nästan viskande.

Peter tittar på fiolen med rodnande kinder.

– Går det att reparera? frågar han.

– Det är lätt att justera, det kan jag göra om du vill, säger Axel.

– Tar det lång tid? frågar Raphael.

– Nej, svarar Axel.

Han lägger ifrån sig pennan, tar emot fiolen, vänder på den, känner dess lätthet. Han har aldrig rört en äkta Amati tidigare och aldrig någonsin en som Paganini spelat på.

Raphael Guidis telefon ringer. Han tar upp den och tittar på den, reser sig och går undan, lyssnar på någon.

– Det stämmer inte, säger han med ett konstigt ansiktsuttryck.

Ett förundrat leende skymtar över läpparna och sedan säger han något med spänd röst till livvakterna. De lämnar matsalen och skyndar uppför trappan tillsammans med Raphael.

Peter iakttar Axel medan han lossar på strängarna. Det knakar i instrumentet. Det torra ljudet från hans fingrar förstärks i resonanslådan. Försiktigt reser Axel stallet och spänner sedan strängarna över det.

– Gick det bra? frågar Peter viskande.

– Ja, svarar Axel medan han stämmer fiolen. Prova nu så får du höra.

– Tack, säger Peter när han tar emot fiolen.

Axel ser att Peters mobiltelefon ligger på bordet och säger:

– Fortsätt spela, du hade precis gjort den första löpningen och gick in i pizzicatopartiet.

– Nu blir jag generad, säger Peter och vänder sig bort.

Axel lutar sig mot bordet, sträcker försiktigt ut handen bakom sig, når telefonen med fingertopparna och råkar putta till den så att den ljudlöst snurrar ett varv på bordsskivan.

Med ryggen till lägger Peter fiolen till axeln och tar upp stråken.

Axel tar telefonen, håller den dold i handen och flyttar sig lite åt sidan.

Peter sänker stråken till strängarna, men avbryter sig, vänder sig istället runt och försöker blicka förbi Axel.

– Min telefon, säger han. Ligger den bakom dig?

Axel låter telefonen glida ur handen och ner på bordet igen innan han vänder sig om och tar upp den.

– Kan du se om jag fick ett meddelande? undrar Peter.

Axel tittar på telefonen och märker att det är full täckning, trots att de är mitt ute på havet. Han inser att båten givetvis har satellituppkoppling.

– Inget meddelande, säger han och lägger tillbaka telefonen på bordet.

– Tack.

Axel står kvar vid bordet medan Peter fortsätter spela *Caprice* nummer 24, långsamt och alltmer orytmiskt.

Peter är inte obegåvad, han har övat mycket, men han har ingen möjlighet att behärska stycket. Ändå är fiolens klang så underbar att Axel hade njutit även om ett litet barn hade suttit och petat på strängarna. Han lutar sig tillbaka mot bordet och lyssnar, försöker åter nå telefonen.

Peter kämpar för att hitta rätt när han knäpper på strängarna, men förlorar tempo, han avbryter sig och börjar om medan Axel försöker nå telefonen. Han flyttar sig långsamt åt sidan men hinner inte ta den. Peter spelar falskt, tystnar och vänder sig åter mot Axel.

– Det här är svårt, säger han och gör ett nytt försök.

Han börjar om men det blir fel igen.

– Det går inte, säger han och sänker fiolen.

– Om du behåller ringfingret på a-strängen är det lättare att hinna med ...

– Kan du inte visa?

Axel tittar på telefonen som ligger på bordet. En solkatt blänker till utifrån och Axel vänder blicken mot panoramafönstren. Havet ligger märkligt slätt och tomt. Det dånar nerifrån maskinrummet, ett pågående muller som han inte noterat förrän nu.

Peter lämnar över fiolen och Axel lägger den till axeln, spänner stråken lite mer och börjar sedan spela stycket från början. Den flödande, sorgsna inledningen strömmar ut i rummet i högt tempo. Fiolens ton är inte kraftfull, men underbart mjuk och ren. Paganinis musik jagar sig själv i allt snabbare och högre cirklar.

– Gud, viskar Peter.

Takten är plötsligt hisnande, prestissimo. Det är lekfullt vackert och samtidigt genombrutet av tvära strängbyten och vassa hopp mellan oktaverna.

Axel har all musik i sitt huvud och behöver bara släppa lös den. Alla toner är inte perfekta, men fingrarna hittar fortfarande vägen över fiolhalsen, löper fram över trä och strängar.

Raphael ropar något på kaptensbryggan och något dunsar i golvet så att kristallkronan klirrar. Axel fortsätter spela – de kvillrande ljusa löpningarna gnistrar som sol över sjövatten.

Steg hörs plötsligt i trappan och när Axel ser Raphael med svettigt ansikte och en blodig militärkniv i handen slutar han spela tvärt. Den gråhåriga livvakten går bredvid Raphael med en gulgrön automatkarbin höjd, en belgisk Fabrique Nationale SCAR.

110

JOONA LINNA står med en kikare tillsammans med Pasi Rannikko och den ljusskäggige officeren. De bevakar den enorma lyxyachten som ligger stilla på havet. Vinden har avtagit under dagen. Italiens flagga hänger stilla. Ingen aktivitet verkar förekomma på båten. Det är som om besättning och passagerare sov en törnrosasömn. Det är stiltje på Östersjön, vattnet avspeglar den höga ljusblå himlen. Alltmer sällan får de långsamma dyningarna den släta ytan att höja sig en aning.

Plötsligt ringer det i Joonas ficka. Han lämnar kikaren till Niko, tar upp telefonen och svarar sedan.

– Vi har ett vittne, skriker Saga Bauer i luren. Flickan är vårt vittne, hon såg allting. Axel Riessen är kidnappad, åklagaren har redan reagerat, ni får gå ombord och leta efter honom!

– Bra jobbat, säger Joona sammanbitet.

Pasi Rannikko ser på honom när han stänger telefonen.

– Vi har ett åklagarbeslut om att gripa Raphael Guidi, säger Joona. Han är på sannolika skäl misstänkt för människorov.

– Jag kontaktar FNS Hanko, säger Pasi Rannikko och rusar fram till kommunikationscentralen vid styrplatsen.

– De är här på tjugo minuter, säger Niko uppjagat.

– Det här är en begäran om understöd, ropar Pasi Rannikko i mikrofonen. Vi har ett åklagarbeslut om att omedelbart gå ombord på Raphael Guidis båt och gripa honom ... Ja, det är korrekt ... Ja ... Skynda er! Skynda er av bara fan!

Joona tittar återigen i kikaren, följer de vitmålade trapporna

från plattformen i aktern, förbi undre däck och upp till akter-
däcket med de hopfällda parasollen. Han försöker se något i
de mörka fönstren mot matsalen, men de är bara svarta. Han
följer räcket runt om med blicken och sedan vidare uppför nästa
trappa till den stora terrassen.

Darrande luft kommer ut från lufttrummorna på taket till
kaptensbryggan. Joona riktar kikaren mot de svarta fönstren
och stannar upp. Genom glaset tycker han sig se en rörelse.
Något vitt hasar mot rutans insida. Först tänker han på en
jättelik vinge, böjda fjädrar som trycks mot glaset.

I nästa sekund liknar det tyg eller vit plast som viks ihop.

Joona blinkar för att se bättre och plötsligt möter han ett
ansikte som stirrar tillbaka och höjer en kikare till ögonen.

Ståldörren till yachtens kaptensbrygga öppnas och en ljushå-
rig man i mörka kläder kommer ut, går med snabba steg nedför
en trappa och fortsätter ut på fördäcket.

Det är första gången Joona ser någon ombord på Raphaels
båt.

Mannen med mörka kläder fortsätter upp på helikopterplat-
tan och skyndar fram till helikoptern, lossar spännremmarna
kring helikopterns medar och öppnar dörren till cockpiten.

– De lyssnar på vår radiokommunikation, säger Joona.

– Vi byter kanal, ropar Pasi Rannikko.

– Det spelar ingen roll nu, förklarar Joona. De stannar inte på
båten, det verkar som om de kommer att ta helikoptern.

Han lämnar över kikaren till Niko.

– Vi har förstärkning om femton minuter, säger Pasi Ran-
nikko.

– Den kommer för sent, konstaterar Joona snabbt.

– Det sitter någon i helikoptern, bekräftar Niko.

– Raphael har fått veta att vi har ett åklagarbeslut på att gå
ombord, säger Joona. Han måste ha fått informationen sam-
tidigt som vi.

– Ska du och jag gå ombord? frågar Niko.

– Det får bli så, säger Joona och ger honom en kort blick.

Niko trycker in ett magasin i en automatkarbin, svart som olja, en Heckler & Koch 416 med kort pipa.

Pasi Rannikko lossar pistolen från sitt hölster och räcker fram den till Joona.

– Tack, säger Joona, kontrollerar ammunitionen och går sedan snabbt igenom pistolen för att lära känna den en aning. Det är en M9A1, halvautomatisk. Den liknar M9 som användes i Gulfkriget, men magasinet ser lite annorlunda ut, och det finns ett fäste för lampa och lasersikte.

Utan att säga något mer styr Pasi Rannikko in mot lyxyachtens akterbrygga som ligger strax över vattenlinjen. När de kommer tätt intill känns yachten enorm, som ett höghus. Motorn backar, bromsar skummande. Niko hänger ut de skyddande fendrarna över relingen, skroven stöter emot varandra, det gnisslar.

Joona klättrar ombord, båtarna håller på att glida isär igen, vatten skvätter upp mellan dem, Niko hoppar och Joona fångar hans hand. Automatkarbinen klingar till mot räcket. De ser varandra hastigt i ögonen och går sedan mot trappan, tränger sig förbi några trasiga korgstolar och gamla vinlådor och fortsätter uppåt.

Niko vänder sig om och vinkar till Pasi Rannikko som styr undan från yachten.

RAPHAEL GUIDI står på kaptensbryggan tillsammans med livvakten med stubbat grått hår och hornbågade glasögon. Styrmannen stirrar på dem med rädd blick och stryker sig med handen över magen.

– Vad händer? frågar Raphael snabbt.

– Jag gav order om att värma upp helikoptern, säger styrmannen. Jag tänkte ...

– Var är båten?

– Där, säger han och pekar akterut.

Helt nära, bakom yachtens däck med simbassäng och vinschar med livbåtar, skymtar kustbevakningens obestyckade transportfartyg. Svallvågor slår upp på den spräckliga, grå stäven och vattnet skummar av propellrarnas omvända rotation.

– Vad sa de, vad sa de exakt? frågar Raphael.

– De hade bråttom, bad om understöd, sa att de hade häktningsbeslut.

– Ingenting stämmer, säger Raphael och blickar runt.

Genom fönstret ser de att helikopterföraren redan sitter i cockpiten och att rotorn precis har kommit i rörelse. Plötsligt hörs Paganinis *Caprice* nummer 24 från matsalen under dem.

– Här befinner sig deras förstärkning, säger styrmannen och pekar på radarn.

– Jag ser, hur lång tid har vi på oss? frågar Raphael.

– De håller lite mer än 33 knop och är här om tio minuter.

– Ingen fara, säger livvakten med en blick på helikoptern. Vi hinner få iväg dig och Peter i tid, minst tre minuter innan ...

Den andre, ljuse livvakten rusar in genom glasdörren till kaptensbryggan. Hans bleka ansikte är mycket stressat.

– Någon är här. Det är någon på båten, ropar han.

– Hur många? frågar den gråhårige livvakten.

– Jag såg bara en, men jag vet inte ... han bär automatkarbin, men ingen specialutrustning.

– Du stoppar honom, säger den gråhårige mannen kort till sin kollega.

– Ge mig en kniv, säger Raphael snabbt.

Livvakten drar fram en kniv med smal, grå klinga. Raphael tar emot den och närmar sig styrmannen med spänd blick.

– Skulle de inte vänta på förstärkning? skriker han. Du sa att de skulle vänta på förstärkning!

– Som jag förstod det så ...

– Vad fan gör de här? De har ingenting på mig, säger Raphael. De har ingenting!

Styrmannen skakar på huvudet och flyttar sig bakåt. Raphael närmar sig honom.

– Vad fan gör de här om de inte har någonting på mig? skriker han. Det finns ingenting ...

– Jag vet inte, jag vet inte, svarar styrmannen med tårar i ögonen. Jag berättade bara vad jag hörde ...

– Vad sa du egentligen?

– Sa? Jag förstår inte ...

– Jag har inte tid, skriker Raphael. Säg bara vad fan du sa till dem!

– Jag har inte sagt någonting.

– Konstigt, jävligt konstigt – eller hur? Är det inte det?

– Jag har avlyssnat deras kanaler, precis som jag skulle, jag har inte ...

– Ska det vara så svårt att erkänna, ryter Raphael och tar några snabba steg framåt och trycker kniven rakt in i magen på styrmannen.

Nästan utan motstånd glider den genom hans skjorta och in i fettvävnad och tarmar. Blod pyser ut som ånga ovanför bladet, stänker upp över Raphaels hand och ärmen till träningsoverallen. Med ett undrande ansiktsuttryck försöker styrmannen ta ett steg bakåt för att slippa kniven, men Raphael följer efter och står sedan en stund och ser honom i ögonen.

Fiolmusiken hörs från matsalen: lätta toner glittrar och spritter fram.

– Det kan vara Axel Riessen, säger den gråhårige livvakten plötsligt. Han är kanske buggad, han håller kanske kontakt med polisen genom ...

Raphael drar ut kniven ur styrmannens mage och rusar nedför den breda trappan.

Styrmannen står kvar med handen om magen och blodet droppande ner på de svarta lågskorna, försöker ta ett steg men halkar omkull och blir sedan liggande med blicken i taket.

Den gråhårige livvakten följer efter Raphael med automatkarbinen höjd och blicken ut genom matsalens panoramafönster.

Axel slutar spela när Raphael kommer ner och pekar på honom med den blodiga kniven.

– Förrädare, ryter han. Hur kan du vara så jävla ...

Den gråhårige livvakten avfyrar plötsligt sin automatkarbin med en serie öronbedövande knallar. Kulorna går rakt igenom panoramafönstren och hylsor faller klirrande nedför trappstegen.

112

Automateld

MED STORA och försiktiga steg tar sig Joona och Niko uppför en av de utvändiga trapporna, förbi undre däck och upp
på det väldiga akterdäcket. Det tysta havet breder ut sig i alla
väderstreck som en ofantlig glasskiva. Plötsligt hör Joona fiolmusik. Han försöker se något bakom de stora glasdörrarna.
Mörka konturer anas bakom de speglande glasytorna. Han
kan bara se en liten del av matsalen. Inga människor syns till.
Musiken fortsätter febrigt. Avlägsen som i dröm, dämpad av
glasrutorna.

Joona och Niko väntar några sekunder och springer sedan
snabbt förbi en öppen yta med en simbassäng utan vatten, in
under den utskjutande terrassen och fram till metalltrappan.

Steg hörs från terrassen ovanför och Niko pekar på trapporna. De gömmer sig tyst intill väggen mot vangstycket.

De snabba, lekande fioltonerna hörs tydligare nu. Det är en
skicklig violinist. Joona blickar försiktigt in i en väldig matsal
med kontorsutrustning på de olika borden, men ser inga människor. Den som spelar måste befinna sig på andra sidan den
breda röda trappan.

Joona gör tecken åt Niko att följa efter och täcka hans rygg
och pekar mot kaptensbryggan ovanför.

Plötsligt tystnar fiolen mitt i en vacker löpning upp mot det
högsta registret.

Alldeles plötsligt.

Joona kastar sig in bakom trappan i samma stund som dämpad automateld hörs. Snabba och hårda knallar. De helmantlade kulorna slår in i trappan där han nyss stod och rikoschetterar vinande i olika riktningar.

Joona kryper längre in bakom trappan, känner kroppen åter fyllas av adrenalin. Niko har tagit betäckning bakom livbåtskranen och besvarar elden. Joona flyttar sig hukande runt, ser raden av kulhål i det mörka fönstret, som frostiga ringar kring svarta pupiller.

113

Knivbladet

DEN GRÅHÅRIGE livvakten fortsätter nedför trappan med vapnet riktat mot panoramafönstren och raden av kulhål. Det ryker kring automatkarbinen och tomhylsorna hoppar klirrande nedför stegen.

Peter har krupit ihop med händerna för öronen.

Utan ett ljud lämnar livvakten matsalen genom en sidodörr.

Axel flyttar sig undan mellan borden med fiolen och stråken i handen. Raphael pekar på honom med kniven.

– Hur kan du vara så jävla dum, skriker han och följer efter Axel. Jag kommer att skära dig i ansiktet, jag kommer ...

– Pappa, vad händer? ropar Peter.

– Hämta min pistol och kom till helikoptern – vi lämnar båten!

Pojken nickar, han är blek i ansiktet och hakan darrar. Raphael börjar gå mot Axel mellan borden. Axel flyttar sig bakåt, välter ner stolar mellan dem.

– Ladda med Parabellum, hålspets, säger Raphael.

– Ett magasin? frågar pojken samlat.

– Ja, det räcker – men skynda dig nu! svarar Raphael och sparkar undan en stol.

Axel försöker få upp dörren på andra sidan av rummet, han vrider låset men dörren sitter fast.

– Vi är inte färdiga, du och jag, ryter Raphael.

Axel rycker i dörren med sin fria hand och ser det högt placerade skjutlåset. Raphael är bara några meter bort. Han närmar sig med kniven och Axel handlar impulsmässigt. Han vänder sig runt och kastar den vackra fiolen mot Raphael. Den spinner röd och glänsande genom luften. Raphael tar ett snabbt steg åt sidan och snavar över en liggande stol för att kunna rädda instrumentet, han fångar det nästan, tappar det, men lyckas dämpa fallet.

Fiolen slår glidande i golvet med en märklig klang.

Axel får upp dörren och rusar in i en belamrad korridor. Det är så mycket bråte att det är svårt att ta sig fram. Han klättrar över en trave dynor till solstolar och halkar bland cyklopögon och våtdräkter.

– Nu kommer jag, säger Raphael och följer efter honom med fiolen i ena handen och kniven i den andra.

Axel faller över ett hoprullat tennisnät, han fastnar med foten i de trasiga maskorna, kryper bort från Raphael som närmar sig med stora steg genom gången, han sparkar för att bli fri.

Automateld hörs utanför, en serie korta, hårda knallar.

Raphael andas snabbt och pekar med kniven, men hinner inte säga något innan Axel kommer loss. Han snubblar upp, backar bort och vräker ner ett stort fotbollsspel framför Raphael. Han rusar till nästa dörr, händerna famlar med lås och handtag, något blockerar dörren, han knuffar upp den en liten bit.

– Det är ingen idé, ropar Raphael.

Axel försöker pressa sig genom springan, men det är för trångt. Ett stort skåp med travade lerkrukor står i vägen. Han kastar sig mot dörren igen och skåpet flyttar sig några centimeter. Axel känner Raphael bakom sig, hur han närmar sig. Han ryser över ryggen, knuffar och pressar kroppen in genom dörrspringan. Han river sig på låset, men bryr sig inte om någonting, han måste ut därifrån.

Raphael försöker nå honom med kniven, han hugger och knivbladets spets rispar Axels skuldra.

Det bränner till av smärta.

Axel snubblar in i ett ljust rum med glastak. Det ser ut som ett övergivet växthus. Han fortsätter rakt in, trevar över skuldran och ser blodet på fingrarna, krockar med ett förtvinat citronträd i en kruka.

Han skyndar vidare, hukande i gångarna mellan drivbänkarna med torra plantor med bruna blad.

Raphael sparkar kraftfullt på dörren, tungt stönande för varje gång, krukorna klirrar och skåpet flyttar sig långsamt.

Axel vet att han måste gömma sig och kryper snabbt in under en bänk, fortsätter åt sidan, in under ett smutsigt plastskynke och vidare mellan baljor och hinkar. Han hoppas att Raphael snart ska ge upp och bara lämna båten tillsammans med sin son.

Det dundrar från dörren och några krukor går i golvet och spricker.

Raphael kommer in i rummet, andas flämtande och tar stöd på en spaljé med frasande vinrankor.

– Kom fram och kyss min hand, ropar Raphael.

Axel försöker andas tyst, flyttar sig krypande bakåt, men kommer ingenvart. Ett stort metallskåp spärrar vägen.

– Jag lovar att hålla mina löften, ler Raphael och söker med blicken mellan bänkarna och de torra stumparna från döda buskar. Din brors lever väntar på dig och du behöver bara kyssa min hand för att få den.

Axel mår illa och sitter skakande av ångest med ryggen mot metallskåpet. Hjärtat slår snabbt. Han försöker vara helt tyst. Det dånar inne i huvudet. Han blickar runt, letar efter en flyktväg och upptäcker att det finns en skjutdörr mot yachtens fördäck bara fem meter ifrån honom.

Han hör ljudet av helikoptern. Motorn håller på att värmas upp.

Axel tänker att han skulle kunna krypa under bordet med jordfyllda lerkrukor och sedan springa den sista biten. Han börjar flytta sig åt sidan, alldeles försiktigt. Dörren verkar bara vara reglad med en hasp.

Han lyfter huvudet lite för att se bättre och hinner tänka att han kan vara ute på fördäcket om några få sekunder när det plötsligt känns som om hjärtat stannar. Ett kallt knivblad ligger mot hans hals. Det svider lätt av klingans beröring. Raphael har hittat honom och smugit sig in bakom hans rygg. Kroppen genomströmmas av adrenalin. Det är som att kylas av från insidan. Först nu hör han andhämtningen från Raphael och känner doften från hans svett. Knivbladet vilar brännande mot hans strupe.

114

Slutstrid

TYST LÄMNAR den gråhåriga livvakten matsalen, han glider ut mellan dörrarna och springer snabbt längs däckets glasparti med det sandfärgade vapnet mot axeln. Det blänker till i hans glasögon. Joona ser att livvakten är på väg mot Niko och att han kommer att nå honom bakifrån om några sekunder.

Niko är helt oskyddad från det hållet.

Livvakten höjer sin automatkarbin och flyttar fingret till avtryckaren.

Joona reser sig snabbt, siktar, tar ett steg fram för att öppna linjen och skjuter livvakten med två skott mitt i bröstkorgen. Den gråhårige mannen vacklar bakåt, slår ut med handen och tar stöd mot räcket över relingen för att inte falla. Han blickar runt, ser Joona komma emot honom och höjer sin automatkarbin.

Först nu syns det att han bär skyddsväst under den svarta jackan.

Joona är redan framme vid honom, slår undan hans karbinpipa med ena handen och drämmer samtidigt pistolen rakt i ansiktet på honom. Det är ett kraftfullt slag över näsroten och glasögonen. Livvaktens ben viker sig, han stöter bakhuvudet i relingen med en dov klang, svett och snor skvätter fram och kroppen sjunker ihop.

Joona och Niko fortsätter mot yachtens för på varsin sida av matsalen. Helikopterns rotor smattrar snabbare och snabbare.

– Kom igen! Gå ombord, ropar någon.

Joona springer så nära väggen han kan. Han saktar in och går försiktigt den sista biten och blickar ut på det öppna fördäcket. Raphael Guidis son sitter redan i helikoptern. Skuggorna från rotorbladen fladdrar över durk och räcken.

Joona hör röster från kaptensbryggan ovanför och tar ett steg framåt när han märker att Raphaels andra livvakt har sett honom. Den ljushårige mannen står tjugofem meter bort och hans pistol är riktad rakt mot Joona. Det finns ingen tid att reagera innan skottet går av. En kort knall hörs. Det känns bara som en pisksnärt i ansiktet på Joona och sedan blir det alldeles vitt. Han faller över några solstolar, handlöst. Rakt ner i metallgolvet, slår nacken mot räcket till terrassen, handen med pistolen stöter till mot spjälorna. Handleden bryts nästan och vapnet slås ur greppet. Det klirrar ekande när pistolen faller genom räcket och ner efter stäven.

Joona blinkar med ögonen, börjar få tillbaka sin syn och kryper in bakom väggen. Hans händer skakar, han förstår inte riktigt vad som hände. Varmt blod rinner nedför hans ansikte, han försöker komma upp, måste få hjälp av Niko, måste förstå var livvakten befinner sig.

Han stryker sig snabbt över kinden. Det brinner till av smärta när han trevar med fingrarna och konstaterar att kulan bara passerade hans tinning.

Den rev upp ett ytligt sår, det var allt.

En underligt ringande ton hörs i hans vänstra öra.

Hjärtat slår snabbt, dunkar hårt i bröstet.

När han ställer sig upp i skydd av metallväggen börjar det göra mycket ont i hans huvud.

Migränens ringande ton stegras.

Joona trycker ena tummen mot pannan mellan ögonbrynen och blundar, tvingar tillbaka den blixtrande smärtan.

Han blickar bort mot helikoptern, försöker se Niko, ögonen vandrar längs fördäcket och relingen.

Marinens bestyckade fartyg närmar sig bakifrån som en mörk skugga på det blanka havet.

Joona vrider loss den långa ribban av metall från den trasiga solstolen för att ha ett tillhygge när livvakten kommer.

Han trycker sig mot väggen och ser plötsligt att Raphael och Axel är ute på fördäcket. De står tätt tillsammans, förflyttar sig baklänges mot helikoptern. Raphael har sin högra arm runt Axel. I handen håller han en kniv med klingan mot Axels hals. I den andra handen håller han en fiol. Deras kläder och hår fladdrar i vinddraget från rotorbladen.

Livvakten som besköt Joona flyttar sig mjukt i sidled för att få syn på honom bakom väggen. Han är osäker på om han träffade inkräktaren i huvudet, det gick för fort.

Joona vet att livvakten söker efter honom och försöker dra sig bakåt, flytta sig undan, men huvudvärken gör honom långsam.

Han måste stanna.

Inte nu, tänker han och känner svetten rinna efter ryggen.

Livvakten fortsätter runt hörnet, höjer vapnet, får syn på Joonas axel och hans skuldra, skymtar hans hals och huvud.

Plötsligt rusar den ljusskäggige Niko Kapanen fram från andra sidan med sin automatkarbin höjd. Livvakten är snabb, han vänder sig runt och avfyrar sin pistol. En serie på fyra skott. Niko märker inte ens den första kulan som träffar hans axel, men han stannar till av den andra som går in i hans mage, genom tunntarmen. Den tredje missar, men den fjärde slår in i hans bröst. Benen viker sig och Niko faller ner på sidan, in bakom sargen till helikopterplattans fundament. Han är allvarligt skadad och antagligen inte medveten om att han pressar in automatkarbinens avtryckare medan han segnar ner. Kulorna stöter bara iväg utan riktning. Han tömmer hela magasinet på två sekunder, rakt ut över havet tills vapnet klickar.

Niko flämtar, ögonen rullar bakåt, han glider över på rygg, drar upp ett blodigt spår mot sargen och släpper vapnet. Det gör mycket ont i bröstet. Han blundar en stund och tittar upp med grumlig blick och ser de kraftiga bultarna på helikopterplattans undersida. Han noterar att rost har trängt igenom den vita färgen kring de stora muttrarna, men märker inte hur hans högra lunga fylls av blod.

Han hostar svagt, håller på att förlora medvetandet, men upptäcker plötsligt Joona, hur han står gömd bakom väggen till matsalen med en metallstav i händerna. Deras ögon möts, Niko samlar sina sista krafter och sparkar sedan över automatkarbinen till Joona.

Axel är rädd, hans hjärta slår hårt, de avfyrade skotten ringer i hans öron, kroppen darrar. Raphael för honom med sig som en sköld. De vinglar tillsammans och bladet skär in en liten bit i hans hals. Axel känner hur det börjar rinna blod nedför hans bröst. Han ser hur den siste livvakten närmar sig Joona Linnas gömställe men han kan inte göra någonting.

Joona sträcker sig snabbt fram, når den varma automatkarbinen med handen och drar den till sig. Livvakten framför helikopterplattan avfyrar två skott mot honom. De rikoschetterar mellan väggar, golv och räcken. Joona tar ut det tomma magasinet, ser att Niko letar i fickorna efter mer ammunition. Niko flämtar, är mycket svag och måste vila en stund med handen tryckt mot den blodiga magen. Livvakten ropar åt Raphael att ta plats. Helikoptern är beredd att lyfta. Niko gräver i ena lårfickan och drar upp handen igen. Ett godispapper flyger iväg med vinden, men kvar i handflatan ligger en patron. Niko hostar svagt, tittar på den enda patronen och rullar den sedan över golvet fram till Joona.

Den helmantlade patronen spinner klirrande runt på metallgolvet, mässingshylsan och spetsen av koppar flimrar blänkande.

Joona fångar den och trycker snabbt in den i magasinet.

Nikos ögon är slutna nu, en bubbla av blod syns mellan läpparna, bröstet höjs fortfarande med den hastiga andhämtningen.

Livvaktens tunga steg hörs över durken.

Joona för in magasinet i automatkarbinen, matar fram den enda patronen, höjer vapnet, väntar några sekunder och lämnar sedan gömstället.

Raphael backar med Axel framför sig. Sonen ropar någonting från helikoptern och föraren vinkar åt Raphael att komma.

– Du borde ha kysst mig på handen när du hade chansen, viskar Raphael i Axels öra.

Fiolens strängar klingar till av en stöt.

Livvakten närmar sig Niko med stora steg, böjer sig över sargen och riktar pistolen mot hans ansikte.

– *Jonottakaa*, ropar Joona på finska.

Han ser livvakten höja vapnet för att rikta det mot honom istället och han flyttar sig snabbt i sidled, försöker hitta rätt linje, måste träffa med sin enda kula.

Det rör sig bara om sekunder.

Rakt bakom livvakten står Raphael och trycker kniven mot Axels hals. Deras kläder rycker av vinddraget från helikoptern. Bloddroppar stänker iväg. Joona sjunker ned en aning, höjer kornet några millimeter och avfyrar sedan automatkarbinen.

Jonottakaa, tänker han. Ställ er i kö.

Det smäller till och han känner rekylens hårda stöt mot sin axel. Den helmantlade kulan lämnar vapnet med en hastighet av 800 meter per sekund. Utan minsta ljud går den in i livvaktens halsgrop och ut genom nacken, fortsätter utan att förlora mycket hastighet rakt igenom Raphaels skuldra och vidare bort över havet.

Armen fladdrar till av träffen och kniven far skramlande iväg över däcket.

Axel Riessen sjunker ner.

Livvakten ser förvånat på Joona, blod strömmar nedför hans

bröst, han höjer pistolen svajande, men orkar inte riktigt. Han rosslar underligt, hostar och blod skvätter ut över hans mun och haka.

Han sätter sig ner, trevar med handen mot halsen, blinkar två gånger och sedan förblir ögonen vidöppna.

Raphael är blek om läpparna, han står i det kraftiga, pulserande vinddraget och trycker handen med fiolen mot den blödande axeln och stirrar på Joona.

– Pappa, ropar sonen från helikoptern och kastar en pistol till honom.

Den slår skramlande i golvet, studsar och stannar framför Raphaels fötter.

Axel sitter med dimmig blick mot relingen och försöker stoppa blodflödet från halsen med handen.

– Raphael! Raphael Guidi, ropar Joona med stark röst. Jag är här för att gripa dig.

Raphael står fem meter ifrån sin helikopter med pistolen framför fötterna. Träningsoverallen fladdrar på hans kropp. Mödosamt böjer han sig ner och tar upp pistolen.

– Du är misstänkt för grov vapensmuggling, människorov och mord, säger Joona.

Raphael är svettig i ansiktet och pistolen skakar i hans hand.

– Lämna ifrån dig vapnet, ropar Joona.

Raphael håller den tunga pistolen i sin hand, men hans hjärta börjar slå snabbare när han möter Joonas lugna blick.

Axel stirrar på Joona och försöker ropa åt honom att springa.

Joona står stilla.

Allt sker nästan samtidigt.

Raphael höjer pistolen mot Joona och kramar avtryckaren, men pistolen klickar bara. Han försöker igen och drar efter andan när han förstår att hans son aldrig fyllde magasinet som han lovade. Raphael känner en fruktansvärd ensamhet som en kylig svepning. Han förstår att det är för sent att släppa vapnet och ge sig i samma stund som det suckar till i hans kropp. Tre mjuka dunsar tätt efter varandra. Sedan hörs knallarna över havet. För Raphael känns det som om någon slår honom hårt över bröstet, följt av en ilande smärta när han vacklar bakåt och förlorar känseln i benen.

Helikoptern väntar inte längre, den lyfter utan Raphael Guidi och stiger dånande rakt upp i luften.

Den finska marinens stora robotbåt FNS Hanko befinner sig bredvid yachten. En andra gång avfyrar tre prickskyttar sina vapen. Samtliga kulor går in i Raphaels bål. Det hörs bara en enda knall. Raphael tar några steg baklänges och faller, försöker sätta sig upp, men kan inte längre röra sig.

Ryggen är varm, men fötterna redan iskalla.

Raphael stirrar upp på helikoptern som hastigt stiger mot den disiga himlen.

Peter sitter i helikoptern och blickar ner på den krympande lyxyachten. Hans pappa ligger på den runda landningsplattan, innanför ringarna som på en måltavla.

Raphael Guidi håller fortfarande Paganinis fiol i handen. Den svarta blodpölen vidgar sig snabbt under honom, men blicken är redan död.

Joona är den enda som fortfarande står upp på båtens för-däck.

Han står stilla medan den vita helikoptern försvinner.

Himlen lyser med ett kristalliskt och ödsligt sken. På det blanka havet ligger tre fartyg stilla: som om de vore övergivna flyter de bara sida vid sida.

Snart kommer räddningshelikoptrarna från Finland, men just nu är det tyst och märkligt stilla, som ögonblicket när konsertens sista ton klingar ut och publiken fortfarande är förtrollad av musiken, bländad av tystnaden efter.

115

Avslutning

JOONA LINNA, Axel Riessen, Niko Kapanen och den gråhårige livvakten transporterades med räddningshelikoptrar till HUCS kirurgiska sjukhus i Helsingfors. Redan på sjukhuset var Axel tvungen att fråga Joona varför han hade stått kvar när Raphael tog upp pistolen från golvet.

– Hörde du inte att jag ropade? frågade Axel.

Joona hade bara sett honom i ögonen och förklarat att han redan hade noterat prickskyttarna på båten, han hade trott att de skulle avfyra sina vapen innan Raphael hann skjuta.

– Men det hann de inte, sa Axel.

– Man kan inte alltid ha rätt, svarade Joona leende.

Niko var vid medvetande när Joona och Axel kom in och tog avsked. Han skojade om att han kände sig som Vanhala i romanen *Okänd soldat*.

– Heja Sverige, sa han till dem. Men ... det lilla sega Finland kom in som god tvåa!

Nikos skador var mycket allvarliga, men inte längre livshotande. Han skulle genomgå ett antal operationer de närmaste dagarna och kunde komma hem till sina föräldrar i en rullstol redan inom två veckor. Det skulle ta honom nästan ett år innan han kunde börja spela ishockey med sin syster igen.

Raphael Guidis livvakt häktades och fördes till Vanda fängelse i väntan på den juridiska processen och Joona Linna och Axel Riessen reste hem till Stockholm.

*

Det stora containerfartyget M/S Icelus lämnade aldrig Göteborgs hamn. Den tunga lasten av ammunition lossades och kördes till Tullverkets lagerlokaler.

Jens Svanehjälm höll i den utdragna, rättsliga processen, men förutom Raphael Guidis namnlöse livvakt var de skyldiga redan döda.

Det gick inte att bevisa att någon annan än Pontus Salman på Silencia Defence AB var inblandad i den brottsliga verksamheten. Den enda som överhuvudtaget begått något lagbrott på Inspektionen för strategiska produkter var den före detta generaldirektören Carl Palmcrona.

Misstankar om mutbrott och förberedande vapenbrott riktades mot Jörgen Grünlicht, men ledde inte till åtal på någon punkt. Slutsatsen blev att Exportkontrollrådet och alla svenska politiker som haft med exporten att göra själva hade blivit förda bakom ljuset och bara handlat i god tro.

Förundersökningarna om mutbrott gällande två kenyanska politiker lämnades över till Roland Lidonde, antikorruptionsgeneral och statssekreterare för Governance and Ethics, men det skulle med all sannolikhet framkomma att även de kenyanska politikerna hade handlat i god tro.

Redaren Intersafe Shipping var inte medveten om att ammunitionen skulle fraktas från Mombasas hamn till södra Sudan, och den kenyanska transportören Trans Continent visste inte att godset som de anlitats för att köra med långtradare till Sudan bestod av ammunition. Alla hade handlat i god tro.

AXEL RIESSEN känner stygnen strama över halsen när han lämnar taxin och går den sista biten uppför Bragevägen. I det flödande solljuset är asfalten blek, nästan vit. I samma stund som han lägger handen på grinden öppnas ytterdörren. Det är Robert som kommer ut, han har stått och väntat i fönstret.

– Vad har du varit med om? frågar Robert och skakar på huvudet. Jag har pratat med Joona Linna och han berättade lite, helt vansinnigt ...

– Du vet väl att storebror är tuff, ler Axel.

De omfamnar varandra hårt och börjar sedan gå mot huset.

– Vi har dukat i trädgården, säger Robert.

– Hur är det med hjärtat? Det har inte stannat ännu? frågar Axel och följer sin bror in genom ytterdörren.

– Jag hade faktiskt tid för en operation nästa vecka, svarar Robert.

– Det visste jag inte, säger Axel och känner en rysning klättra uppför nacken.

– För att få en pulsgenerator, jag tror inte att jag har berättat det ...

– En operation?

– Den blev ändå inställd.

Axel tittar till på sin bror och det känns som om hans själ vrider på sig i mörkret. Han förstår att Raphael hade bokat Roberts operation, att den var förutbestämd att gå fruktansvärt

fel, att det var meningen att Robert skulle dö på operations-
bordet och donera sin lever till honom.

Axel måste stanna till i hallen och lugna sig innan han fortsät-
ter in. Ansiktet hettar och gråten spränger i halsen.

– Kommer du? frågar Robert lätt.

Axel står kvar en stund och andas innan han fortsätter efter
sin lillebror genom huset och ut i trädgården på baksidan. På
marmorgolvet i skuggan under det stora trädet står bordet
dukat.

Han är på väg fram mot Anette när Robert tar tag i hans arm
och håller honom kvar.

– Vi hade roligt när vi var barn, säger Robert med allvarlig
blick. Varför slutade vi prata? Hur kan det bli så?

Axel tittar förvånat på sin brors ansikte, rynkorna i hans
ögonvrår, det rufsiga håret kring den kala hjässan.

– Saker händer i livet som . . .

– Vänta . . . jag ville inte berätta i telefon, avbryter Robert.

– Vad är det?

– Beverly sa att du tror att det var ditt fel att Greta tog sitt
liv, men jag . . .

– Jag vill inte prata om det, avbryter Axel genast.

– Du måste, säger Robert. Jag var där på tävlingen, jag hörde
allting, jag hörde Greta och hennes pappa prata, hon grät hela
tiden, hon hade spelat fel och pappan var fruktansvärt upp-
rörd . . .

Axel gör sig fri från broderns hand.

– Jag vet redan allt som . . .

– Låt mig säga vad jag måste, avbryter Robert.

– Gör det då.

– Axel . . . om du bara hade sagt någonting, om jag bara hade
vetat att du trodde att det var ditt fel att Greta dog. Jag hörde
hennes pappa. Det var hans fel, det var bara hans fel . . . de hade
ett fruktansvärt gräl, jag hörde honom säga hemska saker, att
hon hade skämt ut honom, att hon inte längre var hans dotter.

Hon skulle bort från hans hus, bort från skolan och flytta till sin knarkarmamma i Mora.

– Sa han det?

– Jag kommer aldrig att glömma Gretas röst, fortsätter Robert sammanbitet. Hur rädd hon lät när hon försökte förklara för sin pappa att alla kan spela fel, att hon gjorde sitt bästa, att det inte var någon fara, att det kommer fler tävlingar ...

– Men jag har alltid ...

Axel blickar runt, vet inte vad han ska göra, all kraft rinner ur honom, han sätter sig bara långsamt ned på marmorgolvet och håller för sitt ansikte med båda händerna.

– Hon grät och sa till sin pappa att hon skulle ta livet av sig om hon inte fick stanna kvar och fortsätta med musiken.

– Jag vet inte vad jag ska säga, viskar Axel.

– Tacka Beverly, svarar Robert.

DET BÖRJAR duggregna när Beverly står på perrongen på Stockholms central. Resan söderut går genom ett sommarlandskap insvept i grått dis. Först nere vid Hässleholm öppnar sig himlen för solen igen. Efter att ha bytt tåg i Lund och sedan tagit bussen från Landskrona är hon framme i Svalöv.

Det var längesedan hon var hemma.

Hon tänker på hur doktor Saxéus har lovat henne att det ska gå bra.

Jag har talat med din pappa, sa doktorn. Han menar allvar.

Beverly går över ett dammigt torg och ser sig själv ligga och kräkas mitt på torget för två år sedan. Några pojkar hade fått henne att dricka hembränd sprit. De tog bilder på henne och sedan släppte de av henne på torget. Det var efter den händelsen hennes pappa inte längre ville ha henne hemma.

Hon går vidare. Det knyter sig i magen på henne när hon ser landsvägen öppna sig mot bondgården som ligger tre kilometer längre bort. Det var längs den här landsvägen som bilarna brukade plocka upp henne. Nu kan hon inte minnas varför hon ville åka med dem. Hon tyckte att hon såg något i deras ögon. Som ett sken, brukade hon tänka.

Beverly byter hand för den tunga väskan.

Långt därborta dammar en bil fram.

Känner hon inte igen den där bilen?

Beverly ler och vinkar.

Pappa kommer, pappa kommer.

ROSLAGS-KULLA kyrka är en liten rödskimrande timmer-kyrka med ett stort, vackert klocktorn. Kyrkan ligger stillsamt ute på landet vid Vira bruk, en bit bort från de hårt trafikerade vägarna i Österåkers kommun. Himlen är klarblå och luften hög, doften från vildblommor förs med av vinden över den rofyllda kyrkogården.

Igår begravdes Björn Almskog på Norra Begravningsplatsen och nu bär fyra män i svarta kostymer Viola Maria Liselott Fernandez till hennes sista vila. Efter kistbärarna, två morbröder och två kusiner från El Salvador, går Penelope Fernandez och hennes mamma Claudia tillsammans med prästen.

De stannar vid den öppna graven. Ett kusinbarn, en flicka i nioårsåldern, ser frågande på sin pappa. När han nickar mot henne tar hon fram sin blockflöjt och börjar spela psalm 97 medan kistan sakta sänks ner i marken.

Penelope Fernandez håller sin mamma i handen och prästen läser ur Johannes Uppenbarelse.

Gud ska avtorka alla tårar. Och döden ska inte finnas mer.

Claudia tittar på Penelope, rättar till hennes krage och klappar henne på kinden som om hon var ett litet barn.

När de återvänder mot bilarna burrar Penelopes telefon i den lilla svarta väskan. Det är Joona Linna. Penelope lösgör sig varsamt från sin mammas hand och går in i skuggan under ett av de stora träden för att svara.

– Hej Penelope, säger Joona med sin karaktäristiska röst, sjungande men allvarlig.

– Hej Joona, svarar Penelope.

– Jag tänkte att du skulle vilja veta att Raphael Guidi är död.

– Och ammunitionen till Darfur?

– Vi har stoppat fartyget.

– Bra.

Penelope låter blicken glida över släktingarna, vännerna, mamma som står kvar där hon lämnade henne, mamma som inte släpper henne med blicken.

– Tack, säger hon.

Hon återvänder till sin mor som väntar på henne med ängsligt ansikte, tar hennes hand igen och tillsammans går de tillbaka till dem som väntar vid bilarna.

Penelope.

Hon stannar och vänder sig om. Hon tyckte att hon hörde sin systers röst helt nära. En rysning löper över hennes nacke och en skugga drar sakta över det späda, gröna gräset. Den lilla flickan som spelade blockflöjt står mellan gravstenarna och tittar på henne. Hon har tappat sitt hårband och håret flyger rufsigt i sommarbrisen.

Saga Bauer och Anja Larsson

DESSA SOMMARDAGAR tar inte slut; natten skiner som pärlemor fram till gryningen.

Rikspolisen har personalfest i barockträdgården framför Drottningholms slott.

Joona Linna sitter tillsammans med sina kollegor vid ett långbord under ett stort träd.

På en scen framför en dansbana i falurött trä står ett dansband i vita kostymer och spelar *Hårgalåten*.

Petter Näslund dansar slängpolska med Fatima Zanjani från Irak. Han säger något med skratt i mungiporna som får henne att se lycklig ut.

Sången berättar egentligen om när djävulen själv spelade fiol så bra att ungdomarna aldrig ville sluta dansa. De fortsatte hela natten och när de begick misstaget att inte respektera helgdagsringningen kunde de inte längre sluta dansa. Ungdomarna var så trötta att de grät. Deras skor nöttes ner, fötterna nöttes ner och till slut hoppade bara deras huvuden runt till fiolmusiken.

På en tältstol sitter Anja med en blåblommig klänning på sig. Hon blänger på de dansande paren. Det runda ansiktet är trumpet, besviket. Men när hon ser att Joona lämnar sin plats vid bordet blir hon varm om kinderna.

– Glad sommar, Anja, säger han.

Mellan träden rör sig Saga Bauer dansande över gräset. Hon jagar såpbubblor tillsammans med Magdalena Ronanders tvillingar. Hennes blonda, böljande hår med de färggranna banden lyser i solen. Två medelålders kvinnor har stannat till och betraktar henne förundrat.

– Mina damer och herrar, säger sångaren efter applåden. Vi har fått in en speciell önskan ...

Carlos Eliasson ler för sig själv och sneglar på någon bakom scenen.

– Jag har mina rötter i Oulu, fortsätter sångaren leende. Och jag ska med glädje sjunga en tango för er som heter *Satumaa*.

Magdalena Ronander har en blomsterkrans i håret när hon närmar sig Joona och söker hans blick. Anja stirrar på sina nya skor.

Bandet börjar spela den smäktande tangon. Joona vänder sig mot Anja, bugar en aning och frågar lågt:

– Får jag lov?

Anjas panna, kinder och hals blir illröda. Hon möter hans blick och nickar allvarligt.

– Ja, säger hon. Ja, det får du.

Hon tar hans arm, kastar en stolt blick på Magdalena och går upp på dansbanan med högburet huvud tillsammans med Joona.

Anja dansar koncentrerat, allvarligt med en smal rynka i pannan. Men snart blir hennes runda ansikte lugnt och lyckligt. Det hårt sprayade håret ligger i en konstfull knut i nacken. Hon låter sig föras med av Joona, mjuk i kroppen.

När den sentimentala sången går mot sitt slut känner plötsligt Joona att Anja biter honom i axeln, det gör inte speciellt ont.

Hon biter igen, lite hårdare och han känner sig tvungen att fråga:

– Vad gör du?

Hennes ögon är blanka, glasartade.

– Jag vet inte, svarar hon ärligt. Jag prövade bara vad som skulle hända, man vet aldrig innan man prövar ...

I samma stund tystnar musiken. Han släppar taget om henne och tackar för dansen. Innan han hinner eskortera henne tillbaka skrider Carlos fram och bjuder upp Anja.

Joona står ett tag vid sidan av och tittar på sina kollegor som dansar, äter och dricker och sedan börjar han gå mot bilen.

Vitklädda människor sitter på picknickfiltar eller strosar mellan träden.

Joona fortsätter ut på parkeringsplatsen och öppnar bildörren till sin Volvo. I baksätet ligger en väldig blombukett inslagen. Han sätter sig i bilen och ringer Disa. Hennes röstbrevlåda går igång på fjärde signalen.

DISA SITTER framför datorn i sin lägenhet vid Karlaplan. Hon har sina läsglasögon på sig och en pläd över axlarna. På skrivbordet ligger hennes mobiltelefon bredvid en kopp kallt kaffe och en kanelbulle.

På datorskärmen lyser en bild på en söndervittrad stenhög i otuktad grönska: lämningar från kolerakyrkogården på Skanstull i Stockholm.

Hon skriver in sina anteckningar i dokumentet i datorn, sträcker på ryggen och lyfter koppen halvvägs till munnen, men ångrar sig. Hon reser sig upp för att brygga nytt kaffe när telefonen surrar på skrivbordet.

Utan att titta efter vem det är som ringer henne stänger hon av den och blir sedan stående med blicken ut genom fönstret. Strimmor av damm lyser i solen. Disas hjärta slår snabbt och hårt när hon sätter sig framför datorn igen. Hon tänker aldrig mer tala med Joona Linna.

DET ÄR HELGSTÄMNING i Stockholm och trafiken är gles när Joona sakta går nedför Tegnérgatan. Han har slutat försöka nå Disa. Hon har telefonen avstängd och han förutsätter att hon vill vara ifred. Joona rundar Blå tornet och fortsätter nedför den del av Drottninggatan som är full av antikvariat och affärer. Vid den nyandliga bokhandeln Vattumannen står en gammal kvinna och låtsas titta i skyltfönstret. När Joona passerar henne gör hon en gest in mot glaset och börjar sedan gå efter honom på avstånd.

Det tar ett tag innan han märker att han är förföljd.

Först när han befinner sig vid det svarta staketet utanför Adolf Fredriks kyrka vänder han sig om. Bara tio meter bakom honom står en kvinna i åttioårsåldern. Hon ser allvarligt på honom och håller fram några kort.

– Det här är du, eller hur? säger hon och visar ett av korten. Och här är kransen, brudkronan.

Joona Linna går fram till henne och tar korten. Det är spelkort från en Killelek, ett av de äldsta kortspelen i Europa.

– Vad vill du? frågar han lugnt.

– Jag vill ingenting, säger kvinnan. Men jag har en hälsning från Rosa Bergman.

– Det måste vara ett misstag, för jag känner ingen som ...

– Hon undrar varför du låtsas att din dotter är död.

DET ÄR TIDIG höst i Köpenhamn, luften har hunnit bli hög och kylig när ett diskret sällskap anländer till Glyptoteket i fyra separata limousiner. Männen går uppför trappan, passerar entrén, fortsätter genom den frodiga vinterträdgården under det höga glastaket, går ekande genom stenkorridorer förbi antika skulpturer och in i den pampiga festsalen.

Publiken är redan på plats och Tokyo String Quartet sitter på den låga scenen med sina legendariska Stradivariusinstrument vilande, samma instrument som en gång spelades av Nicolò Paganini själv.

De fyra sista gästerna tar plats kring ett bord i pelargången vid sidan av den övriga publiken. Den yngste av dem är en finlemmad, ljus man vid namn Peter Guidi. Han är nästan bara en pojke, men uttrycken i de övrigas ansikten säger någonting annat, för de ska alldeles snart kyssa hans hand.

Musikerna nickar mot varandra och börjar spela Schuberts stråkkvartett nummer 14. Den inleds med stort patos, en inbromsad känsla, en kraft som hålls tillbaka. En violin svarar smärtsamt och vackert. Musiken drar efter andan en sista gång och sedan flödar den bara fram. Melodin är lycklig, men de röda instrumenten har samtidigt en klang fylld av sorg över fler förlorade själar.

*

Varje dag tillverkas det trettionio miljoner patroner till olika skjutvapen. Lågt räknat ligger de militära utgifterna i världen på 1226 miljarder dollar om året. Trots att det utan uppehåll produceras enorma mängder krigsmateriel är efterfrågan fortfarande omöjlig att tillgodose. De nio största exportörerna av konventionella vapen i världen är följande: USA, Ryssland, Tyskland, Frankrike, Storbritannien, Nederländerna, Italien, Sverige och Kina.